W0309255

CICATRICES

DU MÊME AUTEUR
DANS LA MÊME COLLECTION

Nom de code : Witch
Double détente
Du fond des ténèbres
La Colline des chagrins
Une dernière chance pour Rebus
Traques

Pour l'éditeur, le principe est d'utiliser des papiers composés de fibres naturelles, renouvelables, recyclables et fabriquées à partir de bois issus de forêts qui adoptent un système d'aménagement durable.

En outre, l'éditeur attend de ses fournisseurs de papier qu'ils s'inscrivent dans une démarche de certification environnementale reconnue.

www.lemasque.com

Ian Rankin

CICATRICES

Une enquête de l'inspecteur Rebus

Traduit de l'anglais (Écosse) par Daniel Lemoine

ÉDITIONS DU MASQUE
17, rue Jacob 75006 Paris

Titre original

A Question of Blood

publié par Orion, Londres, 2003

Ouvrage publié sous la direction de
Marie-Caroline Aubert

ISBN : 978-2-7024-3248-8

© 2003, John Rebus Limited
© 2007, Éditions du Masque, département des éditions Jean-Claude Lattès,
pour la traduction française

Tous droits réservés

In Memoriam
CID de St Leonard's

Ita res accendent lumina rebus.
Anonyme

Il n'y a pas de fin en perspective.
James Hutton, scientifique, 1785

Premier jour

Mardi

1

– Il n'y a pas de mystère, dit Siobhan Clarke. Herdman a perdu la boule, c'est tout.

Elle était assise près d'un lit d'hôpital du Royal Infirmary d'Édimbourg, récemment ouvert. Le complexe se trouvait au sud de la ville, dans un quartier appelé Little France. Il avait été construit à grands frais en plein champ, mais on déplorait déjà le manque d'espace à l'intérieur et de places de parking à l'extérieur. Siobhan avait fini par en trouver une, mais avait finalement constaté que ce privilège était payant.

Elle en avait informé l'inspecteur Rebus lorsqu'elle était arrivée à son chevet. Les mains de Rebus étaient bandées jusqu'aux poignets. Quand elle lui avait servi de l'eau tiède, il avait serré le gobelet en plastique entre les paumes pour le porter à sa bouche, puis il avait bu avec précaution.

– Tu vois, l'avait-il taquinée ensuite. Je n'en ai pas renversé une goutte.

Mais aussitôt après il avait tout gâché, laissé échapper le gobelet en tentant de le poser sur la table de nuit. Le fond toucha le sol et Siobhan l'attrapa au premier rebond.

– Bon réflexe, reconnut Rebus.

– Il n'y a pas de mal de toute façon. Il était vide.

Depuis, elle avait fait ce qu'ils appelaient tous les deux la conversation, esquivant les questions qu'elle avait une envie folle de poser et le mettant au courant du massacre de South Queensferry.

Trois morts, un blessé. Une petite ville côtière au nord d'Édimbourg. Une école privée pour garçons et filles de cinq à dix-huit ans. Six cents élèves moins deux, désormais.

Le troisième corps était celui du tireur, qui avait retourné l'arme contre lui. Pas de mystère, comme avait dit Siobhan.

Sauf le pourquoi.

– Il était comme toi, disait-elle. Il avait été dans l'armée. Ils croient que c'est pour ça qu'il l'a fait. Parce qu'il en voulait à la société.

Rebus constata que les mains de Siobhan restaient fermement enfoncées dans les poches de sa veste. Il supposa qu'elle avait les poings serrés mais ne s'en rendait pas compte.

– D'après les journaux, dit-il, il dirigeait une affaire.

– Il avait un hors-bord et tirait des amateurs de ski nautique.

– Mais il en voulait à la société ?

Elle haussa les épaules. Rebus comprit qu'elle aurait aimé être sur les lieux, qu'elle était prête à tout pour éviter de penser à l'autre enquête – interne, celle-ci – dont elle occupait le centre.

Elle fixait le mur, au-dessus de la tête de Rebus, comme s'il y avait à cet endroit quelque chose d'intéressant en dehors de la peinture et du robinet d'oxygène.

– Tu ne m'as pas demandé comment je vais, dit-il.

Elle le regarda.

– Comment vas-tu ?

– Je ne supporte plus d'être enfermé. Merci d'avoir posé la question.

– Tu n'as passé qu'une nuit ici.

– J'ai l'impression que c'est davantage.

– Que disent les médecins ?

– Je n'ai encore vu personne, pas aujourd'hui. Quoi qu'ils me disent, je sors cet après-midi.

– Et ensuite ?

– De quoi parles-tu ?

– Tu ne peux pas reprendre le travail.

Elle finit par regarder ses mains, ajouta :

– Comment feras-tu pour conduire, taper les rapports ? Et répondre au téléphone ?

– Je me débrouillerai.

Il jeta un coup d'œil autour de lui. Son tour, maintenant, d'éviter de la regarder dans les yeux. Entouré d'hommes à peu près de son âge, dotés de la même pâleur grisâtre. Le régime alimentaire écossais avait prélevé son tribut sur eux, aucun doute. Un type toussait parce qu'il avait besoin d'une cigarette. Un autre semblait avoir des problèmes respiratoires. La masse obèse, au foie enflé, de la masculinité locale. Rebus leva une main afin de passer l'avant-bras sur sa joue, perçut le crissement de la repousse de barbe. Il savait que les poils avaient le même ton argenté que les murs de la salle.

– Je me débrouillerai, répéta-t-il dans le silence, puis il baissa le bras en regrettant de l'avoir levé.

La douleur s'était emparée de ses doigts et le sang y palpitait.

– Est-ce que tu as des nouvelles ? demanda-t-il.

– De quoi ?

– Allons, Siobhan...

Elle le regarda sans ciller. Ses mains sortirent de leurs cachettes quand elle se pencha.

– J'ai une autre réunion cet après-midi.

– Avec qui ?

– La patronne.

À savoir la superintendante Gill Templer. Rebus acquiesça, satisfait parce que, pour le moment, ça n'allait pas plus haut.

– Qu'est-ce que tu vas lui dire ? demanda-t-il.

– Il n'y a rien à dire. Je ne suis pour rien dans la mort de Fairstone.

Elle s'interrompit et une autre question non posée flotta entre eux : *vraiment* ? Elle parut attendre que Rebus ajoute quelque chose, mais il garda le silence.

– C'est à toi qu'elle s'intéressera, ajouta Siobhan. Elle voudra savoir comment tu t'es retrouvé ici.

– Je me suis ébouillanté, dit Rebus. C'est stupide, mais c'est ce qui est arrivé.

– Je sais que c'est ce que tu dis...

– Non, Siobhan, c'est vraiment ce qui est arrivé. Demande aux médecins si tu ne me crois pas.

Il regarda une nouvelle fois autour de lui, ajouta :

– À supposer que tu puisses en trouver un.

– Ils sont probablement toujours en train de chercher une place sur le parking.

La blague était faible, mais Rebus sourit tout de même. Elle lui faisait comprendre qu'elle n'insisterait pas davantage. Son sourire exprima la reconnaissance.

– Qui s'occupe de South Queensferry ? demanda-t-il, changeant ostensiblement de sujet de conversation.

– Je crois que l'inspecteur Hogan y est allé.

– Bobby est un type sérieux. Si l'affaire peut être réglée vite, il le fera.

– Ce sera de toute façon un vrai cirque médiatique. Grant Hood a été chargé des relations avec la presse.

– Donc il manque du monde à St Leonard's, fit Rebus, songeur. Raison de plus pour que j'y retourne.

– Surtout si je suis suspendue...

– Tu ne le seras pas. Tu l'as dit toi-même, Siobhan : tu n'es pour rien dans la mort de Fairstone. À mon avis, c'est un accident. Maintenant qu'une affaire plus importante se présente, celle-là mourra peut-être de sa belle mort, pour ainsi dire.

– Un accident, répéta-t-elle.

Il hocha lentement la tête.

– Donc, ne te fais pas de souci. Sauf, évidemment, si tu as buté ce salaud.

– John...

Le ton de sa voix équivalait à un avertissement. Rebus sourit et lui adressa un clin d'œil.

– Je blaguais, dit-il. Je sais foutrement bien sur le dos de qui Gill veut coller la mort de Fairstone.

– Il est mort dans un incendie, John.

– Et ça signifie que je l'ai tué ?

Rebus leva les deux mains, les fit pivoter, ajouta :

– Je me suis ébouillanté, Siobhan. Simplement ébouillanté.

Elle se leva.

– Si tu le dis, John.

Puis elle s'immobilisa devant lui tandis qu'il baissait les mains et s'efforçait de ne pas montrer qu'il souffrait. Une infirmière approchait, parlait de changer ses pansements.

– J'allais partir, déclara Siobhan, qui se tourna vers Rebus et ajouta : l'idée que tu pourrais agir stupidement en imaginant me rendre service me déplairait profondément.

Il secoua lentement la tête et elle pivota sur elle-même puis s'éloigna.

– Garde la foi, Siobhan ! cria-t-il.

– C'est votre fille ? demanda l'infirmière, histoire de dire quelque chose.

– Seulement une amie, une collègue.

– Vous avez quelque chose à voir avec l'église ?

Rebus grimaça quand elle entreprit de dérouler les bandes.

– Qu'est-ce qui vous fait dire ça ?

– La façon dont vous parlez de la foi.

– Dans mon métier, il en faut davantage que dans la majorité des autres.

Il resta quelques instants silencieux, puis ajouta :

– Mais vous êtes peut-être dans le même cas.

– Moi ?

Elle sourit sans quitter son ouvrage des yeux. Elle était de petite taille, ordinaire et professionnelle.

– On ne peut pas compter sur la foi. Comment vous êtes-vous fait ça ?

Elle faisait allusion à ses mains couvertes de cloques.

– Je les ai plongées dans l'eau bouillante, expliqua-t-il tandis qu'une goutte de sueur commençait à descendre lentement sur sa tempe.

Je peux m'accommoder de la douleur, pensa-t-il. Le problème, c'est tout le reste.

– Pouvons-nous passer à quelque chose de plus léger que les bandes ? demanda-t-il.

– Vous êtes pressé de partir ?

– Pressé de pouvoir prendre une tasse sans la laisser échapper.

Ou un téléphone, pensa-t-il.

– En outre, ajouta-t-il, il y a sûrement quelqu'un qui a plus besoin du lit que moi.

– Très altruiste, aucun doute. Il faudra voir ce que dit le médecin.

– De quel médecin s'agit-il ?

– Soyez un peu patient, hein ?

Il n'avait justement pas le temps d'être patient.

– Vous aurez peut-être d'autres visites, ajouta l'infirmière.

Il en doutait. Seule Siobhan savait qu'il était ici. Il avait demandé à une employée de lui téléphoner pour qu'elle puisse dire à Templer qu'il prenait une journée de congé de maladie, deux tout au plus. Mais Siobhan était accourue à son chevet. Peut-être savait-il qu'elle le ferait ; peut-être était-ce pour cette raison qu'il l'avait appelée de préférence au poste de police.

C'était dans l'après-midi de la veille. Dans la matinée, il avait renoncé à lutter et s'était rendu au cabinet de son généraliste. Le médecin avait jeté un coup d'œil sur ses mains et lui avait dit d'aller à l'hôpital. Rebus avait gagné les urgences en taxi, avait été gêné quand le chauffeur avait dû fouiller dans la poche de son pantalon afin d'en sortir le montant de la course.

– Vous avez entendu ? avait demandé le taxi. Une fusillade dans une école.

– Probablement un fusil à air comprimé.

Mais l'homme avait secoué la tête.

– C'est plus grave, d'après la radio...

Aux urgences, Rebus avait attendu son tour. On lui avait finalement pansé les mains, les plaies n'étant pas assez graves pour justifier son transfert au service des brûlés de Livingston. Mais il avait une forte fièvre et on avait décidé de l'hospitaliser, une ambulance le conduisant des urgences à Little France. Il se dit qu'ils le gardaient peut-être à l'œil au cas où il aurait une réaction de choc, quelque chose comme ça. Ou peut-être croyaient-ils qu'il faisait partie des gens qui se mutilent. Personne n'était venu lui parler de ça. Peut-être attendaient-ils simplement qu'un psychiatre puisse lui consacrer un moment.

Il s'interrogea sur Jean Burchill, seule personne susceptible de s'apercevoir qu'il avait soudain disparu de chez lui. Mais les choses s'étaient un peu calmées entre eux. Ils parvenaient à passer une nuit ensemble à peu près tous les dix jours. Se téléphonaient plus fréquemment, buvaient parfois un café dans l'après-midi. Ça faisait déjà l'effet d'une routine. Il se souvint qu'il avait fréquenté une infirmière, il y avait quelque temps. Il ne savait pas si elle exerçait encore en ville. Il pouvait toujours poser la question, mais son nom lui échappait. C'était un problème : les noms présentaient parfois des difficultés. Il lui arrivait d'oublier des rendez-vous. Rien de grave, en réalité, simplement l'âge. Mais au tribunal, quand il témoignait, il se reportait de plus en plus souvent à ses notes. Dix ans auparavant, il n'avait besoin ni de plan ni d'aide-mémoire. Il avait davantage d'assurance et cela impressionnait toujours les jurés... en tout cas c'était ce que disaient les avocats.

– Voilà, dit l'infirmière en se redressant.

Elle avait passé de la crème sur ses mains, y avait placé de la gaze propre, les avait à nouveau bandées.

– C'est mieux ? demanda-t-elle.

Il acquiesça. La peau semblait un peu moins brûlante, mais il savait que cela ne durerait pas.

– Vous devez encore prendre des analgésiques ?

La question était rhétorique. Elle regarda la feuille de température suspendue au pied de son lit. Un peu plus tôt, après être allé aux toilettes, il y avait jeté un coup d'œil. Pas d'information codée réservée aux initiés. Rien sur ce qu'il avait raconté quand on l'avait examiné.

J'avais fait couler un bain brûlant... j'ai glissé et je suis tombé.

Le médecin avait fait une sorte de bruit de gorge, quelque chose qui indiquait qu'il accepterait cela sans nécessairement le croire. Surmenage, manque de sommeil... cela ne le regardait pas. Médecin, pas détective.

– Je peux vous donner du paracétamol, proposa l'infirmière.

– Et une bière pour le faire passer, c'est possible ?

Elle lui adressa une nouvelle fois son sourire professionnel. Depuis le temps qu'elle travaillait à l'hôpital, les répliques originales étaient vraisemblablement devenues rares.

– Je vais voir ce que je peux faire.

– Vous êtes un ange, répondit Rebus, qui s'étonna.

C'était le genre de chose que, selon lui, un patient pourrait dire, un cliché confortable. Elle s'en allait et il n'était pas sûr qu'elle eût entendu. Peut-être dans la nature des hôpitaux. Même si on ne se sentait pas malade, ils faisaient cet effet, ralentissaient ceux qui y séjournaient, les rendaient dociles. Les institutionnalisaient. C'était peut-être lié au choix des couleurs, au bruit de fond. Peut-être le chauffage était-il complice, en plus. À St Leonard's, il y avait une cellule destinée aux « excités ». Elle était rose vif et censée les calmer. Pourquoi croire qu'on ne recourait pas ici à une psychologie identique ? Il ne fallait pas que les patients soient agités, qu'ils crient leurs désaccords et se lèvent toutes les cinq minutes. D'où le nombre étouffant de couvertures, étroitement bordées pour entraver davantage encore les mouvements. Reste tranquillement allongé... appuyé contre les oreillers... jouis de la chaleur et de la lumière... Ne fais pas d'histoires. Il eut l'impression qu'il oublierait son nom si ça continuait. Que le monde extérieur cesserait de compter. Pas d'emploi à reprendre. Pas de Fairstone. Pas de cinglé ouvrant le feu dans les salles de classe...

Rebus se tourna sur le côté, se servit de ses jambes pour se libérer des draps. Ce fut une bagarre, comme Harry Houdini dans une camisole de force. L'occupant du lit voisin avait ouvert les yeux et regardait. Rebus lui adressa un clin d'œil tout en hissant ses pieds à l'air libre.

– Continue de creuser, lui dit-il. Je vais me promener, faire tomber la terre des jambes de mon pantalon.

Son codétenu ne saisit apparemment pas l'allusion...

De retour à St Leonard's, Siobhan traînait près du distributeur de boissons. Deux agents en tenue, assis à une table de la petite cantine, mangeaient des sandwichs et des chips. Le distributeur se trouvait dans le couloir voisin, qui donnait sur le parking. Si elle avait fumé, elle aurait eu une bonne raison d'aller dehors, où Gill Templer risquait moins de la trouver. Mais elle ne fumait pas. Elle savait qu'elle pouvait essayer de se glisser dans le gymnase mal ventilé, qui se trouvait un peu plus loin, ou encore descendre jusqu'aux cellules. Mais rien ne pouvait empêcher Templer de traquer sa proie grâce au système de sonorisation du poste de police. La nouvelle de sa présence sur les lieux se répandrait forcément. St Leonard's était comme ça : pas de cachettes. Elle tira sur l'anneau de la boîte de Coca-Cola, certaine de savoir de quoi parlaient les agents en tenue attablés – de la même chose que tout le monde.

Trois morts lors d'une fusillade dans une école.

Elle regarda les journaux du matin. Il y avait des photos pas très nettes des deux victimes, des adolescents de dix-sept ans. Les journalistes se renvoyaient des mots tels que « tragédie », « gâchis », « choc » et « carnage ». Le reportage lui-même était accompagné de pages et de pages d'articles additionnels sur le développement de la culture des armes en Grande-Bretagne, les carences de la sécurité dans les écoles, les cas de meurtriers s'étant suicidés. Elle examina les photos de l'assassin... les médias ne disposaient apparemment que de trois clichés. Le premier était très flou, comme si l'appareil n'avait pas capturé un être de chair et de sang, mais un fantôme. Le deuxième représentait un homme en bleu de travail, prenant une corde avant de monter à bord d'un petit bateau. Il souriait à l'objectif. Siobhan estima que c'était une photo destinée à la promotion de son affaire de ski nautique.

Le troisième était un portrait datant de l'époque où l'homme était dans l'armée. Il s'appelait Herdman. Lee Herdman, trente-six ans. Domicilié à South Queensferry, propriétaire d'un hors-bord. Il y avait des clichés de l'endroit où se trouvait le siège de son entreprise. « À moins de huit cents mètres des lieux où s'est produit cet événement choquant », regrettait amèrement un journal.

Ancien militaire, il lui était vraisemblablement facile de se procurer une arme. Il était entré en voiture dans le parc de l'école, s'était garé près des véhicules du personnel. Il avait laissé sa portière ouverte, étant de toute évidence pressé. Des témoins l'avaient vu se précipiter à l'intérieur de l'école. Son premier et unique arrêt : le foyer. Trois personnes à l'intérieur. Deux morts, un blessé. Puis il s'était tiré une balle dans la tempe et voilà. Les critiques étaient déjà très nombreuses – comment était-il possible, bon sang, après Dunblane[1], que quelqu'un puisse entrer comme ça dans une école ? Le comportement de Herdman permettait-il de prévoir qu'il allait craquer ? Les médecins et les travailleurs sociaux étaient-ils responsables ? L'État ? Quelqu'un, n'importe qui ? Il y avait nécessairement un fautif. Inutile d'accuser simplement Herdman : il était mort. Il y avait forcément un bouc émissaire quelque part. Siobhan était persuadée que, le lendemain, ils feraient l'inventaire des suspects habituels : violence de la culture moderne... films et télévision... stress... Ensuite, le calme reviendrait. Parmi les statistiques, cependant, un chiffre avait retenu son attention : depuis le durcissement des lois sur la détention d'armes, les délits liés aux armes à feu avaient en réalité augmenté au Royaume-Uni. Elle savait quel profit le lobby des armes en tirerait...

Tout le monde parlait des meurtres, à St Leonard's, parce que le père du survivant était membre du Parlement écossais... et pas n'importe quel membre. Jack Bell avait eu des ennuis, six mois auparavant. Il avait été appréhendé lors d'une rafle, à Leith, quartier envahi par la prostitution. Les habitants avaient organisé des manifestations, demandé aux forces de l'ordre de prendre des mesures. La réaction des forces de l'ordre avait pris la forme d'une descente au cours de laquelle Jack Bell, député, avait été arrêté.

Mais Bell avait protesté de son innocence, affirmé qu'il se trouvait sur les lieux afin « d'enquêter ». Son épouse l'avait soutenu, de même que l'essentiel de son parti, et le siège de la police avait finalement décidé de ne pas poursuivre. Mais les médias s'en étaient déjà donné à cœur joie à ses dépens, fournissant au député l'occasion d'accuser la police d'être « complice » de la presse à scandale, de le traquer en raison de la fonction qu'il occupait.

Le ressentiment s'était envenimé et Bell avait prononcé plusieurs discours, au parlement, sur l'inefficacité des forces de

---

1. Le 13 mars 1996, Thomas Hamilton a tué seize enfants et une institutrice dans le gymnase d'une école primaire de Dunblane. (*Toutes les notes sont du traducteur.*)

police et la nécessité d'un changement. Ce qui, tout le monde en était d'accord, pouvait poser un problème.

Parce que Bell avait été arrêté par une équipe de Leith, poste désormais chargé de la fusillade de Port Edgard Academy.

Et, comme par hasard, South Queensferry était sa circonscription...

Et, comme si cela ne suffisait pas à alimenter les bavardages, une des victimes était le fils d'un juge.

Tout cela expliquait également pourquoi tout le monde, à St Leonard's, parlait de l'affaire. Les gens avaient l'impression d'être tenus à l'écart. Comme Leith en était chargé, ils ne pouvaient que regarder en spectateurs dans l'espoir que du personnel supplémentaire serait nécessaire. Mais Siobhan en doutait. L'affaire était réglée, le corps du tireur gisait à la morgue, non loin de ceux de ses deux victimes. Cela ne suffirait pas à détourner Gill Templer de...

– Sergent Clarke chez la superintendante !

Le haut-parleur situé au-dessus d'elle cracha cette convocation nasillarde. Les agents en tenue de la cantine se tournèrent vers elle. Elle tenta de paraître calme, continua de boire le contenu de sa boîte. Ses entrailles furent soudain glacées... Rien à voir avec la boisson réfrigérée.

– Sergent Clarke chez la superintendante !

La porte en verre se trouvait devant elle. Au-delà, sa voiture était sagement garée à sa place. Que ferait Rebus ? Fuirait-il ou se cacherait-il ? Elle ne put s'empêcher de sourire quand la réponse lui vint à l'esprit. Il ne ferait ni l'un ni l'autre. Il prendrait sûrement l'escalier quatre à quatre pour gagner le bureau de la patronne, certain d'avoir raison et elle, tort, quoi qu'elle ait à dire.

Siobhan jeta sa boîte et se dirigea vers l'escalier.

– Tu sais pourquoi je voulais te voir ? demanda la superintendante Gill Templer.

Elle était assise derrière la table de travail de son bureau, parmi la paperasse de la journée. Templer était responsable de l'ensemble de la Division B, laquelle comportait trois postes de police du sud de la ville, St Leonard's en étant le quartier général. Ce n'était pas une charge de travail exceptionnellement lourde, mais cela changerait quand le Parlement écossais s'installerait dans le bâtiment construit à son intention au pied de Holyrood Road. Déjà, Templer consacrait apparemment une quantité disproportionnée de temps aux réunions consacrées aux besoins du Parlement. Siobhan savait qu'elle haïssait ça. Aucun policier n'entre dans les forces de l'ordre parce qu'il aime la paperasse. Pourtant, les budgets et les finances étaient de plus en plus à l'ordre du jour. Les responsables capables de gérer les affaires et leur poste de police dans le cadre du budget étaient des spécimens très appréciés ; ceux qui parvenaient effectivement à réduire les frais étaient carrément des êtres exceptionnels.

Siobhan constata que tout cela affectait Gill Templer. Elle semblait toujours légèrement surmenée. Il y avait des reflets gris dans sa chevelure. Elle ne s'en était pas aperçue ou bien ne trouvait pas le temps, en ce moment, d'y remédier. Elle perdait la bataille contre le temps. Cela conduisit Siobhan à se demander quel prix il lui faudrait payer pour gravir les échelons de la hiérarchie. À supposer que ces échelons soient toujours visibles à la fin de la journée.

Préoccupée, Templer cherchait quelque chose dans un des tiroirs de son bureau. Elle finit par renoncer, le ferma et concentra son attention sur Siobhan. Ce faisant, elle baissa le menton. Cela eut pour effet de durcir son regard mais aussi, Siobhan ne put s'empêcher de le remarquer, d'accentuer les rides sur son cou et celles qui encadraient sa bouche. Quand Templer changeait de position, sur son fauteuil, la veste de son tailleur plissait sous ses seins, indiquant qu'elle avait pris un peu de poids. Trop de hamburgers ou trop de dîners en compagnie des pontes. Siobhan, qui était arrivée au gymnase à six heures, se tenait un peu plus droite et levait la tête un peu plus haut.

– Je suppose que c'est à cause de Martin Fairstone, dit-elle, privant sa supérieure du premier jab de la reprise.

Comme Templer garda le silence, elle ajouta :

– Je ne suis pour rien dans...

– Où est John ? coupa sèchement Templer.

Siobhan déglutit.

– Il n'est pas chez lui. J'ai envoyé quelqu'un vérifier. Cependant, d'après toi, il a pris deux jours d'arrêt maladie. Où est-il, Siobhan ?

– Je...

– Le problème est qu'on a vu Martin Fairstone dans un bar, avant-hier soir. Cela n'a rien d'exceptionnel, à ceci près que son compagnon ressemblait d'une façon frappante à l'inspecteur John Rebus. Quelques heures plus tard, Fairstone grillait dans la cuisine de son pavillon.

Elle resta quelques instants silencieuse, puis ajouta :

– À supposer qu'il ait été encore en vie quand l'incendie s'est déclaré.

– Madame, vraiment, je ne...

– John veille sur toi, n'est-ce pas, Siobhan ? Il n'y a rien de mal à ça, John aime jouer les chevaliers servants, n'est-ce pas ? Il est toujours en quête d'un nouveau dragon susceptible d'être combattu.

– Cela n'a rien à voir avec l'inspecteur Rebus, madame.

– Dans ce cas pourquoi se cache-t-il ?

– Je ne sais pas qu'il se cache.

– Mais tu l'as vu ?

C'était une question, mais tout juste. Templer s'accorda un sourire vainqueur et ajouta :

– Je suis prête à parier que oui.

– Il n'est vraiment pas assez bien pour venir, para Siobhan, consciente que ses coups avaient perdu beaucoup de leur puissance.

– S'il ne peut pas venir, je suis tout à fait prête à te laisser me conduire jusqu'à lui.

Les épaules de Siobhan s'affaissèrent.

– Il faut d'abord que je lui parle.

Templer secoua la tête.

– Ce n'est pas quelque chose que tu peux négocier, Siobhan. D'après toi, Fairstone te traquait. Il est responsable de cet œil au beurre noir.

Involontairement, Siobhan porta une main à sa pommette gauche. La marque s'estompait ; elle savait que ce n'était plus qu'une ombre. Le maquillage pouvait la cacher ou la fatigue l'expliquer. Néanmoins elle la voyait toujours quand elle se regardait dans le miroir.

– Maintenant il est mort, poursuivit Templer. Dans l'incendie, peut-être criminel, de son pavillon. Donc tu comprends qu'il faut que je voie tous ceux qui l'ont rencontré ce soir-là.

Nouveau silence, puis :

– Quand l'as-tu vu pour la dernière fois, Siobhan ?

– Qui ? Fairstone ou l'inspecteur Rebus ?

– Les deux, si tu veux.

Siobhan resta silencieuse. Elle tendit les mains dans l'intention de saisir les accoudoirs métalliques de la chaise, mais s'aperçut qu'elle n'en avait pas. Une nouvelle chaise, moins confortable que la précédente. Puis elle s'aperçut que le fauteuil de Templer était neuf, lui aussi, et plus haut de quelques centimètres. Un artifice qui lui donnait un avantage sur ses visiteurs... cela signifiait que la superintendante avait besoin de tels subterfuges.

– Je crois que je ne suis pas prête à répondre, madame.

Siobhan resta un instant silencieuse, ajouta :

– Respectueusement.

Elle se leva, se demanda si elle reprendrait sa place au cas où on le lui demanderait.

– C'est très décevant, sergent Clarke.

La voix de Templer s'était faite glaciale ; plus de prénom. La superintendante ajouta :

– Tu diras à John que nous nous sommes vues ?

– Si vous voulez que je le fasse.

– Je présume que vous voudrez confronter vos récits avant l'enquête.

Siobhan indiqua d'un hochement de tête qu'elle avait compris la menace. Il suffisait d'une demande de la superintendante pour que les Enquêtes internes débarquent avec leurs serviettes pleines de questions et de scepticisme.

– Merci, madame, répondit simplement Siobhan, et elle sortit de la pièce.

Il y avait des toilettes dans le couloir. Elle entra dans une cabine, s'assit, sortit un petit sac en papier de sa poche, le plaça devant sa bouche et respira. La première fois qu'elle avait été victime d'une crise d'angoisse, il lui avait semblé qu'elle faisait un arrêt cardiaque : son cœur cognait, ses poumons refusaient de fonctionner, son corps tout entier semblait gorgé d'électricité. Son médecin lui avait conseillé de prendre des vacances. À son arrivée, elle avait cru qu'il l'enverrait faire des examens à l'hôpital, mais il lui avait simplement recommandé un livre sur sa maladie. Elle l'avait trouvé dans une pharmacie. Le premier chapitre énumérait tous ses symptômes et proposait des suggestions. Diminuer la caféine et l'alcool. Manger moins de sel et de graisse. Essayer de respirer dans un sac en papier si une crise semblait imminente.

Le médecin avait dit que sa pression artérielle était un peu élevée, suggéré de l'exercice. Elle avait pris l'habitude d'arriver tôt au bureau et de fréquenter le gymnase. Il y avait une piscine, dans la rue, et elle s'était promis d'aller nager.

– Je mange bien, avait-elle dit au médecin.

– Essayez d'établir une liste sur une semaine, avait-il répondu.

Elle n'avait pas encore pris cette peine. Et, en plus, elle oubliait systématiquement son maillot de bain.

Beaucoup trop facile d'en rendre Martin Fairstone responsable.

Fairstone : deux inculpations quand il était passé en jugement – cambriolage et agression. Une voisine l'avait surpris alors qu'il sortait de l'appartement qu'il venait de piller. Fairstone avait frappé la tête de la femme contre le mur, lui avait piétiné le visage si violemment que la semelle de sa chaussure de sport y avait laissé son empreinte. Siobhan avait témoigné, fait de son mieux. Mais on n'avait pas retrouvé la chaussure et le butin provenant de l'appartement n'était pas chez Fairstone. La voisine avait donné le signalement de son agresseur, puis avait reconnu Fairstone sur une photo, l'avait plus tard identifié au sein d'un groupe.

Il y avait des problèmes sur lesquels l'accusation avait rapidement mis le doigt. Pas d'indices sur les lieux. Rien qui fût susceptible de lier Fairstone aux délits, hormis une identification, son passé de cambrioleur et plusieurs condamnations pour agression.

– La chaussure aurait été utile.

Le procureur avait gratté sa barbe, demandé s'ils n'auraient pas intérêt à renoncer à une inculpation, à proposer un marché.

– Et on le renvoie chez lui après lui avoir fait la morale ? avait protesté Siobhan.

Au tribunal, la défense fit remarquer à Siobhan que le premier signalement de l'agresseur ne ressemblait guère à l'homme qui se trouvait dans le box. La victime elle-même ne fit guère mieux, reconnut une marge d'incertitude que la défense exploita à fond. Pendant son témoignage, Siobhan recourut à toutes les allusions susceptibles de faire comprendre à tout le monde que l'accusé avait des antécédents. Finalement, le juge ne put ignorer les protestations de l'avocat de la défense.

– C'est le dernier avertissement, sergent Clarke, avait-il dit. De ce fait, sauf si vous avez une bonne raison de saboter les chances de la Couronne dans cette affaire, je vous suggère de choisir désormais vos réponses plus judicieusement.

Fairstone, qui comprenait parfaitement ce qu'elle tentait de faire, s'était contenté de la foudroyer du regard. Et ensuite, une fois l'acquittement prononcé, il était sorti du tribunal comme s'il y avait des ressorts dans les talons de ses chaussures de sport neuves. Il avait saisi Siobhan par les épaules pour l'empêcher de s'en aller.

– C'est une agression, avait-elle dit en s'efforçant de ne pas trahir sa colère et sa frustration.

– Merci de m'avoir aidé à m'en sortir, avait-il dit. Je pourrai peut-être te renvoyer l'ascenseur un de ces jours. Je vais fêter ça au pub. Quel est ton poison ?

– Tombe dans l'égout le plus proche.

– Je crois que je suis amoureux.

Un sourire ironique éclaira alors son visage étroit. On l'appela : sa petite amie. Fausse blonde, survêtement noir. Un paquet de clopes dans une main, un téléphone mobile dans l'autre. Elle avait fourni l'alibi correspondant à l'heure de l'agression. Deux des amis de Fairstone aussi.

– On dirait que tu te fais désirer.

– C'est *toi* que je désire, Shiv.

– Tu me désires ?

Siobhan attendit qu'il ait acquiescé pour ajouter :

– Dans ce cas, invite-moi la prochaine fois que tu tabasseras quelqu'un que tu ne connais pas.

– Donne-moi ton numéro de téléphone.

– Je suis dans l'annuaire... à Police.

– Marty ! gronda la petite amie.

– À bientôt, Shiv, dit-il et, sans cesser de sourire, il fit quelques pas à reculons puis pivota sur lui-même.

Siobhan était retournée tout droit à St Leonard's et s'était à nouveau plongée dans son dossier. Une heure plus tard, le standard lui avait passé un appel. C'était lui, qui téléphonait d'un bar. Elle avait raccroché. Dix minutes plus tard, il avait rappelé... puis à nouveau dix minutes après.

Et le lendemain.

Et pendant toute la semaine.

Elle se demandait comment réagir. Elle ne savait pas si ses silences fonctionnaient. Ils semblaient simplement le faire rire, le pousser à insister. Elle espéra qu'il se lasserait, qu'il trouverait un autre moyen de s'occuper. Puis il apparut devant St Leonard's, tenta de la suivre jusqu'à chez elle. Elle l'avait repéré, cette fois, l'avait promené tout en appelant de l'aide sur son mobile. Une voiture de patrouille l'avait arrêté. Le lendemain, il était à nouveau au bord du trottoir, devant le parking situé derrière St Leonard's. Elle l'y avait laissé, était sortie par la porte principale et rentrée en bus.

Mais il ne renonça pas et elle se rendit compte que ce qui était – vraisemblablement –, au début, une blague, s'était transformé en un jeu beaucoup plus sérieux. Elle avait donc décidé de recourir à une de ses pièces les plus fortes. Rebus se doutait de toute façon de quelque chose : les appels qu'elle ne prenait pas, le temps qu'elle passait à la fenêtre du bureau, sa façon de regarder autour d'elle quand ils sortaient. Elle avait donc fini par le mettre au courant et ils s'étaient rendus chez Fairstone, à Gracemount.

Ça avait mal commencé, Siobhan se rendant vite compte que sa « pièce » n'en faisait qu'à sa tête. Bagarre, jambe heurtant une table basse, vernis dévoilant l'aggloméré. Siobhan, ensuite, ne s'était jamais sentie aussi mal – faible parce qu'elle avait impliqué Rebus dans cette affaire au lieu de s'en occuper elle-même ; tremblante parce qu'elle savait, au plus profond d'elle-même, ce qui se passerait et voulait que ça se produise. Instigatrice et lâche.

Ils s'étaient arrêtés pour boire un verre en rentrant en ville.

– Tu crois qu'il va faire quelque chose ? avait demandé Siobhan.

– C'est lui qui a commencé, avait répondu Rebus. S'il continue de te harceler, il sait ce qu'il risque.

– Une correction, tu veux dire ?

– Je me suis contenté de me défendre, Siobhan. Tu étais présente. Tu as vu.

Il la fixa jusqu'au moment où elle acquiesça. Et il avait raison. Fairstone s'était jeté sur lui. Rebus l'avait poussé sur la table basse, avait tenté de l'y maintenir. Puis la jambe avait glissé et les deux hommes s'étaient retrouvés par terre, et s'étaient battus. Cela n'avait duré que quelques secondes, la voix de Fairstone tremblant de fureur quand il leur avait dit de sortir. Rebus pointant un doigt menaçant, lui ordonnant une nouvelle fois de « laisser le sergent Clarke tranquille ».

– Fichez le camp, tous les deux !

Siobhan avait posé une main sur le bras de Rebus.

– C'est terminé. Partons.

– Tu crois que c'est terminé ?

De la salive blanche s'échappait des coins de la bouche de Fairstone.

Les derniers mots de Rebus :

– Il y a intérêt, mon pote, sauf si tu as vraiment envie de voir trente-six chandelles.

Elle avait eu envie de lui demander ce que cela signifiait, mais il avait payé une dernière tournée. Au lit, ce soir-là, elle avait fixé le plafond obscur avant de somnoler, s'était soudain réveillée en proie à la terreur et s'était levée d'un bond, le sang chargé d'adrénaline. Elle était sortie de sa chambre à quatre pattes, convaincue qu'elle mourrait si elle se redressait. Cela finit par passer et elle prit appui contre le mur du couloir pour se lever. Elle regagna lentement le lit et s'allongea sur le flanc, en boule.

Plus fréquent que vous ne l'imaginez, dirait finalement son médecin après la deuxième crise.

Entre-temps, Fairstone avait déposé plainte pour harcèlement, l'avait finalement retirée. Et il avait aussi continué de téléphoner. Elle s'était efforcée de le cacher à Rebus, elle n'avait pas envie de savoir ce qu'il entendait par « trente-six chandelles »...

Le CID était mort. Les gens étaient en intervention ou au tribunal. On avait parfois l'impression d'attendre pendant la moitié de sa vie le moment de témoigner, puis l'affaire s'effondrait ou bien l'accusé changeait de position. Parfois un juré disparaissait inopinément ou quelqu'un de capital tombait malade. Le temps fuyait et, au bout du compte, le verdict était non coupable. Même quand la culpabilité était reconnue, elle n'entraînait parfois qu'une amende ou une condamnation avec sursis. Les prisons étaient pleines et plus que jamais considérées comme le dernier recours. Siobhan ne croyait pas qu'elle devenait cynique, seulement réaliste. On avait récemment déploré qu'il y eût, à Édimbourg, plus d'agents de la circulation que de flics. Quand un événement tel que celui de South Queensferry se produisait, la situation s'aggravait. Vacances, congés de maladie, tâches administratives, tribunal... et pas assez d'heures dans la journée. Siobhan savait qu'elle avait du travail en retard. En raison de Fairstone, elle ne pouvait tout faire. Elle se figeait quand un téléphone sonnait et elle s'était surprise deux ou trois fois à aller jusqu'à la fenêtre afin de voir si la voiture de Marty était dehors. Elle savait que c'était irrationnel mais ne pouvait s'en empêcher. Elle savait aussi qu'elle ne pouvait en parler à personne... pas sans paraître faible.

Le téléphone sonnait. Pas sur sa table de travail, mais sur celle de Rebus. Si personne ne décrochait, le standard dirigerait la communication sur un autre poste. Elle traversa la pièce, espérant avec ferveur que le bruit cesse. Il le fit lorsqu'elle prit le combiné.

– Qui est à l'appareil ?

Une voix masculine. Sèche, professionnelle.

– Sergent Clarke.

– Salut, Shiv. C'est Bobby Hogan.

L'inspecteur Bobby Hogan. Elle lui avait demandé de ne pas l'appeler Shiv. Beaucoup de gens essayaient. Siobhan, prononcé Shi-vawn, qui devenait Shiv. Quand les gens écrivaient son nom, ils recouraient à toutes sortes d'orthographes erronées. Elle se souvint que Fairstone l'avait appelée Shiv à plusieurs reprises dans l'espoir de susciter une familiarité. Elle détestait cela et savait qu'elle devait remettre Hogan sur le droit chemin, mais elle ne le fit pas.

– Toujours très occupé ? demanda-t-elle.

– Vous savez que je suis chargé de l'affaire de Port Edgar ?

Il s'interrompit, ajouta :

– Bien sûr que vous le savez. Question stupide.

– Vous passez bien à la télé, Bobby.

– Je suis toujours ouvert à la flatterie, Shiv, et la réponse est « non ».

Elle ne put s'empêcher de sourire.

– Je ne suis pas vraiment débordée, ici, mentit-elle en regardant les dossiers de son bureau.

– Si j'ai besoin d'un coup de main supplémentaire, je vous avertirai. John est là ?

– Monsieur Bien-Aimé ? Il est en maladie. Qu'est-ce que vous attendez de lui ?

– Il est chez lui ?

– Je peux probablement lui transmettre un message.

Elle était intriguée, maintenant. Il y avait de l'impatience dans la voix de Hogan.

– Vous savez où il est ?

– Oui.

– Où ?

– Vous n'avez pas répondu à ma question : qu'est-ce que vous attendez de lui ?

Hogan poussa un long soupir.

– J'ai besoin de ce coup de main, dit-il.

– Et il n'y a que la sienne qui puisse faire l'affaire ?

– À ma connaissance.

– Je suis absolument effondrée.

Il ne tint pas compte du ton de sa voix.

– Quand pouvez-vous l'avertir ?

– Il ne sera peut-être pas assez en forme pour vous aider.

– S'il n'est pas dans un poumon d'acier, je le prendrai.

Elle s'appuya contre la table de Rebus.

– Que se passe-t-il ?

– Contentez-vous de le persuader de m'appeler, d'accord ?

– Vous êtes à l'école ?

– Il vaut mieux qu'il essaie mon portable. Salut, Shiv.

– Une seconde !

Siobhan regardait la porte.

– Qu'est-ce qu'il y a ?

Hogan ne parvenait pas à cacher son exaspération.

– Il vient d'arriver. Je vous le passe.

Elle tendit le combiné à Rebus. Ses vêtements semblaient tomber bizarrement. Elle crut tout d'abord qu'il était soûl, mais comprit ensuite ce que c'était. Il avait eu du mal à s'habiller. Sa chemise était glissée sous son pantalon, mais tout juste. Sa cravate n'était pas serrée. Au lieu de prendre le combiné, il avança et se pencha pour y coller son oreille.

– C'est Bobby Hogan, expliqua-t-elle.

– Salut Bobby.

– John ? La communication devient mauvaise...

Rebus regarda Siobhan.

– Un peu plus près, souffla-t-il.

Elle déplaça le micro afin qu'il repose contre son menton, remarqua que ses cheveux avaient besoin d'être lavés. Ils étaient plaqués sur son crâne devant mais rebiquaient derrière.

– C'est mieux, Bobby ?

– Oui, c'est bien. John, j'ai besoin d'un service.

Quand le combiné s'éloigna légèrement, Rebus regarda Siobhan. Elle fixait à nouveau l'entrée. Il tourna la tête et s'aperçut que Gill Templer s'y trouvait.

– Dans mon bureau ! dit-elle sèchement. Immédiatement.

Rebus passa le bout de la langue sur ses lèvres.

– Je crois qu'il va falloir que je te rappelle, Bobby. La patronne veut me parler.

Il se redressa et la voix de Hogan devint nasillarde, mécanique. Templer lui faisait signe de la suivre. Il haussa vaguement les épaules à l'intention de Siobhan et prit la direction de la sortie.

– Il est parti, dit-elle au téléphone.

– Allez le chercher !

– Je ne crois pas que ce sera possible. Écoutez... vous pourriez peut-être me dire de quoi il s'agit. Je pourrais peut-être vous aider...

– Je laisse la porte ouverte, si ça ne t'ennuie pas, dit Rebus.

– Si tu veux que tout le monde entende, ça te regarde.

Rebus se laissa tomber sur la chaise du visiteur.

– C'est seulement que les poignées de porte me posent un petit problème.

Il leva les mains afin que Templer puisse les voir. Son expression se transforma immédiatement.

– Bon sang, John. Qu'est-ce qui t'est arrivé ?

– Je me suis ébouillanté. Ce n'est pas aussi grave que ça en a l'air.

– Ébouillanté ?

Elle s'appuya contre le dossier de son fauteuil, les doigts appuyés sur le bord de son bureau.

Il acquiesça.

– Ce n'est rien de plus.

– Malgré ce que je pense ?

– Malgré ce que tu penses. J'ai empli l'évier de la cuisine pour faire la vaisselle, oublié que je n'avais pas ajouté d'eau froide et plongé les mains dedans.

– Pendant combien de temps ?

– Assez longtemps pour m'ébouillanter, apparemment.

Il eut un sourire forcé, se dit que l'histoire de la vaisselle était plus facile à avaler que celle de la baignoire, même si Templer n'avait pas l'air convaincu du tout. Le téléphone sonna. Elle décrocha puis raccrocha.

– Il n'y a pas que toi qui as manqué de chance. Martin Fairstone est mort dans un incendie.

– Siobhan me l'a dit.

– Et ?

– Accident de friteuse, répondit-il en haussant les épaules. Ça arrive.

– Tu étais en sa compagnie dimanche soir.

– Vraiment ?

– Des témoins vous ont vus ensemble dans un bar.

Rebus haussa une nouvelle fois les épaules.

– Je l'ai effectivement rencontré par hasard.

– Et tu es sorti du bar avec lui.

– Non.

– Tu es allé chez lui ?

– Qui dit ça ?

– John...

La voix de Rebus se fit plus forte.

– Qui dit que ce n'était pas un accident ?

– Les spécialistes n'ont pas encore déterminé la cause de l'incendie.

– Je leur souhaite bonne chance.

Rebus voulut croiser les bras, prit conscience de ce qu'il faisait, les laissa retomber contre ses flancs.

– Ça doit faire mal, commenta Templer.

– C'est supportable.

– Et c'est arrivé dimanche soir ?

Il acquiesça.

– Écoute, John...

Elle se pencha, posa les coudes sur son bureau, poursuivit :

– Tu sais ce qu'on va dire. Siobhan a affirmé que Fairstone la harcelait. Il l'a nié, puis a déclaré que tu le menaçais.

– Accusation à laquelle il a décidé de renoncer.

– Mais Siobhan m'a appris que Fairstone l'avait agressée. Tu étais au courant ?

Il secoua la tête.

– L'incendie n'est qu'une coïncidence stupide.

Elle baissa les yeux.

– Mais ça fait plutôt mauvais effet, hein ?

Rebus s'examina ostensiblement.

– Je ne me suis jamais vraiment préoccupé de faire bon effet.

Malgré elle, elle sourit presque.

– Je veux seulement être sûre que tout est clair sur ce point.

– Fais-moi confiance, Gill.

– Dans ce cas, tu ne t'opposes pas à ce que cela devienne officiel ? À le mettre par écrit ?

Le téléphone s'était remis à sonner.

– Cette fois, je répondrais, dit une voix.

Siobhan se tenait dans le couloir, les bras croisés. Templer lui adressa un bref regard puis décrocha.

– Superintendante Templer à l'appareil.

Siobhan croisa le regard de Rebus et lui adressa un clin d'œil. Gill Templer écoutait ce que lui disait son correspondant.

– Je vois... oui... je suppose que ce serait... vous voulez bien me dire pourquoi lui, au juste ?

Soudain, Rebus comprit. C'était Bobby Hogan. Peut-être pas au bout du fil... Hogan pouvait être passé par-dessus Templer, avoir persuadé le directeur adjoint de téléphoner. Hogan disposait en ce moment d'un certain pouvoir, qui lui avait été accordé en même temps que l'affaire qui lui avait été confiée. Rebus se demanda de quel service il avait besoin.

Templer raccrocha.

– Tu dois te présenter à South Queensferry. L'inspecteur Hogan a apparemment besoin qu'on lui tienne la main.

Elle fixait sa table.

– Merci, madame, dit Rebus.

– Fairstone ne bougera pas, John, n'oublie pas. Dès que Hogan en aura terminé avec toi, tu m'appartiendras à nouveau.

– Compris.

Templer regarda, au-delà de lui, l'endroit où se tenait toujours Siobhan.

– En attendant, le sergent Clarke pourrait peut-être donner quelques précisions...

Rebus s'éclaircit la gorge.

– Il y a un petit problème, madame.

– Lequel ?

Rebus leva une nouvelle fois les bras et fit pivoter ses mains.

– Je pourrai peut-être tenir la main de Bobby Hogan mais, en ce qui concerne le reste, je risque d'avoir besoin d'aide.

Il se retourna partiellement sur sa chaise, ajouta :

– Donc, si je pouvais emprunter le sergent Clarke pendant un petit moment...

– Je peux te procurer un chauffeur, coupa Templer.

– Mais pour les notes... les coups de téléphone à donner

et à recevoir... il faut que ce soit quelqu'un du CID. Et, compte tenu de ce que je vois dans le service, le choix est limité.

Il resta un instant silencieux, conclut :

– Avec ta permission.

– Dans ce cas, filez tous les deux.

Templer prit ostensiblement une liasse de documents, ajouta :

– Dès que je connaîtrai la cause de l'incendie, je t'avertirai.

– Très chic de ta part, patronne, dit Rebus en se levant.

Dans la salle du CID, il demanda à Siobhan de sortir de la poche de sa veste un petit flacon en plastique contenant des cachets.

– Ces salauds les ont comptés comme des pièces d'or, se plaignit-il. Tu veux bien me donner de l'eau ?

Elle alla chercher la bouteille qui se trouvait sur son bureau et l'aida à avaler deux cachets. Quand il en exigea un troisième, elle regarda l'étiquette.

– Ça dit deux toutes les quatre heures.

– Un de plus ne fera pas de mal.

– À ce rythme, ils ne vont pas faire long feu.

– Il y a une ordonnance dans mon autre poche. On s'arrêtera dans une pharmacie pendant le trajet.

Elle revissa le bouchon du flacon.

– Merci de m'emmener avec toi.

– De rien.

Il resta un instant silencieux, demanda :

– Tu as envie de parler de Fairstone ?

– Pas particulièrement.

– Parfait.

– Je présume que nous ne sommes responsables ni l'un ni l'autre.

Elle le regarda droit dans les yeux.

– Exact, dit-il. Et nous pouvons donc nous concentrer sur l'aide que nous pouvons apporter à Bobby Hogan. Mais il y a encore une chose, avant qu'on parte...

– Laquelle ?

– Tu pourrais nouer convenablement ma cravate ? L'infirmière en était incapable.

Elle sourit.

– J'attends depuis longtemps l'occasion de serrer ton cou entre mes mains.

– Si tu continues, je te renvoie dans les griffes de la patronne.

Il n'en fit rien, même quand elle se montra incapable de suivre ses instructions pour nouer sa cravate. Au bout du compte, l'employée de la pharmacie s'en chargea tandis que le pharmacien exécutait l'ordonnance.

– Je nouais toujours celle de mon mari, dit-elle. Dieu ait son âme.

Sur le trottoir, Rebus regarda successivement les deux côtés de la rue.

– J'ai besoin de cigarettes, dit-il.

– N'espère pas que j'irai en chercher, déclara Siobhan en croisant les bras.

Il la fixa.

– Je suis sérieuse, ajouta-t-elle. Tu n'auras sûrement jamais une aussi bonne occasion d'arrêter.

Il plissa les paupières.

– Ça t'amuse, hein ?

– Un peu, reconnut-elle, puis elle ouvrit la portière et, d'un geste du bras, l'invita à monter en voiture.

2

Il n'existe aucun chemin rapide pour se rendre à South Queensferry. Ils traversèrent le centre d'Édimbourg et prirent Queensferry Road, ne purent accélérer qu'une fois engagés sur l'A90. La ville vers laquelle ils se dirigeaient semblait nichée entre les deux ponts – routier et ferroviaire – qui franchissent le Fifth of Forth.

– Il y a des années que je ne suis pas venue dans ce coin, dit Siobhan, simplement pour meubler le silence.

Rebus ne prit pas la peine de répondre. Il avait l'impression que le monde entier était bandé, assourdi. Il supposait que les cachets en étaient responsables. Pendant un week-end, deux ou trois mois plus tôt, il avait emmené Jean à South Queensferry. Ils avaient déjeuné dans un bar, marché sur la promenade. Ils avaient assisté à la mise à l'eau d'un bateau de secours en mer – aucune précipitation, sûrement un exercice. Puis ils étaient allés à Hopetoun House, avaient suivi la visite guidée de l'intérieur richement décoré du manoir. Il savait, grâce aux informations, que Port Edgar Academy se trouvait près de Hopetoun House, se rappelait vaguement être passé devant la grille, aucun bâtiment n'étant visible depuis la route. Il donna à Siobhan des indications qui les conduisirent dans un cul-de-sac. Elle fit demi-tour et trouva Hopetoun Road sans assistance supplémentaire émanant du siège du passager. À l'approche du portail de l'école, il leur fallut se frayer un chemin parmi les camionnettes des chaînes de télévision et les voitures des journalistes.

– Tu peux en défoncer autant que tu veux, marmonna-t-il.

Un agent en tenue vérifia leur identité, puis ouvrit la grille en fer forgé. Siobhan entra.

– Je croyais que ce serait au bord de la mer, dit-elle, puisque ça s'appelle Port Edgar.

– Il y a une marina nommée Port Edgar. Elle n'est sûrement pas très loin.

Tandis que la voiture suivait une route sinueuse à flanc de colline, il se retourna et regarda. Il vit la mer, les mâts dressés comme des piques. Mais tout cela disparut derrière les arbres et, s'étant une nouvelle fois retourné, il aperçut l'école. Elle était de style néogothique : pierres sombres couronnées de pignons et de tourelles. Un drapeau était en berne. Les véhicules officiels s'étaient approprié le parking et des gens allaient et venaient autour d'un Portakabin. La ville ne disposait que d'un sous-poste de police minuscule, où l'espace était vraisemblablement trop réduit. Quand leurs pneus firent crisser le gravillon, des têtes se tournèrent vers eux. Rebus reconnut plusieurs visages et ces visages l'identifièrent aussi. Personne ne prit la peine de sourire ou de faire signe de la main. Quand la voiture fut arrêtée, Rebus tenta de manœuvrer la poignée, mais dut attendre que Siobhan descende, fasse le tour du véhicule et ouvre sa portière.

– Merci, dit-il en sortant.

Un agent en tenue se dirigea vers eux. Rebus l'avait rencontré à Leith. Il s'appelait Brendan Innes, était australien. Rebus n'avait jamais eu l'occasion de lui demander comment il s'était retrouvé en Écosse.

– Inspecteur Rebus, dit Innes, l'inspecteur Hogan est dans l'école. Il m'a demandé de vous avertir.

Rebus acquiesça.

– Tu as une cigarette ?

– Je ne fume pas.

Rebus regarda autour de lui à la recherche d'un candidat possible.

– Il a précisé que vous deviez le rejoindre immédiatement, insista Innes.

Il y eut du bruit, dans le Portakabin, et les deux hommes se retournèrent. La porte s'ouvrit à la volée et un individu descendit les trois marches au pas de charge. Il était vêtu comme pour un enterrement : costume sombre, chemise blanche, cravate noire. Ce fut la chevelure, dans toute sa gloire argentée et coiffée en arrière, que Rebus reconnut : Jack Bell, membre du parlement écossais. Bell avait environ quarante-cinq ans et un visage au menton carré perpétuellement bronzé. De haute taille et robuste, il semblait du genre à toujours être étonné de ne pas obtenir ce qu'il voulait.

– J'en ai tout à fait le droit ! criait-il. Absolument le droit ! Mais j'aurais dû savoir que je ne pouvais rien espérer de vous, tous autant que vous êtes, hormis une absence totale de coopération !

Grant Hood, attaché de presse sur cette affaire, était apparu dans l'encadrement de la porte.

– C'est votre opinion, monsieur, tenta-t-il de protester.

– Ce n'est pas une opinion, c'est un fait absolu et indéniable ! Vous vous êtes retrouvés comme deux ronds de flan, il y a six mois, et vous n'êtes pas près d'oublier, hein ?

Rebus avait avancé d'un pas.

– Pardon, monsieur...

Bell se tourna vivement vers lui.

– Oui ? Qu'est-ce qu'il y a ?

– Je me suis dit que vous pourriez peut-être parler moins fort... par respect.

Bell braqua l'index sur Rebus.

– N'ayez pas l'impudence de jouer cette carte ! Vous ignorez peut-être que ce dément aurait pu tuer mon fils !

– Je suis parfaitement au courant, monsieur.

– Mais je représente ici mes électeurs et, à ce titre, j'exige de pouvoir entrer...

Bell reprit son souffle, puis demanda :

– Qui êtes-vous ?

– L'inspecteur Rebus.

– Dans ce cas, vous ne pouvez rien pour moi. C'est Hogan qu'il faut que je voie.

– Vous comprendrez sans doute que l'inspecteur Hogan a beaucoup à faire en ce moment. C'est le foyer que vous voulez voir, n'est-ce pas ?

Bell acquiesça en regardant autour de lui, comme s'il cherchait des yeux une personne susceptible de lui être plus utile que Rebus.

– Puis-je vous demander pourquoi, monsieur ?

– Ça ne vous regarde pas.

Rebus haussa les épaules.

– En fait, je vais rejoindre l'inspecteur Hogan, dit-il en s'éloignant, et je me disais que je pourrais peut-être lui parler de vous.

– Attendez, dit Bell d'une voix immédiatement moins forte. Vous pourriez peut-être me montrer...

Mais Rebus secoua la tête.

– Il est préférable que vous attendiez ici, monsieur. Je vous rapporterai ce que l'inspecteur Hogan dira.

Bell acquiesça, mais cela ne le calma pas longtemps.

– C'est scandaleux, vous savez. Comment un homme peut-il entrer comme ça dans une école avec une arme ?

– C'est ce que nous tentons de découvrir, monsieur.

Rebus regarda le député de la tête aux pieds, puis demanda :

– Auriez-vous une cigarette, par hasard ?

– Quoi ?

– Une cigarette.

Bell secoua la tête et Rebus reprit la direction de l'école.

– Je vous attends, inspecteur. Je ne bougerai pas d'ici !

– Parfait, monsieur. C'est votre place, aucun doute.

Il y avait une pelouse en pente devant l'école, des terrains de sport d'un côté. Les agents en tenue étaient très occupés, sur les terrains de sport, à repousser les gens qui avaient escaladé le mur d'enceinte. Des journalistes, peut-être, mais plus probablement de simples curieux attirés par le morbide : il y en a sur toutes les scènes de meurtre. Rebus aperçut un immeuble moderne au-delà de l'école d'origine. Un hélicoptère le survola. Il ne vit aucune caméra à bord.

– C'était amusant, dit Siobhan en le rattrapant.

– Il est toujours agréable de rencontrer un politicien,

admit Rebus. Surtout quand il tient notre profession en si haute estime.

L'entrée principale était apparemment une porte à double battant en bois sculpté et vitrée. Au-delà, il y avait une réception avec des panneaux de verre coulissants et un bureau, probablement le secrétariat. La responsable s'y trouvait, témoignait, la bouche cachée par un grand mouchoir blanc appartenant vraisemblablement au policier assis en face d'elle. Rebus connaissait son visage mais était incapable de se souvenir de son nom. Une autre porte à double battant donnait sur le reste de l'école. Elle était ouverte. Une pancarte fixée sur un des battants annonçait : TOUS LES VISITEURS DOIVENT SE PRÉSENTER AU SECRÉTARIAT. Une flèche indiquait les panneaux coulissants.

Siobhan désigna un coin du plafond, où une petite caméra était fixée. Rebus acquiesça, franchit la porte ouverte, s'engagea dans un long couloir avec un escalier d'un côté et une haute fenêtre à vitraux à l'extrémité opposée. Le parquet ciré grinça sous son poids. Des tableaux étaient accrochés aux murs : professeurs du passé, en toge, assis à leur table de travail ou le bras tendu vers une bibliothèque. Plus loin, il y avait des listes de noms : prix d'excellence ; proviseurs ; anciens élèves morts au service de leur pays.

– Incroyable qu'il soit aussi facile d'entrer, dit Siobhan à voix basse.

Ses mots se répercutèrent dans le silence et une tête apparut dans l'encadrement d'une porte située au milieu du couloir.

– Tu as pris tout ton temps, rugit la voix de l'inspecteur Bobby Hogan. Viens jeter un coup d'œil.

Il avait à nouveau disparu dans le foyer des premières. La salle faisait environ six mètres sur quatre, avait des fenêtres situées dans la partie supérieure du mur donnant sur l'extérieur. Il y avait une douzaine de chaises et un bureau sur lequel se trouvait un ordinateur. Une vieille chaîne hi-fi, entourée de cassettes et de CD, se trouvait dans un coin. Des revues étaient dispersées sur quelques-unes des chaises : *FHM, Heat, M8*. Un peu plus loin traînait un roman ouvert, posé à l'envers. Sous les fenêtres, des sacs à dos et des blazers étaient suspendus au portemanteau.

– Vous pouvez entrer, leur dit Hogan. Les SOCO ont tout passé au peigne fin.

Ils pénétrèrent dans la pièce. Oui, les SOCO – officiers de la scène de crime – étaient venus parce que c'était ici que les faits s'étaient produits. Sang sur un mur – projection de gouttelettes d'un rouge terne. Taches plus grosses sur le plancher, ce qui évoquait des traces de glissade là où des pieds avaient dérapé dans des flaques. Des traits à la craie blanche et de l'adhésif jaune délimitaient les endroits où des indices avaient été prélevés.

– Il est entré par une des portes latérales, expliqua Hogan. C'était l'heure de la pause, elles n'étaient pas fermées. Il a pris le couloir, est venu directement ici. Belle journée d'été, donc pratiquement tous les gamins étaient dehors. Il n'en a trouvé que trois...

Hogan montra de la tête l'endroit où se tenaient les victimes, reprit :

– Ils écoutaient de la musique, feuilletaient des revues.

C'était comme s'il se parlait à lui-même dans l'espoir que ses mots répondraient à ses questions s'il les répétait assez souvent.

– Pourquoi ici ? demanda Siobhan.

Hogan la regarda comme s'il découvrait sa présence.

– Salut, Shiv, dit-il en esquissant un sourire. Vous êtes venue par curiosité ?

– Elle m'aide, dit Rebus, qui leva les mains.

– Bon sang, John, qu'est-ce qui t'est arrivé ?

– C'est une longue histoire, Bobby. Siobhan a posé une bonne question.

– Tu veux dire pourquoi précisément cette école ?

– Pas seulement, répondit Siobhan. Vous avez dit vous-même que presque tous les élèves étaient dehors. Pourquoi n'a-t-il pas commencé par eux ?

Hogan haussa les épaules.

– J'espère qu'on trouvera.

– Alors, Bobby, comment pouvons-nous t'aider ? demanda Rebus.

Il n'avait pas avancé dans la pièce, satisfait de rester sur le seuil, tandis que Siobhan regardait les affiches collées sur le mur. Eminem semblait faire profiter le monde entier de son majeur et le groupe qui se trouvait près de lui, en bleu de travail et masque en latex, évoquait des figurants dans un film d'horreur à budget moyen.

– Il était dans l'armée, John, expliquait Hogan. Mais, surtout, il appartenait au SAS. Tu m'as dit, un jour, que tu avais tenté d'entrer dans le Special Air Service.

– Il y a une trentaine d'années, Bobby.

Hogan n'écoutait pas.

– C'était apparemment un solitaire.

– Un solitaire plein de rancune ? demanda Siobhan.

– Qui sait ?

– Mais tu veux que je me renseigne, supposa Rebus.

Hogan se tourna vers lui.

– Ses potes, s'il en a, sont sûrement comme lui... d'anciens militaires. Peut-être se confieront-ils à quelqu'un qui a suivi le même parcours qu'eux.

– C'était il y a une trentaine d'années, répéta Rebus. Et merci de me placer dans la catégorie des « anciens militaires ».

– Tu sais ce que je veux dire... Seulement un jour ou deux, John, je ne demande pas davantage.

Rebus regagna le couloir et regarda autour de lui. Tout semblait très tranquille, très paisible. Pourtant l'œuvre d'un instant avait tout transformé. La ville, l'école ne seraient plus jamais les mêmes. La vie de toutes les personnes impliquées serait altérée. Peut-être la responsable du secrétariat ne sortirait-elle jamais de derrière ce mouchoir emprunté. Les familles enterreraient leurs fils, incapables de penser au-delà de la terreur de leurs derniers instants...

– Alors, John ? demanda Hogan. Tu m'aideras ?

Coton hydrophile chaud, duveteux... qui protège, absorbe les chocs...

Pas de mystère... les paroles de Siobhan... *il a perdu la boule, c'est tout...*

– Une seule question, Bobby.

Bobby Hogan semblait fatigué et légèrement égaré. Leith, c'étaient la drogue, les coups de poignard, les prostituées. Ça, Bobby connaissait. Rebus eut la sensation qu'on l'avait envoyé ici parce que Bobby Hogan avait besoin d'un ami.

– Vas-y, dit Hogan.

– Tu as une cigarette ?

Il y avait trop de monde dans le Portakabin. Hogan chargea les bras de Siobhan de documents, tout ce qu'il avait sur l'affaire, les feuilles encore chaudes, tout juste sorties de la photocopieuse de l'école. Dehors un groupe de goélands argentés s'étaient posés sur la pelouse, apparemment curieux. Rebus leur lança le mégot de sa cigarette et ils se précipitèrent dessus.

– C'est cruel et je pourrais le signaler, dit Siobhan.

– Même chose, répondit-il en regardant la pile de documents.

Grant Hood terminait un appel téléphonique, remettait son portable dans sa poche.

– Où est passé notre ami ? lui demanda Rebus.

– Jack le Cochon, vous voulez dire ?

Le surnom, qui avait fait la première page d'un tabloïd le lendemain de l'arrestation de Bell, fit sourire Rebus.

– Exactement.

De la tête, Hood montra le pied de la colline.

– Un représentant du quatrième pouvoir lui a proposé une interview télévisée devant le portail de l'école. Jack a filé comme le vent.

– Lui qui affirmait qu'il ne bougerait pas ! Est-ce que les gars de la presse sont sages ?

– À votre avis ?

En guise de réponse, Rebus serra les lèvres. Le téléphone de Hood se remit à sonner et il tourna le dos pour répondre. Rebus regarda Siobhan ouvrir le coffre avec difficulté, quelques feuilles tombant sur le sol. Elle les ramassa.

– C'est tout ce qu'il y a ? lui demanda Rebus.

– Pour le moment.

Elle referma sèchement le coffre.

– Où on emmène tout ça ? demanda-t-elle.

Rebus étudia le ciel. De gros nuages rapides. Probablement trop de vent pour qu'il pleuve. Il crut entendre, au loin, le claquement des haubans contre les mâts des voiliers.

– On pourrait trouver une table dans un pub. Il y a, près du pont ferroviaire, un endroit appelé le Boatman's...

Elle le dévisagea.

– C'est une tradition, à Édimbourg, expliqua-t-il avec un haussement d'épaules. Autrefois, les gens traitaient leurs affaires au bistrot du coin.

– Il ne faudrait pas qu'on aille à l'encontre de la tradition.

– Les vieilles méthodes ont toujours eu ma préférence.

Elle ne répondit pas, se contenta de gagner la portière côté conducteur et de l'ouvrir. Elle avait glissé la clé dans le contact quand ça lui revint. Elle jura, tendit le bras et ouvrit la portière de Rebus.

– C'est vraiment gentil, dit-il en s'installant.

Il ne connaissait pas très bien South Queensferry, mais il connaissait les pubs. Il avait passé son enfance sur la rive opposée de l'estuaire et se souvenait de la vue depuis North Queensferry : les ponts qui semblaient s'éloigner l'un de l'autre en direction du sud. Le même agent en uniforme leur ouvrit le portail. Jack Bell, au milieu de la chaussée, s'adressait à la caméra.

– Un bon coup de klaxon prolongé, ordonna Rebus.

Siobhan se conforma à sa volonté. Le journaliste baissa son micro, se tourna vers eux et les foudroya du regard. Le cameraman baissa son casque audio. Rebus fit signe de la main au député, lui adressa ce qui pouvait passer pour un sourire contrit. Les curieux barraient la moitié de la chaussée, fixaient la voiture.

– J'ai l'impression d'être une connerie de pièce de musée, marmonna Siobhan.

Une file de véhicules les croisait, au pas, leurs occupants voulant voir l'école. Pas des professionnels ; seulement des gens ordinaires avec leur famille et leur caméscope. Quand Siobhan passa devant le petit poste de police, Rebus dit qu'il allait descendre et marcher.

– Je te retrouverai au pub.

– Où vas-tu ?

– Je veux seulement sentir l'ambiance.

Il resta un instant silencieux, puis :

– Je boirai une pinte d'IPA, si tu arrives la première.

Il la regarda s'éloigner, prendre sa place dans la longue procession de voitures de touristes. Rebus s'arrêta et se tourna vers le pont routier du Forth, écouta le bruit, qui évoquait un peu la marée, des camions et des voitures. Il y avait des silhouettes minuscules, sur le passage piétonnier, qui regardaient en contrebas. Il savait qu'il y en avait davantage de l'autre côté de la chaussée, d'où la vue sur l'école était meilleure. Il secoua la tête et se remit en marche.

Le commerce, à South Queensferry, se limitait à une portion de rue située entre High Street et le Hawes Inn. Mais le changement s'amorçait. Récemment, en traversant la ville, pour gagner le pont, il avait remarqué un supermarché et une zone industrielle. Une pancarte tentait l'automobiliste ralenti par le bouchon : VOUS EN AVEZ ASSEZ DES TRAJETS ? VOUS POURRIEZ TRAVAILLER ICI. Le message indiquait qu'Édimbourg était saturée, que la circulation était chaque année plus lente. South Queensferry voulait participer au mouvement qui poussait les gens hors de la ville. Mais la rue principale n'en trahissait rien : petits commerces, trottoirs étroits, office du tourisme. Rebus connaissait quelques-unes des histoires : incendie de la distillerie VAT 69, whisky bouillant coulant dans les rues, les gens le buvant et se retrouvant à l'hôpital ; un singe domestique qui, dans un accès de démence, avait ouvert la gorge d'une employée de maison ; apparitions telles que le Mowbray Hound[1] et le Burry Man[2]...

On célébrait tous les ans une fête en l'honneur du Burry Man, des banderoles et des drapeaux, un défilé dans la ville. Elle n'aurait pas lieu avant plusieurs mois, mais Rebus se demanda s'il y aurait un défilé cette année.

Rebus passa près d'un beffroi sur lequel les couronnes de Remembrance Day[3] étaient toujours accrochées, laissées intactes par les vandales. La rue devint si étroite que les voitures ne pouvaient passer que sur une file. De temps en temps, il apercevait l'estuaire au-delà des bâtiments situés à sa gauche. Du côté opposé de la chaussée, une rangée de boutiques était surmontée par un alignement de pavillons. Deux femmes d'un certain âge se tenaient devant une porte ouverte, les bras croisés, et échangeaient les derniers ragots, leurs yeux passant rapidement sur Rebus, constatant que c'était un étranger. Le regard hostile, elles le prirent manifestement pour un curieux attiré par la mort.

Il poursuivit son chemin, passa devant un marchand de journaux. Plusieurs personnes, réunies à l'intérieur, commentaient la première édition du journal du soir. Une équipe de télévision le croisa, du côté opposé de la chaussée – différente de celle qui se trouvait devant le portail de l'école. Le cadreur avait sa caméra à la main, son trépied sur l'épaule. Le preneur de son, matériel en bandoulière et casque autour du cou, tenait sa perche comme un fusil. Ils étaient à la recherche d'un bon endroit, sous la conduite d'une jeune femme blonde qui scrutait les ruelles en quête du décor idéal. Rebus crut l'avoir vue à la télé, supposa que l'équipe venait de Glasgow. Le sujet commencerait par : *Une communauté effondrée tente aujourd'hui de comprendre l'horreur qui s'est abattue sur ce port paisible... des questions sont posées, mais personne ne peut encore y répondre...* Bla-bla-bla. Rebus était certain de pouvoir écrire le reportage. Comme la police

1. Démon canin hantant les rues de South Queensferry.

2. Le premier vendredi d'août, un jeune homme couvert de fleurs de chardon (*burr*) parcourt les rues de la ville et reçoit de petites oboles. L'origine de la tradition est incertaine.

3. 12 novembre, en souvenir des morts des deux guerres mondiales.

ne proposait aucune piste, les médias en étaient réduits à harceler les habitants en quête de bribes d'informations, prêts si nécessaire à presser les roches et les pierres susceptibles d'en fournir.

Il avait vu cela à Lockerbie et ne doutait pas que la même chose se fût produite à Dunblane. C'était maintenant le tour de South Queensferry. Il atteignit une courbe au-delà de laquelle s'étendait l'esplanade. Il s'arrêta un instant, se retourna pour regarder la ville, mais elle était presque complètement cachée par les arbres, par des immeubles, par la courbe qu'il venait de suivre. Il y avait une digue, à cet endroit, et il décida qu'il pouvait aussi bien allumer là la cigarette supplémentaire dont Bobby Hogan lui avait fait cadeau. La cigarette était glissée derrière son oreille droite. Il tenta de la prendre, n'y parvint pas et elle tomba par terre, une rafale de vent la faisant rouler. Accroupi, les yeux sur le sol, Rebus la suivit et heurta presque une paire de jambes. La cigarette s'était arrêtée contre la pointe d'une bottine noire vernie. Au-dessus, un collant résille à coutures. Rebus se redressa. La jeune fille pouvait avoir entre treize et dix-neuf ans. Ses cheveux teints en noir étaient plaqués sur son crâne, à la Siouxsie Sioux[1]. Son visage était d'une pâleur cadavérique, ses yeux et ses lèvres maquillés en noir. Elle portait une veste en cuir noir sur des couches de tissu noir translucide.

– Vous vous êtes ouvert les poignets ? demanda-t-elle en fixant ses pansements.

– Je le ferai probablement si tu écrases cette cigarette.

Elle se baissa et la ramassa, se pencha et la plaça entre ses lèvres.

– Il y a un briquet dans ma poche, dit-il.

Elle le sortit et alluma la cigarette, protégeant la flamme entre ses mains avec une grande compétence, les yeux rivés sur les siens comme pour estimer sa réaction à sa proximité.

– Désolé, s'excusa-t-il, c'est la dernière.

Il était difficile de parler et de fumer en même temps. Elle parut s'en apercevoir car, après quelques bouffées, elle ôta la cigarette de sa bouche et la plaça entre ses lèvres. Dans ses gants en dentelle noire ses ongles étaient, eux aussi, noirs.

– Je ne suis pas un spécialiste de la mode, dit Rebus, mais j'ai l'impression que tu n'es pas simplement en deuil.

1. Chanteuse de punk/goth.

Elle sourit de façon à dévoiler une rangée de petites dents blanches.

– Je ne suis pas en deuil du tout.

– Mais tu fréquentes Port Edgar Academy ?

Elle le fixa, se demandant comment il savait.

– Si tel n'était pas le cas, tu serais probablement en classe, expliqua-t-il. Seuls les élèves de Port Edgar sont en congé en ce moment.

– Vous êtes journaliste ?

Elle replaça la cigarette dans la bouche de Rebus, qui perçut le goût de son rouge à lèvres.

– Je suis flic, répondit-il. Brigade criminelle.

Cela ne parut pas l'intéresser. Il demanda :

– Tu connaissais les élèves qui sont morts ?

– Oui.

Elle parut vexée, elle ne voulait pas être tenue à l'écart.

– Mais ils ne te manquent pas.

Elle comprit ce qu'il avait voulu dire, hocha la tête en se souvenant de ses propos : *je ne suis pas en deuil du tout.*

– En fait, je suis plutôt jalouse.

Ses yeux étaient une nouvelle fois rivés sur ceux de Rebus. Il ne put s'empêcher de se demander comment elle serait sans maquillage. Jolie, probablement ; peut-être même fragile. Son visage peint était un masque ; elle se cachait derrière.

– Jalouse ?

– Ils sont morts, n'est pas ?

Elle le regarda hocher la tête, puis haussa les épaules. Rebus regarda la cigarette et elle la prit une nouvelle fois, la mit entre ses lèvres.

– Tu as envie de mourir ?

– Je suis curieuse, c'est tout. J'ai envie de savoir comment c'est.

Elle arrondit les lèvres, souffla un anneau tourbillonnant de fumée.

– Vous avez sûrement vu des morts.

– Trop.

– Ça veut dire combien ? Vous avez déjà vu quelqu'un mourir ?

Il n'avait pas l'intention de répondre.

– Il faut que je m'en aille.

Elle voulut lui donner le reste de la cigarette, mail il secoua la tête.

– Comment t'appelles-tu, à propos ?

– Teri.

– Terry ?

Elle épela.

– Mais vous pouvez m'appeler Miss Teri.

Rebus sourit.

– Je suppose que c'est un nom d'emprunt. On se reverra peut-être, Miss Teri.

– Vous pouvez me voir quand vous voulez, monsieur Brigade Criminelle.

Elle lui tourna le dos et s'éloigna en direction de la ville, sûre d'elle sur ses talons de cinq centimètres, les mains remontant ses cheveux et les laissant retomber, puis lui adressant un petit signe d'une main gantée de dentelle. Certaine qu'il regardait, prenant plaisir à jouer ce rôle. Rebus estima qu'on pouvait dire que c'était une Goth. Il les avait vus, en ville, devant les magasins de disques. Pendant une période, l'accès de Princes Street Gardens avait été interdit à tous ceux qui correspondaient à ce signalement : un arrêté de la municipalité, sous prétexte que les parterres de fleurs étaient piétinés et les poubelles renversées. Rebus avait souri quand il l'avait appris. La filiation remontait aux punks et aux Teddy Boys, adolescents subissant leur initiation. Il avait été lui-même plutôt agité, avant de s'engager dans l'armée. Trop jeune pour la première vague de Teddy Boys, mais avec une veste en cuir et un peigne métallique affûté dans la poche. La veste n'allait pas... Trois-quarts, pas blouson de motard. Il l'avait coupé avec un couteau de cuisine et les fils qui pendaient de la doublure étaient visibles.

Un sacré rebelle.

Miss Teri disparut après le virage et il prit le chemin du Boatman's, où Siobhan l'attendait avec les verres.

– J'ai cru que je serais obligée de boire le tien, dit-elle à titre de protestation.

– Désolé.

Il prit le verre à deux mains et le leva. Siobhan avait trouvé une table dans un coin, personne à proximité. Il y avait, devant elle, deux piles de documents ainsi que son soda au citron et un sachet ouvert de cacahouètes.

– Comment vont tes mains ? demanda-t-elle.

– Je crains de ne plus pouvoir jouer du piano.

– Une perte tragique pour la musique populaire.

– Tu écoutes du Heavy Metal, Siobhan ?

– Pas si je peux éviter.

Elle resta un instant silencieuse, puis ajouta :

– Peut-être un peu de Motorhead pour lancer la fête.

– Je pensais à des trucs plus récents.

Elle secoua la tête.

– Tu crois vraiment que ça va, ici ?

Il regarda autour de lui.

– Les habitués ne semblent pas intéressés. De toute façon, on ne va pas étaler des photos d'autopsie.

– Mais il y a des clichés des lieux du crime.

– Cache-les pour le moment.

Rebus but une nouvelle gorgée de bière.

– Tu es sûr que tu peux boire, compte tenu des médicaments que tu prends ?

Il ne tint pas compte de la question, montra les piles de la tête.

– Alors, dit-il, qu'est-ce que nous avons et combien de temps pouvons-nous faire durer cette affectation ?

Elle sourit.

– Tu n'as pas très envie de revoir la patronne ?

– Ne me dis pas que ça te ferait plaisir.

Elle parut réfléchir un instant, puis haussa les épaules.

– Tu es heureuse que Fairstone soit mort ? demanda Rebus.

Elle le foudroya du regard.

– Simple curiosité, dit-il en pensant une nouvelle fois à Miss Teri.

Il tenta ostensiblement de tirer une des feuilles du dessus jusqu'au moment où Siobhan saisit l'allusion et le fit à sa place. Puis ils restèrent assis côte à côte, sans remarquer que la lumière faiblissait, dehors, l'après-midi se traînant en direction du crépuscule.

Siobhan alla chercher de nouvelles consommations au bar. Le barman avait tenté de l'interroger sur les documents, mais elle avait fait dévier la conversation et ils avaient fini par parler d'écrivains. Elle ignorait qu'il y avait un lien entre le Boatman's, Walter Scott et Robert Louis Stevenson.

– Vous ne buvez pas seulement dans un pub, avait expliqué le barman. Vous buvez dans l'histoire.

Une phrase qu'il avait prononcée cent fois. Elle eut le sentiment d'être une touriste. On était à quinze kilomètres de la ville, mais tout semblait différent. Ce n'était pas seulement à cause des meurtres dont, elle s'en rendit soudain compte, son barman n'avait pas parlé. Les citadins avaient tendance à mélanger les agglomérations limitrophes – Portobello, Musselburgh, Currie, Queensferry étaient simplement considérés comme des « parties » de la ville. Pourtant, même Leith, reliée au centre par le cordon ombilical disgracieux de Leith Walk, faisait tout son possible pour conserver son identité. Elle se demanda pourquoi ce serait différent ailleurs.

Quelque chose avait attiré Lee Herdman ici. Il était né à Wishaw, était entré dans l'armée à dix-sept ans. Missions en Irlande du Nord et ailleurs, puis formation au sein du SAS. Huit ans dans ce régiment avant de se retrouver, comme il aurait sûrement dit, « dans le civil ». Il avait abandonné sa femme, l'avait laissée avec deux enfants à Hereford, siège du SAS, puis il était parti pour le nord. Les informations sur son passé étaient parcellaires. On n'indiquait ni ce qu'étaient devenus sa femme et ses enfants ni pourquoi il avait rompu avec eux. Il habitait South Queensferry depuis six ans. Et il y était mort à trente-six ans.

Siobhan se tourna vers Rebus, qui lisait un autre document. Il avait été dans l'armée et elle avait souvent entendu dire qu'il avait tenté d'entrer au SAS. Que savait-elle du SAS ? Seulement ce qu'elle avait lu dans le rapport. Special Air Service, basé à Hereford ; devise : Qui ose gagne. Composé des meilleurs éléments que l'armée puisse fournir. Le régiment avait été fondé pendant la Deuxième Guerre mondiale et constituait une unité de reconnaissance en territoire ennemi, mais le siège de l'ambassade iranienne, en 1980, et la campagne des Malouines, en 1982, l'avaient rendu célèbre. Sur un document, une note manuscrite en bas de page indiquait que les anciens employeurs de Herdman avaient été contactés et priés de fournir les informations dont ils disposaient. Elle avait signalé cela à Rebus, qui s'était contenté de hausser les épaules, indiquant ainsi qu'ils ne seraient sûrement pas très coopératifs.

Peu après son arrivée à South Queensferry, Herdman avait fondé son entreprise, tirant les amateurs de ski nautique et ainsi de suite. Siobhan ignorait combien coûtait un hors-bord. Elle avait pris une note à cet effet, parmi les dizaines que contenait le bloc posé sur la table.

– Donc vous n'êtes pas pressée, dit le barman.

Elle ne s'était pas aperçue de son retour.

– Comment ?

Il baissa les yeux sur les verres posés devant elle.

– Oh, c'est vrai, dit-elle en esquissant un sourire.

– Ne vous en faites pas. Il n'y a parfois rien de mieux qu'un « dwam ».

Elle acquiesça, parce qu'elle savait que « dwam » signifie rêve[1]. Elle utilisait rarement les mots écossais, qui sonnaient mal avec son accent anglais. Elle n'avait jamais tenté d'altérer son accent et cela témoignait de son utilité. Il agaçait parfois les gens et cela s'était révélé utile pendant certains interrogatoires. Et s'ils la prenaient de temps en temps pour une touriste, il leur arrivait aussi, occasionnellement, de baisser la garde.

– J'ai deviné ce que vous êtes, disait le barman.

Elle le dévisagea. Environ vingt-cinq ans, grand, les épaules larges, avec des cheveux noirs courts et un visage qui conserverait ses pommettes saillantes pendant quelques années encore malgré l'alcool, le régime alimentaire et les cigarettes.

– Impressionnez-moi, dit-elle en s'appuyant contre le bar.

– Au début, je vous ai pris pour des journalistes, mais vous ne posez pas de questions.

– Des reporters sont venus ici ?

En guise de réponse, il leva les yeux au ciel.

– À vous voir penchés sur ces paperasses, dit-il en montrant la table de la tête, je me dis que vous êtes détectives.

– Quelle intelligence !

– Il venait ici, vous savez. Lee.

– Vous le connaissiez ?

– Oh oui, on bavardait... les trucs habituels, le football et tout ça.

– Vous êtes monté à bord de son bateau ?

Le barman acquiesça.

– C'était formidable. Filer sous les deux ponts, tendre le cou pour regarder...

Il inclina la tête pour lui montrer ce qu'il voulait dire, ajouta :

– Ça, il aimait la vitesse, Lee.

– Comment vous appelez-vous, monsieur le barman ?

– Rod McAllister.

Il tendit la main, qu'elle serra. Elle était humide, parce qu'il venait de laver des verres.

– Enchantée, Rod.

1. *Dream.*

Elle dégagea sa main, sortit une de ses cartes professionnelles de sa poche, ajouta :

– Si vous vous souvenez de quelque chose qui pourrait nous être utile...

Il prit la carte.

– Bien, dit-il. Parfait, Sio...

– On prononce Shi-vawn.

– Bon sang, et ça s'écrit comme ça ?

– Mais vous pouvez m'appeler sergent Clarke.

Il hocha la tête et glissa la carte dans la poche de sa chemise. Il la dévisagea avec un intérêt nouveau.

– Combien de temps resterez-vous ici ?

– Aussi longtemps que nécessaire. Pourquoi ?

Il haussa les épaules.

– À l'heure du déjeuner, on fait un chouette haggis, des navets et de la purée.

– J'y penserai.

Elle saisit les verres, conclut :

– Salut, Rod.

– Salut.

De retour à la table, elle posa la pinte de Rebus près du bloc ouvert.

– Voilà. Désolée d'avoir été un peu longue, mais le barman connaissait Herdman et pouvait peut-être...

Elle s'assit. Rebus ne faisait pas attention, n'écoutait pas. Il fixait la feuille de papier posée devant lui.

– Qu'est-ce que c'est ? demanda-t-elle.

Elle jeta un coup d'œil sur le document, constata qu'elle l'avait lu. Des informations sur la famille d'une des victimes.

– John ? insista-t-elle.

Il leva lentement la tête et la regarda dans les yeux.

– Je crois que je les connais, souffla-t-il.

– Qui ?

Elle prit la feuille, demanda :

– Les parents ?

Il acquiesça.

– Comment ?

Rebus porta les mains à son visage.

– C'est la famille.

Il s'aperçut qu'elle ne comprenait pas, ajouta :

– *Ma* famille, Siobhan. Ils font partie de ma famille...

3

C'était un pavillon mitoyen, au bout d'une impasse, dans un lotissement moderne. Depuis ce quartier de South Queensferry, on ne voyait pas les ponts et rien n'évoquait les rues anciennes, à seulement cinq cents mètres de là. Les voitures étaient dans les allées – des modèles de cadres moyens : Rover, BMW et Audi. Il n'y avait pas de clôtures entre les maisons, seulement des pelouses menant à des chemins qui conduisaient à d'autres pelouses. Siobhan s'était garée contre le trottoir. Elle resta quelques pas derrière Rebus qui parvint non sans mal à sonner. Une jeune fille hébétée ouvrit. Ses cheveux avaient besoin d'être lavés et peignés, ses yeux étaient injectés de sang.

– Ton père ou ta mère sont là ?

– Ils ne parlent à personne, dit-elle en poussant la porte.

– Nous ne sommes pas journalistes.

Rebus sortit sa carte avec difficulté, ajouta :

– Je suis l'inspecteur Rebus.

Elle regarda la carte puis le dévisagea.

– Rebus ? fit-elle.

Il acquiesça.

– Tu connais ce nom ?

– Je crois...

Un homme s'immobilisa soudain derrière elle. Il tendit la main à Rebus.

– John. Ça fait un bout de temps.

Rebus adressa un signe de la tête à Allan Renshaw.

– Probablement trente ans, Allan.

Les deux hommes se fixaient, tentaient de faire correspondre les visages à leurs souvenirs.

– Tu m'as emmené voir un match de foot, un jour, dit Renshaw.

– Les Raith Rovers, c'est ça ? Je ne me souviens pas contre qui ils jouaient.

– Entre donc.

– Tu comprends, Allan, que ma visite est professionnelle.

– J'ai appris que tu faisais partie de la police. Bizarre comme les choses tournent.

Tandis que Rebus suivait son cousin dans le couloir, Siobhan se présenta à la jeune fille, qui dit s'appeler Kate, la sœur de Derek.

Siobhan avait vu son nom dans les documents relatifs à l'affaire.

– Vous fréquentez l'université, Kate ?

– St Andrews. J'étudie la littérature anglaise.

Siobhan ne trouva rien à ajouter, rien qui ne fût plat ou forcé. Elle poursuivit donc son chemin dans le long couloir étroit, passa devant une table couverte de lettres non ouvertes, entra dans le séjour.

Il y avait des photos partout. Pas seulement encadrées, ornant les murs ou posées sur les étagères, mais débordant de boîtes à chaussures sur le plancher et la table basse.

– Tu pourras peut-être m'aider, disait Allan Renshaw à Rebus. J'ai du mal à mettre un nom sur certains visages.

Il montra quelques clichés en noir et blanc. Il y avait aussi des albums, ouverts sur le canapé, qui montraient la croissance de deux enfants : Kate et Derek. Il y avait des photos de baptême, de vacances d'été, de matins de Noël, d'excursions et d'occasions spéciales. Siobhan savait que Kate avait dix-neuf ans, deux ans de plus que son frère. Elle savait aussi que le père vendait des voitures dans Seafield Road, à Édimbourg. Par deux fois – au pub et pendant le trajet – Rebus avait exposé ce qui le liait à la famille. Sa mère avait une sœur et cette sœur avait épousé un nommé Renshaw. Allan Renshaw était leur fils.

– Vous n'êtes pas restés en relation ? avait demandé Siobhan.

– Notre famille ne fonctionne pas comme ça, avait-il répondu.

– Je suis désolé pour Derek, disait maintenant Rebus.

N'ayant pas trouvé d'endroit où s'asseoir, il se tenait près de la cheminée. Allan Renshaw avait pris place sur un des bras du canapé. Il montra les coussins de la tête, mais vit ensuite que sa fille était sur le point de faire de la place afin que les visiteurs puissent s'y installer.

– On n'a pas fini de les classer ! dit-il sèchement.

– Je pensais seulement...

Les yeux de Kate s'emplirent de larmes.

– Si nous buvions du thé ? intervint Siobhan. Nous pourrions peut-être parler dans la cuisine.

Il y avait juste assez de place pour quatre, autour de la table, et Siobhan se faufila entre eux afin de s'occuper de la bouilloire et des tasses. Kate avait proposé de l'aider, mais elle l'avait persuadée de s'asseoir. On voyait, par la fenêtre située au-dessus de l'évier, un jardin minuscule entouré d'une clôture de piquets de bois. Un torchon était étendu sur le séchoir circulaire et deux bandes de pelouse avaient été tondues, la tondeuse désormais immobile tandis que l'herbe poussait tout autour.

Une chatière claqua soudain et un gros chat noir et blanc apparut, sauta sur les genoux de Kate, foudroya les visiteurs du regard.

– C'est Boethius, annonça Kate.

– Une reine d'Angleterre ? proposa Rebus.

– C'était Boudicca, corrigea Siobhan.

– Boethius, expliqua Kate, était un philosophe romain.

Elle caressa la tête du chat. Rebus ne put s'empêcher de remarquer que le motif de ses taches lui donnait l'air de porter un masque de Batman.

– Un de vos héros ? supposa Siobhan.

– Il a été torturé en raison de ses croyances, poursuivit Kate. Ensuite, il a écrit un essai où il tente d'expliquer pourquoi les hommes de bien souffrent...

Elle se tut, adressa un bref regard à son père. Mais il n'avait apparemment pas entendu.

– Alors que les mauvais prospèrent ? devina Siobhan.

Kate acquiesça.

– Intéressant, commenta Rebus.

Siobhan servit le thé et s'assit. Rebus ne tint aucun compte de la tasse posée devant lui, peut-être parce qu'il ne voulait pas attirer l'attention sur ses mains bandées. Allan Renshaw serrait très fort l'anse de la sienne, mais ne semblait pas pressé de la lever.

– Alice m'a téléphoné, disait Renshaw. Tu te souviens d'Alice ?

Rebus secoua la tête. Renshaw poursuivit :

– Ce n'était pas une cousine de... Bon sang, à quel côté de la famille appartenait-elle ?

– Peu importe, papa, souffla Kate.

– C'est important, Kate, protesta-t-il. Dans ces moments-là, il n'y a que la famille.

– Tu n'avais pas une sœur, Allan ? demanda Rebus.

– La tante Elspeth, répondit Kate. Elle vit en Nouvelle-Zélande.

– Elle a été avertie ?

Kate hocha la tête.

– Et ta mère ?

– Elle est venue, intervint Renshaw, les yeux fixés sur la table.

– Elle nous a quittés il y a un an, expliqua Kate. Elle vit avec...

Elle s'interrompit, reprit :

– Elle habite Fife.

Rebus acquiesça, certain de savoir ce qu'elle avait été sur le point de dire : *elle vit avec un homme...*

– Comment s'appelait le parc où tu m'as emmené, John ? demanda Renshaw. Je n'avais que sept ou huit ans. Maman et papa m'avaient amené à Bowhill et tu as proposé de faire un tour avec toi. Tu te souviens ?

Rebus s'en souvenait. Il était en permission, ne tenait pas en place. Un peu plus de vingt ans, avant le stage permettant d'intégrer le SAS. La maison semblait trop petite, son père trop prisonnier de la routine. Alors Rebus avait emmené Allan faire du lèche-vitrines. Ils avaient acheté un soda et un ballon de football bon marché, puis ils étaient allés jouer dans le parc. Il regarda Renshaw. Il devait avoir la quarantaine. Ses cheveux grisonnaient et le sommet de son crâne devenait chauve. Son visage était flasque et pas rasé. Enfant, il n'avait que la peau sur les os, mais il était désormais corpulent, surtout au niveau de la taille. Rebus s'efforça de trouver quelque vestige du gamin qui avait tapé dans le ballon avec lui, du gamin qu'il avait emmené voir Raith jouer, à Kirkcaldy, contre un adversaire oublié. L'homme qui se trouvait devant lui vieillissait vite : épouse partie, fils assassiné. Vieillissait vite et s'efforçait de tenir le coup.

– Est-ce que des gens viennent ? demanda Rebus à Kate.

Il pensait aux amis, aux voisins. Elle acquiesça et il se tourna à nouveau vers Renshaw.

– Allan, je sais que tu as reçu un choc. Te sens-tu capable de répondre à quelques questions ?

– Comment est la vie de policier, John ? Tu dois faire ce genre de chose tous les jours ?

– Non, pas tous les jours.

– Je ne pourrais pas. C'est déjà assez difficile de vendre des voitures, de voir l'acheteur s'en aller dans cette machine parfaite, un large sourire aux lèvres, puis de le voir revenir pour l'entretien, une réparation, n'importe quoi, et de constater que la voiture n'a plus le même éclat... qu'il ne sourit plus.

Rebus adressa un bref regard à Kate, qui se contenta de hausser les épaules. Il supposa qu'elle avait souvent entendu son père radoter.

– L'homme qui a abattu Derek, dit Rebus, nous tentons de comprendre pourquoi il l'a fait.

– C'était un dément.

– Mais pourquoi l'école ? Pourquoi ce jour-là ? Tu me suis ?

– Tu veux dire que tu refuses de laisser tomber. Tout ce qu'on veut c'est qu'on nous laisse tranquilles.

– Il faut qu'on sache, Allan.

– Pourquoi ? demanda Renshaw d'une voix plus forte. Qu'est-ce que ça changera ? Tu vas ramener Derek ? Sûrement pas. Le salaud qui a fait ça est mort... Pour moi, c'est la seule chose qui compte.

– Bois ton thé, papa, dit Kate en tendant une main vers le bras de son père.

Il la prit dans la sienne, la leva et l'embrassa.

– Il n'y a plus que nous maintenant, Kate. Personne d'autre ne compte.

– Je croyais que tu venais de dire que la famille comptait. L'inspecteur appartient à notre famille, n'est-ce pas ?

Renshaw se tourna de nouveau vers Rebus et ses yeux s'emplirent de larmes. Puis il se leva et sortit de la pièce. Ils restèrent pendant quelques instants immobiles, l'entendirent monter l'escalier.

– Laissons-le tranquille, dit Kate, qui parut sûre de son rôle et à même de l'assumer.

Elle se redressa, pressa les mains l'une contre l'autre, reprit :

– Je ne crois pas que Derek connaissait cet homme. Enfin, South Queensferry est un village, il le connaissait peut-être de vue, savait même peut-être qui c'était. Mais rien de plus.

Rebus acquiesça mais garda le silence dans l'espoir qu'elle éprouverait le besoin d'ajouter quelque chose. C'était une technique que Siobhan employait également.

– Il ne les a pas choisis, n'est-ce pas ? reprit Kate, qui se remit à caresser Boethius. Ils étaient simplement au mauvais endroit au mauvais moment.

– Nous ne savons pas, répondit Rebus. C'est la première

salle où il est entré, mais il est passé devant d'autres portes pour y parvenir.

Elle se tourna vers lui.

– Papa m'a dit que l'autre victime était le fils d'un juge.

– Tu ne le connaissais pas ?

Elle secoua la tête.

– Pas bien.

– Tu n'as pas fréquenté Port Edgar ?

– Si, mais Derek a deux ans de moins que moi.

– Je crois que Kate veut dire, clarifia Siobhan, que tous les garçons de cette année avaient deux ans de moins qu'elle et qu'elle n'était pas de ce fait disposée à s'intéresser à eux.

– Absolument, reconnut Kate.

– Et Lee Herdman ? Tu le connaissais ?

Elle soutint le regard de Rebus, puis hocha lentement la tête.

– Je suis sortie avec lui, un jour.

Elle garda un instant le silence, reprit :

– Enfin, sortie en mer à bord de son bateau. Beaucoup d'entre nous l'ont fait. Nous croyions que le ski nautique était excitant, mais c'était surtout difficile et il m'a fichu la trouille de ma vie.

– Comment ça ?

– Quand on était sur les skis, il essayait de nous faire peur, dirigeait le bateau droit sur une des piles du pont ou sur Gravie Island. Vous la connaissez ?

– Celle qui ressemble à une forteresse ? supputa Siobhan.

– Je suppose qu'il y avait des armes, pendant la guerre, des canons pour empêcher l'ennemi d'entrer dans le Forth.

– Donc Herdman tentait de vous effrayer ? demanda Rebus afin de remettre la conversation sur les rails.

– Je crois que c'était une sorte d'épreuve, pour voir si nous étions courageux. Nous pensions tous qu'il était fou.

Elle se tut brusquement, prit conscience de ses propos. Son visage, déjà pâle, perdit un peu de sa couleur.

– Enfin, je n'ai jamais cru qu'il...

– Personne n'est dans ce cas, dit Siobhan, rassurante.

La jeune fille mit quelques secondes à reprendre contenance.

– On raconte qu'il était dans l'armée, était peut-être même un espion.

Rebus ignorait où elle voulait en venir, mais il hocha la

tête. Elle regarda le chat, qui était maintenant couché, les yeux fermés, et ronronnait bruyamment, ajouta :

– Ça va vous sembler dingue.

Rebus se pencha.

– Quoi donc, Kate ?

– C'est seulement... la première chose qui m'a traversé l'esprit quand j'ai appris...

– Quoi ?

Elle regarda alternativement Rebus et Siobhan, puis son regard s'immobilisa à nouveau sur l'inspecteur.

– Non, c'est trop stupide.

– Dans ce cas je suis ton homme, dit Rebus en lui souriant.

Elle faillit lui rendre son sourire et prit une profonde inspiration.

– Derek a eu un accident de voiture, il y a un an. Il n'a rien eu mais l'autre jeune, celui qui conduisait...

– Il est mort ? devina Siobhan.

Kate acquiesça.

– Ils n'avaient le permis ni l'un ni l'autre et ils avaient bu. Derek se sentait coupable. Même s'il n'y a pas eu de procès ni rien...

– Quel rapport avec la fusillade ? demanda Rebus.

Elle haussa les épaules.

– Aucun. Mais quand j'ai appris... quand papa m'a téléphoné... je me suis soudain rappelé ce que Derek m'avait dit, quelques mois après l'accident. Il m'a dit que la famille de l'adolescent mort le haïssait. Et c'est pour cette raison que j'ai pensé ça. Dès l'instant où je me suis souvenue de ça, le mot qui m'est venu à l'esprit a été... vengeance.

Elle se leva sans lâcher Boethius, le posa sur la chaise qu'elle venait de libérer.

– Je crois que je devrais aller voir ce que fait papa. J'en ai pour une minute.

Siobhan se leva également.

– Kate, dit-elle, vous tenez le coup ?

– Ça va. Ne vous inquiétez pas.

– Je suis désolée que votre mère soit partie.

– Inutile. Papa et elle se disputaient sans arrêt. Ça, au moins, c'est terminé...

Et, avec un nouveau sourire forcé, Kate sortit de la cuisine. Rebus se tourna vers Siobhan, seul un très léger haussement de sourcils indiquant qu'il avait entendu quelque chose d'intéressant au cours des dix minutes écoulées. Il la suivit dans le séjour. La nuit était tombée et il alluma une lampe.

– Tu penses que je devrais tirer les rideaux ? demanda-t-elle.

– Tu crois que quelqu'un les ouvrira demain matin ?

– Peut-être pas.

– Alors laisse-les ouverts.

Rebus alluma une deuxième lampe, ajouta :

– Cet endroit a besoin d'autant de lumière que possible.

Il regarda quelques photos. Visages flous, décors qu'il reconnut. Siobhan examinait les portraits de famille exposés dans la pièce.

– Leur mère a été effacée, constata-t-elle.

– Il y a autre chose, dit Rebus sur un ton neutre.

Elle se tourna vers lui.

– Quoi ?

Il montra les étagères.

– C'est peut-être mon imagination, mais il me semble que les photos de Derek sont plus nombreuses que celles de Kate.

Siobhan comprit ce qu'il voulait dire.

– Qu'est-ce qu'il faut en conclure ?

– Je ne sais pas.

– Peut-être Kate avait-elle été photographiée en compagnie de sa mère.

– Mais on dit parfois que l'enfant le plus jeune devient le préféré des parents.

– Tu parles d'expérience ?

– J'ai un frère plus jeune, si c'est ce que tu penses.

Siobhan réfléchit.

– Tu crois qu'on va le lui dire ?

– À qui ?

– À ton frère.

– Lui dire qu'il a toujours été la prunelle des yeux de notre père ?

– Non, lui dire ce qui est arrivé ici.

– Encore faudrait-il savoir où il est.

– Tu ne sais pas où se trouve ton frère ?

Rebus haussa les épaules.

– C'est comme ça, Siobhan.

Ils entendirent des pas dans l'escalier. Kate entra dans la pièce.

– Il dort, annonça-t-elle. Il dort beaucoup.

– C'est sûrement ce qu'il y a de mieux, dit Siobhan, que le cliché fit presque grimacer.

– Kate, intervint Rebus, nous allons te laisser. Mais j'ai une dernière question, si cela ne te gêne pas.

– Je ne le saurai que quand vous l'aurez posée.

– Simplement ceci : je me demande si tu peux nous dire exactement où et quand l'accident de voiture de Derek s'est produit.

Le siège de la Division D était un vieil immeuble vénérable du centre de Leith. Le trajet, depuis South Queensferry, n'avait pas pris trop longtemps – la circulation, le soir, sortait de la ville et n'y entrait pas. Les bureaux du CID étaient silencieux. Rebus pensa que tout le monde devait être affecté à la fusillade. Il aborda une employée administrative et lui demanda où se trouvaient les archives. Siobhan tapait déjà sur un clavier, au cas où elle pourrait trouver des informations de cette façon. Au bout du compte, le dossier fut retrouvé dans une armoire où il moisissait sur une étagère, parmi des centaines d'autres. Rebus remercia l'employée.

– Heureuse d'avoir pu vous être utile, dit-elle. Aujourd'hui, cet endroit a été un vrai cimetière.

– Heureusement que les méchants ne sont pas au courant, répondit Rebus avec un clin d'œil.

Elle eut un sourire ironique.

– De toute façon, dans le meilleur des cas, c'est plutôt mort.

Elle faisait allusion au manque de personnel.

– Je vous dois un verre, dit Rebus tandis qu'elle s'éloignait.

Siobhan la vit faire signe de la main sans se retourner.

– Tu ne lui as même pas demandé son nom, dit-elle.

– Et je ne lui paierai pas de verre.

Il posa le dossier sur un bureau et s'assit de façon que Siobhan puisse placer une chaise près de la sienne.

– Tu vois toujours Jean ? demanda-t-elle alors qu'il ouvrait le dossier.

Puis elle grimaça. Une photographie en couleurs de l'accident était posée sur les documents. L'adolescent mort avait été partiellement éjecté du siège du conducteur et la partie supérieure de son corps gisait sur le capot de la voiture. Il y avait d'autres photos dessous : des clichés de l'autopsie. Rebus les glissa sous le dossier et se mit à lire :

Deux amis : Derek Renshaw, seize ans, et Stuart Cotter, dix-sept ans. Ils avaient emprunté la voiture du père de Stuart, une Audi TT rapide. Le père était en voyage d'affaires, devait rentrer en fin de soirée, prendrait un taxi pour venir de l'aéroport. Les jeunes gens avaient tout leur temps et décidèrent d'aller à Édimbourg. Ils burent un verre à Leith, dans un bar du bord de mer, puis ils se dirigèrent vers Salamander Street. Ils projetaient de rejoindre l'A1, de voir ce que la voiture avait dans le ventre, et de rentrer. Mais Salamander Street leur fit l'effet d'une bonne ligne droite propice à la vitesse. On estima qu'ils roulaient à cent dix quand Stuart Cotter avait perdu le contrôle du véhicule. Il avait tenté de freiner avant un feu et la voiture avait fait un tête-à-queue, était montée sur le trottoir et avait heurté un mur de briques. De plein fouet. Derek, qui avait bouclé sa ceinture, avait survécu. Pas Stuart, malgré l'airbag.

– Tu te souviens de ça ? demanda Rebus à Siobhan.

Elle secoua la tête. Il ne s'en souvenait pas davantage. Peut-être était-il absent ou concentré sur une affaire. S'il avait vu le rapport... c'était une tragédie qu'il avait rencontrée à de trop nombreuses reprises. Des jeunes gens confondant excitation et stupidité, âge adulte et risque. Le nom de Renshaw aurait dû lui mettre la puce à l'oreille, mais il y avait beaucoup de Renshaw. Il chercha le nom du policier chargé de l'affaire. Sergent Callum McLeod. Rebus le connaissait vaguement : un bon flic. Le rapport était donc consciencieux.

– Il faut que je sache une chose, dit Siobhan.

– Laquelle ?

– Envisageons-nous sérieusement qu'il s'agisse d'une vengeance ?

– Non.

– Alors pourquoi attendre un an ? Même pas un an jour pour jour... treize mois. Pourquoi attendre aussi longtemps ?

– Absolument aucune raison.

– Donc, on ne croit pas...

– Siobhan, c'est un mobile. Pour le moment, je crois que c'est ce que Bobby Hogan attend de nous. Il veut pouvoir dire que Lee Herdman a perdu les pédales et décidé de buter deux lycéens. Il ne veut pas que les médias s'emparent d'une théorie du complot ou d'une interprétation susceptible de laisser croire que nous n'avons pas fait tout notre possible.

Rebus soupira, reprit :

– La vengeance est le plus vieux mobile du monde. Si nous

mettons la famille de Stuart Cotter hors de cause, c'est un souci de moins.

Siobhan acquiesça.

– Le père de Stuart est un homme d'affaires. Il a une Audi TT. Il a probablement les moyens de payer un homme tel que Lee Herdman.

– D'accord, mais pourquoi tuer le fils du juge ? Et cet autre gamin qu'il a blessé ? Et, au bout du compte, pourquoi se suicider ? Ce n'est pas ce que font les tueurs à gages.

Siobhan haussa les épaules.

– Tu es mieux informé que moi là-dessus.

Elle feuilleta les documents, reprit :

– La branche d'activité dans laquelle travaille M. Cotter n'est pas indiquée... ah, voilà : entrepreneur. Cela peut recouvrir une multitude de péchés.

– Quel est son prénom ?

Rebus avait sorti un bloc, mais était incapable de se servir d'un stylo. Siobhan s'en empara.

– William Cotter, dit-elle en écrivant le nom, à la suite duquel elle ajouta l'adresse. La famille habite Dalmeny. Où est-ce ?

– Près de South Queensferry.

– Ça a l'air chic : Long Rib House, Dalmeny. Pas de nom de rue, rien.

– Les entrepreneurs font sans doute de bonnes affaires.

Rebus étudia le mot, ajouta :

– Je ne suis même pas sûr que je saurais l'écrire.

Il poursuivit sa lecture, reprit :

– Sa femme s'appelle Charlotte, dirige deux centres de bronzage en ville.

– J'avais envie d'essayer, dit Siobhan.

– Voilà l'occasion.

Rebus était presque arrivé en bas de la page. Il reprit :

– Une fille, Teri, quatorze ans à l'époque de l'accident. Elle a donc quinze ans aujourd'hui.

Il plissa le front, concentré, et fit son possible pour feuilleter les autres documents.

– Qu'est-ce que tu cherches ?

– Une photo de la famille...

Il eut de la chance. Le sergent McLeod avait effectivement été consciencieux : les coupures de presse relatives à l'affaire étaient dans le dossier. Un tabloïd s'était procuré une photo, papa et maman sur le canapé, le fils et la fille derrière de telle sorte qu'on ne voyait que leurs visages. Rebus fut pratiquement sûr de reconnaître la jeune fille. Teri. Miss Teri. Que lui avait-elle dit ?

Vous pouvez me voir quand vous voulez...

Qu'est-ce que ça pouvait bien signifier ?

Siobhan avait vu l'expression de son visage.

– Pas quelqu'un que tu connais aussi ?

– Je l'ai rencontrée dans la rue en allant au Boatman's. Mais elle a un peu changé.

Il examina le visage éclatant, dépourvu de maquillage. Les cheveux n'étaient pas d'un noir de jais, mais châtains.

– Elle s'est teint les cheveux, reprit-il, passe de la poudre blanche sur son visage, maquille ses yeux et sa bouche en noir... porte également du noir.

– Une Goth ? C'est pour ça que tu m'as parlé du Heavy Metal ?

Il acquiesça.

– Tu crois qu'il y a un lien avec la mort de son frère ?

– Possible. Mais il y a autre chose.

– Quoi ?

– Ce qu'elle a dit... que leur mort ne l'attristait pas...

Ils prirent des plats à emporter à Causewayside, dans le restaurant indien préféré de Rebus. Tandis qu'on préparait leur commande, une boutique de la rue fournit six bières fraîches.

– Très frugal, vraiment, dit Siobhan en ramassant le sac en plastique posé sur le comptoir.

– Tu ne crois pas sérieusement que je vais partager ? demanda Rebus.

– Je suis sûre que je peux t'y forcer.

Ils emportèrent les provisions dans son appartement de Marchmont, garèrent la voiture à la dernière place disponible. L'appartement se trouvait au deuxième étage. Rebus tenta d'introduire la clé dans la serrure.

– Je m'en occupe, dit Siobhan.

L'intérieur sentait le renfermé. Il existe une odeur de renfermé qu'on pourrait mettre en bouteille et baptiser *Eau de célibataire*. Nourriture éventée, alcool, sueur. Des CD étaient éparpillés sur le plancher du séjour entre la hi-fi et le fauteuil préféré de Rebus. Siobhan posa la nourriture sur la table, alla chercher des assiettes et des couverts dans la cuisine. Rien ne permettait de supposer qu'on s'en fût récemment servi. Deux tasses dans l'évier, un paquet de margarine tachée de moisi sur l'égouttoir. Une liste de courses, sur un Post-it jaune, était collée sur le réfrigérateur : pain/lait/margarine/bacon/sauce barbecue/ liquide vaisselle/ampoules. Le papier cornait et elle se demanda depuis combien de temps le mot était là.

Quand elle regagna le séjour, Rebus était parvenu à mettre un CD. Elle le lui avait offert : *Violet Indiana*.

– Ça te plaît ? demanda-t-elle.

Il haussa les épaules.

– Je me suis dit que ça te ferait plaisir.

Donc il ne l'avait pas encore écouté.

– C'est mieux que les trucs de dinosaure que tu passes dans ta voiture.

– N'oublie pas que je suis un dinosaure.

Elle sourit, sortit les barquettes du sac. Elle se tourna brièvement vers la hi-fi, constata que Rebus mordillait un de ses pansements.

– Tu n'as sûrement pas faim à ce point.

– Plus facile de manger sans ces trucs.

Il entreprit de dérouler les bandes de gaze, une main après l'autre. Elle constata qu'il allait plus lentement à mesure qu'il approchait de la fin. Les deux mains furent finalement dévoilées, rouges, cloquées et apparemment brûlantes. Il tenta de fléchir les doigts.

– Des cachets ? suggéra Siobhan.

Il acquiesça, gagna la table et s'assit. Elle ouvrit deux bières et ils commencèrent à manger. Rebus ne pouvait serrer sa fourchette, mais persévéra ; il laissa échapper des taches de sauce sur la table mais parvint à épargner sa chemise. Ils mangèrent en silence, hormis quelques commentaires sur les plats. Quand ils eurent terminé, Siobhan débarrassa la table et l'essuya.

– Il faudrait que tu ajoutes des lingettes à ta liste de courses, dit-elle.

– Quelle liste de courses ?

Rebus s'assit dans son fauteuil, posa une deuxième bouteille de bière sur sa cuisse, demanda :

– Tu peux regarder s'il y a de la crème ?

– On va préparer un dessert ?

– Dans la salle de bains... de la crème antiseptique.

Complaisante, elle examina le contenu de l'armoire de toilette, constata que la baignoire était pleine à ras bord. L'eau semblait froide. Elle revint avec un tube bleu.

– Contre les piqûres et les infections, annonça-t-elle.

– Ça ira.

Il prit le tube, passa une épaisse couche de crème blanche sur ses deux mains. Elle avait ouvert une deuxième bouteille de bière, s'était appuyée contre un bras du canapé.

– Tu veux que je vide l'eau ? demanda-t-elle.

– Quelle eau ?

– Celle de la baignoire. Tu as oublié d'ôter la bonde. Je suppose que c'est celle dans laquelle tu affirmes être tombé...

Rebus se tourna vers elle.

– Qui t'a raconté ça ?

– Le médecin de l'hôpital. Il avait l'air sceptique.

– Le secret professionnel n'est plus ce qu'il était, marmonna Rebus. Au moins, il a dû te dire que je ne me suis pas brûlé, mais ébouillanté les mains.

Elle plissa le nez. Rebus ajouta :

– Merci d'avoir vérifié ma version des faits.

– Je savais simplement qu'il était peu probable que tu aies fait la vaisselle. À propos de l'eau de la baignoire...

– Je m'en occuperai plus tard.

Il s'appuya contre le dossier de son fauteuil, but une gorgée de bière, demanda :

– Qu'est-ce que tu vas faire à propos de Martin Fairstone ?

Elle haussa les épaules, se laissa glisser sur le canapé.

– Qu'est-ce qu'on devrait faire ? Apparemment, on ne l'a tué ni l'un ni l'autre.

– N'importe quel pompier te dira que, si tu veux tuer quelqu'un sans te faire prendre, il suffit de le soûler et d'allumer le gaz sous la friteuse.

– Et alors ?

– Les flics aussi le savent.

– Ça ne signifie pas que ce n'était pas un accident.

– On est flics, Siobhan : coupables tant que notre innocence n'est pas prouvée. Quand Fairstone t'a-t-il fait ce bleu ?

– Qu'est-ce qui te fait croire que c'est lui ?

L'expression du visage de Rebus lui indiqua que la question le vexait.

– Le jeudi précédant sa mort.

– Qu'est-ce qui s'est passé ?

– Il m'avait sans doute suivie. Je sortais des sacs de provisions de la voiture, les emportais dans l'escalier. Quand je me suis retournée, il mangeait une pomme. Il l'avait prise dans un des sacs posés sur le trottoir. Il souriait d'une oreille à l'autre. Je l'ai rejoint... j'étais furieuse. Maintenant, il savait où j'habitais. Je l'ai giflé...

Ce souvenir la fit sourire.

– La pomme a volé sur la chaussée, ajouta-t-elle.

– Il aurait pu porter plainte pour agression.

– Il ne l'a pas fait. Il m'a collé une droite rapide, touchée juste sous l'œil. Je me suis retrouvée sur le derrière. Et puis il est parti, a ramassé la pomme en traversant la rue.

– Tu n'as pas signalé l'incident.

– Non.

– Tu n'as raconté à personne comment ça s'était passé ?

Elle secoua la tête. Elle se souvint que Rebus l'avait interrogée ; qu'elle avait aussi, à ce moment-là, secoué la tête. Mais elle savait... savait qu'il comprendrait sans mal.

– Je ne suis allée avertir la patronne qu'après avoir appris sa mort.

Le silence s'installa entre eux. Les bouteilles furent portées à leur bouche, leurs yeux se rencontrèrent. Siobhan avala, se passa la langue sur les lèvres.

– Je ne l'ai pas tué, dit Rebus.

– Il a déposé une plainte contre toi.

– Et l'a retirée rapidos.

– Donc c'est un accident.

Il demeura quelques instants silencieux. Puis :

– Coupable tant que l'innocence n'est pas prouvée, répéta-t-il.

Siobhan leva sa bière.

– Aux coupables.

Rebus esquissa un sourire.

– C'est la dernière fois que tu l'as vu ? demanda-t-il.

Elle acquiesça.

– Et toi ?

– Tu n'as pas eu peur qu'il revienne ?

Il vit le regard qu'elle lui adressa.

– D'accord, reprit-il, pas peur... mais tu as dû t'inquiéter ?

– J'ai pris des dispositions.

– Quelles dispositions ?

– Comme d'habitude : surveiller mes arrières... m'arranger pour ne pas sortir seule la nuit.

Rebus posa la tête contre le dossier de son fauteuil. La musique s'était tue.

– Tu veux écouter autre chose ? demanda-t-il.

– Je veux t'entendre dire que tu as vu Fairstone pour la dernière fois le jour où vous vous êtes bagarrés.

– Ce serait un mensonge.

– Dans ce cas, quand l'as-tu vu ?

Rebus inclina la tête afin de la regarder.

– Le soir de sa mort.

Il resta un instant silencieux, ajouta :

– Mais tu le sais, n'est-ce pas ?

Elle acquiesça.

– Templer me l'a dit.

– J'étais simplement sorti boire un verre. Je l'ai rencontré dans un pub. On a bavardé.

– À propos de moi ?

– À propos de ton œil au beurre noir. Selon lui, c'était de la légitime défense.

Après un bref silence, il ajouta :

– D'après ce que tu racontes, c'était peut-être vrai.

– Quel pub était-ce ?

Rebus haussa les épaules.

– Quelque part du côté de Gracemount.

– Depuis quand commences-tu à boire si loin de l'Oxford Bar ?

Il la regarda.

– J'avais peut-être envie de le voir.

– Tu l'as cherché ?

– Mademoiselle le Procureur !

Le visage de Rebus avait pris des couleurs.

– Et la moitié du pub a sûrement compris que tu appartenais au CID, affirma-t-elle. C'est comme ça que Templer a été mise au courant.

– Est-ce que c'est ce qu'on appelle « suggérer les réponses au témoin » ?

– Je peux me débrouiller seule, John !

– Et il t'aurait envoyée chaque fois au tapis. Ce salaud tabasse les gens depuis toujours. Tu as vu son dossier...

– Ça ne te donnait pas le droit...

– Il ne s'agit pas de droit.

Rebus se leva d'un bond, gagna la table, prit une autre bouteille de bière.

– Tu en veux une ? demanda-t-il.

– Pas si je conduis.

– C'est ta décision.

– Tu as raison, John. *Ma* décision, pas la tienne.

– Siobhan, je ne l'ai pas buté. Je me suis contenté de...

Rebus ravala ses mots.

– De quoi ? demanda-t-elle en se tournant vers lui. De quoi ? répéta-t-elle.

– Je suis allé chez lui.

Elle le dévisagea, la bouche entrouverte.

– Il m'a invité, ajouta-t-il.

– Il t'a invité ?

Rebus acquiesça. Le décapsuleur tremblait dans sa main. Il délégua la tâche à Siobhan, qui lui rendit la bouteille ouverte.

– Ce salaud aimait les jeux pervers, Siobhan. Il a dit qu'on devrait aller boire un verre chez lui, enterrer la hache.

– Enterrer la hache ?

– Ses mots exacts.

– Et tu l'as fait ?

– Il avait envie de parler... pas de toi, de tout sauf de toi. De ses peines d'emprisonnement, de ce qu'il avait vécu en prison, de son enfance. L'histoire habituelle, son père qui le cognait, sa mère qui s'en fichait...

– Et tu as écouté sans rien dire ?

– J'ai écouté en pensant que j'avais une envie folle de le dérouiller.

– Mais tu ne l'as pas fait.

Rebus acquiesça.

– Il était bien dans les vapes quand je suis parti.

– Mais pas dans la cuisine ?

– Dans le séjour...

– Tu as vu la cuisine ?

Rebus secoua une nouvelle fois la tête.

– Tu as raconté ça à Templer ?

Il voulut se frotter le front, se souvint que ça lui ferait un mal de chien.

– Rentre chez toi, Siobhan.

– Il a fallu que je vous sépare. Puis, tout d'un coup, tu vas boire un verre chez lui et bavarder ? Tu espères que je vais te croire ?

– Je ne te demande pas de croire quoi que ce soit. Rentre chez toi.

Elle se leva.

– Je peux...

– Je sais que tu peux te débrouiller seule.

Rebus parut soudain fatigué.

– Je voulais dire que je peux faire la vaisselle, si tu veux.

– Inutile, je la ferai demain. Dormons un peu, hein ?

Il alla jusqu'à la baie vitrée de la pièce, regarda la rue silencieuse.

– Tu veux que je passe te prendre à quelle heure ?

– À huit heures.

– D'accord, à huit heures.

Elle resta un instant sans parler, reprit :

– Fairstone, il avait sûrement des ennemis.

– Presque à coup sûr.

– Quelqu'un l'a peut-être vu avec toi, a attendu que tu sois parti...

– À demain, Siobhan.

– C'était un salaud, John. Je n'arrête pas d'espérer te l'entendre dire.

D'une voix plus grave, elle ajouta :

– Le monde se porte mieux sans lui.

– Je ne me rappelle pas avoir dit ça.

– Mais tu l'aurais fait il n'y a pas si longtemps.

Elle prit la direction de la porte, ajouta :

– À demain.

Il attendit, convaincu qu'il allait entendre le cliquetis de la serrure. Mais il perçut un gargouillement d'eau. Il but une gorgée de bière en regardant par la fenêtre. Elle ne sortit pas dans la rue. Quand la porte du séjour s'ouvrit, il entendit que la baignoire se remplissait.

– Tu vas aussi me frotter le dos ?

– Ce serait trop demander, répondit-elle, les yeux fixés sur lui. Mais il faudrait que tu te changes. Je peux t'aider à préparer tes vêtements.

Il secoua la tête.

– Je m'en sortirai. Vraiment.

– Je resterai jusqu'à ce que tu aies pris ton bain... simplement pour être sûre que tu pourras sortir de la baignoire.

– Ça ira.

– Je reste tout de même.

Elle le rejoignit, prit la bouteille dans sa main sans force. La porta à ses lèvres.

– Il est préférable que l'eau soit tiède, dit-il.

Elle acquiesça, avala.

– Il y a seulement une chose que je me demande.

– Laquelle ?

– Comment tu fais quand tu dois aller aux toilettes ?

Il plissa les paupières.

– Je fais ce que les hommes doivent faire.

– Quelque chose me dit que je n'ai pas besoin d'en savoir plus.

Elle lui rendit la bouteille, conclut :

– Je vais m'assurer que l'eau n'est pas trop chaude, cette fois...

Ensuite, vêtu d'un peignoir de bain, il la regarda sortir dans la rue, regarder à droite et à gauche avant de se diriger vers sa voiture. Regarder à droite et à gauche : assurer ses arrières alors même que le sale type n'était plus là.

Rebus savait qu'il y en avait d'autres. Des tas d'hommes tels que Martin Fairstone. Maltraités à l'école, devenant le « trouduc » qui traînait avec des bandes, dont les membres se moquaient. Mais devenant plus fort, pour cette raison, passant à la violence et au vol, seule existence qu'ils connaîtraient jamais. Il avait raconté sa vie et Rebus avait écouté.

« Faudrait sûrement que je voie un psy, que je me fasse examiner. Ce qu'on a dans la tête, c'est pas toujours la même chose que ce qu'on fait. Vous trouvez ça dégoûtant ? C'est peut-être parce que je suis dégoûté. Il y a du whisky si vous en voulez encore. Vous avez qu'à le dire, j'ai pas l'habitude de recevoir, vous me suivez ? Je raconte n'importe quoi, faites pas attention... »

Et davantage... bien davantage, Rebus écoutant, buvant de petites gorgées de whisky, sentant qu'il faisait effet. Il s'était arrêté dans quatre pubs avant de trouver Fairstone. Et quand le monologue s'était enfin tari, Rebus s'était penché. Ils étaient assis dans des fauteuils mous, de part et d'autre d'une table basse dont un pied manquant était remplacé par un carton. Deux verres, une bouteille, un cendrier débordant et Rebus penché, prononçant ses premiers mots depuis une demi-heure.

« Marty, laissons de côté toutes ces conneries à propos du sergent Clarke. Je m'en fiche. Mais il y a une question que j'ai envie de poser...

– Laquelle ? »

Fairstone dans son fauteuil, les paupières lourdes, la cigarette entre le pouce et l'index.

« Il paraît que tu connais Peacock Johnson. Tu peux me donner des tuyaux sur lui ? »

Rebus, devant la fenêtre, se demanda combien de cachets d'analgésique contenait encore le flacon. Envisagea de sortir boire un vrai verre. Tourna le dos à la fenêtre et prit la direction de sa chambre. Ouvrit le tiroir du haut, sortit les cravates et les chaussettes, trouva finalement ce qu'il cherchait.

Des gants d'hiver. Cuir noir, doublure en nylon. Jamais portés.

Deuxième jour

Mercredi

4

Il y avait des jours où Rebus aurait pu jurer avoir senti le parfum de sa femme sur l'oreiller froid. Impossible : deux décennies de séparation ; même pas un oreiller sur lequel elle avait dormi ou posé la tête. D'autres parfums aussi... d'autres femmes. Il savait que c'étaient des illusions, qu'il ne les sentait pas vraiment. Qu'il sentait, plutôt, leur absence.

– À quoi tu penses ? demanda Siobhan, qui changea de file dans le vague espoir d'accélérer leur progression dans la circulation de l'heure de pointe.

– Je pensais aux oreillers, répondit Rebus.

Elle avait acheté du café. Il tenait le sien entre ses deux mains.

– Jolis gants, dit-elle une fois de plus. Exactement ce qu'il faut à cette période de l'année.

– Je peux demander un autre chauffeur, tu sais.

– Mais fournirait-il le petit déjeuner ?

Elle accéléra brutalement au moment où un feu orange passait au rouge. Rebus s'efforça de contenir son café dans le gobelet.

– Quelle est cette musique ? demanda-t-il, les yeux fixés sur le lecteur de CD.

– Fatboy Slim. J'ai pensé que ça pourrait te réveiller.

– Pourquoi dit-il à Jimmy Boy de ne pas quitter les States ?

Siobhan sourit.

– Tu ne comprends sûrement pas ce vers correctement. Je peux mettre quelque chose de plus tranquille... qu'est-ce que tu dirais de Tempus ?

– Fugit[1], pourquoi pas ? fit Rebus.

1. *Tempus fugit* : le temps fuit. Fugit peut aussi être considéré comme une altération de « *fuck it* ».

Herdman habitait un deux-pièces au-dessus d'un bar de la rue principale de South Queensferry. On y accédait par une venelle étroite et sombre coiffée d'une voûte de pierre. Un agent montait la garde à la porte, confrontait les noms des visiteurs à la liste des occupants, fixée sur sa planche à pince. C'était Brendan Innes.

– Tu es encore de service ? demanda Rebus.

Innes jeta un coup d'œil sur sa montre.

– Je termine dans une heure.

– Il y a de l'animation ?

– Les gens vont travailler.

– Combien d'appartements, hormis celui de Herdman ?

– Deux. Un instituteur et son amie dans le premier, un mécanicien dans l'autre.

– Un instituteur ? insista Siobhan.

– Rien à voir avec Port Edgar. Il enseigne à l'école primaire locale. Son amie travaille dans une boutique.

Rebus savait que les voisins avaient été entendus. Les notes devaient être quelque part.

– Tu leur as parlé ?

– Seulement quand ils entraient et sortaient.

– Qu'est-ce qu'ils disent ?

Innes haussa les épaules.

– Les trucs habituels : il était relativement calme, semblait relativement sympathique...

– Relativement calme, pas simplement calme.

Innes acquiesça.

– Apparemment, M. Herdman recevait parfois des amis jusque tard dans la nuit.

– Assez souvent pour déranger les voisins ?

Innes haussa une nouvelle fois les épaules. Rebus se tourna vers Siobhan.

– On a la liste de ses relations ?

Elle acquiesça.

– Elle n'est probablement pas complète...

– Vous avez besoin de ça, dit Innes.

Il montra une clé. Siobhan la prit.

– Il y a beaucoup de désordre là haut ?

– L'équipe qui a fouillé savait qu'il ne reviendrait pas, répondit Innes avec un sourire, avant de baisser la tête pour ajouter leurs noms à la liste.

Le couloir était étroit. Aucune trace de courrier récent. Ils gravirent deux étages de marches de pierre. Il y avait deux portes sur le premier palier, une seule sur le second. Rien qui pût permettre d'identifier l'occupant – ni nom ni numéro. Siobhan ouvrit et ils entrèrent.

– Plein de serrures, commenta Rebus.

Y compris deux verrous sur la face intérieure du battant.

– Herdman voulait se sentir en sécurité, ajouta-t-il.

Difficile de dire quel désordre régnait dans le logement avant l'intervention de l'équipe de Hogan. Rebus se fraya un chemin sur un plancher parsemé de vêtements et de journaux, de livres et de bric-à-brac. Ils se trouvaient sous le toit, l'atmosphère était étouffante. La tête de Rebus touchait presque le plafond. Les fenêtres étaient petites et sales. Une seule chambre : lit à deux places, armoire et commode. Télé noir et blanc portable sur le parquet nu, bouteille de Bell à moitié vide à côté. Linoléum jaune et gras dans la cuisine, table pliante laissant juste la place de passer. Petite salle de bains sentant le moisi. Deux placards, dans le couloir, apparemment vidés puis rangés en hâte par les hommes de Hogan. Cela ne laissait que le séjour. Rebus y retourna.

– Coquet, tu ne trouves pas ? commenta Siobhan.

– Oui, dans le jargon des agents immobiliers.

Rebus ramassa deux CD : Linkin Park et Sepultra.

– Il aimait le Metal, constata-t-il en les laissant tomber sur le plancher.

– Il aimait aussi le SAS, ajouta Siobhan, qui lui montra des livres.

Il s'agissait d'histoires du régiment, d'ouvrages sur les conflits auxquels il avait pris part, de récits de missions périlleuses accomplies par d'anciens membres. Elle désigna un bureau de la tête et Rebus vit ce sur quoi elle attirait son attention : un album réunissant des articles de presse. Tous concernaient l'armée. De longues études évoquaient une tendance apparente : des héros de l'armée américaine qui tuaient leur femme. Des papiers sur des suicides et des disparitions. Il y en avait même un, intitulé : « La place commence à manquer dans le cimetière du SAS », qui retint plus particulièrement son attention. Il connaissait des hommes qu'on avait enterrés dans les carrés réservés du cimetière de St Martin's, non loin du quartier général d'origine du régiment. On proposait maintenant de créer un nouveau cimetière, près du Q.G. actuel, à Credenhill.

Le même article mentionnait le décès de deux membres du SAS. Ils avaient trouvé la mort au cours d'un « exercice d'entraînement à Oman », ce qui pouvait signifier aussi bien un accident qu'un assassinat au cours d'opérations secrètes.

Siobhan scrutait l'intérieur d'un sac de supermarché. Rebus entendit des tintements de bouteilles vides.

– Il savait recevoir, constata-t-elle.

– Vin ou alcool ?

– Tequila et vin rouge.

– À en juger par la bouteille de la chambre, Herdman aimait le whisky.

– Comme j'ai dit, il savait recevoir.

Siobhan sortit une feuille de papier de sa poche, la déplia, reprit :

– D'après ceci, les spécialistes de la police scientifique ont trouvé plusieurs mégots de joints et des traces de ce qui ressemble à de la cocaïne. Ils ont aussi emporté son ordinateur. De plus, ils ont saisi des photos qui se trouvaient dans l'armoire.

– Quel genre de photos ?

– D'armes. Un peu fétichiste, à mon avis... pour les mettre sur la porte de l'armoire.

– Quels modèles d'armes ?

– Ce n'est pas indiqué.

– Quelle arme a-t-il utilisée, déjà ?

Elle vérifia.

– Un Brocock. C'est un pistolet à air comprimé. Plus précisément le ME38 Magnum.

– C'est comme un revolver ?

Siobhan acquiesça.

– Il coûte cent livres et on peut l'acheter en toute légalité. L'énergie est fournie par un cylindre de gaz.

– Mais celui de Herdman était trafiqué ?

– Tube réducteur en acier dans la culasse et le canon. Il pouvait donc utiliser des cartouches ordinaires, du .22. L'autre solution consiste à aléser pour pouvoir tirer du .38.

– Il a utilisé du .22 ?

Elle acquiesça une nouvelle fois.

– Donc quelqu'un a effectué la modification ?

– Il a pu y procéder lui-même. Il en avait sûrement la compétence.

– Est-ce qu'on sait comment il s'est procuré l'arme ?

– En tant qu'ancien militaire, je suppose qu'il avait des contacts.

– Possible.

Rebus pensa aux années 1960 et 1970, pendant lesquelles les armes et les explosifs sortaient des bases militaires de tout le pays à la demande insistante des deux camps impliqués dans les Troubles d'Irlande du Nord... De nombreux soldats conservaient un « souvenir » ; d'autres savaient où acheter et vendre discrètement des armes...

– À propos, disait Siobhan, c'est armes au pluriel.

– Il n'avait pas que celle-ci ?

Elle secoua la tête.

– On en a trouvé une quand on a fouillé son hangar à bateaux.

Elle jeta un coup d'œil sur ses notes, précisa :

– Un Mac 10.

– C'est une arme sérieuse.

– Tu connais ?

– L'Ingram Mac 10... américain. Cent coups à la minute. Ce n'est pas le genre de truc qu'on peut acheter dans une armurerie.

– D'après le labo, il a apparemment été démilitarisé, ce qui signifie qu'il est possible de le remettre en état de marche.

– Il l'a aussi trafiqué ?

– Ou acheté après qu'il l'a été.

– Dieu merci, ce n'est pas celui dont il s'est servi dans l'école. Ça aurait été un carnage.

Le silence s'établit dans la pièce tandis qu'ils réfléchissaient. Puis ils reprirent leurs recherches.

– Intéressant, dit-elle en lui désignant un livre. C'est l'histoire d'un soldat qui a craqué, a tenté de tuer sa petite amie.

Elle parcourut la jaquette, reprit :

– Il s'est suicidé en sautant d'un avion... une histoire vraie, apparemment.

Quelque chose tomba d'entre les pages. Une photo. Siobhan la ramassa, la montra à Rebus, ajouta :

– Dis-moi que ce n'est pas elle.

Mais c'était elle. C'était Teri Cotter, photographiée très récemment. Elle était dehors, d'autres personnes aux lisières de la photo. Une rue, peut-être à Édimbourg. Elle était apparemment assise sur un trottoir, portait plus ou moins les mêmes vêtements que lorsqu'elle avait aidé Rebus à fumer sa cigarette. Elle tirait sa langue ornée d'un piercing au photographe.

– Elle a l'air gai, commenta Siobhan.

Rebus examinait le cliché. Il le retourna, mais le dos était vierge.

– Elle m'a dit qu'elle connaissait les victimes. Je n'ai pas pensé à lui demander si elle connaissait leur assassin.

– Et la théorie de Kate Renshaw selon laquelle il pourrait y avoir un lien entre Herdman et les Cotter ?

Rebus haussa les épaules.

– Il serait peut-être utile de vérifier si le prix du sang a récemment été déposé sur le compte de Herdman.

Une porte claqua à l'étage au-dessous. Rebus ajouta :

– Il semblerait qu'un voisin vienne de rentrer. On y va ?

Siobhan acquiesça et ils sortirent de l'appartement, veillèrent à fermer à clé. Sur le palier de l'étage inférieur, Rebus posa une oreille contre une porte, puis contre l'autre et hocha la tête. Siobhan frappa du poing. Quand le battant s'ouvrit, elle avait sorti sa carte.

Deux noms sur la porte : celui de l'instituteur et celui de son amie. Ce fut l'amie qui ouvrit. Elle était de petite taille et blonde, aurait été jolie sans un décrochement latéral de la mâchoire qui lui conférait pratiquement en permanence, d'après Siobhan, une expression ironique.

– Je suis le sergent Clarke et voici l'inspecteur Rebus. Pourrions-nous vous poser quelques questions ?

La jeune femme les regarda alternativement.

– On a dit tout ce qu'on savait à vos collègues.

– Nous en sommes convaincus, mademoiselle, dit Rebus, qui vit les yeux de la jeune femme fixer ses gants. Mais vous habitez ici, n'est-ce pas ?

– Oui.

– Si nous avons bien compris, vous vous entendiez bien avec M. Herdman, même s'il était parfois bruyant ?

– Seulement quand il recevait. Ça n'a jamais posé de problème... On fait la fête, nous aussi, de temps en temps.

– Vous partagez son goût du Heavy Metal ?

La jeune femme plissa le nez.

– Personnellement, je préfère Robbie.

– Robbie Williams, indiqua Siobhan.

– J'aurais fini par trouver, ironisa Rebus.

– Heureusement, il ne passait ce truc que lorsqu'il recevait.

– Avez-vous été invités ?

Elle secoua la tête.

– Montrez à Mlle...

Rebus s'adressait à Siobhan, mais il s'interrompit, sourit à la voisine, reprit :

– Désolé, je ne connais pas votre nom.

– Hazel Sinclair.

Il ajouta un hochement de tête à son sourire.

– Sergent Clarke, pouvez-vous montrer à Mlle Sinclair...

Siobhan avait déjà la photo à la main. Elle la donna à Hazel Sinclair.

– C'est Miss Teri, affirma la jeune femme.

– Donc vous l'avez déjà vue ici ?

– Bien sûr. Elle a l'air de sortir tout droit de *La Famille Addams*. Je la vois souvent dans High Street.

– Mais l'avez-vous vue ici ?

– Ici ?

Sinclair réfléchit, la concentration accentuant la déformation de la mâchoire. Puis elle secoua la tête.

– De toute façon, j'ai toujours cru qu'il était homosexuel.

– Il avait des enfants, dit Siobhan en reprenant la photo.

– Ça ne veut pas dire grand-chose, hein ? Des tas d'homosexuels sont mariés. Et il était dans l'armée, où il y a sûrement des tas d'homos.

Siobhan s'efforça de réprimer un sourire. Rebus changea la position de ses pieds.

– En plus, poursuivait Hazel Sinclair, c'était toujours des types qu'on croisait dans l'escalier.

Elle se tut, ménageant son effet, ajouta :

– Des jeunes types.

– Ils étaient aussi séduisants que Robbie ?

Sinclair secoua énergiquement la tête.

– Je serais prête à prendre mon petit déjeuner sur son derrière.

– On s'efforcera de ne pas mentionner ça dans notre rapport, dit Rebus, sa dignité intacte pendant que les deux femmes éclataient de rire.

Dans la voiture, sur la route de la marina de Port Edgar, Rebus regarda les photos de Lee Herdman. Elles provenaient toutes pratiquement de journaux. C'était un homme de haute taille, mince, avec une abondante chevelure grisonnante. Pattes d'oie aux coins des yeux, visage ridé par les années. Bronzé aussi ou, plutôt, buriné. Rebus jeta un coup d'œil dehors, constata que les nuages étaient arrivés, couvraient le ciel comme un drap crasseux. Les photos avaient toutes été prises en extérieur : Herdman s'activant sur son bateau ou bien s'éloignant dans l'estuaire. Sur l'une d'elles, il adressait un signe de la main à une personne restée sur le quai. Un large sourire éclairait son visage, comme si la vie ne pouvait être plus agréable. Rebus n'avait jamais vu l'intérêt de la voile. Mais les bateaux étaient jolis quand on les regardait depuis un des pubs du front de mer.

– Tu as déjà navigué ? demanda-t-il à Siobhan.

– J'ai pris deux ou trois fois le ferry.

– À bord d'un yacht. Tu sais, hisser le spinnaker, tout ça.

Elle se tourna vers lui.

– C'est ce qu'on fait avec un spinnaker ?

– Je n'en ai pas la moindre idée.

Rebus leva la tête. Ils passaient sous le pont routier du Forth, la marina se trouvant au bout d'une route étroite, au-delà des énormes piles en béton qui semblaient pousser le pont vers le ciel. C'était ce qui impressionnait Rebus : pas la nature mais l'intelligence. Il croyait parfois que les plus grandes réalisations de l'homme étaient issues d'un combat contre la nature. La nature fournissait les problèmes et les êtres humains découvraient les solutions.

– C'est ici, dit Siobhan, qui dirigea la voiture vers une barrière ouverte.

La marina comportait une succession de bâtiments en plus ou moins bon état et deux longues jetées sur le Firth of Forth. Une demi-douzaine de bateaux étaient amarrés à l'une d'elles. Ils passèrent devant l'administration de la marina et un bâtiment appelé Bosun's Locker, puis se garèrent près de la cafétéria.

– D'après les notes, il y a un club de voile, un voilier et un spécialiste de la réparation des radars, dit Siobhan en descendant de voiture.

Elle voulut contourner le véhicule, mais Rebus parvint à ouvrir sa portière.

– Tu vois ? dit-il, je ne suis pas encore bon à jeter.

Mais, sous le tissu des gants, ses doigts étaient douloureux. Il se redressa et regarda autour de lui. Le pont était très haut et le bruit de la circulation, moins fort qu'il ne l'aurait cru, presque couvert par le tintement de ce qui tinte en général à bord des bateaux. Peut-être les spinnakers...

– À qui appartient cet endroit ? demanda-t-il.

– Une pancarte, à l'entrée, indiquait Edinburg Leisure.

– C'est-à-dire la municipalité ? Donc, théoriquement, on en est propriétaires, toi et moi.

– Théoriquement, admit Siobhan.

Elle examinait un plan tracé à la main.

– Le hangar à bateaux de Herdman est à droite, au-delà des toilettes, reprit-elle, le bras tendu. Par ici, je crois.

– Bien, tu me rattraperas, dit Rebus en désignant la cafétéria. Café à emporter, et pas trop chaud.

– Pour que tu ne risques pas de t'ébouillanter, c'est ça ?

Comme elle se tournait vers les marches, elle ajouta :

– Tu es sûr que tu pourras te débrouiller seul ?

Rebus resta près de la voiture tandis qu'elle disparaissait, la porte claquant derrière elle. Il prit son temps pour sortir ses cigarettes et son briquet de sa poche. Il ouvrit le paquet et en tira une avec les dents, la serra ensuite entre ses lèvres. Le briquet fut beaucoup plus facile à manœuvrer que les allumettes quand il fut parvenu à s'abriter du vent. Il était appuyé contre la voiture, savourant la fumée, quand Siobhan réapparut.

– Voilà, dit-elle en lui tendant un gobelet. Plein de lait.

Il fixa la surface gris pâle du liquide.

– Merci.

Ils se mirent en route, tournèrent à deux reprises et ne rencontrèrent personne, malgré la demi-douzaine de voitures garées près de celle de Siobhan.

– Par ici, dit-elle, les conduisant plus près encore du pont.

Rebus avait constaté qu'une des deux jetées était en réalité un ponton en bois permettant aux bateaux en visite de s'amarrer.

– Ça doit être ça, dit Siobhan en jetant son gobelet à moitié plein dans une poubelle.

Rebus fit de même alors qu'il n'avait bu que deux petites gorgées de liquide tiède et laiteux. S'il contenait de la caféine, il ne l'avait pas trouvée. Dieu merci, il y avait la nicotine.

L'appentis n'était que ça : un appentis, quoique représentant robuste de l'espèce. Six mètres de largeur de façade environ, bricolé à partir de planches et de tôle ondulée. Une porte coulissante fermée constituait la moitié de sa longueur. Deux chaînes gisaient sur le sol, indiquant que la police avait utilisé des cisailles pour pénétrer à l'intérieur. Une bande de plastique bleu et blanc avait remplacé les chaînes et on avait placardé sur la porte un avis indiquant qu'il était interdit de pénétrer dans les lieux sous peine de poursuites. Une enseigne bricolée annonçait que l'appentis était en réalité : SKI NAUTIQUE ET PROMENADES EN MER, L. Herdman.

– Un nom racoleur, marmonna Rebus pendant que Siobhan ôtait la bande de plastique et ouvrait la porte.

– Il indique exactement ce que contient la boîte de conserve, répliqua-t-elle.

C'était ici que Herdman dirigeait son entreprise, donnait des leçons aux marins en herbe et flanquait la frousse aux amateurs de ski nautique. À l'intérieur, Rebus vit un dinghy d'environ six mètres de long, posé sur une remorque dont les pneus manquaient d'air. Il y avait aussi deux hors-bord, également sur des remorques, dont les moteurs luisaient, de même qu'un jet-ski apparemment neuf. L'endroit était presque trop bien rangé, comme balayé et briqué par un maniaque de la propreté. Contre un mur, un établi était adossé, au-dessus duquel les outils étaient soigneusement suspendus. Un unique chiffon gras indiquait qu'on pratiquait effectivement la mécanique dans cet endroit, de peur que le visiteur distrait puisse croire qu'il se trouvait dans la salle d'exposition de la marina.

– Où a-t-on découvert l'arme ? demanda Rebus en entrant.

– Dans le placard qui se trouve sous l'établi.

Rebus regarda : un cadenas proprement coupé gisait sur le béton du sol. Le placard était ouvert sur des séries de clés à cliquet et de clés anglaises.

– Je présume qu'on ne peut plus rien dénicher, déclara Siobhan.

– Probablement pas.

Mais Rebus était néanmoins intéressé, curieux de voir ce que l'endroit pouvait lui apprendre sur Lee Herdman. Jusqu'ici, il lui avait indiqué qu'il travaillait consciencieusement, rangeait ensuite. L'appartement montrait que l'homme n'était pas aussi ordonné dans sa vie personnelle. Mais sur le plan professionnel... sur le plan professionnel, Herdman se donnait à cent pour cent. Cela correspondait à sa formation. Dans l'armée, même si on a une vie personnelle très désordonnée, on ne la laisse pas influencer le travail. Rebus avait connu des soldats dont le mariage s'effondrait mais qui entretenaient parfaitement leur matériel parce que, comme disait un sergent-major : *l'armée est le meilleur coup que vous tirerez jamais*.

– Qu'est-ce que tu en penses ? demanda Siobhan.

– C'est presque comme s'il attendait la visite du service d'hygiène.

– J'ai l'impression que ses bateaux avaient davantage de valeur que son appartement.

– D'accord.

– Des indices de dédoublement de la personnalité...

– Comment ça ?

– Vie personnelle chaotique, exactement l'inverse sur son lieu de travail. Appartement et meubles bon marché, bateaux luxueux...

– Une vraie petite psychanalyste, rugit une voix derrière eux.

Elle appartenait à une femme trapue, d'une cinquantaine d'années, aux cheveux tirés en un chignon si serré qu'ils semblaient pousser son visage vers l'avant. Elle portait un tailleur noir et des chaussures noires ordinaires, un chemisier vert olive et un collier de perles. Un sac à dos en cuir noir pendait d'une de ses épaules. Près d'elle se tenait un homme de haute taille, aux épaules larges, d'environ vingt-cinq ans, cheveux noirs et courts, mains croisées devant lui. Il portait un costume sombre, une chemise blanche et une cravate bleu marine.

– Vous êtes sûrement l'inspecteur Rebus, dit la femme, qui avança vivement comme pour lui serrer la main, resta impassible quand il ne fit pas de même.

Sa voix n'avait abandonné qu'un décibel quand elle ajouta :

– Je m'appelle Whiteread, voici Simms.

Ses petits yeux ronds restèrent rivés sur Rebus et elle poursuivit :

– Je présume que vous êtes passé à l'appartement. D'après l'inspecteur Hogan, vous risquiez...

Elle ne termina pas et s'éloigna tout aussi vivement de Rebus, pénétra dans l'appentis. Elle fit le tour du dinghy, l'examina comme si elle avait l'intention de l'acheter. Accent anglais, pensa Rebus.

– Je suis le sergent Clarke, intervint Siobhan.

Whiteread la dévisagea et esquissa un sourire.

– Évidemment, fit-elle.

Pendant ce temps, Simms était entré, avait répété son nom en guise de salutations, puis s'était tourné vers Siobhan et avait effectué exactement la même procédure mais, cette fois, avec une poignée de main. Son accent était également anglais, sa voix neutre, les plaisanteries une formalité.

– Où a-t-on trouvé l'arme ? demanda Whiteread.

Puis elle vit le cadenas coupé, répondit à sa question d'un hochement de tête, gagna le placard et s'accroupit carrément devant, sa jupe montant au-dessus de ses genoux.

– Mac 10, affirma-t-elle. Fâcheuse tendance à s'enrayer.

Elle se redressa, lissa sa jupe.

– Meilleur que d'autres matos, répondit Simms.

Les présentations étant terminées, il se tenait entre Rebus et Siobhan, les jambes légèrement écartées, le dos droit, les mains croisées devant lui.

– Vous avez des pièces d'identité ? s'enquit Rebus.

– L'inspecteur Hogan sait que nous sommes ici, répondit Whiteread avec indifférence.

Elle examinait maintenant la surface de l'établi. Rebus la suivit lentement.

– Je vous ai demandé une pièce d'identité, insista Rebus.

– J'en ai parfaitement conscience, dit Whiteread, qui concentra son attention sur un petit bureau situé au fond du hangar. Elle se dirigea vers lui, Rebus sur les talons.

– Vous marchez au pas, constata-t-il. Ça vous trahit.

Elle garda le silence. Un cadenas, qui gisait désormais sur le sol, brisé, avait permis de fermer le bureau et une autre bande de plastique bleu et blanc maintenait la porte en place.

– En plus, votre équipier parle de « matos », poursuivit Rebus.

Whiteread ôta la bande de plastique et regarda l'intérieur. Table de travail, fauteuil, un unique classeur. Pas de place pour autre chose, hormis une radio posée sur une étagère. Ni ordinateur, ni photocopieuse, ni fax. Les tiroirs du bureau avaient été ouverts et fouillés. Whiteread prit une liasse de documents et la feuilleta.

– Vous appartenez à l'armée, affirma Rebus dans le silence. Vous êtes en civil, mais vous appartenez tout de même à l'armée. Pas de femmes dans le SAS, à ma connaissance, alors qu'est-ce que ça fait de vous ?

Elle tourna brusquement la tête vers lui.

– Ça fait de moi quelqu'un qui peut apporter sa contribution.

– Sa contribution à quoi ?

– À ce genre de chose.

Elle se remit au travail, ajouta :

– Pour éviter que ça se reproduise.

Rebus la regarda fixement. Siobhan et Simms se tenaient dans l'encadrement de la porte.

– Siobhan, appelle Bobby Hogan, tu veux bien ? Il faut que je connaisse ce qu'il sait sur ces deux-là.

– Il sait que nous sommes ici, dit Whiteread sans lever la tête. Il m'a même dit que nous risquions de vous rencontrer. Sinon comment connaîtrais-je votre nom ?

Siobhan avait son mobile dans la main.

– Appelle, lui dit Rebus.

Whiteread remit les documents dans le tiroir, qu'elle ferma.

– Vous n'êtes pas parvenu à entrer dans le régiment, n'est-ce pas, inspecteur Rebus ?

Elle se tourna lentement vers lui, ajouta :

– D'après mes informations, la formation vous a brisé.

– Comment se fait-il que vous ne soyez pas en uniforme ? demanda Rebus.

– Il y a des gens que ça terrifie, répondit Whiteread.

– Vraiment ? Ça ne serait pas plutôt pour éviter d'aggraver la mauvaise publicité ? fit Rebus avec un sourire glacial. Ça la fout mal quand un des vôtres perd les pédales, hein ? Il faut absolument éviter de rappeler aux gens que c'était un des vôtres.

– Ce qui est fait est fait. Si on peut éviter que cela se reproduise, tant mieux.

Elle se tut, debout devant lui. Elle faisait quinze centimètres de moins mais était en tout son égale.

– Pourquoi cela vous poserait-il un problème ? demanda-t-elle.

Et elle lui rendit son sourire. Si celui de Rebus était glacial, celui de Whiteread sortait du congélateur.

– Vous avez échoué, vous n'avez pas été à la hauteur. Inutile de vous laisser abattre, inspecteur.

Rebus entendit « déserteur ». Son accent, ou bien une tentative de calembour. Siobhan avait obtenu la communication, mais il fallait aller chercher Hogan.

– Il faudrait jeter un coup d'œil dans le bateau, dit Whiteread à son équipier en passant près de Rebus.

– Il y a une échelle, indiqua Simms.

Rebus tenta d'identifier l'accent : le Yorkshire ou le Lancashire, peut-être. Il ne pouvait s'assurer de celui de Whiteread. Peut-être les comtés du centre. Une sorte d'anglais générique comme on l'enseigne dans les écoles les plus chic. Rebus constata en outre que Simms ne semblait à l'aise ni dans son costume ni dans son rôle. Peut-être était-ce encore une affaire de classe, ou bien n'avait-il l'habitude ni de l'un ni de l'autre.

– Je m'appelle John, à propos, lui dit Rebus. Et vous ?

Simms se tourna vers Whiteread.

– Réponds ! fit-elle sèchement.

– Gav... Gavin.

– Gav pour les amis et Gavin dans le travail ? supputa Rebus.

Siobhan lui tendit le téléphone. Il le prit.

– Bobby, pourquoi laisses-tu deux crétins des forces armées de Sa Majesté fouiner dans notre affaire ?

Il écouta, reprit la parole.

– J'ai employé le mot à bon escient, Bobby, parce qu'ils sont sur le point de fouiner dans le bateau de Herdman.

Nouveau silence.

– Mais ce n'est pas le sujet...

Puis :

– D'accord, d'accord. On arrive.

Il rendit le téléphone à Siobhan. Simms tenait l'échelle tandis que Whiteread montait.

– On s'en va, lui cria Rebus. Et si on ne se revoit pas... bon, ça me fera beaucoup de peine, croyez-moi. Je ne sourirai que pour la galerie.

Il attendit la réponse de la femme, mais elle était à bord et semblait se désintéresser de lui. Simms gravissait l'échelle, jetait des coups d'œil sur les deux détectives.

– J'ai envie, dit Rebus à Siobhan, de prendre l'échelle et de filer.

– Je ne crois pas que ça l'arrêterait. Et toi ?

– Tu as sûrement raison, reconnut-il.

Puis, d'une vois plus forte, il ajouta :

– Une dernière chose, Whiteread... le petit Gav regardait sous votre jupe.

Tout en pivotant sur lui-même, Rebus haussa les épaules à l'intention de Siobhan, comme pour admettre que c'était un coup bas.

Bas mais salutaire.

– Je suis sérieux, Bobby, qu'est-ce qui te prend, nom de Dieu ?

Rebus suivait à grands pas un des longs couloirs de l'école en direction de ce qui semblait bien être un coffre-fort occupant toute la hauteur d'un mur, un modèle ancien, avec une roue et une serrure à combinaison. Il était ouvert, tout comme la grille qui se trouvait à l'intérieur. Hogan fixait son contenu.

– Bon sang, mon vieux, ces salauds n'ont rien à faire ici.

– John, dit Hogan sur un ton calme, tu ne connais sûrement pas le principal...

Il montra la chambre forte où un homme d'âge moyen se tenait parmi une quantité d'armes suffisante pour déclencher une révolution.

– M. Fogg, ajouta Hogan à titre de présentation.

Fogg gagna le seuil. C'était un homme de petite taille, trapu, qui semblait avoir boxé dans sa jeunesse : une oreille était enflée et son nez couvrait la moitié de son visage. Une courte cicatrice divisait en deux un de ses sourcils broussailleux.

– Eric Fogg, dit-il en serrant la main de Rebus.

– Désolé d'avoir juré, monsieur. Je suis l'inspecteur John Rebus.

– Quand on travaille dans une école, on entend pire, répondit Fogg comme s'il avait dit cela des centaines de fois.

Siobhan, qui les avait rejoints, était sur le point de se présenter quand elle vit le contenu de la chambre forte.

– Bon sang ! s'écria-t-elle.

– Exactement ce que je pensais, admit Rebus.

– Comme je l'expliquais à l'inspecteur Hogan, commença Fogg, presque toutes les écoles indépendantes ont quelque chose comme ça dans leurs locaux.

– Préparation militaire, n'est-ce pas, monsieur Fogg ? ajouta Hogan.

Fogg acquiesça.

– Préparation militaire combinée : cadets de l'armée de terre, de la marine et de l'armée de l'air. Ils défilent tous les vendredis après-midi.

Il demeura un instant silencieux, ajouta :

– Je crois qu'ils sont principalement motivés par la possibilité de se dispenser ce jour-là de l'uniforme de l'école.

– Et de porter quelque chose de légèrement plus paramilitaire ? supputa Rebus.

– Automatiques, semi-automatiques et autres, énuméra Hogan.

– Ça dissuade sûrement les cambrioleurs.

– En réalité, dit Fogg, je venais de dire à l'inspecteur Hogan que les unités de police concernées en cas de déclenchement du système d'alarme ont pour instruction de se diriger en premier lieu vers l'armurerie. Cela date de l'époque où l'IRA et d'autres groupes cherchaient à se procurer des armes.

– Vous n'êtes pas en train de nous dire qu'ils gardent aussi des munitions ici ? demanda Siobhan.

Fogg secoua la tête.

– Il n'y en a pas dans nos locaux.

– Mais les armes sont réelles ? Elles ne sont pas démilitarisées ?

– Oh, elles sont tout à fait réelles.

Il regarda le contenu de la chambre forte d'un air presque dégoûté.

– Ça ne vous plaît pas ? supputa Rebus.

– Je crois que cette activité... est un peu une survivance.

– Voilà des propos de diplomate, dit Rebus, qui parvint à faire sourire le principal.

– Ce n'est pas ici que Herdman s'est procuré son arme ? demanda Siobhan.

Hogan secoua la tête.

– Encore un point sur lequel j'espère que les enquêteurs de l'armée pourront nous apporter leur aide.

Il se tourna vers Rebus et ajouta :

– À supposer que tu ne puisses pas.

– Ça va, Bobby. On est arrivés depuis moins de cinq minutes.

– Vous enseignez, monsieur ? demanda Siobhan à Fogg dans l'espoir de désamorcer une dispute éventuelle entre les deux inspecteurs.

Fogg secoua la tête.

– Autrefois. L'instruction morale et religieuse.

– Inculquer le sens de la morale aux adolescents ? Ça devait être dur.

– Je n'ai pas encore rencontré d'adolescent ayant déclenché une guerre.

La voix était légèrement forcée : nouvelle réponse toute prête à une remarque souvent proférée.

– Seulement parce qu'on ne leur fournit pas la puissance de feu, commenta Rebus, les yeux fixés sur les rangées d'armes.

Fogg refermait la grille à clé.

– Donc il ne manque rien ? demanda Rebus.

Hogan secoua la tête.

– Mais les deux victimes suivaient la préparation militaire.

Rebus se tourna vers Fogg, qui confirma d'un hochement de tête.

– Anthony s'y intéressait beaucoup... Derek un peu moins.

Anthony Jarvis : le fils du juge. Son père, Roland Jarvis, était célèbre au sein des tribunaux écossais. Rebus avait probablement témoigné quinze ou vingt fois lors d'audiences que Lord Jarvis présidait avec esprit et, selon un avocat, un « œil de lynx ». Rebus ne savait pas ce qu'était au juste un œil de lynx, mais voyait le sens général.

– On se demandait, dit Siobhan, si quelqu'un avait enquêté sur le compte en banque et le compte épargne de Herdman.

Hogan la dévisagea.

– Son comptable s'est montré très coopératif. Son affaire n'allait pas dans le mur.

– Mais pas de versements imprévus ? demanda Rebus.

Hogan plissa les paupières.

– Pourquoi ?

Rebus jeta un bref regard en direction du principal. Il ne voulait pas que Fogg s'en aperçoive, mais cela arriva.

– Voulez-vous que je..., dit Fogg.

– Nous n'avons pas tout à fait terminé, monsieur, si cela ne vous ennuie pas.

Hogan fixa Rebus dans les yeux, ajouta :

– Je suis certain que ce que l'inspecteur Rebus a à dire restera entre nous.

– Bien entendu, répondit Frogg.

Il avait fermé la porte de la chambre forte et faisait tourner la roue de la serrure à combinaison.

– L'autre adolescent abattu, expliqua Rebus à Hogan, a eu un accident de voiture l'année dernière. Le conducteur a été tué. On se demandait s'il s'est écoulé trop de temps pour que la vengeance puisse être le mobile.

– Cela n'explique pas pourquoi Herdman se serait buté ensuite.

– Peut-être parce qu'il avait salopé le boulot, dit Siobhan en croisant les bras. Deux autres gamins ont été touchés, Herdman a paniqué...

– Donc vous pensez à un gros versement récemment effectué sur le compte de Herdman ?

Rebus acquiesça.

– Je chargerai quelqu'un de s'en occuper. Pour le moment on n'a tiré de ses comptes professionnels que la disparition d'un ordinateur.

– Ah ?

Siobhan demanda s'il pouvait s'agir de fraude fiscale.

– Possible, admit Hogan. Mais il y a une facture. Nous avons vu la boutique qui lui a vendu le matériel... dernier cri.

– Tu crois qu'il s'en est débarrassé ? demanda Rebus.

– Pourquoi l'aurait-il fait ?

Rebus haussa les épaules.

– Peut-être pour cacher quelque chose ? suggéra Fogg, qui baissa la tête quand ils se tournèrent vers lui et ajouta : Mais je n'ai aucune qualité pour...

– Ne vous excusez pas, monsieur, dit Hogan, rassurant. Vous avez peut-être raison.

Hogan se passa une main sur les yeux, reporta son attention sur Rebus, demanda :

– Autre chose ?

– Ces salauds de l'armée, commença Rebus.

Hogan leva la même main.

– Il faut que tu acceptes leur présence, un point c'est tout.

– Allons, ils ne sont pas venus pour faire la lumière. En réalité ce sera l'inverse. Ils veulent faire oublier qu'il a appartenu au SAS, d'où les vêtements civils. Whiteread est chargée d'étouffer l'affaire.

– Écoute, je regrette qu'ils marchent sur tes plates-bandes...

– Ou qu'ils me piétinent jusqu'à ce que mort s'ensuive, coupa Rebus.

– John, cette enquête te dépasse et me dépasse, dépasse tout le monde !

Hogan avait haussé le ton et sa voix tremblait légèrement.

– Je n'ai vraiment pas besoin de ce genre de connerie ! conclut-il.

– Pas de gros mots, Bobby, s'il te plaît, dit Rebus, qui adressa un regard entendu à Fogg.

Comme Rebus l'avait espéré, Hogan se souvint des jurons récents de son collègue et esquissa un sourire.

– Essayez de vous en accommoder, d'accord ? dit-il.

– On est de ton côté, Bobby.

Siobhan avança d'un pas.

– Il y a une chose qu'on voudrait faire...

Elle ne tint pas compte du regard de Rebus, un regard signifiant que c'était la première fois qu'il entendait parler de cela.

– Nous voudrions interroger le survivant, termina-t-elle.

Hogan plissa le front.

– James Bell ? Pourquoi ?

Il fixait Rebus, mais ce fut Siobhan qui répondit.

– Parce qu'il a survécu et qu'il est le seul occupant de la pièce dans ce cas.

– Nous l'avons entendu une demi-douzaine de fois. Il est en état de choc. Dieu sait quoi d'autre.

– On le ménagera, insista calmement Siobhan.

– Toi peut-être, mais ce n'est pas toi qui m'inquiètes...

Il n'avait pas quitté Rebus des yeux.

– Il serait bon d'entendre le récit des faits de la bouche de quelqu'un qui était présent sur les lieux, dit Rebus. Comment Herdman a agi, ce qu'il a éventuellement dit. Apparemment, personne ne l'a vu, ce matin-là, ni dans son immeuble ni à la marina. Il faut remplir quelques-uns des blancs.

Hogan soupira.

– Commencez par écouter les bandes.

Il faisait allusion aux enregistrements des auditions de James Bell.

– Si ensuite vous persistez à vouloir le voir en personne, on avisera.

– Merci, inspecteur, dit Siobhan, persuadée que l'instant justifiait un certain formalisme.

– J'ai dit qu'on aviserait, je n'ai rien promis, dit Hogan, un doigt levé.

– Et tu jetteras un nouveau coup d'œil sur ses finances ? ajouta Rebus. Au cas où.

Hogan acquiesça d'un air las.

– Ah, vous voilà ! rugit une voix.

Jack Bell se dirigeait vers eux, au pas de charge, dans le couloir.

– Merde, marmonna Hogan.

Mais Bell concentrait son attention sur le principal.

– Eric, dit-il d'une voix forte, qu'est-ce que j'apprends, bon sang, que vous ne voulez pas répondre aux journalistes sur les défaillances de la sécurité de l'école ?

– La sécurité de l'école n'était pas défaillante, Jack, soupira

Fogg, le ton de sa voix montrant qu'il avait déjà été confronté à cet argument.

– Connerie totale, et vous le savez. Écoutez, je cherche seulement à souligner que les leçons de Dunblane n'ont pas été tirées.

Il leva un doigt, ajouta :

– Nos écoles ne sont toujours pas sûres...

Un second doigt fut levé.

– Et les armes envahissent les rues.

Il laissa planer un silence lourd de sens, reprit :

– Et il faut faire quelque chose, vous vous en rendez sûrement compte.

Il plissa les paupières, conclut :

– J'aurais pu perdre mon fils !

– Les écoles ne sont pas des forteresses, Jack, argumenta le principal, mais en vain.

– En 1997, poursuivit Bell sur sa lancée, à la suite de Dunblane, les armes de poing de calibre supérieur à .22 ont été interdites. Les propriétaires légitimes ont remis leurs armes et où cela nous a-t-il conduits ?

Il regarda autour de lui, mais personne n'offrit de réponse.

– Seuls les membres de la pègre ont conservé leurs armes et il semble qu'il leur soit de plus en plus facile de se procurer l'armement qu'ils désirent !

– Vous vous trompez de public, affirma Rebus.

Bell le dévisagea.

– Peut-être, reconnut-il, un doigt tendu. Parce que vous, la police, semblez totalement incapables de régler le problème.

– Une minute, monsieur, protesta Hogan.

– Laisse-le pérorer, Bobby, coupa Rebus. L'air chaud pourra peut-être contribuer au chauffage de l'école.

– Comment osez-vous ? gronda Bell. Qu'est-ce qui vous fait croire que vous pouvez me parler comme ça ?

– Je suppose que j'ai simplement donné mon suffrage pour le faire, répondit Rebus en insistant sur le mot, rappelant ainsi au député la nature précaire de sa situation.

Dans le silence qui suivit, le portable de Bell sonna. Il parvint à adresser un sourire ironique à Rebus avant de tourner les talons et de s'éloigner de quelques pas pour répondre à l'appel.

– Oui ? Quoi ?

Coup d'œil sur sa montre, puis :

– C'est la radio ou la télé ?

Il écouta, demanda :

– La radio locale ou nationale ? Je ne réponds qu'à la radio nationale...

Il poursuivit son chemin, laissant son public se détendre un peu, échanger des regards et des gestes.

– Bien, dit le principal, je suppose qu'il faudrait que je...

– Puis-je vous accompagner jusqu'à votre bureau, monsieur ? demanda Hogan. Il y a encore deux ou trois choses à évoquer.

Se tournant vers Rebus et Siobhan, il ajouta :

– Au travail.

– Oui, inspecteur, répondit Siobhan.

Le couloir fut soudain vide, hormis Rebus et elle. Elle gonfla les joues, souffla bruyamment.

– Bell est un vrai phénomène.

Rebus acquiesça.

– Il est prêt à exploiter tout ça à fond.

– Ce ne serait pas un politicien s'il ne le faisait pas.

– L'instinct, hein ? Bizarre la façon dont les choses tournent. Sa carrière aurait pu tomber à l'eau après qu'il se fut fait coffrer à Leith.

– Tu crois qu'il veut se venger ?

– S'il le peut, il nous tirera comme des lapins. Il faut qu'on veille à rester des cibles mobiles.

– Et tu étais une « cible mobile », c'est ça, quand tu lui as répondu comme tu l'as fait ?

– Il faut bien s'amuser un peu, Siobhan.

Rebus regarda le couloir vide, demanda :

– Tu crois que Bobby s'en tirera ?

– Franchement, il a l'air claqué. À propos... tu ne crois pas qu'il faut le lui dire ?

– Lui dire quoi ?

– Que les Renshaw appartiennent à ta famille.

Rebus la regarda fixement.

– Ça risquerait d'entraîner des complications. Je ne crois pas que Bobby ait besoin de ça en ce moment.

– C'est ta décision.

– Exactement. Et on sait tous les deux que je ne me trompe jamais.

– J'avais oublié, fit Siobhan.

– Je suis heureux de te le rappeler, sergent Clarke. Je suis toujours heureux de rendre service...

5

Le poste de police de South Queensferry était une boîte trapue, presque entièrement en rez-de-chaussée, située en face de l'église épiscopalienne. Une affichette, à l'extérieur, indiquait qu'il était ouvert au public, en semaine, de neuf heures à dix-sept heures et placé sous la responsabilité d'un « assistant civil ». Une autre affichette expliquait que, contrairement aux rumeurs, la ville bénéficiait d'une présence policière vingt-quatre heures sur vingt-quatre. C'était dans cet endroit sans âme que les témoins, exception faite de James Bell, avaient été entendus.

– Mignon, hein ? dit Siobhan en ouvrant la porte.

Il y avait une salle d'attente étroite dont l'unique occupant était un constable qui posa sa revue de moto et se leva.

– Repos, lui dit Rebus pendant que Siobhan montrait sa carte. Il faut que nous écoutions les bandes de Bell.

L'officier acquiesça et déverrouilla la porte intérieure, qui donnait sur une pièce désespérante, dépourvue de fenêtre. Le bureau et les chaises avaient connu des jours meilleurs. Le calendrier de l'année passée – vantant les mérites d'un magasin local – gondolait sur un mur. Il y avait un lecteur de cassettes sur un placard. Le constable le prit, le brancha et le posa sur le bureau. Puis il ouvrit le placard et en sortit une cassette, enfermée dans un sac en plastique transparent.

– Il y en a six en tout, expliqua-t-il. J'ai besoin d'une signature.

Siobhan fit le nécessaire.

– Il y a des cendriers ? demanda Rebus.

– Non, inspecteur. Il est interdit de fumer.

– Je n'avais pas besoin d'être aussi bien informé.

– Oui, inspecteur.

L'agent s'efforçait de ne pas fixer les gants de Rebus.

– Y a-t-il une bouilloire ?

– Non, inspecteur.

L'agent resta un instant silencieux, ajouta :

– Les voisins apportent parfois une Thermos et une part de gâteau.

– Est-ce que ça pourrait arriver dans les dix minutes ?

– C'est peu probable, à mon avis.

– Va faire des recherches. Vois si ton esprit d'initiative peut te rapporter quelques points.

L'agent hésita.

– Je suis censé rester ici.

– On gardera la forteresse, mon gars, dit Rebus, qui ôta sa veste et la posa sur le dossier d'une chaise.

L'agent demeurait sceptique.

– Je le prends avec du lait, dit Rebus.

– Moi aussi, sans sucre, ajouta Siobhan.

L'agent resta quelques instants immobile, les regarda s'installer aussi confortablement que le permettait la pièce. Puis il sortit à reculons, ferma la porte derrière lui.

Rebus et Siobhan se regardèrent, échangèrent un sourire complice. Siobhan avait apporté les notes concernant James Bell, et Rebus les relut tandis qu'elle sortait la cassette de son sac en plastique et la plaçait dans l'appareil.

Dix-huit ans... fils de Jack Bell, député au parlement écossais, et de son épouse, Felicity, administratrice du Traverse Theater. La famille habitait Barnton. James avait l'intention de faire des études universitaires de politique et d'économie... « Élève compétent, d'après l'école, James suit son chemin, n'est pas toujours sociable mais sait séduire en cas de nécessité. » Il préférait les échecs au sport.

Les hommes chargés de l'audition se présentèrent : inspecteur Hogan et constable Hood. Inclure Grant Hood était une décision judicieuse : comme il était chargé des relations avec la presse, il fallait qu'il connaisse le récit du survivant. Celui-ci comportait peut-être des morceaux de choix qu'il pourrait transmettre aux journalistes en échange de faveurs. Il est important d'avoir les médias de son côté ; important aussi de les contrôler dans la mesure du possible. Ils ne pourraient approcher James Bell. Il faudrait qu'ils passent par Grant Hood.

La voix de Bobby Hogan indiqua la date et l'heure – lundi soir – et l'endroit où se déroulait l'audition : le service des urgences du Royal Infirmary. Bell avait été touché à l'épaule gauche. Une plaie propre, la balle déchirant les chairs sans toucher les os, sortant et se logeant dans le mur du foyer.

– Es-tu en état de parler, James ?

– Je crois... ça fait un mal de chien.

– Je n'en doute pas. Afin que cela figure sur la bande : tu t'appelles James Elliot Bell, est-ce exact ?

– Oui.

– Elliot ? demanda Siobhan.

– Le nom de jeune fille de sa mère, expliqua Rebus en jetant un nouveau coup d'œil sur les notes.

Très peu de bruit de fond : il s'agissait probablement d'une chambre individuelle. Grant Hood s'éclaircissant la gorge. Le grincement d'une chaise. Hood tenant probablement le micro, sa chaise plus proche du lit. Tournant alternativement l'appareil vers Hogan et le jeune homme, ne le faisant pas toujours exactement au bon moment, si bien que les voix étaient parfois étouffées.

– Jamie, peux-tu nous raconter ce qui s'est passé ?

– S'il vous plaît, je m'appelle James. Puis-je avoir de l'eau ?

Bruits du micro posé sur le drap, de l'eau qu'on verse.

– Merci.

Silence jusqu'au moment où le verre fut placé sur la table de nuit. Rebus pensa à l'instant où il avait laissé échapper sa tasse, où Siobhan l'avait attrapée. Comme James Bell, il était à l'hôpital, lui aussi, lundi soir...

– C'était la récréation du matin. On a vingt minutes. J'étais au foyer.

– C'est en général là que tu vas ?

– C'est mieux que la cour.

– Mais il ne faisait pas mauvais, il faisait même chaud.

– Je préfère rester à l'intérieur. Croyez-vous que je pourrai jouer de la guitare quand je sortirai ?

– Je ne sais pas, répondit Hogan. *Savais-tu en jouer avant d'entrer ?*

– Vous avez gâché la repartie du patient. Vous devriez avoir honte.

– Désolé, James. Combien étiez-vous, au foyer ?

– Trois. Tony Jarvis, Derek Renshaw et moi.

– Que faisiez-vous ?

– Il y avait de la musique... je crois que Jarvis faisait des devoirs. Renshaw lisait le journal.

– *C'est ainsi que vous vous adressez les uns aux autres ? Par vos noms de famille ?*

– *Le plus souvent.*

– *Vous étiez amis, tous les trois ?*

– *Pas particulièrement.*

– *Mais vous vous trouviez souvent ensemble au foyer ?*

– *Nous sommes plus d'une douzaine à utiliser cette pièce.*

Silence, puis :

– *Tentez-vous de me demander si je crois qu'il s'en est délibérément pris à nous ?*

– *C'est une des questions que nous nous posons.*

– *Pourquoi ?*

– *Parce que c'était la récréation, que de nombreux élèves étaient dehors...*

– *Mais il est entré dans l'école, dans le foyer, avant de se mettre à tirer ?*

– *Tu ferais un bon détective, James.*

– *Ce n'est pas une carrière que j'envisagerais.*

– *Connaissais-tu le tireur ?*

– *Oui.*

– *Tu le connaissais ?*

– *Lee Herdman, oui. Nous étions nombreux à le connaître. Quelques-uns d'entre nous prenaient des cours de ski nautique. Et c'était un type intéressant.*

– *Intéressant ?*

– *Son passé. Après tout, il était entraîné à tuer.*

– *Il te l'a dit ?*

– *Oui. Il avait appartenu aux Forces spéciales.*

– *Connaissait-il Anthony et Derek ?*

– *C'est tout à fait possible.*

– *Mais il te connaissait ?*

– *Nous nous étions rencontrés.*

– *Dans ce cas tu t'es peut-être posé la même question que nous.*

– *Pourquoi il a fait ça ?*

– *Exactement.*

– *Il paraît que les gens qui ont ce genre de passé... ne s'adaptent pas toujours à la société, n'est-ce pas ? Il se passe quelque chose et ils basculent dans le vide.*

– *Sais-tu ce qui a fait basculer Lee Herdman dans le vide ?*

– *Non.*

Il y eut un long silence, le drap couvrant le micro tandis

que les deux détectives semblaient s'entretenir. Puis à nouveau la voix de Hogan :

– *Peux-tu nous relater les événements, James ? Tu es au foyer...*

– *Je venais de mettre un CD. S'il y avait une chose qu'on ne partageait pas, tous les trois, c'était les goûts musicaux. Quand la porte s'est ouverte, je crois que je n'ai même pas pris la peine de tourner la tête. Puis il y a eu une explosion horrible et Jarvis s'est écroulé. J'étais accroupi devant la chaîne stéréo, mais je me suis redressé et retourné. J'ai vu cette arme énorme. Enfin, je ne dis pas qu'elle était particulièrement grosse, mais c'était l'effet qu'elle faisait, braquée sur Renshaw à ce moment-là... Il y avait quelqu'un derrière l'arme, mais je ne le voyais pas vraiment...*

– *À cause de la fumée ?*

– *Non... Je ne me souviens pas de fumée. Je ne pouvais apparemment me concentrer que sur le canon de l'arme... j'étais plus ou moins paralysé. Puis une deuxième explosion et Renshaw est tombé, un peu comme une marionnette, s'est abattu sur le plancher...*

Rebus s'aperçut qu'il avait fermé les yeux. C'était la première fois qu'il se représentait la scène.

– *Ensuite il a braqué l'arme sur moi...*

– *Savais-tu qui c'était, à cet instant ?*

– *Oui, je suppose.*

– *As-tu dit quelque chose ?*

– *Je ne sais pas... J'ai peut-être ouvert la bouche dans l'intention de parler... Je crois que j'ai sans doute bougé parce que quand il a tiré... enfin, il ne m'a pas tué, n'est-ce pas ? C'était comme un coup puissant qui m'a poussé en arrière et fait basculer.*

– *Il n'avait toujours rien dit ?*

– *Pas un mot. Mais mes oreilles sifflaient.*

– *Compte tenu de la taille de la pièce, ce n'est pas surprenant. Entends-tu correctement maintenant ?*

– *Il y a encore un chuintement, mais les médecins affirment qu'il disparaîtra.*

– *Il n'a rien dit ?*

– *Je n'ai rien entendu. Je suis resté allongé, prêt à faire le mort. Puis il y a eu un quatrième coup de feu... et, pendant une fraction de seconde, j'ai cru que c'était moi... qu'il m'achevait. Mais quand j'ai entendu le corps tomber, j'ai plus ou moins compris...*

– *Qu'est-ce que tu as fait ?*

– *J'ai ouvert les yeux. J'étais au niveau du plancher et je voyais son corps entre les pieds des chaises. Il avait encore l'arme à la main. Je me suis redressé. Mon épaule était insensible et je me suis aperçu que le sang coulait, mais je ne pouvais pas quitter l'arme des yeux. Je sais que ça semble ridicule, mais je pensais aux films d'horreur, vous savez ?*

La voix de Hood :

– *Quand on croit que le méchant est mort...*

– *Et qu'il revient sans cesse à la vie, oui. Puis il y a eu des gens dans l'encadrement de la porte... le personnel enseignant, je suppose. Ça a dû leur faire un sacré choc.*

– *Et toi, James ? Tu tiens le coup ?*

– *Franchement, je ne suis pas certain d'avoir réalisé... On nous propose de consulter. Je suppose que ça nous aidera.*

– *Tu as vécu une épreuve.*

– *Oui, n'est-ce pas ? Quelque chose que je pourrai raconter à mes petits-enfants, j'imagine.*

– Il est très calme, fit remarquer Siobhan.

Rebus acquiesça.

– *Nous te remercions de nous avoir reçus. Pouvons-nous te laisser un bloc et un stylo ? Tu vois, James, tu vas probablement passer et repasser ces événements dans ton esprit – et c'est bien, c'est ainsi qu'on se fait à ces choses. Mais tu te souviendras peut-être de quelque chose et tu auras peut-être envie de le noter. Mettre tout cela au clair est également une façon de s'en débarrasser.*

– *Je comprends.*

– *Et il faudra que nous revenions.*

La voix de Hood :

– *Et les médias voudront te voir. C'est à toi de décider si tu souhaites leur parler, mais je peux te donner des indications, si tu veux.*

– *Je ne parlerai à personne pendant un jour ou deux. Et ne vous inquiétez pas, je connais très bien les médias.*

– *Bien. Merci encore, James. Je crois que tes parents attendent dans le couloir.*

– *Écoutez, je me sens un peu fatigué. Pourriez-vous leur dire que je me suis assoupi ?*

Après quoi, plus un son sur la bande. Siobhan la laissa tourner pendant quelques secondes, puis éteignit la machine.

– Fin du premier entretien. Tu veux en écouter une autre ?

Du menton, elle montra le placard. Rebus secoua la tête.

– Pas maintenant, mais je voudrais tout de même l'interroger, dit-il. Il affirme qu'il connaissait Herdman. Ça le rend particulièrement intéressant.

– Il affirme aussi ne pas savoir pourquoi Herdman a fait ça.

– Néanmoins...

– Il semblait si calme.

– Probablement le choc. Hood avait raison, on ne réalise pas immédiatement.

Siobhan était songeuse.

– À ton avis, pourquoi ne veut-il pas voir ses parents ?

– Tu oublies qui est son père ?

– Oui, mais tout de même... À tout âge, quand il s'est produit quelque chose comme ça, on a envie de réconfort.

Rebus la fixa.

– Tu en as envie ?

– Presque tout le monde en aurait envie... enfin, presque tous les gens normaux.

On frappa à la porte. Le battant s'entrouvrit et la tête du constable apparut.

– Impossible d'avoir du thé, annonça-t-il.

– Nous avons terminé de toute façon. Merci d'avoir essayé.

Ils le laissèrent ranger la bande sous clé, sortirent en clignant des yeux dans la lumière du jour.

– James ne nous a pas appris grand-chose, hein ? dit Siobhan.

– Non, reconnut Rebus.

Il repassait l'audition dans son esprit à la recherche d'un élément utilisable. Une seule lueur : James Bell connaissait Herdman. Et alors ? De nombreux habitants de la ville connaissaient Lee Herdman.

– Est-ce qu'on cherche un café dans la grand-rue ?

– Je sais où on peut boire du thé, répondit Rebus.

– Où ?

– À l'endroit où on en a bu hier...

Allan Renshaw ne s'était pas rasé depuis la veille. Il était seul, parce qu'il avait envoyé Kate chez des amis.

– Il n'est pas bon qu'elle reste enfermée ici avec moi, dit-il en les conduisant dans la cuisine.

Le séjour était dans le même état, les photos attendant toujours d'être regardées, classées ou remises dans leurs boîtes. Rebus remarqua des cartes de condoléances sur la cheminée. Renshaw prit une télécommande sur le bras du canapé et éteignit la télé. Une vidéo d'amateur passait, des vacances en famille. Rebus décida de ne pas faire de commentaire. Les cheveux de Renshaw étaient hirsutes par endroits et Rebus se demanda s'il avait dormi tout habillé. Renshaw s'assit lourdement sur une des chaises de la cuisine et laissa Siobhan s'occuper de la bouilloire. Boethius était couché sur le plan de travail et Siobhan voulut le caresser, mais le chat sauta par terre et prit la direction du séjour.

Rebus s'installa en face de son cousin.

– Je me demandais seulement comment tu allais, dit-il.

– Désolé de vous avoir laissés avec Kate hier soir.

– Inutile de t'excuser. Tu dors bien ?

– Beaucoup trop.

Un sourire sans joie, puis :

– Le moyen de fuir tout ça, je suppose.

– Où en est la préparation de l'enterrement ?

– On ne veut pas nous rendre le corps, pas encore.

– Ce sera bientôt fait, Allan. Ce sera bientôt terminé.

Renshaw posa sur lui des yeux injectés de sang.

– C'est promis, John ?

Il attendit que Rebus ait acquiescé, reprit :

– Dans ce cas pourquoi est-ce que le téléphone continue à sonner, les journalistes à vouloir me parler ? Ils ne croient pas que ce sera bientôt terminé.

– Bien sûr que si. C'est pour cette raison qu'ils te harcèlent. Ils passeront à autre chose dans un jour ou deux, tu verras. Y a-t-il quelqu'un que tu veux plus particulièrement éloigner ?

– Il y a un type à qui Kate a parlé. Il semblerait qu'il la tourmente.

– Comment s'appelle-t-il ?

– C'est noté quelque part...

Renshaw regarda autour de lui comme si le nom pouvait être juste sous son nez.

– Près du téléphone, peut-être ? suggéra Rebus.

Il se leva et retourna dans le couloir. Le téléphone se trouvait sur une étagère, juste derrière la porte. Rebus décrocha, n'entendit aucun son. Il constata que la prise murale était débranchée : l'œuvre de Kate. Il y avait un stylo, près de l'appareil, mais pas de papier. Il se tourna vers l'escalier et vit un bloc. Nom et numéro griffonnés sur la première page.

Rebus regagna la cuisine, posa le bloc sur la table.

– Steve Holly, annonça-t-il.

– C'est ça, reconnut Renshaw.

Siobhan, qui servait le thé, s'interrompit et regarda Rebus. Ils connaissaient Steve Holly. Il travaillait pour un tabloïd de

Glasgow et avait démontré par le passé à quel point il pouvait être nuisible.

– Je le verrai, promit Rebus en sortant ses analgésiques de sa poche.

Siobhan posa les tasses sur la table et s'assit.

– Ça va ? demanda-t-elle.

– Bien, mentit Rebus.

– Qu'est-ce que tu as aux mains, John ? demanda Renshaw.

Rebus secoua la tête.

– Rien, Allan. Comment est le thé ?

– Bien.

Mais Renshaw ne manifesta pas l'intention de boire. Rebus regarda son cousin en pensant à la bande, au récit calme de James Bell.

– Derek n'a pas souffert, dit-il. Il n'a probablement pas compris ce qui se passait.

Renshaw acquiesça.

– Si tu ne me crois pas... un jour, bientôt, tu pourras poser la question à James Bell. Il te le dira.

Nouveau hochement de tête.

– Je ne crois pas que je le connais.

– James ?

– Derek avait beaucoup d'amis, mais je ne crois pas qu'il en faisait partie.

– Mais il était l'ami d'Anthony Jarvis ? demanda Siobhan.

– Oui, Tony venait souvent ici. Ils faisaient leurs devoirs ensemble, écoutaient de la musique...

– Quel genre ?

– Surtout du jazz. Miles Davis, Coleman quelque chose... je ne me souviens pas des noms. Derek disait qu'il achèterait un saxo ténor, apprendrait à jouer quand il irait à l'université.

– Selon Kate, Derek ne connaissait pas l'homme qui l'a abattu. Tu le connaissais, Allan ?

– Je l'avais vu au pub. Un peu... solitaire n'est pas le bon mot. Mais il n'était pas toujours avec quelqu'un. Disparaissait pendant des jours. De la randonnée ou quelque chose comme ça. Ou peut-être partait-il à bord de son bateau.

– Allan... si tu trouves cela déplacé, tu peux parfaitement refuser.

Renshaw se tourna vers lui.

– Quoi ?

– Je me demandais si nous pouvions jeter un coup d'œil dans la chambre de Derek...

Renshaw monta l'escalier devant Rebus, Siobhan fermant la marche. Il ouvrit la porte mais s'écarta pour les laisser entrer.

– Je n'ai pas eu l'occasion de..., s'excusa-t-il. Même si ce n'est pas...

La chambre était petite, obscure parce que les rideaux étaient tirés.

– Je peux les ouvrir ? demanda Rebus.

Renshaw se contenta de hausser les épaules, peu enclin à franchir le seuil. Rebus tira les rideaux. La fenêtre donnait sur le jardin, où le torchon était toujours accroché au séchoir, la tondeuse toujours sur la pelouse. Il y avait des affiches aux murs : clichés mélancoliques, en noir et blanc, de jazzmen. Des photos, découpées dans des revues, d'élégantes jeunes femmes allongées. Bibliothèque, hi-fi, téléviseur de trente-six centimètres à vidéo intégrée. Un bureau avec un ordinateur portable relié à une imprimante. L'ensemble ne laissait pratiquement que la place d'un lit pour une personne. Rebus regarda les dos des CD : Ornette Coleman, Coltrane, John Zorn, Archie Shepp, Thelonious Monk. Il y avait aussi du classique. Sur une chaise : un maillot et un short d'athlétisme, une raquette de tennis dans sa housse.

– Derek aimait le sport ? demanda Rebus.

– Il faisait beaucoup de jogging et de cross.

– Avec qui jouait-il au tennis ?

– Avec Tony... quelques autres. Il ne tient pas ça de moi, c'est moi qui te le dis.

Renshaw se regarda comme s'il prenait la mesure de sa corpulence. Siobhan lui adressa le sourire qu'il semblait, selon elle, espérer. Mais elle comprit que rien de ce qu'il disait n'était naturel. Cela venait d'une petite partie de son cerveau, dont l'essentiel était paralysé par l'horreur.

– Il aimait aussi se déguiser, dit Rebus en montrant une photo encadrée de Derek et Anthony Jarvis en uniforme et casquette du cours de préparation militaire.

Renshaw, en sécurité sur le seuil, la fixa.

– Derek s'est inscrit à cause de Tony, dit-il.

Rebus se souvint qu'Eric Fogg avait dit la même chose.

– Faisaient-ils de la voile ensemble ? demanda Siobhan.

– C'est possible. Kate a essayé le ski nautique...

La voix de Renshaw mourut. Ses yeux se dilatèrent légèrement.

– Ce salaud de Herdman l'a emmenée dans son bateau... elle et des amis. Si jamais je le vois...

– Il est mort, Allan, dit Rebus, qui posa la main sur le bras de son cousin.

Football... dans le parc de Bowhill... Allan s'écorchant le genou sur le goudron, Rebus frottant une feuille de patience sur la peau éraflée...

J'avais une famille, mais je l'ai laissée s'éloigner... femme partie, fille en Angleterre, frère Dieu sait où.

– Tu vois, quand on l'enterrera, disait Renshaw, j'ai bien envie de le déterrer et de le tuer une nouvelle fois.

Rebus lui serra le bras, vit ses yeux s'emplir de larmes.

– Descendons, dit-il en entraînant son cousin vers l'escalier.

C'était à peine s'ils pouvaient se tenir tous les trois dans le couloir. Deux hommes adultes cramponnés l'un à l'autre.

– Allan, dit Rebus, pourrions-nous emprunter l'ordinateur de Derek ?

– Son ordinateur ?

Rebus garda le silence.

– Pour quelle raison... ? Je ne sais pas, John.

– Seulement un jour ou deux. Je le rapporterai.

Renshaw avait apparemment du mal à saisir le sens de cette demande.

– Je suppose... si tu crois...

– Merci, Allan.

Rebus adressa un signe de tête à Siobhan, qui remonta l'escalier.

Rebus entraîna Renshaw dans le séjour, le fit asseoir sur le canapé. Renshaw prit immédiatement une poignée de photos.

– Il faut que je les classe, dit-il.

– Et ton travail ? Tu es en congé pour combien de temps ?

– Ils m'ont dit que je pouvais ne reprendre qu'après l'enterrement. C'est la période creuse.

– Je passerai peut-être te voir, dit Rebus. Il est temps que je change mon tas de boue.

– Je m'occuperai bien de toi, promit Renshaw en le regardant enfin. Tu verras.

Siobhan était dans l'encadrement de la porte, le portable – auquel les fils étaient restés fixés – sous le bras.

– Il faut qu'on y aille, dit Rebus. Je reviendrai, Allan.

– Tu seras toujours le bienvenu, John.

Renshaw fit l'effort de se lever et de tendre la main. Puis il attira soudain Rebus contre lui et lui donna l'accolade, lui tapota le dos. Rebus lui rendit son geste en se demandant s'il paraissait aussi gêné qu'il l'était. Mais Siobhan avait détourné le regard, fixait le bout de ses chaussures comme pour confirmer la nécessité de les cirer. Pendant qu'ils regagnaient la voiture, Rebus se rendit compte qu'il transpirait, que sa chemise collait à sa peau.

– Faisait-il très chaud dans la maison ?

– Pas particulièrement, répondit Siobhan. Tu as de la température ?

– Apparemment.

Il s'essuya le front du dos d'une main gantée.

– Pourquoi l'ordinateur ?

– Sans véritable raison.

Rebus soutint son regard, ajouta :

– Peut-être pour voir s'il y a quelque chose sur l'accident de voiture. Ce qu'en pensait Derek, si quelqu'un l'en a rendu responsable.

– Hormis les parents, tu veux dire ?

Rebus acquiesça.

– Peut-être... Je ne sais pas.

Il soupira.

– Qu'est-ce qu'il y a ?

– J'ai peut-être simplement envie de connaître un peu le jeune homme.

Il pensait à Allan, qui rallumait peut-être la télé et s'installait, la télécommande à la main, ramenait son fils à la vie en couleurs, son et mouvements. Mais ce n'était qu'une image enfermée dans le poste.

Siobhan hocha la tête puis se pencha pour poser l'ordinateur sur la banquette arrière de la voiture.

– Je comprends, dit-elle.

Mais Rebus n'était pas certain d'être dans le même cas.

– Tu entretiens des relations avec ta famille ? demanda-t-il.

– Je téléphone un week-end sur deux.

Il savait que les parents de Siobhan étaient en vie, habitaient le Sud. La mère de Rebus était morte jeune ; il avait trente-cinq ans quand son père l'avait suivie.

– Est-ce que tu as eu envie d'avoir une sœur ou un frère ? demanda-t-il.

– Parfois, j'imagine.

Elle resta un instant silencieuse, reprit :

– Il s'est passé quelque chose, n'est-ce pas ?

– Comment ça ?

– Je ne sais pas au juste.

Elle réfléchit, ajouta :

– À mon avis, il y a eu un moment où tu as décidé qu'une famille était une gêne, parce qu'elle risquait de t'affaiblir.

– Comme tu l'as deviné, je n'ai jamais apprécié les accolades et les embrassades.

– Peut-être, mais tu as donné l'accolade à ton cousin...

Il s'installa sur le siège du passager et ferma sa portière. Les analgésiques enveloppaient son cerveau dans du plastique à bulles.

– Contente-toi de conduire, dit-il.

Elle glissa la clé dans le contact.

– Où va-t-on ?

Rebus se souvint de quelque chose.

– Appelle le Portakabin sur ton portable.

Elle composa le numéro puis posa l'appareil dans sa main tendue. Quand on eut décroché, Rebus demanda Grant Hood.

– Grant, c'est John Rebus. J'ai besoin du numéro de Steve Holly.

– Pourquoi ?

– Il harcèle une des familles. J'ai l'intention de lui dire deux mots.

Hood s'éclaircit la gorge. Rebus se souvint d'avoir entendu le même son sur la bande et se demanda si cela devenait un tic. Quand Grant donna le numéro, Rebus le répéta pour que Siobhan puisse le noter.

– Une minute, John. Le patron veut vous parler.

Bobby Hogan.

– Bobby ? dit Rebus. Du nouveau sur le compte en banque ?

– Quoi ?

– Le compte en banque... des gros versements ? Ça te rappelle quelque chose ?

– Sans importance.

La voix de Hogan exprimait l'impatience.

– Qu'est-ce qu'il y a ? demanda Rebus.

– Il semblerait que Lord Jarvis ait envoyé un des vieux potes de Herdman à l'ombre.

– Ah oui ? Quand ?

– L'année dernière. Un certain Robert Niles. Tu te souviens ?

Rebus plissa le front.

– Robert Niles ? répéta-t-il.

Siobhan hocha la tête, passa une main devant son cou.

– Le type qui a égorgé sa femme ?

– C'est ça, dit Hogan. Considéré comme responsable de ses actes. Jugé coupable et condamné à la prison à vie par Lord Jarvis. J'ai reçu un coup de téléphone. Il semble que Herdman allait voir Niles régulièrement.

– Quand était-ce... il y a neuf, dix mois ?

– On l'a mis à Barlinnie, mais il a flippé, s'en est pris à un codétenu, puis s'est mis à se mutiler.

– Où est-il maintenant ?

– À l'hôpital pénitentiaire Carbrae.

Rebus réfléchit.

– Tu crois que Herdman voulait s'en prendre au fils du juge ?

– C'est une possibilité. Vengeance et tout ça...

– Oui, la vengeance. Ce mot plane maintenant au-dessus des deux jeunes victimes...

– Je vais aller le voir, disait Hogan.

– Niles ? Il est en état de recevoir des gens ?

– Apparemment. Tu veux venir ?

– Bobby, je suis flatté. Pourquoi moi ?

– Parce que Niles est un acien du SAS, John. Il a servi en même temps que Herdman. Si quelqu'un sait ce qui se passait dans la tête de Herdman, c'est lui.

– Un tueur enfermé dans un hôpital psychiatrique pénitentiaire ? Quelle chance on a.

– C'est ce que je te propose, John.

– Quand ?

– Demain matin. C'est à deux heures en voiture.

– Je viendrai.

– Bien. Qui sait, tu obtiendras peut-être quelque chose de Niles... l'empathie et tout ça.

– Tu crois ?

– À mon avis, il suffira qu'il regarde tes mains pour se dire que tu souffres, toi aussi.

Hogan riait quand Rebus rendit l'appareil à Siobhan. Elle coupa la communication.

– J'ai pratiquement tout compris, dit-elle.

Son téléphone sonna aussitôt. C'était Gill Templer.

– Comment se fait-il que Rebus ne décroche jamais ? cria Templer.

– Je crois qu'il a éteint son appareil, répondit Siobhan, les yeux fixés sur Rebus. Il ne peut pas appuyer sur les boutons.

– Amusant, j'ai toujours pensé qu'il savait très bien appuyer sur les boutons.

Siobhan sourit : *surtout sur les vôtres,* pensa-t-elle.

– Vous voulez lui parler ? demanda-t-elle.

– Je veux que vous reveniez tous les deux, dit Templer. Immédiatement, sans discuter.

– Que s'est-il passé ?

– On a un problème. Le pire qui soit...

Templer ne termina pas. Siobhan comprit ce à quoi elle faisait allusion.

– Les journaux ?

– Gagné. Quelqu'un est au courant de l'affaire, mais des éléments que John doit m'expliquer ont été ajoutés.

– Quels éléments ?

– On l'a vu sortir du pub en compagnie de Martin Fairstone, l'accompagner chez lui, en fait. On l'a vu ressortir, en plus, un bon moment plus tard, et juste avant que la maison soit la proie des flammes. Le journal en question est prêt à publier ça en première page.

– On arrive.

– Je vous attends.

La communication fut coupée. Siobhan démarra.

– On doit retourner à St Leonard's, annonça-t-elle à Rebus avant d'expliquer pourquoi.

– De quel journal s'agit-il ? dit simplement Rebus au terme d'un long silence.

– Je n'ai pas posé la question.

– Rappelle-la.

Siobhan le dévisagea, mais composa le numéro.

– Donne-moi l'appareil, ordonna Rebus. Il ne faudrait pas que tu quittes la chaussée.

Il prit le téléphone, le porta à son oreille, demanda le poste de la superintendante.

– C'est John, dit-il quand Templer eut décroché. Qui est au courant de l'affaire ?

– Un certain Steve Holly. Et ce crétin est comme un terrier à un congrès de lampadaires.

6

– Je savais que ça ferait mauvais effet, expliqua Rebus à Templer. C'est pourquoi je n'ai rien dit.

Ils étaient dans le bureau de Templer, à St Leonard's. Elle était assise, Rebus debout. Elle avait un crayon taillé dans une main, le tripotait, en examinait la pointe, se demandait peut-être s'il pouvait tenir lieu d'arme.

– Tu m'as menti.

– Gill, j'ai simplement omis quelques détails.

– Tu appelles ça quelques détails ?

– Qui n'étaient pas pertinents.

– Tu es allé chez lui !

– On a bu un verre.

– Seulement toi et un délinquant notoire qui menaçait ta plus proche collègue ? Qui avait prétendu que tu l'avais agressé ?

– J'ai parlé avec lui. On ne s'est pas disputés.

Rebus croisa les bras, mais cela ne fit qu'accroître la pression du sang dans ses mains et il les décroisa.

– Demande aux voisins s'ils ont entendu des éclats de voix, poursuivit-il. Je peux te dire tout de suite que ce n'est pas le cas. On buvait du whisky dans son salon.

– Pas dans la cuisine ?

Rebus secoua la tête.

– Je ne suis pas allé dans la cuisine.

– À quelle heure es-tu parti ?

– Aucune idée. Après minuit, facile.

– Donc peu avant l'incendie.

– Nettement avant.

Elle le fixa.

– Il était bourré, Gill. On a tous vu ça : ils ont la fringale, allument sous la friteuse et s'endorment. C'est ça ou une cigarette allumée sur le canapé.

Templer testa la pointe du crayon sur le bout d'un doigt.

– Est-ce que je risque de gros ennuis ? demanda Rebus, que le silence agaçait.

– Ça dépend de Steve Holly. S'il fait du foin, on ne pourra pas rester inactifs.

– Il faudra me suspendre, c'est ça ?

– Ça m'a traversé l'esprit.

– Je ne crois pas que je puisse t'en vouloir.

– Quelle magnanimité, John ! Pourquoi es-tu allé chez lui ?

– Il me l'a demandé. Je crois qu'il faisait de la provocation. C'est tout ce que Siobhan signifiait pour lui. Puis je suis arrivé. Il m'a servi à boire, m'a raconté ses aventures... Je crois que ça lui permettait de prendre son pied.

– Et, d'après toi, qu'est-ce que tu en tirais ?

– Je ne sais pas au juste... Je me disais que ça le détournerait peut-être de Siobhan.

– Elle t'a demandé ton aide ?

– Non.

– Ça ne m'étonne pas. Siobhan est capable de se débrouiller seule.

Rebus acquiesça.

– Donc, c'est une coïncidence ?

– Fairstone était une catastrophe en puissance. On peut s'estimer heureux qu'il n'ait pas emmené quelqu'un avec lui.

– Heureux ?

– Ça ne m'empêchera pas vraiment de dormir, Gill.

– Non, je suppose que ce serait trop demander.

Rebus redressa le dos, se cramponna au silence, le serra dans ses bras. Templer sursauta. Elle s'était piqué le bout du doigt avec la pointe du crayon et une goutte de sang était apparue.

– Dernier avertissement, John, dit-elle en baissant la main, refusant de s'occuper de la plaie – cette faiblesse soudaine – devant lui.

– Oui, Gill.

– Avec moi, dernier signifie dernier.

– Je comprends. Tu veux que j'aille chercher un pansement ?

Il tendit la main vers la poignée de la porte.

– Je veux que tu sortes.

– Tu es sûre qu'il n'y a rien...

– Dehors !

Rebus ferma la porte derrière lui, sentit que les muscles de ses jambes se remettaient à fonctionner. Siobhan se tenait à cinq mètres, un sourcil interrogateur levé. Rebus dressa maladroitement les pouces et elle secoua lentement la tête : *Je ne comprends pas comment tu arrives à t'en tirer.*

Il se le demandait lui-même.

– Permets-moi de t'offrir un verre, dit-il. Le café de la cantine, ça va ?

– Au moins, tu ne regardes pas à la dépense.

– J'ai reçu mon dernier avertissement. Ce n'est pas vraiment le but de la victoire à Hampden[1].

– Plutôt une touche à Easter Road[2] ?

Elle parvint à le faire sourire. Il eut mal à la mâchoire, sensation de tension prolongée qu'un simple sourire pouvait réveiller.

Mais, au rez-de-chaussée, c'était le chaos. Les gens allaient et venaient, toutes les salles d'interrogatoire étaient apparemment occupées. Rebus reconnut des membres du CID de Leith, donc de l'équipe de Hogan. Il saisit un coude.

– Qu'est-ce qui se passe ?

Le type le foudroya du regard, s'adoucit quand il le reconnut. Il s'appelait Pettifer et n'appartenait au CID que depuis six mois ; il commençait déjà à s'endurcir.

– Leith est bourré, expliqua Pettifer. On a décidé de mettre le surplus à St Leonard's.

Rebus regarda autour de lui. Visages crispés ; vêtements mal coupés ; vilaines coupes de cheveux... la crème des bas-fonds d'Édimbourg. Informateurs, camés, donneuses, escrocs, cambrioleurs, gros bras, alcolos. Leurs odeurs mêlées, leurs protestations émaillées de jurons, emplissaient le poste de police. Ils étaient prêts à se battre. Où étaient leurs avocats ? Rien à boire ? Envie de pisser. Qu'est-ce qui se passe ? Et les droits de l'homme ? Pas de dignité dans cet État fasciste...

Les détectives et les agents en tenue tentaient d'imposer un semblant d'ordre, prenaient les noms, les coordonnées personnelles, montraient une pièce ou un banc où l'on pourrait noter une déclaration, où tout pourrait être nié, où une protes-

1. Hampden Park, Glasgow, où joue l'équipe nationale d'Écosse.
2. Stade des Hibernians, une des deux équipes de football d'Édimbourg.

tation pourrait être marmonnée. Les jeunes hommes, qui n'étaient pas encore brisés par l'intérêt constant des forces de l'ordre, roulaient des mécaniques. Ils fumaient, malgré les pancartes qui l'interdisaient. Rebus tapa une cigarette roulée main à l'un d'entre eux. Il portait une casquette de base-ball à carreaux dont la visière pointait vers le ciel. Rebus se dit qu'une rafale du vent qui balaie Édimbourg l'emporterait comme un frisbee.

– Non, j'ai rien fait, dit le jeune homme en haussant une épaule. C'est pour les aider, qu'ils disent. Je veux rien avoir à voir avec les types armés, chef, c'est ma devise. Dites ça à vos collègues, hein ?

Il cligna un œil froid de serpent, ajouta :

– Un service et tout ça.

Il faisait allusion à la cigarette froissée. Rebus hocha la tête, s'éloigna.

– Bobby cherche qui aurait pu fournir les armes, dit Rebus à Siobhan. Il rafle les desperados habituels.

– Je me disais bien que je connaissais quelques visages.

– Oui, et tu ne les as pas vus au concours du plus beau bébé.

Rebus regarda attentivement les hommes – il n'y avait que des hommes. Facile de les considérer comme de simples épaves ; en s'y mettant vraiment, on pouvait même trouver une trace de sympathie au plus profond de leur âme. C'étaient des hommes à qui le destin n'avait jamais souri ; des hommes à qui on avait appris à respecter la cupidité et la peur ; des hommes dont la vie était corrompue dès le départ.

Rebus croyait cela. Il voyait des familles où les enfants faisaient ce qu'ils voulaient, deviendraient en grandissant indifférents à tout hormis les règles de la survie dans ce qu'ils considéraient comme une jungle. L'abandon était presque dans leurs gênes. La cruauté rend cruel. Rebus avait connu les pères et les grands-pères de certains de ces jeunes hommes, la délinquance dans le sang, l'âge seul parvenant à les dissuader de récidiver. C'étaient là des faits fondamentaux. Mais il y avait un problème. Quand Rebus et ses collègues étaient confrontés à eux, le mal était déjà fait et, dans de nombreux cas, semblait irréversible. Il restait donc, logiquement, peu de place pour la sympathie. Il n'y avait plus que la guerre d'usure.

Et il y avait les hommes tels que Peacock Johnson. Peacock – le paon – n'était pas son vrai nom, évidemment. On le surnommait ainsi à cause de ses chemises, capables de congeler la gueule de bois éventuelle de ceux qui y étaient exposés. Johnson était un minable se faisant passer pour un caïd. Il gagnait de l'argent, et en dépensait aussi. Les chemises étaient souvent faites sur mesure par un tailleur des rues étroites de New Town. Johnson portait parfois un chapeau mou et avait une fine moustache noire, probablement parce qu'il croyait ressembler à Kid Creole. Ses dents étaient saines – ce qui, en soi, le distinguait de ses semblables – et il souriait abondamment. C'était un phénomène.

Rebus savait qu'il approchait de la quarantaine, mais il pouvait faire dix ans de plus ou de moins selon son humeur et sa tenue. Il se déplaçait toujours en compagnie d'un avorton surnommé Evil Bob – Bob le mauvais. Bob portait ce qui était presque un uniforme : casquette de base-ball, haut de survêtement, jean noir trop grand et chaussures de sport énormes. Bagues en or aux doigts, gourmettes aux deux poignets, chaînes au cou. Il avait le visage ovale, boutonneux, auquel la bouche toujours ouverte conférait une expression d'étonnement continuel. On racontait qu'Evil Bob était le frère de Peacock. Si tel était le cas, Rebus estimait qu'une expérience génétique cruelle avait été réalisée. Johnson, de haute taille, presque élégant, et son pote bestial.

En ce qui concernait « Evil », ce n'était qu'un surnom.

Sous les yeux de Rebus, les deux hommes furent séparés. Bob devait suivre un membre du CID à l'étage, où une place venait de se libérer. Johnson devait accompagner Pettifer dans la salle d'interrogatoire 1. Rebus adressa un bref regard à Siobhan, puis se fraya un chemin dans la mêlée.

– Tu veux bien que j'assiste à l'audition de celui-ci ? demanda-t-il à Pettifer.

Le jeune homme parut troublé. Rebus lui adressa un sourire rassurant.

– Monsieur Rebus, dit Johnson en tendant la main, quelle agréable surprise !

Rebus ne tint pas compte de lui. Il ne fallait pas qu'un pro tel que Johnson s'aperçoive que Pettifer manquait d'expérience. En même temps, il devait convaincre le jeune détective qu'il ne lui jouait pas un sale tour, qu'il ne serait pas présent en tant qu'enquêteur. Il n'avait que son sourire et il y recourut une nouvelle fois.

– D'accord, finit par dire Pettifer.

Les trois hommes entrèrent dans la salle d'interrogatoire,

Rebus levant l'index à l'intention de Siobhan, pour lui faire comprendre qu'elle devait l'attendre.

La salle 1 était petite, mal ventilée, et semblait conserver l'odeur de sa dernière demi-douzaine d'occupants. Il y avait des fenêtres, en haut d'un des murs, mais elles ne s'ouvraient pas. Un magnétophone à double cassette se trouvait sur la petite table. Et derrière, à hauteur d'épaule, un bouton permettant de déclencher l'alerte. Une caméra vidéo, sur un support fixé au-dessus de la porte, était braquée sur la pièce.

Mais on n'enregistrerait rien aujourd'hui. Ces auditions étaient informelles, la coopération une priorité. Pettifer n'apporta dans la salle que quelques feuilles vierges et un stylo à bille. Il avait sûrement étudié le dossier de Johnson, mais n'avait pas l'intention de le brandir.

– Veuillez vous asseoir, dit-il.

Johnson essuya la chaise avec un mouchoir rouge avant de s'y installer avec une circonspection ostentatoire.

Pettifer s'assit en face de lui, puis s'aperçut qu'il n'y avait pas de chaise pour Rebus. Il voulut se lever, mais Rebus secoua la tête.

– Je resterai debout, si ça ne t'ennuie pas, dit-il.

Il était adossé au mur opposé, les jambes croisées au niveau des chevilles, les mains dans les poches de sa veste. Il s'était posté à un endroit où il se trouvait dans le champ visuel de Pettifer mais où Johnson serait obligé de tourner la tête pour le voir.

– Vous êtes un peu comme la vedette invitée, monsieur Rebus ? fit Johnson, complaisant, avec un sourire ironique.

– Tu as droit à un traitement de VIP, Peacock.

– Peacock voyage toujours en première classe, monsieur Rebus.

Appuyé contre le dossier de sa chaise, les bras croisés, Johnson semblait content de lui. Ses cheveux étaient d'un noir de jais, plaqués sur son crâne au-dessus du front, bouclant sur la nuque. Il avait souvent un cure-dent dans la bouche, qu'il suçait comme un sucre d'orge. Mais pas ce jour-là. Ce jour-là, il mâchait un chewing-gum.

– Monsieur Johnson, commença Pettifer, je suppose que vous connaissez la raison de votre présence ici.

– Vous nous interrogez tous sur le tireur de l'école. Je l'ai dit à l'autre flic, je l'ai dit à tout le monde : Peacock ne fait pas ce genre de truc. Tirer sur des gamins, mon vieux, c'est le mal absolu.

Il secoua lentement la tête, ajouta :

– Je vous aiderais si je pouvais, mais vous m'avez amené ici sous de faux prétextes.

– Vous avez eu des ennuis dans une affaire d'armes à feu, monsieur Johnson. Nous nous demandions simplement si vous êtes du genre à vous tenir au courant. Peut-être avez-vous entendu dire quelque chose. Une rumeur, un nouveau venu sur le marché...

Pettifer semblait sûr de lui. Peut-être étaient-ce quatre-vingt-dix pour cent de façade et tremblait-il, intérieurement, comme une feuille en automne, mais il n'en laissait rien paraître et c'était ce qui comptait. Cela plut à Rebus.

– Peacock n'est pas ce qu'on appelle une balance, monsieur le juge. Mais, dans ce cas, c'est une certitude. Si j'apprends quelque chose, je viendrai vous voir immédiatement. Aucune inquiétude de ce côté. Et, pour que ce soit bien clair, je vends des copies d'armes sur le marché des collectionneurs à des messieurs respectables de l'industrie et d'autres domaines d'activité. Quand le pouvoir qui nous gouverne rendra ce commerce illégal, vous pouvez être certain que Peacock y renoncera.

– Vous n'avez jamais vendu d'armes illégales ?

– Jamais.

– Et vous ne connaissez personne qui le fasse ?

– Comme je l'ai déjà dit, Peacock n'est pas une balance.

– Et la remise en état de marche de ces armes de collection : connaissez-vous quelqu'un qui soit capable de la faire ?

– Personne, patron.

Pettifer acquiesça et regarda les feuilles, qui étaient aussi blanches et vierges que lorsqu'il les avait posées sur la table. Johnson profita de cet instant de répit pour se tourner vers Rebus.

– Comment c'est en classe « bétail[1] », monsieur Rebus ?

– Ça me plaît. Les gens ont tendance à être un peu plus propres.

– Allons, allons...

Nouveau sourire ironique, accompagné cette fois d'un doigt levé.

1. L'expression « cattle class » désigne la classe économique, en avion, où les sièges sont de plus en plus étroits et l'espace pour les jambes réduit au minimum.

– Je ne supporterais pas que des fonctionnaires arrogants salissent ma suite de VIP.

– Tu vas adorer Barlinnie, Peacock, dit Rebus. Disons plutôt que les gars qui s'y trouvent vont t'adorer. S'habiller y est très bien vu.

– Monsieur Rebus...

Johnson baissa la tête, soupira ostensiblement, ajouta :

– Les vendettas sont des choses horribles. Demandez aux Italiens.

Pettifer changea de position, ses chaussures crissant sur le sol.

– Nous pourrions peut-être revenir à la question de l'origine éventuelle, d'après vous, des armes de Lee Herdman... ?

– Elles sont principalement fabriquées en Chine, de nos jours, n'est-ce pas ? dit Johnson.

– Je pensais plutôt, dit Pettifer d'une voix légèrement contrariée, à la façon dont on pourrait mettre la main dessus.

Johnson haussa ostensiblement les épaules.

– Sur la crosse et la détente ?

Il rit, rit seul dans le silence de la pièce. Puis il changea de position, prit une expression grave, ajouta :

– La plupart des armuriers sont basés à Glasgow. Ce sont ces types que vous devriez voir.

– C'est exactement ce que font nos collègues de l'Ouest, dit Pettifer. Mais, en attendant, vous ne voyez vraiment pas à qui nous pourrions poser la question ?

Johnson haussa les épaules.

– Fouillez-moi.

– C'est ce que vous devriez faire, Pettifer, dit Rebus en se dirigeant vers la porte. Vous devriez vraiment le prendre au mot...

Dans le bâtiment, la situation n'était pas plus calme et il n'y avait pas trace de Siobhan. Rebus supposa qu'elle s'était réfugiée à la cantine mais, au lieu de la chercher, il monta à l'étage et jeta un coup d'œil dans plusieurs pièces avant de localiser Evil Bob, interrogé par un sergent en bras de chemise appelé George Silvers. À St Leonard's, Silvers était surnommé « Hi-Ho ». C'était un flic sans ambition qui attendait la retraite avec l'impatience d'un auto-stoppeur devant un restaurant pour routiers. Il ne salua même pas d'un signe de tête quand Rebus entra dans la pièce. Sa liste comportait une dizaine de questions et il voulait les poser, obtenir les réponses afin de pouvoir renvoyer dans la rue le spécimen qui se trouvait devant lui. Bob regarda Rebus tirer une chaise et s'asseoir, son genou droit à quelques centimètres du genou gauche de Bob. Bob s'agita.

– Je viens de voir Peacock, dit Rebus sans tenir compte de Silvers, qui venait de poser une question. On devrait le surnommer canari.

Bob le fixa sans comprendre.

– Pourquoi ?

– À ton avis ?

– Je sais pas.

– Que font les canaris ?

– Ils volent... vivent dans les arbres.

– Ils vivent dans la cage de ta grand-mère, crétin. Et ils chantent.

Bob réfléchit ; Rebus crut entendre les engrenages tourner. Chez de nombreux minables, c'était une comédie. Beaucoup d'entre eux étaient relativement futés, ne connaissaient pas seulement les us et coutumes de la rue. Mais soit Bob était Robert De Niro en pleine création soit il n'avait rien d'un comédien.

– Quoi ? demanda-t-il.

Puis il vit l'expression de Rebus, ajouta :

– Je veux dire : qu'est-ce qu'ils chantent comme trucs ?

Donc : pas De Niro...

– Bob, dit Rebus, les coudes sur les genoux, tout près du jeune homme trapu, si tu traînes avec Johnson, tu vas passer la moitié de ta vie derrière les barreaux.

– Et alors ?

– Ça ne te gêne pas ?

Question stupide, pensa Rebus pendant qu'il la posait. L'expression contrariée de Silvers le lui indiqua. Pour Bob, la prison ne serait qu'un rêve éveillé de plus. Elle n'aurait aucun effet sur lui.

– Peacock et moi, on est associés.

– Ah oui, et je suis sûr qu'il partage moitié moitié. Allons, Bob...

Rebus eut un sourire de connivence, poursuivit :

– Il te vole. Un large sourire sur le visage, il t'éblouit grâce à ses dents. Mais il t'exploite. Et quand les choses tourneront mal, devine qui portera le chapeau ? C'est pour ça qu'il te garde à son côté. Tu es le personnage de la pièce qui prend une tarte à la crème sur la figure à chaque représentation. Vous achetez et vous vendez des armes, bon sang ! Tu crois qu'on ne le sait pas ?

– Des copies, affirma Bob, comme s'il se souvenait d'une leçon et la répétait. Que les collectionneurs accrochent au mur.

– Oui, et tout le monde veut avoir un tas de Glock 17 et de Walther PPK au-dessus de sa cheminée...

Rebus se redressa. Il n'était pas certain qu'il fût possible de toucher Bob. Il y avait forcément quelque chose, une faiblesse exploitable. Mais ce type était comme de la pâte à pain. On pouvait le pétrir, lui donner toutes sortes de formes... on se retrouvait systématiquement avec une masse molle. Il décida de faire une dernière tentative.

– Un de ces jours, Bob, un gamin sortira une de vos copies et quelqu'un l'abattra en croyant que c'est un vrai pistolet.

Rebus fut conscient de laisser l'émotion transparaître dans sa voix. Silvers le dévisageait, commençait à se demander ce qu'il avait derrière la tête. Rebus le regarda puis haussa les épaules, se leva.

– Réfléchis, Bob. Fais ça pour moi.

Rebus tenta de le regarder dans les yeux, mais le jeune homme fixait les néons du plafond comme s'il s'agissait de fusées de feu d'artifice.

– Je n'ai jamais vu de pantomime, disait-il à Silvers quand Rebus s'en alla.

Siobhan, lâchée par Rebus, était montée au CID. La salle principale était animée, détectives installés à des bureaux d'emprunt face aux personnes qu'ils interrogeaient. Le moniteur de sa table de travail avait été poussé sur le côté et la corbeille à courrier reléguée sur le plancher. David Hynds prenait des notes pendant qu'un jeune homme aux pupilles réduites à des têtes d'épingle parlait d'une voix monocorde.

– Ton bureau ne convient pas ? demanda Siobhan.

– Le sergent Wylie a fait valoir son grade.

De la tête, Hynds montra Wylie qui, installée à la place de Hynds, préparait l'interrogatoire suivant. Elle leva la tête en entendant son nom et sourit. Siobhan lui rendit son sourire. Wylie était basée au poste de West End. Siobhan savait qu'elles risquaient de devenir rivales sur le terrain de la promotion. Contrariée par cette invasion, elle décida de glisser sa corbeille à courrier dans un des tiroirs de son bureau. Tout poste de police est une sorte de fief. Impossible de prévoir ce que les pillards risquaient d'emporter...

En ramassant la corbeille, elle vit le coin d'une enveloppe blanche sous plusieurs rapports agrafés. Elle la prit, puis posa la corbeille dans le seul tiroir profond du bureau, qu'elle ferma ensuite à clé. Hynds la regardait.

– Tu n'as besoin de rien ? lui demanda Siobhan.

Il secoua la tête, se demandant si une explication suivrait. Mais Siobhan se contenta de s'éloigner, reprit la direction du rez-de-chaussée et des distributeurs de boissons. C'était plus calme. Deux détectives de l'extérieur prenaient leur pause, blaguaient et fumaient sur le parking. Elle n'y vit pas Rebus et resta près de la machine, ouvrit une boîte glacée. Le sucre irrita ses dents, puis son estomac. Elle parcourut la composition du contenu, se rappela que les livres consacrés aux crises d'angoisse conseillaient de réduire la caféine. Elle s'efforçait d'apprécier le café décaféiné et savait qu'il existe des sodas sans caféine. Le sel : il fallait également l'éviter. Tension artérielle élevée et tout ça. L'alcool n'était pas contre-indiqué, avec modération. Elle se demanda si une bouteille de vin le soir, après le travail, pouvait être qualifié de dose modérée, en douta. Mais si elle ne buvait que la moitié de la bouteille, le reste avait mauvais goût le lendemain. Mémo à moi-même : explorer la possibilité de n'acheter que des demi-bouteilles de vin.

Elle se souvint de l'enveloppe, la sortit de sa poche. Rédigée à la main, griffonnée, en fait. Elle posa la boîte sur le distributeur, eut un mauvais pressentiment avant même d'ouvrir l'enveloppe. Une seule feuille, elle en était sûre. Pas de lames de rasoir, pas de verre... des tas de cinglés, dehors, bien décidés à partager leurs pensées avec elle. Elle déplia la lettre. Grosses capitales maladroites.

ESPÈRE TE REVOIR BIENTÔT EN ENFER – MARTY.

Le nom était souligné. Son cœur battait très vite. Elle savait qui était Marty : Martin Fairstone. Mais Fairstone était un bocal de cendres et d'os sur l'étagère d'un laboratoire. Elle examina l'enveloppe. Adresse et code postal parfaits. Une mauvaise blague ? Mais comment cela serait-il possible ? Qui connaissait le conflit qui l'opposait à Fairstone ? Rebus et Templer... quelqu'un d'autre ? Elle revint quelques mois en arrière. Quelqu'un avait laissé des messages sur son économiseur d'écran, forcément un membre du CID, un de ses soi-disant collègues. Mais les messages avaient cessé. Davie Hynds et

George Silvers : c'étaient ses voisins. Grant Hood aussi, la plupart du temps. D'autres allaient et venaient. Mais elle ne leur avait pas parlé de Fairstone. Une minute... quand Fairstone avait déposé plainte, y avait-il eu une trace officielle ? Elle ne le croyait pas. Mais, dans les postes de police, les racontars allaient bon train ; difficile de garder des secrets.

Elle s'aperçut qu'elle fixait les portes vitrées donnant sur l'extérieur et que les deux détectives du parking la regardaient, se demandaient ce qu'elle leur trouvait de si fascinant. Elle sourit et secoua la tête, comme pour dire qu'elle rêvait.

Désœuvrée, elle sortit son téléphone portable dans l'intention de voir si elle avait des messages. Puis elle composa un numéro de mémoire.

– Ray Duff à l'appareil.

– Ray ? Tu es occupé ?

Siobhan connaissait la réaction initiale : une profonde inspiration suivie d'un long soupir. Duff était un spécialiste du laboratoire de police scientifique de Howdenhall.

– Hormis vérifier que toutes les balles de Port Edgar proviennent bien de la même arme, puis examiner les projections de sang et les traces de poudre, les angles de pénétration et tout ça ? C'est ce que tu veux dire ?

– Au moins, grâce à nous, tu as un emploi. Comment va la MG ?

– Elle tourne comme un charme.

La dernière fois qu'ils s'étaient vus, Duff venait de terminer la restauration d'un modèle de 1973.

– Mon offre d'une balade pendant un week-end est toujours valable.

– Peut-être quand le temps sera meilleur.

– Il y a une capote, tu sais.

– Mais ce n'est pas la même chose, n'est-ce pas ? Écoute, Ray, je sais que tu as du travail par-dessus la tête à cause de l'école, mais je voudrais te demander un petit service...

– Siobhan, tu sais que je refuserai. Tout le monde veut que cette affaire soit réglée.

– Je sais. Je travaille aussi sur Port Edgar.

– Toi et tous les flics de la ville.

Nouveau soupir, puis :

– Simplement par curiosité, de quoi s'agit-il ?

– Entre nous ?

– Bien sûr.

Siobhan regarda autour d'elle. Les détectives qui se trouvaient dehors ne s'intéressaient plus à elle. Trois agents en tenue, autour d'une des tables de la cantine, à environ six mètres d'elle, mangeaient des sandwichs et buvaient du thé. Elle leur tourna le dos, fit face au distributeur.

– Je viens de recevoir une lettre. Anonyme.

– Menaçante ?

– Plus ou moins.

– Tu devrais la montrer à quelqu'un.

– J'envisageais de te la montrer, pour voir si tu peux en tirer quelque chose.

– Je pensais à ta patronne. Gill Templer, c'est ça ?

– En ce moment, je ne suis pas vraiment son élève préférée. En plus elle est débordée.

– Et pas moi ?

– Simplement un petit examen rapide, Ray. C'est peut-être quelque chose, mais c'est peut-être rien.

– Mais discrètement, c'est ça ?

– C'est ça.

– Et ce n'est pas bien. Si on te menace, Shiv, il faut que tu le signales.

À nouveau ce diminutif : *Shiv*. De plus en plus de gens semblaient l'utiliser. Elle décida que ce n'était pas le moment de dire à Ray qu'il lui déplaisait beaucoup.

– Le problème, Ray, est qu'elle provient d'un mort.

Il y eut un silence au bout du fil.

– D'accord, fit Duff d'une voix traînante. Je t'écoute.

– Pavillon à Gracemount. Incendie provoqué par une friteuse...

– Ah oui, Martin Fairstone. J'ai travaillé aussi sur lui.

– Tu as trouvé quelque chose ?

– Un peu tôt pour le dire... Port Edgar a pris la tête. Fairstone a perdu quelques places.

L'analogie la fit sourire. Ray aimait les classements. Leurs conversations comportaient généralement les trois et les cinq premiers des hit-parades. Et, comme s'il avait lu ses pensées :

– À propos, Shiv... les trois premiers groupes écossais de rock et de pop ?

– Ray...

– Fais-moi plaisir. Pas le droit de réfléchir, comme ça.

– Rod Stewart ? Big Country ? Travis ?

– Pas de place pour Lulu ? Annie Lennox ?

– Je ne suis pas très forte à ce jeu, Ray.

– Mais Rod est un choix intéressant.

– C'est la faute de l'inspecteur Rebus. Il m'a prêté les premiers albums...

Elle soupira à son tour, demanda :

– Tu vas m'aider, oui ou non ?

– Quand peux-tu me la faire parvenir ?

– Dans l'heure.

– Je suppose que je pourrais m'en occuper dans la soirée. Est-ce que ça changerait quelque chose ?

– Ai-je déjà mentionné ton élégance, ton esprit et ton charme ?

– Seulement quand j'accepte de te rendre service.

– Tu es un ange, Ray. Appelle-moi dès que possible.

– Viens faire un tour, un jour, disait Duff au moment où elle raccrocha.

Elle traversa la cantine, gagna les cellules.

– Tu as un sachet en plastique ? demanda-t-elle au sergent responsable des détenus.

Il ouvrit des tiroirs.

– Je pourrais en demander un à l'étage, dit-il en reconnaissant sa défaite.

– Une des enveloppes destinées aux effets personnels ?

Le sergent se baissa une nouvelle fois, sortit une enveloppe brune, de format A4, de sous le comptoir.

– Ça ira, dit Siobhan en glissant son enveloppe à l'intérieur.

Elle écrivit le nom de Ray Duff, le sien à titre de référence et le mot URGENT, puis elle retraversa la cantine et sortit sur le parking. Les fumeurs étaient rentrés, elle n'aurait donc pas besoin de s'excuser de les avoir fixés. Deux constables montaient dans une voiture de patrouille.

– Hé, les gars, appela-t-elle.

Elle constata en approchant que le passager était John Mason dont le surnom était, logiquement, « Perry ». La femme au volant était Toni Jackson.

– Salut Siobhan, dit cette dernière. On t'attendait vendredi soir.

Siobhan s'excusa d'un haussement d'épaules. Toni et d'autres femmes constables aimaient décompresser une fois par semaine. Siobhan était la seule détective qu'elles acceptaient en leur sein.

– Je suppose que j'ai manqué une bonne soirée ? demanda-t-elle.

– Une soirée formidable. Mon foie est encore convalescent.

Mason parut intéressé.

– Qu'est-ce que vous avez fait ?

– Tu voudrais bien le savoir, hein ? répondit son équipière avec un clin d'œil.

Puis elle se tourna vers Siobhan, demanda :

– Tu veux qu'on joue les facteurs ?

Elle montra l'enveloppe de la tête.

– Vous pourriez ? C'est pour le labo de Howdenhall. À remettre en mains propres à ce type, si possible.

Siobhan tapota le nom de Duff du bout d'un doigt.

– On doit passer à deux endroits... ça ne fait pas un gros détour.

– J'ai promis qu'il l'aurait dans l'heure.

– Compte tenu de la façon dont Toni conduit, ça ne devrait pas poser de problème, fit Mason.

Toni ne releva pas.

– Il paraît que tu fais le chauffeur maintenant, Siobhan.

Siobhan serra les lèvres.

– Seulement pour quelques jours.

– Comment s'est-il blessé les mains ?

Siobhan fixa Jackson.

– Je ne sais pas, Toni. Que dit le téléphone arabe ?

– Toutes sortes de choses... de la bagarre à coups de poings à la poêle à frire.

– L'un n'excluant pas forcément l'autre.

– On ne peut rien exclure quand il s'agit de l'inspecteur Rebus.

Jackson eut un sourire ironique, tendit la main vers l'enveloppe.

– Tu as eu un carton jaune, Siobhan.

– Je viendrai vendredi, si vous voulez bien de moi.

– Promis ?

– Juré sur ma carte du CID.

– En d'autres termes : ça dépend.

– C'est toujours comme ça, Toni, tu le sais.

Jackson regardait par-dessus l'épaule de Siobhan.

– Quand on parle du loup, dit-elle en s'installant au volant.

Siobhan se retourna. Rebus, debout dans l'encadrement de

la porte, les regardait. Elle se demanda s'il était là depuis longtemps. Assez longtemps pour avoir vu l'enveloppe changer de mains ? Le moteur démarra et elle s'écarta de la voiture, la regarda s'éloigner. Rebus avait ouvert un paquet de cigarettes et en sortait une avec les dents.

– Marrant comme l'animal humain peut s'adapter, dit Siobhan en le rejoignant.

– J'envisage d'élargir mon répertoire, répondit Rebus. Je vais peut-être essayer de jouer du piano avec le nez.

Il parvint à allumer son briquet à la troisième tentative, souffla la fumée.

– À propos, merci de m'avoir laissée en dehors.

– Tu n'étais pas en dehors.

– Je voulais dire...

– Je sais ce que tu voulais dire, coupa-t-il, les yeux fixés sur elle. Je voulais simplement entendre ce que Johnson raconterait.

– Johnson ?

– Peacock Johnson.

Siobhan plissa les paupières et Rebus ajouta :

– C'est comme ça qu'il se fait appeler.

– Pourquoi ?

– Tu as vu comment il s'habille.

– Je voulais dire : pourquoi voulais-tu le voir ?

– Je m'intéresse à lui.

– Tu as une raison ?

Rebus se contenta de hausser les épaules.

– De toute façon, qui est-ce ? demanda Siobhan. Je devrais le connaître ?

– C'est un minable, mais ce sont parfois les plus dangereux. Il vend des copies d'armes à tous ceux qui ont envie d'en acheter... pourrait même en fournir des vraies à l'occasion. Fourgue des objets volés, deale des drogues douces, un peu de hash de temps en temps...

– Où opère-t-il ?

Rebus fit mine de réfléchir.

– Du côté de Burdiehouse.

Elle le connaissait trop bien pour marcher.

– Burdiehouse ?

– Dans ce coin...

La cigarette montant et descendant entre ses lèvres.

– Je pourrais peut-être jeter un coup d'œil sur les dossiers.

Elle soutint son regard, attendit qu'il batte des paupières.

– Southhouse, Burdiehouse... par là.

La fumée sortit par ses narines et il évoqua, aux yeux de Siobhan, un taureau acculé.

– En d'autres termes : près de Gracemount ?

Il haussa les épaules.

– Ce n'est qu'une question de géographie.

– Fairstone y habitait... c'était son territoire. Ces deux ordures devaient se connaître.

– Peut-être.

– John...

– Qu'y avait-il dans l'enveloppe ?

Elle s'efforça à son tour de rester impassible.

– Ne change pas de sujet.

– Le sujet est clos. Qu'y avait-il dans l'enveloppe ?

– Rien qui puisse justifier que ta jolie petite tête s'inquiète, inspecteur Rebus.

– Maintenant je m'inquiète.

– Ce n'était rien, franchement.

Rebus attendit la suite, puis hocha lentement la tête.

– Parce que tu peux te débrouiller seule, c'est ça ?

– C'est ça.

Il se pencha, laissa le mégot de la cigarette tomber sur le sol. L'écrasa du bout de sa chaussure et dit :

– Tu sais, je n'aurai pas besoin de toi demain.

– Je m'efforcerai de faire passer le temps.

Il chercha une repartie, finit par renoncer.

– Viens, filons discrètement avant que Gill Templer trouve une nouvelle raison de nous engueuler.

Il prit la direction de la voiture.

– Bien, dit Siobhan. Et, pendant que je conduirai, tu pourras me parler de Peacock Johnson.

Elle resta quelques instants silencieuse puis demanda :

– À propos, les trois meilleurs groupes écossais de rock et de pop ?

– Pourquoi cette question ?

– Allez, sans réfléchir.

Rebus se concentra pendant quelques instants.

– Nazareth, Alex Harvey, Deacon Blue.

– Pas Rod Stewart ?

– Il n'est pas écossais.

– Tu as tout de même le droit de le mettre, si tu veux.

– Je finirai par en arriver à lui, probablement juste après Ian Stewart. Mais il faut d'abord passer par John Martyn, Jack Bruce, Ian Anderson... sans oublier Donovan et The Incredible String Band... Lulu et Maggie Bell...

Siobhan leva les yeux au ciel.

– Est-il trop tard pour dire que je regrette d'avoir posé la question ?

– Beaucoup trop tard, répondit Rebus en s'asseyant sur le siège du passager. Il y a aussi Frankie Miller... les Simple Minds à la grande époque... j'ai toujours eu un penchant pour Pallas...

Siobhan se tenait près de la portière du passager, serrait la poignée mais ne faisait rien de plus. Dans l'habitacle, l'énumération continuait, Rebus élevant la voix afin de s'assurer qu'elle ne manquerait pas un seul nom.

– Ce n'est pas le genre d'endroit où je viendrais normalement boire, marmonna le docteur Curt.

Il était grand, maigre, et on le qualifiait de « funéraire » quand il avait le dos tourné. Plus de cinquante-cinq ans, long visage flasque et poches sous les yeux. Il évoquait, du point de vue de Rebus, un limier.

Un limier funéraire.

C'était logique, dans un sens, puisque c'était un des légistes les plus respectés d'Édimbourg. Sous sa houlette, les cadavres racontaient leur histoire, dévoilaient parfois des secrets : suicidés qui étaient en réalité victimes d'un meurtre ; ossements qui se révélaient humains. La compétence et l'intuition de Curt avaient aidé Rebus à résoudre des dizaines d'affaires, au fil des années, et il aurait donc été grossier de refuser, quand il avait téléphoné pour lui demander de boire un verre en sa compagnie et avait ajouté :

– Mais dans un endroit tranquille. Un endroit où l'on pourra parler sans que les langues s'agitent autour de nous.

C'était pour cette raison que Rebus avait proposé son pub habituel, l'Oxford Bar, caché dans une impasse proche de George Street, loin du bureau de Curt et de St Leonard's.

Ils étaient dans l'arrière-salle, à une table du fond. Il n'y avait personne d'autre. Milieu de semaine et début de soirée. Il n'y avait, au bar, que deux employés sur le point de rentrer chez eux et un habitué qui venait d'arriver. Rebus apporta les consommations : une pinte pour lui, un gin tonic pour le légiste.

– *Slainte*, dit Curt en levant son verre.

– Santé, doc.

Rebus ne pouvait toujours pas lever sa bière d'une seule main.

– C'est comme si vous teniez un calice, fit remarquer Curt, qui ajouta : voulez-vous me dire comment c'est arrivé ?

– Non.

– Les rumeurs courent.

– Elles peuvent courir jusqu'à l'épuisement, je m'en fiche. C'est votre coup de téléphone qui m'intrigue. Voulez-vous qu'on en parle ?

Rebus était arrivé chez lui, avait pris un bain tiède et commandé un curry par téléphone. Jackie Leven, sur la stéréo, parlait des durs romantiques de Fife – comment Rebus avait-il pu oublier de le mettre sur la liste ? Puis le coup de téléphone de Curt.

Pouvons-nous parler ? Peut-être de vive voix ? Ce soir... ?

Aucune allusion à la raison, seulement un rendez-vous à l'Oxford Bar à dix-neuf heures trente.

Curt savoura son verre.

– Comment la vie vous traite-t-elle, John ?

Rebus le dévisagea. Avec certains hommes, des hommes d'un certain âge et d'une certaine classe, ce type de préambule était indispensable. Il proposa une cigarette que le légiste accepta.

– Sortez-en aussi une pour moi, demanda Rebus.

Curt le fit et ils fumèrent en silence pendant un moment.

– Tout va bien, doc. Et vous ? Vous avez souvent une envie irrésistible de téléphoner aux flics, le soir, et de les convoquer dans des arrière-salles crasseuses ?

– C'est vous qui avez choisi l'arrière-salle crasseuse, pas moi.

Rebus accepta cette constatation d'un signe de la tête.

Curt sourit.

– Vous n'êtes guère patient, John...

Rebus haussa les épaules.

– En fait, je pourrais passer la nuit ici, mais je serai beaucoup plus détendu quand je saurai de quoi il s'agit.

– Il s'agit des restes d'un certain Martin Fairstone.

– Ah oui ?

Rebus changea de position sur sa chaise, croisa les jambes.

– Vous le connaissez, bien entendu ?

Quand Curt tira sur sa cigarette, son visage tout entier

parut se ratatiner. Il ne fumait que depuis cinq ans, comme pour mettre sa mortalité à l'épreuve.

– Je le connaissais, dit Rebus.

– Oui... l'imparfait, malheureusement.

– Pas tant que ça. À mon avis, personne ne le regrettera.

– Quoi qu'il en soit, le docteur Gates et moi-même... nous pensons qu'il y a des zones grises.

– La cendre et les os, vous voulez dire ?

Curt secoua lentement la tête, refusa de voir la plaisanterie.

– Les analyses nous en apprendront davantage...

Il se tut, reprit :

– La superintendante Templer a insisté. Je crois que Gates la verra demain.

– Et quel est le lien avec moi ?

– Elle croit que vous êtes impliqué dans le meurtre de cet homme.

Les derniers mots flottèrent entre eux dans l'air enfumé. Rebus n'eut pas besoin de les répéter ; Curt entendit la question non formulée.

– Nous croyons qu'il s'agit peut-être d'un meurtre, dit-il en hochant lentement la tête. Quelques indices montrent qu'il était attaché sur une chaise. J'ai les photos...

Il fouilla dans la serviette posée par terre, près de lui.

– Doc, dit Rebus, vous ne devriez probablement pas me les montrer.

– Je sais, et je ne le ferais pas s'il y avait, à mon sens, le moindre risque que vous soyez impliqué.

Il leva la tête, conclut :

– Mais je vous connais, John.

Rebus regardait la serviette.

– On s'est trompé sur moi, c'est arrivé.

– Peut-être.

Le dossier était posé entre eux, sur des sous-bocks humides. Rebus le prit et l'ouvrit. Il y avait une vingtaine de clichés de la cuisine, des volutes de fumée toujours visibles à l'arrière-plan. C'était à peine si Martin Fairstone avait encore une apparence humaine. Il évoquait plutôt un mannequin noirci, couvert de cloques. Il était à plat ventre. Une chaise, réduite à deux restes de pied, et une partie de l'assise gisaient derrière lui. Ce fut la cuisinière qui frappa Rebus. Bizarrement, sa surface était pratiquement intacte. Il vit la friteuse sur son feu. Bon sang, un bon nettoyage et elle serait peut-être toujours utilisable... Difficile d'imaginer qu'une friteuse puisse survivre là où un être humain ne peut pas.

– Vous voyez ici la façon dont la chaise est tombée. Elle a basculé vers l'avant, entraînant la victime avec elle. C'est presque comme s'il était tombé à genoux, s'était penché, avait ensuite glissé à plat ventre. Et vous voyez la position de ses bras ? Contre ses flancs ?

Rebus vit, mais se demanda ce qu'il devait en conclure.

– Nous croyons avoir trouvé des restes de corde... une corde à linge plastifiée. L'enveloppe a fondu... mais le nylon s'est révélé très résistant.

– Il y a souvent une corde à linge dans les cuisines, dit Rebus, jouant l'avocat du diable, maintenant, parce qu'il avait soudain compris où cela conduisait.

– D'accord. Mais le docteur Gates... il l'a fait examiner par les gars du laboratoire...

– Parce qu'il croit que Fairstone était ligoté sur la chaise ?

Curt se contenta d'acquiescer.

– Les autres photos, sur certaines d'entre elles... les gros plans... on voit les morceaux de corde.

Rebus vit.

– Et il y a la succession des événements, voyez-vous. Un homme est sans connaissance, ligoté sur une chaise. Il reprend conscience, l'incendie fait rage autour de lui, les gaz toxiques déjà au plus profond de ses poumons. Il tente de se libérer, la chaise bascule et il commence d'étouffer. C'est la fumée qui le tue... il meurt avant que les flammes puissent brûler ses liens.

– C'est une théorie, admit Rebus.

– Effectivement, souffla le légiste.

Rebus regarda une nouvelle fois les photos.

– Donc, tout à coup c'est un meurtre ?

– Ou un homicide. Je suppose qu'un avocat pourrait faire valoir que ce n'est pas en le ligotant qu'on l'a tué... que c'était, disons, un simple avertissement.

Rebus le regarda.

– Vous avez réfléchi.

Curt leva à nouveau son verre.

– Le docteur Gates verra Gill Templer demain matin. Il lui montrera les photos. Le labo aura son mot à dire... On raconte que vous étiez sur les lieux.

– Un journaliste vous aurait-il contacté, par hasard ?

Curt acquiesça.

– Steve Holly ?

Nouveau hochement de tête. Rebus jura au moment où Harry, le barman, venait chercher les verres vides. Harry sifflait, ce qui indiquait à coup sûr qu'il avait rencontré une femme. Il avait probablement envie de se vanter, mais le juron de Rebus le fit battre en retraite.

– Comment allez vous... ?

Curt ne put trouver les mots.

– Contester ? suggéra Rebus, qui eut un sourire amer. On ne peut rien faire contre ça, doc. J'y étais, le monde entier est au courant ou le sera bientôt.

Il voulut ronger l'ongle d'un de ses pouces, mais se souvint qu'il ne pouvait pas. Il eut envie de donner un coup de poing sur la table, mais ce n'était pas davantage possible.

– Ce sont des éléments indirects, disait Curt. Enfin presque...

Il tendit la main et prit une photo, un gros plan du crâne, la bouche ouverte. La bière gargouilla dans l'estomac de Rebus. Curt montrait le cou.

– Vous croyez peut-être que c'est de la peau, mais il y a quelque chose... il y avait quelque chose autour de son cou. Le défunt ne portait pas une cravate ?

C'était une idée si ridicule que Rebus éclata de rire.

– C'était un pavillon de Gracemount, doc, pas un club de gentlemen de New Town.

Rebus tendit les mains vers son verre, mais s'aperçut qu'il n'avait plus envie de boire. Il secouait toujours la tête en imaginant Martin Fairstone avec une cravate. Pourquoi pas une veste de smoking, aussi ? Un majordome qui roulerait ses cigarettes...

– Le problème est que, s'il ne portait pas quelque chose autour du cou, un foulard, n'importe quoi, on est apparemment en présence d'un bâillon. Un mouchoir placé devant sa bouche et attaché sur la nuque, par exemple. Il est parvenu à s'en débarrasser... peut-être trop tard pour pouvoir appeler à l'aide. La chose a glissé autour de son cou, voyez-vous.

Et, une nouvelle fois, Rebus vit.

Il se vit tentant d'expliquer qu'il n'y était pour rien.

Il se vit échouer.

7

Siobhan avait une idée.

Les crises d'angoisse se produisaient souvent quand elle dormait. Il y avait peut-être un rapport avec la chambre. Elle décida donc de s'installer sur le canapé : une solution parfaite, en réalité. Couette, télé dans le coin, café et une boîte de Pringles. Par trois fois, pendant la soirée, elle était allée à la fenêtre et avait regardé dans la rue. S'il semblait y avoir du mouvement dans les ombres, elle fixait le même endroit pendant plusieurs minutes, jusqu'au moment où elle était rassurée. Quand Rebus avait téléphoné pour lui dire qu'il voyait le docteur Curt, elle lui avait posé une question :

– Le corps a-t-il été identifié correctement ?

Il lui avait demandé ce qu'elle voulait dire.

– Des restes calcinés... il faudra une analyse ADN pour l'identifier, n'est-ce pas ? Est-ce qu'elle a été faite ?

– Siobhan...

– Ce n'est qu'une possibilité.

– Il est mort, Siobhan. Tu peux commencer à l'oublier.

Elle se mordit la lèvre inférieure : une raison de plus de ne pas lui parler de la lettre. Il portait déjà un lourd fardeau.

Il avait raccroché. La raison de son appel : si c'était le merdier le lendemain matin, il ne serait pas là et Templer risquait de passer sa colère sur quelqu'un d'autre.

Siobhan décida de refaire du café – soluble décaféiné. Il lui laissait un goût amer dans la bouche. Elle s'arrêta devant la fenêtre, jeta un bref coup d'œil dehors avant de gagner la cuisine. Le médecin lui avait demandé de dresser la liste des « menus » d'une semaine ordinaire, puis avait entouré tout ce qui risquait de contribuer aux crises. Elle s'efforça de ne pas penser aux Pringles... mais elle aimait ça. Elle aimait aussi le vin, les boissons gazeuses et les plats à emporter. Comme elle avait dit au médecin, elle ne fumait pas, faisait régulièrement de l'exercice. Il fallait qu'elle décompresse de temps en temps...

– L'alcool et les hamburgers, c'est comme ça que vous décompressez ?

– C'est comme ça que je me calme à la fin de la journée.

– Vous devriez peut-être commencer par essayer de ne pas vous énerver.

– Vous allez me raconter que vous n'avez jamais fumé ni bu un verre ?

Mais, naturellement, il ne dirait pas cela. Les médecins étaient plus stressés que les flics. De sa propre initiative, elle avait tenté de se mettre à l'Ambient Music. Lemon Jelly, Oldsolar, Boards of Canada. Quelques groupes n'avaient pas marché : Aphex Twin et Autechre ; pas assez de chair sur les os.

De la chair sur les os.

Elle pensa à Martin Fairstone. À son odeur : produits chimiques masculins. À ses dents décolorées. Debout près de sa voiture, fouillant dans ses courses, l'agressant tranquillement, avec assurance. Rebus avait raison : il était sûrement mort. La lettre était une blague malsaine. Mais elle semblait incapable de trouver un candidat. Il y avait forcément quelqu'un, quelqu'un dont elle ne se souvenait pas...

En apportant le café dans le séjour, elle passa une nouvelle fois près de la fenêtre. Il y avait de la lumière dans l'immeuble d'en face. Quelque temps auparavant, quelqu'un l'avait épiée depuis un appartement... un flic nommé Linford. Il appartenait toujours à la police, travaillait au siège. Il y avait eu une époque où elle avait envisagé de déménager, mais elle aimait cet endroit, la rue, le quartier. Boutiques aux carrefours, jeunes familles et célibataires appartenant aux professions libérales... Elle prit soudain conscience que presque toutes les « familles » étaient plus jeunes qu'elle. On lui demandait toujours : quand vas-tu trouver un mec ? Toni Jackson avait l'air de lui poser la question à chaque réunion du Club du vendredi. Elle montrait les hommes potentiels dans les bars et les boîtes, n'acceptait pas qu'elle se défile, les amenait à la table où Siobhan était assise, la tête entre les mains.

Un boyfriend était peut-être la solution, éloignerait les rôdeurs. Mais un chien serait tout aussi efficace. Quoique, un chien...

Mais elle ne voulait pas de chien. Ne voulait pas davantage d'ami. Elle avait dû cesser de voir Eric Bain, qui s'était mis à évoquer « l'étape suivante » de leur relation. Il lui manquait : il arrivait en fin de soirée, partageait une pizza et des potins, jouait sur son portable. Bientôt, elle l'inviterait à nouveau, verrait comment ça se passait. Bientôt, mais pas tout de suite.

Martin Fairstone était mort. Tout le monde le savait. Elle se demanda qui serait au courant si ce n'était pas le cas. Sa copine, peut-être. Des proches ou sa famille ; il habiterait forcément chez quelqu'un ; gagnerait de quoi vivre. Peut-être ce Peacock Johnson saurait-il. D'après Rebus, ce type était une mine d'infos. Elle n'avait pas sommeil et un tour en voiture lui ferait peut-être du bien. De l'Ambient sur la hi-fi de la voiture. Elle prit son téléphone, appela le poste de police de Leith, certaine que l'affaire de Port Edgar bénéficiait d'un gros budget et qu'il y aurait une équipe de nuit, les gars tenant à alimenter leur compte en banque. Elle obtint quelqu'un, demanda des renseignements.

– Peacock Johnson... je ne connais pas son prénom, je ne suis pas sûre que quelqu'un le sache. Il a été interrogé à St Leonard's dans la journée.

– De quoi avez-vous besoin, sergent Clarke ?

– Pour le moment, seulement de son adresse.

Rebus avait pris un taxi – plus commode que conduire. Néanmoins, ouvrir la portière du passager avait nécessité une forte pression du pouce et son pouce brûlait encore. Ses poches étaient gonflées de pièces. Il lui était difficile de les saisir. Il utilisait des billets dans la mesure du possible et la monnaie s'accumulait.

Sa conversation avec le docteur Curt résonnait toujours dans son esprit. Il n'avait vraiment pas besoin d'une enquête sur un meurtre pour le moment, surtout s'il en était le suspect principal. Siobhan l'avait interrogé sur Peacock Johnson, mais il était parvenu à rester dans le vague. Johnson : la raison pour laquelle il était là et appuyait sur une sonnette. Également la raison pour laquelle il était allé chez Fairstone l'autre soir...

La porte s'ouvrit, il fut inondé de lumière.

– Ah, c'est toi, John ! C'est gentil, entre.

Un pavillon mitoyen récent, non loin d'Alnwickhill Road. Andy Callis y vivait seul, sa femme étant morte l'année précédente, emportée trop vite par le cancer. Une photo de mariage encadrée était accrochée dans le couloir. Callis beaucoup plus mince, Mary radieuse dans un halo de lumière, des fleurs dans les cheveux. Rebus avait assisté à l'enterrement, Callis posant un petit bouquet sur le cercueil. Rebus avait fait partie des six porteurs, ainsi qu'Andy en personne ; il avait gardé les yeux fixés sur le bouquet tandis que le cercueil descendait dans la fosse.

Un an. Andy paraissait surmonter l'épreuve, puis...

– Comment ça va, Andy ? demanda Rebus.

Le radiateur électrique du séjour était allumé. Fauteuil en cuir et repose-pieds assorti face à la télé. Pièce bien rangée, sentant le propre. Le jardin était bien entretenu, ses limites dépourvues de mauvaises herbes. Un autre cliché sur la cheminée : un portrait professionnel de Mary. Même sourire que sur la photo de mariage mais quelques rides aux coins des yeux, un visage plus plein. Une femme atteignant la maturité.

– Ça va, John.

Callis s'installa dans son fauteuil avec des mouvements de vieillard. Il avait un peu plus de quarante ans, les cheveux pas encore grisonnants. Le fauteuil craqua quand il y prit une position confortable.

– Sers-toi un verre, tu sais où c'est.

– Je vais en prendre un petit.

– Tu ne conduis pas ?

– Je suis venu en taxi.

Rebus gagna le buffet, leva une bouteille, regarda Callis secouer la tête.

– Tu prends toujours ces cachets ?

– Et je ne dois pas boire d'alcool en même temps.

– Pareil pour moi.

Rebus se servit une double rasade.

– Il fait froid ici ? demanda Callis.

Rebus secoua la tête.

– Pourquoi tu portes des gants ?

– Je me suis blessé les mains. C'est pour cette raison que je prends des médicaments.

Son verre à la main, il gagna le canapé, s'installa confortablement. La télé marchait en sourdine. Un jeu quelconque.

– Qu'est-ce que c'est ?

– Dieu seul le sait.

– Donc je ne te dérange pas.

– Pas du tout.

Callis resta quelques instants sans mot dire, les yeux fixés sur l'écran, reprit :

– Sauf si tu as une nouvelle fois l'intention d'essayer de me convaincre.

Rebus secoua la tête.

– J'ai dépassé ce stade, Andy. Mais je dois reconnaître que nous sommes à la limite de la rupture.

– L'histoire de l'école.

Du coin de l'œil, il regarda Rebus acquiescer, ajouta :

– C'est horrible.

– Je suis chargé de comprendre pourquoi il a commis cet acte.

– Pourquoi ? Si les gens ont... l'occasion, ça arrive forcément.

Rebus réfléchit à l'hésitation qui avait suivi « les gens ont ». Callis avait été sur le point de dire « des armes » mais avait ravalé les mots. Et il avait parlé de « l'histoire de l'école », pas de « la fusillade de l'école ».

Donc il n'était pas encore tiré d'affaire.

– Tu vois toujours le psy ? demanda Rebus.

Callis leva les yeux au ciel.

– Pour le bien que ça me fait !

Ce n'était pas véritablement un psy, bien entendu. Andy ne s'allongeait pas sur un canapé pour parler de sa mère. Mais Rebus et Callis avaient transformé ça en blague. Sous forme de blague, il était plus facile d'en parler.

– Il y a apparemment des cas plus graves que le mien, dit Callis. Des types qui ne peuvent pas prendre un stylo ou un flacon de sauce. Tout ce qu'ils voient leur rappelle...

Il ne termina pas.

Rebus finit la phrase dans sa tête : *les armes*. Tout leur rappelait les armes.

– Foutrement bizarre quand on y réfléchit, poursuivit Callis. Enfin, on est censé en avoir une peur bleue, c'est leur raison d'être. Mais quelqu'un comme moi réagit et, tout d'un coup, c'est un problème.

– C'est un problème quand ça affecte le reste de ta vie, Andy. Tu as des difficultés à verser de la sauce sur tes frites ?

Callis se tapota l'estomac.

– Manifestement non.

Rebus sourit, s'appuya contre le dossier du canapé, son verre de whisky posé sur l'accoudoir. Il se demanda si Andy était conscient du tic de son œil gauche et du caractère légèrement hésitant de sa voix. Il était en congé de maladie depuis presque trois mois. Avant ça, il était officier de patrouille, mais il avait reçu une formation spécialisée dans les armes à feu. Le Lothian and Borders ne comptait qu'une poignée d'hommes comme lui. Il était impossible de les remplacer. Édimbourg ne disposait que d'un véhicule d'intervention rapide.

– Que dit ton médecin ?

– John, peu importe ce qu'il dit. La police ne me reprendra pas sans m'avoir soumis à une batterie de tests.

– Tu as peur d'échouer ?

Callis le fixa.

– J'ai peur de réussir.

Ils demeurèrent ensuite silencieux, regardèrent la télé. Rebus eut l'impression que c'était une émission de téléréalité : des inconnus dans un même lieu, l'un d'entre eux étant éliminé chaque semaine.

– Raconte-moi ce qui se passe, dit Callis.

– Eh bien..., commença Rebus en réfléchissant aux solutions qui s'offraient à lui, pas grand-chose, en fait.

– À part l'histoire de l'école.

– À part ça, oui. Les gars demandent sans arrêt de tes nouvelles.

Callis acquiesça.

– Ils viennent de temps en temps.

Rebus se pencha, les coudes sur les genoux.

– Donc, tu ne reprendras pas le travail ?

Callis eut un sourire las.

– Tu le sais. Ils parleront de stress, quelque chose comme ça. Me mettront en invalidité...

– Ça fait combien de temps, Andy ?

– Que je suis entré dans la police ?

Callis réfléchit, les lèvres serrées, reprit :

– Quinze ans... quinze ans et demi.

– Un incident pendant cette période et tu es prêt à renoncer ? Même pas vraiment un « incident »...

– John, regarde-moi bien. Tu ne remarques rien ? Le tremblement de mes mains ?

Il en leva une, poursuivit :

– Et cette veine qui palpite sans cesse dans ma paupière...

Il porta spectaculairement la même main à son œil, ajouta :

– Ce n'est pas moi qui siffle la fin de la partie, c'est mon corps. Tous ces avertissements, tu voudrais que je n'en tienne pas compte ? Tu sais combien on a fait d'interventions l'année dernière ? Presque trois cents. On a dégainé nos armes trois fois plus souvent que l'année précédente.

– Le monde devient plus dur, c'est sûr.

– Possible, mais pas moi.

– Tu n'as pas de raison de le faire, dit Rebus, songeur.

Disons que tu ne reprendras pas du service sur le terrain. Il y a des tas de postes administratifs à pourvoir.

Callis secouait la tête.

– Ce n'est pas pour moi, John. La paperasse m'a toujours déprimé.

– Tu pourrais reprendre les patrouilles... ?

Callis fixait le vide, n'écoutait pas vraiment.

– Ce qui me fiche en boule, c'est que je suis ici à trembler, que ces petits salauds sont toujours dans les rues, armés, et qu'il ne leur arrive rien. Qu'est-ce que c'est que ce système, John ?

Il se tourna vers Rebus, le dévisagea.

– À quoi on sert, nom de Dieu, si on ne peut pas empêcher ça ?

– Rester ici à te désespérer ne changera rien, dit Rebus.

Les yeux de son ami exprimaient à la fois la colère et la déception. Lentement, Callis leva ses jambes du repose-pieds et se redressa.

– Je vais mettre de l'eau à bouillir. Tu veux quelque chose ?

Sur l'écran de télévision, plusieurs concurrents se disputaient à propos d'une tâche. Rebus jeta un coup d'œil sur sa montre.

– Ça va, Andy. En fait, il faudrait que j'y aille.

– C'est gentil de ta part de passer, John, mais il ne faudrait pas que tu t'y sentes obligé.

– Ce n'est qu'un prétexte pour boire ton alcool, Andy. Quand tu n'en auras plus, je disparaîtrai.

Callis se força à sourire.

– Appelle un taxi, si tu veux.

– J'ai mon portable.

Et il pouvait l'utiliser... même s'il devait appuyer sur les touches avec un stylo.

– Tu es sûr que tu n'en veux pas un deuxième ?

Rebus secoua la tête.

– Grosse journée demain.

– Moi aussi, dit Andy Callis.

Rebus hocha la tête. Leur conversation se terminait toujours de cette façon : *Beaucoup de travail demain, John ? Toujours, Andy. Oui, moi aussi...* Il songea à ce qu'il pourrait dire – sur la fusillade, sur Peacock Johnson. Il ne croyait pas que cela arrangerait les choses. Plus tard, ils pourraient parler – parler vraiment, pas la partie de ping-pong qui tenait si souvent lieu de conversation entre eux. Mais pas encore.

– Je m'en vais, cria-t-il en direction de la cuisine.

– Attends que le taxi soit arrivé.

– J'ai besoin d'air, Andy.

– En fait, tu as besoin d'une clope.

– Compte tenu de ton intuition, je ne comprends pas qu'on ne t'ait jamais nommé détective.

Rebus ouvrit la porte.

– Je n'ai jamais voulu, répondit Andy Callis.

Dans le taxi, Rebus décida de faire un détour, demanda au chauffeur d'aller à Gracemount, puis lui indiqua le chemin du pavillon de Martin Fairstone. On avait cloué des planches sur les fenêtres et placé un cadenas sur la porte, à cause des vandales. Deux junkies suffiraient à le transformer en fumerie de crack. Il n'y avait pas de traces de l'incendie sur les murs extérieurs. La cuisine donnait sur l'arrière. C'était à cet endroit que les dégâts seraient visibles. Les pompiers avaient traîné des appareils ménagers et des meubles sur la pelouse mal entretenue : des chaises, une table, un aspirateur brisé. Abandonnés, ne suscitant même pas la convoitise. Rebus dit au chauffeur qu'ils pouvaient partir. Des adolescents étaient rassemblés à un arrêt d'autobus. Rebus ne croyait pas qu'ils attendaient le bus. L'abri était le lieu de réunion de leur bande. Deux d'entre eux se tenaient dessus, trois autres étaient tapis dans son ombre. Le chauffeur s'arrêta.

– Qu'est-ce qu'il y a ? demanda Rebus.

– Je crois qu'ils ont des pierres. Si on passe, ils vont nous caillasser.

Rebus regarda. Les jeunes debout sur le toit de l'abri étaient absolument immobiles. Il ne vit rien dans leurs mains.

– Donnez-moi une minute, dit Rebus en descendant.

Le chauffeur se retourna.

– Vous avez perdu la boule, mon vieux ?

– Non, mais je serai fou de rage si vous partez sans moi, répondit Rebus.

Puis, laissant la portière du taxi ouverte, il se dirigea vers l'arrêt de bus. Trois individus en sortirent. Ils portaient des hauts de survêt à capuche, la capuche sur la tête en raison de la fraîcheur de la nuit. Mains dans les poches. Des spécimens maigres et nerveux en jean trop large et chaussures de sport.

Rebus ne tint pas compte d'eux, garda les yeux fixés sur ceux qui se tenaient sur le toit de l'abri.

– Vous avez des pierres, hein ? cria-t-il. De mon temps, c'étaient les œufs.

– Qu'est-ce que c'est que cette connerie ?

Rebus baissa la tête, soutint le regard dur du chef. C'était forcément le chef : encadré par ses lieutenants.

– Je te connais, dit Rebus.

L'adolescent le fixa.

– Et alors ?

– Tu te souviens peut-être de moi.

– Sûr que je te reconnais.

L'adolescent renifla, le son qu'il émit imitant le grognement d'un cochon[1].

– Dans ce cas, tu sais que je ne te raterai pas.

Un des jeunes debout sur l'abri rit.

– On est cinq, branleur.

– C'est bien d'avoir appris à compter jusqu'à cinq.

Les phares d'une voiture apparurent et Rebus entendit le grondement du moteur du taxi. Il jeta un coup d'œil derrière lui, mais le chauffeur approchait simplement son véhicule du trottoir. La voiture qui arrivait ralentit, mais reprit de la vitesse, peu désireuse d'être impliquée.

– Et je comprends, reprit Rebus. À cinq contre un, vous me réduiriez sûrement en bouillie. Mais ce n'est pas ce que je voulais dire. Je pensais à ce qui se passerait ensuite. Parce que vous pouvez être certains que je m'arrangerai pour que vous soyez inculpés, condamnés et envoyés en prison. Mineurs ? Très bien : vous passerez quelque temps dans une institution tranquille. Mais, avant, on vous bouclera à Saughton. Dans le quartier des adultes. Et, croyez-moi, vous en aurez vite plein le cul.

Rebus laissa planer quelques instants de silence, ajouta :

– Au sens propre.

– C'est notre putain de territoire, cracha un des autres. Pas le tien.

Rebus montra le taxi.

– C'est pourquoi je m'en vais... avec votre autorisation.

Il fixait à nouveau le chef. Il s'appelait Rab Fisher. Il avait quinze ans et Rebus avait entendu dire que sa bande s'appelait Les Garçons Perdus. De nombreuses arrestations à leur actif,

1. Les flics sont appelés « *pigs* ».

pas de poursuites. Papa et maman à la maison, affirmant qu'ils avaient fait de leur mieux. « On l'a tabassé les premières fois qu'il a été arrêté », d'après le père de Fisher. « Mais qu'est-ce qu'on peut faire ? »

Rebus avait quelques solutions. Mais il était trop tard. Plus facile d'accepter que Les Garçons Perdus étaient une statistique de plus.

– J'ai ton autorisation, Rab ?

Fisher le fixait toujours, jouissait de cet instant de pouvoir. Le monde attendait sa décision.

– J'aurais bien besoin de gants, dit-il finalement.

– Pas ceux-là, répondit Rebus.

– Ils ont l'air confortable.

Rebus secoua lentement la tête, ôta un gant en s'efforçant de ne pas grimacer. Il leva sa main couverte de cloques.

– Tu peux les avoir, Rab, mais voilà ce qu'il y avait à l'intérieur...

– Putain, c'est l'horreur, affirma un des lieutenants.

– C'est pour cette raison qu'il ne faut pas que vous les portiez.

Rebus remit le gant, pivota sur lui-même et regagna le taxi. Il y monta, ferma la portière.

– Passez devant eux, ordonna-t-il.

Le taxi avança. Rebus regarda droit devant alors qu'il savait que cinq paires d'yeux étaient rivées sur lui. Alors que le véhicule prenait de la vitesse, il y eut un choc sur le toit et une demi-brique rebondit sur la chaussée.

– C'est seulement pour marquer le coup, dit Rebus.

– Facile à dire, chef. C'est pas votre putain de taxi.

De retour dans la rue principale, ils s'arrêtèrent à un feu rouge. Une voiture était garée du côté opposé de la chaussée, L'habitacle était éclairé et le conducteur étudiait un plan.

– Pauvre type, commenta le chauffeur. Je n'aimerais pas me perdre dans ce coin.

– Faites demi-tour, ordonna Rebus.

– Quoi ?

– Faites demi-tour et arrêtez-vous devant cette voiture.

– Pourquoi ?

– Parce que je vous le demande, répondit sèchement Rebus.

L'attitude du chauffeur indiqua à Rebus qu'il avait eu des clients plus faciles. Quand le feu passa au vert, il mit le clignotant à droite, exécuta la manœuvre et s'arrêta contre le trottoir. Rebus avait déjà l'argent à la main.

– Gardez la monnaie, dit-il en descendant.

– Je l'ai gagnée, mon pote.

Rebus alla jusqu'à la voiture en stationnement, ouvrit la portière du passager et y monta.

– Belle soirée pour une promenade en voiture, dit-il à Siobhan Clarke.

– N'est-ce pas ?

Le plan avait disparu, probablement sous le siège. Elle regardait le chauffeur qui était descendu de voiture, examinait le toit de son véhicule.

– Qu'est-ce qui t'amène dans cette partie du monde ? demanda-t-elle.

– J'étais chez un ami, répondit-il. Quel est ton prétexte ?

– Il m'en faut un ?

Le chauffeur de taxi secoua la tête, adressa un regard hostile à Rebus avant de reprendre le volant et de partir, exécutant un nouveau demi-tour afin de retrouver la sécurité de la ville.

– Quelle rue cherches-tu ? demanda Rebus.

Elle se tourna vers lui et lui sourit.

– Je t'ai vue regarder le plan. Laisse-moi deviner : le pavillon de Fairstone ?

Elle ne répondit pas immédiatement.

– Comment l'as-tu compris ?

– Disons que c'est l'intuition masculine.

Elle leva un sourcil.

– Je suis impressionnée. Je suppose aussi que c'est de là que tu viens ?

– J'étais chez un ami.

– Cet ami a un nom ?

– Andy Callis.

– Je ne le connais pas.

– Andy était officier de patrouille. Il est en congé de maladie.

– Était... ça signifie qu'il ne reviendra pas ?

– C'est mon tour d'être impressionné.

Rebus changea de position sur son siège, ajouta :

– Andy n'en peut plus... enfin, psychologiquement.

– Et c'est définitif ?

Rebus haussa les épaules.

– Je continue de croire... bah, peu importe.

– Où habite-t-il ?

– À Alnwickhill.

Rebus avait répondu sans réfléchir. Il comprit que la question n'avait pas été innocente et foudroya Siobhan du regard. Elle lui sourit.

– C'est près de Howdenhall, n'est-ce pas ?

Elle sortit le plan de sous le siège, reprit :

– C'est assez loin d'ici...

– D'accord, j'ai fait un crochet en rentrant.

– Tu es passé voir le pavillon de Fairstone ?

– Oui.

Elle parut satisfaite, ferma le plan.

– Je suis impliqué dans cette affaire, Siobhan, dit Rebus. Ça me donne une bonne raison de fouiner. Quelle est la tienne ?

– J'ai simplement pensé...

Elle chercha ses mots, l'avantage ayant effectivement changé de camp.

– Qu'est-ce que tu as pensé ?

Il leva une main gantée, poursuivit :

– Peu importe, te voir tenter de trouver une explication est douloureux. Voici ce que je crois...

– Alors ?

– Je crois que tu ne cherchais pas le pavillon de Fairstone.

– Ah ?

Rebus secoua la tête.

– Tu avais l'intention de fouiller un peu. De voir si tu pourrais réaliser une petite enquête personnelle, peut-être identifier des amis, des gens qui l'ont connu... peut-être même Peacock Johnson. Comment je m'en tire ?

– Pourquoi ferais-je ça ?

– J'ai l'impression que tu n'es pas absolument sûre que Fairstone soit mort.

– À nouveau l'intuition masculine ?

– Tu as fait allusion à ça quand je t'ai téléphoné.

Elle mordilla sa lèvre inférieure.

– Tu veux en parler ? proposa-t-il.

Elle fixa ses genoux.

– J'ai reçu un message.

– Quel genre de message ?

– Il était signé Marty, m'attendait à St Leonard's.

Rebus réfléchit.

– Dans ce cas, je sais ce qu'il faut faire.

– À savoir ?

– Retourne en ville et je te montrerai...

Il voulait lui montrer High Street, et la Gordon's Trattoria, qui restait ouverte tard, servait du café fort et des pâtes. Rebus et Siobhan s'installèrent dans un box vide, de part et d'autre d'une table qui occupait l'essentiel de l'espace, commandèrent des double-express.

– Décaféiné pour moi, se souvint Siobhan au dernier moment.

– Qu'est-ce que tu as contre le sans plomb ? demanda Rebus.

– J'essaie de réduire.

Il accepta cette réponse.

– Tu veux manger ou bien c'est *verboten* ça aussi ?

– Je n'ai pas faim.

Rebus décida qu'il avait faim et commanda une pizza aux fruits de mer, avertit Siobhan qu'elle devrait l'aider à la finir. Le restaurant proprement dit se trouvait au fond et une seule table, animée, était encore occupée, les dîneurs terminant les digestifs. À l'endroit où Rebus et Siobhan se trouvaient, près de la porte, il n'y avait que des box et on ne servait que des plats rapides.

– Rappelle-moi le contenu du message.

Elle soupira et le répéta.

– Et il a été posté ici ?

– Oui.

– Courrier rapide ou lent ?

– Quelle importance ?

Rebus haussa les épaules.

– À mon avis, Fairstone est plutôt du genre radin.

Il la dévisagea. Elle semblait fatiguée et tendue, association potentiellement fatale. L'image d'Andy Callis lui traversa soudain l'esprit.

– Ray Duff trouvera peut-être quelque chose, dit Siobhan.

– Si quelqu'un en est capable, c'est bien Ray.

Les cafés arrivèrent.

– Ils vont te passer la corde au cou, demain, hein ? demanda Siobhan.

– Peut-être. Quoi qu'il arrive, je crois que tu devrais rester en dehors. Cela implique de ne pas voir les amis de Fairstone. Si les Enquêtes internes l'apprennent, ils flaireront un complot.

– Tu es vraiment convaincu que Fairstone est mort dans cet incendie ?

– Il n'y a pas de raison de ne pas le croire.

– Hormis le message.

– Ce n'était pas son style, Siobhan. Il n'aurait pas envoyé une lettre, il t'aurait abordée, comme les autres fois.

Elle réfléchit.

– Je sais, reconnut-elle finalement.

Ils demeurèrent silencieux, burent de petites gorgées de café fort et amer.

– Tu es sûre que ça va ? demanda finalement Rebus.

– Ça va.

– Sûr ?

– Tu veux que je l'écrive ?

– Je veux que tu sois sincère.

Les yeux de Siobhan s'étaient assombris, mais elle ne répondit pas. La pizza arriva et Rebus la coupa, persuada Siobhan d'en accepter une part. Le silence s'installa à nouveau pendant qu'ils mangeaient. Les occupants de la table d'ivrognes partirent, rirent fort jusque dans la rue. En fermant la porte, le serveur leva les yeux au ciel, remercia Dieu du retour au calme.

– Tout va bien ?

– Bien, répondit Rebus sans quitter Siobhan des yeux.

– Bien, répéta-t-elle en soutenant son regard.

Siobhan proposa de le ramener chez lui. En montant dans la voiture, Rebus jeta un coup d'œil à sa montre : vingt-trois heures.

– Est-ce qu'on peut écouter les titres ? demanda-t-il. Pour voir si Port Edgar est toujours l'information principale ?

Elle acquiesça, alluma la radio.

« ... où une veillée à la lumière des bougies se déroule ce soir. Notre reporter, Janice Graham, est sur les lieux...

– Ce soir, les habitants de South Queensferry font entendre leurs voix. On chantera des cantiques et l'aumônier de l'école se joindra au pasteur de l'Église d'Écosse. Les bougies risquent cependant de poser un problème, car une forte brise souffle du Firth of Forth. Néanmoins une foule considérable, dont Jack Bell, député de la circonscription, est déjà rassemblée. M. Bell, dont le fils a été blessé au cours de la tragédie, espère obtenir du soutien dans le cadre de sa campagne de promotion d'une législation sur les armes. Il a déclaré, il y a quelques instants... »

Rebus et Siobhan, arrêtés à un feu rouge, se regardèrent. Puis elle hocha la tête sans qu'il leur ait été nécessaire d'échanger un mot. Quand le feu passa au vert, elle traversa le carrefour, s'arrêta au bord de la chaussée, attendit que la circulation soit passée et fit demi-tour.

La veillée se déroulait devant les portes de l'école. Quelques bougies vacillantes parvenaient à rester allumées, mais la plupart des personnes présentes avaient eu l'intelligence d'apporter des torches. Siobhan se gara en double file près de la camionnette d'une équipe de télévision. Les journalistes étaient venus en force : caméras, micros, flashes. Mais les chanteurs et les curieux étaient deux fois plus nombreux.

– Il doit bien y avoir quatre cents personnes, constata Siobhan.

Rebus acquiesça. La rue était complètement bloquée. Quelques agents en uniforme se tenaient à la périphérie, les mains dans le dos – ce qui était sûrement considéré comme une attitude respectueuse. Rebus constata que Jack Bell avait été entraîné à l'écart afin de pouvoir exposer son point de vue à une demi-douzaine de journalistes, qui acquiesçaient et griffonnaient énergiquement, emplissant des feuilles et des feuilles de bloc tandis qu'il parlait.

– Joli, fit Siobhan.

Rebus vit ce à quoi elle faisait allusion : Bell portait un brassard noir.

– Très subtil, admit-il.

À cet instant, Bell leva la tête et les vit, garda les yeux fixés sur eux pendant son intervention. Rebus se fraya un chemin dans la foule, se dressa sur la pointe des pieds pour voir ce qui se passait juste devant le portail. Le pasteur était de haute taille, jeune et en voix. Près de lui, une femme beaucoup plus petite, à peu près du même âge. Rebus supposa que c'était l'aumônière de Port Edgar Academy. On le tira par la manche et il se tourna vers la gauche où Kate Renshaw, chaudement vêtue à cause du froid, une écharpe en laine rose couvrant sa bouche, se tenait. Il sourit et la salua de la tête. Deux hommes, à proximité, qui chantaient avec enthousiasme et faux, semblaient arriver directement des pubs de South Queensferry. Rebus perçut des odeurs de bière et de cigarette. L'un d'eux donna un coup de coude à son ami, montra la caméra de télévision de la tête. Ils se redressèrent et chantèrent d'autant plus fort.

Rebus ignorait s'ils étaient ou non du coin. Probablement des curieux, qui espéraient se voir à la télé, le lendemain matin, pendant le petit déjeuner...

Le cantique arriva à son terme et l'aumônière dit quelques mots d'une voix faible, presque inaudible dans le vent qui s'était mis à souffler fort de la côte. Rebus se tourna à nouveau vers Kate et désigna l'arrière de la foule. Elle le suivit jusqu'à l'endroit où se tenait Siobhan. Un cameraman était monté sur le mur d'enceinte de l'école, afin de tourner un plan d'ensemble de la foule, et un des agents en tenue lui disait de descendre.

– Salut, Kate, dit Siobhan.

Kate baissa son écharpe.

– Ton père n'est pas venu ? demanda Rebus.

Kate secoua la tête.

– Il ne sort pratiquement pas de la maison.

Elle croisa les bras et sauta d'un pied sur l'autre en raison du froid.

– Beaucoup de monde, constata Rebus, les yeux sur la foule.

Kate acquiesça.

– C'est stupéfiant le nombre de gens qui me connaissent. Ils me disent tous que ce qui est arrivé à Derek les choque beaucoup.

– Ce type d'événement rapproche souvent les gens, dit Siobhan.

– Si ce n'était pas le cas... qu'est-ce que ça montrerait ?

Quelqu'un d'autre avait attiré son attention.

– Désolée, il faut que je vous laisse...

Elle prit la direction du groupe de journalistes. C'était Bell ; Bell qui lui avait fait signe de le rejoindre. Il la prit par les épaules tandis que de nouveaux éclairs de flashes illuminaient la haie qui se dressait derrière eux. On y avait posé des couronnes et des bouquets, ainsi que des messages et des portraits des victimes, qui flottaient au vent.

– ... et c'est grâce au soutien de personnes comme elle que, selon moi, nous avons une chance. Plus d'une chance, en fait, parce que ceci ne peut – ne doit pas – être toléré dans ce que nous nous plaisons à qualifier de société civilisée. Nous ne voulons pas que cela se reproduise et c'est pour cette raison que nous prenons une position...

Quand Bell s'interrompit et montra aux journalistes la planche à pince qu'il avait à la main, les questions fusèrent. Un bras protecteur toujours posé sur les épaules de Kate, il répondit. Protecteur, se demanda Rebus, ou dominateur ?

– La pétition est une bonne idée..., commença Kate.

– Une excellente idée, rectifia Bell.

– ... Mais ce n'est qu'un début. Il faut en réalité des actes, que les autorités agissent pour empêcher les armes de tomber entre de mauvaises mains.

En prononçant « autorités », elle adressa un bref regard à Rebus et Siobhan.

– Je voudrais vous donner quelques chiffres, coupa une nouvelle fois Bell en brandissant sa planche à pince. Les crimes impliquant des armes à feu sont en augmentation, nous le savons tous. Mais les statistiques ne représentent pas la réalité. Selon les sources, vous entendrez dire que les crimes impliquant des armes à feu augmentent de dix pour cent par an, de vingt pour cent et même de quarante pour cent. Une augmentation, quelle qu'elle soit, n'est pas seulement une mauvaise nouvelle, pas seulement une tache sur les résultats de la police et des services de renseignement, c'est surtout...

– Kate, si vous permettez, coupa un journaliste, comment parviendrez-vous à amener le gouvernement à écouter les victimes ?

– Je ne suis pas sûre de pouvoir y parvenir. Le moment est peut-être venu de ne plus tenir compte du gouvernement et de faire appel à ceux qui tirent effectivement, à ceux qui vendent ces armes, qui les font entrer dans notre pays...

Bell reprit d'une voix plus forte :

– En 1996, d'après le ministère de l'Intérieur, deux mille armes à feu par semaine – je dis bien par semaine – entraient illégalement au Royaume-Uni, pour beaucoup par le tunnel sous la Manche. Depuis l'interdiction qui a suivi Dunblane, les crimes impliquant des armes à feu ont augmenté de quarante pour cent...

– Kate, nous voudrions vous demander votre opinion sur...

Rebus avait tourné le dos, se dirigeait vers la voiture de Siobhan. Quand la jeune femme le rejoignit, il allumait une cigarette, ou tentait de le faire. Le vent soufflait la flamme de son briquet.

– Tu vas m'aider ? demanda-t-il.

– Non.

– Merci.

Mais elle céda, ouvrit son manteau afin qu'il puisse s'abriter, le temps d'allumer sa cigarette. Il remercia d'un geste de la main.

– Tu en as assez vu ? demanda-t-elle.

– Tu crois qu'on ne vaut pas mieux que les amateurs de morbide ?

Elle réfléchit puis secoua la tête.

– Nous sommes impliqués.

– C'est une façon de dire les choses.

La foule commençait à se disperser. De nombreuses personnes s'arrêtaient pour regarder l'autel improvisé au pied de la haie, mais d'autres passaient près de Rebus et Siobhan. Les visages étaient graves, résolus, couverts de larmes. Une femme serrait ses deux gamins contre elle, les enfants stupéfaits se demandant peut-être ce qu'ils avaient fait pour susciter les sanglots de leur mère. Un vieillard qui s'appuyait lourdement sur une canne semblait résolu à rentrer chez lui à pied sans aide supplémentaire, secouait la tête quand on lui en proposait.

Un groupe d'adolescents étaient en uniforme de Port Edgar. Rebus ne douta pas qu'ils eussent été filmés par des dizaines de caméras. Le mascara des jeunes filles avait coulé. Les garçons semblaient gênés, comme s'ils regrettaient d'être venus. Rebus chercha Miss Teri, mais ne la vit pas.

– Ce n'est pas ton ami ? dit Siobhan en inclinant la tête.

Rebus scruta une nouvelle fois la foule et vit immédiatement à qui elle faisait allusion.

Peacock Johnson, dans la procession qui reprenait la direction de la ville. Et, près de lui, Evil Bob, qui faisait trente centimètres de moins. Bob avait ôté sa casquette de base-ball et le sommet déplumé de son crâne était visible. Il la remettait. Johnson était habillé en fonction des circonstances : chemise grise miroitante, en soie peut-être, sous un long imperméable noir. Il portait une cravate de style western attachée par une boucle en argent. Il avait également ôté son couvre-chef – un chapeau mou gris – qu'il tenait entre les mains en passant les doigts sur le bord.

Johnson sentit qu'on le regardait. Quand son regard croisa celui de Rebus, ce dernier, de l'index, lui fit signe d'approcher. Johnson glissa quelques mots à son lieutenant et les deux hommes se frayèrent un chemin dans la foule.

– Monsieur Rebus, vous rendez hommage aux victimes, comme le vrai gentleman que vous estimez sûrement être.

– C'est la raison que j'invoque... quelle est la tienne ?

– La même, monsieur Rebus. La même.

Il s'inclina très légèrement devant Siobhan.

– Amie ou collègue ? demanda-t-il à Rebus.

– Collègue, répondit Siobhan.

– Les deux, comme on dit, ne s'excluent pas nécessairement.

Il lui sourit tout en remettant son chapeau.

– Tu vois le type qui est là-bas ? dit Rebus en indiquant Jack Bell, lequel terminait une interview. Si je lui disais qui tu es et ce que tu fais, il serait à la fête.

– M. Bell ? Nous avons signé la pétition dès notre arrivée, n'est-ce pas, petit ?

Il regardait son compagnon. Bob ne comprit apparemment pas, mais acquiesça néanmoins.

– La conscience claire, voyez-vous, ajouta Johnson.

– Cela n'explique pas ta présence... sauf si ta conscience est plus chargée que claire.

– Un coup bas, si vous permettez.

Johnson grimaça ostensiblement.

– Dis bonsoir aux gentils détectives, reprit-il en tapotant l'épaule d'Evil Bob.

– Bonsoir, gentils détectives.

Un sourire mouillé apparut sur son visage gras. Peacock Johnson avait rejoint la foule, la tête baissée comme un fidèle en prière. Bob suivit, quelques pas derrière son maître, évoquant à s'y méprendre un animal de compagnie qu'on emmène en promenade.

– Quelle conclusion tirer de ça ? demanda Siobhan.

– Ta réflexion sur la culpabilité n'est peut-être pas très éloignée de la réalité.

– Ce serait bien de coffrer ce salaud, quelle que soit la raison.

Elle lui adressa un regard interrogateur, mais il fixait Jack Bell, qui soufflait quelque chose à l'oreille de Kate. Kate acquiesça et le député lui donna l'accolade.

– Elle a un avenir dans la politique, d'après toi ? fit Siobhan.

– J'espère de tout cœur que c'est bien ce qui l'attire, marmonna Rebus, qui ne manifesta aucune pitié vis-à-vis du mégot de sa cigarette, quand il l'écrasa sous son talon.

Troisième jour

Jeudi

8

– C'est l'enfer, ce pays, ou quoi ? demanda Bobby Hogan.

Rebus trouva que la question ne se justifiait pas. Ils étaient sur la M74, une des routes les plus meurtrières d'Écosse. Les semi-remorques projetaient sur la Passat de Hogan une brume composée de quatre-vingt-dix pour cent de sable et de dix pour cent de vapeur d'eau. Les essuie-glaces fonctionnaient à la vitesse maximale mais n'étaient pas à la hauteur de la tâche, ce qui n'empêchait pas Hogan de tenter de rouler à cent vingt. Seulement, rouler à cent vingt nécessitait de dépasser les camions et les routiers s'amusaient à prolonger le jeu de saute-mouton et de longues files de voitures attendaient de pouvoir doubler.

À l'aube, la capitale baignait dans un soleil laiteux, mais Rebus savait que cela ne durerait pas. Le ciel était trop brumeux, aussi brouillé que les bonnes intentions d'un ivrogne. Hogan avait décidé qu'ils se retrouveraient à St Leonard's et, à ce moment, la moitié de l'énorme masse rocheuse d'Arthur's Seat avait disparu dans les nuages. De l'avis de Rebus, David Copperfield n'aurait pas réussi ce tour avec davantage de brio. Quand Arthur's Seat disparaissait, la pluie suivait à coup sûr. Elle avait commencé alors qu'ils n'étaient pas sortis de la ville, et Hogan avait branché les essuie-glaces, d'abord sur intermittent, puis sur constant. Désormais, sur la M74 au sud de Glasgow, ils zigzaguaient sur la chaussée comme les pattes du Roadrunner du dessin animé.

– Enfin, le temps... la circulation... pourquoi on supporte ça ?

– La pertinence ? proposa Rebus.

– Tu suggères qu'on le mérite ?

– Comme tu le dis, Bobby, ce n'est sûrement pas sans raison qu'on reste.

– On est peut-être simplement paresseux.

– On ne peut pas changer le temps. Je suppose qu'on pourrait réguler la circulation, mais ça ne marche apparemment jamais, alors pourquoi se casser la tête ?

Hogan leva un doigt.

– Exactement. On ne se bouge pas le cul, c'est tout.

– Tu crois que c'est un défaut ?

Hogan haussa les épaules.

– On ne peut pas dire que ce soit une qualité, hein ?

– Je suppose.

– Le pays tout entier part à vau-l'eau. Emploi en chute libre, politiciens le groin dans le caniveau, gamins sans... Je ne sais pas.

Il souffla bruyamment.

– Quelque chose de Victor Meldrews[1], ce matin, Bobby ?

Hogan secoua la tête.

– Je pense ça depuis une éternité.

– Et je te remercie de m'avoir invité dans le confessionnal.

– Tu veux que je te dise, John ? Tu es plus cynique que moi.

– Ce n'est pas vrai.

– Donne-moi un exemple.

– Par exemple, je crois à la vie après la mort. En plus, je crois qu'on va y entrer tous les deux plus tôt que prévu si tu ne lèves pas le pied...

Hogan sourit pour la première fois de la matinée, mit le clignotant et regagna la voie du milieu.

– C'est mieux ? demanda-t-il.

– C'est mieux, admit Rebus.

– Tu crois vraiment qu'il y a quelque chose après notre mort ? demanda Hogan, quelques instants plus tard.

Rebus réfléchit.

– Je crois que c'était le moyen de te faire ralentir, répondit-il.

Il appuya sur l'allume-cigare de la voiture, geste qu'il regretta aussitôt. Hogan le vit grimacer.

– Ça te fait toujours mal ?

– Ça s'arrange.

– Raconte-moi à nouveau comment c'est arrivé ?

Rebus secoua la tête.

1. Héros grincheux, joué par Richard Wilson, de *One foot in the grave*.

– Parlons plutôt de Carbrae. Qu'est-ce que nous allons vraiment obtenir de Robert Niles ?

– Avec un peu de chance seulement son nom, son grade et son numéro matricule, répondit Hogan, qui déboîta une nouvelle fois dans l'intention de doubler.

L'hôpital pénitentiaire Carbrae se trouvait, selon l'expression de Hogan, « dans le trou du cul du monde ». Ils n'y étaient jamais allés ni l'un ni l'autre. Selon les indications recueillies, Hogan devait prendre l'A711 à l'ouest de Dumfries et se diriger vers Dalbeattie. Ils manquèrent apparemment la sortie, Hogan maudissant la muraille de camions de la voie lente, qu'il accusa d'avoir caché le panneau indicateur ou la bretelle de sortie. En conséquence, ils ne quittèrent la M74 qu'à Lockerbie, prirent en direction de l'ouest et traversèrent Dumfries.

– Tu es allé à Lockerbie, John ?

– Seulement deux jours.

– Tu te souviens des cadavres ? Qu'on entreposait dans la patinoire ?

Rebus s'en souvenait : les cadavres avaient collé sur la glace, qu'il avait fallu faire fondre.

– C'est ce que je veux dire à propos de l'Écosse, John. Ça nous résume parfaitement.

Rebus n'était pas d'accord. D'après lui, la dignité silencieuse des habitants de la ville après l'accident du vol 103 de la Pan Am était beaucoup plus représentative du pays. Il ne pouvait s'empêcher de se demander comment les habitants de South Queensferry réagiraient après le départ du cirque à trois pistes de la police, des médias et des politiciens verbeux. Il avait regardé les infos du matin pendant un quart d'heure, en buvant un café, mais avait dû couper le son quand Jack Bell était apparu, un bras sur les épaules de Kate, dont le visage était d'un blanc fantomatique.

Hogan avait acheté les journaux en allant prendre Rebus. Quelques-uns étaient parvenus à publier des photos de la veillée dans leur dernière édition : le pasteur dirigeant l'interprétation des cantiques ; le député brandissant sa pétition.

– Je ne peux pas dormir, avait confié un habitant à un journaliste, parce que j'ai peur qu'il y ait encore d'autres individus semblables en liberté.

La peur : le mot crucial. La plupart des gens vivaient jusqu'à leur mort sans être touchés par le crime, pourtant ils en avaient peur et cette peur était réelle, écrasante. La police avait pour mission d'atténuer cette peur, mais se révélait trop souvent faillible, impuissante, disponible après les événements, nettoyant les dégâts au lieu de les prévenir. De ce fait, les gens tels que Jack Bell semblaient au moins essayer d'agir... Rebus connaissait les termes mis en avant dans les séminaires : prévention plutôt que répression. Un des tabloïds en avait fait son cheval de bataille. Il soutenait la campagne de Bell, quelle qu'elle soit : *si les forces de l'ordre sont incapables de résoudre ce problème bien réel et croissant, c'est à nous, les individus ou les groupes organisés, d'affronter la marée de violence qui engloutit notre culture...*

Un éditorial facile à écrire, supputa Rebus, l'auteur se contentant de reproduire les propos du député. Hogan jeta un coup d'œil sur le journal.

– Bell est en pleine ascension, hein ?

– Ça ne durera pas.

– Je l'espère. Ce putain d'hypocrite me donne envie de gerber.

– Puis-je citer tes propos, inspecteur Hogan ?

– Les journalistes... c'est aussi à cause d'eux que notre pays est un enfer...

Ils s'arrêtèrent boire un café à Dumfries. L'établissement était une combinaison effroyable de Formica et de mauvais éclairage, mais les deux hommes cessèrent de s'en soucier quand ils eurent mordu dans leurs épais sandwichs au bacon. Hogan regarda sa montre et constata qu'ils étaient partis depuis pratiquement deux heures.

– Au moins il ne pleut plus, dit Rebus.

– Sortons les drapeaux, répondit Hogan.

Rebus décida d'essayer de changer de sujet.

– Tu es déjà venu dans ce coin ?

– J'ai sûrement traversé Dumfries, mais je ne m'en souviens pas.

– J'y suis venu en vacances. En caravane au bord de Solway Firth.

– Quand ?

Hogan lécha le beurre fondu déposé sur ses doigts.

– Il y a des années... Sammy portait encore des couches.

Sammy : la fille de Rebus.

– Tu as de ses nouvelles ?

– Un coup de téléphone de temps en temps.

– Elle est toujours en Angleterre ?

Hogan regarda Rebus qui acquiesça, ajouta :

– Je lui souhaite bien du plaisir.

Il ouvrit son sandwich, ôta une partie du gras du bacon, reprit :

– Le régime alimentaire écossais : encore une de nos malédictions.

– Merde, Bobby, est-ce que je devrais te laisser à Carbrea ? Tu pourrais te faire interner, jouer Monsieur Grincheux devant un public captif.

– Je disais seulement...

– Qu'est-ce que tu disais ? Qu'on a un temps de merde et qu'on mange une nourriture de merde ? Tu devrais peut-être demander à Grant Hood d'organiser une conférence de presse, vu que ce serait une nouvelle pour tous les pauvres types qui vivent ici.

Hogan concentra son attention sur son sandwich, mastiqua apparemment sans avaler.

– On est peut-être restés enfermés trop longtemps dans la voiture ? suggéra-t-il finalement.

– On est sur l'affaire de Port Edgar depuis trop longtemps, contra Rebus.

– Seulement depuis...

– Peu importe depuis combien de temps. Ne me dis pas que tu dors assez. Que tu laisses tout au bureau quand tu rentres chez toi. Que tu coupes. Délègues. Laisses les autres...

– Je comprends.

Hogan resta un instant silencieux, ajouta :

– J'ai demandé que tu participes à l'enquête, n'est-ce pas ?

– Heureusement, sinon je suis persuadé que tu serais venu ici seul.

– Et ?

– Et tu n'aurais pas pu te plaindre.

Rebus le regarda dans les yeux, demanda :

– Tu te sens mieux maintenant que tu as vidé ton sac ?

Hogan sourit.

– Tu as peut-être raison.

– Ce serait bien la première fois.

Les deux hommes rirent. Hogan insista pour payer et Rebus se chargea du pourboire. De retour dans la voiture, ils trouvèrent la route de Dalbeattie. Quinze kilomètres après Dumfries, un panneau solitaire indiquait une piste étroite, sinueuse, au milieu de laquelle l'herbe poussait.

– Pas beaucoup de circulation, déduisit Rebus.

– C'est un peu isolé, admit Hogan.

Carbrea, parallélépipède flanqué d'annexes, avait été construit dans les années 1960, où l'on se préoccupait de l'avenir. Mais l'ensemble ne devint visible que lorsqu'ils eurent garé la voiture, se furent présentés au poste de garde, eurent été escortés derrière les hauts murs de béton gris. Il y avait également un périmètre extérieur, une clôture de fil de fer de six mètres de haut, surmontée çà et là par des caméras de surveillance. Au poste de garde, on leur avait donné des badges plastifiés qu'on accrochait à son cou à l'aide d'un ruban rouge. Des affichettes indiquaient aux visiteurs ce qu'il était interdit d'introduire dans le complexe. Nourriture, boisson, journaux et revues. Objets tranchants. Il ne fallait rien donner aux patients sans avoir obtenu l'accord d'un membre du personnel. Les téléphones mobiles n'étaient pas autorisés : « Un rien peut troubler nos patients, même ce qui peut vous sembler totalement inoffensif. Si vous avez un doute, veuillez POSER LA QUESTION ! »

– Est-ce qu'on risque de troubler Robert Niles ? demanda Hogan en regardant Rebus dans les yeux.

– Ce n'est pas dans notre nature, Bobby, répondit Rebus en éteignant son téléphone.

Puis un infirmier apparut et ils entrèrent.

Ils prirent un chemin bordé de parterres bien entretenus. Il y avait des visages derrière quelques fenêtres. Pas de barreaux. Rebus croyait que les infirmiers seraient des videurs vaguement déguisés, énormes et silencieux, vêtus d'une blouse blanche ou d'un uniforme quelconque. Mais leur guide, Billy, était de petite taille et jovial, portait un T-shirt, des jeans et des chaussures à semelle de crêpe. Rebus eut une pensée horrible : les déments s'étaient emparés de l'asile, avaient enfermé le personnel. Cela expliquerait le visage souriant, aux joues roses, de Billy. Mais peut-être avait-il tout simplement pioché dans la pharmacie.

– Le docteur Lesser vous attend dans son cabinet, dit Billy.

– Et Niles ?

– C'est là que vous verrez Robert. Il n'aime pas que des inconnus entrent dans sa chambre.

– Ah ?

– Il est bizarre, sur ce plan.

Billy haussa les épaules comme pour dire : n'avons-nous pas tous nos manies ? Il tapa un code sur le clavier situé près de l'entrée principale, sourit à la caméra braquée sur lui. La porte s'ouvrit dans un cliquetis et ils pénétrèrent à l'intérieur de l'hôpital.

L'endroit sentait... pas exactement les médicaments. Qu'est-ce que c'était ? Puis Rebus comprit : c'était l'odeur de la moquette neuve, plus précisément de celle, bleue, qui couvrait le plancher du couloir. La peinture était neuve, elle aussi, apparemment. Rebus supposa que vert pomme était vraisemblablement indiqué sur les bidons. Images aux murs, collées avec du Blu-tac. Ni cadres ni punaises. Le bâtiment était silencieux. Leurs chaussures ne firent aucun bruit sur la moquette. Ni musique en sourdine ni hurlements. Billy les précéda, s'arrêta devant une porte ouverte.

– Docteur Lesser ?

Une femme était assise derrière un bureau moderne. Elle sourit et les regarda par-dessus des lunettes en demi-lune.

– Vous avez trouvé, dit-elle.

– Nous avons quelques minutes de retard, désolés, s'excusa Hogan.

– Ce n'est pas cela, répondit-elle, rassurante. Les gens manquent généralement l'embranchement, puis téléphonent pour dire qu'ils sont perdus.

– Nous ne nous sommes pas perdus.

– C'est ce que je vois.

Elle s'était avancée pour leur serrer la main. Hogan et Rebus se présentèrent.

– Merci, Billy, dit-elle.

Billy s'inclina légèrement et s'en alla.

– Entrez donc, reprit-elle. Je ne mords pas.

Elle sourit à nouveau. Rebus se demanda si c'était une obligation quand on travaillait à Carbrae.

La pièce était petite, confortable. Canapé à deux places jaune ; bibliothèque ; chaîne stéréo. Pas de classeurs. Rebus supposa que les dossiers des patients étaient conservés à l'abri des regards curieux. Le docteur Lesser dit qu'ils pouvaient l'appeler Irene. Elle avait à peine trente ans ou un peu plus, des cheveux châtains juste sous les épaules. Ses yeux étaient de la même couleur que les nuages qui, ce matin, avaient caché Arthur's Seat.

– Veuillez vous asseoir.

Son accent était anglais, de Liverpool, estima Rebus.

– Docteur Lesser..., commença Hogan.

– Irene, s'il vous plaît.

– Bien sûr.

Hogan resta silencieux, comme s'il se demandait s'il pouvait employer son prénom. S'il le faisait, elle pourrait utiliser le sien, et ce serait beaucoup trop familier.

– Vous connaissez la raison de notre présence ?

Irene Lesser acquiesça. Elle avait tiré un fauteuil afin de pouvoir s'asseoir face aux détectives. Rebus était conscient de la petite taille du canapé : lui et Hogan, probablement cent quatre-vingts kilos...

– Et vous comprenez, dit-elle, que Robert a le droit de se taire. S'il se trouble, l'entretien sera terminé, et c'est définitif.

Hogan acquiesça.

– Vous y assisterez, bien entendu.

– Bien entendu.

C'était la réponse prévue, mais elle leur sembla tout de même décevante.

– Docteur, intervint Rebus, peut-être pourriez-vous nous aider à nous préparer. Que pouvons-nous attendre de M. Niles ?

– Je ne veux pas préjuger...

– Y a-t-il, par exemple, des choses que nous devrions éviter de dire ? Des mots clés, peut-être ?

Elle adressa un regard approbateur à Rebus.

– Il refuse de parler de ce qu'il a fait à sa femme.

– Ce n'est pas pour cette raison que nous sommes venus.

Elle réfléchit pendant quelques instants, ajouta :

– Il ne sait pas que son ami est mort.

– Il ne sait pas que Herdman est mort ? répéta Hogan.

– En général, nos patients ne s'intéressent pas aux informations.

– Vous préféreriez que nous laissions les choses en l'état ? suggéra Rebus.

– Je suppose que vous n'avez pas besoin de lui expliquer pourquoi vous vous intéressez à M. Herdman...

– Vous avez raison.

Rebus se tourna vers Hogan, ajouta :

– Il faudra qu'on fasse attention de ne pas gaffer, hein, Bobby ?

Tandis que Hogan acquiesçait, on frappa à la porte, qui était restée ouverte. Les trois occupants de la pièce se levèrent. Un homme de haute taille, musclé, attendait dans l'encadrement. Cou de taureau. Bras tatoués. Pendant un instant, Rebus pensa : voilà à quoi devraient ressembler les infirmiers. Puis il vit le visage du docteur Lesser et comprit que ce géant était Robert Niles.

– Billy a dit...

La voix était comme un roulement de tonnerre.

– C'est exact. Entrez, entrez.

Pendant que Niles pénétrait dans la pièce, Hogan voulut fermer la porte derrière lui.

– Pas ici, ordonna Lesser. La porte est toujours ouverte.

Deux façons d'interpréter cela : transparence, rien à cacher ; ou bien plus grande facilité de repérer une agression.

Lesser fit signe à Niles de prendre son fauteuil et alla s'installer derrière sa table de travail. Niles s'assit, ainsi que les deux détectives, qui reprirent difficilement place sur le canapé.

Niles les dévisagea, la tête légèrement baissée, les paupières mi-closes.

– Ces hommes voudraient vous poser quelques questions, Robert.

– Quelles questions ?

Niles portait un T-shirt d'un blanc éclatant et un pantalon de survêtement gris. Rebus s'efforçait de ne pas fixer ses tatouages. Ils étaient vieux, dataient vraisemblablement de son passage dans l'armée. À l'époque où Rebus était soldat, il avait été la seule recrue à ne pas fêter son engagement par quelques tatouages à l'occasion de sa première permission. Ceux de Niles comportaient un chardon, deux serpents entrelacés et une dague autour de laquelle une banderole était enroulée. Rebus soupçonna que la dague était liée à son passage au SAS, même si le régiment n'appréciait pas les ornementations corporelles : les tatouages sont, comme les cicatrices, des possibilités d'identification. Ils risquent ainsi de devenir des moyens de pression lorsqu'on se fait capturer...

Hogan avait décidé de prendre l'initiative.

– Nous voulons vous interroger sur votre ami Lee.

– Lee ?

– Lee Herdman. Il vient vous voir de temps en temps ?

– De temps en temps, oui.

L'élocution était lente. Rebus se demanda quelle quantité de médicaments Niles prenait.

– L'avez-vous vu, dernièrement ?

– Il y a quelques semaines... je crois.

Niles se tourna vers le docteur Lesser. Le temps n'avait

vraisemblablement pas beaucoup de sens à Carbrae. Elle l'encouragea d'un hochement de tête.

– De quoi parlez-vous quand il vient vous voir ?

– Du passé.

– De quelque chose en particulier ?

– Seulement... du passé. La vie était bonne, à cette époque.

– Était-ce aussi l'avis de Lee ?

Hogan finit de poser la question puis inspira avec bruit, s'apercevant qu'il venait de parler de Herdman au passé.

– Qu'est-ce que ça signifie ?

Nouveau regard, qui rappela à Rebus un animal dressé demandant des instructions à son maître, en direction du docteur Lesser.

– Suis-je obligé de rester ?

– La porte est ouverte, Robert, répondit-elle en la montrant. Vous le savez.

– Lee semble avoir disparu, monsieur Niles, dit Rebus en se penchant légèrement. Nous cherchons simplement à savoir ce qui lui est arrivé.

– Disparu ?

Rebus haussa les épaules.

– Le trajet est long, depuis Queensferry. Vous deviez être très proches.

– Nous étions ensemble dans l'armée.

– Le régiment du SAS, acquiesça Rebus. Étiez-vous dans la même unité ?

– La compagnie C.

– J'ai failli en faire partie, dit Rebus qui se força à sourire. J'étais para... j'ai tenté d'entrer dans le régiment.

– Qu'est-ce qui vous est arrivé ?

Rebus s'efforçait de ne pas penser au passé. Des horreurs y étaient tapies.

– J'ai raté la formation.

– À quel moment ?

Plus facile de dire la vérité que de mentir.

– J'ai tout réussi jusqu'aux trucs psychologiques.

Un sourire illumina le visage de Niles.

– Ils vous ont cassé.

– J'ai cassé comme un putain d'œuf, mon pote, admit Rebus.

Mon pote : un mot de militaires.

– C'était quand ?

– Au début des années 1970.

– Donc un peu avant moi.

Niles réfléchit, reprit :

– Ils ont dû changer les interrogatoires. Ils étaient beaucoup plus durs.

– J'ai joué un rôle là-dedans.

– Vous avez craqué pendant l'interrogatoire ? Qu'est-ce qu'ils vous ont fait ?

Niles plissa les paupières. Il était plus vif, conversait, quelqu'un répondant à *ses* questions.

– Ils m'ont enfermé dans une cellule... bruit et lumière sans interruption... hurlements dans les autres cellules...

Rebus comprit que tout le monde l'écoutait. Niles frappa dans ses mains.

– L'hélico ? demanda-t-il.

Quand Rebus acquiesça, il se tourna à nouveau vers le docteur Lesser.

– Ils vous mettent un sac sur la tête, ils vous font monter dans un hélicoptère, puis ils disent qu'ils vont vous jeter dans le vide si vous ne leur donnez pas ce qu'ils veulent. Quand ils vous poussent, vous n'êtes qu'à deux mètres cinquante du sol, mais vous ne le savez pas !

Il se tourna à nouveau vers Rebus, conclut :

– Ça fout vraiment en l'air.

Puis il lui tendit la main.

– Absolument, reconnut Rebus en tentant de ne pas tenir compte de la douleur intense que provoqua la poignée de main.

– Je trouve ça barbare, commenta le docteur Lesser, dont le visage avait pâli.

– Ça vous casse ou ça vous fait, rectifia Niles.

– Ça m'a cassé, reconnut Rebus. Mais vous, Robert... ça vous a fait ?

– Pendant un temps.

Niles se calma un peu, ajouta :

– C'est quand on s'en va... c'est à ce moment-là qu'on comprend.

– Quoi ?

– Eh bien, que tout ce qu'on...

Il se tut, aussi immobile qu'une statue. Un nouveau produit chimique faisant effet ? Mais, dans le dos de Niles, Irene Lesser secouait la tête, indiquait ainsi qu'il n'y avait pas de raison de s'inquiéter. Le géant était simplement perdu dans ses pensées.

– J'ai connu des paras, dit-il finalement. C'étaient des sacrés durs.

– J'appartenais à la Rifle Company, Para 2.

– Donc vous avez été stationné en Ulster ?

Rebus opina.

– Et ailleurs.

Niles tapota le côté de son nez. Rebus imagina ces doigts serrant un poignard, passant la lame sur une gorge blanche et lisse.

– Le silence est d'or.

Rebus pensa à celui, définitif, d'une épouse.

– La dernière fois que vous avez vu Lee, demanda-t-il, semblait-il aller bien ? Peut-être quelque chose l'inquiétait-il ?

Niles secoua la tête.

– Lee fait toujours bonne figure. Il ne vient jamais quand il a le cafard.

– Mais vous savez qu'il y a des moments où il a le cafard ?

– Nous sommes formés à ne pas le montrer. Nous sommes des hommes !

– Effectivement, confirma Rebus.

– Les pleurnichards n'ont pas leur place dans l'armée. Les pleurnichards ne peuvent pas abattre un homme ou lancer une grenade sur lui. Il faut être capable de... ce qu'on a été formé à faire...

Mais les mots refusaient de sortir. Niles se tordit les mains, comme s'il tentait de les étrangler. Il regarda alternativement Rebus et Hogan.

– Parfois... parfois, ils ne savent pas comment nous désamorcer.

Hogan se pencha.

– Cela s'applique-t-il à Lee, d'après vous ?

Niles le fixa.

– Il a fait quelque chose, n'est-ce pas ?

Hogan ravala une réponse, chercha du regard l'aide du docteur Lesser. Mais il était trop tard. Niles se levait lentement.

– Je m'en vais, dit-il en se dirigeant vers la porte.

Hogan ouvrit la bouche pour parler, mais Rebus lui posa la main sur le bras afin de l'en empêcher, certain qu'il allait, selon toute vraisemblance, lancer une grenade dans la pièce : *votre pote est mort et il a emmené des écoliers avec lui...* Le docteur Lesser se leva et gagna le seuil, s'assura que Niles ne se cachait pas à proximité. Satisfaite, elle s'assit sur la chaise qu'il venait de libérer.

– Il semble très intelligent, fit remarquer Rebus.

– Intelligent ?

– Maître de lui-même. Est-ce grâce aux médicaments ?

– Les médicaments jouent un rôle.

Elle croisa les jambes, ajusta le pli de son pantalon. Rebus constata qu'elle ne portait pas de bijoux, ni aux poignets ni autour du cou, et pas de boucles d'oreilles.

– Quand il sera... « guéri », retournera-t-il en prison ?

– Les gens croient qu'un endroit tel que celui-ci est une solution de facilité. Je peux vous assurer que ce n'est pas le cas.

– Ce n'est pas ce que je voulais dire. Je me demandais simplement...

– Si mes souvenirs sont bons, coupa Hogan, Niles n'a jamais expliqué pourquoi il a égorgé sa femme. S'est-il montré plus coopératif avec vous, docteur ?

Elle le fixa sans ciller.

– Cela n'a rien à voir avec votre visite.

Hogan haussa les épaules.

– Vous avez raison. J'étais simplement curieux.

Lesser reporta son attention sur Rebus, dit :

– C'est peut-être une sorte de lavage de cerveau.

– Comment ça ? demanda Hogan.

Rebus expliqua :

– Le docteur Lesser est d'accord avec Niles. Elle croit que l'armée forme les hommes à tuer, puis ne fait rien pour désamorcer cette formation avant de les renvoyer à la vie civile.

– Des tas de preuves indirectes justifient cette opinion, affirma Lesser.

Elle posa les mains sur les cuisses, ce geste indiquant que l'entrevue était terminée. Rebus se leva en même temps qu'elle, Hogan plus hésitant à suivre son exemple.

– Nous venons de loin, docteur, dit-il.

– Je ne crois pas que vous obtiendrez davantage de Robert, pas aujourd'hui.

– Je doute que nous puissions nous permettre de revenir.

– Cette décision vous appartient, bien entendu.

Hogan finit par se lever.

– Voyez-vous Niles souvent ?

– Je le vois tous les jours.

– Je veux dire seul à seul.

– Que demandez-vous au juste ?

– La prochaine fois, peut-être pourriez-vous lui parler de son ami Lee.

– Peut-être, concéda-t-elle.

– Et s'il disait quelque chose...

– Ce serait entre lui et moi.

Hogan acquiesça.

– Le secret professionnel, admit-il. Mais il y a des familles qui viennent de perdre leur fils. Vous pourriez peut-être essayer de penser aux victimes, pour une fois.

Le ton de Hogan s'était fait plus dur. Rebus l'entraîna en direction de la porte.

– Veuillez excuser mon collègue, dit-il au docteur Lesser. Ce type d'affaire est très éprouvant.

Le visage de Lesser s'adoucit légèrement.

– Oui, bien entendu... Si vous voulez bien attendre une seconde, je vais appeler Billy.

– Je crois que nous trouverons la sortie, dit Rebus.

Mais, quand il arriva dans le couloir, Billy approchait.

– Merci de votre aide, docteur, dit-il.

Puis, à l'intention de Hogan, il ajouta :

– Bobby, dis merci à la dame.

– Merci, doc, marmonna Hogan.

Il se dégagea et s'engagea dans le couloir, Rebus le suivant.

– Inspecteur Rebus, appela Lesser.

Rebus se tourna vers elle et elle ajouta :

– Il faudrait peut-être que vous voyiez quelqu'un, vous aussi. Un psychologue, je veux dire.

– Il y a trente ans que j'ai quitté l'armée, docteur.

Elle acquiesça.

– Quel que soit le fardeau qu'on porte, c'est long.

Elle croisa les bras et conclut :

– Réfléchissez, voulez-vous ?

Rebus hocha la tête en reculant. Il lui adressa un signe d'adieu puis pivota sur lui-même et s'éloigna, sentant son regard toujours posé sur lui. Hogan précédait Billy et ne semblait pas avoir besoin de compagnie. Rebus ralentit le pas à la hauteur de l'infirmier.

– Ça nous a beaucoup apporté, commenta-t-il, s'adressant à Billy mais certain que Hogan pouvait entendre.

– J'en suis heureux.

– Ça valait le coup de venir.

Billy se contenta d'acquiescer, satisfait que la journée des autres se révèle aussi agréable que la sienne.

– Billy, dit Rebus en posant une main sur l'épaule du jeune homme, est-ce que le registre des visiteurs se trouve ici ou au poste de garde ?

Billy parut stupéfait, Rebus insista :

– Vous n'avez donc pas entendu le docteur Lesser ? Nous avons simplement besoin des connaître les dates auxquelles Lee Herdman est venu.

– Le registre est au poste de garde.

– Dans ce cas c'est là qu'on y jettera un coup d'œil.

Rebus fixa l'infirmier avec un sourire conquérant, ajouta :

– Et pourrait-on avoir un café, pendant qu'on y sera ?

Il y avait une bouilloire, au poste de garde, et le vigile prépara deux tasses d'instantané. Billy reprit le chemin de l'hôpital.

– Tu crois qu'il va aller directement voir le toubib ? demanda Hogan à voix basse.

– Faisons aussi vite que possible.

Pas facile, parce que le vigile s'intéressait beaucoup à eux, les interrogeait sur le CID. Sans doute se sentait-il prisonnier, enfermé toute la journée dans cette boîte avec des écrans de télévision et quelques voitures à contrôler... Hogan lui raconta quelques anecdotes, qu'il inventait vraisemblablement. Le registre était un volume à couverture noire comportant des colonnes destinées à la date, l'heure, le nom et l'adresse du visiteur, l'identité de la personne visitée. Cette dernière était divisée en deux afin qu'il soit possible d'indiquer les noms du patient et du médecin. Rebus commença par les visiteurs, passa rapidement le doigt sur trois pages jusqu'au moment où il trouva Lee Herdman. Il y avait presque exactement un mois et l'estimation de Niles n'était donc pas erronée. Une autre visite un mois avant. Rebus nota les informations sur son bloc, évitant de serrer son stylo. Au moins, ils rapporteraient quelque chose à Édimbourg.

Il s'interrompit pour boire une gorgée du liquide contenu dans une tasse ébréchée à motif floral. C'était vraisemblablement un mélange bon marché provenant d'un supermarché, contenant plus de chicorée que de café. Son père consommait la même mixture pour économiser quelques pence. Un jour Rebus, alors adolescent, avait apporté un produit plus onéreux, que son père avait boudé.

– Bon café, dit-il au vigile, qui parut apprécier le compliment.

– On a fini ? demanda Hogan, qui en avait assez de raconter des anecdotes.

Rebus acquiesça, mais jeta un dernier coup d'œil sur les colonnes. Pas celle des visiteurs, cette fois, mais celle des patients...

– On va avoir de la compagnie, constata Hogan.

Rebus leva la tête. Hogan montra un écran. Le docteur Lesser, accompagnée de Billy, sortait à grands pas de l'hôpital et s'engageait sur le chemin.

Rebus se pencha à nouveau sur le registre, vit une nouvelle fois R. Niles. R. Niles/Dr Lesser. Un autre visiteur, pas Lee Herdman.

On ne lui a pas posé la question ! Rebus aurait pu se donner des coups de pied.

– On file, John, dit Bobby Hogan en posant sa tasse.

Mais Rebus ne bougea pas. Hogan le fixa et Rebus se contenta de lui adresser un clin d'œil. Puis la porte s'ouvrit à la volée et Lesser entra.

– Qui vous a donné l'autorisation, cracha-t-elle, de fouiner dans des documents confidentiels ?

– Nous avons oublié de vous demander si Niles avait eu d'autres visiteurs, répondit calmement Rebus.

Puis il tapota le registre du bout d'un doigt, ajouta :

– Qui est Douglas Brimson ?

– Cela ne vous regarde pas.

– Comment le savez-vous ? demanda Rebus en notant le nom sur son bloc.

– Qu'est-ce que vous faites ?

Rebus ferma son bloc, le glissa dans sa poche. Puis il adressa un signe de tête à Hogan.

– Merci encore, doc, dit Hogan en prenant la direction de la porte.

Elle ne tint pas compte de lui, foudroya Rebus du regard.

– Je le signalerai, menaça-t-elle.

Il haussa les épaules.

– Je serai de toute façon suspendu en fin de journée. Merci encore de votre aide.

Il passa près d'elle, suivit Hogan sur le chemin du parking.

– Je me sens mieux, dit Hogan. C'était un coup bas, mais on a tout de même marqué un point.

– Un point c'est un point, dit Rebus.

Hogan s'arrêta près de la Passat, chercha ses clés dans sa poche.

– Douglas Brimson ? demanda-t-il.

– Un des visiteurs de Herdman, répondit Rebus. Il habite Turnhouse.

– Turnhouse ? répéta Hogan, le front plissé. L'aéroport, tu veux dire ?

Rebus acquiesça.

– Il y a quelque chose, là-bas ?

– À part l'aéroport ?

Rebus haussa les épaules, ajouta, tandis que le verrouillage centralisé des portières claquait :

– Il serait peut-être bon d'aller voir.

– Qu'est-ce que c'est que cette histoire de suspension ?

– Il fallait bien que je dise quelque chose.

– Mais pourquoi ça justement ?

– Bon sang, Bobby, je croyais qu'on en avait fini avec les psys.

– John, est-ce qu'il y a quelque chose que je devrais savoir ?

– Non.

– Je t'ai amené sur cette affaire, je peux te virer tout aussi vite. N'oublie pas.

– Tu sais vraiment motiver les gens, Bobby.

Rebus claqua la portière du passager. Le trajet serait long...

9

FAIS-MOI PLAISIR (C.O.D.Y).

Siobhan regarda une nouvelle fois le mot. Même écriture que la veille, elle en était sûre. Courrier lent, mais la lettre n'avait mis qu'une journée à lui parvenir. L'adresse était parfaite, jusqu'au code postal de St Leonard's. Pas de nom, cette fois, mais elle n'avait pas besoin de nom, n'est-ce pas ? C'était ce que soulignait l'auteur.

J'aurai pas perdu ma journée : une allusion à l'inspecteur Harry de Clint Eastwood ? Connaissait-elle un Harry ? Aucun.

Elle n'était pas certaine d'être censée décrypter le sens de C.O.D.Y., mais il lui apparut immédiatement : Come On, Die Young. Elle le savait parce que c'était le titre d'un album de Mogwai qu'elle avait récemment acheté. Un slogan de graffiti de gang américain, quelque chose comme ça. Qui, hormis elle, savait qu'elle aimait Mogwai ? Elle avait prêté deux CD à Rebus, un mois auparavant. Personne, au poste de police, ne connaissait vraiment ses goûts musicaux. Grant Hood était allé plusieurs fois chez elle... Eric Bain aussi... Peut-être n'était-elle pas censée comprendre le sens, pas sans avoir travaillé pour le découvrir. Elle supposait que les fans du groupe étaient plus jeunes qu'elle, des adolescents ou de jeunes adultes. Probablement une majorité d'hommes, en plus. Mogwai jouait des morceaux instrumentaux où il mêlait la guitare ambient à un bruit à déchirer les tympans. Elle ne se rappelait pas si Rebus lui avait rendu les CD... *Come On Die Young* en faisait-il partie ?

Sans s'en rendre compte, elle avait quitté son bureau, gagné la fenêtre et regardait St Leonard's Lane. Le CID était mort, tous les interrogatoires relatifs à Port Edgar terminés. Les transcriptions seraient tapées et rassemblées. On allait charger quelqu'un de les entrer dans le système informatique afin de voir si la technologie trouverait des correspondances ayant échappé aux simples mortels...

L'auteur de la lettre voulait qu'elle l'aide à prendre son plaisir. Son plaisir ? Elle examina une nouvelle fois l'écriture. Peut-être un spécialiste pourrait-il établir si elle était masculine ou féminine. À son avis, l'auteur avait vraisemblablement déguisé sa véritable écriture. D'où les pattes de mouche. Elle regagna son bureau et appela Ray Duff.

– Ray, c'est Siobhan... tu as quelque chose pour moi ?

– Moi aussi je te souhaite le bonjour, sergent Clarke. Ne t'ai-je pas dit que je t'avertirais quand j'aurais du nouveau, au cas où j'aurais du nouveau ?

– Ce qui signifie que tu n'as rien.

– Ce qui signifie que je suis débordé, que je n'ai pas pu consacrer beaucoup de temps à ta lettre, ce dont je ne peux que m'excuser, tout en expliquant que je ne suis qu'un être de chair et de sang.

– Désolée, Ray.

Elle soupira, pinça l'arête de son nez.

– Tu en as reçu une autre, devina-t-il.

– Oui.

– Une hier, une aujourd'hui ?
– C'est exact.
– Tu veux me l'envoyer ?
– Je crois que je vais la garder, Ray.
– Je te téléphonerai dès que j'aurai des nouvelles.
– Je sais que tu le feras. Désolée de t'avoir dérangé.
– Confie-toi à quelqu'un, Siobhan.
– C'est fait. Salut, Ray.

Elle raccrocha, appela le mobile de Rebus mais n'obtint pas de réponse. Elle ne prit pas la peine de laisser un message. Elle plia le mot, le remit dans l'enveloppe, glissa cette dernière dans sa poche. Il y avait, sur sa table de travail, l'ordinateur portable d'un adolescent, son travail de la journée. Il contenait plus de cent dossiers. Certains étaient des applications, mais Derek Renshaw avait créé l'essentiel des documents. Elle en avait parcouru quelques-uns : correspondance, essais scolaires. Rien sur l'accident de voiture qui avait coûté la vie à son ami. Il tentait apparemment de créer un fanzine de jazz. Il y avait des pages composées, qui comportaient des photos scannées ou trouvées sur le Net. Beaucoup d'enthousiasme, mais peu de talent d'écrivain. *Miles était un innovateur, aucun doute, mais il s'est ensuite comporté davantage en éclaireur, trouvant le meilleur jeune talent du moment et l'accueillant dans l'espoir qu'il déteindrait un peu sur lui...* Siobhan espérait que Miles s'était essuyé ensuite. Elle s'assit devant l'ordinateur et le fixa, tenta de se concentrer. CODY tournait dans son esprit. Peut-être était-ce un indice conduisant à quelqu'un qui portait ce prénom. Elle ne connaissait aucun Cody. Pendant un instant, elle eut une pensée déstabilisante : Fairstone était toujours en vie et le cadavre calciné était celui d'un nommé Cody. Elle chassa cette idée, prit une profonde inspiration, se remit au travail.

Et rencontra aussitôt un mur de briques. Elle ne pouvait accéder à la boîte de réception de Derek Renshaw sans son mot de passe. Elle décrocha son téléphone, appela South Queensferry et, heureusement, ce fut Kate qui décrocha, pas son père.

– Kate, c'est Siobhan Clarke.
– Oui.
– J'ai l'ordinateur de Derek.
– Papa m'a avertie.
– Mais j'ai oublié de demander son mot de passe.
– Pourquoi en avez-vous besoin ?
– Pour accéder à ses nouveaux e-mails.

– Pourquoi ?

Ton exaspéré ; elle avait hâte d'en finir.

– Parce que ça fait partie de notre travail, Kate.

Silence au bout du fil.

– Kate ?

– Oui ?

– Je m'assurais simplement que vous ne m'aviez pas raccroché au nez.

– Ah... bien.

Puis la communication fut coupée. Kate Renshaw lui avait raccroché au nez. Siobhan jura intérieurement, décida qu'elle essaierait plus tard ou bien demanderait à Rebus de le faire. C'était sa famille, après tout. En outre, elle avait le dossier des vieux e-mails de Derek... pas besoin de mot de passe pour y accéder. Elle en fit défiler le contenu, constata que le dossier contenait quatre ans d'e-mails. Elle espéra que Derek nettoyait et organisait, espéra qu'il avait effacé les saloperies. Elle travaillait depuis cinq minutes, en avait assez des scores de rugby et des comptes rendus de matchs quand le téléphone sonna.

– Je suis vraiment désolée, dit la voix.

– Inutile. Ce n'est rien.

– Non, ce n'est pas vrai. Vous faites simplement votre travail.

– Ça ne signifie pas que vous soyez obligée de l'apprécier. À dire vrai, je ne l'apprécie pas toujours.

– Son mot de passe était Miles.

Évidemment. Cela n'aurait exigé de Siobhan que quelques minutes de réflexion.

– Merci, Kate.

– Il aimait naviguer sur Internet. À un moment, papa s'est plaint des factures de téléphone.

– Vous étiez proches, n'est-ce pas, Derek et vous ?

– Je suppose.

– Tous les frères ne confieraient pas leur mot de passe.

Un son qui fut presque un rire.

– Je l'ai deviné. Au bout de trois tentatives seulement. Il essayait de deviner le mien et j'essayais de deviner le sien.

– A-t-il trouvé le vôtre ?

– Il m'a tarabustée pendant des jours, il n'arrêtait pas de venir me voir avec de nouvelles idées.

Le coude gauche de Siobhan était posé sur la table. Elle ferma le poing et posa la tête dessus. Peut-être la communication serait-elle longue, finalement, une conversation dont Kate avait besoin.

Souvenirs de Derek.

– Vous partagiez ses goûts musicaux ?

– Seigneur non. Ce qu'il écoutait ne balançait pas. Il passait des heures dans sa chambre et, quand on y entrait, il était assis en tailleur sur le lit, la tête dans les nuages. J'ai essayé de le traîner dans quelques boîtes d'Édimbourg, mais il disait qu'elles le déprimaient.

Nouveau rire bref et ironique, puis :

– Des expériences différentes, je suppose. Il s'est fait tabasser un jour, vous savez.

– Où ?

– À Édimbourg. Je crois que c'est à cette époque qu'il a commencé de rester près de la maison. Son accent « snob » n'a pas plu à des jeunes qu'il a rencontrés. Ça arrive souvent, vous savez. Nous sommes tous des snobs, parce que nos parents sont de sales riches qui nous envoient dans des écoles privées ; eux, ce sont des pauvres mecs qui se retrouveront au chômage... c'est comme ça que ça commence.

– Qu'est-ce qui commence comme ça ?

– L'agression. Pendant ma dernière année à Port Edgar, je me souviens, on a reçu une lettre nous « conseillant » de ne pas porter notre uniforme en ville, sauf s'il s'agissait d'un voyage organisé.

Elle soupira, ajouta :

– Mes parents ont fait les fonds de tiroir pour que je puisse fréquenter une école privée. C'est même peut-être la cause de leur rupture.

– Je suis sûre que ce n'est pas vrai.

– L'argent était souvent le motif de leurs disputes.

– Néanmoins...

Le silence s'installa quelques instants sur la ligne.

– J'ai cherché des trucs sur le Net.

– Quels trucs ?

– Toutes sortes... Pour essayer de comprendre ce qui l'avait poussé à faire ça.

– Lee Herdman, vous voulez dire ?

– Il y a un livre, écrit par un Américain. C'est un psychiatre, quelque chose comme ça. Vous savez comment il s'appelle ?

– Comment ?

– *Bad Men Do What Good Men Dream*[1]. Vous croyez que c'est vrai ?

– Il faudrait peut-être que je lise le livre.

– Je crois qu'il dit que nous l'avons tous en nous, le potentiel qui permet de... enfin, vous savez.

– Je ne suis pas sûre de ça.

Siobhan pensait toujours à Derek Renshaw. L'agression dont il avait été victime n'était pas mentionnée, elle non plus, dans les dossiers de son ordinateur. De si nombreux secrets...

– Kate, puis-je vous demander...

– Quoi ?

– Derek n'était pas déprimé, n'est-ce pas ? Il aimait le sport et d'autres choses.

– Oui, mais quand il rentrait à la maison...

– Il préférait rester dans sa chambre, compléta Siobhan.

– Avec son jazz et Internet.

– Des sites en particulier ? Des préférés ?

– Il participait à quelques forums, échangeait des messages.

– Laissez-moi deviner : sport et jazz.

– En plein dans le mille.

Il y eut un silence, puis :

– Vous savez, ce que j'ai dit sur la famille de Stuart Cotter ?

Stuart Cotter, la victime de l'accident.

– Je m'en souviens, dit Siobhan.

– Vous ai-je fait l'effet d'une folle ?

Kate s'efforça de prendre un ton léger.

– Nous vérifierons, ne vous inquiétez pas.

– Je ne le pensais pas vraiment, vous savez. Je ne pense pas vraiment que la famille de Stuart ferait... ferait quelque chose comme ça.

– Très bien, Kate.

Nouveau silence, au bout du fil, plus long.

– M'avez-vous encore raccroché au nez ?

– Non.

– Voulez-vous parler d'autre chose ?

– Je devrais vous laisser travailler.

– Vous pouvez me rappeler, Kate. Quand vous aurez envie de bavarder.

– Merci, Siobhan. Vous êtes chouette.

---

1. Les mauvais hommes font ce dont rêvent les bons.

– Salut, Kate.

Siobhan raccrocha, fixa à nouveau l'écran. Elle posa la main sur la poche de sa veste, perçut le contour de l'enveloppe.

C.O.D.Y.

Soudain, cela ne lui parut pas important.

Elle se remit au travail, brancha le portable sur une prise téléphonique, utilisa le mot de passe de Derek pour accéder à ses nouveaux e-mails, principalement constitués de publicités et de bulletins réguliers d'informations sportives. Quelques-uns émanaient de noms qu'elle avait vus dans le dossier. Des amis que Derek n'avait probablement pas rencontrés, sauf en ligne, des amis du monde entier, qui partageaient ses passions. Des amis qui ne savaient pas qu'il était mort.

Elle se redressa, entendit ses vertèbres craquer. Sa nuque était raide et sa montre lui indiquait qu'elle déjeunerait tard. Elle n'avait pas faim, mais savait qu'elle mangerait. En réalité, elle avait envie d'un double express, peut-être avec du chocolat. Ce mélange de caféine et de sucre qui fait tourner le monde.

– Je ne céderai pas, se dit-elle.

Elle irait à l'Engine Shed, où il y avait des plats biologiques et des tisanes. Elle sortit un livre de poche et son téléphone mobile de son sac à main, qu'elle mit ensuite sous clé dans le tiroir du bas de son bureau... on n'est jamais trop prudent dans un poste de police. Le livre était une critique de la musique rock, par une poétesse. Il y avait une éternité qu'elle tentait de le finir. George « Hi-Ho » Silvers entra dans le bureau au moment où elle en sortait.

– Je vais déjeuner, George, lui annonça-t-elle.

Il jeta un coup d'œil dans la pièce vide.

– Je peux t'accompagner ?

– Désolée, George, j'ai un rendez-vous, mentit-elle effrontément. Et puis il faut que quelqu'un garde la boutique.

Elle descendit, sortit par la porte principale, prit St Leonard's Lane à gauche. Elle fixait l'écran minuscule du téléphone, s'assurait qu'elle n'avait pas de messages. Une main se posa lourdement sur son épaule. Une voix grave gronda :

– Hé !

Siobhan pivota sur elle-même en lâchant le livre et le téléphone. Elle saisit un poignet, le tordit brutalement en tirant de haut en bas, força son agresseur à tomber à genoux.

– Bordel de merde ! hoqueta l'homme.

Elle ne voyait pratiquement que le sommet de son crâne.

Cheveux noirs et courts, dressés suite à une application de gel. Il était trapu, pas grand...

Ce n'était pas Martin Fairstone.

– Qui êtes-vous ? cracha Siobhan.

Elle lui maintenait le poignet dans le dos, faisait porter son poids dessus. Elle entendit des portières de voiture s'ouvrir et se fermer, vit un homme et une femme se diriger rapidement vers elle.

– Je voulais seulement vous parler, hoqueta son assaillant. Je suis journaliste. Holly... Steve Holly.

Siobhan lâcha le poignet. Holly soutint son bras meurtri et se redressa.

– Que se passe-t-il ? demanda la femme.

Siobhan la reconnut : Whiteread, l'enquêtrice de l'armée. Simms était près d'elle, une esquisse de sourire aux lèvres, approuvant d'un signe de tête les réflexes de Siobhan.

– Rien, répondit Siobhan.

– Ça n'avait pas l'air de rien.

Whiteread fixait Steve Holly.

– C'est un journaliste, expliqua Siobhan.

– Si on avait su, dit Simms, on aurait attendu un peu avant d'intervenir.

– Merci, marmonna Holly en se frottant le coude.

Il regarda alternativement Simms et Whiteread, reprit :

– Je vous ai déjà vus... devant chez Lee Herdman, si mes souvenirs sont bons. Je croyais connaître tous les membres du CID.

Il bomba le torse, tendit la main à Simms, qu'il prit pour le chef, ajouta :

– Steve Holly.

Simms adressa un bref regard à Whiteread et Holly comprit aussitôt son erreur. Il pivota légèrement, afin que sa main soit dirigée vers la femme, et répéta son nom. Whiteread ne tint aucun compte de lui.

– Traitez-vous toujours le quatrième pouvoir de cette façon, sergent Clarke ?

– Il m'arrive de recourir au double nelson.

– Il est sage de changer de méthode, reconnut Whiteread.

– Cela signifie que l'ennemi ne peut pas prévoir ce qu'on va faire, ajouta Simms.

– Pourquoi ai-je l'impression que vous vous foutez de moi ? demanda Holly.

Siobhan s'était baissée, ramassait son téléphone et son livre. Elle s'assura que le mobile était intact.

– Qu'est-ce que vous voulez ?

– Vous poser quelques questions rapides.

– À quel sujet ?

Holly fixa les deux militaires.

– Vous êtes sûre d'avoir envie d'un public, sergent Clarke ?

– De toute façon, je n'ai rien à dire, déclara Siobhan.

– Comment pouvez-vous le savoir sans m'avoir entendu ?

– Parce que vous allez m'interroger sur Martin Fairstone.

– Ah bon ? fit Holly en levant un sourcil. Bon, c'était peut-être ce que j'avais l'intention de faire... mais je me demande aussi pourquoi vous êtes aussi nerveuse et pourquoi vous ne voulez pas parler de Fairstone.

Je suis nerveuse à cause de Fairstone, eut envie de crier Siobhan. Mais elle se contenta d'un reniflement ironique. Il fallait renoncer à l'Engine Shed ; rien ne pouvait empêcher Holly de l'y suivre, de s'asseoir près d'elle...

– Je rentre, dit-elle.

– Veillez à ce que personne ne vous tape sur l'épaule, dit Holly. Et transmettez mes regrets à l'inspecteur Rebus...

Siobhan n'avait aucune intention de tomber dans le panneau. Elle se tourna vers la porte, constata que Whiteread lui barrait le chemin.

– Pourrais-je vous dire deux mots ?

– C'est ma pause-déjeuner.

– Je mangerais bien quelque chose, moi aussi, dit Whiteread en adressant un bref regard à son collègue, qui acquiesça.

Siobhan soupira.

– Dans ce cas, entrez.

Elle poussa la porte à tambour, Whiteread derrière elle. Simms parut sur le point de les suivre, mais s'immobilisa et se tourna vers le journaliste.

– Vous travaillez dans un journal ? demanda-t-il.

Holly acquiesça. Simms sourit.

– J'ai tué un homme, un jour, avec un journal.

Puis il tourna le dos à Holly et suivit les deux femmes.

Il ne restait pas grand-chose à la cantine. Whiteread et Siobhan optèrent pour des sandwichs, Simms pour une grosse assiette de frites et de haricots.

– Qu'est-ce qu'il voulait dire à propos de Rebus ? demanda Whiteread en tournant son thé pour faire fondre le sucre.

– Peu importe, répondit Siobhan.

– Vous en êtes sûre ?

– Écoutez...

– Nous ne sommes pas ennemis, Siobhan. Je sais ce que c'est : vous ne faites sûrement pas confiance aux policiers du poste voisin, des gens de l'extérieur tels que nous... Mais nous sommes dans le même camp.

– Cela ne me pose pas de problème, mais ce qui vient de se passer n'a rien à voir avec Port Edgar, Lee Herdman ou le SAS.

Whiteread la dévisagea et eut un haussement d'épaules résigné.

– Qu'est-ce que vous voulez ? demanda Siobhan.

– En réalité, nous espérions voir l'inspecteur Rebus.

– Il n'est pas là.

– C'est ce qu'on nous a dit à South Queensferry.

– Mais vous êtes tout de même venus.

Whiteread examina ostensiblement le contenu de son sandwich.

– De toute évidence, oui.

– Il n'était pas là... mais vous saviez que j'y étais ?

Whiteread sourit.

– Rebus a suivi la formation permettant d'entrer au SAS, mais n'a pas été à la hauteur.

– C'est ce que vous avez dit.

– Vous a-t-il raconté ce qui est arrivé ?

Peu disposée à reconnaître qu'il ne lui avait jamais permis d'accéder à cette partie de son passé, Siobhan décida de garder le silence. Whiteread considéra cela comme une réponse.

– Il a craqué. A complètement quitté l'armée, fait une dépression nerveuse. Il a vécu sur une plage pendant une période, quelque part au nord d'Édimbourg.

– À Fife, précisa Simms, la bouche pleine de frites.

– Comment savez-vous tout ceci ? Vous êtes censés enquêter sur Herdman.

Whiteread acquiesça.

– Le problème est qu'on n'avait pas repéré Lee Herdman.

– Repéré ?

– En tant que psychopathe potentiel, dit Simms.

Les yeux de Whiteread lancèrent des éclairs. Elle déglutit violemment et se remit à manger.

– Psychopathe n'est pas le mot qui convient, rectifia-t-elle au profit de Siobhan.

– Mais vous aviez repéré John ? supputa celle-ci.

– Oui, reconnut Whiteread. La dépression, voyez-vous… Puis il est devenu policier, son nom apparaissant régulièrement dans les médias…

Et sur le point d'y apparaître à nouveau, pensa Siobhan.

– Je ne vois toujours pas le rapport avec l'enquête, dit-elle, espérant que sa voix était calme.

– L'inspecteur Rebus pourrait simplement avoir des intuitions susceptibles de se révéler utiles, expliqua Whiteread. L'inspecteur Hogan en semble persuadé. Il a emmené Rebus à Carbrae, n'est-ce pas ? Voir Robert Niles ?

– Encore un de vos échecs spectaculaires, se sentit obligée de dire Siobhan.

Whiteread parut accepter la remarque sans émotion, remit l'essentiel de son sandwich sur son assiette, prit sa tasse. Le téléphone de Siobhan sonna. Elle regarda l'écran : Rebus.

– Désolée, dit-elle en se levant et en prenant la direction du distributeur de boissons… Comment ça s'est passé ? demanda-t-elle dans l'appareil.

– On a obtenu un nom ; peux-tu commencer les recherches ?

– Quel est le nom ?

– Brimson.

Rebus épela et poursuivit :

– Prénom : Douglas. À Turnhouse.

– Comme à l'aéroport ?

– À notre connaissance. Il venait voir Niles, lui aussi…

– Et il n'habite pas loin de South Queensferry, donc il connaissait peut-être Lee Herdman.

Siobhan se tourna vers Whiteread et Simms, qui parlaient.

– Tes potes de l'armée sont ici. Tu veux que je leur parle de ce Brimson, au cas où il aurait été dans le SAS ?

– Bon sang, non. Ils écoutent ?

– Je déjeunais avec eux à la cantine. Ne t'en fais pas, ils ne peuvent pas entendre.

– Qu'est-ce qu'ils font là ?

– Whiteread mange un sandwich, Simms dévore une assiette de frites.

Elle marqua un temps d'arrêt, ajouta :

– Mais c'est moi qu'ils essaient de mettre sur le gril.

– Suis-je censé rire ?

– Désolée. Tentative faiblarde. Tu as parlé avec Templer ?

– Non. De quelle humeur est-elle ?

– J'ai réussi à l'éviter pendant toute la matinée.

– Elle voit probablement les légistes avant de me faire passer à la casserole.

– Qui blague, maintenant ?

– Siobhan, je voudrais que ce soit une blague.

– Quand seras-tu de retour ?

– Pas aujourd'hui, si je peux l'éviter. Bobby veut rencontrer le juge.

– Pourquoi ?

– Pour éclaircir quelques points.

– Et ça va te prendre jusqu'à la fin de la journée ?

– Tu as largement de quoi t'occuper sans moi. Mais ne dis rien au couple de coupeurs de têtes.

Le couple de coupeurs de têtes : Siobhan jeta un coup d'œil dans leur direction. Ils ne parlaient plus, avaient fini de manger. Ils la fixaient.

– Steve Holly fouine dans le coin, dit Siobhan à Rebus.

– Je suppose que tu lui as flanqué un coup de pied dans les noix et que tu l'as envoyé promener ?

– Presque, en fait...

– Parlons à nouveau avant la fin de la partie.

– Je serai ici.

– L'ordinateur portable n'a rien donné ?

– Pas jusqu'ici.

– Continue.

Rebus raccrocha, une succession joyeuse de bips indiquant à Siobhan que l'inspecteur avait coupé la communication. Elle regagna la table, se força à sourire.

– Il faut que je retourne travailler, dit-elle.

– Nous pouvons vous déposer, proposa Simms.

– Mon bureau est au premier étage.

– Vous en avez terminé à South Queensferry ? demanda Whiteread.

– J'ai quelques petits trucs à faire.

– Des petits trucs ?

– Des bricoles datant d'avant le début de cette affaire.

– La paperasse, hein ? compatit Simms.

Mais l'expression du visage de Whiteread indiquait qu'elle ne marchait pas.

– Je vous accompagne, ajouta Siobhan.

– Comment est le CID ? demanda Whiteread. Je me suis souvent demandé...

– Je vous ferai visiter un jour, répondit Siobhan. Quand on ne sera pas débordés.

C'était une réponse que Whiteread était obligée d'accepter, mais Siobhan vit qu'elle lui plaisait à peu près comme elle aurait apprécié un concert de Mogwai.

10

Lord Jarvis avait un peu moins de soixante ans. Bobby Hogan avait donné à Rebus des informations sur la famille pendant le trajet du retour à Édimbourg. Divorcé de sa première épouse, remarié. Anthony était le seul fils issu de cette relation. La famille habitait Murrayfield.

– Il y a des tas de bonnes écoles dans ce coin, avait fait remarquer Hogan, qui connaissait la distance séparant Murrayfield de South Queensferry. Mais Orlando Jarvis a fait sa scolarité à Port Edgar. Il a même appartenu à l'équipe de rugby des anciens élèves.

– À quel poste ? avait demandé Rebus.

– John, avait répondu Hogan, on pourrait écrire ce que je sais sur le rugby sur le mégot d'une de tes cigarettes.

Hogan croyait qu'ils trouveraient le juge chez lui, en état de choc et en deuil. Mais deux coups de téléphone révélèrent qu'il avait repris le travail et qu'il était par conséquent au tribunal de Chambers Street, en face du musée où travaillait Jean Burchill. Rebus envisagea de l'appeler – ils pourraient peut-être boire rapidement un café – mais y renonça. Elle remarquerait nécessairement ses mains, n'est-ce pas ? Il était préférable d'attendre qu'elles soient guéries. La douleur consécutive à la poignée de main de Robert Niles n'avait pas complètement disparu.

– Tu t'es déjà trouvé face à Jarvis ? demanda Hogan en se

garant en stationnement interdit devant ce qui avait été le centre de soins dentaires de la ville, mais était désormais une boîte de nuit et un bar.

– Plusieurs fois. Et toi ?

– À une ou deux reprises.

– Tu lui as donné des raisons de se souvenir de toi ?

– On verra bien, hein ? répondit Hogan en plaçant, derrière le pare-brise, un mot indiquant que la voiture appartenait à « des policiers en mission ».

– Il serait peut-être moins onéreux de risquer une contravention, conseilla Rebus.

– Comment ça ?

– Réfléchis.

Hogan réfléchit, le front plissé, puis hocha la tête. Tous ceux qui sortaient du tribunal n'avaient pas de raisons d'apprécier la police. La contravention coûtait trente livres (et pouvait être discrètement annulée) ; les rayures sur la carrosserie coûtaient beaucoup plus cher. Hogan ôta le mot.

Le tribunal était un immeuble moderne, mais ses visiteurs prélevaient leur tribut. Salive séchée sur les vitres, graffitis sur les murs. Le juge se trouvait au vestiaire et c'est là qu'on conduisit Rebus et Hogan. L'huissier s'inclina légèrement avant de sortir.

Jarvis venait d'ôter la robe de sa fonction et portait un costume à fines rayures ainsi que la chaîne en or d'une montre de gousset. Sa cravate bordeaux était parfaitement nouée et ses lourdes chaussures noires brillaient. Son visage semblait briller, lui aussi, mettant en valeur un réseau de veines minuscules sur chacune des joues. Les vêtements officiels d'autres juges étaient disposés sur une longue table : robes noires, cols blancs, perruques grises. Les noms de leurs propriétaires étaient indiqués.

– Asseyez-vous si vous pouvez, dit Jarvis, je n'en ai pas pour longtemps.

Il leva la tête, la bouche légèrement ouverte, comme cela arrivait souvent dans la salle d'audience. La première fois que Rebus avait témoigné devant Jarvis, ce tic l'avait troublé, amené à croire que le juge était sur le point de l'interrompre.

– J'ai un autre rendez-vous, reprit le magistrat, et c'est pour cette raison que je devais vous recevoir ici ou pas du tout.

– C'est parfait, monsieur le juge.

– Franchement, ajouta Rebus, compte tenu de ce que vous avez subi, nous sommes étonnés de vous trouver ici.

– Nous ne pouvons pas laisser les salauds nous battre, n'est-ce pas ? répondit Jarvis.

Ce n'était apparemment pas la première fois qu'il se trouvait dans l'obligation de donner cette explication.

– Que puis-je faire pour vous ? s'enquit-il.

Rebus et Hogan avaient du mal à croire que l'homme qui se tenait devant eux venait de perdre un fils. Ils échangèrent un regard.

– C'est à propos de Lee Herdman, dit Hogan. Il était apparemment l'ami de Robert Niles.

– Niles ? fit le juge en levant la tête. Je me souviens de lui... Il a poignardé sa femme, c'est ça ?

– Il l'a égorgée, rectifia Rebus. Il a été condamné à une peine de prison, mais il est à Carbrae.

– Nous nous demandons, ajouta Hogan, si vous avez eu des raisons de craindre des représailles.

Jarvis se leva lentement, sortit sa montre, l'ouvrit, regarda l'heure.

– Je crois comprendre, dit-il. Vous cherchez un mobile. Ne suffit-il pas de dire que Herdman a simplement perdu l'esprit ?

– Ce sera peut-être notre conclusion, reconnut Hogan.

Le juge s'examinait dans le miroir en pied de la pièce. Une odeur discrète emplissait les narines de Rebus, qui parvint finalement à l'identifier. C'était celle des tailleurs, boutiques où on l'emmenait, lorsqu'il était enfant, dans les rares occasions où son père se faisait faire un costume sur mesure. Jarvis remit un cheveu rebelle en place. Il y avait des traces grises sur les tempes, mais l'essentiel de sa chevelure était châtain. Presque trop foncée, pensa Rebus, qui se demanda s'il la faisait teindre. Le juge portait une raie précise à gauche et cette coupe donnait l'impression qu'il n'avait pas tenté de changer de style depuis l'époque où il allait à l'école.

– Monsieur le juge ? insista Hogan. Robert Niles... ?

– Je n'ai jamais reçu de menaces émanant de lui, inspecteur Hogan. Et j'ai appris l'existence de Herdman après la fusillade.

Il quitta le miroir des yeux, demanda :

– Cela répond-il à votre question ?

– Oui, monsieur le juge.

– Si Herdman avait décidé de prendre Anthony pour cible,

pourquoi tirer sur les autres jeunes gens ? Pourquoi attendre aussi longtemps après la condamnation ?

– Oui, monsieur le juge.

– Le mobile n'est pas toujours le problème...

Le téléphone de Rebus sonna soudain, distraction moderne déplacée. Il s'excusa d'un sourire, sortit dans le couloir au plancher couvert de moquette rouge.

– Rebus, dit-il.

– Je sors de deux réunions intéressantes, annonça Gill Templer, qui s'efforçait de contenir sa voix.

– Ah bon ?

– L'analyse des indices prélevés dans la cuisine de Fairstone montre qu'il était probablement ligoté et bâillonné. C'est donc un meurtre.

– Ou bien quelqu'un a tenté de lui flanquer une grosse frayeur.

– Tu ne sembles pas étonné.

– Je ne m'étonne pratiquement plus de rien, par les temps qui courent.

– Tu le savais, n'est-ce pas ?

Rebus garda le silence ; inutile d'attirer des ennuis au docteur Curt. Templer ajouta :

– Tu peux sûrement deviner qui j'ai vu ensuite.

– Carswell, répondit Rebus.

Colin Carswell, directeur adjoint.

– C'est exact.

– Dois-je désormais considérer que je suis suspendu jusqu'à la fin de l'enquête ?

– Oui.

– Très bien. C'est tout ce que tu avais à me dire ?

– Il faudra que tu sois entendu au siège.

– Par le service des Enquêtes internes ?

– Quelque chose comme ça, peut-être même par le PSU[1].

– Ah, le groupe paramilitaire des Enquêtes internes !

– John...

Sa voix exprimait à la fois l'inquiétude et l'exaspération.

– Je suis impatient de les voir, dit Rebus avant de couper la communication.

Hogan sortait du vestiaire, remerciait le juge de l'avoir

1. Professional Standards Unit, équipe chargée de conseiller et d'assister les services de police locaux.

reçu. Il ferma la porte derrière lui, prit la parole d'une voix contenue.

– Il prend ça bien.

– Il le refoule, plus probablement, dit Rebus en lui emboitant le pas. J'ai des nouvelles, à propos.

– Ah ?

– Je suis suspendu. Il est probable que Carswell est en train d'essayer de te joindre pour t'avertir.

Hogan s'arrêta, se tourna vers Rebus.

– C'est ce que tu prévoyais à Carbrae.

– Je suis allé chez ce type. Le soir où il est mort dans un incendie.

Hogan regarda les gants de Rebus, qui ajouta :

– Rien à voir, Bobby. Simple coïncidence.

– Alors quel est le problème ?

– Ce type harcelait Siobhan.

– Et ?

– Il était apparemment ligoté sur une chaise quand l'incendie a débuté.

Hogan gonfla les joues.

– Des témoins ?

– Il semblerait qu'on m'ait vu entrer chez lui en sa compagnie.

Le mobile de Hogan sonna, d'une façon différente de celui de Rebus. Hogan pinça les lèvres en regardant l'écran.

– Carswell ?

– Le siège.

– Donc c'est lui.

Hogan acquiesça, glissa l'appareil dans sa poche.

– Inutile de retarder l'échéance, dit Rebus.

Mais Bobby Hogan secoua la tête.

– Il y a toutes les raisons de retarder l'échéance, John. En outre, on t'interdira peut-être de participer aux enquêtes, mais Port Edgar n'est pas vraiment une enquête, n'est-ce pas ? Personne ne passera en jugement. Ce n'est que de la cuisine interne.

– Je suppose.

Rebus eut un sourire sans joie. Hogan lui tapota le bras.

– Ne t'inquiète pas, John. L'oncle Bobby s'occupera de toi...

– Merci, oncle Bobby, fit Rebus.

– ... Jusqu'au moment où ce sera vraiment le bordel.

Quand Gill Templer regagna St Leonard's, Siobhan avait localisé Douglas Brimson. Cela ne lui avait pas donné beaucoup de mal, puisque Brimson figurait dans l'annuaire. Deux adresses et numéros de téléphone : personnel et professionnel. Templer avait disparu dans son bureau, claquant la porte derrière elle. George Silvers, assis à sa table de travail, avait levé la tête.

– On dirait qu'elle est sur le sentier de la guerre, avait-il dit en empochant son stylo à bille et en se préparant à battre en retraite.

Siobhan avait tenté de téléphoner à Rebus, mais il était occupé. Occupé, probablement, à parer les coups de tomahawk de la superintendante.

Après le départ de Silvers, Siobhan se retrouva seule au CID. Pryde était dans les environs, de même que Davie Hynds. Mais les deux constables parvenaient à se rendre invisibles. Siobhan fixa l'écran du portable de Derek Renshaw, dont le contenu inoffensif était d'un ennui mortel. Derek, elle en était sûre, était un bon garçon, mais totalement dépourvu de fantaisie. Il connaissait déjà le chemin que prendrait sa vie : trois ou quatre ans d'université – économie et informatique – puis un emploi de bureau, peut-être dans la comptabilité. De quoi acheter un appartement en bord de mer, une voiture rapide et la meilleure stéréo disponible...

Mais cet avenir demeurait figé, ne se réalisait qu'en mots sur un écran, en bits de mémoire. Cette idée la fit frissonner. Tout cela basculant en un instant... Elle appliqua les mains sur son visage, se frotta les yeux, convaincue d'une seule chose : elle ne voulait pas être là quand Gill Templer sortirait de son bureau. Parce que, pour une fois, Siobhan était persuadée qu'elle tiendrait tête à sa supérieure, et irait même peut-être plus loin. Elle n'avait pas la moindre envie d'être victime. Elle regarda son téléphone, puis le bloc contenant les indications relatives à Brimson. Sa décision prise, elle ferma le portable, le glissa dans son sac. Elle saisit son mobile et son bloc.

Partit.

Un seul détour : elle s'arrêta brièvement chez elle, où elle trouva le CD de *Come On Die Young*. Elle écouta l'album en conduisant, y chercha des indices. Pas facile parce qu'il était principalement instrumental...

Le domicile de Brimson était un pavillon moderne dans une rue étroite située entre l'aéroport et ce qui avait été Gogarburn Hospital. En descendant de voiture, Siobhan entendit au loin le bruit des travaux de démolition : on abattait Gogarburn. Elle croyait que le site avait été vendu à une grosse banque, qui y construisait son nouveau siège. Le pavillon se trouvait derrière une haute haie et un portail en fer forgé vert. Siobhan poussa le portail, s'engagea sur une allée de gravier rose qui crissait. Elle sonna puis regarda par les fenêtres situées de part et d'autre de la porte. La première était celle d'un séjour, la deuxième celle d'une chambre. Le lit était fait et le séjour paraissait peu utilisé. Deux revues étaient posées sur le canapé en cuir bleu, photos d'avions sur la couverture. Le jardin de devant était principalement pavé, ne comportait que deux parterres où des rosiers attendaient de grandir. Un chemin étroit séparait le pavillon de son garage ; une deuxième barrière, qui s'ouvrit quand Siobhan tourna la poignée, permettait d'accéder au jardin de derrière. Il se composait d'une immense pelouse en pente au pied de laquelle s'étendaient des hectares de terres agricoles. La serre à armature de bois paraissait récente. Sa porte était fermée à clé. En regardant par les fenêtres, elle découvrit une grande cuisine très blanche et une deuxième chambre. L'ensemble ne donnait pas l'impression d'une vie de famille : pas de jouets dans le jardin, aucune touche féminine. Cependant la maison était d'une propreté méticuleuse. Quand elle eut repris le chemin, elle constata que la porte latérale du garage était partiellement vitrée. Il y avait une voiture à l'intérieur, un modèle de Jaguar sport, mais son propriétaire n'était manifestement pas chez lui.

Elle reprit sa voiture, se rendit à l'aéroport et s'arrêta devant le terminal. Un vigile lui indiqua qu'il était interdit de stationner, mais lui fit signe de passer quand elle lui montra sa carte. Le terminal était animé : longues files de ce qui semblait être des voyages organisés au soleil ; hommes d'affaires en costume tirant énergiquement leur valise à roulettes vers les Escalator. Siobhan examina les panneaux, constata que l'un d'eux indiquait les renseignements. Au comptoir, elle demanda à voir M. Brimson. Cliquetis rapide de clavier, puis signe négatif de la tête.

– Je n'ai rien.

Siobhan épela le nom à la femme, qui acquiesça pour indiquer qu'elle l'avait tapé convenablement. Elle décrocha le téléphone, parla avec quelqu'un. À son tour, elle épela les lettres :

B-r-i-m-s-o-n. Elle serra les lèvres, secoua une nouvelle fois la tête.

– Vous êtes sûre qu'il travaille ici ?

Siobhan montra l'adresse qu'elle avait copiée dans l'annuaire. La femme sourit.

– Il s'agit de l'aérodrome, mon chou, expliqua-t-elle. Pas de l'aéroport.

Elle lui indiqua le chemin. Siobhan la remercia et repartit, le rouge aux joues à cause de sa méprise. L'aérodrome jouxtait l'aéroport et on y accédait en contournant la moitié du périmètre de ce dernier. Des hangars abritaient des avions légers et, d'après la pancarte installée à l'entrée, il y avait également une école de pilotage. Elle indiquait un numéro de téléphone : celui que Siobhan avait copié dans l'annuaire. La haute barrière métallique était fermée par un cadenas, mais il y avait un combiné téléphonique ancien dans une boîte en bois fixée à un pilier. Siobhan le décrocha, entendit une tonalité.

– Allô ?

Une voix masculine.

– Je cherche M. Brimson.

– Vous l'avez trouvé, ma chère. Que puis-je faire pour vous ?

– Monsieur Brimson, je suis le sergent Clarke, de la police de Lothian and Borders. Je voudrais vous parler.

Il y eut un silence, puis :

– Une seconde. Il faut que j'ouvre la barrière.

Siobhan voulut remercier, mais son interlocuteur avait raccroché. Elle voyait plusieurs hangars, deux avions. L'un n'avait qu'une hélice à l'avant, l'autre en comportait deux, une sur chaque aile. Il s'agissait apparemment d'appareils à deux places. Il y avait aussi deux bâtiments préfabriqués trapus. L'homme sortit de l'un d'eux avant de monter dans un vénérable Land Rover décapotable. Un avion atterrissant à l'aéroport couvrit le bruit du démarrage du moteur. Le Land Rover parcourut rapidement la centaine de mètres qui le séparaient de la barrière. L'homme en descendit. Il était de haute taille, bronzé et musclé. Probablement la cinquantaine, avec un visage ridé qu'un bref sourire avait éclairé. Sa chemise à manches courtes, du même vert olive que le Land Rover, dévoilait des bras aux poils argentés. La chevelure abondante de Brimson était de la même couleur et avait vraisemblablement été blond cendré dans sa jeunesse. La chemise était rentrée dans un pantalon de toile gris et trahissait un début de ventre.

– Il faut que je ferme à clé, expliqua-t-il en ôtant un trousseau énorme de l'antivol du Land Rover. La sécurité.

Elle acquiesça. Il y avait quelque chose d'immédiatement sympathique chez cet homme. Peut-être était-ce l'impression d'énergie et d'assurance qui émanait de lui, sa façon de rouler des épaules en gagnant la barrière. Ce bref sourire conquérant.

Mais elle constata, quand il ouvrit, que son visage était devenu plus grave.

– Je suppose que c'est à propos de Lee. Il fallait que ça arrive tôt ou tard.

Puis il lui fit signe d'entrer, ajouta :

– Garez-vous près du bureau. Je vous rejoins.

En passant près de lui, elle ne put que s'interroger sur ce qu'il venait d'admettre.

Il fallait que ça arrive tôt ou tard.

Assise face à lui dans le bureau, elle eut l'occasion de poser la question.

– Je voulais simplement dire, répondit-il, que vous voudriez forcément me voir.

– Pourquoi ?

– Parce que je suppose que vous cherchez à comprendre pourquoi il a fait ça.

– Et ?

– Et que vous demanderez à ses amis s'ils peuvent vous aider.

– Vous étiez un ami de Lee Herdman ?

– Oui, répondit-il, le front plissé. N'est-ce pas la raison de votre présence ?

– Indirectement, oui. Nous avons appris que vous alliez tous les deux à Carbrae, Herdman et vous.

Brimson hocha lentement la tête.

L'eau de la bouilloire s'était mise à bouillir. Brimson se leva d'un bond, versa de l'eau dans deux tasses de café instantané, en donna une à Siobhan. Il n'y avait de place, dans le bureau minuscule, que pour la table de travail et deux chaises. La porte donnait sur une antichambre uniquement meublée de quelques autres chaises et de deux classeurs. Des affiches aux murs représentaient divers types d'avion.

– Vous êtes instructeur de pilotage, monsieur ? demanda Siobhan en acceptant la tasse.

– Appelez-moi Doug, je vous en prie.

Brimson s'appuya contre le dossier de son fauteuil. Une silhouette apparut derrière la fenêtre dans son dos, frappa légèrement à la vitre. Brimson se retourna, fit un signe de la main que la silhouette lui rendit.

– C'est Charlie, expliqua-t-il. Il va faire un tour. Il est banquier, dit qu'il échangerait son boulot contre le mien demain si ça lui permettait de passer davantage de temps en l'air.

– Vous louez vos avions ?

Brimson ne saisit pas immédiatement le sens de sa question.

– Non, non, dit-il finalement. Charlie a un avion ; il le laisse simplement ici.

– Mais l'aérodrome vous appartient ?

Brimson acquiesça.

– Dans la mesure où je loue le terrain à l'aéroport. Mais, oui, tout ceci est à moi.

Il écarta les bras, sourit une nouvelle fois.

– Et depuis combien de temps connaissiez-vous M. Herdman ?

Les bras reprirent leur place et le sourire sa gravité.

– Plusieurs années.

– Pouvez-vous être plus précis ?

– Pratiquement depuis qu'il s'est installé ici.

– Ça fait donc six ans ?

– Si vous le dites.

Il marqua une pause, reprit :

– Je m'excuse, j'ai oublié votre nom...

– Sergent Clarke. Étiez-vous proches ?

– Proches ?

Brimson haussa les épaules, reprit :

– Lee ne laissait guère les gens approcher. Enfin, il était agréable, aimait bavarder, ce genre de chose...

– Mais ?

Brimson plissa le front, se concentra.

– Je n'ai jamais véritablement compris ce qui se passait là-dedans.

Il se tapota le crâne.

– Qu'avez-vous pensé quand vous avez appris la fusillade ?

Il haussa les épaules.

– Je ne parvenais pas à le croire.

– Saviez-vous que Herdman avait une arme ?
– Non.
– Mais il s'intéressait aux armes ?
– C'est exact... mais il ne m'en a jamais montré.
– N'en a jamais parlé ?
– Jamais.
– De quoi parliez-vous, dans ce cas ?
– D'avions, de bateaux, de l'armée... j'ai passé sept ans dans la RAF.
– En tant que pilote ?
Brimson secoua la tête.
– Je ne pilotais pas beaucoup, à cette époque. J'étais le sorcier des circuits électriques, je faisais voler les zincs.
Il se pencha sur sa table, demanda :
– Avez-vous déjà volé ?
– Seulement pour partir en vacances.
Il plissa le visage.
– Je voulais dire comme Charlie.
Du pouce, il monta le petit avion qui passait derrière la fenêtre dans un grondement de moteur.
– J'ai déjà beaucoup de mal à conduire une voiture.
– Piloter un avion est plus facile, croyez-moi.
– Dans ce cas à quoi servent tous les cadrans et tous les interrupteurs ?
Il rit.
– On pourrait y aller tout de suite. Qu'est-ce que vous en dites ?
– Monsieur Brimson...
– Doug...
– Monsieur Brimson, je n'ai pas vraiment le temps de prendre une leçon de pilotage maintenant.
– Demain alors ?
– J'y réfléchirai.
Elle ne put s'empêcher de sourire en pensant que, mille pieds au-dessus d'Édimbourg, elle n'aurait rien à craindre de Gill Templer.
– Vous adorerez, je vous le promets.
– On verra.
– Mais vous ne serez pas en service, n'est-ce pas ? Donc vous pourrez m'appeler Doug ?
Il attendit qu'elle ait acquiescé, reprit :
– Et comment pourrai-je vous appeler, sergent Clarke ?

– Siobhan.

– Un prénom irlandais ?

– Gaélique.

– Votre accent n'est pas...

– Je ne suis pas venue parler de mon accent.

Il leva les mains comme pour capituler.

– Pourquoi ne vous êtes-vous pas manifesté ? demanda-t-elle.

Il ne comprit apparemment pas et elle ajouta :

– Après la fusillade, des amis de M. Herdman sont venus nous voir.

– Ah bon ? Pourquoi ?

– Pour toutes sortes de raisons.

Il réfléchit.

– Ça ne m'a pas semblé utile, Siobhan.

– Gardons les prénoms pour plus tard, d'accord ?

Brimson s'excusa d'un mouvement de la tête. Il y eut soudain un crépitement de parasite, puis des voix nasillardes.

– La tour, expliqua-t-il en tendant le bras derrière lui pour baisser le volume de la radio. C'est Charlie qui demande une autorisation.

Il jeta un coup d'œil sur sa montre, ajouta :

– Ça devrait aller, à cette heure.

Siobhan écouta la voix indiquer au pilote de se montrer prudent parce qu'un hélicoptère survolait le centre de la ville.

– Bien reçu, contrôle.

Brimson baissa une nouvelle fois le volume.

– Je voudrais revenir avec un collègue, dit Siobhan, est-ce possible ?

Brimson haussa les épaules.

– Vous pouvez voir à quel point je suis débordé. Ce n'est vraiment animé que pendant le week-end.

– Je voudrais pouvoir dire la même chose.

– Ne me dites pas que vous n'êtes pas occupée pendant le week-end. Une jolie jeune femme comme vous ?

– Je parlais de...

Il éclata de rire.

– Je vous taquinais, c'est tout. Mais vous ne portez pas d'alliance, dit-il en inclinant la tête vers la main gauche de Siobhan. Vous croyez que je serai à la hauteur au CID ?

– Je constate que vous ne portez pas d'alliance, vous non plus.

– Un célibataire libre, voilà ce que je suis. Mes amis disent que c'est parce que j'ai la tête dans les nuages.

Il montra le plafond, ajouta :

– Pas beaucoup de bars où on puisse faire des rencontres, là-haut.

Siobhan sourit, puis s'aperçut que la conversation l'amusait – toujours mauvais signe. Elle savait qu'il y avait des questions qu'elle devait poser, mais ne pouvait mettre le doigt dessus.

– Peut-être à demain, dit-elle en se levant.

– Votre première leçon de pilotage ?

– Mon collègue.

– Mais vous viendrez aussi ?

– Si je peux.

Il parut se contenter de cela, contourna le bureau, la main tendue.

– Heureux d'avoir fait votre connaissance, Siobhan.

– Moi de même, monsieur...

Elle se tut quand il leva un doigt, céda :

– Doug.

– Je vous accompagne.

– Je me débrouillerai.

Elle ouvrit la porte, le trouvant trop proche, désirant mettre un peu plus d'espace entre eux.

– Vraiment ? Vous savez crocheter les serrures, n'est-ce pas ?

Elle se souvint du cadenas de la barrière.

– Vous avez raison, dit-elle en suivant Doug Brimson dehors au moment où l'appareil de Charlie arrivait en bout de piste et décollait.

– Est-ce que Gill t'a trouvé ? demanda Siobhan dans le téléphone en regagnant la ville en voiture.

– Affirmatif, répondit Rebus, mais je ne me cachais pas.

– Qu'est-ce qui a été décidé ?

– Je suis suspendu. Mais Bobby voit les choses autrement. Il veut toujours que je participe à l'enquête.

– Donc tu as toujours besoin de moi, c'est ça ?

– Je crois que je pourrais conduire s'il le fallait.

– Mais il ne le faut pas...

Il rit.

– Je te taquine, Siobhan, c'est tout. Le rôle est à toi si tu le veux.

– Bien, parce que j'ai trouvé Brimson.

– Je suis impressionné. Qui est-ce ?

– Il dirige une école de pilotage à Turnhouse. Je suis allée le voir. Je sais que j'aurais dû t'avertir, mais ta ligne était occupée.

– Elle est allée voir Brimson, entendit-elle Rebus dire à Hogan.

Hogan marmonna une réponse.

– Bobby estime, dit Rebus à Siobhan, que tu aurais dû demander l'autorisation avant de le faire.

– Ce sont ses mots exacts ?

– En réalité il a levé les yeux au ciel et juré. J'ai décidé d'interpréter.

– Merci de m'éviter de rougir.

– Qu'est-ce que tu as obtenu de lui ?

– C'était un ami de Herdman. Leurs passés sont similaires : l'armée et la RAF.

– Et comment a-t-il connu Robert Niles ?

Siobhan serra les lèvres.

– J'ai oublié de le lui demander. Mais je lui ai dit qu'on reviendrait.

– Il faudra, apparemment. A-t-il fourni des informations ?

– D'après lui, il ignorait que Herdman avait des armes et il ne sait pas pourquoi il est allé à l'école. Et Niles ?

– Il ne nous a été d'aucune utilité.

– Qu'est-ce qu'on fait maintenant ?

– Retrouvons-nous à Port Edgar. Il faut que nous ayons une conversation sérieuse avec Miss Teri.

Il y eut un silence et Siobhan crut que la communication avait été coupée, mais il demanda :

– D'autres messages de notre ami ?

Les lettres ; il restait dans le vague en présence de Hogan.

– Il y en avait un autre ce matin.

– Oui ?

– Pratiquement la même chose que la première.

– Tu l'as transmis à Howdenhall ?

– Je n'en ai pas vu l'utilité.

– Bien. Il faut que je l'examine quand on se retrouvera. Tu en as pour combien de temps ?

– Environ un quart d'heure.

– Cinq livres qu'on arrive avant toi.

– Tenu, répondit Siobhan en appuyant un peu plus fort sur l'accélérateur.

Il lui fallut plusieurs secondes pour se rendre compte qu'elle ne savait pas où se trouvait Rebus...

Fidèle à lui-même, il l'attendait sur le parking de Port Edgar, appuyé contre la Passat de Hogan, les bras et les chevilles croisés.

– Tu as triché, dit-elle en descendant de voiture.

– Caveat emptor. Tu me dois cinq livres.

– Pas question.

– Tu as accepté le pari, Siobhan. Les vraies dames paient toujours.

Elle secoua la tête, fouilla dans sa poche.

– Voilà la lettre, à propos, dit-elle en sortant l'enveloppe.

Rebus tendit la main et elle ajouta :

– Si tu veux la lire c'est cinq livres.

Rebus la fixa.

– Pour le privilège de te donner une opinion d'expert ?

Sa main resta tendue, l'enveloppe hors de portée.

– D'accord, marché conclu, céda-t-il, la curiosité finissant pas l'emporter.

Dans la voiture, il la lut plusieurs fois tandis que Siobhan conduisait.

– Cinq livres gaspillées, constata-t-il finalement. Qui est Cody ?

– Je crois que ça signifie : Come on, die young. C'est un truc de gangs américains.

– Comment tu le sais ?

– C'est un album de Mogwai. Je t'ai prêté leur musique.

– Ça pourrait être un nom. Buffalo Bill, par exemple.

– Le lien étant... ?

– Je ne sais pas.

Rebus replia le mot, examina les plis, scruta l'intérieur de l'enveloppe.

– Bonne imitation de Sherlock Holmes, fit Siobhan.

– Qu'est-ce que tu veux que je fasse d'autre ?

– Tu pourrais reconnaître la défaite.

Elle tendit la main. Rebus lui rendit le message après l'avoir remis dans l'enveloppe.

– Fais-moi plaisir... L'inspecteur Harry ?

– C'est ce que je crois, admit Siobhan.

– L'inspecteur Harry était flic...

Elle le dévisagea.

– Tu crois que c'est quelqu'un avec qui je travaille ?

– Ne me dis pas que ça ne t'a pas traversé l'esprit...

– Effectivement, finit-elle par reconnaître.

– Mais il est possible qu'il s'agisse de quelqu'un qui sait qu'il y a un lien entre toi et Fairstone.

– Oui.

– Et cela conduit à moi et Gill Templer.

Il resta quelques instants silencieux, ajouta :

– Et je suppose que tu ne lui as pas prêté d'albums récemment.

Siobhan haussa les épaules, les yeux à nouveau sur la route. Elle garda le silence un moment, de même que Rebus, qui vérifia finalement une adresse sur son bloc, se pencha et dit :

– On y est.

Long Rib House était un long bâtiment blanchi à la chaux, qui avait vraisemblablement été une grange autrefois. Il était entièrement de plain-pied mais les fenêtres ouvertes dans le toit de tuiles rouges indiquaient que le grenier avait été aménagé. Une barrière en bois fermait l'entrée, qui n'était pas verrouillée. Siobhan l'ouvrit, remonta en voiture, roula quelques mètres sur un chemin privé gravillonné. Quand elle ferma la barrière, la porte était ouverte et un homme se tenait sur le seuil. Rebus était descendu de voiture et se présentait.

– Vous êtes sans doute M. Cotter ? supputa-t-il.

– William Cotter, répondit le père de Miss Teri.

Âgé d'un peu plus de quarante ans, il était de petite taille et trapu, avait le crâne rasé, conformément à la mode. Il serra la main que Siobhan lui tendit, mais ne parut pas se vexer quand Rebus maintint ses mains gantées fermement contre ses flancs.

– Entrez donc, dit-il.

Il y avait un long couloir moquetté, orné de tableaux encadrés et d'une horloge. Des pièces à droite et à gauche, portes fermées. Cotter les précéda dans le couloir puis dans un vaste séjour sur lequel s'ouvrait une cuisine. Il s'agissait apparemment d'une extension récente, dont les portes-fenêtres donnaient sur le patio ainsi que sur un jardin immense et un deuxième ajout, à ossature de bois mais comportant de nombreuses fenêtres permettant d'en voir l'intérieur.

– Une piscine couverte, fit Rebus. Ça doit être pratique.

– On peut l'utiliser plus souvent qu'une piscine extérieure, blagua Cotter. Alors, que puis-je faire pour vous ?

Rebus se tourna vers Siobhan, qui jetait un coup d'œil circulaire dans la pièce, regardait successivement le canapé de cuir crème en L, la chaîne B&O, le téléviseur à écran plat, allumé sans le son. Réglé sur Ceefax, l'écran montrait les fluctuations de la Bourse.

– En réalité, nous voulions voir Teri, dit Rebus.

– Elle n'a pas de problèmes, n'est-ce pas ?

– Absolument pas. C'est à propos de Port Edgar. Seulement quelques questions supplémentaires.

Cotter plissa les yeux.

– Je pourrais peut-être vous aider... ?

Il cherchait à obtenir des précisions.

Rebus décida de s'asseoir sur le canapé. Il y avait, devant lui, une table basse sur laquelle des journaux étaient ouverts aux pages économiques, un téléphone sans fil, des lunettes de lecture en demi-lune, un stylo et un bloc A4.

– Vous êtes dans les affaires, monsieur Cotter ?

– C'est exact.

– Puis-je vous demander lesquelles ?

– Le capital risque.

Cotter hésita un instant, ajouta :

– Vous savez ce que c'est ?

– Vous investissez dans les start-ups ? intervint Siobhan, qui fixait le jardin.

– Plus ou moins. Je m'occupe un peu d'immobilier, de gens qui ont des idées...

Rebus regarda ostensiblement la pièce.

– Vous êtes de toute évidence très compétent.

Il attendit que la flatterie ait produit son effet et demanda :

– Teri est-elle là ?

– Je n'en suis pas sûr, répondit Cotter.

Il vit l'expression de Rebus, eut un sourire gêné et ajouta :

– On ne sait jamais, avec Teri. Elle ne fait parfois aucun bruit. Quand on frappe à sa porte, elle ne répond pas.

Il haussa les épaules.

– Donc elle n'est pas comme la majorité des adolescents.

Cotter secoua la tête.

– J'ai eu cette impression quand j'ai fait sa connaissance, ajouta Rebus.

– Vous l'avez rencontrée ? demanda Cotter.

Rebus acquiesça.

– En costume d'apparat ?

– Je suppose qu'elle ne va pas ainsi à l'école.

Cotter secoua une nouvelle fois la tête.

– Même les clous dans le nez ne sont pas autorisés. M. Fogg est très strict sur ce point.

– Nous pourrions peut-être frapper à sa porte ? proposa Siobhan en se tournant vers Cotter.

– Ça ne peut pas faire de mal, je suppose, admit Cotter.

Ils le suivirent dans le couloir puis dans un escalier. Une nouvelle fois, ils se trouvèrent dans un long couloir où les portes étaient fermées.

– Teri ? appela Cotter quand ils arrivèrent en haut de l'escalier. Tu es là, ma chér... ?

Il tronqua le dernier mot et Rebus devina que sa fille lui avait interdit de l'employer. Ils atteignirent la dernière porte et Cotter posa l'oreille contre le battant, frappa légèrement.

– Elle s'est peut-être assoupie, souffla-t-il.

– Est-ce que je peux... ?

Sans attendre la réponse, Rebus tourna la poignée. La porte s'ouvrait vers l'intérieur. La pièce était sombre, les rideaux de mousseline noire tirés. Cotter alluma. Il y avait des bougies sur toutes les surfaces disponibles. Des bougies noires dont certaines avaient complètement fondu. Des lithographies et des affiches aux murs. Rebus reconnut celles de H. R. Giger, parce qu'il avait réalisé la pochette d'un album d'ELP. Elles représentaient une sorte d'enfer d'acier inoxydable. Les autres images étaient tout aussi sombres.

– Les adolescents, hein ? commenta simplement le père.

Livres de Poppy L. Brite et d'Anne Rice. Un autre, intitulé *The Gates of Janus*, apparemment écrit par Ian Brady, le « meurtrier des Moors ». Plein de CD de marchands de bruit. Les draps du lit à une place étaient noirs. De même que le couvre-pieds. Les murs de la chambre étaient de la couleur de la viande, le plafond divisé en quatre rectangles, deux rouges et deux noirs. Siobhan se tenait près d'une console informatique. Le matériel installé dessus semblait de grande qualité : écran plat, lecteur de DVD, scanner et webcam.

– Je suppose que tout ça ne se fait pas en noir, fit-elle.

– Si c'était le cas, c'est ce que Teri aurait, reconnut Cotter.

– À son âge, dit Rebus, les seuls Goths que je connaissais étaient les pubs.

– Oui, les Gothenburgs, fit Cotter en riant. C'étaient des pubs associatifs, n'est-ce pas ?

Rebus acquiesça.

– Sauf si elle est sous le lit, je pense qu'elle n'est pas ici. Savez-vous où nous pourrions la trouver ?

– Je pourrais l'appeler sur son mobile...

– Est-ce celui-ci ? demanda Siobhan en montrant un petit téléphone d'un noir luisant.

– Exact, admit Cotter.

– En général, les adolescents ne laissent pas leur téléphone à la maison, dit Siobhan.

– Non, mais... la mère de Teri est parfois...

Il secoua les épaules, comme s'il était soudain mal à l'aise.

– Est parfois quoi, monsieur ? insista Rebus.

– Elle aime savoir ce que fait Teri, c'est ça ? hasarda Siobhan.

Cotter acquiesça, soulagé qu'elle lui ait évité de répondre.

– Terry devrait rentrer plus tard, dit-il, si ça peut attendre.

– Nous préférerions en finir, monsieur, expliqua Rebus.

– Eh bien...

– Le temps étant de l'argent et tout ça, je suis sûr que vous êtes d'accord.

Cotter acquiesça.

– Vous pourriez essayer Cockburn Street. Ses amis s'y réunissent parfois.

Rebus se tourna vers Siobhan.

– On aurait dû y penser, dit-il.

Siobhan manifesta son assentiment d'une esquisse de sourire. Cockburn Street, rue tortueuse située entre Royal Mile et Waverley Station, avait toujours eu mauvaise réputation. Des dizaines d'années auparavant, c'était le repaire des hippies et des traîne-savates qui vendaient des chemises en coton indien, du tissu imprimé au pochoir et du papier à cigarettes. Rebus fréquentait un bon magasin de disques d'occasion sans jamais s'intéresser aux vêtements. Aujourd'hui, les nouvelles cultures alternatives mettaient l'endroit en vedette. Une rue où il était agréable de faire du lèche-vitrines si on aimait le macabre et le déjanté.

Tandis qu'ils reprenaient le couloir, Rebus vit, sur une porte, une petite plaque en porcelaine indiquant « chambre de Stuart ». Rebus s'arrêta devant.

– Votre fils ?

Cotter hocha lentement la tête.

– Charlotte... ma femme... veut qu'elle reste telle qu'avant l'accident.

– Il n'y a pas de honte à ça, monsieur, dit Siobhan, qui perçut la gêne de Cotter.

– Je suppose que non.

– Dites-moi, commença Rebus, Teri est-elle devenue goth avant ou après la mort de son frère ?

Cotter le dévisagea.

– Peu après.

– Ils étaient proches ?

– J'imagine... Mais je ne vois pas le lien avec...

Rebus haussa les épaules.

– Simple curiosité. Désolé, c'est un des risques du métier.

Cotter parut accepter cette explication et les précéda dans l'escalier.

– J'achète des CD là-bas, dit Siobhan.

Ils étaient à nouveau en voiture et se dirigeaient vers Cockburn Street.

– Moi aussi, répondit Rebus.

Et il y avait souvent vu les Goths, qui occupaient plus que leur part de trottoir, s'asseyaient sur les marches jouxtant l'ancien immeuble du *Scotsman*, partageaient des cigarettes et échangeaient des tuyaux sur les groupes les plus récents. Ils apparaissaient dès la sortie de l'école, remplaçant peut-être leur uniforme par la tenue noire de rigueur. Maquillage et colifichets... espérant à la fois se fondre dans la foule et se faire remarquer. Mais, aujourd'hui, il était plus difficile de choquer. Autrefois, les cheveux sur le col de la chemise suffisaient. Puis il y avait eu le glam, suivi par son rejeton dévoyé, le punk. Rebus se souvenait d'un samedi où il était allé acheter des disques. Il avait entamé la longue montée de Cockburn Street et était passé pour la première fois devant des punks : pas traînant et cheveux dressés sur la tête, chaînes et ricanements. La femme d'âge mûr qui se trouvait derrière lui n'avait pas supporté et avait bredouillé : « Vous ne pouvez donc pas marcher comme des êtres humains ? » Ce qui avait sûrement beaucoup amusé les punks.

– On pourrait se garer en bas de la rue et monter, proposa Siobhan alors qu'ils approchaient de Cockburn Street.

– Je préférerais qu'on se gare en haut et qu'on descende, contra Rebus.

Ils eurent de la chance : une place se libéra alors qu'ils arrivaient dans Cockburn Street, à quelques mètres de l'endroit où les Goths étaient rassemblés.

– Gagné, dit Rebus en voyant Miss Teri, engagée dans une conversation animée avec deux amis.

– Il faut que tu descendes le premier, dit Siobhan.

Rebus vit quel était le problème : des sacs d'ordure en attente de ramassage étaient entreposés sur le trottoir et bloquaient la portière du conducteur. Il descendit, maintint la porte ouverte pour que Siobhan puisse passer d'un siège sur l'autre et sortir. Il y eut un bruit de course, sur le trottoir, puis Rebus vit un des sacs d'ordures disparaître. Il leva la tête, s'aperçut que quatre jeunes en blouson à capuche et casquette de base-ball passaient à toute vitesse près de la voiture. L'un d'entre eux lança le sac d'ordures sur le groupe des Goths. Le sac éclata, se vida de son contenu. Il y eut des cris, des hurlements. Des coups de pied et de poing. Un Goth fut projeté la tête la première dans l'escalier de pierre. Un autre se réfugia sur la chaussée et fut heurté par un taxi. Les passants criaient des avertissements, les commerçants sortaient sur le pas de leur porte. Quelqu'un cria d'appeler la police.

La bagarre se prolongea du côté opposé de la rue, corps poussés contre les vitrines, mains serrant les cous. Seulement cinq agresseurs contre une douzaine de Goths, mais ils étaient forts et mauvais. Siobhan s'était élancée et avait fait un croche-pied à l'un d'entre eux. Rebus vit Miss Teri foncer dans une boutique, claquer la porte derrière elle. La porte était en verre et son agresseur cherchait du regard un objet susceptible de la briser. Rebus prit une profonde inspiration et cria :

– Rab Fisher ! Hé, Rab ! Par ici !

Le poursuivant s'immobilisa, se tourna vers Rebus, qui agita une main gantée et demanda :

– Tu te souviens de moi, Rab ?

Un rictus ironique tordit la bouche de Fisher. Un autre membre de sa bande avait reconnu Rebus.

– La police, s'écria-t-il.

Les autres Garçons Perdus tinrent compte de son avertissement et se rassemblèrent, essoufflés, au milieu de la chaussée.

– Vous êtes prêts à partir pour Saughton, les gars ? demanda Rebus d'une voix forte, en avançant d'un pas.

Quatre d'entre eux détalèrent en courant vers le bas de la rue. Rab Fisher s'attarda, le temps de donner un dernier coup de pied dans la porte en verre, avant de suivre ses amis au petit trot. Siobhan aidait deux Goths à se lever, s'assurait qu'ils n'étaient pas blessés. Il n'y avait eu ni couteaux ni projectiles ; c'était essentiellement l'orgueil qui en avait pris un coup. Rebus gagna la porte en verre. Derrière, une femme en blouse blanche avait rejoint Miss Teri. Rebus vit une rangée de cabines luisantes ; un institut de bronzage, apparemment flambant neuf. La femme passait une main dans la chevelure de Terry, qui tentait de se dégager. Rebus ouvrit la porte.

– Tu te souviens de moi, Teri ? demanda-t-il.

Elle le dévisagea puis acquiesça.

– Vous êtes le policier que j'ai rencontré.

Rebus tendit la main à la femme.

– Vous êtes sûrement la mère de Teri. Je suis l'inspecteur Rebus.

– Charlotte Cotter, dit la femme en lui serrant la main.

Elle avait un peu moins de quarante ans, une abondante chevelure blond cendré. Son visage légèrement bronzé luisait presque. Il était difficile de voir la plus petite similarité entre les deux femmes. Si on lui avait dit qu'elles appartenaient à la même famille, Rebus aurait pu supposer qu'elles étaient de la même génération : pas sœurs mais, peut-être, cousines. La mère faisait cinq ou six centimètres de moins que sa fille, était mince et musclée. Rebus crut comprendre quel membre de la famille Cotter utilisait la piscine couverte.

– Qu'est-ce qui s'est passé ? demanda-t-il à Teri.

Elle haussa les épaules.

– Rien.

– On vous harcèle beaucoup ?

– On les harcèle tout le temps, répondit la mère à la place de la jeune fille, qui la foudroya du regard. On les injurie, parfois on les frappe.

– Comme si tu savais ce qui se passe, protesta sa fille.

– Je vois ce que je vois.

– C'est pour ça que tu as ouvert cet institut ? Pour me surveiller ?

Teri s'était mise à tripoter la chaîne en or qu'elle portait au cou. Rebus repéra le pendentif en diamant.

– Teri, soupira Charlotte Cotter, je dis simplement que...

– Je sors, marmonna Teri.

– Avant, intervint Rebus, pourrais-je avoir une petite conversation avec toi ?

– Je ne porterai pas plainte !

– Vous voyez comme elle est entêtée ? dit Charlotte Cotter sur un ton exaspéré. Je vous ai entendu crier un nom, inspecteur. Cela signifie-t-il que vous connaissez ces voyous ? Que vous pouvez les arrêter...

– Je ne suis pas sûr que cela changerait quelque chose, madame Cotter.

– Mais vous les avez vus !

Rebus acquiesça.

– Et je les ai avertis. Cela suffira peut-être. Mais ce n'est pas seulement par hasard que je suis ici. Je voulais voit Teri.

– Ah.

– Alors venez, dit Teri en lui saisissant le bras. Désolée, maman, il faut que je collabore à une enquête de police.

– Une minute, Teri...

Mais il était trop tard. Charlotte Cotter ne put que regarder sa fille entraîner le détective dehors, puis du côté opposé de la chaussée, où l'ambiance devenait moins lourde. On comparait les plaies. Un jeune homme en trench-coat noir reniflait les revers de son vêtement, plissait le nez en constatant qu'il lui faudrait le donner à nettoyer. Les ordures du sac déchiré avaient été rassemblées, principalement par Siobhan, supposa Rebus. Elle remplissait un sac intact, cadeau d'une boutique voisine, et tentait de persuader les jeunes gens de l'aider.

– Tout le monde va bien ? demanda Teri.

Il y eut des sourires et des hochements de tête. Rebus eut l'impression qu'ils jouissaient de l'instant. Victimes une fois de plus et heureux de l'être. Comme les punks et la femme, ils avaient obtenu une réaction. Ils formaient toujours un groupe, mais ils étaient plus forts : ils pouvaient partager des récits de bataille. D'autres jeunes – qui rentraient lentement de l'école, toujours en uniforme – s'étaient arrêtés et écoutaient. Rebus entraîna Teri jusqu'à l'abreuvoir le plus proche.

– On ne sert pas ceux-là ! dit sèchement la femme qui se tenait derrière le comptoir.

– En ma présence, vous le faites, répondit Rebus sur le même ton.

– Elle n'a pas l'âge, insista la femme.

– Elle prendra un soda.

Il se tourna vers Teri et demanda :

– Qu'est-ce que tu veux ?

– Vodka tonic.

Rebus sourit.

– Donnez-lui un Coca. Je prendrai un Laphroaig avec un peu d'eau.

Il paya les consommations, assez sûr de lui, désormais, pour sortir des pièces et des billets de sa poche.

– Comment vont vos mains ? demanda Teri Cotter.

– Ça va, répondit-il. Mais tu peux porter les consommations.

On les suivit du regard tandis qu'ils gagnaient une table. Teri parut apprécier cet accueil, envoya un baiser à un homme, qui se contenta de ricaner et de tourner la tête.

– Si tu déclenches une bagarre, dit Rebus, je te laisse te débrouiller.

– Je suis capable de le faire.

– Je n'en doute pas, j'ai vu comme tu as filé chez ta maman à l'arrivée des Garçons Perdus.

Elle le foudroya du regard.

– Un bon plan, en fait, ajouta-t-il, la défense étant l'essentiel du courage et tout ça. Est-ce que ta maman a raison ? Est-ce que ça arrive souvent ?

– Pas autant qu'elle semble le croire.

– Pourtant vous continuez de venir à Cockburn Street ?

– Pourquoi on ne le ferait pas ?

Il haussa les épaules.

– Aucune raison. Avec modération, le masochisme n'a jamais fait de mal à personne.

Elle le dévisagea, puis sourit et fixa son verre.

– Santé, dit-il en levant le sien.

– Votre citation était erronée. C'est la discrétion qui est l'essentiel du courage. Shakespeare, *Henry IV*, premier acte.

– Mais on ne peut pas dire que vous soyez discrets, toi et tes amis.

– Je m'efforce de ne pas l'être.

– Tu réussis. Tu n'as pas semblé étonnée quand j'ai parlé des Garçons Perdus. Tu les connais ?

Elle baissa de nouveau la tête, ses cheveux cachant son visage pâle. Ses doigts aux ongles noirs caressèrent le verre. Mains et poignets fins.

– Vous avez une cigarette ? demanda-t-elle.

– Tu peux en allumer deux, dit Rebus en sortant son paquet de la poche de sa veste.

Elle glissa la cigarette allumée entre ses lèvres.

– Ça va jaser, dit-elle en soufflant la fumée.

– J'en doute, Miss Teri.

La porte s'ouvrit et Siobhan entra. Elle le vit, montra les toilettes de la tête, leva les mains pour lui indiquer qu'elle allait les laver.

– Tu aimes être à l'extérieur, n'est-ce pas ? demanda Rebus.

Teri Cotter acquiesça.

– Et c'est pour ça que tu aimais bien Lee Herdman : il était à l'extérieur, lui aussi.

Elle le dévisagea. Il expliqua :

– On a trouvé une photo de toi chez lui. J'en déduis que tu le connaissais.

– Je le connaissais. Puis-je voir la photo ?

Rebus la sortit de sa poche. Elle était dans un sachet en plastique transparent.

– Où a-t-elle été prise ? demanda-t-il.

– Ici, dit-elle en montrant la rue.

– Tu le connaissais bien, n'est-ce pas ?

– Il nous aimait bien, nous, les Goths. Je n'ai jamais vraiment compris pourquoi.

– Il organisait des fêtes...

Rebus se souvenait des albums de l'appartement de Lee Herdman : la musique sur laquelle dansent les Goths.

Teri hocha la tête, retint ses larmes.

– Certains d'entre nous allaient chez lui.

Elle leva la photo, demanda :

– Où l'avez-vous trouvée ?

– Dans un livre qu'il lisait.

– Lequel ?

– Pourquoi veux-tu le savoir ?

Elle haussa les épaules.

– Je me le demandais, c'est tout.

– Une biographie, je crois. Un soldat qui a fini par se suicider.

– Vous croyez que c'est un indice ?

– Un indice ?

Elle hocha la tête.

– Qui pourrait expliquer pourquoi Lee s'est donné la mort ?

– Possible, j'imagine. Connaissais-tu ses amis ?

– Je ne crois pas qu'il avait beaucoup d'amis.

– Et Doug Brimson ?

Siobhan, qui s'installait sur la banquette, avait posé la question.

Teri serra les lèvres.

– Oui, je le connais.

– Tu n'as pas l'air enthousiaste, constata Rebus.

– On peut dire ça.

– Qu'est-ce qui ne te plaît pas chez lui ? s'enquit Siobhan.

Rebus s'aperçut que sa collègue s'énervait.

Teri se contenta de hausser les épaules.

– Les deux jeunes gens qui sont morts, dit Rebus, venaient aux fêtes ?

– Ben voyons !

– À savoir ?

Elle le regarda.

– Ce n'était pas le genre. Rugby, jazz et préparation militaire.

Comme si cela expliquait tout.

– Lee parlait-il de son passage dans l'armée ?

– Pas beaucoup.

– Mais tu l'interrogeais ?

Elle opina lentement.

– Et tu savais qu'il aimait les armes ?

– Je savais qu'il avait des photos...

Elle se mordit la lèvre, mais trop tard.

– À l'intérieur de la porte de son armoire, ajouta Siobhan. Tout le monde ne peut pas savoir ça, Teri.

– Ça ne signifie rien !

Teri avait élevé la voix. Elle tripotait à nouveau la chaîne qu'elle portait au cou.

– Nous ne faisons le procès de personne, Teri, dit Rebus. Nous voulons simplement savoir ce qui l'a amené à faire ça.

– Comment le saurais-je ?

– Parce que tu le connaissais et ce n'était apparemment pas le cas de beaucoup de gens.

Teri secouait la tête.

– Il ne m'a rien dit. Il était comme ça... il avait des secrets. Mais je n'ai jamais imaginé qu'il...

– Non ?

Elle fixa Rebus dans les yeux, mais garda le silence.

– Il ne t'a jamais montré d'arme, Teri ? demanda Siobhan.

– Non.

– Il n'a jamais laissé entendre qu'il pouvait s'en procurer une ?

Elle secoua la tête.

– Tu dis qu'il ne s'est jamais confié à toi... et l'inverse ?

– Qu'est-ce que vous voulez dire ?

– Posait-il des questions sur toi ? Tu lui as peut-être parlé de ta famille ?

– C'est possible.

Rebus se pencha.

– Ce qui est arrivé à ton frère nous touche beaucoup, Teri.

Siobhan se pencha également.

– Tu as probablement parlé de l'accident à Lee Herdman.

– Ou un de tes copains l'a fait, ajouta Rebus.

Teri comprit qu'ils l'acculaient. Impossible d'échapper à leurs regards et leurs questions. Elle avait posé la photo sur la table et se concentrait sur elle.

– Ce n'est pas Lee qui l'a prise, dit-elle comme si elle tentait de changer de sujet.

– Est-ce que nous devrions voir quelqu'un d'autre, Teri ? demanda Rebus. Des gens qui assistaient aux fêtes de Lee ?

– Je n'ai plus envie de répondre à des questions.

– Pourquoi, Teri ? demanda Siobhan, le front plissé, comme si elle était sincèrement étonnée.

– Parce que.

– D'autres noms..., insista Rebus. Ça nous permettrait peut-être de te laisser tranquille.

Teri Cotter resta un instant immobile puis se leva, monta sur la banquette, passa sur la table et sauta sur le plancher du côté opposé, les couches noires et vaporeuses de sa jupe gonflant autour d'elle. Sans se retourner, elle gagna la porte, l'ouvrit et la claqua derrière elle. Rebus se tourna vers Siobhan et lui adressa un sourire contrit.

– Cette jeune fille a du style, dit-il.

– Elle a paniqué, reconnut Siobhan. Au moment où on a mentionné la mort de son frère.

– Ils étaient peut-être simplement proches, argumenta Rebus. Tu n'acceptes pas vraiment la théorie du tueur à gages ?

– Cependant, dit-elle, il y a quelque chose...

La porte s'ouvrit à nouveau et Teri Cotter rejoignit la table à grands pas, posa les mains dessus, se pencha vers les deux policiers.

– James Bell, cracha-t-elle. Voilà un nom, puisque vous en voulez un.

– Il participait aux fêtes de Herdman ? demanda Rebus.

Teri Cotter se contenta d'acquiescer, puis leur tourna une nouvelle fois le dos. Les habitués la regardèrent sortir, secouèrent la tête, reportèrent leur attention sur leurs verres.

– L'audition que nous avons écoutée, dit Rebus. Qu'est-ce que disait James Bell à propos de Herdman ?

– Il a parlé de ski nautique.

– Oui, mais la façon dont il l'a fait : « on se rencontrait », quelque chose comme ça.

Siobhan acquiesça.

– On aurait peut-être dû relever ça.

– Il faut qu'on le voie.

Siobhan hochait la tête mais fixait la table. Elle regarda dessous.

– Tu as perdu quelque chose ? demanda Rebus.

– Moi non, mais toi oui.

Rebus regarda également et comprit. Teri Cotter avait emporté la photo.

– Tu crois que c'est pour ça qu'elle est revenue ? supposa Siobhan.

Rebus haussa les épaules.

– J'imagine qu'on peut considérer qu'elle lui appartenait... un souvenir de l'homme qu'elle a perdu.

– Tu crois qu'ils étaient amants ?

– On a vu plus bizarre.

– Dans ce cas...

Mais Rebus secoua la tête.

– Elle se serait servi de son charme pour le persuader de devenir tueur à gages ? Allons, Siobhan.

– On a vu plus bizarre, répéta-t-elle.

– À propos, est-ce que tu m'offrirais un verre ?

Il leva son verre vide.

– Aucune chance, répondit-elle en se levant.

Morose, il sortit du bar à sa suite. Elle se tenait près de la voiture, apparemment hypnotisée par quelque chose. Rebus ne vit rien d'extraordinaire. Les Goths, sans Miss Teri, allaient et venaient comme quelques instants plus tôt. Pas trace des

Garçons Perdus. Des touristes s'arrêtaient pour prendre des photos.

– Qu'est-ce qu'il y a ? demanda-t-il ?

De la tête, elle montra une voiture garée en face.

– On dirait le Land Rover de Doug Brimson.

– Tu en es sûre ?

– Je l'ai vu à Turnhouse.

Elle regarda Cockburn Street dans un sens puis dans l'autre. Brimson n'y était pas.

– Il est en plus mauvais état que ma Saab, constata Rebus.

– Mais tu n'as pas de Jag dans ton garage.

– Une Jag et un Land Rover pourri ?

– Je suppose que c'est une histoire d'image... les petits garçons et leurs jouets...

Elle jeta un nouveau coup d'œil dans la rue, ajouta :

– Je me demande où il est.

– Peut-être qu'il te suit ? suggéra Rebus.

Il vit l'expression de son visage et s'excusa d'un haussement d'épaules. Elle reporta son attention sur la voiture, certaine que c'était celle de Brimson. Coïncidence, se dit-elle, c'est tout.

Coïncidence.

Elle nota néanmoins le numéro.

11

Ce soir-là, elle s'installa sur son canapé, tenta de s'intéresser à ce qui passait à la télé. Deux présentateurs aux costumes ridiculement voyants disaient à leur victime que ses vêtements ne lui allaient pas. Sur une autre chaîne, on « débordélisait » une maison. Cela laissait à Siobhan le choix entre un film gris, un feuilleton comique ringard et un documentaire sur le crapaud marin.

Et c'était bien fait pour elle, puisqu'elle n'avait pas pris la peine de s'arrêter au vidéoclub. Sa collection de films était réduite – « élitiste », préférait-elle dire. Elle les avait tous vus une dizaine de fois, était capable de réciter le dialogue, savait exactement ce qui se passait dans chaque scène. Peut-être mettrait-elle de la musique, couperait-elle le son de la télé et inventerait-elle les péripéties du film ennuyeux. Ou même celles du documentaire sur les crapauds marins. Elle avait feuilleté une revue, pris un livre qu'elle avait ensuite posé, mangé les chips et le chocolat achetés à la station-service quand elle avait fait le plein. Il y avait, sur la table de la cuisine, un reste de siu-mai qu'elle finirait peut-être par passer au micro-ondes. Mais, surtout, elle n'avait plus de vin, seulement des bouteilles vides en attente de recyclage. Il y avait du gin dans le placard, mais elle ne pouvait le diluer qu'avec du Coca Light et elle n'était pas acculée à ce point.

En tout cas pas encore.

Il y avait des amis à qui elle pouvait téléphoner, mais elle savait qu'elle ne serait pas amusante. Son amie Caroline avait laissé, sur son répondeur, un message où elle lui demandait si elle avait envie de boire un verre. Blonde et menue, Caroline attirait toujours l'attention quand elles sortaient ensemble. Siobhan avait décidé de ne pas rappeler pour le moment. Elle était trop fatiguée, l'affaire tournait dans son esprit, refusait de la laisser tranquille. Elle avait fait du café, en avait bu une gorgée avant de se rendre compte qu'elle n'avait pas fait bouillir l'eau. Puis elle avait passé deux minutes à fouiller la cuisine à la recherche de sucre avant de se souvenir qu'elle n'en prenait pas. Qu'elle buvait le café sans depuis l'adolescence.

– Démence sénile, marmonna-t-elle. Et parler seul en est également un symptôme.

Le chocolat et les chips ne figuraient pas dans son régime destiné à combattre l'angoisse. Sel, graisse et sucre. Son cœur ne cognait pas vraiment, mais elle comprit qu'il fallait qu'elle se calme, qu'elle se détende et cesse de ruminer avant de se mettre au lit. Elle était restée devant la fenêtre pendant un moment, avait regardé les voisins d'en face, pressé le nez contre la vitre pour jeter un coup d'œil sur la circulation qui passait dans la rue, deux étages plus bas. Tout était tranquille, dehors, tranquille et sombre, la lumière orange des lampadaires éclairant la chaussée. Il n'y avait pas de croque-mitaines ; pas de raison d'avoir peur.

Elle se souvint qu'il y avait eu une période, du temps où elle sucrait encore son café, où elle avait peur du noir. Vers treize ou quatorze ans : trop âgée pour se confier à ses parents. Elle dépensait son argent de poche en piles destinées à la lampe-torche qu'elle laissait allumée toute la nuit, cachée sous le drap, retenant son souffle afin de percevoir éventuellement une autre respiration que la sienne. Les rares fois où ses parents l'avaient surprise, ils avaient cru qu'elle lisait. Elle était incapable de décider quelle était la meilleure solution : laisser la porte ouverte afin de pouvoir fuir ou la fermer pour que les intrus ne puissent pas entrer. Elle regardait sous le lit deux ou trois fois par jour, même s'il n'y avait pas beaucoup de place : c'était là qu'elle rangeait ses albums. Mais elle ne faisait jamais de cauchemars. Quand elle s'endormait enfin, le sommeil était profond et purificateur. Elle n'avait jamais de crises d'angoisse. Puis, un jour, elle finit par oublier pourquoi elle avait peur. La torche retrouva sa place dans un tiroir. Elle dépensa en maquillage l'argent qu'elle gaspillait auparavant en piles.

Elle ne se souvenait pas de ce qui était arrivé en premier : avait-elle découvert les garçons ou bien était-ce l'inverse ?

« De l'histoire ancienne, ma fille », se dit-elle. Il n'y avait pas de croque-mitaines dehors ; mais les chevaliers, déshonorés ou pas, étaient très peu nombreux. Elle gagna la table, regarda les notes concernant l'affaire. Elles étaient disposées sans ordre – tout ce qu'on lui avait donné pendant la première journée. Rapports d'autopsies et de police scientifique, photos des lieux du crime et des victimes. Elle examina les visages de Derek Renshaw et d'Anthony Jarvis. Ils étaient tous les deux banalement séduisants. Une intelligence hautaine émanait du regard aux paupières lourdes de Jarvis. Renshaw semblait beaucoup moins sûr de lui. Peut-être était-ce une question de classe, la manifestation des origines de Jarvis. Il lui sembla qu'Allan Renshaw devait être fier que son fils soit l'ami du fils d'un juge. C'est pour cette raison qu'on envoie ses enfants dans une école privée, n'est-ce pas ? On veut qu'ils rencontrent des gens comme il faut, des gens susceptibles d'être utiles dans l'avenir. Certains policiers de sa connaissance, qui ne percevaient pas tous le salaire du CID, se privaient pour envoyer leurs enfants dans les écoles qu'ils n'avaient pas eu la chance de pouvoir fréquenter. À nouveau la question de classe. Elle s'interrogea sur Lee Herdman. Il avait été dans l'armée, le SAS... sous les ordres d'officiers qui avaient fréquenté les bonnes écoles, qui parlaient comme il faut. Était-il possible que ce soit aussi simple ? Était-il possible qu'une jalousie pleine d'amertume pour l'élite ait motivé cette agression ?

Il n'y a pas de mystère... Se souvenant de ce qu'elle avait dit à Rebus, elle rit. S'il n'y avait pas de mystère, qu'est-ce qui l'inquiétait ? Pourquoi se sortait-elle les tripes ? Qu'est-ce qui l'empêchait de mettre tout cela de côté et de se détendre ?

– Au diable, dit-elle, s'asseyant à la table et approchant d'elle le portable de Derek Renshaw.

Elle l'alluma, le brancha sur sa ligne téléphonique. Il y avait des e-mails à lire, de quoi la tenir éveillée toute la nuit en cas de nécessité. Des tas d'autres dossiers, aussi, qu'elle n'avait pas encore ouverts. Elle savait que le travail la calmerait. Il la calmerait parce que c'était du travail.

Elle décida de faire du décaféiné, n'oublia pas cette fois d'allumer la bouilloire. Apporta la boisson brûlante dans le séjour. Le mot de passe, « miles », lui permit de se connecter, mais la boîte de réception affichait surtout des publicités. Des gens qui tentaient de vendre une assurance ou du Viagra à quelqu'un dont ils ignoraient la mort. D'autres avaient constaté l'absence de Derek dans quelques forums de discussion. Siobhan eut une idée, alla en haut de l'écran, cliqua sur les favoris. La liste des raccourcis permettant d'accéder aux sites préférés de Derek apparut. Les forums s'y trouvaient, de même que les suspects habituels : Amazon, la BBC, Ask Jeeves... Mais il y avait une adresse que Siobhan ne connaissait pas. Elle cliqua dessus. La connexion ne prit qu'un instant.

BIENVENUE DANS MES TÉNÈBRES !

Les mots étaient rouge terne et la couleur palpitait. Le reste de l'écran était vide. Siobhan plaça le curseur sur le B et double-cliqua. La connexion prit un peu plus longtemps, puis l'intérieur d'une chambre apparut sur l'écran. L'image était floue. Elle tenta de régler le contraste et la luminosité de l'écran, mais le problème résidait dans l'image elle-même, qu'elle ne put améliorer. Elle distingua un lit et, derrière, une fenêtre aux rideaux tirés. Elle tenta de déplacer le curseur sur l'écran, mais il n'y avait pas de zones sur lesquelles elle aurait pu cliquer. Il n'y avait rien d'autre. Elle était appuyée contre le dossier de sa chaise, les bras croisés, et se demandait ce que cela signifiait, quel intérêt y trouvait Derek Renshaw. Peut-être était-ce sa chambre. Peut-être les « ténèbres » étaient-ils une autre facette de sa personnalité. Puis une lumière jaune étrange traversa l'écran. Une interférence ? Siobhan se pencha, saisit le bord de la table. Elle comprit ce que c'était. C'étaient les phares d'une voiture éclairant brièvement les rideaux. Pas une image, donc, pas un cliché.

– Une webcam, souffla-t-elle.

Elle regardait en temps réel l'intérieur de la chambre de quelqu'un. En outre, elle savait la chambre de qui. Elle se leva, décrocha le téléphone et appela.

Siobhan effectua les branchements et ralluma l'ordinateur. Le portable était posé sur une chaise, le câble téléphonique étant trop court pour qu'il soit possible de le laisser sur la table de Rebus.

– Tout ça est très mystérieux, dit-il en apportant un plateau – deux tasses de café.

Elle percevait une odeur de vinaigre : il avait certainement mangé du poisson. Elle pensa au siu-mai qui l'attendait chez elle, prit conscience du fait qu'ils étaient très semblables : plats à emporter, personne auprès de qui rentrer... Il avait bu de la bière : une bouteille de Deuchar, vide, sur le plancher, près de son fauteuil. Et écouté de la musique : l'anthologie de Hawkwind, qu'elle lui avait offerte pour son anniversaire. Peut-être l'avait-il mise exprès, pour qu'elle croie qu'il n'avait pas oublié.

– On y est presque, dit-elle.

Rebus avait arrêté le CD et se frottait les yeux avec ses mains nues, rouges. Presque vingt-deux heures. Il dormait dans son fauteuil quand elle avait téléphoné, tout à fait prêt à y rester jusqu'au matin. Plus facile que de se déshabiller. Plus facile que de dénouer les lacets, ouvrir les boutons. Il n'avait pas pris la peine de ranger. Siobhan le connaissait trop bien. Mais il avait fermé la porte de la cuisine afin qu'elle ne voie pas la vaisselle sale. Sinon, elle proposerait de la laver, et il ne voulait pas.

– Il faut simplement que je me connecte...

Rebus avait approché une chaise et s'était assis. Siobhan était à genoux devant le portable. Elle inclina légèrement l'écran et il lui indiqua qu'il voyait d'un hochement de tête.

BIENVENUE DANS MES TÉNÈBRES !

– Le fan club d'Alice Cooper ? supposa-t-il.

– Attends.

– L'association nationale des aveugles ?

– Si je souris, je t'autorise à me donner un coup de plateau sur la tête.

Elle recula légèrement, ajouta :

– Maintenant jette un coup d'œil.

La chambre n'était plus complètement obscure. On y avait allumé des bougies. Des bougies noires.

– La chambre de Teri Cotter, constata Rebus.

Siobhan acquiesça. Rebus regarda les flammes des bougies.

– C'est un film ?

– À ma connaissance, c'est en direct.

– Ce qui signifie ?

– Une webcam est reliée à l'ordinateur. C'est ce qui fournit l'image. Quand j'ai regardé, la pièce était dans le noir. Elle doit être rentrée.

– Et c'est censé être intéressant ? demanda Rebus.

– Il y a des gens qui aiment ça. Il y en a qui paient pour voir ce genre de truc.

– Mais nous assistons au spectacle gratuitement.

– Apparemment.

– Tu crois qu'elle l'éteint quand elle rentre ?

– Ça ne serait pas drôle.

– Elle la laisse branchée tout le temps ?

Siobhan haussa les épaules.

– On va voir.

Teri Cotter était entrée dans le cadre, se déplaçait par à-coups, la caméra présentant une succession d'images fixes séparées par de légers décalages.

– Pas de son ? s'enquit Rebus.

Siobhan ne croyait pas qu'il y en eût, mais augmenta tout de même le volume.

– Pas de son, confirma-t-elle.

Teri s'était assise en tailleur sur son lit. Elle portait les mêmes vêtements que lors de leur conversation. Elle regardait apparemment la caméra. Elle se pencha et s'allongea sur le lit, le menton sur les mains, le visage à présent proche de la caméra.

– C'est comme un film muet, dit Rebus.

Siobhan se demanda s'il faisait allusion à la qualité de l'image ou à l'absence de son.

– Qu'est-ce qu'on est censés faire, au juste ?

– On est son public.

– Elle sait que nous sommes là ?

Siobhan secoua la tête.

– Il est probablement impossible de savoir qui regarde... et même si quelqu'un regarde.

– Mais Derek Renshaw regardait ?

– Oui.

– Tu crois qu'elle est au courant ?

Siobhan haussa les épaules, but une gorgée de café amer.

Ce n'était pas du décaféiné et elle savait qu'elle s'en repentirait plus tard, mais elle s'en fichait.

– Qu'est-ce que tu en penses ? demanda-t-il.

– Il arrive souvent que les jeunes filles soient exhibitionnistes.

Elle réfléchit un instant, ajouta :

– Mais je n'ai jamais rien rencontré de tel.

– Je me demande qui est au courant.

– Je doute que ses parents le soient. Est-ce qu'il faut qu'on l'interroge là-dessus ?

Rebus était songeur.

– Comment accède-t-on à ça ?

Il montra l'écran.

– Il y a une liste de pages personnelles. Il suffit qu'elle fournisse un lien, peut-être une description.

– Jetons un coup d'œil.

Siobhan quitta la page et se mit en chasse dans le cyberespace, tapant « miss » et « teri ». Des pages et des pages de liens apparurent, principalement des sites pornographiques et des gens appelés Terry, Terri et Teri.

– Ça risque de prendre un moment, constata-t-elle.

– C'est ce que je rate parce que je n'ai pas de modem ?

– Toute l'existence humaine est là, pour l'essentiel très légèrement déprimante.

– Exactement ce qu'il faut après une journée au charbon.

Son visage se crispa en ce qui aurait presque pu passer pour un sourire. Rebus tendit ostensiblement la main vers le plateau du café.

– Voilà, je crois, annonça Siobhan quelques minutes plus tard.

Rebus regarda les mots qu'elle soulignait du bout d'un doigt.

Myss Teri – visitez ma page personnelle 100 % non pornographique (désolée les gars !)

– Pourquoi Myss ? demanda Rebus.

– Peut-être toutes les autres orthographes étaient-elles prises. Mon e-mail est 66Siobhan.

– Parce que soixante-cinq Siobhan sont arrivées avant toi ?

Elle acquiesça.

– Et moi qui croyais que mon prénom était rare.

Siobhan avait cliqué sur le lien. La page personnelle de Teri Cotter apparut. Il y avait une photo d'elle en costume goth, les paumes de part et d'autre du visage.

– Elle a dessiné des pentagrammes sur ses mains, fit remarquer Siobhan.

Rebus les regardait : des étoiles à cinq branches dans des cercles. Il n'y avait pas d'autres photos, seulement un texte indiquant les centres d'intérêt de Teri, l'école qu'elle fréquentait et une invitation à « venir m'adorer dans Cockburn Street presque tous les samedis après-midi... » On pouvait lui envoyer un e-mail, ajouter des commentaires ou cliquer sur des liens qui dirigeraient le visiteur sur d'autres sites goth, mais l'un d'entre eux s'intitulait « Entrez-dans-mes-ténèbres ».

– C'est sûrement la webcam, dit Siobhan.

Elle activa le lien, simplement pour s'en assurer. L'écran afficha les mêmes mots en rouge : BIENVENUE DANS MES TÉNÈBRES ! Un nouveau clic et ils se retrouvèrent dans la chambre de Teri Cotter. Elle avait changé de position, était adossée à la tête du lit, les genoux sous le menton. Elle écrivait dans un classeur.

– On dirait qu'elle fait ses devoirs, constata Siobhan.

– C'est peut-être son registre de potions, suggéra Rebus. Tous ceux qui accèdent à son site connaissent son âge, savent quelle école elle fréquente et comment elle est.

Siobhan acquiesça.

– Et où la trouver le samedi après-midi.

– Un passe-temps dangereux, marmonna Rebus.

Il l'imaginait en proie potentielle de tous les chasseurs du monde.

– C'est peut-être pour ça qu'il lui plaît.

Rebus se frotta de nouveau les yeux. Il se souvenait de leur rencontre. Lorsqu'elle avait dit qu'elle était jalouse de Derek et d'Anthony... et sa dernière phrase : *vous pouvez me voir quand vous voulez...* Il savait maintenant à quoi ces mots faisaient allusion.

– Tu en as assez vu ? demanda Siobhan en tapotant l'écran.

Il acquiesça.

– Ta première impression, sergent Clarke ?

– Eh bien... si Herdman et elle étaient amants, et s'il était jaloux...

– Cela ne marche que si Anthony Jarvis connaissait le site.

– Jarvis et Derek étaient amis. Est-il vraisemblable qu'il ne l'ait pas averti ?

– Tu as raison. Il faudra vérifier.

– Et revoir Teri ?

Rebus hocha lentement la tête.

– On ne peut pas lire les commentaires ?

Ils pouvaient, mais il n'y avait pas grand-chose. Pas de mots émanant manifestement de Derek Renshaw ou d'Anthony Jarvis, simplement les niaiseries de quelques admirateurs de Miss Teri, essentiellement étrangers à en juger par leur anglais. Rebus regarda Siobhan éteindre le portable.

– Tu as transmis le numéro d'immatriculation ?

Elle acquiesça.

– Juste avant de partir. C'était la voiture de Brimson.

– De plus en plus bizarre.

Siobhan rabattit l'écran.

– Comment tu te débrouilles ? demanda-t-elle. Pour t'habiller et te déshabiller ?

– Ça va.

– Tu ne dors pas avec tes vêtements ?

– Non.

Il s'efforça de paraître indigné.

– Donc je peux espérer que tu porteras une chemise propre demain ?

– Cesse de me materner.

Elle sourit.

– Je pourrais encore te faire couler un bain.

– Je peux me débrouiller.

Il attendit que leurs regards se croisent, ajouta :

– Croix de bois, croix de fer.

– Si tu mens tu vas en enfer ?

Ce qui le ramena à sa rencontre avec Teri Cotter... qui lui avait demandé combien de personnes il avait vu mourir... qui voulait savoir ce qu'on ressent quand on meurt. Avec un site web qui était pratiquement une invitation aux esprits malades.

– Il y a un truc que je veux te montrer, dit Siobhan en fouillant dans son sac.

Elle en sortit un livre, lui montra la couverture : *I'm A Man*, de Ruth Padel.

– C'est à propos du rock, expliqua-t-elle en l'ouvrant à une page qu'elle avait marquée. Écoute : « Le rêve de l'héroïsme commence dans la chambre de l'adolescent. »

– Ce qui signifie ?

– Elle explique que les adolescents se servent de la musique comme d'une sorte de rébellion. Peut-être Teri se sert-elle carrément de sa chambre.

Elle chercha une autre page, reprit :

– Il y a autre chose... « L'arme est la sexualité masculine en danger. »

Elle le regarda, ajouta :

– Ça me semble juste.

– Tu veux dire que Herdman était jaloux ?

– Tu n'as jamais été jaloux ? Tu ne t'es jamais mis en fureur ?

Il réfléchit pendant quelques instants.

– Une ou deux fois, peut-être.

– Kate m'a parlé d'un livre, *Bad Men Do What Good Men Dream*. Peut-être la fureur de Herdman l'a-t-elle entraîné trop loin.

Elle posa une main sur sa bouche, étouffa un bâillement.

– Il est temps que tu ailles te coucher, dit Rebus. Tu auras tout le loisir, demain matin, de te livrer à l'analyse en amateur.

Il débrancha le portable, rassembla les câbles. Il l'accompagna jusqu'à la porte, puis la regarda par la fenêtre jusqu'au moment où elle fut en sécurité dans sa voiture. Soudain, une silhouette masculine apparut près de la portière du passager. Rebus pivota sur lui-même et courut jusqu'à l'escalier, descendit quatre à quatre. Ouvrit le portail à la volée. L'homme disait quelque chose, d'une voix forte pour couvrir le bruit du moteur. Il plaquait quelque chose sur le pare-brise. Un journal. Rebus le saisit par l'épaule, des éclairs de feu montant le long de ses doigts. Le tourna vers lui... reconnut le visage.

C'était Steve Holly, le journaliste. Rebus comprit qu'il avait probablement à la main l'édition du lendemain matin.

– Exactement l'homme que je voulais voir, dit Holly, qui se dégagea et sourit. Les membres du CID se rendent visite, comme c'est mignon !

Il se tourna vers Siobhan, qui avait coupé le moteur et descendait de voiture.

– Mais on pourrait considérer que c'est un peu tard pour bavarder.

– Qu'est-ce que vous voulez ? demanda Rebus.

– Un commentaire, c'est tout.

Il montra la première page du journal pour que Rebus puisse lire le gros titre : FLIC MYSTÉRIEUX DANS L'INCENDIE D'UNE MAISON.

– Nous ne publions pas de noms pour le moment. Je me demandais si vous vouliez donner votre point de vue. Il paraît que vous êtes suspendu, que vous faites l'objet d'une enquête interne ?

Holly avait plié le journal et sorti un magnétophone miniature de sa poche.

– C'est moche, reprit-il en montrant les mains de Rebus de la tête. Les brûlures mettent longtemps à guérir, hein ?

– John...

Siobhan l'avertissant qu'il ne devait pas perdre la tête. Rebus braqua un doigt enflé sur le journaliste.

– N'approchez pas des Renshaw. Si vous les harcelez, vous aurez affaire à moi, pigé ?

– Dans ce cas accordez-moi une interview.

– Pas question.

Holly regarda le journal qu'il tenait entre les mains.

– Qu'est-ce que vous diriez de ce gros titre : un flic fuit les lieux d'un meurtre ?

– Il plaira à mes avocats quand je vous traînerai en justice.

– Mon journal est toujours ouvert aux bagarres loyales, inspecteur Rebus.

– Dans ce cas il y a un problème, répondit Rebus en posant la main sur le magnétophone. Parce que je ne me bagarre jamais loyalement.

Il avait craché les mots, montrant les dents à Holly. Le journaliste appuya sur le bouton qui coupait le magnétophone.

– Au moins, on sait où on en est.

– Laissez les familles tranquilles, Holly. Je suis sérieux.

– Je n'en doute pas même si, malheureusement pour vous, vous êtes à côté de la plaque.

Il s'inclina légèrement en direction de Siobhan puis s'éloigna à grands pas.

– Salaud, cracha Rebus.

– Il n'y a pas de raison de s'inquiéter, dit Siobhan, apaisante. Il n'y a de toute façon qu'un quart de la population qui lit son journal.

Elle remonta dans sa voiture, démarra, lui adressa un petit signe de la main en s'en allant. Holly avait disparu au carrefour en direction de Marchmont Road. Rebus gravit l'escalier, entra, prit les clés de sa voiture. Remit ses gants. Ferma à double tour après être sorti.

Les rues étaient calmes, pas trace de Steve Holly. Mais il ne le cherchait pas, bien entendu. Il monta dans sa Saab, serra le volant, le tourna à gauche et à droite. Il estima qu'il se débrouillerait. Il descendit Marchmont Road jusqu'à Melville Drive, se dirigea vers Arthur's Seat. Il ne prit pas la peine de mettre de la musique, réfléchit à ce qui s'était passé, laissa les conversations et les images tourner dans son esprit.

Irene Lesser : *vous devriez voir quelqu'un... quel que soit le fardeau qu'on porte, c'est une longue période...*

Siobhan citant un passage de son livre.

Kate : *Les mauvais hommes font...*

Boethius : les bons souffrent...

Il ne se considérait pas comme mauvais, mais savait qu'il n'était probablement pas bon.

I'm A Man, titre d'un vieux blues.

Robert Niles quittant le SAS sans avoir été « désamorcé ». Lee Herdman, lui aussi, portait un fardeau. Il sembla à Rebus qu'il se comprendrait peut-être mieux s'il parvenait à comprendre Lee Herdman.

Easter Road était tranquille, bars encore ouverts, une file d'attente se formant devant la friterie. Rebus se rendait au poste de police de Leith. Il pouvait conduire, la douleur de ses mains était supportable. La peau semblait se tendre, comme sous l'effet d'un coup de soleil. Il vit une place, à moins de cinquante mètres de l'entrée du poste de police, et décida de la prendre. Il descendit de voiture et verrouilla la portière. Il y avait une équipe de télévision, du côté opposé de la chaussée, sans doute pour que le journaliste puisse lire son sujet sur fond de poste de police. Puis Rebus vit qui c'était : Jack Bell. Bell tourna la tête, le reconnut, le montra avant de s'adresser à nouveau à la caméra. Rebus entendit ses propos :

– Tandis que les membres du CID tel que celui qui se trouve derrière moi continuent de faire le ménage sans proposer de solution viable...

– Coupez, dit le réalisateur. Désolé, Jack.

De la tête, il montra Rebus, qui avait traversé la rue et se tenait derrière Bell.

– Qu'est-ce qui se passe ? demanda Rebus.

– On tourne un sujet sur la violence dans la société, répondit sèchement Bell, contrarié.

– Je me disais que c'était peut-être un film promotionnel, ironisa Rebus.

– Quoi ?

– Un guide du racolage, quelque chose comme ça. Presque

toutes les filles travaillent dans ce coin, maintenant, ajouta Rebus en montrant Salamander Street.

– Comment osez-vous ! bredouilla le député.

Puis il se tourna vers le réalisateur, reprit :

– C'est tout à fait symptomatique du problème dont nous nous occupons. La police a toujours été, et reste, mesquine et vindicative.

– Contrairement à vous, bien entendu, dit Rebus.

Il constata alors que Bell avait une photo à la main. Le député la lui montra.

– Thomas Hamilton, dit-il. Personne ne le trouvait exceptionnel. Il est apparu que c'était l'incarnation du démon le jour où il est entré dans cette école de Dunblane.

– Et comment la police aurait-elle pu empêcher cela ? demanda Rebus en croisant les bras.

Sans laisser à Bell le temps de répondre, le réalisateur posa une question à Rebus.

– A-t-on trouvé des vidéos ou des revues chez Herdman ? Des films violents, ce genre de chose ?

– Rien n'indique qu'il s'intéressait à ça. Mais si c'était le cas ?

Le réalisateur se contenta de hausser les épaules, décida qu'il n'obtiendrait pas ce qu'il voulait de Rebus.

– Jack, vous pourriez peut-être faire une interview rapide avec... je suis désolé, je n'ai pas saisi votre nom.

Il sourit à Rebus.

– Je m'appelle Je T'emmerde, répondit Rebus, qui lui rendit son sourire.

Puis il traversa la chaussée et poussa la porte du poste de police.

– Vous êtes écœurant ! cria Jack Bell. Absolument écœurant. Ne croyez pas que ça en restera là... !

– Vous êtes encore en train de vous faire des amis ? demanda le sergent de la réception.

– J'ai beaucoup de chance sur ce plan, répondit Rebus en s'engageant dans l'escalier du CID.

Les heures supplémentaires étaient autorisées, en raison de l'affaire Herdman, et quelques policiers étaient encore au travail malgré l'heure tardive. Entraient des rapports dans les ordinateurs ou bavardaient autour de boissons chaudes. Rebus reconnut Mark Pettifer et se dirigea vers lui.

– J'ai besoin de quelque chose, Mark, dit-il.

– De quoi, John ?

– D'un portable.

Pettifer sourit.

– Je croyais que votre génération préférait la plume d'oie et le parchemin.

– En plus, ajouta Rebus sans relever, il faut qu'il puisse accéder à Internet.

– Je crois que je peux vous trouver ça.

– Pendant que tu y seras...

Rebus se pencha, baissa la voix, poursuivit :

– Tu te souviens du soir où Jack Bell a été arrêté pour racolage ? C'étaient des gars de chez vous, hein ?

Pettifer acquiesça.

– Je suppose qu'il n'y a pas de documents...

– Je ne pense pas. Il n'a pas été mis en examen, n'est-ce pas ?

Rebus réfléchit.

– Et les types qui ont arrêté sa voiture : pourrais-je les voir ?

– Pourquoi ?

– Disons simplement que ça m'intéresse, répondit Rebus.

Mais il apparut que le jeune détective qui s'était occupé de Bell avait été muté au poste de police de Torphichen. Rebus finit par obtenir son numéro de mobile. Il s'appelait Harry Chambers.

– Désolé de te déranger, dit Rebus après s'être présenté.

– Il n'y a pas de mal, je sors du bistrot et je rentre chez moi.

– J'espère que tu as passé une bonne soirée.

– Concours de billard, je suis allé en demi-finale.

– Bravo. Je t'appelle à propos de Jack Bell.

– Qu'est-ce que ce sale type gluant a fait, maintenant ?

– Il est sans arrêt dans nos pattes à Port Edgar.

C'était la vérité, mais pas toute la vérité. Rebus ne jugeait pas nécessaire d'expliquer qu'il voulait tirer Kate des griffes du député.

– N'oubliez surtout pas de vous essuyer les pieds sur lui, dit Chambers. Il n'est bon qu'à ça.

– Je perçois un léger antagonisme, Harry.

– Après l'affaire de racolage, il a essayé d'obtenir qu'on me remette en uniforme. Et tout le baratin qu'il a raconté : d'abord qu'il venait de quelque part et rentrait chez lui... et puis, comme il ne pouvait pas le confirmer, qu'il « faisait des recherches » sur la nécessité éventuelle d'une zone réservée. Mon œil ! La pute avec qui il parlait m'a dit qu'ils s'étaient mis d'accord sur le prix.

– À ton avis, c'était sa première visite dans le coin ?

– Aucune idée. Tout ce que je sais – et je suis aussi objectif que possible – c'est que c'est un salaud répugnant, menteur et agressif. Herdman aurait pu nous rendre service et le buter à la place de ces deux gamins...

De retour chez lui, Rebus s'efforça de se souvenir des instructions de Pettifer quand il installa l'ordinateur. Ce n'était pas un modèle récent. Le commentaire de Pettifer : « Si vous le trouvez lent, donnez-lui une bonne pelletée de charbon. » Rebus lui avait demandé quel âge avait la machine. Réponse : deux ans et déjà pratiquement dépassée.

Rebus décida qu'un objet aussi vénérable méritait d'être chéri. Il passa un chiffon humide sur l'écran et le clavier. Comme lui, c'était une survivance.

– Bien, ma vieille, lui dit-il. Voyons ce que tu es capable de faire.

Au terme de quelques minutes frustrantes, il appela Pettifer, le joignit finalement sur son mobile – dans sa voiture, tandis qu'il rentrait se coucher. Nouvelles instructions... Rebus resta en ligne jusqu'au moment où il fut certain d'avoir réussi.

– Merci, Mark, dit-il avant de raccrocher.

Puis il tira son fauteuil afin de pouvoir s'installer plus ou moins confortablement.

Assis, jambes et bras croisés, tête légèrement inclinée.

Il regarda Teri Cotter dormir.

Quatrième jour

Vendredi

12

– Tu as dormi tout habillé, commenta Siobhan, le lendemain matin, quand elle vint le chercher.

Rebus ne releva pas. Il y avait un tabloïd sur le siège du passager, celui que Steve Holly brandissait la veille au soir.

FLIC MYSTÉRIEUX DANS L'INCENDIE D'UNE MAISON

– C'est mince, dit Siobhan, rassurante.

Et ça l'était. Beaucoup de conjectures et peu de faits. Néanmoins, Rebus avait laissé le téléphone sonner à 7 h 00, 7 h 15 et 7 h 30. Il savait qui c'était : les Enquêtes internes tentant de lui fixer rendez-vous pour l'interroger. Il réussit à tourner les pages en mouillant le bout des doigts de ses gants.

– Toutes sortes de rumeurs courent à St Leonard's, ajouta Siobhan. Fairstone était bâillonné et ligoté sur une chaise. Tout le monde sait que tu étais chez lui.

– Est-ce que j'ai dit que je n'y étais pas ?

Elle se tourna vers lui et il ajouta :

– Quand je suis parti, il s'endormait sur son canapé.

Il tourna quelques pages à la recherche d'un refuge. Le trouva dans l'histoire d'un chien qui avait avalé une alliance – unique rayon de soleil d'un journal plein de titres lugubres : coups de poignard dans un pub, célébrités plaquées par leur maîtresse, marées noires dans l'Atlantique, tornades en Amérique.

– Bizarre qu'un présentateur de télévision mérite plus de lignes qu'une catastrophe écologique, constata-t-il en pliant le journal, qu'il lança ensuite par-dessus son épaule. Alors, où allons-nous ?

– J'ai pensé qu'on pourrait voir James Bell en personne.

– Parfait.

Son portable sonna, mais il le laissa dans sa poche.

– Ton fan club ? supposa Siobhan.

– Je suis populaire, je n'y peux rien. Comment sais-tu ce qui se passe à St Leonard's ?

– J'y suis allée avant de passer te prendre.

– Tu adores les punitions.

– J'étais au gymnase.

– Je n'ai jamais rencontré ce mot.

Elle sourit. Quand son téléphone sonna, elle se tourna à nouveau vers Rebus. Il haussa les épaules et elle regarda le numéro indiqué sur l'écran.

– Bobby Hogan, dit-elle en décrochant.

Il n'entendit que son côté de la conversation.

– On est en route… pourquoi, qu'est-ce qui est arrivé ?

Un bref regard dans la direction de Rebus, puis :

– Il est ici… je ne suis pas sûre que son téléphone soit chargé… oui, je le lui dirai.

– Il faut que tu te procures un kit mains libres, lui dit Rebus quand elle eut raccroché.

– Je conduis si mal que ça ?

– Pour que je puisse entendre.

– D'après Bobby, les Enquêtes internes te cherchent.

– Ah bon ?

– Ils lui ont demandé de transmettre le message. Il semblerait que tu ne répondes pas au téléphone.

– Je ne suis pas sûr qu'il soit chargé. Qu'est-ce qu'il a dit d'autre ?

– Il veut qu'on le retrouve à la marina.

– Il a dit pourquoi ?

– Il veut peut-être nous emmener en croisière pour la journée.

– C'est sûrement ça. La récompense de notre zèle et de notre dur labeur.

– Mais ne sois pas étonné si le skipper appartient aux Enquêtes internes…

– Vous avez vu le journal de ce matin ? demanda Bobby Hogan.

Il les précédait sur une jetée en béton.

– Je l'ai vu, admit Rebus. Et Siobhan m'a transmis ton message. Mais cela n'explique pas ce qu'on fait ici.

– J'ai également reçu un coup de téléphone de Jack Bell. Il envisage vaguement de déposer plainte.

Hogan adressa un bref regard à Rebus, ajouta :

– Quoi que tu aies fait, continue.

– Si c'est un ordre, je l'exécuterai avec joie.

Rebus constata qu'il y avait une bande de plastique en travers de l'entrée de la passerelle en bois permettant d'accéder aux pontons où les yachts et les barques étaient amarrés. Trois agents en tenue montaient la garde près d'une pancarte indiquant : « Réservé aux propriétaires ». Hogan souleva la bande afin qu'ils puissent passer, puis les suivit.

– Ça n'aurait pas dû nous échapper, fit Hogan, le front plissé. Et j'en prends l'entière responsabilité, naturellement.

– Naturellement.

– Herdman possédait apparemment un autre bateau, plus grand. Capable d'affronter la haute mer.

– Un yacht ? demanda Siobhan.

Hogan acquiesça. Ils passaient devant une succession de bâtiments amarrés, qui se balançaient. Même tintement des gréements. Mouettes dans le ciel. Il y avait une forte brise et, de temps en temps, des embruns salés.

– Il était trop gros pour qu'il le range dans le hangar. Il s'en servait, de toute évidence, sinon il serait à terre.

Il montra le rivage, où des bateaux reposaient sur des cales, loin des effets nocifs de l'eau de mer.

– Et ? demanda Rebus.

– Et vois par toi-même...

Rebus regarda. Il vit une foule de silhouettes, en reconnut quelques-unes, qui appartenaient aux Douanes. Il comprit ce que cela signifiait. Elles examinaient quelque chose qui avait été posé sur une feuille de plastique. Des chaussures tenaient les coins de la feuille, afin qu'elle ne s'envole pas.

– Plus vite on mettra ça à l'intérieur, mieux ce sera, dit un homme.

Un autre affirmait que la police scientifique devait d'abord l'examiner sur les lieux. Rebus, debout derrière les personnes accroupies, vit la saisie.

– De l'ecstasy, expliqua Hogan en glissant les mains dans les poches de son pantalon. Environ mille cachets. De quoi alimenter plusieurs raves pendant toute la nuit.

Les cachets se trouvaient dans une douzaine de sacs en plastique tels que ceux qu'on utilise pour stocker des aliments dans un congélateur. Hogan en fit tomber quelques-uns dans le creux de sa main.

– Entre huit et dix mille livres au détail.

Les cachets étaient verdâtres, à peu près deux fois plus petits que les analgésiques que Rebus avait pris le matin.

– Il y a aussi de la cocaïne, poursuivit Hogan à l'intention de Rebus. Pour une valeur d'environ mille livres, peut-être destinée à son usage personnel.

– On a trouvé des traces de coke chez lui, n'est-ce pas ? demanda Siobhan.

– C'est exact.

– Et ou se trouvait tout ça ? s'enquit Rebus.

– Dans un placard de la cabine. Pas très bien caché.

– Qui l'a découvert ?

– Nous.

Rebus se tourna vers la voix. Whiteread, satisfaite d'elle-même, était sur la courte planche reliant le yacht au ponton, Simms derrière elle. Elle épousseta ostensiblement ses mains.

– Il n'y a apparemment rien d'autre à bord, mais vous devriez peut-être vérifier.

– Ne vous inquiétez pas, on le fera.

Rebus se tenait devant les deux enquêteurs de l'armée. Whiteread soutenait son regard.

– Vous avez l'air très contents de vous, dit-il. Est-ce parce que vous avez trouvé la drogue ou bien parce que vous êtes parvenus à nous doubler ?

– Si vous aviez fait votre travail, inspecteur Rebus...

Whiteread laissa Rebus déduire le reste de son opinion.

– Je me demande toujours comment.

Whiteread serra les lèvres.

– Il y avait des documents dans son bureau. Ensuite, il a suffi de voir le responsable de la marina.

– Vous avez fouillé le bateau ?

Rebus examinait le yacht. Il semblait fatigué.

– Seuls ou bien en suivant la procédure ?

Le sourire de Whiteread se figea. Rebus se tourna vers Hogan.

– La juridiction, Bobby. Tu pourrais te demander pourquoi ils ont effectué la fouille sans prendre contact avec toi.

Il montra les deux enquêteurs, ajouta :

– Je ne leur fais pas plus confiance qu'à un camé avec du matériel de chimie.

– Qu'est-ce qui vous donne le droit de dire ça ?

Simms souriait, mais seulement des lèvres. Il toisa Rebus, ajouta :

– En plus, c'est l'hôpital que se moque de la charité... nous, nous ne faisons pas l'objet d'une enquête...

– Suffit, Gavin, cracha Whiteread.

Le jeune homme se tut. La marina parut soudain immobile et silencieuse.

– Cela ne nous avancera à rien, dit Bobby Hogan. Envoyons les produits à l'analyse...

– Je sais qui a besoin d'une analyse, marmonna Simms.

– ... En attendant, réfléchissons ensemble aux conséquences possibles de cela sur l'enquête. Ça vous va ?

Il regardait Whiteread qui acquiesça, apparemment satisfaite. Puis elle se tourna vers Rebus, le mit au défi de soutenir son regard. Il le fit, convaincu que son message n'en serait que plus fort.

Je ne vous fais pas confiance...

Un cortège de voitures prit finalement le chemin de Port Edgar Academy. Il y avait moins de curieux et de journalistes devant le portail et aucun agent en tenue chargé de repousser les intrus ne patrouillait le long du périmètre. Le Portakabin ne servait plus à rien et quelqu'un avait fini par penser à annexer une salle de classe. L'école elle-même ne rouvrirait que dans quelques jours ; néanmoins, les lieux du crime demeureraient inaccessibles et inutilisés. Tout le monde s'était installé aux pupitres, où les élèves se seraient normalement assis pour écouter le professeur de géographie. Il y avait des cartes aux murs, des diagrammes de précipitations, des images de primitifs, de huttes et d'igloos. Quelques membres de l'équipe préférèrent rester debout, les jambes légèrement écartées, les bras croisés. Bobby Hogan se tenait devant le tableau vierge. Près de lui se trouvait un tableau blanc sur lequel était écrit : Travaillez chez vous, suivi de trois points d'exclamation.

– Cela pourrait s'adresser à nous, affirma Hogan en tapotant le tableau. Grâce à nos amis des forces armées...

De la tête, il montra Whiteread et Simms, qui avaient décidé de rester debout dans l'encadrement de la porte, poursuivit :

– ... l'affaire a pris un tour nouveau. Un yacht capable d'affronter la pleine mer et de la drogue. Quelle conclusion pouvons-nous en tirer ?

– Trafic, inspecteur, dit une voix.

– Une simple précision...

L'intervenant se tenait au fond de la pièce : un douanier, qui poursuivit :

– L'essentiel de l'ecstasy qui entre au Royaume-Uni vient de Hollande.

– Il faut donc que nous examinions les journaux de bord de Herdman, annonça Hogan, afin de voir où il allait.

– On peut toujours falsifier les livres de bord, évidemment, dit le représentant des douanes.

– Il faut aussi demander aux Stups des précisions sur le trafic d'ecstasy.

– On est sûrs que c'en est, inspecteur ? intervint une voix timide.

– En tout cas, il ne s'agit pas de cachets contre le mal de mer.

Il y eut quelques rires forcés.

– Inspecteur, est-ce que cela signifie que l'affaire sera transmise aux Stups ?

– Je ne peux pas répondre pour le moment. Il faut que nous nous concentrions sur le travail que nous avons commencé.

Hogan promena un regard circulaire dans la pièce, s'assura que tout le monde écoutait. Il constata que seul John Rebus ne le regardait pas. Le front plissé, songeur, il fixait les deux personnes debout dans l'encadrement de la porte.

– Il faut aussi passer le bateau au peigne fin, nous assurer que nous n'avons pas négligé quelque chose d'autre.

Hogan vit Whiteread et Simms échanger un regard, demanda :

– Des questions ?

Il y en eut quelques-unes, mais il y répondit rapidement. Quelqu'un voulait connaître le prix approximatif d'un bateau tel que celui de Herdman. Le responsable de la marina avait fourni la réponse : un treize mètres à six couchettes coûte soixante mille livres. D'occasion.

– Qui ne peuvent pas provenir de sa retraite, croyez-moi, commenta Whiteread.

– Nous étudions les comptes en banque et les placements de Herdman, dit Hogan, qui jeta à nouveau un bref coup d'œil en direction de Rebus.

– Pourrions-nous participer à la fouille du bateau ? demanda Whiteread.

Hogan ne trouva pas de raison de refuser et se contenta de hausser les épaules. Tandis que les participants se dispersaient, il s'aperçut que Rebus se tenait près de lui.

– Bobby, souffla-t-il, cette drogue pourrait avoir été mise dans le bateau.

Hogan le dévisagea.

– Dans quel but ?

– Je ne sais pas. Mais je ne fais pas confiance...

– Tu l'as très clairement montré.

– Les choses semblaient se calmer. Cette découverte fournit à Whitehead et à son larbin un prétexte pour rester.

– Je ne vois pas les choses de cette façon.

– Tu oublies que j'ai eu affaire à eux.

– Pas de vieux comptes à régler ?

Hogan s'efforçait de ne pas hausser le ton.

– Ce n'est pas ça.

– Alors qu'est-ce que c'est ?

– Quand un ex-militaire perd les pédales, ses anciens employeurs ne débarquent jamais. Ils ne veulent pas de publicité.

Les deux hommes étaient à présent dans le couloir. Il n'y avait pas trace du duo de l'armée. Rebus ajouta :

– De plus, ils ne veulent pas qu'on puisse leur en imputer la responsabilité. C'est pourquoi ils gardent leurs distances.

– Et alors ?

– Alors le couple de coupeurs de têtes reste collé à cette affaire comme de la merde sous la semelle d'une chaussure. Il y a forcément autre chose.

– Autre chose que quoi ?

Malgré tous ses efforts, Hogan n'avait pas pu s'empêcher de parler plus fort. On les regardait. Il ajouta :

– D'une façon ou d'une autre, Herdman a payé ce bateau...

Rebus haussa les épaules.

– Rends-moi un service, Bobby. Procure-toi le dossier militaire de Herdman.

Hogan le dévisagea, Rebus poursuivit :

– Je suis sûre que Whiteread l'a. Tu pourrais demander à le voir. Lui dire que tu es simplement curieux. Elle acceptera peut-être.

– Bon sang, John...

– Tu veux savoir pourquoi Herdman a fait ça ? C'est dans

ce but que tu m'as demandé de participer à l'enquête, si je ne me trompe ?

Rebus regarda autour de lui afin de s'assurer que personne ne pouvait entendre, reprit :

– Quand j'ai fait leur connaissance, ils fouillaient le hangar à bateaux de Herdman. Et puis ils fouinent autour de son yacht. Maintenant, ils y retournent. C'est comme s'ils cherchaient quelque chose.

– Quoi ?

Rebus secoua la tête.

– Je ne sais pas.

– John... les Enquêtes internes sont sur le point de t'interroger.

– Et alors ?

– Alors si tu pouvais être un peu... je ne sais pas...

– Tu crois que je fais des histoires sans raison.

– Tu es très stressé.

– Bobby, ou tu crois que je suis à la hauteur, ou tu ne le crois pas.

Rebus croisa les bras, ajouta :

– Quelle est ta réponse ?

Le mobile de Rebus sonnait à nouveau.

– Tu vas décrocher ?

Rebus secoua la tête. Bobby Hogan soupira :

– D'accord, je verrai Whiteread.

– Ne parle pas de moi. Et ne parais pas trop impatient d'obtenir les dossiers. Tu es curieux, c'est tout.

– Curieux, c'est tout, répéta Hogan.

Rebus lui adressa un clin d'œil et s'éloigna. Siobhan l'attendait à l'entrée de l'école.

– On va voir James Bell ? demanda-t-elle.

Rebus acquiesça.

– Mais assurons-nous d'abord si tu es vraiment une bonne détective, sergent Clarke.

– Je crois que nous connaissons tous les deux la réponse.

– D'accord, petit génie. Tu appartiens à l'armée, tu occupes un grade relativement élevé et on t'envoie à Édimbourg pour une semaine. Où descends-tu ?

Siobhan réfléchit en montant dans sa voiture. Elle glissa la clé dans le contact et se tourna vers Rebus.

– À la caserne Redford, peut-être. Ou au Château : il y a une garnison, n'est-ce pas ?

Rebus hocha la tête : C'étaient de bonnes réponses. Mais il ne croyait pas qu'elles fussent justes.

– Est-ce que Whiteread a l'air d'aimer vivre à la dure ? En outre, il faudrait qu'elle soit près de l'action.

– Très bien. Un hôtel, dans ce cas.

Rebus acquiesça.

– C'est ce que je crois. Ou bien un *Bed and Breakfast.*

Il se mordilla la lèvre inférieure.

– Le Boatman's a des chambres, hein ?

Rebus hocha lentement la tête.

– Commençons par là.

– Puis-je demander pourquoi ?

– Moins tu en sauras et mieux ce sera... je te le promets, répondit Rebus.

– Tu ne crois pas que tu as déjà assez d'ennuis ?

– Je peux encore en caser deux ou trois, il me semble.

Il eut un sourire rassurant, mais Siobhan ne parut pas convaincue.

Le Boatman's n'était pas ouvert mais le barman reconnut Siobhan et les fit entrer.

– Rod, n'est-ce pas ? dit Siobhan.

Rod McAllister acquiesça.

– Voici mon collègue, l'inspecteur Rebus.

– Bonjour, dit McAllister.

– Rod connaissait Lee Herdman, rappela Siobhan à Rebus.

– Est-ce qu'il vous a vendu de l'ecstasy ? demanda Rebus.

– Pardon ?

Rebus se contenta de secouer la tête. Maintenant qu'ils étaient à l'intérieur du bar, il respirait profondément : l'odeur de la cire ne parvenait pas à couvrir celles des cigarettes et de la bière de la veille au soir. McAllister s'occupait de la paperasserie, qui était empilée sur le bar. Il glissa une main sous son T-shirt trop large et se gratta la poitrine. Le T-shirt avait mal vieilli, une couture avait craqué, sur une épaule.

– Vous êtes un fan de Hawkind ? demanda Siobhan.

McAllister regarda le devant de son vêtement, orné de la pochette passée de *In Search of Space.*

– Nous ne vous retarderons pas, poursuivit Siobhan. Nous nous demandions simplement si vous aviez loué des chambres à deux personnes...

Rebus la coupa pour donner les noms, mais McAllister

secoua la tête. Il regardait Siobhan, semblait se désintéresser de Rebus.

– Y a-t-il d'autres endroits, en ville, où des gens pourraient loger ? demanda Siobhan.

McAllister gratta son menton barbu et Rebus se souvint que son rasage, au matin, avait été au mieux hésitant.

– Il y en a une poignée, admit McAllister. Vous avez dit que quelqu'un viendrait peut-être me parler de Lee...

– Ah bon ?

– Personne n'est venu.

– Savez-vous pourquoi il a fait ça ? demanda Rebus avec brusquerie.

McAllister secoua la tête.

– Dans ce cas, concentrons-nous sur les adresses, hein ?

– Les adresses ?

– Les B&B, les autres hôtels...

McAllister comprit. Siobhan sortit son bloc et il se mit à énumérer les noms. Au bout d'une demi-douzaine, il secoua la tête pour indiquer qu'il avait terminé.

– Il y en a peut-être d'autres, admit-il avec un haussement d'épaules.

– Ça suffit pour le moment, dit Rebus. Nous allons vous laisser reprendre les tâches importantes, monsieur McAllister.

– Bien... merci.

McAllister s'inclina légèrement, ouvrit la porte à l'intention de Siobhan. Dehors, elle consulta son bloc.

– Ça risque de prendre la journée.

– Si c'est ce qu'on veut, répondit Rebus. On dirait que tu as un admirateur.

Elle se tourna vers la vitrine de l'hôtel, y vit le visage de McAllister. Il recula et tourna le dos.

– Tu pourrais tomber sur beaucoup moins bien... Imagine : ne plus devoir payer un seul verre jusqu'à la fin de tes jours...

– C'est ce vers quoi tu tends.

– C'est un coup bas. Je paie ma part.

– Si tu le dis.

Elle agita le bloc devant son visage, ajouta :

– Il y a un moyen plus simple, tu sais.

– Lequel ?

– Demander à Bobby Hogan. Il sait forcément où ils sont descendus.

Rebus secoua la tête.

– Il vaut mieux laisser Bobby en dehors de ça.

– Pourquoi ai-je un mauvais pressentiment ?

– Retournons à la voiture et tu pourras te mettre à téléphoner.

En s'asseyant sur le siège, elle dit :

– Un yacht de soixante mille livres. Où a-t-il trouvé l'argent ?

– Grâce à la drogue, manifestement.

– Tu y crois ?

– Je crois que c'est ce qu'on est censés croire. Rien, dans ce qu'on sait sur Herdman, ne peut permettre de supposer que c'était un parrain de la drogue.

– Sauf l'attrait que les adolescents désœuvrés exerçaient sur lui.

– On ne t'a donc rien appris à l'université ?

– À savoir ?

– Ne pas conclure hâtivement.

– J'oubliais... c'est ton domaine.

– Encore un coup sous la ceinture. Attention, l'arbitre va intervenir.

Elle le fixa.

– Tu sais quelque chose, n'est-ce pas ?

Il soutint son regard et secoua lentement la tête.

– Pas tant que tu n'auras pas donné ces coups de téléphone...

13

Ils eurent de la chance : la troisième adresse était un hôtel situé à la sortie de la ville et dominant le pont routier. Son parking était désert et balayé par le vent. Deux télescopes attendaient tristement les touristes. Rebus en essaya un mais ne vit rien.

– Il faut y mettre de l'argent, expliqua Siobhan en montrant la fente destinée aux pièces.

Rebus ne prit pas cette peine, se dirigea vers la réception.

– Tu devrais attendre ici, dit-il.

– Et manquer le spectacle ?

Elle le suivit à l'intérieur, tentant de ne pas montrer qu'elle était très inquiète. Il prenait des analgésiques... et cherchait les ennuis. Une combinaison dangereuse. Elle l'avait déjà vu franchir la ligne, mais il avait toujours conservé le contrôle de la situation. Cependant, avec ses mains toujours enflées et rouges, et les Enquêtes internes sur le point de l'interroger en raison de son implication dans un meurtre possible... Il y avait un membre du personnel à la réception.

– Bonjour, dit la femme avec bonne humeur.

Rebus avait sorti sa carte.

– Police de Lothian and Borders, dit-il. Une Mme Whiteread a pris une chambre chez vous.

Des doigts claquèrent sur le clavier d'un ordinateur.

– C'est exact.

Rebus se pencha sur le comptoir.

– Il faut que je puisse entrer dans sa chambre.

La réceptionniste parut troublée.

– Je ne...

– Si vous n'êtes pas responsable, qui puis-je voir ?

– Je ne sais pas si...

– Ou vous pourriez nous faire gagner du temps à tous les deux et me donner la clé.

La femme parut plus ébahie encore.

– Il faut que je voie mon supérieur.

– C'est ça.

Rebus croisa les mains dans le dos, comme s'il était impatient. La réceptionniste décrocha le téléphone, composa plusieurs numéros, mais ne trouva pas la personne qu'elle cherchait. L'ascenseur sonna, les portes s'ouvrirent. Une femme de ménage en sortit avec un plumeau et une bombe aérosol. La réceptionniste raccrocha.

– Il faut que j'aille la chercher.

Rebus soupira et jeta un coup d'œil sur sa montre. Puis il regarda le dos de la réceptionniste, qui poussa un portillon et disparut. Il se pencha à nouveau sur le comptoir, fit cette fois pivoter l'écran de l'ordinateur afin de pouvoir le regarder.

– Chambre 212, indiqua-t-il à Siobhan. Tu restes ici ?

Elle secoua la tête et le suivit jusqu'à l'ascenseur. Il appuya sur le bouton du deuxième étage. Les portes se fermèrent dans un chuintement sec.

– Et si Whiteread revient ? demanda Siobhan.

– Elle fouille le yacht.

Rebus la regarda et sourit. Une cloche tinta et les portes s'ouvrirent. Comme Rebus l'avait espéré, les femmes de ménage n'avaient pas terminé leur tâche à l'étage : deux chariots se trouvaient dans le couloir. Draps et serviettes de toilette étaient empilés en attendant de partir pour la blanchisserie. Son histoire était prête : oublié quelque chose... clé à la réception... pourriez-vous m'ouvrir la porte ? Si cela ne marchait pas, cinq ou dix livres feraient peut-être l'affaire. Mais la chance lui sourit : la porte de la 212 était ouverte. La femme de ménage était dans la salle de bains. Il passa la tête dans l'encadrement de la porte.

– J'ai oublié quelque chose, dit-il. Ne vous occupez pas de moi.

Puis il regarda la chambre. Le lit était fait. Des effets personnels se trouvaient sur la commode. Des vêtements étaient suspendus dans l'armoire étroite. La valise de Whiteread était vide.

– Elle emporte probablement tout, souffla Siobhan. Le laisse dans la voiture.

Rebus ne tint pas compte de sa remarque. Il regarda sous le lit, ouvrit les deux tiroirs de la commode, puis celui de la table de nuit, où il y avait une bible de la Gideon Society.

– Exactement comme Rocky Raccoon, marmonna-t-il.

Puis il se redressa. Il n'y avait rien. Et il n'avait rien vu dans la salle de bains, quand il y avait jeté un coup d'œil. Mais il fixait une autre porte... une porte de communication. Il tourna la poignée et elle s'ouvrit sur un autre battant dépourvu de poignée. C'était sans importance : il était entrouvert. Rebus le poussa et entra dans la chambre voisine. Il y avait des vêtements sur toutes les chaises. Des revues sur la table de nuit. Des cravates et des chaussettes débordant d'un gros sac de sport en nylon.

– La chambre de Simms, constata Rebus.

Et, sur la commode, une chemise brune. Rebus la retourna, vit les mots : CONFIDENTIEL et PERSONNEL. Puis LEE HERDMAN. La conception de Simms de la sécurité : la poser à l'envers afin qu'on ne puisse pas voir ce que c'était.

– Tu veux le lire ici ? demanda Siobhan.

– Tu crois que la réceptionniste nous en ferait une photocopie ?

– J'ai une meilleure idée.

Siobhan prit le dossier, poursuivit :

– Un panneau, au rez-de-chaussée, indiquait une suite destinée aux hommes d'affaires. Je suppose qu'il y aura une photocopieuse.

– Dans ce cas allons-y.

Mais Siobhan secoua la tête.

– L'un de nous reste ici. Il ne faudrait pas que la femme de ménage s'en aille et ferme à clé.

Rebus comprit que c'était une attitude raisonnable et acquiesça. Siobhan sortit avec le dossier tandis que Rebus examinait rapidement la chambre de Simms. Les revues représentaient la pitance habituelle des hommes : *FHM, Loaded, GQ*. Rien sous les oreillers ni sous le matelas. Les vêtements de Simms n'étaient pas parvenus jusqu'à la commode, même si deux chemises et deux costumes étaient suspendus dans l'armoire. Des portes de communication... il ne savait pas quelle conclusion en tirer, à supposer qu'il faille en tirer une. La porte de Whiteread était fermée, Simms ne pouvait donc pas entrer dans sa chambre. Mais Simms avait laissé la sienne entrouverte... Pour inviter la femme à le rejoindre un soir ? Dans la salle de bains : dentifrice et brosse à dents à piles. Il avait apporté son shampooing : anti-pellicules. Rasoir à deux lames et bombe de mousse à raser. De retour dans la chambre, Rebus regarda plus attentivement le sac de sport. Cinq paires de chaussettes et cinq caleçons. Deux chemises dans l'armoire et deux autres sur les chaises. Cela faisait cinq chemises avec celle qu'il portait. Des vêtements pour une semaine. Simms avait prévu une semaine d'absence. Rebus était songeur. Un ancien militaire est pris de folie meurtrière et l'armée envoie deux enquêteurs afin de s'assurer que rien ne conduira au passé du meurtrier. Pourquoi envoyer deux personnes ? Et pourquoi auraient-elles besoin d'une semaine complète sur les lieux ? Quel genre d'individus envoie-t-on ? Des psychologues, peut-être, chargés d'enquêter sur l'état mental du meurtrier. À son avis, Whiteread et Simms n'avaient aucune expérience en matière de psychologie et ne s'intéressaient pas à l'état mental de Herdman.

C'étaient des chasseurs, peut-être des chasseurs cueilleurs : Rebus en était convaincu.

On frappa légèrement à la porte. Rebus regarda par l'œilleton : c'était Siobhan. Il la fit entrer et elle remit le dossier sur la commode.

– Les pages sont dans l'ordre ? demanda Rebus.

– Absolument.

Les photocopies étaient dans une enveloppe matelassée.

– On y va ? demanda Siobhan.

Rebus acquiesça et la suivit jusqu'à la porte de Simms. Mais il s'arrêta, se retourna. Le dossier était à l'endroit. Il le retourna, jeta un dernier coup d'œil dans la pièce et sortit.

Ils avaient adressé un sourire à la réceptionniste en passant. Un sourire, mais pas un mot.

– Tu crois qu'elle avertira Whiteread ? avait demandé Siobhan.

– J'en doute.

Et il avait haussé les épaules parce que, même si elle le faisait, Whiteread serait impuissante. Il n'y avait rien d'intéressant dans sa chambre et rien ne manquait. Tandis que Siobhan roulait sur l'A90 en direction de Barnton, Rebus commença la lecture du dossier. Il y avait beaucoup de baratin : résultats de tests et rapports ; examens médicaux ; résultats de la commission de promotion. Des annotations manuscrites relevaient les forces et les faiblesses de Herdman. Son énergie physique était mise en question, mais sa carrière était absolument classique : séjours en Irlande du Nord, aux Malouines, au Moyen-Orient ; exercices au Royaume-Uni, en Arabie Saoudite, en Finlande, en Allemagne. Rebus tourna une page et se trouva face à une feuille blanche sur laquelle on avait simplement tapé à la machine : SECRET DÉFENSE. Il y avait une signature illisible et un tampon indiquant la date : quatre jours auparavant. Le jour des meurtres. Rebus passa à la page suivante et aux derniers mois de Herdman dans l'armée. Il avait annoncé à ses employeurs qu'il ne s'engagerait pas à nouveau – une copie de sa lettre était jointe. On avait tenté de le retenir, mais en vain. Ensuite, le dossier ne contenait que des formulaires remplis. Les événements suivaient leur cours.

– Tu as vu ? demanda Rebus en tapotant SECRET DÉFENSE.

Siobhan acquiesça.

– Qu'est-ce que ça signifie ?

– Ça signifie qu'on a ôté quelque chose, qui est probablement sous clé au quartier général du SAS.

– Une information secrète ? Dont Whiteread et Simms ne doivent pas être informés ?

Rebus réfléchit.

– Peut-être.

Il revint en arrière, concentra son attention sur les derniers paragraphes. Sept mois avant de quitter le SAS, Herdman avait participé à une « opération de sauvetage » à Jura. Quand il avait parcouru la page, Rebus avait supposé que le mot Jura concernait un exercice. Jura : île étroite au large de la côte ouest. Isolée, une seule route et des montagnes. Une région sauvage. Rebus y avait effectué des entraînements pendant son passage dans l'armée. Longues marches dans les marécages entrecoupées d'escalades. Il se souvenait de la chaîne de collines : les « Paps of Jura » ; de la brève traversée jusqu'à Islay et qu'ils s'étaient tous retrouvés, au terme de l'exercice, dans une distillerie.

Mais Herdman n'y avait pas effectué un exercice. Il avait participé à une « opération de sauvetage ». Qu'avait-il sauvé, au juste ?

– Du progrès ? demanda Siobhan en freinant sec à la fin de la deux fois deux voies. Devant eux se trouvait la bretelle du giratoire de Barnton.

– Je n'en suis pas certain, reconnut Rebus.

Il savait maintenant ce qu'il pensait de l'implication de Siobhan dans ce petit subterfuge. Il aurait dû la persuader de rester dans la chambre de Simms. Ainsi, le personnel de la suite réservée aux hommes d'affaires se serait souvenu de son visage. Ç'aurait été son signalement qu'il aurait donné à Whiteread si elle fouinait...

– Est-ce que ça en valait la peine ? demanda Siobhan.

Il se contenta de hausser les épaules alors qu'ils prenaient à gauche sur le giratoire, qu'elle ralentissait à l'entrée d'une allée, puis s'y engageait.

– Où sommes-nous ? demanda-t-il.

– Chez James Bell, répondit-elle. Tu te rappelles qu'on avait décidé de le voir ?

Rebus hocha simplement la tête.

La maison était moderne, avec de petites fenêtres et des murs crépis. Siobhan appuya sur la sonnette et attendit. La porte fut ouverte par une femme minuscule, la cinquantaine bien conservée, aux yeux bleus perçants, dont la chevelure était attachée sur la nuque avec un ruban en velours.

– Madame Bell ? Je suis le sergent Clarke et voici l'inspecteur Rebus. Nous nous demandions si nous pourrions dire deux mots à James.

Felicity Bell examina leurs cartes, puis recula afin de les faire entrer.

– Jack n'est pas là, dit-elle d'une voix dénuée d'énergie.

– C'est votre fils que nous voulons voir, expliqua Siobhan avce ménagement, de peur d'effrayer cette créature apparemment au bord de l'épuisement.

– Néanmoins...

Mme Bell jeta un regard affolé autour d'elle. Elle les avait conduits dans le salon. Dans l'espoir de la calmer, Rebus prit une photo sur la tablette de la fenêtre.

– Vous avez trois enfants, madame ? s'enquit-il.

Elle vit ce qu'il avait à la main, avança et le saisit, veilla à le remettre exactement à sa place.

– James est le dernier, répondit-elle. Les autres sont mariés... ont quitté le nid.

Elle agita vaguement une main.

– La fusillade a dû être un choc terrible, dit Siobhan.

– Terrible, terrible.

Ses yeux exprimaient à nouveau l'affolement.

– Vous travaillez au Traverse, n'est-ce pas ? demanda Rebus.

– C'est exact.

Elle ne parut pas étonnée qu'il soit au courant, ajouta :

– Une nouvelle pièce vient de commencer... En réalité, je devrais y être, mais je suis indispensable ici, voyez-vous.

– De quelle pièce s'agit-il ?

– C'est une version du *Vent dans les saules*... Avez-vous des enfants ?

Siobhan secoua la tête. Rebus expliqua que sa fille était trop âgée.

– Ils ne sont jamais trop âgés, jamais, dit Felicity Bell de sa voix tremblante.

– Je présume que vous restez ici pour vous occuper de James ? dit Rebus.

– Oui.

– Donc il est à l'étage, n'est-ce pas ?

– Oui, dans sa chambre.

– Croyez-vous qu'il pourrait nous accorder quelques minutes ?

– Je ne sais pas...

Mme Bell avait porté la main à son poignet quand Rebus

avait parlé de minutes. Elle décida qu'elle devait jeter un coup d'œil à sa montre.

– Mon Dieu, il est déjà midi...

Elle fit mine de quitter la pièce, peut-être pour aller dans la cuisine, mais se souvint des deux inconnus qui se trouvaient chez elle.

– Je devrais peut-être téléphoner à Jack, ajouta-t-elle.

– Peut-être, concéda Siobhan.

Elle examina une photo du député, triomphant un soir d'élection, ajouta :

– Nous serions heureux d'avoir une conversation avec lui.

Mme Bell leva la tête, concentra son attention sur Siobhan.

– Pourquoi faut-il que vous ayez une conversation avec lui ?

Elle avait l'accent sec de la bonne société d'Édimbourg.

– C'est à James que nous voulons parler, expliqua Rebus, qui avança d'un pas. Il est dans sa chambre, n'est-ce pas ?

Il attendit qu'elle ait acquiescé, reprit :

– Et elle se trouve à l'étage, je présume ?

Nouveau hochement de tête.

– Dans ce cas, voilà ce que nous allons faire.

Il posa une main sur le bras maigre de la femme, poursuivit :

– Préparez le repas et nous nous débrouillerons. Ce sera plus simple, n'est-ce pas ?

Mme Bell parut assimiler lentement, mais finit par sourire.

– Dans ce cas, c'est ce que nous allons faire, dit-elle en sortant dans le couloir.

Rebus et Siobhan échangèrent un regard et un hochement de tête. La femme était légèrement dérangée. Ils gravirent l'escalier, trouvèrent ce qui leur sembla être la chambre de James : des autocollants fixés sur la porte pendant son enfance avaient été arrachés. Il n'y avait plus dessus, désormais, que des billets de concert, essentiellement dans des villes d'Angleterre – les Foo Fighters à Manchester, les Rammstein à Londres, les Puddle of Mud à Newcastle. Rebus frappa mais n'obtint pas de réponse. Il tourna la poignée et ouvrit la porte. James Bell était assis sur le lit. Draps et couvre-pieds blancs, murs blancs sans décoration. Moquette vert pâle à demi couverte de tapis. Étagères chargées de livres. Ordinateur, stéréo, télé... CD éparpillés. Bell portait un T-shirt noir. Une revue était posée sur ses genoux fléchis. Il tournait les pages d'une main parce que son autre bras était en écharpe. Ses cheveux étaient courts et noirs, son visage pâle et il avait une verrue sur une joue. Peu d'indices de révolte adolescente dans la pièce. La chambre de Rebus, dans sa jeunesse, n'était pratiquement qu'un ensemble de cachettes : revues cochonnes sous la moquette (le matelas ne convenait pas, on le retournait de temps en temps), cigarettes et allumettes derrière un des pieds de l'armoire ; un couteau sous les pulls d'hiver du tiroir inférieur de la commode. Il lui sembla que s'il fouillait les tiroirs, ici, il n'y trouverait que des vêtements ; et qu'il n'y avait, sous la moquette, qu'un épais molleton.

De la musique s'échappait du casque audio que portait James Bell. Il fixait toujours sa revue. Rebus supposa qu'il croyait que sa mère venait d'entrer et qu'il s'appliquait à ignorer sa présence. Les visages du père et du fils étaient d'une similarité remarquable. Rebus se pencha légèrement, tourna la tête, et James se redressa enfin, les yeux dilatés par l'étonnement. Il ôta son casque, éteignit la musique.

– Désolé de t'interrompre, dit Rebus. Ta mère nous a dit de monter.

– Qui êtes-vous ?

– Nous sommes détectives, James. Nous nous demandions si tu pouvais nous accorder un moment.

Rebus se tenait près du lit, veillait à ne pas renverser la bouteille d'eau qui se trouvait à ses pieds.

– Qu'est-ce qui se passe ?

Rebus avait pris la revue posée sur le lit. Elle était consacrée aux collections d'armes.

– Drôle de sujet, dit-il.

– J'essaie de trouver celui avec lequel il m'a tiré dessus.

Siobhan avait pris la revue.

– Je crois que je peux comprendre, dit-elle. Tu veux tout savoir ?

– Je ne l'ai pas vu distinctement.

– Tu en es sûr, James ? demanda Rebus. Lee Herdman collectionnait ce qui concernait les armes.

De la tête, il montra la revue, que Siobhan feuilletait, et demanda :

– Elle est à lui ?

– Quoi ?

– T'a-t-il permis de la lui emprunter ? Tu le connaissais apparemment mieux que ce que tu as laissé entendre.

– Je n'ai jamais dit que je ne le connaissais pas.

– « On se voyait de temps en temps » – tes propos, James. Je les ai entendus sur la bande. C'était comme si tu tombais sur lui au pub ou chez le marchand de journaux.

Rebus se tut un instant, reprit :

– Mais il t'avait dit qu'il avait appartenu au SAS et on ne raconte pas ça à n'importe qui, n'est-ce pas ? Il t'a peut-être parlé de ça à l'occasion d'une de ses fêtes.

Nouveau silence, puis :

– Tu participais à ses fêtes, n'est-ce pas ?

– Parfois. C'était un type intéressant.

James foudroya Rebus du regard, poursuivit :

– C'est sûrement sur la bande, ça aussi. En plus, j'ai déjà dit tout ça à la police, je lui ai dit que je connaissais assez bien Lee et que je participais à ses fêtes... j'ai même parlé du jour où il m'a montré l'arme...

Rebus plissa les paupières.

– Il te l'a montrée ?

– Bon sang, vous n'avez pas écouté les bandes ?

Rebus ne put s'empêcher de se tourner vers Siobhan. *Les* bandes... Ils n'en avaient écouté qu'une.

– De quelle arme s'agissait-il ?

– De celle qui se trouvait dans le hangar à bateaux.

– À ton avis, c'était une vraie ?

– Elle avait l'air vrai.

– Il y avait quelqu'un d'autre, ce jour-là ?

James secoua la tête.

– Tu n'as jamais vu l'autre ? Le pistolet ?

– Pas avant le jour où il m'a tiré dessus.

L'adolescent regarda son épaule blessée.

– Sur toi et sur les deux autres, lui rappela Rebus. Est-il exact qu'il ne connaissait pas Anthony Jarvis et Derek Renshaw ?

– Si c'était le cas, je l'ignorais.

– Mais il t'a laissé en vie. As-tu simplement eu de la chance, James ?

James porta les doigts à sa plaie.

– Je me suis posé cette question, souffla-t-il. Il m'a peut-être reconnu au dernier moment...

Siobhan s'éclaircit la gorge.

– Et t'es-tu demandé pourquoi il avait fait ça ?

James acquiesça mais garda le silence.

– Peut-être, poursuivit Siobhan, a-t-il vu en toi quelque chose qu'il n'a pas vu chez les autres.

– Ils participaient tous les deux activement à la préparation militaire et il y a peut-être un lien, suggéra James.

– Comment ça ?

– Bon... Lee a passé la moitié de sa vie dans l'armée... et puis on l'a viré.

– C'est ce qu'il t'a dit ? demanda Rebus.

James acquiesça une nouvelle fois.

– Il avait peut-être de la rancune. J'ai dit que je ne connaissais pas Renshaw et Jarvis, mais ça ne signifie pas qu'il ne les avait pas vus... peut-être en uniforme. Quelque chose comme... un déclencheur.

Il leva la tête, sourit, reprit :

– Je sais, je devrais laisser la psychologie de bazar aux psychologues de bazar.

– Tu nous as beaucoup aidés, dit Siobhan, pas nécessairement parce qu'elle en était convaincue, mais parce qu'elle croyait qu'il avait besoin d'un compliment.

– Le problème, James, dit Rebus, est que si nous pouvions comprendre pourquoi il t'a laissé en vie, nous pourrions peut-être comprendre aussi pourquoi les deux autres devaient mourir. Tu me suis ?

James réfléchit.

– Est-ce que c'est vraiment important, au bout du compte ?

– À notre avis, oui.

Rebus se redressa, demanda :

– Qui rencontrais-tu à ces fêtes, James ?

– Vous me demandez des noms ?

– C'est ça.

– Ce n'étaient pas toujours les mêmes personnes.

– Teri Cotter ? suggéra Rebus.

– Oui, elle venait de temps en temps. Toujours accompagnée de quelques Goths.

– Tu n'es pas goth, James ? demanda Siobhan.

Il eut un rire bref.

– Est-ce que j'en ai l'air ?

Elle haussa les épaules.

– La musique que tu écoutes...

– C'est simplement du rock.

Elle prit la petite machine reliée à son casque.

– Lecteur MP3, dit-elle, apparemment admirative. Et Douglas Brimson ? Participait-il aux fêtes ?

– C'est le type qui vole ?

Siobhan acquiesça. Et il poursuivit :

– J'ai bavardé une fois avec lui, oui.

Il demeura un instant silencieux, reprit :

– Écoutez, ce n'était pas vraiment des fêtes, ça n'était pas organisé. C'étaient des gens qui passaient, buvaient un verre...

– Se droguaient ? demanda Rebus sur un ton neutre.

– Oui, parfois, reconnut James.

– Amphés ? Coke ? Ecstasy ?

L'adolescent eut un bref rire ironique.

– Un ou deux joints passaient, si on avait de la chance.

– Rien de plus dur ?

– Non.

On frappa à la porte. C'était Mme Bell. Elle regarda les deux visiteurs comme si elle avait oublié leur existence.

– Oh, fit-elle, un instant troublée, puis elle ajouta : J'ai préparé des sandwichs, James. Qu'est-ce que tu veux boire ?

– Je n'ai pas faim.

– Mais c'est l'heure du déjeuner.

– Tu veux que je dégueule, maman ?

– Non... bien sûr que non.

– Quand j'aurai faim, je t'avertirai.

Sa voix s'était faite dure, pas parce qu'il était en colère, selon Rebus, mais parce qu'il était gêné.

– Mais je voudrais une tasse de café, ajouta-t-il, avec un tout petit peu de lait.

– Très bien, répondit la mère, qui se tourna vers Rebus et demanda : Voulez-vous... ?

– Nous partons... merci, madame.

Elle acquiesça, resta un instant immobile comme si elle avait oublié ce qu'elle était sur le point de faire, puis elle pivota et s'en alla, ses pieds ne faisant absolument aucun bruit sur la moquette.

– Ta mère va bien, hein ? demanda Rebus.

– Vous êtes aveugle ?

James changea de position, ajouta :

– Toute une vie avec mon père... ce n'est pas étonnant.

– Tu ne t'entends pas avec ton père ?

– Pas vraiment.

– Tu sais qu'il a lancé une pétition ?

Le visage de James se crispa.

– Pour ce que ça va changer.

Il demeura quelques instants silencieux, demanda :

– C'est Teri Cotter ?

– Quoi ?

– Est-ce que c'est elle qui vous a dit que j'allais chez Lee ?

Les détectives gardèrent le silence et il ajouta :

– Ça ne m'étonnerait pas d'elle.

Il changea une nouvelle fois de position, comme s'il était mal installé.

– Tu veux que je t'aide ? proposa Siobhan.

James secoua la tête.

– Je crois que j'ai besoin d'analgésiques.

Siobhan les trouva de l'autre côté du lit, dans leur plaquette posée sur un échiquier. Elle lui donna deux cachets qu'il avala avec de l'eau.

– Une dernière question, James, dit Rebus, ensuite nous te laisserons tranquille.

– Oui ?

Rebus montra la plaquette de la tête.

– Je peux te piquer deux cachets ? Je n'en ai plus...

Il y avait une demi-bouteille d'Irn-Bru dans la voiture de Siobhan. Rebus en but une gorgée après chaque cachet.

– Attention de ne pas en prendre l'habitude, dit Siobhan.

– Qu'est-ce que tu penses de ce qui vient de se passer ? demanda Rebus, changeant de sujet.

– Il a peut-être mis le doigt sur quelque chose. La préparation militaire... des gamins en uniforme.

– Il a aussi dit que Herdman avait été viré de l'armée. Faux, d'après le dossier.

– Et alors ?

– Soit Herdman lui a menti, soit James a tout inventé.

– Beaucoup d'imagination ?

– Il en faut, dans une chambre comme la sienne.

– Elle est assurément... bien rangée.

Siobhan lança le moteur, ajouta :

– Tu sais ce qu'il disait à propos de Miss Teri ?

– Il avait raison. C'est elle qui nous a avertis.

– Oui, mais pas seulement ça...

– Quoi ?

Elle passa la première et embraya.

– La façon dont il l'a dit..., tu sais, ce vieux truc à propos des gens qui protestent trop ?

– Comme si elle ne lui plaisait pas alors qu'elle lui plaît ?

Siobhan acquiesça et Rebus demanda :

– Tu crois qu'il connaît son site ?

– Je ne sais pas.

Siobhan finit son demi-tour.

– J'aurais dû lui poser la question.

– Qu'est-ce que c'est ? demanda Siobhan, les yeux rivés sur le pare-brise.

Une voiture de patrouille, dont le gyrophare bleu tournait, barrait l'allée. Quand Siobhan freina, la portière arrière de la voiture de patrouille s'ouvrit et un homme en costume gris descendit. Il était de haute taille, chauve, avait de grands yeux aux paupières lourdes. Les jambes écartées, il avait croisé les mains.

– Ne t'en fais pas, dit Rebus à Siobhan. C'est simplement mon rendez-vous de midi.

– Quel rendez-vous ?

– Celui que j'ai manqué, répondit Rebus, qui ouvrit la portière et descendit.

Puis il se pencha à l'intérieur, ajouta :

– Avec mon bourreau...

14

Le chauve s'appelait Mullen. Il appartenait à la PSU des Enquêtes internes. De près, sa peau avait un aspect légèrement écailleux assez semblable, d'après Rebus, à celui de ses mains. Les lobes très longs de ses oreilles lui avaient sûrement valu, à l'école, des surnoms basés sur Dumbo, mais c'étaient ses ongles qui fascinaient Rebus. Ils étaient presque trop parfaits : roses, luisants, pas striés, avec juste ce qu'il faut de cuticule. Pendant l'heure que dura l'entretien, Rebus fut plus d'une fois tenté de demander à Mullen s'il fréquentait une manucure.

Mais il se contenta en réalité de demander s'il pouvait boire.

Les analgésiques de James Bell lui avaient laissé un goût dans la bouche. Les cachets eux-mêmes avaient fait effet – ils étaient assurément plus efficaces que ceux qu'on lui avait prescrits. Rebus se sentait en harmonie avec le monde. La présence de Colin Carswell, tout en coupe de cheveux et eau de Cologne, ne le gênait même pas. Sans doute Carswell le haïssait-il, mais Rebus ne pouvait lui en vouloir. Il y avait, entre eux, un trop long passé. Ils étaient dans un bureau du siège de la police, situé dans Fettes Avenue, et c'était au tour de Carswell d'avoir l'avantage.

– Qu'est-ce qui vous a pris, hier soir ?

– Hier soir, monsieur ?

– Jack Bell et le réalisateur de télévision. Ils exigent des excuses.

Il braqua un doigt sur Rebus, ajouta :

– Et vous en ferez. En personne.

– Vous ne préféreriez pas que je baisse mon pantalon et que je me penche ?

La fureur parut dilater le visage de Carswell.

– Une fois de plus, inspecteur Rebus, il nous faut demander ce que vous espériez obtenir en allant boire de nuit chez un délinquant connu.

– Je me suis dit que j'aurais peut-être un verre gratuit.

Carswell souffla lentement l'air contenu dans ses poumons. Il avait croisé et décroisé les jambes, croisé et décroisé les bras des dizaines de fois depuis le début de l'entretien.

– Je suis persuadé que ce n'était pas le seul objectif de votre visite.

Rebus se contenta de hausser les épaules. Il n'était pas autorisé à fumer et jouait avec son paquet de cigarettes à moitié vide, l'ouvrait et le fermait, le faisait tourner sur lui-même d'une pichenette. Il agissait ainsi parce qu'il voyait que cela agaçait Carswell.

– À quelle heure êtes-vous sorti de chez Fairstone ?

– Un peu avant le début de l'incendie.

– Vous ne pouvez pas être plus précis ?

Rebus secoua la tête.

– J'avais bu.

Bu plus que de raison... beaucoup, beaucoup plus. Il avait été sage, depuis, avait tenté de se racheter.

– Donc, peu après votre départ, poursuivit Mullen, quelqu'un est venu – sans que les voisins le voient –, a bâillonné et ligoté M. Fairstone avant d'allumer le gaz sous la friteuse et de s'en aller ?

– Pas nécessairement, se sentit obligé d'affirmer Rebus. Le gaz était peut-être déjà allumé sous la friteuse.

– M. Fairstone a-t-il manifesté l'intention de faire des frites ?

– Il a peut-être indiqué qu'il avait une petite faim... je n'en suis pas sûr.

Rebus se redressa sur sa chaise, sentit une vertèbre craquer, reprit :

– Écoutez, monsieur Mullen... je comprends qu'il y a pas mal de preuves indirectes là-dedans...

Il tapota la chemise brune assez semblable à celle qui se trouvait sur la commode de Simms, poursuivit :

– ... qui indiquent que je suis la dernière personne à avoir vu Martin Fairstone vivant.

Il demeura un instant silencieux, ajouta :

– Mais c'est tout ce qu'elles indiquent, n'est-ce pas ? Et je ne nie pas les faits.

Rebus s'appuya contre le dossier de sa chaise et attendit.

– Hormis le meurtrier, dit Mullen d'une voix si basse qu'il se parlait peut-être à lui-même. Vous auriez dû dire : je suis la dernière personne à l'avoir vu en vie, hormis son meurtrier.

Il leva ses yeux aux paupières tombantes.

– C'est ce que je voulais dire.

– Ce n'est pas ce que vous avez dit, inspecteur Rebus.

– Dans ce cas, il faudra que vous m'excusiez. Je ne suis pas vraiment à cent pour cent...

– Prenez-vous des médicaments ?

– Oui, des analgésiques.

Rebus leva les mains afin de rappeler à Mullen pourquoi.

– Et quand en avez-vous pris pour la dernière fois ?

– Une minute avant l'instant où je vous ai vu.

Les yeux de Rebus se dilatèrent et il ajouta :

– J'aurais peut-être dû indiquer dès le départ... ?

Mullen abattit les deux mains sur la table.

– Évidemment !

Il ne se parlait plus à lui-même. Sa chaise bascula quand il se leva. Carswell, lui aussi, était debout.

– Je ne vois pas...

Mullen se pencha sur le bureau et éteignit le magnétophone.

– On ne peut pas entendre une personne qui est sous l'influence d'un médicament, expliqua-t-il au directeur adjoint. Je croyais que tout le monde savait ça.

Carswell marmonna qu'il avait simplement oublié. Mullen foudroya Rebus du regard. Rebus lui adressa un clin d'œil.

– On se reverra, inspecteur.

– Quand je ne serai plus sous médicaments ? feignit de deviner Rebus.

– J'aurai besoin du nom de votre médecin, afin de lui demander quand cela se produira.

Mullen avait ouvert le dossier, tenait un stylo au-dessus d'une page blanche.

– J'étais à l'Infirmary, répondit Rebus avec bonne humeur. Je ne me souviens pas du nom du médecin.

– Dans ce cas, il faudra que je le trouve.

Mullen referma le dossier.

– En attendant, intervint Carswell, je n'ai pas besoin de vous rappeler que vous devez présenter vos excuses et que vous êtes toujours suspendu.

– Non, monsieur, répondit Rebus.

– Ce qui conduit logiquement, dit Mullen, à se demander pourquoi je vous ai trouvé chez Jack Bell en compagnie d'une collègue.

– Je profitais d'une voiture, c'est tout. Le sergent Clarke devait s'arrêter chez Bell pour parler à son fils.

Rebus haussa les épaules tandis que Carswell soupirait une nouvelle fois.

– Nous irons au fond de cette affaire, Rebus. Vous pouvez compter là-dessus.

– Je n'en doute pas, monsieur.

Rebus fut le dernier à se lever. Il ajouta :

– Eh bien, je vous laisse. Profitez bien du fond quand vous y arriverez...

Comme il l'avait prévu, Siobhan l'attendait dehors au volant de sa voiture.

– Belle synchronisation, dit-elle.

Il y avait des sacs en plastique sur la banquette arrière.

– J'ai attendu dix minutes, poursuivit-elle, pour voir si tu les informerais tout de suite.

– Puis tu es allée faire des courses ?

– Au supermarché du bout de la rue. Je voulais te demander si tu avais envie de venir dîner ce soir.

– Voyons comment se passe le reste de la journée.

Elle acquiesça.

– Quand le problème des analgésiques a-t-il été soulevé ?

– Il y a environ cinq minutes.

– Tu as fait durer le plaisir.

– Je voulais voir s'ils avaient quelque chose de neuf à me dire.

– Et c'était le cas ?

Il secoua la tête.

– Mais il ne semble pas qu'ils te considèrent comme suspecte, dit-il.

– Moi ? Pourquoi le feraient-ils ?

– Parce qu'il te harcelait... parce que tous les flics connaissent le vieux truc de la friteuse.

Il haussa les épaules.

– Si tu continues, l'invitation à dîner sera annulée.

Elle prit la direction de la sortie du parking.

– Turnhouse, maintenant ? demanda-t-elle.

– Tu crois qu'il faut que je prenne le premier avion ?

– On devait voir Doug Brimson.

Rebus secoua la tête.

– Va le voir. Dépose-moi d'abord quelque part.

Elle se tourna vers lui.

– Où ?

– N'importe où dans George Street fera l'affaire.

Elle ne l'avait pas quitté des yeux.

– Commodément proche de l'Oxford.

– Ce n'était pas ce à quoi je pensais mais, puisque tu en parles...

– John, il ne faut pas mélanger l'alcool et les analgésiques.

– J'ai pris ces cachets il y a une heure et demie. En plus, je suis suspendu, n'oublie pas. Je suis autorisé à faire des bêtises.

Rebus attendait Steve Holly dans la salle du fond de l'Oxford.

C'était un des plus petits pubs de la ville : deux pièces pas plus vastes que le salon d'une maison normale. Celle de devant était généralement animée dans la mesure où quatre ou cinq clients pouvaient produire cette impression. La salle de derrière comportait des tables ainsi que des chaises et Rebus s'était installé dans le coin le plus sombre, le plus loin possible de la fenêtre. Les murs avaient la même couleur bilieuse qu'à l'époque où il avait découvert l'établissement, trente ans auparavant. Le dépouillement de l'intérieur démodé avait pour effet d'intimider les nouveaux venus, mais Rebus n'espérait pas qu'il exercerait cette influence sur le journaliste. Il avait appelé le bureau d'Édimbourg du tabloïd – situé à dix minutes à pied du bar. Son message avait été bref : « Il faut que je vous voie. L'Oxford. Tout de suite. » Puis il avait raccroché sans laisser à Holly le temps d'entamer la conversation. Rebus était sûr qu'il viendrait. Il viendrait parce qu'il serait intrigué. Il viendrait à cause de l'article qu'il avait publié. Il viendrait parce que c'était son travail.

Rebus entendit la porte s'ouvrir et se fermer. Les occupants des autres tables ne l'inquiétaient pas. Quoi qu'ils entendent, ils le garderaient pour eux. C'était ce genre d'endroit. Rebus leva le reste de sa pinte. Son état s'améliorait. Il pouvait prendre un verre d'une main, fléchir le poignet sans que la douleur devienne insupportable. Il se tenait à l'écart du whisky : Siobhan lui avait donné un bon conseil et, pour une fois, il le suivait. Il savait qu'il aurait besoin de toute sa tête. Steve Holly ne voudrait pas jouer selon les termes de Rebus.

Des pas sur les marches, une ombre précédant l'entrée de Holly dans la pièce. Il scruta l'obscurité de l'après-midi, se fraya un chemin entre les chaises pour gagner la table. Il avait un verre qui semblait contenir de la limonade, mais il y avait peut-être ajouté de la vodka pour faire bonne mesure. Il salua d'un signe de tête, resta debout jusqu'au moment où Rebus lui fit signe de s'asseoir. Holly s'installa, jeta un coup d'œil à droite et à gauche, visiblement contrarié de devoir tourner le dos aux autres clients du bar.

– Personne ne va jaillir de l'ombre et vous suriner, dit Rebus, rassurant.

– Je suppose que je devrais vous féliciter, dit Holly. Il paraît que vous avez réussi à vous mettre Jack Bell à dos.

– Et je constate que votre journal soutient sa campagne.

Holly eut un sourire ironique.

– Ça ne veut pas dire que ce n'est pas un con. Vous auriez dû tenir bon, le jour où vous l'avez piqué avec la tapineuse. Mieux, vous auriez dû téléphoner à mon journal, on serait venus et on l'aurait photographié en flagrant délit. Vous connaissez sa femme ?

Rebus acquiesça.

– Elle déraille, reprit le journaliste. Un vrai paquet de nerfs.

– Mais elle l'a soutenu.

– C'est ce que font les femmes de député, hein ? dit Holly avec indifférence, puis : Alors, qu'est-ce qui me vaut l'honneur ? Vous avez décidé de raconter votre version de l'histoire ?

– J'ai besoin d'un service, dit Rebus en posant ses mains gantées sur la table.

– Un service ?

Rebus acquiesça.

– En échange de quoi ?

– D'une relation privilégiée.

– À savoir ?

Holly porta son verre à sa bouche.

– À savoir que vous êtes le premier à connaître ce que je trouve sur Herdman.

Holly ricana. Se renversa un peu de liquide sur les lèvres et dut s'essuyer la bouche.

– Vous êtes suspendu, si mes informations sont bonnes.

– Ça ne m'empêche pas de me tenir au courant.

– Et que pouvez-vous me dire, à propos de Herdman, que je ne puisse pas obtenir d'une douzaine d'autres informateurs ?

– Ça dépend de ce service. C'est une chose que j'ai et qu'ils n'ont pas.

Holly fit rouler le liquide dans sa bouche. Puis il avala, fit claquer les lèvres.

– Vous essayez de détourner mon attention, Rebus ? Je vous tiens par les noix, dans l'affaire Fairstone. Tout le monde le sait. Et, maintenant, vous demandez des services ?

Il eut un rire étouffé, mais il n'y avait pas trace d'humour dans ses yeux.

– Vous devriez me supplier de ne pas vous arracher les gonades.

– Vous croyez que vous avez les couilles ? dit Rebus en finissant sa pinte.

Il poussa son verre vide en direction du journaliste, reprit :

– Une pinte d'IPA, quand vous serez prêt.

Holly le dévisagea, puis eut un sourire en coin, se leva et se fraya une nouvelle fois un chemin parmi les chaises. Rebus prit le verre de limonade et le sentit : vodka, bien entendu. Il parvint à allumer une cigarette, en avait fumé la moitié quand Holly revint.

– Le barman est désagréable, hein ?

– Ce que vous avez dit sur moi ne lui a peut-être pas plu, expliqua Rebus.

– Déposez plainte au comité d'éthique de la presse, dans ce cas.

Holly lui donna la pinte. Il avait pris une deuxième vodka-limonade.

– Mais, à mon avis, ce n'est pas votre genre, ajouta-t-il.

– C'est parce que vous n'en valez pas la peine.

– Et c'est ce type qui veut un service !

– Un service dont vous ne vous êtes pas encore donné la peine de prendre connaissance.

– Eh bien, je suis tout ouïe...

Holly écarta les bras.

– Une opération de sauvetage, dit Rebus à voix basse. Elle s'est déroulée à Jura en juin 1995. Il faut que je sache de quoi il s'agissait.

– Un sauvetage ?

Holly plissa le front, ses instincts en éveil.

– Un pétrolier ? demanda-t-il, quelque chose comme ça ?

Rebus secoua la tête.

– Sur la terre ferme. Le SAS y a participé.

– Herdman ?

– Il y a peut-être joué un rôle.

Holly se mordilla la lèvre inférieure comme s'il tentait de déloger l'hameçon que Rebus y avait fiché.

– Quel rapport avec l'affaire ?

– On ne le saura pas tant qu'on n'aura pas jeté un coup d'œil.

– Et si j'accepte, qu'est-ce que j'en tire ?

– Comme je l'ai dit, vous serez le premier informé.

Rebus demeura un instant silencieux, ajouta :

– En outre, je peux peut-être accéder au dossier militaire de Herdman.

Holly leva les sourcils.

– Il est juteux ?

Rebus haussa les épaules.

– À ce stade, il m'est impossible de commenter.

Il tirait le journaliste vers la berge... sachant parfaitement bien que le dossier ne contenait pratiquement rien qui puisse intéresser les lecteurs de tabloïds. Mais Steve Holly l'ignorait.

– Bon, je suppose qu'on pourrait jeter un coup d'œil.

Holly se leva une nouvelle fois, ajouta :

– Le plus tôt est toujours le mieux.

Rebus fixa son verre de bière, qui était encore aux trois quarts plein. Holly n'avait pas touché à sa deuxième consommation.

– Pourquoi se presser ? demanda-t-il.

– Vous ne croyez pas que je suis venu passer le temps avec vous ? dit Holly. Je ne vous aime pas, Rebus, et je n'ai pas confiance en vous.

Il resta un instant silencieux, ajouta :

– Sans vouloir vous vexer.

– Je ne le suis pas, dit Rebus en se levant pour sortir du bar à la suite du journaliste.

– À propos, dit Holly, il y a quelque chose qui me tracasse...

– Quoi ?

– J'ai parlé avec un type qui m'a dit qu'il pouvait tuer quelqu'un avec un journal. Vous êtes au courant de ça ?

Rebus acquiesça.

– Une revue est plus efficace, mais un journal peut faire l'affaire.

Holly se tourna vers lui.

– Comment ça marche ? Vous étouffez le type, ou quoi ?

Rebus secoua la tête.

– On le roule aussi serré que possible, puis on frappe la gorge. Si la force est suffisante, on écrase la trachée.

Holly le regardait fixement.

– Vous avez appris ça dans l'armée ?

Rebus acquiesça une nouvelle fois.

– Comme la personne avec qui vous avez parlé.

– C'était un type, à St Leonard's... lui et une femme à l'air maussade.

– Elle s'appelle Whiteread ; lui c'est Simms.

– Des enquêteurs de l'armée ?

Holly hocha la tête, comme si tout cela prenait un sens. Rebus s'efforça de ne pas sourire : mettre Holly sur la piste de Whiteread et Simms était l'essentiel de son plan.

Ils étaient sortis du pub et Rebus croyait qu'ils iraient dans les locaux du journal, mais Holly avait pris à gauche, pas à droite, braquait sa clé de contact sur les voitures garées le long du trottoir.

– Vous êtes venu en voiture ? demanda Rebus tandis que les serrures d'une Audi TT gris métallisé claquaient.

– Les jambes servent à conduire, indiqua Holly. Montez.

Rebus se glissa dans le peu d'espace disponible, songea que le frère de Teri Cotter conduisait une Audi TT le soir où il était mort, que Derek Renshaw était sur le siège du passager, le siège qu'il occupait lui-même... se souvint des photos de l'accident, du corps désarticulé de Stuart... Il regarda Holly glisser une main sous le siège du conducteur, en sortir un mince ordinateur portable noir. Il le posa sur ses cuisses, l'ouvrit et tint son téléphone mobile dans une main tandis qu'il tapait de l'autre sur le clavier.

– Connexion par infrarouge, expliqua-t-il. On est très vite en ligne.

– Et pourquoi allons-nous en ligne ?

Rebus dut repousser le souvenir de sa veillée face au site web de Miss Teri, gêné de s'être laissé entraîner dans son univers.

– Parce que c'est là que se trouve l'essentiel de la bibliothèque de mon journal. J'entre simplement le mot de passe...

Holly tapa sur une demi-douzaine de touches, Rebus tentant de les repérer.

– Ne m'espionnez pas, Rebus, dit-il. Il y a toutes sortes de trucs, là-dedans, articles, papiers non publiés, archives...

– Liste des flics que vous payez pour obtenir des informations ?

– Serais-je aussi stupide ?

– Je ne sais pas ; le seriez-vous ?

– Quand les gens me parlent, ils savent que je suis capable de garder les secrets. Ces noms m'accompagneront dans la tombe.

Holly reporta son attention sur l'écran. Rebus était convaincu que sa machine était très perfectionnée. La connexion avait été rapide et les pages apparaissaient maintenant en un clin d'œil. Le portable que Rebus avait emprunté était comparativement, comme avait dit Pettifer, à vapeur.

– Recherche, marmonna Holly. On entre le mois et l'année, Jura et sauvetage.

Il appuya sur une touche et s'adossa à son siège, se tourna vers Rebus afin d'estimer à quel point il était impressionné. Rebus était très impressionné, mais espérait que ça ne se voyait pas.

L'affichage était à nouveau différent.

– Dix-sept éléments, dit Holly. Bon sang, oui, je me souviens de ça.

Il tourna légèrement l'écran et Rebus se pencha afin de pouvoir lire. Et, soudain, Rebus se souvint lui aussi, il se rappela l'incident, mais il n'avait pas retenu qu'il s'était produit à Jura. Un hélicoptère de l'armée, une demi-douzaine d'officiers supérieurs à bord. Tués, ainsi que le pilote, quand l'hélico s'était écrasé. On avait estimé possible, à l'époque, qu'il ait été abattu. Jubilation dans certaines parties d'Irlande du Nord – un groupe de Républicains dissidents avait très vite revendiqué. Mais l'accident avait finalement été attribué à une « erreur de pilotage ».

– Aucune allusion au SAS, fit remarquer Holly.

Une vague allusion aux « secours » chargée de retrouver l'épave et, surtout, les corps. Les restes de l'hélicoptère seraient analysés, les corps autopsiés avant les funérailles. Une enquête avait été ouverte, ses résultats longs à venir.

– La famille du pilote était furieuse, dit Holly en gagnant rapidement la fin de l'enquête. L'erreur de pilotage était une tache sur sa mémoire.

– Revenez en arrière, dit Rebus, contrarié parce que Holly lisait plus vite que lui.

Le journaliste obéit, l'écran changeant en un instant.

– Donc Herdman appartenait à l'équipe de sauvetage ? fit remarquer Holly. Logique que l'armée envoie les siens...

Il se tourna vers Rebus, demanda :

– Où voulez-vous en venir au juste ?

Rebus, ne voulant pas lui donner davantage d'informations, répondit qu'il ne savait pas exactement.

– Dans ce cas je perds mon temps.

Holly appuya sur une autre touche et l'écran devint noir. Puis il se tourna vers Rebus.

– Si Herdman était à Jura, qu'est-ce que ça apporte ? Quel rapport avec ce qui s'est passé dans cette école ? Vous croyez que la névrose post-traumatique joue un rôle ?

– Je ne sais pas exactement, répéta Rebus.

Il fixa le journaliste, ajouta :

– Mais merci tout de même.

Il ouvrit la portière et commença de se hisser hors du siège baquet.

– Et c'est tout ? cracha Holly. Je vous ai montré ce que j'ai et vous vous barrez ?

Rebus se pencha à nouveau vers l'intérieur de la voiture.

– Ce que j'ai est plus intéressant que ce que vous avez, mon pote.

– Vous n'aviez pas besoin de moi, dit Holly en jetant un coup d'œil sur son portable. Vous auriez trouvé ça en une demi-heure avec un moteur de recherche.

Rebus acquiesça.

– Ou j'aurais pu demander à Whiteread et Simms, mais je ne crois pas qu'ils auraient été aussi accommodants.

Holly battit des paupières.

L'appât ayant été avalé, Rebus se contenta de cligner de l'œil, de claquer la portière et de rentrer à l'Oxford, où Harry était sur le point de verser son verre dans l'évier.

– Je vais te débarrasser de ça, dit Rebus en tendant la main.

Il entendit le rugissement du moteur de l'Audi, Steve Holly démarrant en trombe sous l'effet de la colère. Cela n'inquiéta pas Rebus. Il avait ce qu'il lui fallait.

Un accident d'hélicoptère. Des officiers supérieurs. Il y avait de quoi aiguiser l'appétit de deux enquêteurs de l'armée. En outre, lorsque Holly avait fait défiler les écrans, Rebus avait vu que des habitants de l'île avaient participé aux recherches, des gens qui connaissaient bien les « Paps of Jura ». L'un d'entre eux avait même été interviewé et avait donné une description des lieux de l'accident. Il s'appelait Rory Mollison. Rebus termina sa pinte au bar, fixant la télé sans la voir. Ce n'était, pour lui, qu'un kaléidoscope de couleurs. Son esprit était ailleurs, au-dessus de la terre et de l'eau, survolant les collines... Charger une équipe du SAS de récupérer les corps ? Jura n'était pas particulièrement montagneuse, assurément sans commune mesure avec les pics qu'on trouve dans les Grampians. Pourquoi envoyer une équipe aussi spécialisée ?

Au-dessus des marécages et des vallons, des rias et des falaises... Rebus sortit son téléphone, ôta son gant avec les dents, composa un numéro avec l'ongle de son pouce. Attendit que Siobhan décroche.

– Où es-tu ? demanda-t-il.

– Peu importe : qu'est-ce que tu foutais avec Steve Holly ?

Rebus battit des paupières, courut jusqu'à la porte et l'ouvrit. Elle se tenait devant lui. Il remit le téléphone dans sa poche. Comme une image dans un miroir, elle fit de même.

– Tu me files ! dit-il en s'efforçant de paraître scandalisé.

– Seulement parce que c'est nécessaire.

– Où étais-tu ?

Il remit son gant.

De la tête, elle montra North Castle Street.

– La voiture est garée au carrefour. Maintenant, pour en revenir à la question d'origine...

– Peu importe. Ça signifie que tu n'es pas retournée à l'aérodrome.

– Non, pas encore.

– Bien, parce qu'il faut que je le voie.

– Qui ? Brimson ?

Elle le regarda hocher la tête.

– Et, ensuite, tu me diras ce que tu fichais avec Steve Holly ?

Rebus la regarda dans les yeux, acquiesça derechef.

– Et devant un verre que tu vas m'offrir ?

Le regard se fit dur. Siobhan avait à nouveau sorti son téléphone de sa poche et l'agitait devant le visage de Rebus.

– Ça va, gronda-t-il. Appelle ce type, d'accord ?

Siobhan ouvrit son bloc, chercha les coordonnées de Brimson, composa le numéro.

– Qu'est-ce que je lui dis au juste ?

– Offensive de charme : tu as besoin d'un grand service. Peut-être pas d'un seul, en fait... Mais, pour commencer, tu peux lui demander s'il y a une piste d'atterrissage à Jura...

Quand Rebus arriva à Port Edgar Academy, il constata que Bobby Hogan discutait avec Jack Bell. Bell n'était pas seul : l'équipe de télévision l'accompagnait. En outre, il tenait Kate Renshaw par un avant-bras.

– Je crois que nous avons le droit, disait le député, de voir l'endroit où on a tiré sur nos proches.

– Respectueusement, monsieur, le foyer demeure une scène de crime. Personne ne peut y entrer sans une bonne raison.

– Nous représentons les familles et il me semble que c'est la meilleure raison du monde.

Hogan montra l'équipe de télévision.

– Une famille très étendue, monsieur.

Le réalisateur s'était aperçu de l'arrivée de Rebus. Ce dernier tapota l'épaule de Bell. Bell se tourna, un sourire glacial sur le visage.

– Vous êtes venu vous excuser ? supposa-t-il.

Rebus ne tint pas compte de lui.

– N'y va pas, Kate, dit-il en s'immobilisant devant elle. Ça ne peut rien donner de bon.

Elle fut incapable de soutenir son regard.

– Il faut que les gens sachent.

Elle avait parlé à voix basse et Bell manifesta son assentiment d'un hochement de tête.

– Peut-être, mais ils n'ont pas besoin d'un coup publicitaire. Ça dévalue tout, Kate, tu t'en rends sûrement compte.

Bell avait reporté son attention sur Hogan.

– J'exige que cet homme s'en aille.

– Vous exigez ? répéta Hogan.

– J'ai déjà signalé qu'il nous a insultés, mon équipe et moi...

– Et je suis encore capable de le faire, affirma Rebus.

– John...

Du regard, Hogan lui conseilla de se calmer. Puis :

– Je regrette, monsieur, mais je ne peux pas vous autoriser à filmer l'intérieur de cette pièce.

– Et sans caméra ? proposa le réalisateur. Seulement avec du son.

Hogan secoua la tête.

– Vous ne me ferez pas changer d'avis.

Il croisa les bras, comme pour signifier la fin de la conversation.

Rebus était toujours concentré sur Kate, tentait de la regarder dans les yeux. Il y avait apparemment, à mi-distance, quelque chose qui la fascinait. Les mouettes posées sur le terrain de sport, peut-être, ou les poteaux de rugby...

– Bien, où pouvons-nous tourner ? demanda le député.

– Devant le portail, comme tout le monde, répondit Hogan.

Bell eut un soupir exaspéré.

– Soyez assuré que votre absence de collaboration sera notée, dit-il.

– Merci, monsieur, répondit Hogan sur un ton neutre, alors que la fureur enflammait ses yeux.

Le foyer avait été vidé : plus de chaises, plus de stéréo, plus de revues. Le principal, M. Fogg, se tenait sur le seuil, les mains devant lui, les paumes pressées l'une contre l'autre. Il portait un costume gris anthracite sobre, une chemise blanche et une cravate noire. Ses yeux étaient cernés et ses cheveux parsemés de pellicules. Il perçut la présence de Rebus, derrière lui, se retourna et eut un sourire flottant.

– Je tente de décider de l'usage de cette salle, expliqua-t-il. L'aumônier croit qu'il faudrait en faire une sorte de chapelle, un endroit où les élèves pourraient se livrer à la contemplation.

– C'est une idée, dit Rebus.

Le principal s'était écarté pour que Rebus puisse entrer. Le sang avait séché sur les murs et le plancher. Rebus s'efforça de contourner les taches.

– Vous pourriez la fermer à clé, la laisser inoccupée pendant quelques années. Les enfants seront partis, à ce moment-là... deux couches de peinture, une moquette neuve...

– Difficile de voir aussi loin dans l'avenir, dit Fogg, qui se força une nouvelle fois à sourire. Bon, je vous laisse à... à votre...

Il s'inclina légèrement, pivota sur lui-même et partit en direction de son bureau.

Rebus fixait les éclaboussures de sang d'un mur. C'était à cet endroit que se tenait Derek Renshaw. Derek, membre de sa famille, maintenant disparu.

Lee Herdman... Rebus tenta de l'imaginer se réveillant ce matin-là et saisissant son arme. Que s'était-il passé ? Qu'est-ce qui, dans sa vie, avait changé ? Des démons dansaient-ils autour de son lit quand il avait ouvert les yeux ? Des voix le narguaient-elles ? Je vous emmerde, les mômes, je vous aurai... Il était allé à l'école, avait arrêté la voiture sans la garer. En hâte, en laissant la portière ouverte. Il était entré par une porte latérale, où aucune caméra n'avait pu le filmer... Il avait pris le couloir, était allé jusqu'à cette pièce. Je suis là, les mômes. Anthony Jarvis : une balle dans la tête. Il avait probablement été le premier. Partout à l'armée, on enseigne à tirer au milieu de la poitrine : cible plus grosse, plus difficile à manquer et plaie généralement mortelle. Mais Herdman avait choisi la tête... Pourquoi ? Après ce premier coup de feu, il ne disposait plus de l'effet de surprise. Peut-être Derek Renshaw était-il en mouvement et était-ce pour cette raison qu'il avait reçu une balle en plein visage. James Bell s'était baissé, blessé à l'épaule, les yeux fermés tandis que Herdman retournait l'arme contre lui...

Troisième balle dans la tête, la sienne cette fois.

– Pourquoi, Lee ? c'est tout ce qu'on veut savoir, souffla Rebus dans le silence.

Il gagna la porte, se retourna et entra de nouveau dans le foyer, sa main droite gantée tendue comme s'il tenait une arme. Il pivota d'une position de tir à une autre. Il savait que les spécialistes de la police scientifique feraient la même chose, mais devant leurs ordinateurs. Ils reconstitueraient la scène, calculeraient les angles de pénétration des projectiles, établiraient la position du tireur correspondant à chaque coup de feu. Le moindre indice ajouterait sa phrase au récit. Il se tenait ici... puis il s'est tourné, a avancé... en combinant l'angle de pénétration et les éclaboussures de sang...

Ils finiraient par connaître tous les gestes de Herdman. Les graphiques et la balistique feraient revivre la scène. Mais cela ne permettrait pas de répondre à la seule question qui comptait.

Pourquoi ?

– Ne tirez pas, dit une voix dans l'encadrement de la porte.

C'était Bobby Hogan, les bras levés. Il était en compagnie de deux hommes que Rebus connaissait. Claverhouse et Ormiston. Claverhouse, de haute taille et maigre, était inspecteur ; Ormiston, plus petit et trapu, reniflant sans cesse, était sergent. Ils travaillaient aux Stupéfiants et étaient étroitement liés à Colin Carswell, le directeur adjoint. En réalité, dans un mauvais jour, Rebus aurait pu les considérer comme les hommes de main de Carswell. Il s'aperçu que son bras droit était toujours tendu et le baissa.

– Il paraît que le look fasciste est à la mode, cette année, dit Claverhouse en montrant les gants de Rebus.

– C'est pour ça que tu es à la mode tous les ans, répliqua Rebus.

– Allons, les enfants, dit Hogan.

Ormiston scrutait les taches de sang du plancher, passait le bout de sa chaussure dessus.

– Pourquoi venez-vous fouiner ici ? demanda Rebus, les yeux fixés sur Ormiston, qui huma le dos d'une main.

– À cause de la drogue, répondit Claverhouse.

Comme les trois boutons de sa veste de costume étaient fermés, il évoquait un mannequin dans une vitrine.

– Ormy a apparemment goûté la marchandise.

Hogan baissa la tête afin de cacher un sourire. Claverhouse se tourna vers lui.

– Je croyais que Rebus était sur la touche.

– Les nouvelles vont vite, dit Rebus.

– Oui, surtout les bonnes, rétorqua Ormiston.

Hogan se redressa.

– Vous voulez que je vous colle tous les trois ?

Personne ne répondit, Hogan reprit :

– Pour répondre à la question de l'inspecteur Claverhouse, John est ici exclusivement en qualité de consultant, en raison de son passage dans l'armée. Il ne « travaille » pas effectivement...

– Ça ne change pas, marmonna Ormiston.

– Et à la mi-temps, la bouilloire mène un à zéro face à la marmite, indiqua Rebus.

Hogan leva une main.

– Et l'arbitre va sortir un carton jaune. Continuez ces conneries et je vous fous dehors, je suis sérieux !

Sa voix s'était durcie. Claverhouse battit des paupières mais garda le silence. Ormiston avait le nez pratiquement sur une des taches de sang du mur.

– Bien..., dit Hogan dans le silence avant de pousser un profond soupir. Alors, qu'est-ce que vous nous apportez ?

Claverhouse décida que cela l'autorisait à prendre la parole.

– C'est bien de l'ecstasy et de la cocaïne que vous avez saisies à bord du bateau. La cocaïne est très pure. Peut-être devait-elle être coupée ensuite...

– Le crack ? demanda Hogan.

Claverhouse acquiesça.

– Il s'est installé par endroits... les ports de pêche du Nord et quelques cités, ici et à Glasgow... mille livres de bonne came peuvent en rapporter dix-mille quand elle a été coupée.

– Il y a aussi beaucoup de hasch en circulation, ajouta Ormiston.

Claverhouse, qui n'aimait pas qu'on lui gâche ses effets, le foudroya du regard.

– Ormy a raison, il y a plein de hasch dans les rues.

– Et de l'ecstasy ? demanda Hogan.

Claverhouse acquiesça.

– On croyait qu'elle venait de Manchester. Mais on se trompait peut-être.

– D'après les journaux de bord de Herdman, Hogan, on sait qu'il se rendait sur le continent. Il s'arrêtait apparemment à Rotterdam.

– Il y a des tas d'usines d'ecstasy en Hollande, affirma Ormiston sur un ton neutre.

Il examinait le mur qui se trouvait devant lui, les mains dans les poches, se balançant sur les talons comme s'il se concentrait sur un objet exposé dans une galerie.

– Il y a aussi plein de cocaïne, ajouta-t-il.

– Et ces voyages à Rotterdam n'ont pas intrigué les douanes ? demanda Rebus.

Claverhouse haussa les épaules.

– Les malheureux sont à la limite de la rupture. Il leur est impossible de contrôler tous ceux que se rendent en Europe, surtout maintenant que les frontières sont ouvertes.

– Tu veux dire en fait que Herdman est passé entre les mailles du filet ?

Claverhouse regarda Rebus dans les yeux.

– Comme les douanes, nous dépendons de la collecte de renseignements.

– Il y a toujours une raison, fit Rebus, qui regarda alternativement Claverhouse et Ormiston. Bobby, les finances de Herdman ont-elles été analysées ?

Hogan hocha la tête.

– Pas trace de gros dépôts ni de gros retraits.

– Les dealers se méfient des banques, déclara Claverhouse. D'où la nécessité de blanchir l'argent. L'entreprise de Herdman conviendrait parfaitement.

– Et l'autopsie de Herdman ? demanda Rebus à Bobby Hogan. Est-ce que quelque chose indique qu'il se droguait ?

Hogan secoua la tête.

– L'analyse de sang est négative.

– Les dealers ne consomment pas toujours, intervint Claverhouse. Les gros bonnets ne s'intéressent qu'à l'argent. Au cours de ces six derniers mois, on a démantelé un réseau qui disposait de cent trente mille cachets d'ecstasy, ce qui représente un million de livres au détail, quarante-quatre kilos de marchandises. Quatre kilos d'opium, arrivés d'Iran par avion, ont été interceptés.

Il fixa Rebus, ajouta :

– Les douanes ont effectué cette saisie, sur la base de renseignements.

– Et qu'a-t-on trouvé à bord du bateau de Herdman ? demanda Rebus. Une goutte d'eau dans l'océan, passez-moi l'expression.

Il avait entrepris d'allumer une cigarette, mais surprit l'expression de Hogan, qui jeta un regard circulaire dans la salle.

– Ce n'est pas une église, Bobby, ajouta-t-il en terminant ce qu'il avait commencé.

Il ne croyait pas que cela gênerait Derek et Anthony, se fichait de ce que Herdman penserait...

– C'était peut-être destiné à sa consommation personnelle, suggéra Claverhouse.

– Mais il ne consommait pas.

Rebus souffla la fumée par les narines en direction de Claverhouse.

– Il avait peut-être des amis qui le faisaient. J'ai entendu dire qu'il organisait des fêtes...

– Les personnes que nous avons interrogées ne nous ont pas dit qu'il leur donnait de la cocaïne ou de l'ecstasy.

– Comme s'ils allaient s'en vanter, ironisa Claverhouse. En réalité, je suis absolument stupéfait que des gens admettent qu'ils connaissaient ce salaud.

Il regarda le plancher taché de sang.

Ormiston se passa une nouvelle fois une main sous le nez, puis éternua, tachant à nouveau le mur.

– Ormy, tu es foutrement insensible, cracha Rebus.

– Ce n'est pas lui qui fait tomber de la cendre de clope sur le plancher, gronda Claverhouse.

– La fumée me chatouille le nez, dit Ormiston.

Rebus était allé s'immobiliser près de lui.

– C'était un membre de ma famille ! cracha-t-il en montrant les taches de sang.

– Je ne l'ai pas fait exprès.

– Qu'est-ce que tu viens de dire, John ? demanda Hogan d'une voix grave.

– Rien, répondit Rebus.

Mais il était trop tard. Hogan se tenait près de lui, glissait les mains dans les poches, attendait une explication.

– Allan Renshaw est mon cousin, reconnut-t-il.

– Et tu n'as pas estimé nécessaire de me communiquer cette information ?

La colère empourpra le visage de Hogan.

– Pas vraiment, Bobby, non.

Au-delà de l'épaule de Hogan, Rebus vit un large sourire éclairer le visage étroit de Claverhouse.

Hogan sortit les mains de ses poches, tenta de serrer les poings dans son dos, mais trouva cette manœuvre peu satisfaisante. Rebus savait où Bobby avait vraiment envie de mettre les mains. Il voulait les serrer autour de son cou.

– Ça ne change rien, argumenta-t-il. Comme tu l'as dit, je ne suis qu'un consultant. Nous ne préparons pas un procès, Bobby. Aucun avocat ne pourra se servir de moi pour plaider le vice de forme.

– Ce salaud était un trafiquant de drogue, coupa Claverhouse. Il a sûrement des complices qu'on devra arrêter. Si l'un d'entre eux trouve un défenseur assez intelligent pour...

– Claverhouse, dit Rebus sur un ton las. Rends service au monde et...

Sa voix se fit soudain puissante :

– ... *Ferme ta gueule !*

Claverhouse avança, Rebus se mit en position et Hogan s'interposa, convaincu cependant qu'il serait aussi efficace que des menottes en chocolat. Le rôle d'Ormiston était celui du spectateur ; il n'interviendrait pas sauf si son collègue avait le dessous.

– Coup de téléphone pour l'inspecteur Rebus !

Un appel, dans l'encadrement de la porte, où Siobhan se tenait, un mobile à la main.

– Je crois que c'est urgent, ajouta-t-elle. Les Enquêtes internes.

Claverhouse recula, laissa Rebus passer. Il fit même, du bras, un geste moqueur signifiant « après toi ». Et son sourire était de retour. Rebus regarda la main de Bobby Hogan, qui serrait toujours le devant de sa veste. Hogan le lâcha et Rebus se dirigea vers la porte.

– Tu veux prendre l'appel dehors ? proposa Siobhan.

Rebus acquiesça, tendit la main vers l'appareil. Mais elle le garda, l'accompagna jusqu'à l'extérieur du bâtiment. Elle jeta un coup d'œil autour d'elle, constata qu'ils étaient assez loin et lui donna le téléphone.

– Tu as intérêt à faire comme si tu parlais avec quelqu'un, dit Siobhan.

Rebus porta l'appareil à son oreille. Rien.

– Pas d'appel ? demanda-t-il.

Elle secoua la tête.

– J'ai simplement pensé que tu avais besoin d'aide.

Il se força à sourire, le téléphone toujours contre l'oreille.

– Bobby est au courant à propos des Renshaw.

– Je sais. J'ai entendu.

– Tu m'espionnes encore ?

– Il ne se passe pas grand-chose dans la salle de géographie.

Ils se dirigeaient vers le Portakabin.

– Et maintenant, qu'est-ce qu'on fait ? demanda-t-elle.

– Quoi que ce soit, il est préférable que ce soit loin d'ici... ça donnera à Bobby le temps de se calmer.

Rebus se tourna vers l'école. Trois silhouettes, devant la porte, le regardaient.

– Et à Claverhouse et Ormiston celui de rentrer dans leur tanière ?

– Tu lis mes pensées.

Il demeura un instant sans rien dire, puis demanda :

– Qu'est-ce que je pense en ce moment ?

– Tu penses qu'on devrait aller boire un verre.

– C'est troublant.

– Et tu penses aussi à payer, pour me récompenser de t'avoir sauvé la peau.

– Ce n'est pas la bonne réponse. Néanmoins, comme disait Meat Loaf...

Ils étaient arrivés à la voiture. Il lui rendit son téléphone, conclut :

– Deux sur trois, c'est pas mal.

15

– Donc, s'il n'y a pas eu de mouvement de fonds sur le compte de Herdman, dit Siobhan, on peut considérer que ce n'est pas un tueur à gages.

– À moins qu'il n'ait transformé l'argent en drogue, répondit Rebus, en se faisant l'avocat du diable.

Ils étaient au Boatman's, buvaient en compagnie de la foule de la fin de l'après-midi. Employés de bureau et ouvriers qui avaient terminé leur journée de travail. Rod McAllister était à nouveau derrière le bar. Rebus lui avait demandé en blaguant s'il y passait sa vie.

– Service de jour, avait-il répondu sans sourire.

– C'est vraiment vous qui faites marcher la boutique, avait ajouté Rebus en prenant sa monnaie.

Il était maintenant assis devant une demi-pinte de bière et les vestiges d'un whisky. Siobhan buvait un mélange vivement coloré de jus de citron vert et de soda.

– Tu crois vraiment que Simms et Whiteread pourraient avoir placé cette drogue à bord du bateau ?

Rebus haussa les épaules.

– À mon avis, les gens tels que Whiteread sont capables de tout.

– Et tu te bases sur quoi... ?

Il la regarda, elle précisa :

– En fait, tu ne parles pratiquement pas des années que tu as passées dans l'armée.

– Ce ne sont pas les plus heureuses de ma vie, reconnut-il. J'ai vu des gars brisés par le système. En réalité, c'est tout juste si je suis parvenu à garder la raison. Après l'avoir quittée, j'ai fait une dépression nerveuse.

Rebus ravala les souvenirs. Il pensa aux clichés confortables : ce qui est fait est fait... on ne peut pas vivre dans le passé...

– Un type – un type dont j'étais proche – s'est complètement effondré pendant la formation. Ils l'ont viré, mais ils ont oublié de le « désamorcer »...

Il n'alla pas plus loin.

– Qu'est-ce qui s'est passé ?

– Il m'en a rendu responsable, a voulu se venger. Bien avant que je fasse ta connaissance, Siobhan.

– Donc tu peux comprendre pourquoi Herdman peut avoir perdu la boule ?

– Peut-être.

– Mais tu n'es pas sûr que ce soit arrivé, n'est-ce pas ?

– Il y a généralement des signes avant-coureurs. Herdman n'était pas le solitaire typique. Pas d'arsenal chez lui, seulement ce pistolet...

Rebus réfléchit un instant, ajouta :

– Il serait utile de savoir où il se l'est procuré.

– Le pistolet ?

– Oui. On saurait alors s'il l'a acheté spécifiquement dans ce but.

– S'il passait de la drogue, il jugeait vraisemblablement utile d'être en mesure de se protéger. Ça pourrait expliquer le Mac 10 du hangar à bateaux.

Siobhan suivait du regard une jeune femme blonde qui venait d'entrer dans le bar. Le barman semblait la connaître. Il la servit alors qu'elle n'était même pas arrivée au comptoir. Bacardi et Coca, apparemment. Pas de glace.

– Toutes ces auditions n'ont vraiment rien donné ? demanda Rebus.

Siobhan secoua la tête. Il pensait aux voyous et aux marchands d'armes à feu.

– Le Brocock n'était pas le modèle le plus récent. On pense qu'il l'avait déjà quand il est venu s'installer ici. En ce qui concerne le pistolet-mitrailleur, qui sait ?

Rebus réfléchit, Siobhan regarda Rod McAllister se pencher sur le bar, y poser les avant-bras. En pleine conversation avec la blonde... la blonde que Siobhan avait déjà vue quelque part. La tête légèrement inclinée, il semblait parfaitement à son aise. La femme fumait, soufflait des nuages d'un gris de cendre en direction du plafond.

– Tu veux bien me rendre un service ? demanda soudain Rebus. Appelle Bobby Hogan.

– Pourquoi ?

– Parce qu'il n'a probablement pas envie de me parler en ce moment.

– Et quelle serait la raison de mon appel ?

Siobhan avait sorti son mobile.

– Lui demander si Whiteread lui a transmis le dossier militaire de Herdman. La réponse est vraisemblablement non et il a donc dû appeler directement l'armée. Il faut que je sache s'ils le lui ont envoyé.

Siobhan hocha la tête, appuya sur les touches.

– Inspecteur Hogan, c'est Siobhan Clarke...

Elle écouta, regarda Rebus, reprit :

– Non, je ne sais pas du tout de quoi il s'agissait... Je crois qu'il a été convoqué à Fettes.

Elle ouvrit les yeux d'un air interrogateur, et Rebus acquiesça afin de lui faire comprendre qu'elle avait fait ce qu'il fallait.

– Je me demandais si vous aviez eu le temps de contacter Whiteread à propos du dossier militaire de Herdman.

Elle écouta la réponse de Hogan.

– John m'en a parlé et je me suis dit que j'allais voir où ça en était...

Elle écouta, ferma les yeux.

– Non, il n'est pas près de moi.

Elle ouvrit les yeux. Rebus, d'un clin d'œil, lui indiqua qu'elle se débrouillait bien.

– Mmm... hmm...

Elle écoutait Hogan.

– Il semblerait qu'elle n'a pas été aussi coopérative qu'on l'aurait souhaité... Oui, je suis sûre que vous le lui avez dit.

Un sourire.

– Qu'est-ce qu'elle a répondu ?

Une nouvelle fois, elle écouta.

– Et avez-vous suivi son conseil ?... Qu'a répondu le QG du SAS à Hereford ? Donc on nous le refuse ?

Nouveau regard à Rebus.

– Il est parfois difficile, nous le savons tous les deux.

Elle parlait de Rebus maintenant, Hogan disant probablement qu'il aurait communiqué tout cela à Rebus si la situation n'avait pas dégénéré, dans le foyer.

– Non, j'ignorais qu'ils faisaient partie de sa famille.

Les lèvres de Siobhan formèrent un O.

– Bon, c'est ce que je dis et je m'y tiens.

À son tour, elle adressa un clin d'œil à Rebus. Il passa un doigt devant sa gorge, mais elle secoua la tête. Elle commençait à s'amuser.

– Et je parie que vous avez, vous aussi, des choses à raconter sur lui... je sais.

Un rire.

– Non, non, vous avez parfaitement raison. Bon sang, heureusement qu'il n'est pas là...

Rebus voulut lui prendre le téléphone, mais elle s'écarta.

– Vraiment ? Merci. Non, c'est... Oui, oui, ça me plairait. On pourrait peut-être... oui, quand tout ça sera terminé... ça sera avec plaisir. Au revoir, Bobby.

Elle souriait quand elle coupa la communication. Elle prit son verre, but une gorgée.

– Je crois que j'ai compris l'essentiel, marmonna Rebus.

– Il faut que je l'appelle Bobby. Il dit que je suis un bon flic.

– Bon sang !

– Et il m'a invitée à déjeuner quand l'affaire sera bouclée.

– Il est marié.

– Non.

– D'accord, sa femme l'a quitté. Mais il pourrait être ton père.

Rebus marqua un temps d'arrêt, demanda :

– Qu'est-ce qu'il a dit sur moi ?

– Rien.

– Tu as ri quand il l'a dit.

– Je te faisais bisquer.

Rebus la foudroya du regard.

– Je paie à boire et tu me fais bisquer ? C'est là-dessus que repose notre relation ?

– Je t'ai proposé de préparer le dîner.

– Effectivement.

– Bobby connaît un bon restaurant à Leith.

– Je me demande de quel kebab il s'agit...

Elle lui donna un coup de poing sur le bras.

– Va chercher une deuxième tournée.

– Après ce que je viens de subir ?

Rebus secoua la tête, ajouta :

– C'est ton tour.

Il s'appuya contre le dossier de sa chaise, comme s'il s'installait confortablement.

– Si tu as envie de jouer à ça...

Siobhan se leva. Elle voulait de toute façon voir la femme de plus près. Mais la blonde s'en allait, mettait ses cigarettes et son briquet dans son sac à main, la tête baissée, et Siobhan ne distinguait qu'une partie de son visage.

– À bientôt ! cria la femme.

– Oui, à bientôt, répondit McAllister sur le même ton.

Il essuyait le bar avec un chiffon humide. Il cessa de sourire à l'approche de Siobhan.

– La même chose ? demanda-t-il.

Elle acquiesça.

– Une de vos amies ?

Il avait tourné le dos et servait le whisky de Rebus.

– Dans un sens.

– J'ai l'impression de l'avoir déjà rencontrée ?

– Ah oui ?

Il posa le verre devant elle, demanda :

– Vous voulez aussi la demi-pinte ?

Elle acquiesça.

– Et un autre jus de citron vert et...

– Et soda, je m'en souviens. Rien dans le whisky, glace dans le soda.

Déjà, on lui passait une autre commande : deux bières et un rhum. Il encaissa les consommations de Siobhan, rendit rapidement la monnaie et se mit à tirer les bières, ostensiblement trop occupé pour bavarder. Siobhan tint bon pendant quelques instants, puis décida que ça n'en valait pas la peine. Elle était à mi-chemin de la table quand elle se souvint. Elle s'arrêta net, une petite partie de la bière de Rebus coula sur le flanc du verre, tomba sur le parquet éraflé.

– Attention, dit Rebus sans quitter sa chaise.

Elle apporta les consommations jusqu'à la table et les posa. Elle alla jusqu'à la fenêtre, mais il n'y avait pas trace de la blonde.

– Je sais qui c'est, dit-elle.

– Qui ?

– La femme qui vient de sortir. Tu l'as sûrement vue.

– Longs cheveux blonds, T-shirt rose moulant, blouson en cuir, fuseau noir et chaussures aux talons légèrement trop hauts ?

Rebus but une gorgée de bière, continua :

– Je n'ai pas vraiment fait attention.

– Mais tu ne l'as pas reconnue ?

– J'aurais dû ?

– Selon la première page du journal d'aujourd'hui, tu as incendié la maison de son petit ami.

Siobhan s'appuya contre le dossier de sa chaise, tenant son verre devant elle, et attendit qu'il assimile.

– La maîtresse de Fairstone ? dit Rebus, les paupières plissées.

Siobhan acquiesça.

– Je ne l'ai vue qu'une fois, le jour où Fairstone a été acquitté.

Rebus regardait le bar.

– Tu es sûre que c'était elle ?

– Pratiquement. Quand j'ai entendu sa voix... Oui, j'en suis certaine. Je l'ai vue devant le tribunal avant le procès.

– Cette seule fois ?

Siobhan acquiesça à nouveau.

– Ce n'est pas moi qui l'ai interrogée à propos de l'alibi de son petit ami et elle n'était pas dans la salle d'audience quand j'ai témoigné.

– Comment s'appelle-t-elle ?

Siobhan plissa les paupières sous l'effet de la concentration.

– Rachel quelque chose.

– Où habite Rachel Quelque-chose ?

Siobhan haussa les épaules.

– Près de chez son petit ami, j'imagine.

– Donc ce n'est pas le pub de son quartier.

– Pas vraiment.

– C'est à quinze kilomètres du pub de son quartier, plus précisément.

– Plus ou moins.

Siobhan avait toujours son verre à la main ; elle n'en avait pas encore bu une gorgée.

– Tu as reçu d'autres lettres ?

Elle secoua la tête.

– Tu crois qu'elle te suit ?

– Pas continuellement. Je l'aurais repérée.

Siobhan se tourna, elle aussi, vers le bar. McAllister ne manifestait plus une activité débordante et s'était remis à laver les verres.

– Mais ce n'est peut-être pas moi qu'elle venait voir ici...

Rebus demanda à Siobhan de le déposer chez Allan Renshaw. Il lui dit de rentrer chez elle, qu'il regagnerait la ville en taxi ou demanderait à une voiture de patrouille de passer le prendre.

– Je ne sais pas pour combien de temps j'en aurai, avait-il dit.

Ce n'était pas une visite officielle ; seulement familiale. Elle avait acquiescé, était partie. Il avait sonné en vain. Regardé par la fenêtre. Les boîtes de photos étaient toujours éparpillées dans le salon. Aucun signe de vie. Il manœuvra la poignée de la porte, qui tourna. La porte n'était pas fermée à clé.

– Allan ? appela-t-il. Kate ?

Il ferma derrière lui. Un bourdonnement provenait de l'étage. Il appela une nouvelle fois, mais n'obtint pas de réponse. Il gravit prudemment l'escalier. Il y avait une échelle métallique, au milieu du couloir du premier, qui aboutissait à une trappe ouverte au plafond. Rebus monta lentement.

– Allan ?

Le grenier était éclairé et le bourdonnement plus fort. Rebus passa la tête par la trappe. Son cousin, assis en tailleur sur le plancher, une commande à la main, imitait le bruit de la voiture de course miniature qui filait sur la piste en 8.

– Je le laissais toujours gagner, dit Allan Renshaw, indiquant du même coup qu'il avait vu Rebus arriver. Derek, je veux dire. On lui avait offert ça à Noël, une année...

Rebus vit la boîte, les morceaux de piste inutilisés. Des cartons avaient été vidés, des valises ouvertes. Rebus vit des robes, des vêtements d'enfants, des piles de vieux 45-tours. Il vit des revues avec des vedettes de télé en couverture. Il vit des assiettes et des bibelots débarrassés des journaux dans lesquels ils étaient enveloppés. Quelques-uns étaient peut-être des cadeaux de mariage condamnés aux ténèbres par les changements de mode. Une poussette pliée attendait d'être utilisée par la génération à venir. Rebus était arrivé en haut de l'échelle et s'appuya contre le bord de la trappe. Malgré le fouillis, Allan Renshaw avait trouvé la place de monter le circuit et ne quittait pas des yeux la voiture en plastique qui tournait inlassablement.

– Ça ne m'a jamais attiré, fit remarquer Rebus. Même chose pour les trains électriques.

– Les voitures sont différentes. Il y a une illusion de vitesse... et on peut faire la course avec quelqu'un. En plus...

Renshaw appuya plus fort sur le bouton de l'accélérateur, poursuivit :

– ... Si tu prends un virage trop vite et provoques un accident...

Sa voiture quitta la piste. Il la ramassa, glissa son guide dans la rainure de la chaussée. Appuya sur le bouton et lui fit reprendre sa course.

– Tu vois ? dit-il en adressant un bref regard à Rebus.

– Tu peux toujours recommencer ? supposa Rebus.

– Rien n'est changé. Rien n'est brisé, dit Renshaw en hochant la tête. C'est comme s'il ne s'était rien passé.

– Dans ce cas, c'est une illusion, déclara Rebus.

– Une illusion réconfortante, admit son cousin, qui demanda, après un silence : Est-ce que j'avais un circuit, quand j'étais enfant ? Je ne m'en souviens pas...

Rebus haussa les épaules.

– Moi, je suis sûr que je n'en avais pas. S'ils existaient, ils étaient vraisemblablement trop chers.

– L'argent qu'on dépense pour nos enfants, hein, John ?

Renshaw esquissa un sourire, ajouta :

– On veut qu'ils aient toujours ce qu'il y a de mieux, on ne leur refuse rien.

– La scolarité des tiens à Port Edgar devait te coûter un max.

– Ce n'était pas bon marché. Tu n'en as qu'un, hein ?

– Elle est adulte, Allan.

– Kate grandit, elle aussi... entre dans une autre vie.

– Elle a la tête sur les épaules.

Rebus regarda la voiture quitter une nouvelle fois la piste. Elle s'immobilisa près de lui et il tendit le bras, la remit en place.

– L'accident de voiture de Derek, dit-il, ce n'était pas sa faute, n'est-ce pas ?

Renshaw secoua la tête.

– C'était Stuart qui faisait n'importe quoi. Nous avons eu de la chance que Derek s'en sorte.

Il fit repartir la voiture. Rebus avait vu un modèle réduit bleu dans la boîte, une commande supplémentaire près de la chaussure gauche de son cousin.

– On fait la course ? demanda-t-il en avançant dans le grenier et en prenant le petit appareil noir.

– Pourquoi pas ? dit Renshaw, qui posa la voiture de Rebus sur la ligne de départ.

Il amena son véhicule à la même hauteur puis compta à rebours à partir de cinq. Les deux voitures filèrent jusqu'à la première courbe et celle de Rebus sortit aussitôt de la piste. Il alla la chercher à quatre pattes et la remit en place à l'instant où Renshaw lui prenait un tour.

– Tu as davantage de pratique que moi, dit-il en s'asseyant à nouveau.

Un courant d'air chaud entrait par la trappe ouverte, fournissant au grenier son unique source de chaleur. Rebus savait qu'il n'aurait pas la place de se redresser complètement.

– Tu es ici depuis combien de temps ? demanda-t-il à Renshaw.

Renshaw passa la main sur ce qui était désormais davantage une barbe qu'une repousse.

– Depuis ce matin, répondit-il.

– Où est Kate ?

– Elle aide le député.

– La porte d'entrée n'est pas fermée à clé.

– Ah ?

– N'importe qui pourrait pénétrer dans la maison.

Rebus avait attendu que la voiture de Renshaw rattrape la sienne et ils faisaient à nouveau la course, les deux rails se croisant en un endroit de la piste.

– Tu sais à quoi je pensais, hier soir ? dit Renshaw. Je crois que c'était hier soir...

– À quoi ?

– Je pensais à ton père. Je l'aimais vraiment bien. Il faisait des tours de magie, tu te souviens ?

– Sortait des pennies de derrière ton oreille ?

– Et il les faisait disparaître. Il disait qu'il avait appris ça à l'armée.

– Probablement.

– Il avait été en Extrême-Orient, hein ?

Rebus acquiesça. Son père n'avait jamais beaucoup parlé de ses exploits durant la guerre. Il ne partageait en général que des anecdotes, des choses susceptibles de faire rire. Mais plus tard... vers la fin de sa vie, il avait laissé échapper des détails des horreurs dont il avait été témoin.

Ce n'étaient pas des soldats professionnels, John, c'étaient des appelés – des hommes qui travaillaient dans des banques, des boutiques, des usines. La guerre les a transformés, nous a tous transformés. Comment aurait-il pu en être autrement ?

– Mais, poursuivit Allan Renshaw, penser à ton père m'a amené à penser à toi. Tu te souviens du jour où tu m'as emmené au parc ?

– Celui où on a joué au football ?

Renshaw acquiesça, esquissa un sourire.

– Tu t'en souviens ?

– Probablement pas aussi bien que toi.

– Je m'en souviens parfaitement. On jouait au football, puis des gars que tu connaissais sont arrivés et il a fallu que je joue seul pendant que tu bavardais avec eux.

Les voitures se croisèrent une nouvelle fois et Renshaw demanda :

– Ça te revient ?

– Pas vraiment.

Mais Rebus supposait que c'était peut-être vrai. Chaque fois qu'il rentrait en permission, il y avait des camarades d'école qu'il tenait à voir.

– Ensuite, on a repris le chemin de la maison. Enfin, c'est ce que vous avez fait, toi et tes potes, et j'ai suivi avec le ballon que tu m'avais acheté... et la suite, la suite je l'ai repoussée au plus profond de ma mémoire...

– Quelle suite ?

Rebus se concentrait sur la piste.

– Quand on est passés devant le pub. Tu te souviens du pub du carrefour ?

– Le Bowhill Hotel ?

– C'est ça. On passait devant, mais tu t'es tourné vers moi, tu as braqué un doigt sur moi et tu m'as dit d'attendre dehors. Ta voix était différente, beaucoup plus dure, comme si tu ne voulais pas que tes potes sachent qu'on était potes...

– Tu es sûr de ça, Allan ?

– Oh, j'en suis sûr. Parce que vous êtes entrés tous les trois, que je me suis assis au bord du trottoir et que j'ai attendu. Je me cramponnais au ballon et, au bout d'un moment, tu es sorti, mais seulement pour me donner un sachet de chips. Tu es retourné à l'intérieur, puis des gosses sont arrivés, l'un d'entre eux m'a arraché le ballon d'un coup de pied et ils sont partis en courant, en riant, en se faisant des passes. Je me suis mis à pleurer, tu ne sortais toujours pas et je savais que je ne pouvais pas entrer. Donc, je me suis levé et je suis retourné seul à la maison. Je me suis égaré, mais je me suis arrêté et j'ai demandé mon chemin.

Les voitures filaient vers l'endroit où elles changeraient de voie. Elles y parvinrent en même temps, se heurtèrent, quittèrent la piste, atterrirent sur le toit. Les deux hommes demeurèrent immobiles. Le grenier fut un instant silencieux.

– Tu es rentré plus tard, reprit Renshaw, rompant le silence, et personne n'a rien dit parce que je n'avais parlé de rien. Mais tu sais ce qui m'a vraiment énervé ? Tu ne m'as pas demandé ce qu'était devenu le ballon, et j'ai compris pourquoi tu ne posais pas la question. C'était parce que tu avais oublié son existence. Parce que, pour toi, il ne comptait pas.

Renshaw garda le silence pendant quelques instants, conclut :

– Je n'étais plus qu'un gamin parmi les autres, pas ton ami.

– Bon sang, Allan...

Rebus tentait de se souvenir, mais en vain. La journée qu'il croyait connaître n'était que soleil et football, rien d'autre.

– Je suis désolé, dit-il finalement.

Des larmes coulaient sur les joues de Renshaw.

– Je faisais partie de ta famille, John, et tu m'as traité comme si je n'étais rien.

– Allan, crois-moi, jamais...

– Dehors ! cria Renshaw en ravalant de nouvelles larmes. Sors de chez moi... tout de suite !

Il s'était levé péniblement. Rebus s'était également redressé et les deux hommes étaient debout dans une position inconfortable, la tête inclinée sous les poutres, le dos voûté.

– Écoute, Allan, si tu...

Mais Renshaw le tenait par une épaule, tentait de le pousser en direction de la trappe.

– D'accord, d'accord, dit Rebus.

Il tenta de se dégager de l'étreinte de son cousin et Renshaw trébucha, un de ses pieds glissa et il bascula en direction de la trappe. Rebus l'attrapa par un bras et ses doigts brûlèrent quand il serra. Renshaw se redressa.

– Ça va ? demanda Rebus.

– Tu n'as pas entendu ? demanda Renshaw en montrant l'échelle.

– D'accord, Allan. Mais on parlera à nouveau, n'est-ce pas ? C'est pour ça que je suis venu : pour parler, pour mieux te connaître.

– Tu as eu l'occasion de mieux me connaître, répondit froidement Renshaw.

Rebus descendait l'échelle. Il scruta l'ouverture, mais son cousin n'était plus visible.

– Tu descends, Allan ? cria-t-il.

Pas de réaction. Puis à nouveau le bourdonnement, la voiture rouge reprenant son trajet.

Rebus pivota sur lui-même et descendit au rez-de-chaussée. Il ne savait pas vraiment quoi faire, se demandait s'il pouvait laisser Renshaw seul dans cet état. Il traversa le séjour, entra dans la cuisine. Dehors, la tondeuse à gazon n'avait pas bougé. Il y avait des feuilles de papier, sur la table, imprimées par ordinateur. Des pétitions favorables au contrôle des armes, à une meilleure sécurité dans les écoles. Pas de noms, seulement des colonnes et des colonnes de cases vides. Il s'était passé la même chose après Dunblane. Le renforcement des règles et des réglementations. Le résultat ? De plus en plus d'armes illégales dans les rues. Rebus savait qu'on pouvait, à Édimbourg, si on savait où aller, se procurer une arme en moins d'une heure. On racontait qu'il suffisait de dix minutes à Glasgow. On louait des armes comme des films en vidéo, pour la journée. Si on les rapportait sans les avoir utilisées, on récupérait un peu d'argent. Si on s'en était servi, rien n'était remboursé. Une simple transaction commerciale, pas très éloignée des activités de Peacock Johnson. Rebus eut envie de signer la pétition, mais comprit que ce serait un geste vide de sens. Il y avait beaucoup de coupures de journaux et de copies d'articles de revues : conséquences de la violence dans les médias. Des trucs à la Kneejerk, comme affirmer qu'un film d'horreur peut amener deux gamins à tuer un bambin... Il jeta un coup d'œil, se demandant si Kate avait laissé un numéro de téléphone où il serait possible de la joindre. Il fallait qu'il lui parle de son père, qu'il lui dise, peut-être, qu'Allan avait davantage besoin d'elle que Jack Bell. Il resta quelques minutes au pied de l'escalier, écouta les bruits venus du grenier, puis chercha une compagnie de taxis dans l'annuaire.

– Il sera là dans dix minutes, lui annonça une voix féminine, joyeuse.

Elle suffit presque à le convaincre qu'il y avait un autre monde que celui-ci...

Debout au milieu de son salon, Siobhan regarda autour d'elle. Elle alla jusqu'à la fenêtre, ferma les volets sur le crépuscule. Elle ramassa une tasse et une assiette posées par terre, des miettes de toast indiquant la nature de son dernier repas. Elle vérifia l'absence de messages téléphoniques. C'était vendredi soir, sa copine Toni Jackson et les autres constables l'attendraient, mais elle n'avait envie ni de jovialité féminine ni de reluquer, d'un œil d'ivrogne, la clientèle masculine des pubs. Il lui fallut trente secondes pour laver la tasse et l'assiette, qu'elle posa sur l'égouttoir. Rapide coup d'œil dans le frigo. Ce qu'elle avait acheté pour préparer un repas à l'intention de Rebus était toujours là, à quelques jours de la date de péremption. Elle referma et alla dans sa chambre, remit le couvre-pieds de son lit en place, confirma qu'il lui faudrait faire une lessive pendant le week-end. Puis la salle de bains et un bref regard sur elle-même, dans le miroir, avant de regagner le séjour, où elle ouvrit le courrier. Deux factures et une carte postale. La carte postale émanait d'une vieille amie avec qui elle avait fait ses études. Elles n'étaient pas parvenues à se voir, pendant l'année, alors qu'elles habitaient la même ville. Cette amie passait quatre jours à Rome... était probablement déjà rentrée, à en juger par l'oblitération du timbre. Rome : Siobhan n'y était jamais allée.

> *Je suis entrée dans une agence de voyages, j'ai demandé où on pouvait partir dans les jours à venir. C'est formidable, je me calme, je m'installe aux terrasses des cafés, je me cultive un peu quand ça me chante. Je t'embrasse, Jackie.*

Elle posa la carte sur la cheminée, tenta de se souvenir de ses dernières vraies vacances. La semaine chez ses parents ? Le week-end à Dublin ? C'était au moment de l'enterrement de la vie de jeune fille d'une constable... et la femme attendait maintenant son premier enfant. Elle regarda le plafond. Le voisin du dessus allait et venait. Elle ne croyait pas qu'il le fasse exprès, mais il marchait comme un éléphant. Elle l'avait rencontré sur le trottoir, en rentrant, et il s'était plaint d'avoir dû aller chercher sa voiture à la fourrière.

– Je l'ai laissée vingt minutes, vingt minutes en stationnement interdit... à mon retour, elle avait été enlevée... Cent trente livres, vous vous rendez compte ? J'ai failli leur dire que cette fichue saloperie ne valait pas ça.

Puis il avait braqué l'index sur elle, ajouté :

– Vous devriez faire quelque chose.

Parce qu'elle était flic. Parce que les gens croient que les flics peuvent tirer des ficelles, régler les problèmes, changer les choses.

Vous devriez faire quelque chose.

Il allait et venait dans son séjour, un animal en cage prêt à se jeter sur les barreaux. Il travaillait dans un bureau de George Street, était comptable dans un cabinet d'assurances. Un peu plus petit que Siobhan, il portait des lunettes étroites à verres rectangulaires. Il avait un colocataire, mais avait précisé à Siobhan qu'il n'était pas gay, information dont elle l'avait remercié.

Pas lourd, pas lourd, pas lourd.

Elle se demanda si ses déplacements avaient un but.

Ouvrait-il et fermait-il des tiroirs ? Cherchait-il peut-être la télécommande égarée ? Ou bien le déplacement lui-même était-il le but ? Et, dans ce cas, que signifiaient son immobilité, son désir de rester debout à l'écouter ? Une carte postale sur la cheminée, une assiette et une tasse sur l'égouttoir. Une fenêtre aux volets fermés, avec une barre horizontale qu'elle ne prenait jamais la peine de mettre en place. Elle était bien assez en sécurité ici. Dans un cocon. À l'étroit.

– Au diable, marmonna-t-elle en pivotant sur elle-même pour s'échapper.

St Leonard's était silencieux. Elle avait l'intention d'évacuer une partie de sa frustration au gymnase, mais elle acheta une boisson glacée et gazeuse au distributeur, monta au CID et regarda, sur son bureau, si elle avait des messages. Une nouvelle lettre de son admirateur mystérieux :

LES GANTS EN CUIR NOIR T'EXCITENT ?

Une allusion à Rebus, devina-t-elle. Un mot indiquait qu'elle devait rappeler Ray Duff, mais il voulait simplement dire qu'il était parvenu à examiner la première lettre anonyme.

– Et les nouvelles ne sont pas bonnes.

– Tu veux dire que ça n'a rien donné ?

– Moins que rien.

Elle soupira.

– Désolé de n'avoir pas pu être plus utile. Est-ce qu'un verre te remonterait le moral ?

– Une autre fois peut-être.

– Très bien. Je vais probablement rester ici encore une ou deux heures.

Ici étant le labo de police scientifique de Howdenhall.

– Tu travailles toujours sur Port Edgar ?

– Je compare les groupes sanguins, pour voir à qui appartenaient les taches.

Siobhan, assise au bord de son bureau, serrait le combiné entre la joue et l'épaule tout en continuant de faire le tri dans sa corbeille de courrier. Il s'agissait essentiellement d'affaires datant de plusieurs semaines... de noms dont elle se souvenait à peine.

– Dans ce cas, il vaut mieux que je te laisse t'y remettre.

– Tu as beaucoup à faire, toi aussi, Siobhan ? Tu sembles fatiguée.

– Tu sais ce que c'est, Ray. Buvons un verre un jour.

– À ce moment-là, je crois qu'on en aura besoin tous les deux.

Elle sourit dans le combiné.

– Salut, Ray.

– Prends soin de toi, Shiv...

Elle raccrocha. Ça recommençait : quelqu'un l'appelait Shiv, tentait d'établir une intimité que le diminutif était destiné à favoriser. Elle avait cependant constaté que personne ne tentait de faire avaler la même chose à Rebus, qu'on ne l'appelait jamais Jock, Johnny, Jo-Jo ou JR. Parce qu'on le voyait, qu'on l'entendait et qu'on comprenait qu'il n'était rien de tout ça. C'était John Rebus. L'inspecteur John Rebus. John pour ses amis les plus proches. Pourtant ces mêmes personnes seraient satisfaites de considérer qu'elle était Shiv. Pourquoi ? Parce qu'elle était une femme ? Le sérieux de Rebus, ou la menace qui émanait sans cesse de lui lui faisaient-ils défaut ? Tentait-on simplement de gagner son affection ? Ou bien un surnom la rendrait-il en apparence plus vulnérable, moins susceptible et dangereuse ?

Shiv... Cela signifiait poignard, n'est-ce pas. De l'argot américain. Bon, elle s'était rarement sentie aussi émoussée. Et un autre surnom entrait dans la salle. Le sergent George « Hi-Ho » Silvers. Il regarda autour de lui comme s'il cherchait quelqu'un. Il la vit, mit une seconde à décider qu'elle correspondrait peut-être à ce dont il avait besoin.

– Tu es occupée ? demanda-t-il.

– À ton avis ?

– Tu as envie de faire un tour ?

– Tu n'es pas vraiment mon type, George.

Un rire ironique.

– On a un cadavre.

– Où ?

– Du côté de Gracemount. Sur la voie de chemin de fer désaffectée. Il est apparemment tombé de la passerelle.

– Un accident ?

Comme l'incendie de la maison de Fairstone, déclenché par une friteuse : encore un accident à Gracemount.

Silvers haussa les épaules dans la mesure où le lui autorisait un costume qui lui était un peu grand trois ans auparavant.

– Il paraît qu'il était poursuivi.

– Poursuivi ?

Nouveau haussement d'épaules.

– Il faut y aller pour en savoir davantage.

Siobhan acquiesça.

– Qu'est-ce qu'on attend ?

Ils prirent la voiture de Silvers. Il l'interrogea sur South Queensferry, sur Rebus et l'incendie de la maison, mais elle répondit brièvement. Il finit par comprendre et alluma la radio, siffla tout en écoutant du jazz traditionnel, la musique qu'elle détestait peut-être le plus.

– Tu écoutes du Mogwai, George ?

– Jamais entendu parler. Pourquoi ?

– Simple curiosité...

Il n'y avait pas de place de stationnement près de la ligne de chemin de fer. Silvers s'arrêta contre le trottoir, derrière une voiture de patrouille. Il y avait un arrêt d'autobus et, au-delà, une étendue herbue. Ils la traversèrent à pied, se dirigeant vers une clôture basse envahie de chardons et de ronces. La clôture aboutissait à un petit escalier métallique permettant d'accéder au pont, qui franchissait les voies, où les curieux venus des cités voisines étaient rassemblés. Un agent en tenue demandait à chacun s'il avait vu ou entendu quelque chose.

– Merde, gronda Silvers, comment allons-nous descendre ?

Siobhan montra le côté opposé, où un échalier avait été bricolé à l'aide de parpaings, de caisses en plastique et d'un vieux matelas posé sur la clôture. Quand ils y arrivèrent, Silvers y jeta un coup d'œil et décida que ce n'était pas pour lui. Il ne dit rien, secoua simplement la tête. Siobhan franchit la clôture, descendit le talus en forte pente, enfonçant les talons le plus profondément possible dans le sol mou, les orties lui piquant les chevilles, les bruyères accrochant le bas de son pantalon. Plusieurs personnes étaient rassemblées autour de la silhouette allongée. Elle reconnut des visages du poste de police de Craigmillar ainsi que le légiste, le docteur Curt. Il la vit et la salua d'un sourire.

– Heureusement que cette ligne n'est pas encore rouverte, dit-il. Au moins, ce malheureux est en un seul morceau.

Elle regarda le corps déformé, brisé. Son duffel-coat était ouvert, dévoilait son torse vêtu d'une ample chemise à carreaux. Pantalon de velours marron et mocassins marron.

– Deux personnes ont appelé, lui raconta un des détectives de Craigmillar, pour dire qu'elles l'avaient vu errer dans les rues.

– Ce n'est sûrement pas exceptionnel dans ce coin...

– Mais il semblait traquer quelqu'un. Il avait une main dans une poche, comme s'il portait une arme.

– Et il en a une ?

Le détective secoua la tête.

– Il l'a peut-être lâchée pendant qu'on le poursuivait. Des jeunes du quartier, apparemment.

Siobhan regarda le pont, puis à nouveau le corps.

– Ils l'ont rattrapé ?

Le détective haussa les épaules.

– Est-ce qu'on sait qui c'est ?

– La carte de vidéoclub qu'il avait dans la poche indique qu'il s'appelait Callis. A. Callis. Quelqu'un cherche dans l'annuaire. Si ça ne marche pas, le vidéoclub nous fournira l'adresse.

– Callis ?

Siobhan plissa le front. Elle s'efforça de se souvenir où elle avait entendu ce nom... Puis elle s'en rappela.

– Andy Callis, dit-elle presque pour elle-même.

Le détective avait entendu.

– Vous savez qui c'est ?

Elle secoua la tête.

– Mais je connais quelqu'un qui le connaissait peut-être. Si c'est ce type, il habite Alnwickhall.

Elle sortit son mobile de sa poche, ajouta :

– Encore une chose... si c'est lui, c'est un collègue.

– Un flic ?

Elle acquiesça. Le détective de Craigmillar aspira de l'air entre ses dents et regarda les spectateurs du pont avec davantage d'attention.

16

Il n'y avait personne.

Rebus regardait la chambre de Miss Teri depuis plus d'une heure. Noir, noir, noir. Exactement comme ses souvenirs. Il ne se rappelait même pas quels amis il avait rencontrés, ce jour-là, dans le parc. Cependant la scène était restée gravée dans la mémoire d'Allan Renshaw pendant une trentaine d'années. Indélébile. Bizarre ce dont on ne pouvait s'empêcher de se souvenir, ce qu'on décidait d'oublier. Les tours que jouait le cerveau, des odeurs ou des sensations rappelant ce qu'on avait depuis longtemps oublié. Rebus se demanda si Allan était en colère contre lui parce qu'une telle colère était possible. Après tout, à quoi bon se mettre en colère contre Lee Herdman ? Herdman n'était plus là et ne pouvait plus en supporter les conséquences, tandis que Rebus était manifestement présent, comme apparu dans ce but.

Le portable lança l'économiseur d'écran, des étoiles filantes jaillissant de profondeurs ténébreuses. Il appuya sur une touche et se retrouva dans la chambre de Teri Cotter. Pourquoi regardait-il ? Parce que cela flattait le voyeur qui était en lui ? Il avait toujours aimé les filatures pour cette même raison : plongées dans des vies secrètes. Il se demanda ce que Teri en tirait. Elle ne gagnait pas d'argent. Il n'y avait pas d'interaction, aucune possibilité pour le spectateur d'entrer en contact avec elle, ni pour elle de communiquer avec son public. Alors pourquoi ? Parce qu'elle éprouvait le besoin de s'exposer ? Comme lorsqu'elle traînait dans Cockburn Street, dévisagée et parfois agressée ? Elle avait accusé sa mère de l'espionner, mais avait filé droit sur la porte de la boutique lorsque les Garçons Perdus avaient attaqué. Difficile de se faire une opinion sur cette relation. La fille de Rebus avait passé son adolescence à Londres, auprès de sa mère, et était restée un mystère pour lui. Son ex-femme l'appelait pour se plaindre de « l'attitude » de Samantha, de ses « sautes d'humeur », lâchait la vapeur puis raccrochait.

Le téléphone.

Son téléphone sonnait. Son mobile. Il était branché, en charge. Il le prit.

– Allô ?

– J'ai essayé ta ligne fixe, dit Siobhan. Elle était occupée.

Rebus regarda l'ordinateur portable branché sur la prise de téléphone.

– Qu'est-ce qu'il y a ?

– Ton ami, celui à qui tu rendais visite le soir où on s'est rencontrés....

Elle appelait sur son mobile, était apparemment dehors.

– Andy ? dit-il. Andy Callis ?

– Peux-tu le décrire ?

Rebus se figea.

– Qu'est-ce qui est arrivé ?

– Écoute, ce n'est peut-être pas lui...

– Où es-tu ?

– Décris-le... ainsi tu ne risqueras pas de faire tout ce chemin pour rien.

Rebus ferma les yeux, vit Andy Callis dans son salon, dans son fauteuil, devant la télé.

– Un peu plus de quarante ans, cheveux châtain foncé, un mètre soixante-quinze, environ soixante-quinze kilos...

Il y eut un moment de silence.

– D'accord, soupira-t-elle. Après tout, tu devrais peut-être venir.

Rebus cherchait sa veste. Il se souvint du portable, coupa la connexion Internet.

– Où es-tu ? demanda-t-il.

– Comment feras-tu pour venir ?

– C'est mon problème, répondit-il en cherchant ses clés de voiture du regard. Contente-toi de me donner l'adresse.

Elle l'attendait au bord du trottoir, le regarda tirer le frein à main et descendre de voiture.

– Comment vont tes mains ? demanda-t-elle.

– Elles allaient bien avant que je prenne le volant.

– Des analgésiques ?

Il secoua la tête.

– Je peux m'en passer.

Il regardait autour de lui. À une centaine de mètres se trouvait l'arrêt d'autobus où son taxi avait rencontré les Garçons Perdus. Ils prirent la direction du pont.

– Il surveillait l'endroit depuis environ deux heures, expliqua Siobhan. Deux ou trois personnes ont signalé qu'elles l'avaient vu.

– Et on a fait quelque chose ?

– Il n'y avait pas de voiture de patrouille disponible, répondit-elle.

– S'il y en avait eu une, il ne serait peut-être pas mort, dit Rebus sur un ton neutre.

– Une voisine a entendu des cris. Elle croit que les jeunes se sont mis à le poursuivre.

– A-t-elle vu quelqu'un ?

Siobhan secoua la tête. Ils étaient maintenant sur le pont.

Les spectateurs commençaient à se disperser. Le corps avait été enroulé dans une couverture et chargé sur une civière, qu'on hissait sur le talus à l'aide d'une corde. Une camionnette de la morgue était arrêtée près de l'échalier. Silvers bavardait avec le chauffeur en fumant une cigarette.

– On a vérifié les Callis de l'annuaire, dit-il à Rebus et Siobhan. Pas trace de lui.

– Il n'est plus dans l'annuaire, dit Rebus. Comme toi et moi, George.

– Tu es sûr que c'est le bon Callis ? s'enquit Silvers.

Quelqu'un cria, en bas, et le chauffeur jeta sa cigarette afin de concentrer son attention sur l'extrémité de la corde. Silvers continua de fumer, ne donna un coup de main que lorsque le chauffeur le lui demanda. Rebus laissa ses mains dans ses poches. Il avait l'impression qu'elles étaient en feu.

– Tirez ! cria quelqu'un.

Moins d'une minute plus tard, la civière avait franchi la clôture. Rebus avança, découvrit le visage. Le regarda et constata que, dans la mort, Andy Callis semblait très paisible.

– C'est lui, dit-il avant de reculer afin que l'on puisse charger le corps dans la camionnette.

Le docteur Curt était parvenu en haut du talus avec l'aide du policier de Craigmillar. Il était essoufflé et franchit l'échalier avec difficulté. Quand quelqu'un avança dans l'intention de l'aider, il bredouilla qu'il était capable de se débrouiller, la voix altérée par l'effort.

– C'est lui, annonça Silvers aux nouveaux venus. En tout cas d'après l'inspecteur Rebus.

– Andy Callis ? demanda quelqu'un. Le gars de la section des Armes à feu ?

Rebus acquiesça.

– Des témoins ? demanda le détective de Craigmillar.

Un agent en tenue répondit :

– Les gens ont entendu des éclats de voix, mais n'ont rien vu.

– Suicide ? demanda quelqu'un d'autre.

– Ou bien il tentait de s'échapper, supputa Siobhan, qui constata que Rebus ne contribuait pas à la conversation, alors que c'était lui qui connaissait le mieux Andy Callis. Ou peut-être, justement, parce que...

Ils regardèrent la camionnette de la morgue cahoter sur le sol inégal avant de regagner la chaussée. Silvers demanda à

Siobhan si elle rentrait. Elle se tourna vers Rebus et secoua la tête.

– John me raccompagnera, dit-elle.

– Comme tu veux. De toute façon, c'est sûrement Craigmillar qui s'en occupera.

Elle acquiesça, attendit que Silvers s'en aille. Puis, quand elle fut seule avec Rebus, elle demanda :

– Ça va ?

– Je pense à cette voiture de patrouille qui n'est pas venue.

– Et ?

Il la dévisagea, elle ajouta :

– Il n'y a pas que ça, hein ?

Il finit par hocher lentement la tête.

– Tu veux en parler ?

Il continua de hocher la tête. Quand elle s'en alla, il la suivit, franchit le pont, traversa l'étendue herbue jusqu'à l'endroit où la Saab était garée. Elle n'était pas fermée à clé. Il ouvrit la portière du chauffeur, réfléchit, donna ses clés à Siobhan.

– Conduis, dit-il. Je ne crois pas en être capable.

– Où va-t-on ?

– On roule. On aura peut-être la chance de se retrouver au Pays de Nulle part.

Elle ne comprit pas immédiatement l'allusion.

– Les Garçons Perdus ? poursuivit-elle.

Rebus acquiesça et contourna la voiture.

– Et tu me raconteras l'histoire pendant que je conduirai ?

– Je te raconterai l'histoire, accepta-t-il.

Et il le fit.

L'essentiel : Andy Callis et son équipier en patrouille dans leur voiture. Envoyés dans une boîte de nuit de Market Street, derrière Waverley Station. C'était un endroit à la mode, les gens faisaient la queue pour entrer. Quelqu'un avait appelé la police en indiquant qu'un jeune homme brandissait un pistolet. Signalement vague. Adolescent, parka verte, en compagnie de trois potes. Il ne faisait pas la queue, la longeait, ouvrait sa parka pour que les gens voient ce qu'il avait glissé sous sa ceinture.

– Quand Andy est arrivé, il n'y avait pas trace de lui, dit Rebus. Il était parti en direction de New Street. Andy et son équipier ont pris le même chemin. Ils avaient exposé la situation et reçu l'autorisation de prendre leurs armes... de les poser sur leurs genoux. Gilets pare-balles... Les renforts arrivaient, au cas où. Tu connais l'endroit où la ligne de chemin de fer passe au-dessus du bas de New Street ?

– À Carlton Road ?

Rebus acquiesça.

– Les voies passent sur un pont aux arches de pierre. Il fait très sombre. C'est mal éclairé.

Siobhan acquiesça à son tour ; c'était effectivement un endroit lugubre.

– En plus, il y a toutes sortes de coins et de recoins, poursuivit Rebus. L'équipier d'Andy a cru voir quelque chose dans l'ombre. Ils se sont arrêtés, sont descendus de voiture. Ont vu les quatre gars... probablement les mêmes. Ils sont restés à bonne distance, leur ont demandé s'ils étaient armés. Leur ont ordonné de tout poser par terre. D'après Andy, c'était comme des ombres qui changeaient sans cesse de place...

Il posa l'arrière du crâne contre l'appui-tête, ferma les yeux, reprit :

– Il se demandait si ce qu'il voyait était des ombres ou des êtres de chair et de sang. Il prenait la torche suspendue à sa ceinture quand il a cru percevoir un mouvement, un bras qui se tendait, braquait quelque chose. Il a pointé son arme, après avoir ôté la sécurité...

– Que s'est-il passé ?

– Quelque chose est tombé par terre. C'était un pistolet, une copie, a-t-on constaté ensuite. Mais trop tard...

– Il avait tiré.

Rebus acquiesça.

– Mais il n'a touché personne. Il visait le sol. Le ricochet aurait pu aboutir n'importe où.

– Mais ça n'a pas été le cas.

– Non.

Rebus resta quelques instants silencieux, reprit :

– Il a fallu faire une enquête, comme chaque fois qu'un coup de feu est tiré. Son équipier l'a soutenu, mais Andy a compris que le type ne faisait que prononcer les mots. Il a commencé à douter de lui-même.

– Et le gars armé ?

– Ils étaient quatre. Personne n'a voulu reconnaître que l'arme lui appartenait. Ils portaient tous une parka et le gamin de la file d'attente de la boîte de nuit n'était pas assez fou pour identifier celui qui avait un pistolet.

– Les Garçons Perdus ?

Rebus acquiesça.

– C'est leur nom dans le quartier. Ce sont eux que tu as rencontrés dans Cockburn Street. Leur chef – il s'appelle Rab Fisher – est passé en jugement parce qu'on a estimé que c'était lui qui avait la copie, mais l'affaire est restée sans suite... une perte de temps pour les avocats. Et Andy Callis passait et repassait les événements dans sa tête, tentait de démêler les ombres et la réalité...

– Et ici, c'est le territoire des Garçons Perdus ? demanda Siobhan, qui regardait à travers le pare-brise.

Rebus acquiesça. Siobhan réfléchit, puis demanda :

– D'où provenait l'arme ?

– De Peacock Johnson, je présume.

– C'est pour cette raison que tu voulais avoir une conversation avec lui le jour où on l'a amené à St Leonard's ?

Rebus acquiesça une nouvelle fois.

– Et maintenant tu veux avoir une conversation avec les Garçons Perdus ?

– Il semblerait qu'ils soient rentrés se coucher, reconnut Rebus en se tournant vers la vitre.

– Tu crois que Callis est venu ici intentionnellement ?

– Peut-être.

– Pour les affronter ?

– Ils ont été innocentés, Siobhan. Ça n'a pas beaucoup plu à Andy.

Elle réfléchit, demanda :

– Pourquoi ne dit-on pas tout ça aux gars de Craigmillar ?

– Je les mettrai au courant.

Il sentit qu'elle le fixait, ajouta :

– Promis juré.

– Ça pourrait être un accident. On a l'impression de pouvoir fuir par cette ligne de chemin de fer.

– Peut-être.

– Personne n'a vu quoi que ce soit.

Il se tourna vers elle.

– Crache le morceau.

Elle soupira.

– C'est seulement que tu tentes sans cesse de livrer les batailles des autres à leur place.

– Je fais ça ?

– Parfois, oui.

– Si ça te contrarie, je m'excuse.

– Ça ne me contrarie pas. Mais parfois...

Elle ravala ce qu'elle avait l'intention de dire.

– Parfois ? l'encouragea Rebus.

Elle secoua la tête, souffla avec bruit, étendit son dos, tenta de décrisper sa nuque.

– Heureusement, c'est le week-end. Tu as des projets ?

– Je me disais que je ferais peut-être de la randonnée... ou de la musculation au gymnase...

– Serais-tu sarcastique ?

– Un peu.

Il avait vu quelque chose.

– Ralentis, dit-il.

Il s'était retourné et regardait par la lunette arrière.

– Recule, ajouta-t-il.

Elle obéit. C'était une rue d'immeubles bas. Un chariot de supermarché, très éloigné lui aussi de sa base, avait été abandonné sur le trottoir. Rebus scrutait la ruelle séparant deux immeubles. Une... non, deux silhouettes. Des ombres si proches l'une de l'autre qu'elles semblaient se confondre. Puis Rebus comprit ce qui se passait.

– Deux jeunes qui font ça debout, commenta Siobhan. Qui a dit que le romantisme était mort ?

Un visage s'était tourné vers la voiture, à cause du moteur qui tournait au ralenti. Une voix masculine rude cria :

– Le spectacle te plaît, mon pote ? C'est mieux que ce que tu as chez toi, hein ?

– Roule, ordonna Rebus.

Siobhan roula.

Ils aboutirent à St Leonard's, Siobhan expliquant que sa voiture s'y trouvait, sans préciser davantage. Rebus lui avait dit qu'il pourrait rentrer chez lui : Arden Street ne se trouvait qu'à cinq minutes. Mais ses mains étaient en feu quand il se gara devant chez lui. Dans la salle de bains, il y passa de la crème et prit deux analgésiques dans l'espoir de pouvoir dormir quelques heures. Un whisky l'y aiderait peut-être et il s'en servit une mesure généreuse, s'assit dans le salon. Le portable était en veille. Il ne prit pas la peine de le remettre en marche, gagna la table. Il y avait disposé de la documentation sur le SAS, ainsi que la copie du dossier de Herdman. Il s'assit.

Le spectacle te plaît, mon pote ?

C'est mieux que ce que tu as chez toi, hein ?

Le spectacle te plaît, mon pote... ?

Cinquième jour

Lundi

17

La vue était somptueuse.

Siobhan était devant, près du pilote. Rebus à l'arrière, près d'un siège inoccupé. Les hélices faisaient un bruit assourdissant.

– On aurait pu prendre l'avion d'affaires, expliquait Doug Brimson, mais la facture de carburant est énorme et il risquait d'être trop gros pour la ZA.

ZA : zone d'atterrissage. Une expression que Rebus n'avait pas entendue depuis l'armée.

– Avion d'affaires ? demanda Siobhan.

– J'ai un appareil à sept places. Les sociétés le louent pour se rendre à des réunions – qu'on appelle aussi « sorties ». Je prends du champagne frais, des verres en cristal...

– Ça semble agréable.

– Désolé, aujourd'hui il n'y a qu'une Thermos de thé.

Il rit, se tourna vers Rebus, ajouta :

– J'ai passé le week-end à Dublin, j'y ai conduit un groupe de banquiers qui voulaient assister à un match de rugby. Ils ont payé mon séjour.

– Tant mieux pour vous.

– Il y a quelques week-ends, j'étais à Amsterdam : enterrement de la vie de garçon d'un homme d'affaires...

Rebus pensa à son week-end. Quand Siobhan était passée le prendre, au matin, elle lui avait demandé ce qu'il avait fait.

– Pas grand-chose, avait-il répondu. Toi ?

– Pareil.

– Bizarre, les gars de Leith m'ont dit que tu étais passée.

– Bizarre, ils m'ont dit la même chose à ton propos.

– Ça vous plaît, jusqu'ici ? demanda Brimson.

– Jusqu'ici, répondit Rebus.

En réalité, il n'aimait pas beaucoup l'altitude. Néanmoins, il avait regardé la vue aérienne d'Édimbourg avec fascination, stupéfait parce qu'il était presque impossible de distinguer des points de repère tels que le Château et Carlton Hill de leur environnement. On ne pouvait manquer la masse volcanique d'Arthur's Seat, mais les bâtiments, uniformément gris, formaient un ensemble indistinct. Cependant, le réseau complexe des rues géométriques de New Town était impressionnant, puis ils survolèrent le Forth, South Queensferry, les ponts routier et ferroviaire. Rebus chercha Port Edgar Academy, vit d'abord Hopetoun House, puis l'école à moins d'un kilomètre et demi. Il distingua même le Portakabin. Ils volaient vers l'ouest, maintenant, suivant la M8 en direction de Glasgow.

Siobhan demanda à Brimson s'il travaillait beaucoup pour les entreprises.

– Ça dépend de l'état de l'économie. Franchement, quand une société envoie quatre ou cinq personnes à une réunion, louer un appareil est parfois moins cher qu'un vol en classe affaires.

– Siobhan m'a dit que vous aviez été dans l'armée, fit Rebus, qui se pencha autant que le lui permettait sa ceinture de sécurité.

Brimson sourit.

– J'appartenais à la RAF. Et vous, inspecteur ? Ancien militaire ?

Rebus acquiesça.

– J'ai même suivi une formation pour entrer au SAS, reconnut-il. Mais je n'ai pas réussi.

– Rares sont ceux qui y parviennent.

– Et il y a ceux qui craquent plus tard.

Brimson le regarda.

– Vous pensez à Lee ?

– Et à Robert Niles. Comment l'avez-vous rencontré ?

– Par l'intermédiaire de Lee. Il m'a dit qu'il rendait visite à Robert. Un jour, je lui ai demandé si je pouvais l'accompagner.

– Ensuite, vous y êtes allé seul ?

Rebus se souvenait du registre des visites.

– Oui. C'est un garçon intéressant. Apparemment, on s'entend.

Il se tourna vers Siobhan, demanda :

– Vous avez envie de prendre les commandes pendant que je bavarde avec votre collègue ?

– Vous n'avez pas peur...

– Une autre fois, peut-être. Je crois que ça vous plairait.

Il lui adressa un clin d'œil, se tourna ensuite vers Rebus :

– Il semblerait que l'armée traite plutôt mal ses anciens, vous ne trouvez pas ?

– Je ne sais pas. On peut obtenir du soutien quand on retourne dans le civil... ça n'existait pas de mon temps.

– Taux élevé de divorces, dépressions. Les anciens combattants des Malouines qui se sont suicidés sont plus nombreux que ceux qui ont été tués au combat. Beaucoup de sans-abri ont appartenu à l'armée...

– En revanche, dit Rebus, le SAS est devenu une bonne affaire. On peut vendre son histoire à un éditeur, devenir garde du corps. Si mes informations sont bonnes, aucune des quatre compagnies n'est au complet. Ceux qui s'en vont sont trop nombreux. En plus, le taux de suicide est inférieur à la moyenne.

Brimson n'écoutait apparemment pas.

– Un type a sauté d'un avion, il y a quelques années... vous en avez peut-être entendu parler. Un titulaire de la QGM.

– Queen's Gallantry Medal[1], expliqua Rebus au profit de Siobhan.

– Il a essayé de poignarder sa femme parce qu'il croyait qu'elle voulait le tuer. Il était déprimé... Il ne supportait plus et il est parti en vrille, si vous me pardonnez l'expression.

– Ça arrive, dit Rebus.

Il se souvint du livre qu'il avait trouvé chez Herdman, celui qui contenait la photo de Miss Teri.

– Ça arrive, pas de problème, poursuivait Brimson. L'aumônier du SAS, qui avait participé au siège de l'ambassade d'Iran, a fini par se suicider. Un autre ancien du SAS a abattu sa petite amie avec une arme qu'il avait rapportée de la guerre du Golfe.

– Et quelque chose de similaire est arrivé à Lee Herdman ? demanda Siobhan.

– Apparemment, dit Brimson.

– Mais pourquoi choisir cette école ? demanda Rebus. Vous avez fréquenté ses fêtes, n'est-ce pas, monsieur Brimson ?

– Ses fêtes étaient agréables.

– Il y avait toujours plein d'adolescents.

Brimson se tourna une nouvelle fois vers lui.

1. Récompense principalement civile, parfois octroyée à des militaires pour des actes de bravoure.

– C'est une question ou un commentaire ?

– Vous y avez vu de la drogue ?

Brimson parut concentrer son attention sur le tableau de bord.

– Peut-être un peu de hasch, admit-il finalement.

– Rien de plus fort ?

– En tout cas, c'est tout ce que j'ai vu.

– Ce n'est pas tout à fait pareil. Avez-vous entendu dire que Herdman dealait ?

– Non.

– Passait de la drogue ?

Brimson regarda Siobhan.

– Est-ce que j'aurais besoin d'un avocat ?

Elle lui adressa un sourire rassurant.

– Je crois que l'inspecteur fait simplement la conversation.

Elle se tourna vers lui, ajouta :

– N'est-ce pas ?

Du regard, elle demanda à Rebus de ne pas insister.

– C'est exact, dit-il. Je bavarde, c'est tout.

Il s'efforça de ne pas penser aux heures sans sommeil, à ses mains douloureuses, à la mort d'Andy Callis. Concentra son attention sur ce qu'il voyait par la vitre, le paysage changeant. Ils survoleraient bientôt Glasgow, puis le Firth of Clyde, Bute et Kintyre...

– Donc vous n'avez jamais associé Lee Herdman à la drogue ? questionna-t-il.

– Je ne l'ai jamais vu prendre quoi que ce soit de plus fort qu'un joint.

– Cela ne répond pas précisément à ma question. Que diriez-vous si je vous apprenais qu'on a trouvé de la drogue dans un des bateaux de Herdman ?

– Je dirais que cela ne me regarde pas. Lee était un ami, inspecteur. Ne croyez pas que j'entrerai dans le jeu auquel...

– Certains collègues à moi pensent qu'il importait de la cocaïne et de l'ecstasy, affirma Rebus.

– Ce que pensent vos collègues ne me regarde pas, marmonna Brimson, qui garda ensuite le silence.

– J'ai vu votre voiture dans Cockburn Street la semaine dernière, dit Siobhan, essayant de changer de sujet. Juste après être passée vous voir à Turnhouse.

– J'étais probablement allé à la banque.

– C'était après l'heure de la fermeture.

Brimson réfléchit.

– Cockburn Street ? fit-il, puis il hocha la tête, ajouta : J'ai des amis qui y possèdent une boutique. Je crois que je suis allé leur dire bonjour.

– De quelle boutique s'agit-il ?

Il se tourna vers elle.

– Ce n'est pas vraiment une boutique. C'est un salon de bronzage.

– Celui de Charlotte Cotter ?

Brimson fut ébahi.

– Nous avons interrogé sa fille. Elle fréquente l'école.

– Très bien.

Brimson hocha la tête. Il avait le casque, avait écarté un des écouteurs. Il le remit sur son oreille, poussa le micro en direction de ses lèvres.

– Je vous entends, contrôle, dit-il.

Puis il écouta tandis que la tour de l'aéroport de Glasgow lui indiquait le cap qu'il devait prendre afin d'éviter un appareil en approche. Rebus fixait la nuque de Brimson, se disait que Teri n'avait pas indiqué que c'était un ami de la famille... et qu'elle semblait ne pas l'apprécier du tout...

Le Cessna s'inclina fortement et Rebus s'efforça de ne pas serrer trop fort l'accoudoir du siège. Une minute plus tard, ils survolèrent Greenrock puis l'étroite étendue d'eau qui le séparait de Dunoon. Le paysage devenait plus sauvage : davantage de forêts, moins de villages. Ils franchirent Loch Fyne et s'engagèrent au-dessus du Sound of Jura. Le vent parut forcir presque immédiatement, secoua l'avion.

– Je ne suis jamais venu par ici, reconnut Brimson. J'ai regardé la carte hier soir. Une seule route sur le flanc est de l'île. La moitié inférieure est essentiellement constituée de forêts et de quelques pics d'une hauteur convenable.

– Et la piste d'atterrissage ? demanda Siobhan.

– Vous verrez.

Il se tourna de nouveau vers Rebus :

– Lisez-vous de la poésie, inspecteur ?

– Est-ce que j'ai la tête à ça ?

– Franchement, non. Je suis un grand admirateur de Yeats. L'autre soir, je lisais un de ses poèmes : « Je sais que je rencontrerai mon destin ; quelque part parmi les nuages du ciel ; je ne hais point ceux que je combats, je n'aime pas ceux que je protège. »

Il se tourna vers Siobhan :

– N'est-ce pas terriblement triste ?

– Vous croyez que c'est ce que ressentait Lee ? s'enquit-elle.

Il haussa les épaules.

– Le malheureux qui s'est jeté de l'avion était sûrement dans ce cas.

Il resta un instant silencieux, reprit :

– Vous savez comment s'intitule le poème ? *An Irish Airman foresees his Death*[1].

Nouveau coup d'œil sur le tableau de bord, puis :

– On est au-dessus du Jura.

Siobhan regarda le paysage sauvage. L'avion s'inscrivit dans un circuit et elle vit à nouveau la côte, la route qui la longeait. Tandis que l'appareil descendait, Brimson parut chercher quelque chose sur la route... un point de repère, peut-être.

– Je ne vois pas où nous pourrions atterrir, constata Siobhan.

Mais elle aperçut un homme qui leur faisait apparemment signe des deux bras. Brimson reprit de l'altitude et effectua un deuxième circuit.

– De la circulation ? demanda-t-il tandis qu'ils survolaient une nouvelle fois la route à basse altitude.

Siobhan crut qu'il parlait à quelqu'un par radio, à une tour de contrôle. Mais elle s'aperçut qu'il s'adressait à elle. Et qu'il entendait, par « circulation », celle de la route.

– Vous plaisantez, dit-elle, puis elle se retourna et regarda Rebus, mais il semblait vouloir guider l'avion par la seule force de la pensée.

Les roues grondèrent quand elles touchèrent le goudron, l'appareil rebondit comme s'il voulait reprendre l'air. Brimson serrait les dents, mais souriait. Il se tourna vers Siobhan, comme s'il avait remporté une victoire, et roula sur la chaussée en direction de l'homme qui attendait, l'homme qui agitait toujours les bras et guidait maintenant l'appareil jusqu'à une barrière donnant sur un champ moissonné. Ils cahotèrent dans les ornières. Brimson coupa les moteurs et ôta son casque.

Il y avait une maison près du champ et une femme qui, debout, les regardait, un bébé dans les bras. Siobhan ouvrit sa

1. « Un aviateur irlandais entrevoit sa mort ». Poème écrit pendant la Première Guerre mondiale.

portière, détacha sa ceinture et descendit. Elle eut l'impression que le sol vibrait, mais elle s'aperçut que c'était son corps, toujours crispé par le vol.

– C'est la première fois que j'atterris sur une route, dit Brimson, souriant, à l'homme.

– C'était ça ou le champ, répondit l'homme avec un fort accent.

Il était de haute taille, robuste, avait les cheveux châtains et frisés, les joues rose vif.

– Je suis Rory Mollison.

Il serra la main de Brimson, puis fut présenté à Siobhan et Rebus, qui allumait une cigarette, salua de la tête mais se garda de tendre la main.

– Vous avez trouvé facilement, dit Mollison – comme s'ils étaient venus en voiture.

– Comme vous le voyez, dit Siobhan.

– J'étais sûr que ça marcherait, dit Mollison. Les gars du SAS sont venus en hélicoptère. C'est le pilote qui m'a dit que la route ferait une bonne piste d'atterrissage. Pas de nids de poule, voyez-vous.

– Il avait raison, dit Brimson.

Mollison était le « guide local » de l'équipe de sauvetage. Quand Siobhan avait demandé à Brimson de lui rendre un service – la conduire à Jura en avion – il avait demandé si elle savait où il était possible d'atterrir. Rebus avait fourni le nom de Mollison...

Siobhan fit signe de la main à la femme, qui répondit sans réel enthousiasme.

– C'est ma femme, Mary, dit Mollison. Et notre fille, Seona. Vous venez boire un thé ?

Rebus regarda ostensiblement sa montre.

– Il vaudrait mieux qu'on parte tout de suite, en fait.

Il se tourna vers Brimson, demanda :

– Vous n'aurez pas de problème en attendant notre retour ?

– Comment ça ?

– Nous ne serons absents que quelques heures...

– Une minute, je vous accompagne. Je ne crois pas que Mme Mollison ait envie de me voir traîner chez elle. Et, comme je vous ai conduits jusqu'ici, je ne vois pas comment vous pourriez me refuser ça.

Rebus se tourna vers Siobhan, puis céda avec un haussement d'épaules.

– Il faut que vous entriez pour vous changer, dit Mollison.

Siobhan ramassa son sac à dos et hocha la tête.

– Nous changer ? répéta Rebus.

– Des vêtements adaptés à l'escalade, fit Mollison, qui le regarda de la tête aux pieds. Vous n'avez que ça ?

Rebus haussa les épaules. Siobhan avait ouvert son sac sur des chaussures de marche, un coupe-vent et une Thermos.

– Une vraie Mary Poppins, commenta Rebus.

– Je peux vous en prêter, proposa Mollison, qui partit en direction de la maison, suivi par les trois visiteurs.

– Donc vous n'êtes pas guide professionnel ? demanda Siobhan.

Mollison secoua la tête.

– Mais je connais l'île comme ma poche. J'en ai sûrement parcouru le moindre centimètre carré au cours de ces vingt dernières années.

Ils étaient allés aussi loin que possible, dans le Land Rover de Mollison, sur des pistes de débardage boueuses si accidentées qu'elles menaçaient de faire tomber leurs plombages. Mollison était un chauffeur compétent ; ou bien un dément. Il y avait des moments où il semblait ne pas y avoir de piste du tout, où le véhicule s'inclinait follement sur le sol couvert de mousse de la forêt, d'autres où il descendait un rapport pour franchir une excroissance rocheuse ou une rivière. Mais ils durent au bout du compte s'avouer vaincus. Il leur fallait marcher.

Rebus portait une vénérable paire de chaussures de marche dont le cuir était devenu d'une dureté si implacable qu'il avait du mal à fléchir le pied au niveau des orteils. Il avait un pantalon imperméable, tachée de boue, et une veste Barbour à l'aspect huileux. Quand le moteur de la voiture se fut tu, le silence reprit possession des bois.

– Tu as vu le premier Rambo ? souffla Siobhan.

Rebus estima qu'elle n'espérait pas de réponse. Il se tourna vers Brimson.

– Pourquoi avez-vous quitté la RAF ?

– J'imagine que j'en ai simplement eu assez. Assez de recevoir des ordres de gens que je ne respectais pas.

– Et Lee ? Vous a-t-il dit pourquoi il avait quitté le SAS ?

Brimson haussa les épaules. Il fixait le sol afin d'éviter les racines et les flaques d'eau.

– Probablement pour la même raison.

– Mais il ne s'en est jamais ouvert à vous ?

– Non.

– De quoi parliez-vous, dans ce cas ?

Brimson leva la tête et le regarda brièvement.

– De tas de choses.

– Il était facile de s'entendre avec lui ? Pas de disputes ?

– On s'est peut-être opposés une ou deux fois sur la politique... sur ce que devenait le monde. Rien qui puisse m'amener à croire qu'il était sur le point de dérailler. S'il y avait fait allusion, je l'aurais aidé.

Dérailler : Rebus réfléchit à ce mot, vit le corps d'Andy Callis qu'on hissait au-dessus de la voie ferrée. Il se demanda si ses visites l'aidaient ou, au contraire, lui rappelaient douloureusement tout ce qu'il avait perdu. Il se souvint que, vendredi soir, Siobhan avait été sur le point de dire quelque chose. Peut-être à propos de la raison pour laquelle il se sentait obligé de s'impliquer dans toutes ces autres vies... pas toujours pour le meilleur.

– C'est loin ? demanda Brimson à Mollison.

– À peu près une heure à l'aller et pareil au retour.

Mollison avait un sac à dos sur l'épaule. Il regarda ses compagnons, s'attarda sur Rebus.

– En réalité, rectifia-t-il, plutôt une heure et demie.

Rebus avait partiellement raconté l'histoire à Brimson, dans la maison, et lui avait demandé si Herdman lui avait parlé de la mission. Brimson avait secoué la tête.

– Mais je me souviens d'avoir lu ça dans les journaux. On croyait que l'IRA avait abattu l'hélico.

Alors qu'ils commençaient l'ascension, Mollison prit la parole.

– C'est ce qu'ils m'ont dit qu'ils cherchaient : des preuves d'une attaque de missile.

– Ils ne s'intéressaient pas aux corps ? demanda Siobhan.

Elle avait enfilé des chaussettes épaisses dans lesquelles elle avait glissé le bas de son pantalon. Ses chaussures de marche semblaient neuves, ou alors elle les portait rarement.

– Oh, je crois que cette raison jouait aussi un rôle ! Mais ils s'intéressaient surtout aux causes de l'accident.

– Combien étaient-ils ? demanda Rebus.

– Une demi-douzaine.

– Et ils se sont adressés directement à vous ?

– En réalité, ils ont vu un membre du secours en montagne, qui leur a dit que j'étais le meilleur guide, dit-il. (Puis, après une pause :) Mais, évidemment, il n'y a pas beaucoup de concurrence. Ils m'ont fait signer la loi relative au secret défense.

Rebus le dévisagea.

– Avant ou après ?

Mollison se gratta une oreille.

– Dès le départ. D'après eux, c'était la procédure habituelle.

Il se tourna vers Rebus et demanda :

– Est-ce que ça signifie que je devrais ne rien vous dire ?

– Je ne sais pas... Avez-vous trouvé quelque chose qui, selon vous, devrait rester secret ?

Mollison réfléchit puis secoua la tête.

– Dans ce cas il n'y a pas de problème, répondit Rebus. Il est probable qu'il s'agissait simplement d'appliquer la procédure.

Mollison se remit en marche, Rebus s'efforçant de rester à son côté, même si ses chaussures étaient apparemment d'un avis différent.

– Est-ce que quelqu'un est venu depuis ? demanda Rebus.

– Il y a beaucoup de randonneurs en été.

– Je pensais aux militaires.

Mollison porta une nouvelle fois une main à l'oreille.

– Il y a eu une femme, au milieu de l'année dernière, me semble-t-il... ou peut-être un peu plus longtemps. Elle essayait de se faire passer pour une touriste.

– Mais elle n'y parvenait pas vraiment ? suggéra Rebus, qui décrivit ensuite Whiteread.

– C'est exactement ça, reconnut Mollison.

Rebus et Siobhan se regardèrent.

– Je suis peut-être stupide, dit Brimson, qui s'arrêta pour reprendre son souffle, mais quel est le lien entre ça et ce que Lee a fait ?

– Il n'y en a peut-être pas, concéda Rebus. Mais l'exercice nous fera du bien.

Alors que la marche continuait, entièrement en montée maintenant, ils se turent, économisèrent leur énergie. Ils sortirent finalement de la forêt. Seuls quelques arbres rabougris se dressaient sur la pente abrupte qui se trouvait devant eux. L'herbe, la bruyère et les fougères étaient parsemées de rochers tourmentés. Plus question de marche : s'ils voulaient aller plus loin, il leur faudrait escalader. Rebus tendit le cou, cherchant à apercevoir le sommet.

– Ne vous inquiétez pas, dit Mollison. Nous n'allons pas là-haut.

Il montra la pente, poursuivit :

– L'hélicoptère a heurté la montagne à peu près à mi-chemin du pic, puis il a roulé jusqu'ici.

Des bras, il montra les environs de l'endroit où ils se trouvaient, ajouta :

– C'était un gros hélicoptère. J'ai eu l'impression qu'il y avait trop d'hélices.

– C'était un Chinook. Deux rotors, un à l'avant et l'autre à l'arrière, expliqua Rebus, puis, se tournant vers Mollison, il ajouta : Il devait y avoir beaucoup de débris ?

– Absolument. Et les corps... il y en avait partout. Il y en avait un sur un surplomb, cent mètres plus haut. On l'a descendu, un type et moi. L'équipe de sauvetage devait récupérer les débris. Mais il y avait quelqu'un qui était chargé de les examiner. Il n'a rien trouvé.

– Donc il n'y avait pas de missile ?

Mollison secoua la tête. Il montra la lisière de la forêt.

– Beaucoup de papiers avaient été éparpillés par le vent. Pour l'essentiel, ils fouillaient les bois à leur recherche. Il y avait des feuilles dans les arbres. Vous me croirez si vous voulez, mais ils y grimpaient pour aller les chercher.

– Est-ce que quelqu'un a dit pourquoi ?

Mollison secoua une nouvelle fois la tête.

– Pas officiellement, mais quand les gars s'arrêtaient pour boire du thé – ils le faisaient sans arrêt – j'entendais ce qu'ils disaient. L'hélicoptère allait en Ulster, des capitaines et des colonels à bord. Il devait transporter des documents que les terroristes ne devaient pas voir. C'était peut-être pour cette raison qu'ils étaient armés.

– Armés ?

– L'équipe de secours avait des fusils d'assaut. J'ai trouvé ça un peu bizarre, sur le moment.

– Avez-vous vu certains de ces documents ? demanda Rebus.

Mollison acquiesça.

– Mais je ne les ai pas regardés. Je me suis contenté de les froisser et de les rapporter.

– Dommage, fit Rebus avec son sourire le plus ironique.

– C'est beau, ici, dit soudain Siobhan, une main au-dessus des yeux pour les protéger du soleil.

– N'est-ce pas, dit Mollison avec un large sourire.

– À propos de thé, intervint Brimson, avez-vous votre Thermos sur vous ?

Siobhan ouvrit son sac à dos. Ils se passèrent l'unique tasse en plastique. Le thé était tel qu'il est toujours dans une Thermos : brûlant mais bizarre. Rebus allait et venait au pied de la pente.

– Est-ce que quelque chose vous a paru étrange ? demanda-t-il à Mollison.

– Étrange ?

– À propos de la mission... des gens et de ce qu'ils faisaient ?

Mollison secoua la tête.

– Avez-vous sympathisé avec eux ?

– On n'est resté que deux jours ici.

– Vous ne connaissiez pas Lee Herdman ?

Rebus avait apporté une photo. Il la lui donna.

– C'est celui qui a tué les lycéens ?

Mollison attendit que Rebus ait hoché la tête pour fixer à nouveau la photo.

– Je me souviens bien de lui. Un chic type... silencieux. On pourrait dire qu'il n'avait pas vraiment l'esprit d'équipe.

– Comment ça ?

– Il aimait être dans les bois, ramassait des morceaux de papier. Le moindre lambeau. Les autres blaguaient sur ce sujet. Il fallait l'appeler deux ou trois fois quand le thé était servi.

– Il savait peut-être qu'il n'y avait pas de raison de se dépêcher.

Brimson renifla la surface de la tasse.

– Êtes-vous en train de dire que je ne sais pas faire le thé ? protesta Siobhan.

Brimson leva les mains en signe de capitulation.

– Combien de temps sont-ils restés ici ? demanda Rebus à Mollison.

– Deux jours. L'équipe de sauvetage est arrivée le deuxième jour. Il leur a fallu une semaine pour transporter l'épave.

– Avez-vous beaucoup parlé avec eux ?

Mollison haussa les épaules.

– C'étaient des gars agréables. Très concentrés sur leur travail.

Rebus hocha la tête et s'éloigna dans la forêt. Pas beaucoup, mais on avait très vite l'impression d'être isolé, coupé des visages toujours visibles et des voix toujours audibles. Quel était cet album de Brian Eno ? *Another Green World*. Il y avait d'abord eu le monde vu d'en haut, puis ceci... tout aussi étranger et palpitant. Lee Herdman était entré dans ces bois et avait failli ne pas en sortir. Sa dernière mission avant de quitter le SAS. Avait-il appris quelque chose, ici ? Trouvé quelque chose ?

Une idée traversa soudain l'esprit de Rebus : on ne quitte jamais vraiment le SAS. Une marque indélébile demeure, juste derrière les sentiments et les actes de tous les jours. On prenait conscience de l'existence d'autres mondes, d'autres réalités. On vivait des expériences sortant de l'ordinaire. On était formé à considérer la vie comme une mission pleine de pièges et d'assassins potentiels. Rebus se demanda dans quelle mesure il était parvenu à s'éloigner de son passage chez les paras et de sa formation en vue d'entrer au SAS.

Tombait-il en vrille depuis ?

Et, à l'instar de l'aviateur du poème, Lee Herdman avait-il vu sa mort ?

Il s'accroupit, passa une main sur le sol. Branchettes et feuilles, mousse souple, fleurs et herbes. Vit, en imagination, l'hélicoptère heurter la montagne. Panne ou erreur de pilotage.

Panne, erreur de pilotage ou quelque chose de plus horrible...

Vit le ciel s'embraser quand le carburant s'enflamma, les pales des rotors ralentir, s'arrêter. Il tomberait comme une pierre, les corps seraient éjectés, rebondiraient après l'impact. Choc sourd de la chair contre la terre... le même bruit que celui d'Andy Callis sur la voie de chemin de fer. L'explosion projetant le contenu de l'hélico au loin, documents roussis ou réduits en confettis. Des documents secrets que seul le SAS pouvait récupérer. Et Lee Herdman plus consciencieux que les autres, s'enfonçant toujours plus profondément dans les bois. Il se souvint de ce que Teri Cotter avait dit de Herdman : *c'était ce qui le distinguait... comme s'il avait des secrets*. Il pensa à l'ordinateur disparu, celui que Herdman avait acheté pour son entreprise. Où était-il ? Qui l'avait ? Quels secrets pourrait-il dévoiler ?

– Ça va ?

La voix de Siobhan. Elle tenait la tasse, fraîchement remplie. Rebus se redressa.

– Bien, répondit-il.

– Je t'ai appelé.

– Je n'ai pas entendu, dit-il, prenant la tasse.

– Un peu comme Lee Herdman ?

– Possible.

Il but bruyamment une gorgée de thé.

– On va trouver quelque chose ici ?

– Voir l'endroit est peut-être suffisant, fit-il, haussant les épaules.

– Tu crois qu'il a pris quelque chose, n'est-ce pas ?

Elle le regardait dans les yeux, poursuivit :

– Tu crois qu'il a pris quelque chose et que l'armée veut le récupérer.

Ce n'était plus une question, mais une affirmation. Rebus hocha lentement la tête.

– Et en quoi cela nous concerne-t-il ?

– Peut-être parce qu'on ne les aime pas, répondit Rebus. Ou parce que, quoi que ce soit, s'ils ne l'ont pas trouvé quelqu'un l'a peut-être fait. Peut-être quelqu'un l'a-t-il trouvé la semaine dernière...

– Et Herdman a perdu la tête quand il s'en est aperçu ?

Rebus haussa une nouvelle fois les épaules, lui rendit la tasse vide.

– Brimson te plaît, hein ?

Elle ne cilla pas, mais ne put soutenir son regard.

– Ça va, dit-il avec un sourire.

Elle interpréta mal le ton de sa voix, le foudroya du regard.

– Ah, j'ai ton autorisation, c'est ça ?

Il leva à son tour les mains en signe de capitulation.

– Je voulais simplement dire...

Mais il lui sembla que ce qu'il pourrait dire n'arrangerait rien et il ne termina pas.

– Le thé est trop fort, affirma-t-il en reprenant le chemin de la paroi rocheuse.

– Au moins, j'ai pensé à en apporter, marmonna Siobhan en versant sur le sol ce qui restait au fond de la tasse.

Pendant le vol du retour, Rebus resta silencieux sur le siège arrière, même si Siobhan lui avait proposé de changer. Il resta tourné vers la vitre, comme fasciné par les paysages, fournissant à Siobhan et à Brimson l'occasion de bavarder. Brimson lui montra les commandes, lui expliqua comment les utiliser, puis lui fit promettre de prendre un cours de pilotage avec lui. C'était comme s'ils avaient oublié Lee Herdman et peut-être, ne put s'empêcher de songer Rebus, avaient-ils raison. La majorité des habitants de South Queensferry, même les familles des victimes, voulait se remettre à vivre. Le passé était le passé, on ne pouvait le changer ni arranger les choses. Il y a un moment où il faut lâcher prise...

Si on peut.

Le soleil apparut soudain et Rebus ferma les yeux. Son visage fut baigné de chaleur et de lumière. Il s'aperçut qu'il était épuisé, risquait de s'endormir ; il s'aperçut aussi que ça n'avait pas d'importance. Il pouvait dormir. Mais il se réveilla en sursaut quelques minutes plus tard, ayant rêvé qu'il était seul dans une ville inconnue, uniquement vêtu d'un pyjama à rayures vieux jeu. Pieds nus et sans argent, il cherchait une personne susceptible de l'aider, s'efforçait de se comporter comme s'il ne détonnait pas. À travers la vitrine d'un café, il vit un homme glisser une arme sous la table, la cacher sur ses genoux. Rebus comprit qu'il ne pouvait pas entrer, pas sans argent. Il resta donc immobile et regarda, les paumes pressées sur la vitre, s'efforçant de ne pas faire un scandale...

Il battit des paupières, constata qu'ils survolaient à nouveau le Firth of Forth, terminaient leur approche. Brimson parlait.

– Je pense souvent aux dégâts qu'un terroriste pourrait faire, même avec un appareil aussi petit qu'un Cessna. Il y a le port, le ferry, les ponts routier et ferroviaire... l'aéroport à proximité.

– Il aurait l'embarras du choix, reconnut Siobhan.

– Il y a des parties de la ville que j'aimerais mieux voir rasées, commenta Rebus.

– Ah, vous êtes à nouveau des nôtres, inspecteur ! Je regrette simplement que notre compagnie n'ait pas été plus brillante.

Brimson et Siobhan échangèrent un regard destiné à lui faire comprendre qu'il ne leur avait pas vraiment manqué.

L'atterrissage fut doux, puis Brimson roula jusqu'à l'endroit où la voiture de Siobhan était garée. Après être descendu, Rebus serra la main du pilote.

– Merci de m'avoir permis de vous accompagner, dit Brimson.

– C'est moi qui devrais vous remercier. Envoyez une facture, pour que nous puissions rémunérer votre temps et le carburant.

Brimson se contenta de hausser les épaules, serra la main de Siobhan, qu'il garda un peu plus longtemps que nécessaire dans la sienne. Il leva l'index de sa main libre.

– Je vous attendrai, n'oubliez pas.

Elle sourit.

– Une promesse est une promesse, Doug. Mais, en attendant, je voudrais vous demander quelque chose...

– Allez-y.

– Pourrais-je jeter un coup d'œil sur l'avion d'affaires, pour voir comment vivent les autres.

Il la dévisagea pendant quelques instants, puis lui rendit son sourire.

– Pas de problème, il est dans le hangar.

Brimson s'éloigna, demanda :

– Vous venez, inspecteur ?

– J'attendrai ici, répondit Rebus.

Quand ils eurent disparu, il parvint à allumer une cigarette en s'abritant contre le flanc du Cessna. Ils revinrent cinq minutes plus tard, la bonne humeur de Brimson s'évaporant quand il vit le mégot de la cigarette de Rebus.

– Strictement interdit, dit-il. Les risques d'incendie, vous comprenez.

Rebus s'excusa d'un haussement d'épaules, jeta la cigarette et l'écrasa sous sa chaussure. Quand il suivit Siobhan jusqu'à sa voiture, Brimson monta dans son Land Rover afin d'aller ouvrir la barrière.

– Chic type, dit Rebus.

– Oui, admit Siobhan. Chic type.

– Tu le penses vraiment ?

– Pas toi ?

Rebus haussa les épaules.

– J'ai l'impression qu'il collectionne.

– Quoi ?

– Les spécimens intéressants..., dit Rebus, ayant réfléchi pendant quelques instants, des gens comme Herdman et Niles.

– Il connaît aussi les Cotter, n'oublie pas.

Siobhan n'était pas encore prête à renoncer à sa colère.

– Écoute, je ne dis pas...

– Tu me mets en garde, c'est ça ?

Rebus garda le silence.

– C'est ça ? répéta-t-elle.

– Je ne voudrais pas que tout ce prestige d'avions d'affaires te monte à la tête, finit-il par dire, puis, après une pause, il demanda : Quoi qu'il en soit, comment est-il ?

Elle le foudroya du regard, puis céda.

– Plutôt petit. Sièges en cuir. Il y a du champagne et des repas chauds pendant les vols.

– Ne te fais pas d'idées.

Elle crispa les lèvres, lui demanda où il voulait aller et il répondit : le poste de police de Craigmillar. Le détective s'appelait Blake. Il y avait moins d'un an qu'il ne portait plus l'uniforme. Cela ne gênait pas Rebus : cela signifiait qu'il aurait à cœur de faire ses preuves. Rebus lui raconta donc ce qu'il savait à propos d'Andy Callis et des Garçons Perdus. Le visage de Blake resta concentré pendant tout le récit et il interrompit parfois Rebus pour poser une question, nota tout sur un bloc A4 de feuilles lignées. Siobhan resta dans la pièce, assise, les bras croisés, fixant le mur qui se trouvait devant elle. Rebus eut l'impression qu'elle pensait aux avions...

À la fin de l'entretien, Rebus demanda si l'enquête avait progressé. Blake secoua la tête.

– Toujours pas de témoins. Le docteur Curt pratique l'autopsie cet après-midi, dit-il, puis, ayant jeté un coup d'œil sur sa montre, il ajouta : Je vais peut-être y aller. Si vous voulez...

Mais Rebus secoua la tête. Il n'avait pas envie d'assister à la dissection de son ami.

– Allez-vous interpeller Rab Fisher ?

Blake acquiesça.

– Ne vous inquiétez pas, je le verrai.

– N'espérez pas qu'il collaborera, dit Rebus.

– Je le verrai.

Le ton du jeune homme indiqua à Rebus qu'il risquait d'aller trop loin.

– Personne n'aime qu'on lui dise comment faire son travail, reconnut Rebus avec un sourire.

– Du moins tant qu'on ne l'a pas saboté.

Blake se leva et Rebus fit de même. Les deux hommes se serrèrent la main.

– Chic type, dit Rebus à Siobhan pendant qu'ils regagnaient la voiture.

– Beaucoup trop sûr de lui, répondit-elle. Il croit qu'il ne sabotera rien... jamais.
– Dans ce cas, il apprendra dans la douleur.
– Je l'espère. Vraiment.

18

Ils avaient l'intention d'aller chez Siobhan, où elle préparerait le dîner qu'elle avait promis. Ils restèrent silencieux, dans la voiture, et le feu passa au rouge quand ils arrivèrent au carrefour de Leith Street et de York Place. Rebus se tourna vers elle.

– D'abord un verre ? proposa-t-il.
– Alors que je devrai conduire ?
– Tu pourrais rentrer chez toi en taxi, reprendre la voiture demain matin...

Elle fixait le feu rouge, pesant le pour et le contre. Quand il passa au vert, elle mit le clignotant, changea de file et prit la direction de Queen Street.

– Je présume que nous allons faire bénéficier l'Ox de notre précieuse clientèle, dit Rebus.
– Un autre établissement conviendrait-il aux exigences sévères de monsieur ?
– Écoute, on y boira un verre ; ensuite, tu pourras choisir.
– Marché conclu.

Ils burent donc leur verre dans la première salle enfumée de l'Oxford, où les conversations d'après le travail, en fin d'après-midi s'acheminant vers la soirée, étaient bruyantes. L'Égypte antique sur Discovery Channel. Siobhan regardait les habitués : plus amusant que ce que la télé pouvait proposer. Elle constata que Harry, le barman morose, souriait.

– Il a l'air exceptionnellement gai, constata-t-elle.
– Je crois que le petit Harry est amoureux.

Rebus tentait de faire durer sa pinte. Siobhan n'avait toujours pas indiqué s'ils boiraient un deuxième verre là. Elle avait commandé un demi de cidre qu'elle avait pratiquement terminé.

– Tu veux l'autre moitié ? demanda-t-il.

– Tu as dit un verre.

– Seulement pour me tenir compagnie.

Il leva son verre afin de lui montrer ce qui lui restait. Mais elle secoua la tête.

– Je sais ce que tu essaies de faire, dit-elle.

Il tenta une expression d'innocence scandalisée, certain que ça ne la tromperait pas une seconde. D'autres habitués se frayaient un chemin dans la mêlée. Trois femmes occupaient une table de la salle du fond, par ailleurs vide, mais il n'y en avait aucune dans celle où se trouvait le bar, hormis Siobhan. Elle plissa le nez, à cause de la foule et du bruit qui augmentait régulièrement, porta son verre à ses lèvres et le vida.

– Allons-y ! dit-elle.

– Où ?

Rebus fronça ostensiblement les sourcils. Mais elle se contenta de secouer la tête : elle ne le dirait pas.

– Ma veste est suspendue, indiqua-t-il.

Il l'avait ôtée dans l'espoir d'obtenir un avantage psychologique, de démontrer qu'il était à l'aise dans cet endroit.

– Remets-la, ordonna-t-elle.

Il obéit, avala le reste de sa bière avant de la suivre dehors.

– De l'air frais, dit-elle en respirant profondément.

La voiture était garée dans North Castle Street, mais ils la dépassèrent en se dirigeant vers George Street. Devant eux, le Château illuminé se détachait sur un ciel d'un noir d'encre. Ils tournèrent à gauche, Rebus constatant une raideur dans ses jambes.

– Long bain pour moi, ce soir, commenta-t-il.

– Je parie que c'était la première fois de l'année que tu faisais autant d'exercice, répondit Siobhan avec un sourire.

– De la décennie, corrigea Rebus.

Elle s'était arrêtée devant des marches et descendait. Le bar qu'elle avait choisi se trouvait sous le niveau du trottoir et il y avait une boutique au-dessus. L'intérieur était chic : éclairage et musique en sourdine.

– C'est la première fois que tu viens ici ? demanda Siobhan.

– À ton avis ?

Il se dirigeait vers le bar, mais Siobhan lui saisit le bras et l'entraîna vers un box.

– Ils servent aux tables, expliqua-t-elle pendant qu'ils s'asseyaient.

Une serveuse se tenait déjà devant eux. Siobhan commanda un gin tonic, Rebus un Laphroaig. Quand son whisky arriva, il leva le verre et le scruta, comme s'il désapprouvait la dose. Siobhan fit tourner le contenu de son verre, écrasa la tranche de citron vert contre les glaçons.

– Vous paierez plus tard ? demanda la serveuse.

– Oui, s'il vous plaît, répondit Siobhan qui, après le départ de la serveuse, poursuivit : Sommes-nous plus près de découvrir pourquoi Herdman a tué ces gamins ?

Rebus haussa les épaules.

– Je crois qu'on ne le saura qu'une fois arrivés à destination.

– Et tout, en attendant...

– Est potentiellement utile, dit Rebus, certain qu'elle n'aurait pas terminé la phrase de cette façon.

Il porta son verre à ses lèvres, mais il était vide. Pas trace de la serveuse. Derrière le bar, un employé préparait un cocktail.

– Vendredi soir, près de la ligne de chemin de fer, dit Siobhan, Silvers m'a appris quelque chose.

Elle resta un instant silencieuse, reprit :

– D'après lui, l'affaire Herdman sera transmise à la DMC[1].

– Logique, marmonna Rebus.

Mais, avec Claverhouse et Ormiston à la barre, il n'y aurait plus de place pour lui et Siobhan.

– Est-ce qu'il n'y avait pas un groupe appelé DMC, ou bien je pense à la société de production d'Elton John ?

Siobhan acquiesça.

– Run DMC. Je crois que c'était un groupe de rap.

– Rap avec un C majuscule[2], vraisemblablement.

– Certainement rien à voir avec les Rolling Stones.

– Ne dis pas de mal des Stones, sergent Clarke. Sans eux, ce que tu écoutes n'existerait pas.

– Un sujet sur lequel tu as sûrement eu de nombreuses discussions.

---

1. Drug and Major Crimes, service chargé de la lutte contre le trafic de drogue et le crime organisé.

2. Ce qui donne *Crap*, « daube ».

Elle se remit à faire tourner le contenu de son verre. Rebus ne voyait toujours pas la serveuse.

– Je vais chercher un autre whisky, dit-il en se levant.

Il regrettait que Siobhan ait parlé de vendredi soir. Pendant le week-end, Andy Callis n'avait jamais été loin de ses pensées. Il se disait sans cesse que des successions différentes d'événements – éclats minuscules de temps et d'espace altérés – auraient pu le sauver. Auraient probablement pu sauver aussi Lee Herdman... et empêcher Robert Niles de tuer sa femme.

Et Rebus de s'ébouillanter les mains.

Tout se résumait aux hasards les plus infimes et en tripoter un revenait à transformer radicalement l'avenir. Il savait qu'il y avait une polémique scientifique à propos d'un papillon battant des ailes dans la jungle... Peut-être, s'il battait des bras, finirait-il par être servi. Le barman versa une concoction rose vif dans un verre de martini, tourna le dos à Rebus pour le servir. Le bar était ouvert de deux côtés, divisant la salle en deux. Rebus scruta l'obscurité. Pas beaucoup de gogos dans l'autre moitié. Le même assemblage de box et de chaises capitonnées, le même décor et la même clientèle. Rebus comprit qu'il avait à peu près trente ans de trop. Un jeune homme occupait une banquette à lui seul, bras tendus posés sur le dossier, jambes croisées, sûr de lui et relax, désirant être vu...

Par tout le monde sauf par Rebus. Quand le barman voulut prendre sa commande, ce dernier secoua la tête, gagna l'extrémité du bar et franchit le bref couloir conduisant à l'autre moitié de l'établissement. Et il alla se planter devant Peacock Johnson.

– Monsieur Rebus...

Les bras de Johnson retombèrent contre ses flancs. Il jeta un coup d'œil à droite et à gauche, comme s'il croyait que Rebus aurait du renfort, ajouta :

– Le détective déluré, pas d'erreur. Vous cherchiez votre serviteur ?

– Pas spécialement.

Rebus s'assit face à Johnson. La chemise hawaïenne du jeune homme était moins voyante dans cette lumière. Une nouvelle serveuse était arrivée et Rebus commanda un double Laphroaig.

– Sur la note de mon ami, ajouta-t-il en montrant Johnson de la tête.

Johnson se contenta de hausser les épaules avec magnanimité et commanda un deuxième merlot.

– Il s'agit donc d'une pure coïncidence ?

– Où est ton chien de garde ? demanda Rebus en regardant autour de lui.

– Ce petit ours mal léché n'a pas sa place dans un établissement de ce standing.

– Tu l'as attaché dehors ?

Johnson sourit.

– Je le laisse de temps en temps en liberté.

– Les propriétaires qui le font risquent une amende.

– Il ne mord que lorsque Peacock lui en donne l'ordre.

Johnson vida son verre à l'instant où les consommations arrivaient. La serveuse posa un bol de chips sur la table.

– Eh bien, santé ! dit Johnson en levant le merlot.

Rebus ne releva pas.

– En réalité, je pensais à toi, dit-il.

– Les pensées les plus pures, je n'en doute pas.

– Bizarrement, non.

Rebus se pencha sur la table, poursuivit d'une voix contenue :

– En fait, si tu pouvais lire dans les esprits, elles te foutraient une trouille de tous les diables.

Il avait maintenant l'attention de Johnson, ajouta :

– Tu sais qui est mort vendredi dernier ? Andy Callis. Tu te souviens de lui, hein ?

– Non.

– C'est le flic de la brigade d'intervention qui a arrêté ton ami Rab Fisher.

– Rab est moins un ami qu'une relation.

– Une relation à qui tu as néanmoins vendu une arme.

– Une copie, si je peux me permettre de vous le rappeler.

Johnson prenait des chips, portait sa patte à sa bouche et les mangeait une par une, projetait des miettes quand il parlait.

– Ce n'est pas un délit et toute allusion à l'inverse me déplaît beaucoup.

– À ceci près que Rab Fisher faisait peur aux gens et que ça a failli lui coûter la vie.

– Ce n'est pas un délit, répéta Johnson.

– À cause de lui, mon ami a fait une dépression nerveuse et, maintenant, cet ami est mort. Tu as vendu une arme à quelqu'un et quelqu'un d'autre est mort.

– Une copie, parfaitement légale au moment et à l'endroit où je parle.

Johnson s'efforçait de ne pas écouter. Comme il tendait la main pour prendre une nouvelle poignée de chips, Rebus l'écarta brutalement, envoyant promener le bol et son contenu. Il saisit le poignet du jeune homme, le serra fort.

– Tu es à peu près aussi légal que tous les salauds que j'ai rencontrés.

Johnson tenta de dégager sa main.

– Et vous êtes un exemple de pureté, c'est ça ? Tout le monde sait jusqu'où vous êtes prêt à aller, Rebus.

– Jusqu'où, d'après toi ?

– Tout ce qui peut me faire tomber ! Je sais que vous avez essayé de me piéger en disant que je remets des armes démilitarisées en état de marche.

– Qui t'a raconté ça ?

Rebus avait desserré son étreinte.

– Tout le monde !

Il y avait, sur le menton de Johnson, des taches de salive mêlées de miettes de chips.

– Bon sang, ajouta-t-il, il faudrait être sourd, dans cette ville, pour ne pas l'entendre.

C'était vrai : Rebus avait cherché à obtenir des informations. Il voulait quelque chose qui puisse compenser le départ d'Andy Callis de la police. Et même si les gens avaient secoué la tête, marmonné des mots tels que « copies », « trophées » et « démilitarisées », il avait continué de poser des questions.

Et Johnson l'avait appris.

– Depuis combien de temps es-tu au courant ? demanda Rebus.

– De quoi ?

– Depuis combien de temps ?

Mais Johnson se contenta de prendre son verre, le regard fixe, attendant que Rebus l'envoie promener. Rebus leva son verre, le vida en une gorgée brûlante.

– Il faut que tu saches une chose, dit-il en hochant lentement la tête. Je peux te traquer jusqu'à la fin de mes jours. Tu verras.

– Même si je n'ai rien fait ?

– Oh, tu as fait *quelque chose*, crois-moi.

Rebus se leva, ajouta :

– Je ne sais pas encore ce que c'est, voilà tout.

Il lui adressa un clin d'œil et lui tourna le dos. Il entendit la table glisser sur le plancher, se retourna et Johnson était debout, les poings serrés.

– Réglons ça tout de suite ! cria-t-il.

Rebus mit ses mains dans ses poches.

– Je préfère attendre le procès, si ça ne t'ennuie pas, dit-il.

– Pas question ! J'en ai plus que marre de ça !

– Bien, dit Rebus.

Il vit Siobhan sortir du couloir et le regarder avec stupéfaction. Elle avait probablement cru qu'il était allé aux toilettes. Ses yeux disaient tout : *Je ne peux pas te laisser cinq putains de minutes...*

– Un problème ?

La question n'émanait pas de Siobhan, mais d'une sorte de portier au cou puissant, vêtu d'un costume noir ajusté sur un pull à col roulé noir. Il avait une oreillette et un micro. Son crâne rasé brillait dans la faible lumière.

– Une simple petite discussion, dit Rebus. En réalité, vous pouvez peut-être nous départager : le nom de l'ancienne marque de disques d'Elton John ?

Le portier n'en revint pas. Le barman avait levé le doigt. Rebus lui adressa un signe de la tête.

– DJM, dit le barman.

Rebus fit claquer les doigts.

– C'est ça ! Prenez un verre, ce qui vous fait envie...

En se dirigeant vers le couloir, il montra Peacock Johnson, ajouta :

– Sur la note de ce petit salaud...

– Tu ne parles pas beaucoup de ton passage dans l'armée, dit Siobhan en sortant de la cuisine avec deux assiettes.

Rebus avait déjà un plateau, un couteau et une fourchette. Les condiments étaient par terre, à ses pieds. Il remercia d'un signe de tête, accepta l'assiette : côte de porc grillée avec une pomme de terre rôtie et un épi de maïs.

– Ça a l'air formidable, dit-il en prenant son verre de vin. Mes compliments au chef.

– J'ai passé les pommes de terre au micro-ondes et le maïs sort du congélateur.

Rebus posa un doigt sur les lèvres.

– N'avoue jamais tes secrets.

– Une leçon que tu prends au pied de la lettre.

Elle souffla sur le morceau de porc fiché sur sa fourchette et demanda :

– Tu veux que je repose la question ?

– Le problème, Siobhan, c'est que ce n'était pas une question.

Elle réfléchit, comprit qu'il avait raison.

– Néanmoins, dit-elle.

– Tu veux que je réponde ?

Il la regarda opiner puis but une gorgée de vin. Rouge chilien, avait-elle dit. Trois livres la bouteille.

– Ça t'ennuie si je mange d'abord ?

– Tu ne peux pas parler en mangeant ?

– C'est mal élevé, du moins c'est ce que me disait ma mère.

– Tu écoutais toujours tes parents ?

– Toujours.

– Et tu considérais leurs conseils comme paroles d'évangile ?

Il acquiesça tout en mastiquant.

– Dans ce cas, comment se fait-il que tu manges en parlant ?

Rebus prit une autre gorgée.

– D'accord, je cède. En réponse à la question que tu n'as pas posée : oui.

Elle attendit la suite, mais il se concentra à nouveau sur la nourriture.

– Oui quoi ?

– Oui, c'est vrai, je ne parle pas beaucoup de mon passage dans l'armée.

Siobhan chassa avec bruit l'air contenu dans ses poumons.

– Les clients de la morgue seraient plus bavards.

Elle s'interrompit, ferma les yeux.

– Désolée, ajouta-t-elle, je n'aurais pas dû dire ça.

– Sans importance.

Mais Rebus mastiquait plus lentement. Deux des « clients » actuels : un membre de sa famille et un ancien collègue. Bizarre de les imaginer côte à côte sur des plaques métalliques dans les placards réfrigérés de l'institut médico-légal.

– Le problème de mon passage dans l'armée, dit-il, c'est que j'ai consacré des années à tenter de l'oublier.

– Pourquoi ?

– Pour toutes sortes de raisons. Tout d'abord, je n'aurais pas dû signer sur la ligne pointillée. Puis je me suis réveillé en

Ulster, où je braquais un fusil sur des gamins armés de cocktails Molotov. Finalement, j'ai tenté d'entrer dans le SAS et j'ai failli perdre la tête.

Il haussa les épaules, conclut :

– C'est pratiquement tout ce qu'il y a à dire.

– Pourquoi es-tu entré dans la police ?

Il porta son verre à sa bouche.

– Qui d'autre m'aurait accepté ?

Il posa le plateau près de lui, se pencha et se versa du vin. Montra la bouteille à Siobhan, qui secoua la tête.

– Maintenant tu sais pourquoi on ne s'est jamais servi de moi lors des opérations de promotion du recrutement.

Elle regarda son assiette. L'essentiel de la côte de porc s'y trouvait toujours.

– Tu deviens végétarien ?

Il tapota son estomac.

– C'est formidable, mais je n'ai pas très faim.

Elle réfléchit pendant un instant.

– C'est la viande, n'est-ce pas ? Tu as mal aux mains quand tu la coupes.

Il secoua la tête.

– Je n'ai plus faim, c'est tout.

Mais il vit qu'elle était convaincue d'avoir raison. Elle se remit à manger tandis qu'il se concentrait sur le vin.

– Je crois que tu ressembles beaucoup à Lee Herdman, dit-elle finalement.

– Un compliment particulièrement tordu.

– Les gens croyaient le connaître, mais ils se trompaient. Il parvenait à laisser beaucoup de choses dans l'ombre.

– Et je suis pareil, c'est ça ?

Elle acquiesça, soutint son regard.

– Pourquoi es-tu retourné chez Martin Fairstone ? J'ai l'impression que ce n'était pas seulement à cause de moi.

– Tu en « as l'impression » ?

Il regarda dans son verre, vit son reflet, rougeâtre et tremblotant, ajouta :

– Je savais qu'il t'avait collé un œil au beurre noir.

– Ce qui t'a fourni un prétexte pour aller le voir... Mais qu'est-ce que tu cherchais, en réalité ?

– Fairstone et Johnson étaient amis. J'avais besoin de munitions sur Johnson.

Il s'interrompit, s'aperçut que « munition » n'était pas le choix de mot le plus subtil.

– En as-tu obtenu ?

Rebus secoua la tête.

– Fairstone et Peacock étaient fâchés. Fairstone ne l'avait pas vu depuis des semaines.

– Pourquoi étaient-ils fâchés ?

– Il n'a pas voulu me le dire exactement. J'ai l'impression qu'il y avait une histoire de femme.

– Peacock a-t-il une petite amie ?

– Une pour chaque jour de l'année.

– Donc c'était peut-être la maîtresse de Fairstone ?

Rebus acquiesça.

– La blonde du Boatman's. Comment s'appelle-t-elle, déjà ?

– Rachel.

– Et elle n'avait pas de bonne raison de se trouver à South Queensferry vendredi ?

Siobhan secoua la tête.

– Cependant Peacock y est allé, lui aussi, le soir de la veillée.

– Coïncidence ?

– Qu'est-ce que ça pourrait être d'autre ? demanda Rebus sur un ton ironique.

Il se leva, prit la bouteille, ajouta :

– Il vaudrait mieux que tu m'aides à finir.

Il avança, lui versa du vin dans son verre, puis vida ce qui restait dans le sien. Il resta debout, alla jusqu'à la fenêtre, demanda :

– Tu crois vraiment que je suis comme Lee Herdman ?

– Je crois que vous n'êtes arrivés ni l'un ni l'autre à laisser le passé derrière vous.

Il pivota vers elle. Elle leva un sourcil, l'invitant à répondre, mais il se contenta de sourire, lui tourna le dos et regarda la nuit.

– Et peut-être que tu es aussi un peu comme Doug Brimson, poursuivit-elle. Tu te souviens de ce que tu as dit de lui ?

– Quoi ?

– Tu as dit qu'il collectionnait les gens.

– Et c'est ce que je fais ?

– Ça pourrait expliquer pourquoi tu t'intéressais à Andy Callis... et pourquoi tu es furax que Kate soutienne Jack Bell.

Il se retourna lentement vers elle, les bras croisés.
– Est-ce que ça fait de toi un de mes spécimens ?
– Je ne sais pas. Qu'est-ce que tu crois ?
– Je crois que tu es plus dure que ça.
– Tu as intérêt à le croire, dit-elle en esquissant un sourire.

Quand il avait appelé un taxi, il avait dit qu'il se rendait à Arden Street, mais c'était uniquement destiné à Siobhan. Il indiqua au chauffeur qu'il avait changé d'avis : ils s'arrêteraient au poste de police de Leith avant d'aller à South Queensferry. À la fin du trajet, Rebus demanda une facture en se disant qu'il pourrait peut-être la faire passer sur le budget de l'enquête. Mais il faudrait qu'il fasse vite : il était peu probable que Claverhouse donne son aval à un trajet en taxi de vingt livres.

Il suivit la venelle obscure, poussa le portail. Il n'y avait plus d'agent en faction ; personne ne surveillait plus les allées et venues dans l'immeuble de Lee Herdman. Rebus gravit l'escalier, guetta les bruits en provenance des deux appartements voisins. Il crut entendre un poste de télévision. Il huma assurément les effluves d'un dîner. Son estomac gronda, lui rappela qu'il aurait peut-être dû essayer de manger davantage de porc et supporter la douleur. Il sortit la clé de l'appartement de Herdman, qu'il avait prise au poste de police de Leith. C'était un double neuf, brillant, de l'originale et il dut la manœuvrer avant qu'elle actionne les pistons et lui permette d'ouvrir la porte. À l'intérieur, il poussa le battant derrière lui et alluma la lampe du couloir. Il faisait froid. L'électricité n'avait pas été coupée, mais quelqu'un avait pensé à éteindre le chauffage central. On avait demandé à la veuve de Herdman si elle voulait venir chercher le contenu de l'appartement, mais elle avait refusé. *Qu'est-ce que ce salaud pourrait bien avoir qui puisse me faire envie ?*

Une bonne question, que Rebus était venu prendre en considération. Lee Herdman avait assurément quelque chose. Quelque chose que les gens voulaient. Il examina l'intérieur de la porte. Un verrou en haut et en bas, deux serrures à mortaise en plus de la Yale. Les serrures à mortaise étaient destinées à décourager les cambrioleurs, mais les verrous ne pouvaient être utiles que lorsque Herdman était chez lui. De quoi avait-il si peur ? Rebus croisa les bras et recula de quelques pas. Il y avait une réponse évidente à cette question. Herdman, qui vendait de la drogue, redoutait une agression. Au cours de sa carrière,

Rebus avait connu plein de dealers. Ils habitaient en général une HLM située dans les derniers étages d'une tour et leurs portes, renforcées de métal, étaient beaucoup plus résistantes que celle de Herdman. Rebus estima que les mesures de sécurité prises par Herdman visaient à lui donner un peu de temps, rien de plus. Le temps, peut-être, de jeter les preuves dans les toilettes, mais Rebus ne le croyait pas. Rien, dans l'appartement, ne permettait de supposer qu'il eût servi à entreposer de la drogue. En outre Herdman disposait de nombreuses autres cachettes : le hangar à bateaux, les embarcations elles-mêmes. Il n'avait aucune raison de stocker chez lui. Alors quoi ? Rebus pivota sur lui-même et entra dans le séjour, chercha l'interrupteur et le trouva.

Quoi ?

Il tenta de se mettre à la place de Herdman, puis comprit qu'il n'avait pas besoin de le faire. Siobhan ne l'avait-elle pas laissé entendre ? *Je crois que tu ressembles beaucoup à Lee Herdman.* Il ferma les yeux, vit la pièce dans laquelle il se trouvait comme si elle était sienne. C'était son domaine. Il y commandait. Mais si quelqu'un voulait entrer... un intrus. Il l'entendrait. Peut-être tenterait-il de crocheter les serrures, mais elles résisteraient. Il faudrait donc qu'il défonce la porte. Et il aurait, lui, le temps d'aller chercher son arme dans sa cachette. Le Mac 10 était dans le hangar à bateaux, au cas où quelqu'un s'y rendrait. Le Brocock était ici, dans l'armoire, parmi les photos d'armes. Près du petit autel que Herdman avait consacré aux armes. Le pistolet lui donnerait l'avantage, parce qu'il ne croyait pas que ses visiteurs seraient armés. Peut-être voulaient-ils lui poser des questions, ou l'emmener, mais le Brocock les en dissuaderait.

Rebus savait qui Herdman attendait : peut-être pas exactement Simms et Whiteread, mais des gens comme eux. Des gens qui voudraient l'emmener pour l'interroger... sur Jura, l'accident d'hélicoptère, les documents perchés dans les arbres. Sur quelque chose que Herdman avait pris sur les lieux de l'accident. Était-il possible qu'un des adolescents le lui ait volé ? Pendant une fête, peut-être ? Mais les jeunes victimes ne le connaissaient pas, n'assistaient pas à ses fêtes. Hormis James Bell, l'unique survivant. Rebus s'assit dans le fauteuil de Herdman, les paumes sur les accoudoirs. Tuer les deux autres pour faire peur à James ? Pour que James dise tout ? Non, non, non, parce que dans ce cas pourquoi Herdman aurait-il retourné l'arme contre lui ? James Bell... si maître de lui et apparemment imperturbable... feuilletant une revue consacrée aux armes afin de voir quel modèle l'avait blessé. C'était, lui aussi, un spécimen intéressant.

Rebus se frotta doucement le front d'une main gantée. Il avait l'impression d'être près d'une solution, si près qu'il en percevait presque le goût. Il se leva, alla dans la cuisine, ouvrit le frigo. Il y avait de la nourriture à l'intérieur : un paquet de fromage intact, des tranches de bacon et une boîte d'œufs. La nourriture d'un mort, pensa-t-il, je ne peux pas la manger. Il gagna la chambre. Il ne prit pas la peine d'allumer : la porte ouverte laissait entrer assez de lumière.

Qui était Lee Herdman ? Un homme qui avait abandonné sa carrière et sa famille pour aller dans le Nord. Qui s'était installé près de la côte, ses bateaux lui fournissant le moyen de s'échapper en cas de nécessité. Pas de relations proches. Brimson était apparemment son unique ami de son âge. Il convoitait les adolescents : parce qu'ils ne lui cachaient rien ; parce qu'il savait qu'il pouvait les dominer ; parce qu'il les impressionnait. Mais pas n'importe quels jeunes : il fallait que ce soient des exclus, qu'ils soient de la même étoffe que lui... Rebus constata que Brimson, lui aussi, dirigeait une entreprise individuelle et avait peu de liens, à supposer qu'il en ait. Qu'il passait autant de temps qu'il voulait seul à l'écart du monde. Qu'il avait, lui aussi, été dans l'armée.

Rebus entendit soudain un claquement. Il se figea, tenta de le localiser. Venait-il du rez-de-chaussée ? Non, de la porte. Quelqu'un frappait. Rebus suivit le couloir et posa l'œil contre le judas. Reconnut le visage et ouvrit.

– Bonsoir, James, dit-il. Heureux de voir que tu es sur pied.

James Bell ne reconnut pas immédiatement Rebus. Il salua d'un hochement de tête lent, jeta un coup d'œil dans le couloir par-dessus son épaule.

– J'ai vu de la lumière, je me suis demandé s'il y avait quelqu'un.

Rebus ouvrit un peu plus la porte.

– Tu entres ?

– Si ça ne dérange pas... ?

– Il n'y a que moi.

– Je me disais que... vous faites peut-être une perquisition, quelque chose comme ça.

– Rien de tel.

Rebus inclina la tête et James Bell entra. Il soutenait de sa main droite son bras gauche en écharpe. Un long manteau de laine noire était posé sur ses épaules, s'ouvrait de temps en temps, si bien qu'on voyait sa doublure rouge.

– Qu'est-ce qui t'amène ici ?

– Je marchais, c'est tout...

– Mais tu es très loin de chez toi.

James le dévisagea.

– Vous êtes allé chez moi... vous pouvez peut-être comprendre.

Rebus acquiesça, ferma la porte.

– Tu mets un peu d'espace entre ta mère et toi ?

– Oui.

James regardait le couloir comme s'il le voyait pour la première fois.

– Et entre mon père et moi, ajouta-t-il.

– Il est très occupé, hein ?

– Dieu sait qu'il l'est.

– Je crois que je n'ai pas eu l'occasion de te poser la question..., commença Rebus.

– Laquelle ?

– Combien de fois es-tu venu ici ?

James haussa l'épaule droite.

– Pas tellement.

Rebus le précéda dans le salon.

– Tu ne m'as toujours pas dit ce que tu venais faire.

– Je croyais, pourtant.

– Pas explicitement.

– Je suppose que South Queensferry vaut bien un autre endroit, quand on a envie de marcher un peu.

– Mais tu n'es pas venu de Barnton à pied ?

James secoua la tête.

– Je prenais des bus, pour le plaisir. L'un d'entre eux m'a finalement déposé ici. Quand j'ai vu la lumière...

– Tu t'es demandé qui était là ? Qui croyais-tu trouver ?

– La police, j'imagine. Qui d'autre y viendrait ?

Il jeta un regard circulaire dans la pièce, ajouta :

– En réalité, il y avait une chose...

– Oui ?

– Un de mes livres. Lee me l'avait emprunté et j'ai pensé que je pourrais peut-être le récupérer avant que tout soit... Enfin, avant qu'on vide l'appartement.

– Bonne idée.

James porta la main à son épaule blessée.

– Cette saloperie me démange. Ça vous semble vraisemblable ?

– Ça me semble vraisemblable.

James sourit soudain.

– Je suis un peu désavantagé... je crois que je ne connais pas votre nom.

– Je m'appelle Rebus. Inspecteur Rebus.

Le jeune homme hocha la tête.

– Mon père a parlé de vous.

– Sous un jour flatteur, j'en suis convaincu.

Il était difficile de regarder le jeune homme dans les yeux sans voir ceux de son père.

– Il voit malheureusement l'incompétence partout... proches et famille inclus.

Rebus, qui s'était assis sur un bras du canapé, montra le fauteuil de la tête, mais James Bell préférait apparemment rester debout.

– As-tu trouvé le pistolet ? demanda Rebus.

La question parut troubler James, Rebus expliqua :

– Quand je suis venu te voir, tu avais une revue consacrée aux armes et tu cherchais le Brocock.

– Ah, c'est juste ! fit James, qui hocha la tête, songeur. Il y avait des photos dans les journaux. Mon père conserve les articles, croit qu'il peut mener une campagne.

– Tu ne sembles guère approuver.

Le regard de James se durcit.

– C'est peut-être parce que...

Il se tut.

– Parce que quoi ?

– Parce que je lui suis utile, pas à cause de ce que je suis, mais en raison de ce qui est arrivé.

Il toucha une nouvelle fois son épaule.

– Il ne faut jamais faire confiance aux politiciens, compatit Rebus.

– Lee m'a dit quelque chose un jour. Il m'a dit : « Si on met les armes hors la loi, seuls les hors-la-loi pourront s'en procurer. »

Ce souvenir fit sourire James.

– C'était apparemment un hors-la-loi. Deux armes non

déclarées, au moins. T'a-t-il dit pourquoi il éprouvait le besoin d'avoir un pistolet ?

– Je pensais simplement qu'il s'y intéressait... Son passé, tout ça.

– Tu n'as jamais eu l'impression qu'il redoutait des problèmes ?

– Quels problèmes ?

– Je ne sais pas, reconnut Rebus.

– Vous pensez qu'il avait des ennemis ?

– T'es-tu demandé pourquoi sa porte comporte de si nombreux verrous ?

James alla passer la tête dans le couloir.

– Ça aussi, je l'ai attribué à son passé. Comme, au pub, il s'asseyait toujours dans un coin, face à l'entrée.

Rebus ne put s'empêcher de sourire, parce qu'il faisait exactement la même chose.

– Afin de pouvoir voir les arrivants ?

– C'est ce qu'il m'a dit.

– Il semble que vous étiez très proches.

– Si proches qu'il a fini par me tirer dessus.

James regarda son épaule.

– Lui as-tu, un jour, volé quelque chose, James ?

Le jeune homme plissa le front.

– Pourquoi aurais-je fait ça ?

Rebus se contenta de hausser les épaules.

– L'as-tu fait ?

– Jamais.

– Lee a-t-il dit que quelque chose avait disparu ? Est-ce qu'il y a eu une période où il t'a semblé agité ?

Le jeune homme secoua la tête.

– Je ne vois pas où vous voulez en venir.

– Je me demandais simplement jusqu'où allait sa paranoïa.

– Je n'ai pas dit qu'il était paranoïaque.

– Les serrures, la place dans un coin du pub...

– C'est simplement de la prudence, vous ne trouvez pas ?

– Peut-être.

Rebus resta un instant silencieux, demanda :

– Tu l'aimais bien, n'est-ce pas ?

– Probablement plus que lui.

Rebus se souvint de sa dernière conversation avec James Bell et de ce que Siobhan avait dit ensuite.

– Et Teri Cotter ? demanda-t-il.

– Teri Cotter ?

James avait fait quelques pas dans la pièce, mais semblait toujours nerveux.

– Nous croyons que Herdman et Teri étaient ensemble.

– Et alors ?

– Tu le savais ?

James haussa les épaules, grimaça de douleur.

– Tu as oublié ta plaie pendant un instant, hein ? constata Rebus. Je me souviens qu'il y avait un ordinateur dans ta chambre. Tu as visité le site web de Teri ?

– Je ne savais pas qu'elle en avait un.

Rebus, songeur, hocha la tête.

– Donc Derek Renshaw ne t'en a jamais parlé ?

– Derek ?

Rebus hochait toujours la tête.

– Derek l'appréciait apparemment beaucoup. Tu étais souvent au foyer en même temps que lui et Tony Jarvis... je me disais qu'ils t'en auraient peut-être parlé.

James, songeur, secoua la tête.

– Je ne m'en souviens pas, dit-il.

– Sans importance, dans ce cas, dit Rebus, qui fit mine de se lever. Ton livre, puis-je t'aider à le chercher ?

– Le livre ?

– Celui que tu cherchais.

James sourit à sa stupidité.

– Oui, sûr. Ce serait formidable.

Il jeta un coup d'œil circulaire dans la pièce encombrée, gagna le bureau.

– Le voilà, dit-il. C'est celui-là.

Il montra le livre de poche à Rebus.

– De quoi parle-t-il ?

– D'un militaire qui a déraillé.

– Il a essayé de tuer sa femme puis il a sauté d'un avion ?

– Vous connaissez l'histoire ?

Rebus acquiesça. James feuilleta le livre, le frappa contre sa cuisse.

– Il semblerait que j'aie trouvé ce que je venais chercher, dit-il.

– Tu veux prendre autre chose ?

Rebus montra un CD, ajouta :

– Franchement, il finira sûrement à la poubelle.

– Ah bon ?

– Sa femme ne veut rien.

– Quel gâchis...

Rebus tendit le CD, mais James secoua la tête.

– Je ne peux pas. Ça ne serait pas bien.

Rebus acquiesça, se souvint de sa gêne face au contenu du frigo.

– Je vous laisse, inspecteur.

James glissa le livre sous son bras, tendit la main droite à Rebus. Le manteau glissa sur son épaule, tomba sur le sol. Rebus le ramassa, le remit en place.

– Merci, dit James Bell. Ce n'est pas la peine de m'accompagner.

– Bonsoir, James. Bonne chance !

Rebus resta dans le séjour, le menton sur une main gantée, entendit la porte s'ouvrir et se fermer. James était très loin de chez lui... avait été attiré par la lumière de l'appartement d'un mort. Rebus se demandait ce que le jeune homme espérait trouver... Pas étouffés descendant les marches en pierre. Rebus gagna le bureau, regarda les livres restants. Ils concernaient tous l'armée, mais Rebus était convaincu de savoir lequel le jeune homme avait pris.

Celui que Siobhan lui avait montré lors de leur première visite dans l'appartement.

Celui d'où la photo de Teri Cotter était tombée...

Sixième jour

Mardi

19

Mardi matin, Rebus sortit de chez lui, descendit Marchmont Road et traversa les Meadows, étendue herbeuse qui aboutissait à l'université. Des étudiants le dépassèrent, parfois sur des bicyclettes grinçantes. D'autres, mal réveillés, allaient en cours d'un pas traînant. La journée était couverte, le ciel à l'image de l'ardoise des toits. Rebus se dirigeait vers le pont George-IV. Il savait maintenant comment fonctionnait la National Library. Le vigile permettait d'entrer dans l'immeuble, mais il fallait ensuite gravir l'escalier et persuader le bibliothécaire de service qu'on avait absolument besoin d'informations et qu'aucune autre bibliothèque ne faisait l'affaire. Rebus montra sa carte, expliqua ce qu'il voulait et fut dirigé sur la salle des microfiches. C'était ainsi, désormais, qu'on conservait les journaux : sous forme de microfilms. Autrefois, alors qu'il travaillait sur une affaire, Rebus s'était installé dans la salle de lecture, un employé apportant un chariot de journaux reliés qu'il déposait sur la table de travail. Aujourd'hui, on allumait un écran et on faisait passer la bande dans la machine.

Rebus n'avait pas de dates précises en tête. Il avait décidé de remonter un mois avant l'accident de Jura et de faire défiler les jours, de voir ce qui se passait alors. Quand il arriva au jour de l'accident, il en avait une idée assez nette. L'information avait fait la première page du *Scotsman* et était accompagnée de photos de deux des victimes : le général Stuart Phillips et le colonel Kevin Spark. Le lendemain, Phillips étant écossais, le journal avait publié une longue nécrologie fournissant à Rebus amplement plus que nécessaire sur la vie et les œuvres du militaire. Il relut les notes qu'il avait griffonnées, alla jusqu'au bout du film, le remplaça par la bobine des deux semaines précédentes, parvint finalement à la date indiquée dans ses notes, à savoir le cessez-le-feu avec l'IRA en Irlande du Nord et le rôle joué par le général Stuart Phillips dans les négociations en cours. Discussions préliminaires ; paramilitaires méfiants dans les deux camps ; groupes dissidents qu'il fallait apaiser... Rebus tapota sur ses dents avec l'extrémité de son stylo, vit l'expression contrariée d'un de ses voisins. Il mima « désolé » et jeta un coup d'œil sur les autres articles du journal : sommets, guerres, résultats de football... Le visage du Christ dans une grenade ; un chat qui s'était perdu mais avait retrouvé ses maîtres alors qu'ils avaient déménagé...

La photo du chat lui rappela Boethius. Il retourna au comptoir, demanda où se trouvaient les encyclopédies. Il chercha Boethius. Philosophe, traducteur et politicien romain... Accusé de trahison, il avait, en attendant son exécution, écrit *Les Consolations de la philosophie*, où il expliquait que tout était changeant et dépourvu de certitude... tout sauf la vertu. Rebus se demanda si le livre pourrait l'aider à comprendre le destin de Derek Renshaw et ses effets sur ses proches. Il en doutait. Dans son univers, les coupables échappaient trop souvent au châtiment tandis que les victimes passaient inaperçues. Des mauvaises choses arrivaient toujours aux bons, et inversement. Si Dieu avait conçu les choses ainsi, le sens de l'humour de ce vieux salaud était malsain. Il était plus facile de dire que rien n'avait été conçu, que c'était simplement le hasard qui avait conduit Lee Herdman dans ce foyer.

Mais Rebus pensait que ce n'était pas davantage vrai...

Il décida de regagner le pont George-IV afin de boire un café et de fumer une cigarette. Il avait eu Siobhan au bout du fil en début de matinée, lui avait dit qu'il avait à faire en ville et ne la retrouverait pas. Cela n'avait guère paru l'intéresser ; elle n'avait même pas semblé curieuse. Elle s'éloignait apparemment de lui, mais il ne pouvait pas le lui reprocher. Il avait toujours attiré les ennuis et sa proximité n'améliorerait pas ses perspectives de carrière. Néanmoins, ce n'était peut-être pas simplement ça. Peut-être le considérait-elle effectivement comme un collectionneur, quelqu'un qui devenait trop proche d'autres personnes, des gens pour qui il avait de l'affection ou qui l'intéressaient... parfois beaucoup trop proche. Il pensa au site de Miss Teri, qui entretenait l'illusion d'un lien avec les spectateurs. Une relation unilatérale : ils pouvaient la voir, mais elle ne pouvait les voir. Était-elle, elle aussi, un spécimen ?

À l'Elephant House, en buvant un grand café laiteux, Rebus sortit son mobile. Il avait fumé une cigarette sur le trottoir avant d'entrer : on ne savait plus, désormais, s'il était possible de fumer à l'intérieur. Il appuya sur les touches avec l'ongle de son pouce, obtint Bobby Hogan.

– La brigade des voyous a pris le pouvoir, Bobby ? demanda-t-il.

– Pas complètement.

Hogan savait à qui Rebus faisait allusion : Claverhouse et Ormiston.

– Mais ils sont dans le coin ?

– Se mettent dans les bons papiers de ta petite amie.

Rebus ne comprit pas immédiatement.

– Whiteread ? supposa-t-il.

– C'est ça.

– Claverhouse adorerait connaître certains épisodes de mon passé.

– Ça explique peut-être son sourire.

– Jusqu'à quel point suis-je *persona non grata*, d'après toi ?

– Personne ne l'a dit. Où es-tu ? Est-ce un percolateur que j'entends en bruit de fond ?

– Pause du milieu de la matinée, chef, c'est tout. Je fouine dans le passage de Herdman au sein du Régiment.

– Tu sais que j'ai échoué à la première haie ?

– Ne t'en fais pas, Bobby. Je ne voyais pas le SAS transmettre le dossier sans un déploiement de forces supérieur à celui que nous pouvons aligner.

– Comment es-tu parvenu à accéder à son dossier militaire ?

– Par la bande, pour ainsi dire.

– Tu veux bien m'éclairer ?

– Quand j'aurai trouvé quelque chose d'utile.

– John... les paramètres de l'enquête évoluent.

– En anglais de tous les jours, Bobby.

– Le pourquoi ne semble plus très important.

– Parce que l'aspect lié au trafic de drogue est beaucoup plus intéressant ? supputa Rebus. Tu me mets sur la touche, Bobby ?

– Ce n'est pas mon style, John, tu le sais. Je veux simplement dire que je ne serai peut-être plus en mesure de décider.

– Et que Claverhouse ne dirige pas mon fan club ?

– Qu'il n'est même pas sur la liste de mailing.

Rebus réfléchit. Hogan meubla le silence.

– Compte tenu de la tournure que prennent les choses, je pourrais aussi bien aller boire un café avec toi...

– On te met à l'écart ?

– D'arbitre à quatrième assistant.

L'image fit sourire Rebus. Claverhouse arbitre : Ormiston et Whiteread juges de ligne...

– D'autres nouvelles ? demanda-t-il.

– Le bateau de Herdman, celui où on a trouvé la came... il en a apparemment payé l'essentiel en liquide... en dollars, plus précisément. La devise internationale des substances illicites. Plusieurs voyages à Rotterdam l'année dernière, qu'il s'est efforcé de garder secrets.

– Encourageant, hein ?

– Claverhouse se demande s'il n'y a pas aussi une histoire de pornographie.

– L'esprit de ce type est un égout.

– Il a peut-être raison : on trouve plein de hard-core à Rotterdam. Et notre ami Herdman était apparemment un chaud lapin.

– À savoir ?

– On a saisi l'ordinateur qui était chez lui, tu te souviens ?

Rebus s'en souvenait. Il avait déjà disparu lors de sa première visite chez Herdman.

– Les crânes d'œuf de Howdenhall ont réussi à déterminer les sites qu'il visitait. Beaucoup d'entre eux étaient destinés aux mateurs.

– Aux voyeurs ?

– Exactement. M. Herdman aimait regarder. Et, en plus, certains sites sont installés aux Pays-Bas. Herdman payait tous les mois par carte de crédit.

Rebus regardait par la vitre. Il s'était mis à pleuvoir, une bruine légèrement oblique. Les passants baissaient la tête, accéléraient le pas.

– Bobby, tu connais des pontes du porno qui paient pour voir ?

– Il y a un commencement à tout.

– Ça ne marche pas, crois-moi...

Rebus se tut, plissa les paupières, demanda :

– Tu as vu ces sites ?

– Je suis obligé d'étudier les indices, John.

– Décris-les !

– Tu as envie de te rincer l'œil par procuration ?

– Ce n'est pas mon style. Fais-moi plaisir, Bobby.

– Une femme est assise sur un lit, elle a des bas, un porte-jarretelles... ce genre de truc. Tu tapes ce que tu veux qu'elle fasse.

– On sait ce que Herdman leur demandait de faire ?

– Non. Il y a des limites à ce que les crânes d'œuf peuvent reconstituer.

– Tu as la liste des sites, Bobby ?

Rebus ne put éviter d'entendre un rire étouffé, poursuivit :

– Ce n'est qu'une supposition, mais y en a-t-il un qui s'appelle Miss Teri ou Entrez-dans-mes-ténèbres ?

Silence, puis :

– Comment as-tu appris ça ?

– J'étais télépathe dans une vie antérieure.

– Je suis sérieux, John, comment l'as-tu appris ?

– Tu sais quoi ? J'étais sûr que tu poserais cette question.

Rebus décida de mettre un terme à la torture de Hogan, ajouta :

– Miss Teri est Teri Cotter. C'est une élève de Port Edgar.

– Elle fait du porno pendant son temps libre ?

– Son site n'est pas porno, Bobby...

Rebus se tut, mais trop tard.

– Tu l'as vu ?

– Une webcam dans sa chambre, reconnut Rebus. Elle fonctionne vingt-quatre heures sur vingt-quatre.

Il s'aperçut qu'il en avait trop dit, grimaça.

– Et combien de temps as-tu regardé pour t'en assurer ?

– Je ne suis pas certain qu'il y a un lien avec...

Hogan ne tint aucun compte de son commentaire.

– Il faut que j'en parle à Claverhouse.

– Non.

– John, si Herdman était fasciné par cette fille...

– Si tu l'interroges, il faut que je sois présent.

– Je ne crois pas que tu...

– Je t'ai donné cette information, Bobby !

Rebus jeta un coup d'œil autour de lui, s'aperçut qu'il avait haussé le ton. Il était au comptoir, près de la vitrine. Il surprit deux jeunes femmes, employées de bureau pendant leur pause, à l'instant où elles détournaient le regard. Depuis combien de temps écoutaient-elles ? Moins fort, Rebus poursuivit :

– Il faut que je sois présent. Promets-le-moi, Bobby.

La voix de Hogan s'adoucit légèrement.

– Je te le promets. Ça ne signifie pas que Claverhouse sera aussi accommodant.

– Tu es sûr que tu es obligé de lui en parler ?

– Comment ça ?

– Toi et moi, Bobby, on pourrait la voir...

– John, je ne travaille pas comme ça.

Sa voix s'était à nouveau durcie.

– D'accord, Bobby.

Puis une idée lui traversa l'esprit.

– Siobhan est là ?

– Je croyais qu'elle était avec toi.

– Peu importe. Tu m'avertiras quand l'interrogatoire aura lieu ?

– Oui.

Le mot fut emporté dans un soupir.

– Merci, Bobby. Je te dois un service.

Rebus coupa la communication et abandonna ce qui restait de son café. Dehors, il alluma une nouvelle cigarette. Les employées de bureau étaient penchées l'une vers l'autre, la main devant la bouche, peut-être au cas où il saurait lire sur les lèvres. Elles s'efforcèrent de ne pas croiser son regard. Il souffla sa fumée en direction de la vitrine et reprit le chemin de la bibliothèque.

Siobhan était arrivée tôt à St Leonard's, avait travaillé au gymnase puis était allée au CID. Il y avait un grand placard, dans lequel on pouvait entrer, où les archives des affaires étaient entreposées mais, quand elle examina les dos des chemises en carton brun, elle constata qu'il en manquait une. Il y avait, à sa place, un morceau de papier.

Martin Fairstone. Sorti sur ordre. La signature de Gill Templer.

Logique. La mort de Fairstone n'était pas accidentelle. Une information pour meurtre était lancée, liée à une enquête interne. Templer avait sorti le dossier afin de pouvoir le transmettre à ceux qui en avaient besoin. Siobhan tira le battant, ferma à clé puis suivit le couloir et écouta à la porte de Gill Templer. Seulement la sonnerie lointaine du téléphone. Elle regarda le couloir. Il y avait des gens au CID : Davie Hynds et « Hi-Ho » Silvers. Hynds était tout nouveau et n'oserait pas mettre ses actes en question, mais si Silvers la voyait...

Elle prit une profonde inspiration, frappa et attendit, puis tourna la poignée et poussa.

La porte n'était pas fermée à clé. Elle la poussa derrière elle, puis traversa la pièce sur la pointe des pieds. Il n'y avait rien sur la table de travail et les tiroirs n'étaient pas assez grands. Elle se tourna vers la commode verte à quatre tiroirs.

« Quand on met le doigt dans l'engrenage », pensa-t-elle en ouvrant celui du haut. Il ne contenait rien. Beaucoup de paperasse dans les trois autres, mais pas ce qu'elle cherchait. Elle chassa avec bruit l'air contenu dans ses poumons et regarda une nouvelle fois autour d'elle. Qui tentait-elle d'abuser ? Il n'y avait pas de cachettes, ici. C'était un espace aussi utilitaire que possible. Templer avait placé deux plantes sur la tablette de la fenêtre, mais elles avaient disparu, mortes faute de soins ou jetées lors d'un rangement. Le prédécesseur de Templer exposait, sur son bureau, des photos de son abondante famille mais rien, ici, ne permettait même de deviner que l'occupant des lieux était une femme. Certaine de n'avoir rien manqué, Siobhan ouvrit la porte et se trouva face à un homme qui plissait le front.

– La personne que je voulais voir, dit-il.

– Je...

Siobhan se tourna vers la pièce comme pour y chercher une fin vraisemblable à la phrase qu'elle venait de commencer.

– La superintendante Templer est en réunion, expliqua l'homme.

– C'est ce que j'ai déduit, répondit Siobhan, qui avait repris le contrôle de sa voix.

Elle ferma la porte.

– À propos, disait l'homme, je m'appelle...

– Mullen.

Siobhan se redressa, de sorte qu'elle ne fit que quelques centimètres de moins que lui.

– Bien sûr, fit Mullen en esquissant un sourire. Vous étiez le chauffeur de Rebus le jour où je suis parvenu à lui mettre le grappin dessus.

– Et maintenant vous voulez me parler de Martin Fairstone, supputa Siobhan.

– C'est exact.

Il resta un instant silencieux, reprit :

– À condition que vous puissiez m'accorder quelques minutes.

Siobhan haussa les épaules et sourit, comme pour dire qu'elle ne pouvait rien imaginer de plus agréable.

– Dans ce cas, si vous voulez bien me suivre, dit Mullen.

Quand ils passèrent devant la porte ouverte du CID, Siobhan jeta un coup d'œil à l'intérieur et constata que Silvers et Hynds étaient debout côte à côte. Ils tenaient leur cravate au-dessus de la tête, tordaient le cou comme s'ils étaient pendus.

La dernière image qu'ils eurent de leur victime fut le majeur dressé de Siobhan à l'instant où elle disparaissait.

Elle suivit dans l'escalier le représentant des Enquêtes internes, qui ouvrit la porte de la salle d'interrogatoire 1, située juste avant la réception.

– Je suppose que vous aviez une bonne raison de vous trouver dans le bureau de la superintendante Templer, dit-il en ôtant sa veste de costume, qu'il suspendit ensuite sur le dossier d'une des deux chaises.

Siobhan s'assit, le regarda s'installer en face d'elle, du côté opposé du bureau écaillé et taché d'encre de stylo à bille qui les séparait. Mullen se pencha et ramassa une boîte en carton posée par terre.

– Oui, répondit-elle en le regardant ouvrir le dossier.

Elle vit tout d'abord une photo de Martin Fairstone, prise tout de suite après son arrestation. Mullen sortit la photo et la lui montra. Elle constata malgré elle que ses ongles étaient immaculés.

– Croyez-vous que cet homme méritait de mourir ?

– Je n'ai pas vraiment d'opinion là-dessus.

– C'est entre nous, vous comprenez ?

Mullen baissa légèrement la photo et la moitié supérieure de son visage apparut au-dessus.

– Pas d'enregistrement, ajouta-t-il, pas de témoin... une conversation tout à fait discrète et informelle.

– C'est pour ça que vous avez ôté votre veste ? Pour que ça fasse informel ?

Il décida de ne pas répondre.

– Je vous pose une nouvelle fois la question, sergent Clarke : cet homme méritait-il son sort ?

– Si vous me demandez si je souhaitais sa mort, la réponse est non. J'ai connu des tas d'ordures pires que Martin Fairstone.

– Dans quelle catégorie le classeriez-vous ? Dans celle des irritations mineures ?

– Je ne prendrais pas la peine de le classer dans une catégorie.

– Sa mort a été horrible, vous savez. Se réveiller parmi ces flammes et dans la fumée, tenter de se libérer... je n'aimerais pas quitter la vie de cette façon.

– Je suppose.

Ils se fixèrent dans les yeux et Siobhan comprit qu'il allait se lever, faire les cent pas, tenter de l'inquiéter. Elle fut plus rapide que lui et sa chaise racla le sol quand elle se redressa. Les bras croisés, elle gagna le mur le plus éloigné, forçant son interlocuteur à se retourner pour la voir.

– Vous semblez capable de gravir les échelons, sergent Clarke, dit Mullen. Inspectrice dans cinq ans, peut-être même inspectrice principale avant quarante ans... cela vous donnerait dix ans pour rattraper la superintendante Templer.

Il laissa planer un silence lourd de sens, conclut :

– C'est ce qui vous attend si vous parvenez à éviter les ennuis.

– J'aime à croire que j'ai un bon système de navigation.

– J'espère, dans votre intérêt, que vous avez raison. L'inspecteur Rebus, en revanche... quelle que soit la boussole qu'il utilise, elle semble le conduire systématiquement vers les problèmes, n'est-ce pas ?

– Je n'ai pas vraiment d'opinion là-dessus.

– Dans ce cas, il est temps que vous vous en forgiez une. Dans une carrière telle que celle à laquelle vous semblez destinée, il faut choisir soigneusement ses amis.

Siobhan alla jusqu'à l'extrémité opposée de la pièce, pivota sur elle-même quand elle atteignit la porte.

– Il y a sûrement des tas de gens qui souhaitaient la mort de Fairstone.

– Il est vraisemblable que l'enquête en dévoilera un tas, répondit Mullen avec un haussement d'épaules. Mais en attendant...

– En attendant, vous voulez vous attaquer à l'inspecteur Rebus ?

Mullen la dévisagea.

– Pourquoi ne vous asseyez-vous pas ?

– Je vous rends nerveux ?

Elle se pencha sur lui, les phalanges sur le bord du bureau.

– Est-ce donc ça que vous tentez de faire ? Je commençais à me demander...

Elle soutint son regard, puis céda et s'assit.

– Dites-moi, commença-t-il d'une voix contenue, ce que vous avez pensé quand vous avez appris que l'inspecteur Rebus était allé chez Fairstone le soir de la mort de ce dernier ?

Elle se contenta de hausser les épaules.

– Selon une théorie, poursuivit-il, on a peut-être tenté de faire peur à Fairstone. Ça a mal tourné, voilà tout. Il est possible que l'inspecteur Rebus ait tenté de retourner dans la maison afin de sauver l'homme...

Il se tut, reprit :

– Nous avons reçu un coup de téléphone d'un médecin... une psychiatre nommée Irene Lesser. Elle a récemment été en contact avec Rebus dans une autre affaire. Elle envisageait de déposer une plainte, en fait, pour un problème d'infraction au secret professionnel. À la fin de l'entretien, elle a indiqué que Rebus était, selon elle, « hanté ».

Mullen se pencha, demanda :

– Diriez-vous qu'il est hanté, sergent Clarke ?

– Il arrive que les affaires l'obsèdent, admit Siobhan. Je ne sais pas si c'est la même chose.

– À mon avis, le docteur Lesser voulait dire qu'il a du mal à vivre dans le présent... qu'il y a de la fureur en lui, quelque chose qu'il refoule depuis de longues années.

– Je ne vois pas le lien avec Martin Fairstone.

– Vraiment ?

Mullen eut un sourire sans joie, ajouta :

– Considérez-vous l'inspecteur Rebus comme un ami, quelqu'un que vous fréquentez en dehors du travail ?

– Oui.

– Le voyez-vous souvent ?

– Assez.

– C'est un ami à qui vous confiez vos problèmes ?

– Peut-être.

– Mais Martin Fairstone n'était pas un problème ?

– Non.

– Pas de votre point de vue, en tout cas.

Mullen laissa le silence s'installer entre eux, s'appuya contre le dossier de sa chaise.

– Éprouvez-vous parfois le besoin de protéger l'inspecteur Rebus, sergent Clarke ?

– Non.

– Mais vous le conduisez en attendant que ses mains guérissent.

– Ce n'est pas la même chose.

– A-t-il expliqué de façon vraisemblable comment il s'était brûlé ?

– Il les a plongées dans une eau trop chaude.

– J'ai dit « vraisemblable ».

– Je trouve que ça l'est.

– Ne croyez-vous pas que vous voir avec un œil au beurre noir, ajouter deux et deux puis se mettre à la recherche de Fairstone serait tout à fait dans sa nature ?

– Ils étaient ensemble dans un pub... personne n'a dit, à ma connaissance, qu'ils se disputaient.

– Pas en public, peut-être. Mais après que l'inspecteur Rebus s'est fait inviter chez lui... dans l'intimité de cet endroit...

Siobhan secoua la tête.

– Ce n'est pas ce qui s'est passé.

– J'aimerais avoir votre confiance, sergent Clarke.

– Ça signifie que vous l'échangeriez contre votre arrogance autosatisfaite ?

Mullen parut réfléchir. Puis il sourit, remit la photo dans la boîte.

– Je crois que ce sera tout pour le moment.

Siobhan demeura immobile.

– Sauf s'il y a autre chose ?

Les yeux de Mullen brillèrent.

– En fait oui.

Elle montra la boîte d'archives du menton, ajouta :

– La raison de ma présence dans le bureau de la superintendante Templer.

Mullen regarda la boîte.

– Ah ?

Il parut intéressé.

– En réalité, ça n'a rien à voir avec Fairstone. C'est à propos de l'enquête sur Port Edgar.

Elle décida qu'elle n'avait rien à perdre en lui disant, poursuivit :

– La petite amie de Fairstone a été vue à South Queensferry.

Siobhan déglutit discrètement avant de mentir :

– L'inspecteur Hogan veut l'interroger, mais je ne me souvenais pas de son adresse.

– Et elle se trouve là-dedans ?

Mullen tapota la boîte, réfléchit pendant quelques instants puis la rouvrit.

– Je ne vois pas en quoi ça pourrait poser un problème, dit-il en la poussant vers elle.

La blonde s'appelait Rachel Fox et travaillait dans un supermarché situé au pied de Leith Walk. Siobhan s'y rendit en voiture, passa devant les bars peu engageants, les boutiques d'occasions et les tatoueurs. Leith, lui semblait-il, était toujours à l'approche d'une renaissance. Quand les entrepôts furent transformés en lofts, ou lorsqu'un complexe de cinémas ouvrit, ou quand l'ancien yacht de la reine y fut amarré afin que les touristes puissent le visiter, on parla de « rénovation » du port. Mais, de son point de vue, l'endroit n'avait jamais réellement changé : toujours le même Leith, toujours les mêmes Leithers. Elle n'avait jamais éprouvé d'appréhension, ici, même au milieu de la nuit quand elle frappait aux portes des bordels et des trafiquants de drogue. Mais c'était souvent un endroit sans joie, où on reconnaissait ceux qui venaient de l'extérieur à leur sourire. Il n'y avait pas de place sur le parking du supermarché et elle en fit donc le tour, vit finalement une femme qui mettait des sacs de courses dans son coffre. Siobhan attendit, le moteur tournant au ralenti. La femme disputait un enfant de cinq ans qui sanglotait. Deux traînées de mucus vert clair reliaient les narines du petit garçon à sa lèvre supérieure. Ses épaules étaient voûtées, chaque sanglot était accompagné d'un hoquet. Il portait un épais blouson Le Coq Sportif argenté, de deux tailles trop grand, et semblait de ce fait ne pas avoir de mains. Quand il s'essuya le nez avec une manche, sa mère se mit en colère, le secoua. Siobhan s'aperçut que sa main était crispée sur la poignée de la portière. Mais elle ne descendit pas de voiture, comprit que son intervention n'améliorerait pas la situation du petit garçon, que la femme ne prendrait pas soudainement conscience du caractère erroné de son comportement du simple fait qu'une inconnue s'avisait de l'engueuler. Le coffre fut fermé, l'enfant poussé dans la voiture. Quand la femme contourna le véhicule, elle regarda Siobhan et haussa les épaules comme pour partager son fardeau avec elle. *Vous savez ce que c'est*, semblait dire le haussement d'épaules. Siobhan se contenta de la foudroyer du regard, la futilité de ce geste restant présente à son esprit quand elle se gara, prit un chariot et le poussa dans le magasin.

Quoi qu'il en soit, que faisait-elle ici ? Était-elle venue à cause de Fairstone, à cause des lettres ou parce que Rachel Fox était allée au Boatman's ? Peut-être les trois. Fox était caissière et Siobhan, scrutant la rangée de caisses, la vit presque immédiatement. Elle portait le même uniforme bleu que les autres femmes et avait empilé ses cheveux sur le sommet de son crâne, une boucle couvrant chaque oreille. Son visage était inexpressif pendant qu'elle faisait passer les objets un par un sur le lecteur de code à barres. Une pancarte, au-dessus de sa caisse, indiquait : neuf articles maximum. Siobhan s'engagea dans la première allée, ne trouva rien dont elle eût besoin. Elle n'avait pas envie de faire la queue à la boucherie ni à la poissonnerie. Ce serait sa chance si Fox prenait sa pause ou partait plus tôt. Deux barres chocolatées atterrirent dans le chariot, suivies d'un torchon de cuisine et d'une boîte de soupe. Quatre articles. À l'extrémité de l'allée suivante, elle s'assura que Fox était toujours à sa caisse. Elle y était et trois retraités attendaient de pouvoir payer. Siobhan ajouta un tube de concentré de tomate à ses provisions. Une femme en fauteuil roulant électrique passa à toute vitesse, son mari parvenant difficilement à la suivre. Elle lui hurla des instructions :

– Dentifrice, mais en distributeur, pas en tube ! Et tu as pris le concombre ?

Sa grimace indiqua à Siobhan qu'il avait oublié le concombre et qu'il devrait retourner le chercher.

Les autres clients semblaient traîner, comme pour faire durer cette activité plus longtemps que strictement nécessaire. Ils termineraient probablement par une visite à la cafétéria du magasin – thé et tranche de cake, gâteau mastiqué lentement, thé bu à petites gorgées. Puis ils rentreraient chez eux pour regarder les émissions de cuisine.

Un paquet de pâtes. Six articles.

Un seul retraité attendait désormais à la caisse rapide. Siobhan prit place derrière lui. Il salua Fox qui répondit d'un « bonjour » las propre à décourager toute conversation.

– Magnifique journée, dit l'homme.

Sa bouche ne disposait apparemment pas des dents nécessaires et sa langue mouillée sortait. Fox se contenta de hocher la tête, s'appliqua à passer ses achats aussi rapidement que possible. Siobhan regarda le tapis roulant et deux constatations la frappèrent. Premièrement, l'homme avait douze articles. Deuxièmement, comme lui, elle aurait dû acheter des œufs.

– Huit quatre-vingts, dit Fox.

L'homme sortit lentement la main de sa poche, compta les pièces. Il plissa le front, les compta une nouvelle fois. Fox tendit la main et prit l'argent.

– Il manque cinquante pence, indiqua-t-elle.

– Hein ?

– Il vous manque cinquante pence. Il faut que vous laissiez quelque chose.

– Tenez, dit Siobhan en ajoutant une pièce aux autres.

L'homme se tourna vers elle, lui adressa un sourire édenté et inclina la tête. Puis il saisit son sac et prit le chemin de la sortie d'un pas traînant.

Rachel concentra son attention sur la cliente suivante.

– Vous pensez « le pauvre », dit-elle sans lever la tête, mais il essaie de me faire ce coup à peu près une fois par semaine.

– Dans ce cas, je suis d'autant plus stupide, répondit Siobhan. Mais ça en valait la peine puisque ça l'a empêché de recompter au ralenti.

Fox leva la tête, jeta un coup d'œil sur le tapis roulant, leva une nouvelle fois la tête.

– Je vous ai vue quelque part.

– Vous m'avez envoyé des lettres, Rachel ?

La main de Fox se figea sur les pâtes.

– Comment connaissez-vous mon nom ?

– Tout d'abord, il est sur votre badge.

Mais Fox avait compris. Ses yeux étaient très maquillés. Elle les plissa en fixant Siobhan.

– Vous êtes le flic qui a essayé de faire enfermer Marty.

– J'ai témoigné à son procès, admit Siobhan.

– Ouais, je me souviens de vous... et vous avez persuadé un de vos potes de le brûler, en plus.

– Ne croyez pas tout ce que les tabloïds publient, Rachel.

– Vous le harceliez, hein ?

– Non.

– Il parlait de vous... disait que vous vouliez sa peau.

– Je peux vous assurer que ce n'était pas le cas.

– Alors comment ça se fait qu'il est mort ?

Le dernier article de Siobhan était passé et elle tendait un billet de dix livres. La caissière voisine avait cessé le travail et, comme son client, écoutait.

– Y a-t-il un endroit où on pourrait parler, Rachel ?

Siobhan regarda autour d'elle, ajouta :

– Un endroit plus intime.

Mais les yeux de Fox s'étaient emplis de larmes. Elle rappela soudain à Siobhan le gamin du parking. Dans un sens, pensa-t-elle, on ne grandit pas. Émotionnellement, on ne grandit jamais...

– Rachel..., dit-elle.

Mais Fox avait ouvert la caisse afin de rendre la monnaie. Elle secoua lentement la tête.

– J'ai rien à vous dire, à vous les flics.

– Et les lettres que je reçois, Rachel ? Pouvez-vous me parler de ces lettres ?

– Je vois pas de quoi vous parlez.

Un bruit de moteur indiqua à Siobhan que la femme en fauteuil roulant se trouvait derrière elle. Sans doute y avait-il exactement neuf articles dans le chariot de son mari. Siobhan se retourna, constata que la femme avait un panier qui contenait également neuf articles. La femme foudroyait Siobhan du regard, voulait qu'elle s'en aille.

– Je vous ai vue au Boatman's, dit Siobhan à Rachel Fox. Qu'est-ce que vous y faisiez ?

– Où ?

– Au Boatman's... à South Queensferry.

Fox donna la monnaie et le ticket à Siobhan, renifla bruyamment.

– Rod y travaille.

– C'est un... ami... c'est ça ?

– C'est mon frère, dit Rachel Fox.

Quand elle leva la tête, le feu avait remplacé, dans ses yeux, l'eau.

– Ça veut dire que vous allez vouloir le tuer, lui aussi, hein ? C'est ça ?

– On devrait peut-être essayer une autre caisse, Davie, dit la femme en fauteuil roulant à son mari.

Elle faisait marche arrière quand Siobhan saisit son sac en plastique et prit la direction de la sortie, la voix de Rachel Fox la suivant jusqu'à l'extérieur :

– Sale meurtrière ! Qu'est-ce qu'il t'avait fait ? Meurtrière ! *Meurtrière !*

Elle jeta le sac sur le siège du passager, se mit au volant.

– Une salope, voilà ce que tu es !

Rachel Fox se dirigeait vers la voiture.

– Même pas capable d'avoir un homme !

Siobhan tourna la clé de contact, sortit de sa place de stationnement au moment où Fox shootait dans le phare gauche. Elle portait des chaussures de sport et son pied glissa sur le verre. Siobhan, la tête tournée et le cou tendu, s'assura qu'il n'y avait personne derrière elle. Quand elle se retourna, Fox tirait sur la file de chariots. Siobhan avança, accéléra brutalement, entendit le bruit de ferraille des chariots, qui la manquèrent de peu. Elle regarda dans le rétroviseur, constata qu'ils bloquaient la chaussée, le premier d'entre eux heurtant une VW Coccinelle.

Et Rachel Fox hurlait toujours, brandissait les poings, braquait un doigt sur la voiture qui s'éloignait, passait le même doigt devant sa gorge.

– Tu as raison, Rachel, marmonna Siobhan en sortant du parking.

20

Il avait fallu toute la persuasion de Bobby Hogan – et il ne permettrait pas à Rebus de l'oublier. Le regard qu'il lui adressa dit tout : *Premièrement, tu me dois un service ; deuxièmement ne gâche pas tout...*

Ils étaient dans un bureau de la « maison mère », siège de la police de Lothian and Borders, située dans Fettes Avenue. C'était le quartier général de la brigade des stupéfiants et, de ce fait, Rebus y était simplement toléré. Il ne savait pas au juste comment Hogan avait convaincu Claverhouse de l'autoriser à prendre part à l'audition, mais ils étaient là. Ormiston était également présent, reniflait et fermait très fort les yeux chaque fois qu'il battait des paupières. Teri Cotter était en compagnie de son père et une constable était assise à proximité.

– Vous êtes sûre que vous voulez que votre père soit présent ? demanda Claverhouse sur un ton neutre.

Teri le dévisagea. Elle portait la tenue goth complète, y compris les bottes ornées de nombreuses boucles brillantes.

– À vous entendre, dit M. Cotter, j'aurais peut-être dû amener aussi un avocat.

Claverhouse se contenta de hausser les épaules.

– J'ai simplement posé la question parce que je ne voudrais pas que Teri soit embarrassée devant vous...

Il se tut, les yeux fixés sur Teri.

– Embarrassée ? répéta M. Cotter en se tournant vers sa fille, de sorte qu'il manqua le geste de Claverhouse, qui agita les doigts comme s'il tapait sur un clavier. Mais Teri le vit et comprit sa signification.

– Papa, dit-elle, il vaudrait peut-être mieux que tu attendes dehors.

– Je ne suis pas sûr que...

– Papa, coupa-t-elle en posant une main sur la sienne. Tout va bien. J'expliquerai plus tard... vraiment.

Elle le fixait dans les yeux.

– Ma foi, je ne sais pas...

Cotter jeta un regard circulaire dans la pièce.

– Tout se passera bien, monsieur, assura Claverhouse, qui s'appuya contre le dossier de sa chaise et posa une jambe sur l'autre. Aucune raison de s'inquiéter, simplement des infos d'ordre général que Teri pourra peut-être nous fournir.

Il montra Ormiston de la tête, ajouta :

– Le sergent Ormiston va vous conduire à la cantine, vous offrir un café ou quelque chose et ce sera terminé en un rien de temps...

Ormiston parut contrarié ; il regarda alternativement Rebus et Hogan comme pour demander à son équipier pourquoi l'un d'eux ne pouvait pas le remplacer. Cotter dévisageait à nouveau sa fille.

– La perspective de te laisser ici ne me plaît pas.

Mais ses mots avaient une intonation vaincue et Rebus se demanda s'il avait jamais tenu tête à Teri ou à sa femme. Un homme plus à l'aise avec les colonnes de chiffres, les fluctuations de la Bourse ; ce qu'il croyait pouvoir prévoir et contrôler. Peut-être l'accident de voiture, la mort de son fils l'avaient-ils dépouillé de sa confiance en lui-même, lui avaient-ils montré à quel point il était impuissant et négligeable face au hasard. Il se leva, Ormiston le rejoignit devant la porte et les deux hommes sortirent. Rebus pensa soudain à Allan Renshaw, à l'effet que la perte d'un fils peut avoir sur un père...

Claverhouse sourit à Teri Cotter qui, méfiante, croisa les bras.

– Vous savez de quoi il s'agit, Teri ?

– Ah bon ?

Claverhouse agita une nouvelle fois les doigts comme s'il tapait.

– Mais vous savez ce que cela signifie ?

– Pourquoi ne me le dites-vous pas ?

– Cela signifie que vous avez un site web, Miss Teri. Cela signifie que des gens peuvent regarder votre chambre à toute heure du jour et de la nuit. L'inspecteur Rebus, ici présent, est apparemment un de vos admirateurs.

Claverhouse montra Rebus de la tête, ajouta :

– Lee Herdman était dans le même cas.

Claverhouse se tut, la dévisagea, conclut :

– Vous n'avez pas l'air très étonnée.

Elle haussa les épaules.

– M. Herdman était un peu voyeur, ajouta Claverhouse, qui regarda brièvement Rebus, comme s'il se demandait s'il entrait également dans cette catégorie. Il allait sur de nombreux sites, qui nécessitaient presque tous un paiement par carte de crédit...

– Et alors ?

– Alors, Teri, vous ne faites pas payer.

– Je ne suis pas comme ces sites ! cracha-t-elle.

– Comment est votre site ?

Elle parut sur le point de répondre, mais y renonça.

– Vous aimez qu'on vous regarde ? supputa Claverhouse. Et Herdman aimait regarder. Vous étiez apparemment très compatibles.

– Il m'avait sautée plusieurs fois, si c'est ce que vous voulez dire, fit-elle froidement.

– Je n'aurais pas employé ces mots.

– Teri, intervint Rebus, Lee a acheté un ordinateur que nous ne parvenons pas à localiser... Est-ce parce qu'il se trouve dans ta chambre ?

– Peut-être.

– Il l'a acheté pour toi, installé pour toi ?

– Ah bon ?

– Il t'a montré comment créer un site, brancher une webcam ?

– Pourquoi posez-vous ces questions si vous savez ?

Une certaine irritation s'était immiscée dans sa voix.

– Qu'est-ce que tes parents ont dit ?

Elle le fixa.

– J'ai de l'argent.

– Ils ont cru que tu l'avais acheté ? Ils n'étaient pas au courant de ta liaison avec Lee ?

Elle lui adressa un regard qui confirma la stupidité de ses questions.

– Il aimait vous regarder, affirma Claverhouse. Il voulait savoir où vous étiez, ce que vous faisiez. C'est pour cette raison que vous avez créé le site ?

Elle secoua la tête.

– Entrez-dans-mes-ténèbres s'adresse à tous ceux qui ont envie de regarder.

– Est-ce que c'est lui qui en a eu l'idée ou bien vous ? demanda Hogan.

Elle eut un rire strident.

– Je suis censée être le Petit Chaperon rouge, c'est ça ? Et Lee le Grand Méchant Loup ?

Elle prit une profonde inspiration, ajouta :

– Lee m'a donné l'ordinateur, a dit qu'on pourrait peut-être rester en contact grâce aux webcams. J'ai eu l'idée d'Entrez-dans-mes-ténèbres. Moi toute seule.

Elle braqua un doigt sur elle-même, trouva un triangle de peau nue entre ses seins. Son haut en dentelle noire était décolleté. Son doigt monta jusqu'au diamant, suspendu à une chaîne en or, et elle joua machinalement avec.

– Il t'a donné aussi ça ? demanda Rebus.

Elle regarda la chaîne, acquiesça, croisa une nouvelle fois les bras.

– Teri, dit Rebus, sais-tu qui visitait ton site ?

Elle secoua la tête.

– L'anonymat est une partie du plaisir.

– Mais on ne peut pas dire que tu étais anonyme. De nombreuses informations indiquent qui tu es.

Elle réfléchit, puis haussa les épaules.

– Certains élèves de ton école sont-ils au courant ? demanda Rebus.

Nouveau haussement d'épaules.

– Je vais t'en citer un qui l'était... Derek Renshaw.

Ses yeux se dilatèrent, ses lèvres formèrent un O.

– Et Derek a sûrement averti son ami Tony Jarvis, poursuivit Rebus.

Claverhouse s'était redressé, levait une main.

– Une minute...

Il se tourna vers Hogan, qui haussa les épaules, puis à nouveau vers Rebus, ajouta :

– C'est la première fois que j'entends parler de ça.

– Le site de Teri était dans les favoris de l'ordinateur de Derek, expliqua Rebus.

– Et l'autre gamin était aussi au courant ? Celui que Herdman a tué ?

Rebus haussa les épaules.

– Je dirais que c'est probable.

Claverhouse se leva d'un bond, se frotta la mâchoire.

– Teri, demanda-t-il, Herdman était-il jaloux ?

– Je ne sais pas.

– Il connaissait l'existence de votre site... je suppose que vous l'avez mis au courant.

Il la dominait de toute sa taille.

– Oui, répondit-elle.

– Qu'est-ce qu'il en pensait ? Je veux dire du fait que n'importe qui – je dis bien n'importe qui – pouvait vous voir dans votre chambre pendant la nuit ?

Sa voix se mua en murmure.

– Vous croyez que c'est pour ça qu'il les a tués ?

Claverhouse se pencha sur elle, le visage à quelques centimètres du sien.

– Qu'est-ce que vous en pensez, Teri ? Croyez-vous que ce soit possible ?

Il n'attendit pas la réponse, pivota sur un talon et frappa dans ses mains. Rebus comprit ce qu'il pensait : il pensait qu'il venait, lui, l'inspecteur Charlie Claverhouse, de résoudre l'affaire le jour même où elle lui avait été confiée. Et il se demandait quand il pourrait claironner son triomphe à ses supérieurs. Il gagna la porte et l'ouvrit à la volée, regarda d'un côté et de l'autre du couloir, constata, déçu, qu'il était désert. Rebus saisit l'occasion, se leva, s'installa sur la chaise de Claverhouse. Teri fixait ses genoux, passait à nouveau un doigt sur sa chaîne.

– Teri, souffla-t-il pour attirer son attention.

Elle le regarda, les yeux bordés de rouge sous l'eye-liner et le mascara.

– Ça va ? demanda-t-il.

Elle hocha lentement la tête.

– Tu en es sûre ? Tu veux que j'aille te chercher quelque chose ?

– Ça va.

Il hocha la tête, comme s'il tentait de se convaincre. Hogan s'était déplacé, lui aussi, et se tenait maintenant dans l'encadrement de la porte, près de Claverhouse, une main apaisante sur son épaule. Rebus ne distinguait pas ce qu'ils disaient, ne s'y intéressait pas vraiment.

– Je n'arrive pas à croire que ce salaud me regardait.

– Qui ? Lee ?

– Derek Renshaw, cracha-t-elle. Il a pratiquement tué mon frère !

Sa voix se faisait plus forte. Et Rebus baissa la sienne davantage encore quand il reprit la parole :

– À mon avis, il était dans la voiture en compagnie de ton frère, mais ça ne signifie pas qu'il était responsable.

Soudain, l'image du père de Derek traversa l'esprit de Rebus : un gamin abandonné sur le bord du trottoir, se cramponnant désespérément à un ballon de football neuf tandis que le monde vertigineux tournoyait autour de lui.

– Tu crois vraiment que Lee serait entré dans une école pour tuer deux personnes parce qu'il était jaloux ? demanda-t-il.

Elle réfléchit puis secoua la tête.

– Moi non plus, dit Rebus.

Elle le regarda dans les yeux et il poursuivit :

– Premièrement, comment aurait-il pu savoir ? Il ne connaissait apparemment pas les victimes. Donc comment aurait-il pu les choisir ?

Il attendit qu'elle ait assimilé, ajouta :

– Les abattre est un peu excessif, tu ne trouves pas ? Et dans un endroit aussi public... il aurait fallu qu'il soit fou de jalousie. Au point de lui faire complètement perdre la tête.

– Mais alors, qu'est-ce qui s'est passé ?

Rebus se tourna vers la porte. Ormiston était revenu de la cafétéria et Claverhouse lui donnait l'accolade, aurait probablement soulevé son collègue, plus robuste, s'il en avait été capable. Rebus surprit « *on y est arrivés !* » suivi des propos prudents, à voix basse, de Hogan.

– Je ne le sais toujours pas avec certitude, dit Rebus, répondant à la question de Teri. C'est un très bon mobile et c'est pour cette raison que tu as fait de l'inspecteur Claverhouse un homme heureux.

– Vous ne l'aimez pas, n'est-ce pas ?

Un vague sourire éclaira son visage.

– Ne t'inquiète pas, ce sentiment est complètement partagé.

– Quand vous avez cliqué sur Entrez-dans-mes-ténèbres...

Elle baissa la tête, demanda :

– Qu'est-ce que je faisais ?

– La pièce était vide, répondit Rebus, qui ne voulait pas qu'elle sache qu'il l'avait regardée dormir. Je peux te demander quelque chose ?

Il se tourna vers la porte, s'assura que personne n'écoutait, reprit :

– Doug Brimson affirme qu'il est un ami de ta famille, mais j'ai l'impression qu'il n'est pas en tête de ton hit-parade.

Le visage de Teri s'affaissa.

– Ma mère a une liaison avec lui, dit-elle sur un ton méprisant.

– Tu en es sûre ?

Elle acquiesça sans le regarder.

– Ton père est au courant ?

Elle leva la tête, son visage exprimant l'horreur.

– Il n'a pas besoin de le savoir, n'est-ce pas ?

Rebus réfléchit.

– Je suppose que non, décida-t-il. Comment t'en es-tu aperçue ?

– L'intuition féminine, répondit-elle sans ironie.

Rebus s'appuya contre le dossier de sa chaise, plongé dans ses pensées. Il songea à Teri, à Lee Herdman, à Entrez-dans-mes-ténèbres, se demanda si un de ces éléments, ou l'ensemble de ces éléments, était un moyen de se venger de la mère.

– Teri, tu es sûre qu'il t'est impossible de savoir qui te regarde grâce à cette webcam ? Aucun élève, à l'école, n'a fait allusion...

Elle secoua la tête.

– Je reçois des messages, mais jamais de gens que je connais.

– Est-ce que ces messages sont parfois... je ne sais pas... bizarres ?

– C'est ceux que je préfère.

Elle inclina légèrement la tête, cherchant à incarner Miss Teri, mais trop tard : Rebus avait vu Teri Cotter telle qu'elle était et cela ne changerait plus.

– Veux-tu que je te dise qui j'ai rencontré hier soir ? demanda-t-il sur le ton de la conversation.

– Qui ?

– James Bell.

– Et alors ?

Elle fixait le noir luisant de ses ongles.

– Alors je me demandais... cette photo de toi... Tu te souviens ? Celle que tu as emportée, l'autre jour, dans le pub de Cockburn Street.

– Elle m'appartenait.

– Je ne dis pas le contraire. Je me rappelle aussi que, pendant que tu la piquais, tu me disais que James Bell assistait aux fêtes de Lee.

– Il a dit qu'il n'y allait pas ?

– Au contraire, ils semblaient très bien se connaître, tous les deux, n'est-ce pas ?

Les trois détectives – Claverhouse, Hogan et Ormiston – rentraient dans la pièce. Ormiston tapotait les épaules de Claverhouse et, du même coup, son ego.

– Il aimait bien Lee, disait Teri, il n'y a aucun doute là-dessus.

– Mais était-ce mutuel ?

Elle plissa les paupières.

– James Bell... il aurait pu désigner Renshaw et Jarvis à Lee, n'est-ce pas ?

– Ça n'expliquerait pas pourquoi Lee lui a également tiré dessus. Le problème...

Rebus comprit qu'il serait dessaisi de l'interrogatoire dans quelques secondes, reprit :

– Cette photo de toi... tu as dit qu'elle avait été prise dans Cockburn Street. Je me demande par qui ?

Elle parut chercher à déterminer l'objectif de la question. Claverhouse se tenait près d'eux, claquant des doigts afin d'indiquer à Rebus qu'il devait libérer la chaise. Rebus se leva lentement sans quitter Teri des yeux.

– James Bell ? C'était lui ?

Elle acquiesça, ne voyant pas pourquoi elle ne le lui dirait pas.

– Il venait te voir dans Cockburn Street ?

– Il nous photographiait tous... un exposé pour l'école...

– De quoi s'agit-il ? demanda Claverhouse en s'asseyant, le sourire aux lèvres.

– Il m'interrogeait sur James Bell, répondit Teri sur un ton neutre.

– Ah oui ! Et alors ?

– Rien, répondit-elle en adressant un clin d'œil à Rebus, qui s'éloignait.

Claverhouse sursauta, se retourna, mais Rebus ne lui accorda qu'un sourire et un haussement d'épaules. Quand Claverhouse eut à nouveau tourné le dos, Rebus pointa l'index vers le sol afin de faire comprendre à Teri qu'il lui était redevable. Il savait ce que Claverhouse aurait fait de l'information : James Bell prête un livre à Lee Herdman en oubliant qu'il contient un portrait de Teri, qui tient peut-être lieu de marque-page... Herdman le trouve et est jaloux... Cela lui fournit une bonne raison de blesser James : l'infraction n'est pas assez grossière pour mériter la mort et, en outre, James était un ami...

De toute façon, Claverhouse bouclerait l'enquête dans la journée. Il irait tout droit demander son étoile d'or dans le bureau du directeur adjoint. Le Portakabin de Port Edgar serait vidé, les policiers reprendraient leurs tâches habituelles.

Rebus serait à nouveau suspendu.

Pourtant cela ne marchait pas vraiment. Rebus en était désormais sûr. Il savait, aussi, qu'il y avait quelque chose qu'il ne voyait pas. Puis il regarda Teri Cotter, qui jouait avec sa chaîne, et comprit ce que c'était. Le porno et la drogue n'étaient pas les seules spécialités de Rotterdam.

Rebus joignit Siobhan dans sa voiture.

– Où es-tu ? demanda-t-il.

– Sur l'A90 en direction de South Queensferry. Et toi ?

– Arrêté à un feu rouge de Queensferry Road.

– Tu conduis et tu téléphones ? Tes mains doivent aller mieux.

– Ça va. Qu'est-ce que tu as fait ?

– J'ai vu la petite amie de Fairstone.

– Tu en as tiré quelque chose ?

– D'une certaine façon. Et toi ?

– J'ai assisté à l'audition de Teri Cotter. Claverhouse croit avoir découvert le mobile.

– Ah oui ?

– Herdman était jaloux parce que les deux gamins visitaient le site de Teri.

– Et James Bell se trouvait simplement là par hasard ?

– Je suis sûr que c'est ainsi que Claverhouse verra les choses.

– Et ensuite ?

– Tout s'arrête.

– Et Whiteread et Simms ?

– Tu as raison. Ça ne va pas leur plaire.

Le feu, devant lui, passa au vert.

– Parce qu'ils repartiront les mains vides ?

– Oui.

Rebus réfléchit quelques instants, le téléphone coincé entre la mâchoire et l'épaule tandis qu'il passait les vitesses. Puis :

– Qu'est-ce que tu vas faire à Queensferry ?

– Le barman du Boatman's est le frère de Fox.

– Fox ?

– La petite amie de Fairstone.

– Ce qui explique pourquoi elle est venue au bar...

– Oui.

– Donc tu l'as vue ?

– On a échangé quelques plaisanteries.

– A-t-elle parlé de Peacock Johnson, admis qu'elle était la cause de sa dispute avec Fairstone ?

– J'ai oublié de lui poser la question.

– Tu as oublié... ?

– La situation était un peu tendue. J'ai pensé que je poserais plutôt la question à son frère.

– Tu crois qu'il sait si elle avait ou non une liaison avec Peacock ?

– Je le saurai quand je lui aurai posé la question.

– On pourrait se retrouver. J'avais l'intention de passer à la marina.

– Tu veux commencer par là ?

– Ensuite, on pourra finir la journée par un verre bien mérité.

– D'accord. On se rejoint au hangar à bateaux.

Elle coupa la communication, quitta la deux fois deux voies par la sortie précédant Forth Road Bridge. Elle descendit jusqu'à South Queensferry, prit Shore Road à gauche. Son téléphone sonna à nouveau.

– Changement de programme ? demanda-t-elle.

– Pas tant que nous n'aurons pas un programme susceptible d'être changé, et c'est la raison de mon appel.

Elle reconnut la voix : Doug Brimson.

– Désolée, je croyais que c'était quelqu'un d'autre. Que puis-je faire pour vous ?

– Je me demandais simplement si vous étiez prête à prendre l'air.

Elle sourit.

– Peut-être.

– Formidable. Demain ?

Elle réfléchit un instant.

– Je pourrais probablement me libérer pendant une heure.

– En fin d'après-midi ? Juste avant le coucher du soleil ?

– D'accord.

– Et vous prendrez les commandes, cette fois ?

– Je crois que je pourrais me laisser convaincre.

– Formidable. Que diriez-vous de seize heures ?

– Je dirais que c'est comme quatre heures de l'après-midi.

Il rit.

– À demain, Siobhan.

– Au revoir, Doug.

Elle remit le téléphone sur le siège du passager, regarda le ciel à travers le pare-brise. S'imagina aux commandes d'un avion... s'imagina victime d'une crise d'angoisse. Mais elle ne croyait pas qu'elle paniquerait. En outre, Doug Brimson serait près d'elle. Aucune raison de s'inquiéter.

Elle s'arrêta devant la cafétéria de la marina, y entra et en ressortit avec un Mars. Elle jetait l'emballage dans la poubelle quand la Saab de Rebus arriva. Il passa près d'elle et s'arrêta à l'extrémité opposée du parking, cinquante mètres plus près du hangar à bateaux de Herdman. Quand il fut descendu de voiture et eut fermé la portière à clé, elle l'avait rejoint.

– Qu'est-ce qu'on vient faire ici ? demanda-t-elle après avoir avalé la dernière bouchée gluante.

– À part se détruire les dents ? dit-il. Je veux jeter un dernier coup d'œil sur le hangar.

– Pourquoi ?

– Parce que.

Les portes étaient fermées, mais pas à clé. Rebus les ouvrit. Simms était accroupi sur le pont d'une barque. Il leva la tête. Du menton, Rebus montra la barre à mine qu'il avait à la main.

– Vous démontez tout ? supputa-t-il.

– On ne sait jamais ce qu'on peut trouver, répondit Simms. Dans ce domaine, après tout, nos résultats sont meilleurs que les vôtres.

Les voix firent sortir Whiteread du bureau. Elle tenait une liasse de documents.

– Vous commencez à paniquer, hein ? dit Rebus en se dirigeant vers elle. Claverhouse est sur le point de boucler l'affaire et on ne peut pas dire que ça vous fasse plaisir.

Whiteread se força à esquisser un sourire glacial. Rebus se demanda ce qui pourrait la démonter ; estima qu'il en avait une idée assez précise.

– Je suppose que c'est vous qui avez indiqué notre présence au journaliste, dit-elle. Il voulait nous interviewer sur un accident d'hélicoptère à Jura. Ce qui m'a amenée à me demander...

– Je vous en prie, fit Rebus.

– J'ai eu une conversation intéressante, ce matin, dit-elle d'une voix traînante, avec un nommé Douglas Brimson. Il semblerait que vous ayez fait une petite promenade, tous les trois.

Elle adressa un bref regard à Siobhan.

– Ah bon ? fit Rebus.

Il s'était arrêté, mais pas Whiteread, qui ne s'immobilisa que lorsque son visage fut à quelques centimètres du sien.

– Il vous a conduits à Jura. Puis vous êtes allés sur les lieux de l'accident.

Elle scrutait son visage en quête d'indices de faiblesse. Rebus regarda brièvement Siobhan. *Ce salaud n'avait pas besoin de leur raconter tout ça !* Les joues de la jeune femme rougirent.

– Ah bon ? fit Rebus, qui ne trouva rien d'autre à dire.

Whiteread s'était dressée sur la pointe des pieds et son visage était à la même hauteur que le sien.

– Le problème, inspecteur Rebus, consiste à savoir comment vous avez appris ça.

– Quoi ça ?

– Vous n'avez pu l'apprendre que si vous avez eu accès aux documents confidentiels.

– Vraiment ?

Rebus regarda Simms descendre de l'embarcation, la barre à mine toujours à la main. Il haussa les épaules, reprit :

– Si les documents dont vous parlez sont confidentiels, il est impossible que je les aie vus, n'est-ce pas ?

– Pas sans cambriolage...

Whiteread se tourna vers Siobhan, ajouta :

– Sans parler de l'utilisation d'une photocopieuse.

Elle inclina la tête, feignit d'examiner le visage de la jeune femme, ajouta :

– Vous avez pris le soleil, sergent Clarke ? Vos joues sont rouges.

Siobhan resta immobile, garda le silence.

– Vous êtes devenue muette ?

Simms ricanait, prenait plaisir à la gêne des détectives.

– Il paraît, lui dit Rebus, que vous avez peur du noir.

– Hein ?

Simms plissa le front.

– Ça explique pourquoi vous laissez votre porte entrouverte.

Rebus lui adressa un clin d'œil, puis se tourna à nouveau vers Whiteread et reprit :

– Je crois que vous n'arriverez à rien. En tout cas si vous voulez éviter que tous ceux qui travaillent sur l'enquête comprennent la vraie raison de votre présence.

– D'après mes informations, vous êtes suspendu. Et vous risquez d'être bientôt accusé de meurtre.

Les yeux de Whiteread étaient des points de lumière ténébreuse.

– En outre, poursuivit-elle, la psychologue de Carbrae affirme que vous avez consulté des dossiers sans autorisation.

Elle demeura un instant silencieuse, reprit :

– J'ai l'impression que vous êtes dans la merde jusqu'au cou, Rebus. Je ne vois pas ce qui pourrait vous amener à chercher des ennuis supplémentaires. Pourtant vous êtes ici, prêt à vous opposer à moi. Si vous permettez, je vais essayer de me faire comprendre.

Elle se pencha, les lèvres à deux centimètres de son oreille, souffla :

– Vous êtes foutu.

Elle recula, afin de jauger sa réaction. Rebus avait levé une main gantée. Elle se demanda ce que signifiait ce geste. Elle plissa le front. Puis elle vit ce qu'il tenait entre le pouce et le majeur. Vit son éclat et son scintillement dans la lumière.

Un diamant.

– Nom de Dieu... ? marmonna Simms.

Rebus ferma la main sur le diamant.

– Ce qu'on trouve, on le garde, dit-il avant de pivoter sur lui-même et de s'éloigner.

Siobhan lui emboîta le pas, attendit qu'ils soient dehors pour prendre la parole.

– Qu'est-ce que c'est que cette histoire ?

– Une partie de pêche.

– Mais qu'est-ce que ça signifie ? D'où vient ce diamant ?

Rebus sourit.

– Un de mes amis tient une bijouterie dans Queensferry Street.

– Et ?

– Je l'ai convaincu de m'en prêter un.

Rebus remit le diamant dans sa poche, ajouta :

– Mais ils ne le savent pas.

– Mais tu vas m'expliquer, hein ?

Rebus acquiesça.

– Dès que je saurai ce qu'il y a au bout de ma ligne.

– John...

À la fois un avertissement et une supplique.

– On va boire ce verre ? demanda Rebus.

Elle garda le silence ; s'efforça de lui faire baisser les yeux pendant qu'ils regagnaient sa voiture. Elle le fixait toujours quand il ouvrit la portière et monta. Il démarra, passa la première puis baissa sa vitre.

– À tout à l'heure, dit-il simplement avant d'embrayer.

Siobhan ne céda pas, mais il se contenta de lui faire signe de la main. Jurant intérieurement, elle prit à grands pas le chemin de sa voiture.

21

Installé près d'une des fenêtres du Boatman's, Rebus lisait un texto de Steve Holly.

Keske vs avé pr moi ? Si vs m'aidé pas, je reparle friteuse.

Rebus se demanda s'il devait ou non répondre, puis se mit à appuyer sur les touches :

accident de jura herdman a pris qqch que l armee veut recuperer redemander a whiteread

Rebus, qui ne savait inclure ni les capitales ni la ponctuation dans ses textos, n'était pas sûr que Holly comprendrait. Mais cela occuperait le journaliste et s'il finissait par affronter Whiteread et Simms, tant mieux. Qu'ils croient donc que l'étau se resserrait sur eux. Rebus prit sa demi-pinte, la leva à sa santé au moment où Siobhan arrivait. Il s'était demandé s'il devait lui faire partager ce que Teri lui avait appris : Brimson et sa mère. Mais, s'il le lui disait, elle ne pourrait probablement pas le garder pour elle. Quand elle rencontrerait Brimson, il le verrait sur son visage, dans la façon dont elle s'adresserait à lui, dans son hésitation à soutenir son regard. Rebus ne voulait pas de cela, n'y voyait d'avantage pour personne, pas dans ces circonstances. Siobhan jeta son sac sur la table et se tourna vers le bar, où une femme qu'elle n'avait jamais vue servait de la bière.

– Ne t'inquiète pas, dit Rebus. Je me suis renseigné. McAllister prend son service dans quelques minutes.

– Ça te donne le temps d'éclairer ma lanterne.

Elle ôta sa veste. Rebus se leva.

– Je vais d'abord te chercher un verre. Qu'est-ce que tu veux ?

– Un diabolo citron.

– Rien de plus fort ?

Le front plissé, elle fixa son verre presque vide.

– Il y a des gens qui conduisent.

– Ne t'inquiète pas, je n'en boirai qu'un.

Il gagna le bar, revint avec deux consommations : diabolo citron pour elle, Coca pour lui.

– Tu vois, dit-il. Moi aussi je peux être content de moi et vertueux quand je veux.

– C'est préférable à conduire en état d'ébriété.

Elle sortit la paille de son verre, la posa dans le cendrier, s'appuya contre le dossier de sa chaise et mit les mains sur les cuisses.

– Bien... si tu es prêt, je le suis.

À cet instant, la porte s'ouvrit en grinçant.

– Quand on parle du loup, dit Rebus alors que Rod McAllister entrait.

McAllister s'aperçut qu'on le fixait. Quand il tourna la tête, Rebus lui fit signe d'approcher. McAllister ouvrait la fermeture à glissière d'un blouson de cuir élimé. Il ôta l'écharpe noire qu'il portait au cou et la fourra dans une poche.

– Il faut que je prenne mon service, dit-il quand Rebus tapota un tabouret.

– Il y en a pour une minute.

Rebus sourit, ajouta :

– Susie est d'accord.

Il montra la barmaid de la tête.

McAllister hésita puis s'assit, les coudes sur ses cuisses maigres, le menton appuyé sur les paumes de ses mains. Rebus prit la même position.

– C'est à propos de Lee ? demanda McAllister.

– Pas au sens strict, répondit Rebus.

Puis il se tourna vers Siobhan.

– On y reviendra peut-être, dit-elle au barman. Mais, pour le moment, nous nous intéressons davantage à votre sœur.

Il regarda alternativement Siobhan et Rebus, demanda :

– Laquelle ?

– Rachel Fox. Bizarre que vos noms de famille soient différents.

– Ils ne le sont pas.

McAllister regardait toujours alternativement les deux détectives, incapable de décider à qui il devait s'adresser. Siobhan fit claquer ses doigts. Il concentra son attention sur elle, les paupières légèrement plissées.

– Elle a changé de nom, il y a quelque temps, parce qu'elle voulait devenir mannequin. En quoi ça vous regarde ?

– Vous n'êtes pas au courant ?

Il haussa les épaules.

– Marty Fairstone ? insista Siobhan. Ne me dites pas qu'elle ne vous a pas présentés.

– Ouais, je connaissais Marty. J'étais effondré quand j'ai appris.

– Et un nommé Johnson ? demanda Rebus. Surnommé Peacock... un ami de Marty...

– Ouais ?

– Vous le connaissez ?

McAllister parut réfléchir.

– Je n'en suis pas sûr, répondit-il finalement.

– Peacock et Rachel, commença Siobhan, qui inclina la tête pour attirer à nouveau son attention, nous croyons qu'ils avaient une liaison.

– Ah oui ?

McAllister leva un sourcil, ajouta :

– Première nouvelle.

– Elle ne vous a jamais parlé de lui ?

– Non.

– Ils traînaient tous les deux en ville.

– Il y a des tas de gens qui traînent depuis quelque temps. Vous deux, par exemple.

Il s'appuya contre le dossier de sa chaise, s'étendit, jeta un coup d'œil sur la pendule qui se trouvait au-dessus du bar, ajouta :

– Je ne voudrais pas fâcher Susie...

– Il paraît que Fairstone et Johnson se sont disputés, peut-être à cause de Rachel.

– Ah oui ?

– Si les questions vous semblent trop gênantes, monsieur McAllister, considérez-vous libre de dire...

Siobhan fixait le T-shirt de McAllister, visible puisqu'il n'était plus penché en avant. Il s'ornait d'une couverture d'album, d'un album qu'elle connaissait.

– Vous êtes fan de Mogwai, hein, Rod ?

– De tout ce qui fait du bruit.

McAllister examina son vêtement.

– C'est *Rock Action*, hein ?

– C'est ça.

McAllister se leva, se tourna vers le bar. Siobhan regarda Rebus dans les yeux et hocha lentement la tête.

– Rod, dit-elle, le jour de notre rencontre... je vous ai donné ma carte, vous vous souvenez ?

McAllister acquiesça tout en s'éloignant. Mais Siobhan était debout, le suivait et haussait le ton.

– L'adresse de St Leonard's était indiquée dessus, hein, Rod ? Et quand vous avez vu mon nom, vous avez compris qui j'étais, n'est-ce pas ? Parce que Marty avait parlé de moi... ou Rachel. Vous vous souvenez de l'autre album de Mogwai, Rod, celui qui précède *Rock Action* ?

McAllister avait levé le panneau permettant de passer derrière le bar. Il le claqua derrière lui. La barmaid le fixait. Siobhan leva le panneau.

– Hé, c'est réservé au personnel, dit Susie.

Mais Siobhan n'écoutait pas, ne s'était pas vraiment rendu compte que Rebus venait de se lever et se dirigeait vers le bar. Elle saisit la manche du blouson de McAllister. Il tenta de se dégager, mais elle le força à se tourner vers elle.

– Vous vous souvenez de son titre, Rod ? C'est *Come On Die Young*. C.O.D.Y., Rod. Les mêmes lettres que sur votre deuxième mot.

– Lâchez-moi, bordel ! cria-t-il.

– Quel que soit votre problème, dit Susie, allez le régler dehors.

– Envoyer des menaces est un délit grave, Rod.

– Lâche-moi, salope !

Il dégagea brutalement son bras puis la frappa à la tempe. Elle heurta les étagères et les bouteilles volèrent. Rebus avait tendu le bras au-dessus du bar, saisi McAllister par les cheveux, et tiré jusqu'au moment où la tête du barman heurta durement le dessus du comptoir. McAllister battit des bras, hurla des propos inintelligibles, mais Rebus n'avait pas l'intention de le lâcher.

– Tu as des menottes ? demanda-t-il à Siobhan.

Elle sortit de derrière le bar, des morceaux de verre crissant sous ses semelles, courut jusqu'à son sac, versa son contenu sur la table et y trouva les menottes. McAllister lui donna deux bons coups sur les tibias avec les talons de ses bottes de cow-boy, mais elle serra les bracelets, certaine qu'ils resteraient en place. Elle s'éloigna de lui, fut prise de vertige, se demanda si c'était à cause du coup à la tête, de l'adrénaline ou des vapeurs d'alcool d'une demi-douzaine de bouteilles brisées.

– Signale l'incident, cracha Rebus sans lâcher le prisonnier. Une nuit en cellule ne fera pas de mal à ce salaud.

– Vous ne pouvez pas faire ça, protesta Susie. Qui va se charger de son service ?

– Ce n'est pas notre problème, répondit Rebus avec un sourire qu'il espéra contrit.

Ils avaient conduit McAllister à St Leonard's, l'avaient enfermé dans l'unique cellule disponible. Rebus avait demandé à Siobhan s'ils l'inculperaient officiellement. Elle avait haussé les épaules.

– Je doute qu'il envoie d'autres lettres.

Un côté de son visage était toujours rouge, à l'endroit où elle avait été frappée, mais ne bleuirait probablement pas.

Ils se séparèrent sur le parking. Les derniers mots de Siobhan :

– Et le diamant ?

Rebus lui fit simplement signe de la main en s'éloignant en voiture.

Il prit le chemin d'Arden Street sans tenir compte de la sonnerie de son mobile : Siobhan voulant lui poser une nouvelle fois la question. Il ne trouva pas de place de stationnement, décida qu'il était de toute façon trop nerveux pour passer tranquillement la soirée chez lui. Il roula, parcourut le sud de la ville, se retrouva finalement à Gracemount, près de l'arrêt d'autobus où il avait affronté les Garçons Perdus il y avait, semblait-il, une éternité de cela. Était-ce réellement arrivé mercredi soir ? L'abri était désert. Rebus se gara tout de même contre le trottoir, baissa sa vitre de deux centimètres et fuma une cigarette. Il se demanda quelle serait son attitude vis-à-vis de Rab Fisher, s'il le trouvait ; il savait qu'il exigerait des réponses sur la mort d'Andy Callis. L'incident du bar l'avait mis en appétit. Il regarda ses mains. Elles le démangeaient toujours, à la suite du contact avec McAllister, mais ce n'était pas une sensation entièrement désagréable.

Les bus passaient, mais ne s'attardaient pas : personne ne montait ni ne descendait. Rebus lança le moteur et s'engagea dans le labyrinthe des cités, parcourut tous les itinéraires possibles, fut parfois obligé de sortir d'impasses en marche arrière. Des gamins jouaient au football, dans l'obscurité presque totale, sur une pelouse pelée. D'autres se dirigeaient à skateboard vers un passage souterrain. C'était leur territoire, leur heure. Il aurait pu demander où se trouvaient les Garçons Perdus, mais savait que ces gamins apprennent rapidement les règles. Ils ne dénonceraient pas la bande locale alors qu'ils aspiraient vraisemblablement à en faire partie. Rebus se gara une nouvelle fois devant un immeuble bas, fuma une autre cigarette. Il ne faudrait pas qu'il tarde à trouver une boutique, un endroit où il pourrait se ravitailler. Ou qu'il aille dans un pub, où un client lui vendrait sûrement un paquet à bon marché sans poser de questions. Il alluma la radio au cas où elle aurait diffusé quelque chose de supportable, mais ne trouva que du rap et de la dance. Il y avait un lecteur de cassettes mais c'était *Jinx*, de Rory Gallagher, et il n'était pas d'humeur. Il lui sembla qu'un des titres était *The Devil Made Me Do It*[1]. Pas vraiment une défense, par les temps qui couraient, mais nombreux étaient ceux qui avaient pris la place du diable. Il n'y avait plus de crimes inexplicables

1. C'est à cause du diable.

depuis que les scientifiques et les psychologues parlaient de gènes et de mauvais traitements, de dommages cérébraux et de pression sociale. Toujours une raison... toujours, semblait-il, une bonne raison.

Alors pourquoi Andy Callis était-il mort ?

Et pourquoi Lee Herdman était-il allé dans cette école ?

Rebus fuma sa cigarette en silence, sortit le diamant et le regarda, le remit dans sa poche quand il entendit du bruit : un gamin en poussait un autre dans un chariot de supermarché. Ils le dévisagèrent, comme s'il n'avait rien à faire là, et tel était peut-être le cas. Quelques minutes plus tard, ils revinrent. Rebus baissa complètement sa vitre.

– Vous cherchez quelque chose, monsieur ?

Celui qui poussait le chariot avait neuf ans, peut-être dix, le crâne rasé et les pommettes proéminentes.

– J'ai rendez-vous avec Rab Fisher.

Rebus feignit de jeter un coup d'œil sur sa montre, ajouta :

– Ce salaud n'est pas venu.

Les jeunes garçons étaient méfiants, mais pas autant qu'ils le seraient dans un ou deux ans.

– J'l'ai vu t'à l'heure, dit le passager du chariot.

Rebus décida de renoncer à la leçon de grammaire.

– Je lui dois de l'argent, expliqua-t-il. Je me disais qu'il était peut-être dans le coin.

Il regarda ostensiblement autour de lui comme si Fisher pouvait arriver d'un instant à l'autre.

– On pourrait lui porter, proposa celui qui poussait le chariot.

Rebus sourit.

– J'ai l'air d'être tombé de la dernière pluie ?

– Comme vous voulez.

Le gamin haussa les épaules, ajouta :

– Essayez deux rues plus loin.

Le passager pointa un doigt légèrement sur la droite, et dit :

– On fait la course.

Rebus lança une nouvelle fois le moteur. Il n'avait pas envie de faire la course. Il serait moins discret encore si un chariot de supermarché roulait près de lui.

– Mais vous pourriez me trouver des cigarettes, dit-il en sortant un billet de cinq livres de sa poche. Aussi bon marché que vous voudrez et la monnaie est à vous.

Le billet lui fut pris.

– Pourquoi vous avez des gants, monsieur ?

– Pas d'empreintes digitales, répondit Rebus qui, après un clin d'œil, embraya.

Mais il ne se passait rien deux rues plus loin. Il arriva à un carrefour, regarda à gauche et à droite, vit une voiture garée contre le trottoir, des silhouettes qui se penchaient à l'intérieur. Rebus resta arrêté au stop, crut qu'on était en train de voler le véhicule. Puis il comprit : ils parlaient avec le chauffeur. Quatre personnes. Une seule tête à l'intérieur. C'étaient apparemment les Garçons Perdus et seul Rab Fisher parlait. Le moteur de la voiture émettait un grondement rauque, même au point mort. Gonflée ou sans tuyau d'échappement. La première solution parut plus vraisemblable à Rebus. Le véhicule avait été personnalisé : gros stop sur la lunette arrière, spoiler sur le coffre. Le chauffeur portait une casquette de base-ball. Rebus aurait voulu que ce soit une victime, qu'on l'agresse ou qu'on le menace... situations qui lui fourniraient une bonne raison d'intervenir. Mais tel n'était pas le scénario. Il entendit des éclats de rire, eut l'impression que quelqu'un venait de raconter une anecdote.

Un membre de la bande jeta un coup d'œil dans sa direction et il s'aperçut qu'il était resté trop longtemps arrêté à ce carrefour désert. Il s'engagea dans la rue et s'arrêta, l'arrière de sa voiture face à l'autre véhicule, feignit de regarder l'immeuble... un simple visiteur venu chercher un pote. Deux coups de Klaxon impatients destinés à compléter le tableau, les Garçons Perdus le regardant pendant un instant puis se désintéressant de lui. Rebus porta son téléphone à l'oreille, comme s'il appelait son ami...

Et regarda dans le rétroviseur.

Vit Rab Fisher gesticuler, mimer son histoire, décidé à impressionner le chauffeur. Rebus entendait de la musique, un grondement de basses, la radio du chauffeur sur une des stations qu'il avait rejetées. Il se demanda pendant combien de temps il pourrait faire illusion. Et si les deux gamins du chariot lui apportaient effectivement des cigarettes ?

Mais Rab Fisher se redressa, s'éloigna de la portière, qui s'ouvrit pour permettre au chauffeur de descendre.

Et Rebus vit qui c'était : Evil Bob. Bob avec sa voiture, jouant le gros dur, roulant des épaules quand il gagna le coffre, le déverrouilla. Il contenait quelque chose qu'il voulait leur montrer, et les membres de la bande formèrent un demi-cercle qui empêcha Rebus de voir ce que c'était.

Evil Bob... le sous-fifre de Peacock. Mais il ne se comportait pas en sous-fifre parce que, même s'il n'était pas l'ampoule la plus brillante de l'arbre de Noël, il était nettement supérieur à une babiole tel que Rab Fisher.

Il ne jouait pas la comédie...

Rebus se souvint de ce qui s'était passé dans la salle d'interrogatoire de St Leonard's le jour où les voyous avaient été mis sur le gril. Bob marmonnant qu'il n'avait jamais vu de pantomime, paraissant le regretter. Bob, un grand gosse, pas vraiment adulte. C'était pour cette raison que Peacock le gardait auprès de lui, le traitait presque comme un animal de compagnie, un animal qui faisait des numéros.

Et il y avait maintenant un autre visage dans l'esprit de Rebus, une autre scène. La mère de James Bell, *Le Vent dans les saules...*

Jamais trop âgé... Un doigt levé. *Jamais trop âgé...*

Il jeta un dernier regard, ostensiblement désespéré, par la vitre puis s'en alla, emballa le moteur comme si l'absence de son ami le contrariait. Il tourna au carrefour suivant puis ralentit, s'arrêta et téléphona. Il nota le numéro qu'on lui donna puis appela à nouveau. Il fit ensuite le tour sans voir le chariot ni son argent, ce qu'il n'espérait pas. Il aboutit à un autre stop, cent mètres devant la voiturc de Bob. Attendit. Vit le coffre se fermer, les Garçons Perdus regagner le trottoir, Bob se mettre au volant. Il avait un klaxon italien qui joua « Dixie » quand il desserra le frein à main, les pneus couinant et projetant des volutes de fumée. Il était à quatre-vingts quand il passa devant Rebus et « Dixie » retentit une nouvelle fois. Rebus suivit.

Il était calme, résolu. Il décida que le moment de fumer la dernière cigarette du paquet était venu. Et peut-être aussi d'écouter Rory Gallagher pendant quelques minutes. Il se souvint d'avoir vu Rory, dans les années 1970, à Usher Hall, la salle bourrée de chemises écossaises et de jeans délavés. Rory chantant *Sinner Boy*, *I'm Movin'On...* Rebus avait un jeune pêcheur dans le collimateur, espérait en coincer deux de plus.

Rebus obtint finalement ce qu'il espérait. Après avoir tenté sa chance à deux feux orange, Bob fut contraint de s'arrêter au rouge. Rebus le rattrapa, le doubla et s'arrêta, lui barrant la route. Il ouvrit la portière et sortit de sa voiture tandis que

« Dixie » retentissait. Bob, furieux, descendit, prêt à en découdre. Rebus leva les mains en un geste d'apaisement.

– Bonsoir, Bo-bo, dit-il. Tu te souviens de moi ?

Bob le reconnut, pas de problème.

– Je m'appelle Bob, déclara-t-il.

– Exact.

Le feu était passé au vert. Rebus fit signe aux véhicules qui se trouvaient derrière de passer.

– Qu'est-ce que c'est que cette histoire ? demanda Bob.

Rebus examinait la voiture comme un acheteur potentiel.

– J'ai rien fait, ajouta Evil Bob.

Rebus s'immobilisa devant le coffre. Il frappa légèrement dessus du poing.

– Tu veux bien me montrer ce qu'il y a là-dedans ?

Bob avança le menton.

– Vous avez un mandat ?

– Tu crois que je m'encombre de ce genre de formalité ?

La casquette de base-ball plongeait le visage de Bob dans l'ombre. Rebus fléchit les genoux afin de pouvoir le voir, ajouta :

– Réfléchis.

Il resta un instant silencieux, reprit en se redressant :

– Mais, en réalité, je veux seulement qu'on aille quelque part ensemble.

– J'ai rien fait, répéta le jeune homme.

– Ne t'inquiète pas... les cellules de St Leonard's sont bourrées à craquer.

– Alors où on va ?

– Je t'invite.

Rebus montra sa Saab de la tête, ajouta :

– Je vais me garer. Tu te mettras derrière moi. Pigé ? Et je ne veux pas te voir sortir ton mobile.

– J'ai pas...

– Compris, coupa Rebus. Mais tu vas faire quelque chose... et ça te plaira, je te le promets.

Il leva un doigt et regagna sa voiture. Evil Bob se gara fidèlement derrière lui et attendit qu'il se soit installé sur le siège du passager, lui dise de rouler.

– On va où ?

– Chez Monsieur Crapaud, répondit Rebus en montrant la rue.

22

Ils avaient manqué la première partie du spectacle, mais leurs billets les attendaient à la caisse du Traverse. Le public se composait de familles, de retraités venus en autocar et d'au moins une sortie scolaire, les enfants portant des pulls bleu pâle identiques. Rebus et Bob prirent leur place au fond du théâtre.

– Ce n'est pas une pantomime, dit Rebus, mais c'est pratiquement aussi bien.

La lumière s'éteignit et la deuxième partie commença. Rebus savait qu'il avait lu *Le Vent dans les saules* dans son enfance, mais ne se souvenait pas de l'intrigue. Cela ne gêna apparemment pas Bob. Sa méfiance s'évapora rapidement quand les projecteurs illuminèrent le décor et que les acteurs entrèrent en scène. Crapaud était en prison et le procès commença.

– Truqué, évidemment, souffla Rebus, mais Bob n'écoutait pas.

Il applaudit et hua comme les enfants et au moment crucial – les putois mis en déroute par Crapaud et ses alliés – il était debout et criait des encouragements. Il se tourna vers Rebus, toujours assis, et un large sourire éclaira son visage.

– Comme je disais, fit Rebus alors que la lumière s'allumait et que les enfants sortaient de la salle, pas tout à fait une pantomime, mais quelque chose qui y ressemble.

– Et tout ça à cause de ce que j'ai dit ce jour-là ?

La pièce étant terminée, la méfiance de Bob faisait sa réapparition.

Rebus haussa les épaules.

– J'estime peut-être que tu n'es pas méchant par nature.

Dans le hall d'entrée, Bob s'immobilisa et regarda autour de lui comme s'il n'avait pas envie de partir.

– Tu pourras revenir, dit Rebus. Tu n'as pas besoin d'avoir une raison particulière de le faire.

Bob hocha lentement la tête et laissa Rebus l'entraîner dans la rue animée. Il avait sorti les clés de sa voiture, mais Rebus frottait ses mains gantées.

– Un sachet de frites ? proposa-t-il. Simplement pour terminer la soirée en beauté...

– Je vous invite, s'empressa de décider Bob. Vous avez payé les places.

– Dans ce cas, dit Rebus, je prendrai aussi du poisson.

La boutique était déserte : les pubs n'avaient pas encore commencé à se vider. Ils apportèrent les paquets jusqu'à la voiture, s'y installèrent, et les vitres se couvrirent de buée tandis qu'ils mangeaient. Soudain, Bob rit, la bouche ouverte.

– Crapaud est un crétin, hein ?

– En réalité, il m'a fait penser à ton pote Peacock, dit Rebus.

Il avait ôté ses gants pour éviter de les tacher de graisse ; il savait que Bob ne pourrait voir ses mains dans le noir. Ils avaient pris des boîtes de soda. Bob but bruyamment mais garda le silence. Rebus fit une nouvelle tentative.

– Je t'ai vu, tout à l'heure, avec Rab Fisher. Qu'est-ce que tu penses de lui ?

Bob réfléchit en mastiquant.

– Rab est O.K.

Rebus acquiesça.

– C'est aussi l'avis de Peacock ?

– Comment je le saurais ?

– Il ne te l'a pas dit ?

Bob se concentra sur la nourriture et Rebus comprit qu'il avait trouvé la faiblesse qu'il cherchait.

– Ah oui, Rab monte dans l'estime de Peacock, poursuivit-il. Si tu veux mon avis, il a simplement eu de la chance. Le jour où on l'a coffré parce qu'il avait une copie d'arme, tu sais ? L'affaire a été classée et tout le monde a cru qu'il avait été plus malin que nous.

Rebus secoua la tête, s'efforça de ne pas laisser le souvenir d'Andy Callis entamer sa concentration, reprit :

– Mais il a simplement eu de la chance. Toutefois, quand tu as cette chance, les gens commencent à te considérer. Ils croient que tu vaux mieux que les autres.

Rebus lui laissa le temps d'assimiler, reprit :

– Mais je vais te dire une chose, Bob, le problème n'est pas de savoir si les armes sont vraies ou fausses. Les copies sont trop réalistes et nous ne pouvons pas les distinguer des vraies armes. Et cela signifie qu'un gamin va se faire tuer tôt ou tard. Et que tu auras son sang sur les mains.

Bob léchait le ketchup déposé sur ses doigts. Il se figea. Rebus prit une profonde inspiration et soupira, posa la nuque contre l'appui-tête.

– Si ça continue, ajouta-t-il sur un ton léger, Rab et Peacock seront de plus en plus proches...

– Rab est O.K., répéta Bob, mais les mots parurent vides de sens.

– On peut compter sur Rab, reconnut Rebus. Il a acheté ce que tu vendais ?

Bob le regarda et Rebus céda.

– D'accord, d'accord, ça ne me regarde pas. Faisons comme s'il n'y avait pas une arme ou quelque chose du genre, enroulé dans une couverture, dans ton coffre.

Le visage de Bob se crispa.

– Je suis sérieux, fils.

Rebus insista sur *fils*, se demanda comment était le père de Bob.

– Tu n'as pas de raison de te confier à moi, ajouta-t-il.

Il prit une frite, la mit dans sa bouche. Eut un sourire de satisfaction, ajouta :

– Rien ne vaut un dîner de poisson et de frites.

– De frites croustillantes.

– Presque comme à la maison.

Bob acquiesça.

– Peacock sait très bien faire les frites. Elles sont grillées sur les bords.

– Peacock fait la cuisine, hein ?

– La dernière fois, il a fallu qu'on parte avant qu'il puisse terminer...

Rebus regarda droit devant lui tandis que le jeune homme se bourrait de frites. Il prit sa boîte et la tint, simplement pour faire quelque chose. Son cœur cognait, comme s'il tentait de se glisser dans sa trachée. Il s'éclaircit la gorge.

– Dans la cuisine de Marty, hein ? demanda-t-il en s'efforçant de conserver un ton neutre.

Bob acquiesça en passant le doigt sur le bord du récipient en carton à la recherche de miettes.

– Je croyais qu'ils s'étaient disputés à cause de Rachel ?

– Ouais, mais quand Peacock a reçu le coup de téléphone...

Bob cessa de mastiquer et ses yeux s'emplirent d'horreur quand il s'aperçut soudain que ce n'était pas une conversation ordinaire avec un de ses potes.

– Quel coup de téléphone ? demanda Rebus d'une voix intentionnellement plus froide.

Bob secoua la tête. Rebus ouvrit sa portière, s'empara de la clé de contact. Il contourna la voiture, éparpillant des frites sur le trottoir, ouvrit le coffre.

Bob était près de lui.

– Vous pouvez pas ! Vous avez dit… ! Merde, vous avez dit… !

Rebus écarta la roue de secours, dévoila un pistolet. Un Walther PPK.

– C'est une copie, bredouilla Bob.

Rebus le soupesa, le regarda attentivement.

– Non, cracha-t-il. Tu le sais, je le sais et ça signifie que tu vas en prison, Bob. Tu retourneras au théâtre dans cinq ans. J'espère que tu t'amuseras bien.

Il laissa une main sur le pistolet, posa l'autre sur l'épaule de Bob.

– Quel coup de téléphone ? répéta-t-il.

– Je sais pas, répondit Bob, qui reniflait et tremblait. Un type, dans un pub… et puis on a pris la voiture.

– Un type qui a dit quoi ?

Il secoua violemment la tête.

– Peacock me l'a pas dit.

– Non ?

La tête tournant d'un côté et de l'autre, les yeux soudain pleins de larmes. Rebus mordilla sa lèvre inférieure, regarda autour de lui. Personne ne faisait attention : bus et taxis dans Lothian Road, un videur devant une boîte de nuit, neuf portes plus loin. Rebus ne vit pas vraiment tout cela parce que son esprit tournait à cent à l'heure.

Ce pouvait être n'importe quel client du pub, ce soir-là, remarquant qu'il bavardait longtemps avec Fairstone, que les deux hommes semblaient trop bien s'entendre… croyant que cela intéresserait Peacock Johnson. Peacock qui avait été l'ami de Fairstone. Puis la dispute à cause de Rachel Fox. Et… et quoi ? Peacock avait cru que Martin Fairstone était devenu indic ? Parce que Fairstone savait quelque chose qui risquait d'intéresser Rebus ?

La question était quoi ?

– Bob…

La voix de Rebus était sucrée, maintenant, cherchait à apaiser et calmer.

– Bob, ne t'inquiète pas. Tu n'as pas de raison de t'inquiéter. J'ai seulement besoin de savoir ce que Peacock voulait à Marty.

Bob secoua une nouvelle fois la tête, sans violence, avec résignation.

– Il me tuera, souffla-t-il. C'est ce qu'il fera.

Regard accusateur fixé sur Rebus.

– Dans ce cas, tu as besoin de mon aide, Bob. Il faut que je devienne ton ami. Parce que si tu acceptes, c'est Peacock qui ira en prison, pas toi. Tu seras blanc comme neige.

Le jeune homme resta silencieux, comme s'il assimilait. Rebus se demanda ce qu'un avocat sans talent exceptionnel lui ferait pendant l'audience. Il mettrait ses capacités et son intelligence en question, le déclarerait inapte à témoigner.

Mais Rebus n'avait que lui.

Ils regagnèrent la voiture de Rebus en silence. Bob gara la sienne dans une rue adjacente puis monta dans celle de Rebus.

– Il est préférable que tu dormes chez moi ce soir, expliqua Rebus. Ainsi, on saura tous les deux que tu es en sécurité.

En sécurité, un joli euphémisme.

– Demain, on aura une petite conversation, d'accord ?

Conversation, autre euphémisme.

Bob acquiesça et garda le silence. Rebus trouva une place de stationnement en haut d'Arden Street, puis précéda Bob, sur le trottoir, jusqu'à l'entrée de l'immeuble. Il poussa la porte et constata que la lumière de l'escalier ne fonctionnait pas. Comprit trop tard ce que cela pouvait signifier... des mains saisirent les revers de sa veste, le plaquèrent contre le mur. Un genou chercha le chemin de son entrejambe, mais Rebus l'avait prévu, pivota, et le coup atteignit sa cuisse. Il frappa du front le visage de son adversaire, toucha une pommette. Une main était sur son cou, cherchait la carotide. Une pression sur cette artère et Rebus commencerait à perdre connaissance. Il serra les poings, tenta de frapper aux reins, mais la veste en cuir de l'agresseur encaissa l'essentiel du coup.

– Il y a quelqu'un, cracha une voix féminine.

– Quoi ?

Un homme, anglais.

– Il y a quelqu'un avec lui.

L'étreinte se desserra sur le cou de Rebus, l'agresseur

recula. Le faisceau d'une torche éclaira soudain la porte entrouverte, Bob debout, la bouche ouverte.

– Merde, dit Simms.

Whiteread avait la torche. Elle la braqua sur le visage de Rebus.

– Désolée... Gavin est parfois trop zélé.

– J'accepte vos excuses, dit Rebus, qui parvint à reprendre le contrôle de sa respiration.

Puis il frappa du poing. Mais Simms était rapide, esquiva et se mit en garde.

– Allons, fit Whiteread, moqueuse, nous ne sommes pas dans la cour de récréation.

– Bob, ordonna Rebus, monte !

Il s'engagea dans l'escalier.

– Il faut qu'on parle.

Whiteread était calme, comme s'il n'était rien arrivé. Bob passa devant elle, suivant Rebus.

– Il faut vraiment qu'on parle, cria-t-elle en levant la tête alors que Rebus traversait le palier du premier étage.

– Très bien, dit-il finalement, mais commencez par rétablir la lumière.

Il ouvrit la porte de son appartement, fit entrer Bob dans le couloir, lui montra la cuisine et la salle de bains, puis la chambre d'amis et le lit à une place destiné à des visiteurs qui venaient rarement. Il toucha le radiateur. Il était froid. Il s'accroupit et monta le thermostat.

– Ça va chauffer vite.

– Qu'est-ce qui s'est passé ?

Bob semblait curieux, mais pas inquiet. Il avait depuis toujours l'habitude de ne pas se mêler des affaires des autres.

– Rien.

Quand Rebus se redressa, le sang siffla dans ses oreilles. Il reprit son équilibre, ajouta :

– Reste ici pendant que je parlerai avec eux. Tu veux un livre ou quelque chose ?

– Un livre ?

– Pour lire.

– La lecture a jamais été mon fort.

Bob s'assit au bord du lit. Rebus entendit la porte claquer, ce qui signifiait que Whiteread er Simms étaient dans le couloir.

– Reste ici, d'accord ? dit-il à Bob.

Le jeune homme acquiesça, examina la pièce comme si c'était une cellule. Un châtiment, pas un refuge.

– Il y a pas de télé ? demanda-t-il.

Rebus sortit sans répondre. Fit signe de la tête à Whiteread et Simms de le suivre dans le séjour. La photocopie du dossier de Herdman se trouvait sur la table, mais peu importait. Il se servit un pur malt sans leur en proposer. Le vida près de la fenêtre où il voyait leurs reflets.

– Où vous êtes-vous procuré le diamant ? demanda Whiteread.

– C'est la raison de votre présence, hein ?

Rebus sourit, poursuivit :

– La raison pour laquelle Herdman prenait toutes ces précautions... Il savait que vous viendriez un jour ou l'autre.

– Vous l'avez trouvé à Jura ? demanda Simms.

Il semblait calme, imperturbable.

Rebus secoua la tête.

– J'ai fini par comprendre, c'est tout. J'en ai conclu que, si je vous montrais un diamant, vous en tireriez des conclusions hâtives.

Il leva son verre vide en direction de Simms, ajouta :

– Ce que vous venez de faire... merci.

Whiteread plissa les paupières.

– Nous n'avons rien confirmé.

– Vous vous êtes précipités ici... de mon point de vue c'est une confirmation suffisante. En outre, vous êtes allée à Jura l'année dernière et vous n'avez pas réussi à vous faire passer pour une touriste.

Rebus se servit un nouveau verre, but une gorgée de whisky. Celui-là durerait.

– Des pontes de l'armée négociant la fin des hostilités en Irlande du Nord... il y avait logiquement un prix. Il fallait dédommager les paramilitaires. Ces types sont gourmands, n'avaient pas l'intention de se retrouver sans le sou. Le gouvernement les achetait avec des diamants. Mais le magot s'est écrasé avec l'hélicoptère, le SAS a été chargé de les récupérer. Armé jusqu'aux dents au cas où les terroristes auraient décidé de faire de même.

Rebus se tut puis demanda :

– Comment je m'en tire, jusqu'ici ?

Whiteread n'avait pas bougé. Simms s'était assis sur un bras du canapé, avait pris un supplément dominical abandonné, l'avait roulé. Rebus braqua un doigt sur l'homme.

– Vous avez l'intention de m'écraser la trachée, Simms ? Il y a un témoin dans la pièce voisine, n'oubliez pas.

– Je regrette peut-être simplement de ne pas pouvoir le faire, répondit Simms, les yeux brûlants et la voix glaciale.

Rebus reporta son attention sur Whiteread, qui était près de la table, une main sur le dossier de Herdman.

– Vous croyez que vous pouvez modérer le zèle de votre singe ?

– Vous parliez de diamants, dit-elle, se refusant à se laisser détourner du sujet.

– Herdman ne m'a jamais fait l'effet d'un passeur de drogue, continua Rebus. Avez-vous placé la came à bord de son bateau ?

Elle secoua lentement la tête.

– Quelqu'un l'a fait, dit-il.

Il réfléchit pendant quelques instants, but une nouvelle gorgée de whisky, reprit :

– Mais toutes ces traversées de la mer du Nord... Rotterdam est une ville où on peut négocier des diamants. À mon sens, Herdman a trouvé les diamants mais n'en a rien dit. Soit il les a rapportés sur le moment, soit il les a cachés et est revenu les chercher peu après sa brusque décision de ne pas s'engager à nouveau. L'armée se demande ce qu'est devenu le magot et Herdman se fait soudain remarquer. Il a de l'argent, achète une affaire... mais vous ne pouvez rien prouver.

Nouvelle gorgée de whisky.

– Je suppose qu'il en reste beaucoup, ou bien a-t-il tout dépensé ?

Rebus pensa aux bateaux : payés en liquide... en dollars, monnaie du commerce des diamants. Et au diamant que Teri Cotter portait au cou, qui s'était révélé être le catalyseur dont il avait besoin. Il avait laissé à Whiteread le temps de répondre, mais elle garda le silence.

– Dans ce cas, reprit-il, vous étiez chargés de limiter les dégâts, de vous assurer que personne ne trouverait des informations susceptibles de dévoiler l'affaire. Tous les gouvernements le disent : on ne négocie pas avec les terroristes. Peut-être, mais nous avons essayé une fois de les acheter... et les journaux n'y verraient-ils pas un sujet juteux ?

Il fixa Whiteread par-dessus le bord de son verre, conclut :

– Voilà, c'est tout.

– Et le diamant ? demanda-t-elle.

– Emprunté à un ami.

Elle garda le silence pendant presque une minute. Rebus satisfait de gagner du temps se disait que s'il n'avait pas ramené Bob chez lui... il ne s'en serait peut-être pas tiré aussi facilement. Il sentait encore la pression des doigts de Simms sur son cou... sa gorge était serrée quand il avalait le whisky.

– Steve Holly a-t-il repris contact avec vous ? demanda Rebus dans le silence. S'il m'arrive quelque chose, tout ceci lui parviendra.

– Vous croyez que ça suffira à vous protéger ?

– Ta gueule, Gavin ! dit sèchement Whiteread.

Elle croisa lentement les bras, demanda à Rebus :

– Qu'est-ce que vous allez faire ?

Il haussa les épaules.

– De mon point de vue, ça ne me regarde pas. Je n'ai aucune raison d'agir, à condition que vous soyez capable de garder votre singe en laisse.

Simms s'était levé, une main glissée sous sa veste. Whiteread pivota sur elle-même et écarta brutalement son bras. Le geste fut si rapide que Rebus l'aurait manqué s'il avait battu des paupières.

– Ce que je veux, dit-il d'une voix contenue, c'est que vous soyez partis tous les deux demain matin. Dans le cas contraire, j'envisagerai de parler à mon ami du quatrième pouvoir.

– Comment être sûrs que nous pouvons vous faire confiance ?

Rebus haussa une nouvelle fois les épaules.

– Je ne crois pas que nous soyons disposés à rédiger un contrat, répondit-il en posant son verre. Maintenant, si nous avons terminé, il faut que je m'occupe de mon invité.

Whiteread se tourna vers la porte.

– Qui est-ce ?

– Ne vous inquiétez pas, il n'est pas bavard.

Elle hocha lentement la tête puis esquissa un pas en direction de la sortie.

– Une chose, Whiteread ?

Elle s'immobilisa, tourna la tête vers lui.

– D'après vous, pourquoi Herdman a-t-il fait ça ?

– Parce qu'il était cupide.

– Je veux dire pourquoi est-il allé dans cette école ?

Ses yeux parurent luire.

– Je m'en fiche complètement.

Puis elle sortit de la pièce. Simms fixait toujours Rebus, qui lui adressa un signe espiègle de la main avant de se tourner une nouvelle fois vers la fenêtre. Simms sortit un pistolet automatique de sous sa veste, visa la nuque de Rebus. Émit une sorte de sifflement puis remit l'arme dans son étui.

– Un jour, souffla-t-il. Vous ne saurez ni quand ni où, mais je serai le dernier visage que vous verrez.

– Formidable, fit Rebus sans prendre la peine de se retourner. La dernière chose que je verrai, sur cette terre, sera une vraie tête de con.

Il entendit les pas s'éloigner dans le couloir, la porte claquer. Il alla s'assurer qu'ils étaient vraiment partis. Bob se tenait sur le seuil de la cuisine.

– Je me suis fait une tasse de thé. À propos, vous n'avez plus de lait.

– C'est le jour de congé des domestiques. Essaie de roupiller un peu. Dure journée demain.

Bob hocha la tête, alla dans sa chambre et ferma la porte derrière lui. Rebus se servit un troisième verre, définitivement le dernier. Il s'assit lourdement dans son fauteuil, fixa la revue roulée posée sur le canapé. Presque imperceptiblement, elle se déployait. Il pensa à Lee Herdman, tenté par les diamants, les enterrant puis sortant des bois avec un haussement d'épaules. Mais peut-être s'était-il senti coupable, ensuite, et avait-il eu peur. Parce que le soupçon durerait. Il avait probablement été entendu, interrogé, peut-être par Whiteread. Les années pouvaient bien passer, l'armée n'oublierait jamais. Elle déteste les affaires non réglées, surtout quand elles risquent de se transformer en affaire d'État. La peur lui pesait et il ne fréquentait qu'un minimum d'amis... les adolescents ne présentaient pas de risque, les adolescents ne pouvaient être ses poursuivants déguisés... Doug Brimson, lui aussi, était apparemment sûr... Tous ces verrous destinés à enfermer le monde dehors. Pas étonnant qu'il ait craqué.

Mais craqué de cette façon ? Rebus ne comprenait toujours pas, ne pouvait se résoudre à y voir simplement de la jalousie.

James Bell photographiant Miss Teri dans Cockburn Street...

Derek Renshaw et Anthony Jarvis visitant le site de la jeune fille...

Teri Cotter intéressée par la mort, maîtresse d'un ancien militaire...

Renshaw et Jarvis amis ; différents de Teri, différents de James Bell. Fans de jazz, pas de Heavy Metal ; portant l'uniforme et défilant à l'école, faisant du sport. Pas comme Teri Cotter.

Pas du tout comme James Bell.

Et, au bout du compte, hormis leur passage dans l'armée, qu'est-ce que Lee Herdman et Doug Brimson avaient en commun ? Premièrement, ils connaissaient Teri Cotter. Teri avec Herdman, la mère de cette dernière fréquentant Brimson. Rebus imagina cela sous la forme d'une danse bizarre où on change sans cesse de partenaire. Il cacha son visage dans ses mains, échappant à la lumière, sentit le cuir des gants se mêler aux vapeurs de whisky tandis que les danseurs tournaient dans sa tête.

Quand il ouvrit les yeux, la pièce était floue. Ce fut le papier peint qui devint net en premier, mais il voyait des taches de sang en imagination, le sang de l'école.

Deux plaies mortelles, une blessure.

Non, trois plaies mortelles...

– Non.

Il s'aperçut qu'il avait dit le mot à haute voix. Deux plaies mortelles, une blessure. Puis une autre plaie mortelle.

Le sang giclant sur les murs et le plancher.

Du sang partout.

Du sang qui avait quelque chose à raconter...

Il se servit un quatrième whisky sans réfléchir, porta le verre à ses lèvres, interrompit son geste. Il le remit prudemment dans la bouteille, qu'il boucha. Alla même la poser sur la cheminée.

Du sang qui avait quelque chose à raconter.

Il décrocha le téléphone. Il ne croyait pas qu'il y aurait quelqu'un, à cette heure, au labo de la police scientifique, mais il appela tout de même. On ne sait jamais : les spécialistes avaient parfois des obsessions, des réponses à trouver. Pas parce que l'affaire l'exigeait, ni même par conscience professionnelle, mais parce qu'ils en avaient personnellement besoin.

Comme Rebus, ils avaient du mal à lâcher prise. Il ne savait plus si c'était bien ou mal ; c'était simplement ainsi. Le téléphone sonnait, personne ne décrochait.

– Foutus fainéants, marmonna-t-il.

Puis il vit la tête de Bob dans l'encadrement de la porte.

– Désolé, dit le jeune homme qui entra dans la pièce en traînant les pieds.

Il avait ôté son blouson. T-shirt gris trop large dessous, dévoilant des bras mous et glabres.

– Je ne tiens pas en place.

– Assieds-toi, si tu veux.

Rebus montra le canapé de la tête. Bob s'y installa, mais parut gêné.

– La télé est ici, si tu as envie de regarder.

Bob acquiesça, mais son regard faisait le tour de la pièce. Il vit les étagères chargées de livres, s'en approcha.

– Je vais peut-être...

– Prends ce qui te fait envie.

– La pièce qu'on a vue... vous avez dit qu'elle était basée sur un livre ?

Rebus tourna la tête et acquiesça.

– Mais je ne l'ai pas.

Il écouta la sonnerie quinze secondes supplémentaires, puis renonça.

– Je suis désolé de vous déranger, dit Bob.

Il n'avait pas touché les livres, les considérait apparemment comme une espèce rare qu'on pouvait regarder mais pas toucher.

– Tu ne me déranges pas.

Rebus se leva, ajouta :

– Donne-moi une minute.

Il alla dans le couloir, ouvrit un placard. Des cartons y étaient empilés et il en descendit un. Des objets ayant appartenus à sa fille... poupées, boîtes de gouache, cartes postales, galets ramassés au bord de la mer. Il pensa à Allan Renshaw. Pensa aux liens qui auraient dû les unir, des liens qui s'étaient très aisément distendus. Allan avec ses boîtes de photos, son grenier plein de souvenirs. Rebus mit le carton de côté, en descendit un autre. Une partie des livres de sa fille : Ladybird[1] reçus en cadeau ; livres de poche à la couverture griffonnée ou partiellement déchirée ; et quelques livres brochés. Oui, il était là : jaquette verte, dos jaune avec le portrait de Monsieur Crapaud. Quelqu'un avait ajouté une bulle dans laquelle « poop poop » était écrit. Il n'était pas sûr que c'était l'écriture de sa

1. Collection de livres pour enfants.

fille. Il pensa une nouvelle fois à Allan qui tentait de mettre des noms sur des portraits de gens morts depuis longtemps.

Rebus rangea le carton, ferma le placard à clé et emporta le livre dans le séjour.

– Voilà, dit-il à Bob en le lui tendant. Maintenant, tu peux voir ce que tu as manqué puisque tu n'as pas vu le premier acte.

Bob parut content, mais prit le livre avec méfiance, comme s'il se demandait comment le traiter. Puis il retourna dans sa chambre. Rebus se posta devant la fenêtre, fixa la nuit, se demanda s'il n'y avait pas effectivement quelque chose qu'il n'avait pas vu... pas dans la pièce, mais au tout début de l'enquête.

Septième jour

Mercredi

23

Le soleil brillait quand Rebus se réveilla. Il regarda sa montre, se leva et s'habilla. Il emplit la bouilloire et l'alluma, se lava le visage avant de se raser au rasoir électrique. Il posa l'oreille contre la porte de la chambre de Bob. Pas un bruit. Il frappa, attendit, puis alla dans le séjour. Il appela le labo : toujours pas de réponse.

– Foutus fainéants.

À propos... Cette fois, il frappa plus fort à la porte de Bob, puis l'entrouvrit.

– Le moment d'affronter le monde est venu.

Les rideaux étaient ouverts, le lit vide. Rebus jura à voix basse, entra, mais il n'y avait pas de cachette possible. *Le Vent dans les saules* était sur l'oreiller. Rebus posa la main sur le matelas, crut percevoir un peu de chaleur. De retour dans le couloir, il constata que la porte n'était pas convenablement fermée.

– J'aurais dû nous enfermer à clé, marmonna-t-il en allant la pousser.

Il irait enfiler sa veste et ses chaussures, se remettrait en chasse. Bob commencerait vraisemblablement par aller chercher sa voiture. Ensuite, s'il avait une once de bon sens, il prendrait la route du sud. Rebus doutait qu'il eût un passeport. Il regretta de ne pas avoir noté le numéro d'immatriculation du véhicule. Il serait possible de le trouver, mais ça prendrait du temps...

– Une minute, dit-il.

Il retourna dans la chambre, prit le livre. Bob avait marqué sa page avec un des rabats de la jaquette. Pourquoi aurait-il fait ça, sauf si... ? Rebus ouvrit la porte de l'appartement, sortit sur le palier. Des pas lourds gravissaient les marches.

– Je vous ai pas réveillé, hein ? demanda Bob.

Il montra un sac en plastique à Rebus, ajouta :

– Du lait, des sachets de thé, quatre petits pains et un paquet de saucisses.

– Bonne initiative, répondit Rebus en espérant que sa voix ne trahissait pas sa nervosité.

Après le petit déjeuner, ils prirent la voiture de Rebus pour se rendre à St Leonard's. L'inspecteur s'efforça de ne pas laisser paraître l'importance de ce qui allait se passer. En même temps, il était impossible de cacher qu'ils allaient passer l'essentiel de la journée dans une salle d'interrogatoire, des cassettes dans les deux magnétophones et une autre dans la caméra vidéo.

– Une boîte de soda avant de commencer ? demanda Rebus.

Bob avait apporté un tabloïd, l'avait ouvert sur la table et lisait en bougeant les lèvres. Il secoua la tête.

– Dans ce cas je reviens dans une seconde, dit Rebus, qui ouvrit la porte et la ferma à clé derrière lui. Il monta au CID. Siobhan était à son bureau.

– Dure journée en perspective ? lui demanda-t-il.

– Je prends ma première leçon de pilotage cet après-midi, dit-elle en quittant l'écran de son ordinateur des yeux.

– Cadeau de Doug Brimson ?

Rebus scruta son visage tandis qu'elle acquiesçait, demanda :

– Comment tu vas ?

– Pas de dégâts visibles.

– McAllister est-il sorti ?

Siobhan regarda la pendule.

– Je crois qu'il faudrait que je m'en occupe.

– Donc tu ne le fais pas inculper ?

– Tu crois que je devrais ?

Rebus secoua la tête.

– Mais avant de le laisser filer, tu devrais lui poser quelques questions.

Elle s'appuya contre le dossier de sa chaise et le regarda.

– Lesquelles ?

– Evil Bob est au rez-de-chaussée. D'après lui, Peacock Johnson a déclenché l'incendie. Il a allumé sous la friteuse et il est parti.

Ses yeux se dilatèrent légèrement.

– Il a dit pourquoi ?

– À mon avis, il a cru que Fairstone était devenu un indic. Ils ne s'aimaient déjà pas beaucoup, puis quelqu'un a téléphoné à Johnson et lui a dit que je prenais tranquillement un verre avec Fairstone.

– Et il l'a tué pour ça ?

– Il devait avoir de bonnes raisons de s'inquiéter.

– Mais tu ne sais pas lesquelles.

– Pas encore. Il avait peut-être simplement l'intention de faire peur à Fairstone.

– Tu crois que ce Bob est le chaînon manquant ?

– Je crois qu'on peut le convaincre de le devenir.

– Quelle place McAllister occupe-t-il dans cette chaîne alimentaire ?

– Nous le saurons quand tu auras exercé tes grands talents de détective sur lui.

Siobhan fit aller et venir la souris sur le tapis, sauvegarda son travail.

– Je verrai ce que je peux faire. Tu viens avec moi ?

Il secoua la tête.

– Il faut que je retourne dans la salle d'interrogatoire.

– Ta conversation avec le sous-fifre de Johnson... elle est officielle ?

– Officieusement officielle, disons.

– Dans ce cas, il faudrait que tu aies un témoin, dit-elle en le regardant dans les yeux. Applique le règlement une fois dans ta vie.

Il comprit qu'elle avait raison.

– Je pourrais attendre que tu en aies terminé avec le barman, suggéra-t-il.

– C'est gentil de me le proposer.

Elle jeta un coup d'œil circulaire dans le bureau. Davie Hynds répondait au téléphone, prenait des notes tout en écoutant.

– Davie est ton homme, dit-elle. Un peu plus souple que George Silvers.

Rebus se tourna vers le bureau de Hynds. Il avait terminé et raccrochait d'une main, griffonnait toujours de l'autre. Il sentit qu'on le regardait, leva la tête et haussa un sourcil interrogateur. De l'index, Rebus lui fit signe d'approcher. Il ne connaissait pas bien Hynds ; il n'avait pas beaucoup travaillé avec lui. Mais il faisait confiance au jugement de Siobhan.

– Davie, dit-il en posant un bras amical sur les épaules du

jeune homme, tu veux bien venir faire un tour avec moi ? Il faut que je te parle du type qu'on va interroger.

Il resta un instant silencieux, ajouta :

– Il vaudrait mieux que tu prennes ton bloc...

Vingt minutes plus tard, cependant, alors que Bob ne leur donnait toujours que des informations générales, on frappa à la porte. Rebus ouvrit sur une auxiliaire en uniforme.

– Qu'est-ce qu'il y a ? demanda-t-il.

– Un appel pour vous.

Elle montra la réception.

– Je suis occupé.

– C'est l'inspecteur Hogan. Il dit que c'est urgent et que vous devez tout lâcher, sauf s'il s'agit d'un triple pontage.

Rebus ne put s'empêcher de sourire.

– Ses propos exacts ? supputa-t-il.

– Absolument.

Rebus se tourna vers l'intérieur de la pièce, dit à Hynds qu'il n'en aurait pas pour longtemps. Hynds éteignit les machines.

– Tu veux quelque chose, Bob ? demanda Rebus.

– Je me disais que vous pourriez peut-être prévenir mon avocat, monsieur Rebus.

Rebus le regarda.

– Ce sera aussi l'avocat de Peacock, n'est-ce pas ?

Bob réfléchit.

– Peut-être pas tout de suite, dit-il.

– Pas tout de suite, répéta Rebus en sortant de la salle d'interrogatoire.

Il dit à l'auxiliaire qu'il trouverait la réception sans son aide, entra ensuite dans la salle des transmissions, la traversa et franchit une porte. Prit le combiné posé sur le bureau.

– Allô ?

– Bon sang, John, tu fais une retraite ou quoi ?

Bobby Hogan ne semblait pas vraiment de bonne humeur. Rebus fixait les écrans qui se trouvaient devant lui. Ils montraient l'intérieur et l'extérieur de St Leonard's ; les images changeaient toutes les trente secondes environ, passaient d'une caméra à l'autre.

– Qu'est-ce que je peux faire pour toi, Bobby ?

– La labo a enfin terminé l'étude des coups de feu.

– Ah oui ?

Rebus grimaça. Il avait eu l'intention de le rappeler.

– J'y vais. Je me suis soudain souvenu qu'il faudrait que je passe devant St Leonard's.

– Les techniciens ont constaté quelque chose, hein, Bobby ?

– Ils sont effectivement troublés, reconnut Hogan.

Il resta un instant silencieux, ajouta :

– Tu le savais, hein ?

– Pas avec certitude. C'est lié au lieu, n'est-ce pas ?

Rebus fixait un écran. On y voyait la superintendante Templer entrer dans l'immeuble. Elle avait une serviette et un sac, apparemment lourd, en bandoulière.

– C'est exact. Quelques... anomalies.

– Un mot pratique, anomalie. Il recouvre une multitude de péchés.

– Je me demandais simplement si tu avais envie de venir avec moi.

– Que dit Claverhouse ?

Il y eut un silence, puis :

– Claverhouse n'est pas au courant, dit Hogan. On m'a appelé directement.

– Bobby, pourquoi ne l'as-tu pas averti ?

Nouveau silence.

– Je ne sais pas.

– La mauvaise influence de certains collègues, peut-être ?

– Peut-être.

Rebus sourit.

– Passe me prendre quand tu seras prêt, Bobby. En fonction de ce que diront les techniciens de la police scientifique, j'aurai peut-être quelques questions à poser.

Il ouvrit la porte de la salle d'interrogatoire, fit signe à Hynds de le rejoindre dans le couloir.

– J'en ai pour une minute, Bob, expliqua-t-il.

Il ferma la porte et fit face à Hynds, les bras croisés.

– Il faut que j'aille à Howdenhall. Les ordres.

– Vous voulez que je le mette en cellule en attendant que vous...

Rebus secouait déjà la tête.

– Je veux que tu continues. Ça ne devrait pas être très long. Si tu rencontres des difficultés, appelle-moi sur mon portable.

– Mais...

– Davie, dit Rebus en posant une main sur l'épaule de Hynds, tu te débrouilles très bien. Tu t'en sortiras sans moi.

– Mais il faut qu'il y ait quelqu'un d'autre, objecta Hynds.

Rebus le dévisagea.

– Siobhan t'a fait la leçon, Davie ?

Il gonfla les lèvres, réfléchit pendant quelques instants puis acquiesça.

– Tu as raison, dit-il. Demande à la superintendante Templer de se joindre à toi.

Les sourcils de Hynds touchèrent sa frange.

– La chef ne voudra pas...

– Si, elle acceptera. Dis-lui que c'est à propos de Fairstone. Elle n'hésitera pas un instant, crois-moi.

– Il faudra d'abord l'informer.

La main de Rebus tapota l'épaule du jeune homme.

– Fais-le.

– Mais, monsieur...

Rebus secoua lentement la tête.

– C'est l'occasion de montrer de quoi tu es capable, Davie. Tout ce que tu as appris avec Siobhan.

Rebus ôta sa main et serra le poing, ajouta :

– C'est le moment de commencer à t'en servir.

Hynds gonfla légèrement la poitrine et acquiesça.

– Bien, dit Rebus, qui lui tourna le dos et s'éloigna, puis s'immobilisa, ajouta : Ah, Davie ?

– Oui ?

– Dis à la superintendante Templer qu'il faut qu'elle soit maternelle.

– Maternelle ?

Rebus acquiesça.

– Contente-toi de le lui dire, conclut-il avant de gagner la sortie.

– Laisse tomber la XJK. N'importe quelle Porsche laisse les Jags sur place.

– Mais je trouve la Jaguar plus jolie, protesta Hogan. (Ray Duff, penché sur son travail, leva la tête.) Plus classique.

– Démodée, tu veux dire ?

Duff triait un grand nombre de photos des lieux du crime, les disposait sur tous les espaces libres des murs. La pièce dans laquelle ils se trouvaient évoquait un laboratoire d'école inutilisé et trois paillasses occupaient son centre. Les photos montraient le foyer de Port Edgar sous tous les angles concevables, concernaient essentiellement les murs et le plancher tachés de sang, les positions des corps.

– Disons que je suis traditionnaliste, fit Hogan en croisant les bras dans l'espoir que cela mettrait un terme à cette nouvelle conversation sur le dada de Ray Duff.

– Très bien : les cinq meilleures voitures britanniques ?

– Je ne suis pas passionné à ce point, Ray.

– J'aime bien ma Saab, intervint Rebus, qui répondit par un clin d'œil au regard contrarié de Hogan.

Duff leva les yeux au ciel.

– Ne me lance pas sur les suédoises...

– Parfait, et si on se concentrait sur Port Edgar ?

Rebus pensa à Doug Brimson, autre amoureux des Jaguar.

Duff cherchait son ordinateur portable des yeux. Il le brancha dans la prise d'une des paillasses, fit signe aux détectives de le rejoindre et l'alluma.

– Comment va Siobhan ? demanda-t-il à Rebus.

– Bien. Son petit problème...

– Oui ?

– Résolu.

– Quel problème ? s'enquit Hogan.

– Elle prend un cours de pilotage cet après-midi.

– Ah bon ? fit Duff en levant un sourcil. Ce n'est pas bon marché.

– Je crois que c'est un cadeau d'un type qui possède un aérodrome et une Jag.

– Brimson ? fit Hogan.

Rebus acquiesça.

– Ma proposition d'une promenade en MG ne fait pas le poids, marmonna Duff.

– Tu ne peux pas concurrencer ce type. Il a un jet privé.

Duff siffla.

– Il doit avoir plein de blé. Ces trucs coûtent plusieurs millions.

– Ouais, bon, fit Rebus, indifférent.

– Je suis sérieux, dit Duff. D'occasion, en plus.

– Plusieurs millions de livres ? demanda Bobby Hogan.

Duff acquiesça.

– Dans ce cas, les affaires doivent être bonnes, hein ?

Oui, pensa Rebus, si bonnes que Brimson pouvait se permettre de nous conduire à Jura...

– On y est, dit Duff, qui attira leur attention sur le portable. En fait, tout ce dont j'ai besoin est là-dedans.

Il passa des doigts admiratifs sur le haut de l'écran, reprit :

– Il y a une simulation que nous pouvons lancer... Elle indique le motif qu'on obtient quand on tire à la tête ou au corps, quels que soient l'angle et la distance.

Il appuya sur plusieurs touches et Rebus entendit le bourdonnement du lecteur de CD. Les images apparurent, une silhouette squelettique debout près d'un mur.

– Ici, vous voyez ? dit Duff. Le sujet est à vingt centimètres du mur, la balle est tirée à une distance de deux mètres... entrée, sortie et... boom !

Une ligne parut pénétrer dans le crâne, réapparut sous forme de brume. Le doigt de Duff se déplaça sur le touchpad, sélectionna la partie tachée du mur, qui fut ensuite agrandie.

– Ça nous donne une idée très précise de la répartition, dit-il avec un sourire.

– Ray, dit Hogan, une précision : l'inspecteur Rebus a perdu un membre de sa famille dans cette pièce.

Le sourire de Duff disparut.

– Je n'avais pas l'intention de minimiser...

– On pourrait peut-être aller directement à l'essentiel, coupa froidement Rebus.

Il n'en voulait pas à Duff, comment aurait-il pu ? Il ne savait pas. Mais il était prêt à tout pour accélérer le mouvement.

Duff fourra les mains dans les poches de sa blouse blanche et se tourna vers les photos.

– Il faut maintenant qu'on jette un coup d'œil là-dessus, dit-il sans quitter Rebus du regard.

– Parfait, fit Rebus. Finissons-en, d'accord ?

Duff reprit la parole d'une voix moins animée.

– La première victime était la plus proche de la porte. C'était Anthony Jarvis. Herdman entre, vise la personne la plus proche de lui... Logique ! D'après les relevés, ils se trouvaient à un peu moins de deux mètres l'un de l'autre. Pas vraiment d'angle mesurable. Herdman était à peu près de la même taille que la victime, donc la trajectoire du projectile à l'intérieur du crâne est pratiquement plate. Les traces de sang correspondent à ce qu'on peut attendre. Ensuite, Herdman pivote. La deuxième victime est un peu plus loin, environ à trois mètres. Il est possible que Herdman se soit approché avant de tirer, mais probablement pas beaucoup. Cette fois, la trajectoire du projectile est de haut en bas, ce qui indique que Derek Renshaw s'est peut-être baissé pour se mettre à l'abri.

Il regarda son public, demanda :

– Vous me suivez ?

Rebus et Hogan acquiescèrent et les trois hommes longèrent le mur.

– Les taches de sang du plancher sont explicables, rien d'illogique.

Duff se tut.

– Jusqu'à maintenant ? supputa Rebus.

Le spécialiste acquiesça.

– Nous avons des indications concernant de nombreuses armes à feu, les dégâts qu'elles infligent au corps humain et à ce avec quoi elles entrent en contact...

– Et James Bell pose un problème ?

Duff acquiesça.

– Un petit problème, oui.

Hogan regarda alternativement Duff et Rebus, demanda :

– Comment ça ?

– Bell a déclaré qu'il était en mouvement quand il a été touché. Il se jetait sur le sol. Il semblait croire que c'était pour cette raison qu'il n'avait pas été tué. Il a également dit que Herdman se trouvait à environ trois mètres cinquante de lui quand il avait tiré.

Il regagna l'ordinateur, afficha une simulation de 3D qui montrait le foyer, les positions du tireur et de l'écolier, reprit :

– La victime est à nouveau à peu près de la même taille que Herdman. Mais, cette fois, la trajectoire est de bas en haut.

Duff leur laissa le temps d'assimiler, ajouta :

– Comme si la personne qui avait tiré était celle qui était accroupie.

Il fléchit les genoux et braqua un pistolet imaginaire, puis se redressa et alla jusqu'à une autre paillasse. Un tableau lumineux était installé dessus et il l'alluma, éclaira un ensemble de radios montrant la façon dont le projectile avait traversé l'épaule de James Bell.

– Entrée devant, sortie derrière. La trajectoire est très nette.

Il la suivit du bout de l'index.

– Donc Herdman était accroupi, dit Bobby Hogan en haussant les épaules.

– J'ai l'impression que Ray est simplement en train de

s'échauffer, dit Rebus en songeant qu'il n'aurait, après tout, pas tellement de questions à poser au spécialiste.

Duff rendit son regard à Rebus et se tourna de nouveau vers les photos.

– Pas d'éclaboussures de sang, dit-il en montrant une partie du mur.

Puis il leva une main, ajouta :

– En réalité, ce n'est pas absolument vrai. Il y a du sang, mais en gouttelettes si fines qu'elles ne sont pas visibles.

– Ce qui signifie ? demanda Hogan sans prendre la peine de cacher son impatience.

– Que James Bell ne se trouvait pas à l'endroit où il a dit qu'il se trouvait au moment du coup de feu. Il était beaucoup plus près du centre de la salle, c'est-à-dire beaucoup plus près de Herdman.

– Néanmoins, la trajectoire est de haut en bas ? fit remarquer Rebus.

Duff acquiesça puis il ouvrit un tiroir et en sortit un sac en plastique transparent bordé de papier kraft. Un sac destiné aux pièces à conviction. Il contenait une chemise blanche tachée de sang et le trou laissé par le projectile était nettement visible au niveau de l'épaule.

– La chemise de James Bell, affirma Duff. Et nous avons fait une autre constatation...

– Des traces de poudre, souffla Rebus.

Hogan se tourna vers lui.

– Comment se fait-il que tu le saches ? cracha-t-il.

Rebus haussa les épaules.

– Je n'ai pas de vie sociale, Bobby. Je n'ai rien à faire, hormis réfléchir.

Hogan le foudroya du regard afin de lui faire comprendre que ce n'était pas une réponse recevable.

– L'inspecteur Rebus a mis dans le mille, dit Duff. On ne pouvait trouver de traces de poudre sur les corps des deux premières victimes. On les a abattues de loin. On ne constate de traces de poudre que lorsque l'arme est proche de la peau ou des vêtements...

– Y avait-il des traces de poudre sur Herdman ?

Duff acquiesça.

– Indiquant qu'il a posé l'arme sur sa tempe et tiré.

Rebus regarda une nouvelle fois les photos, prit son temps. Elles ne lui apportaient pas vraiment grand-chose, et telle n'était pas la raison de l'intérêt qu'il leur portait. Pour entrevoir la vérité, il fallait regarder sous la surface. Hogan se grattait la nuque.

– Je comprends pas, dit-il.

– C'est troublant, admit Duff. Les déclarations du témoin et les constatations ne correspondent pas.

– Mais tout dépend de l'angle sous lequel on les examine, n'est-ce pas, Ray ?

Duff regarda Rebus dans les yeux et acquiesça.

– Il est toujours possible d'expliquer les choses.

– Prends tout ton temps !

Hogan abattit les mains sur la paillasse, ajouta :

– De toute façon, je n'ai rien d'autre à faire.

– Il faut simplement voir les choses différemment, Bobby, dit Rebus. James Bell a été blessé à bout portant...

– Par quelqu'un qui faisait à peu près la taille d'un nain de jardin, ironisa Hogan.

Rebus secoua la tête.

– Herdman n'a pas pu le faire, voilà tout.

Les yeux de Hogan se dilatèrent.

– Une minute...

– N'est-ce pas, Ray ?

– C'est une conclusion possible, bien entendu.

Duff se frottait la mâchoire.

– Il n'a pas pu le faire ? répéta Hogan. Tu veux dire qu'il y avait quelqu'un d'autre ? Un complice ?

Rebus secoua la tête.

– Je dis qu'il est possible, probable même, que Herdman n'ait tué qu'une personne dans cette pièce.

Hogan plissa les paupières.

– Qui ?

Rebus se tourna vers Ray Duff, qui fournit la réponse.

– Lui-même, affirma Duff comme s'il n'y avait pas d'explication plus simple au monde.

24

Rebus et Hogan étaient dans la voiture, dont le moteur tournait au ralenti. Ils gardaient le silence depuis plusieurs minutes. La vitre du passager était ouverte et Rebus fumait tandis que Hogan tambourinait du bout des doigts sur le volant.

– Comment on procède ? demanda Hogan.

Cette fois, Rebus avait une réponse :

– Tu connais ma technique préférée, Bobby.

– Le taureau dans le magasin de porcelaine ? supputa Hogan.

Rebus acquiesça, termina sa cigarette et jeta le mégot sur la chaussée.

– Elle m'a bien servi par le passé.

– Mais c'est différent, John. Jack Bell est député.

– Jack Bell est un clown.

– Ne le sous-estime pas.

Rebus se tourna vers son collègue.

– Tu hésites, Bobby ?

– Je me demande simplement si nous ne devrions pas...

– Ouvrir le parapluie ?

– Contrairement à toi, John, je n'ai jamais aimé les magasins de porcelaine.

Rebus fixa le pare-brise.

– J'y vais de toute façon, Bobby. Tu le sais. C'est à toi de décider si tu m'accompagnes. Tu peux toujours appeler Claverhouse et Ormiston, les mettre au courant. Mais il faut que j'entende ça personnellement.

Il se tourna à nouveau vers Hogan, les yeux brillants, et demanda :

– Tu es sûr que tu ne veux pas te laisser tenter ?

Bobby Hogan passa la langue sur ses lèvres, dans le sens des aiguilles d'une montre puis en sens inverse. Il serra le volant.

– Et merde, dit-il, qu'est-ce que quelques pots cassés entre amis ?

Kate Renshaw ouvrit la porte de la maison de Barnton.

– Salut, Kate, dit Rebus, le visage impassible. Comment va ton père ?

– Ça va.

– Tu ne crois pas que tu devrais passer un peu plus de temps avec lui ?

Elle tira le battant pour qu'ils puissent entrer, Hogan ayant averti de leur visite.

– Ce que je fais ici est utile, argumenta Kate.

– Relancer la carrière d'un habitué des quartiers chauds ?

Les yeux de la jeune femme lancèrent des éclairs mais Rebus n'en tint pas compte. Derrière des portes vitrées, à droite, il voyait la salle à manger, la table couverte de documents relatifs à la campagne de James Bell. Bell lui-même descendait l'escalier, se frottait les mains comme s'il venait de les laver.

– Messieurs, dit-il sans prendre la peine de se montrer aimable. J'espère que ce ne sera pas long.

– Nous non plus, contra Hogan.

Rebus regarda autour de lui.

– Mme Bell est-elle là ?

– Elle est sortie. Y a-t-il quelque chose... ?

– Je voulais simplement lui dire que j'ai vu *Le Vent dans les saules* hier soir. Un spectacle formidable.

Le député leva un sourcil.

– Je transmettrai.

– Avez-vous demandé à votre fils de nous attendre ? s'enquit Hogan.

Bell acquiesça.

– Il regarde la télé.

Il montra le séjour. Sans attendre d'y avoir été invité, Hogan gagna la porte et l'ouvrit. James Bell était allongé sur un canapé de cuir crème, sans chaussures, son bras indemne soutenant sa tête.

– James, dit son père, la police est là.

– Je vois.

James posa les pieds sur le plancher.

– Bonjour, James, dit Hogan. Je crois que tu connais l'inspecteur Rebus...

James acquiesça.

– Pouvons-nous nous asseoir ? demanda Hogan, qui s'adressa davantage au fils qu'au père.

Mais Hogan n'avait pas l'intention d'attendre son autorisation. Il s'installa confortablement dans un fauteuil tandis que Rebus restait debout près de la cheminée. Jack Bell s'assit près de son fils et posa une main sur le genou de James, mais le jeune homme la chassa. James se pencha, prit un verre d'eau posé par terre, le porta à ses lèvres et but.

– Je voudrais savoir ce qui se passe, dit Jack Bell avec impatience : un homme occupé, un homme qui avait mieux à faire de son temps.

Le mobile de Rebus sonna et l'inspecteur s'excusa en le sortant de sa poche. Il regarda l'écran, vit qui appelait. Il s'excusa une nouvelle fois et sortit de la pièce.

– Gill ? dit-il dans l'appareil. Comment Bob se comporte-t-il ?

– Puisque tu poses la question : c'est une mine de bonnes histoires.

Rebus jeta un coup d'œil dans la salle à manger. Il n'y avait pas trace de Kate.

– Il ne savait pas que la friteuse s'enflammerait.

– D'accord.

– Qu'a-t-il dit d'autre ?

– Il semble s'en prendre à Rab Fisher, sans se rendre compte qu'il implique en même temps son ami Peacock.

Rebus plissa les paupières.

– Comment ça ?

– La raison pour laquelle Fisher suivait les files d'attente des boîtes de nuit en laissant les gens entrevoir l'arme qu'il portait...

– Oui ?

– Il essayait de vendre de la drogue.

– De la drogue ?

– Il travaillait pour notre ami Johnson.

– Peacock a vendu du hasch, autrefois, mais pas assez pour justifier un assistant.

– Bob ne lâche pas d'infos, mais je crois qu'il s'agit de crack.

– Merde... qui était son fournisseur ?

– Ça me semble évident.

Elle eut un rire bref, ajouta :

– Ton autre ami, celui qui a les bateaux.

– Je n'y crois pas, affirma Rebus.

– On a trouvé de la cocaïne à bord d'un de ses bateaux, n'est-ce pas ?

– Néanmoins...

– Quelqu'un d'autre, dans ce cas ?

Elle prit une profonde inspiration, ajouta :

– De toute façon, c'est un bon départ, tu ne trouves pas ?

– C'est sûrement à cause de la touche féminine.

– Il a seulement besoin qu'on le materne, John. Merci du tuyau.

– Ça signifie que je suis tiré d'affaire ?

– Ça signifie que je dois voir Mullen, lui transmettre ce qu'on a.

– Mais tu ne crois pas que j'aie tué Martin Fairstone ?

– Disons que je vacille.

– Merci de ton soutien, chef. Avertis-moi si tu as du nouveau, hein ?

– J'essaierai. Qu'est-ce que tu fais ? Est-ce que j'ai une raison de recommencer à me faire du souci ?

– Peut-être... Guette un feu d'artifice au-dessus de la maison de Barnton.

Il coupa la communication, s'assura que son mobile était éteint et retourna dans la pièce.

– Je vous assure que nous ferons aussi vite que possible, disait Hogan, qui se tourna vers Rebus et ajouta : Je vais maintenant passer le relais à mon collègue.

Rebus feignit de prendre son temps pour formuler sa première question, puis fixa James Bell.

– Pourquoi as-tu fait ça, James ?

– Quoi ?

Jack Bell intervint.

– Je me dois de protester contre le ton...

– Je m'excuse, monsieur. Il m'arrive de m'énerver quand on m'a menti. Pas seulement à moi, à tout le monde : à tous ceux qui ont participé à l'enquête, à ses parents, aux médias... à tout le monde.

James soutenait son regard. Rebus croisa les bras, reprit :

– Tu vois, James, nous commençons à comprendre ce qui s'est réellement passé dans ce foyer et je dois t'apporter une information. Quand on tire avec une arme, des traces restent sur la peau. Elles y demeurent pendant des semaines, résistent à une douzaine de lavages et de brossages. Sur les poignets de la chemise aussi. N'oublie pas que nous avons toujours la chemise que tu portais.

– Qu'est-ce que vous racontez, gronda Jack Bell, le sang lui montant au visage. Croyez-vous que je vous laisserai accuser, chez moi, un adolescent de dix-huit ans, de... C'est ainsi qu'on travaille dans la police aujourd'hui ?

– Papa...

– C'est à cause de moi, n'est-ce pas ? Vous essayez de m'atteindre à travers mon fils. Simplement parce que vous avez commis une erreur horrible qui a failli me coûter mon poste, mon mariage...

– Papa...

James avait légèrement élevé la voix.

– Cette terrible tragédie se produit et tout ce que vous pouvez faire, c'est...

– Il ne s'agit pas d'une vendetta, monsieur, protesta Hogan.

– En dépit du fait que le policier qui vous a arrêté à Leith jure qu'il vous tenait bel et bien, ne put s'empêcher d'ajouter Rebus.

– John..., intervint Hogan.

– Vous voyez ? s'écria Bell d'une voix que la colère faisait trembler. Vous voyez ce que c'est et sera toujours ? Parce que vous êtes trop arrogant pour...

James se leva d'un bond.

– Tu vas fermer ta gueule ? Pour une fois dans ta putain de vie, ferme ta gueule !

Silence dans la pièce tandis que les mots semblaient suspendus, résonner. James Bell se rassit lentement.

– Nous pourrions peut-être, dit Hogan, laisser James s'exprimer.

Il s'était adressé au député, qui semblait effondré, fixait un fils dont il ignorait tout, une personne qui venait de se dévoiler à lui.

– Tu ne peux pas me parler comme ça.

Les yeux fixés sur James, la voix à peine audible.

– C'est pourtant ce que je viens de faire, répondit James à son père.

Puis il se tourna vers Rebus, ajouta :

– Finissons-en.

Rebus se passa la langue sur les lèvres.

– Pour le moment, James, nous pouvons seulement prouver qu'on t'a tiré dessus à bout portant – contrairement à ce que tu nous as raconté jusqu'ici – et que la trajectoire permet de supposer que c'est toi qui l'as fait. Cependant, tu as également admis que tu connaissais l'existence d'au moins une des armes de Lee Herdman, ce qui me conduit logiquement à déduire que tu as pris le Brocock dans l'intention de tuer Anthony Jarvis et Derek Renshaw.

– C'étaient des cons.

– Et c'est une raison suffisante ?

– James, intervint Jack Bell, je ne veux pas que tu dises quoi que ce soit à ces hommes.

Son fils ne tint pas compte de lui.

– Il fallait qu'ils meurent.

Jack Bell ouvrit la bouche, mais aucun son n'en sortit. James fixait son verre d'eau, le faisait tourner entre ses doigts.

– Pourquoi fallait-il qu'ils meurent ? demanda Rebus.

James haussa les épaules.

– J'ai répondu.

– Tu ne les aimais pas ? supputa Rebus. C'est tout ?

– Beaucoup de mes semblables ont tué pour moins que ça. Vous ne regardez pas les informations ? L'Amérique, l'Allemagne, le Yémen... Il suffit parfois de ne pas aimer le lundi.

– Aide-moi à comprendre, James. Je sais que vous n'aviez pas les mêmes goûts en matière de musique...

– Pas seulement en musique. En tout !

– Une conception différente de la vie ? supposa Hogan.

– Peut-être, dit Rebus, une partie de toi-même voulait-elle impressionner Teri Cotter.

James le foudroya du regard.

– Laissez-la en dehors de ça.

– Ce n'est pas facile, James. Après tout, Teri t'a dit qu'elle était fascinée par la mort, n'est-ce pas ?

James garda le silence, Rebus ajouta :

– Je crois que tu étais un peu amoureux d'elle.

– Comment pourriez-vous le savoir ? ironisa l'adolescent.

– Tout d'abord, tu es allé la photographier dans Cockburn Street.

– J'ai fait des tas de photos.

– Mais tu as conservé la sienne dans le livre que tu as prêté à Lee. Tu n'appréciais pas qu'elle couche avec lui, n'est-ce pas ? Tu n'as pas apprécié que Jarvis et Renshaw t'aient dit qu'ils avaient trouvé son site, qu'ils la regardaient dans sa chambre.

Rebus resta un instant silencieux, demanda :

– Comment je m'en sors ?

– Vous savez beaucoup de choses, inspecteur.

Rebus secoua la tête.

– Mais il y a beaucoup de choses que j'ignore, James. Et j'espère que tu m'aideras à combler les vides.

– Tu n'es pas obligé de parler, James, croassa le père. Tu es mineur... il y a des lois qui te protègent. Tu as subi un traumatisme. Aucun tribunal ne...

Il se tourna vers les détectives, ajouta :

– Il faudrait sûrement qu'un avocat soit présent.

– Je n'en veux pas, dit sèchement James.

– Mais il le faut !

Le père semblait à la dérive. Le fils ironisa :

– Ça ne te concerne plus, papa, tu ne comprends donc pas ? C'est moi que ça concerne. C'est moi qui te permettrai de faire à nouveau les premières pages, mais pour les mauvaises raisons. Et, au cas où tu ne t'en serais pas aperçu, je ne suis pas mineur... j'ai dix-huit ans. Je suis en âge de voter, de faire des tas de choses.

Il parut attendre une réponse qui ne vint pas, reporta son attention sur Rebus, demanda :

– Qu'est-ce que vous avez besoin de savoir ?

– Ai-je raison à propos de Teri ?

– J'étais au courant qu'elle couchait avec Lee.

– Quand tu as donné ce livre à Herdman, y as-tu délibérément laissé la photo ?

– Je suppose.

– Dans l'espoir qu'il la verrait et ferait quoi ?

Rebus regarda James hausser les épaules, ajouta :

– Peut-être était-il suffisant qu'il sache qu'elle te plaisait à toi aussi ?

Rebus garda le silence pendant un instant, demanda :

– Mais pourquoi précisément ce livre ?

James le regarda dans les yeux.

– Parce que Lee avait envie de le lire. Il connaissait l'histoire, savait que ce type avait sauté d'un avion. Il n'était pas...

James parut incapable de trouver le mot dont il avait besoin. Il inspira profondément, reprit :

– C'était un homme profondément malheureux, il faut que vous le compreniez.

– De quelle façon ?

James trouva le mot.

– Hanté, dit-il. C'est l'impression que j'ai toujours eue. Il était hanté.

Le silence s'installa dans la pièce, puis Rebus le rompit :

– Tu as pris l'arme qui se trouvait chez Lee ?

– C'est exact.

– Il ne s'en est pas aperçu ?

Le jeune homme secoua la tête.

– Tu connaissais l'existence du Brocock ? demanda Bobby Hogan, tout juste capable de contrôler sa voix.

James acquiesça.

– Dans ce cas, pourquoi est-il allé à l'école ? demanda Rebus.

– Je lui ai laissé un mot. Je ne croyais pas qu'il le trouverait aussi vite.

– Quel était ton plan, James ?

– Entrer dans le foyer – en général, il n'y avait qu'eux – et les tuer.

– De sang-froid ?

– C'est exact.

– Deux gamins qui ne t'avaient rien fait ?

– Deux de moins sur la planète.

L'adolescent haussa les épaules, reprit :

– Ce n'est rien si on compte les typhons et les tornades, les tremblements de terre et la famine...

– Et c'est pour ça que tu l'as fait, parce que ça n'aurait pas d'importance ?

James réfléchit.

– Peut-être.

Rebus fixa la moquette, s'efforça de contenir la fureur qui bouillonnait en lui. *Ma famille... mon sang...*

– Ça a été très rapide, dit James. J'étais stupéfait de me sentir aussi calme. Bang, bang, deux cadavres... Lee est entré au moment où j'abattais le deuxième. Il n'a pas bougé, on est restés tous les deux. On ne savait pas quoi faire, ajouta-t-il avec un sourire. Ensuite, il a tendu la main vers l'arme et je la lui ai donnée.

Le sourire disparut et il conclut :

– Je n'imaginais pas que ce crétin la braquerait sur sa tête.

– Pourquoi a-t-il fait ça, d'après toi ?

James secoua lentement la tête.

– J'essaie de comprendre, depuis..., vous savez ?

Un ton légèrement suppliant ; la nécessité d'une réponse. Rebus avait plusieurs théories : parce que l'arme lui appartenait et qu'il se sentait responsable... parce que l'affaire attirerait des équipes de fouineurs professionnels, y compris l'armée... parce que c'était une issue...

Parce qu'il ne serait plus hanté.

– Tu lui as pris l'arme et tu t'es tiré dans l'épaule, dit Rebus. Ensuite, tu l'as remise dans sa main ?

– Oui. Il tenait le mot que je lui avais laissé dans l'autre main. Je l'ai pris.

– Et les empreintes digitales ?

– J'ai fait ce qu'on voit dans les films, j'ai essuyé l'arme avec ma chemise.

– Mais, à ton arrivée... tu devais savoir que tout le monde serait au courant. Pourquoi avoir changé d'avis ?

L'adolescent haussa les épaules.

– Peut-être parce que l'occasion s'est présentée. Sait-on vraiment pourquoi on fait ce qu'on fait... dans le feu de l'action ?

Il se tourna vers son père, ajouta :

– L'instinct prend parfois le dessus. Ces petites idées ténébreuses...

Ce fut à ce moment que son père se jeta sur lui, le saisit à la gorge, l'impact renversant le canapé.

– Petit salaud ! cria Jack Bell. Tu sais ce que tu as fait ? Je suis fichu maintenant. Détruit ! Absolument détruit !

Rebus et Hogan les séparèrent, le père grondant et jurant toujours, le fils presque serein et assistant à la fureur incohérente de son père comme si c'était un souvenir qu'il chérirait dans les années à venir. La porte s'était ouverte et Kate se tenait dans l'encadrement. Rebus eut envie de jeter James Bell aux pieds de la jeune fille, de le forcer à lui demander pardon. Elle regardait la scène, tentait de comprendre ce qui se passait.

– Jack ? demanda-t-elle d'une voix hésitante.

Jack Bell se tourna vers elle comme s'il ignorait qui elle était. Rebus, debout derrière le député, l'immobilisait toujours entre ses bras.

– Pars, Kate, dit-il. Rentre chez toi.

– Je ne comprends pas.

James Bell, passif dans l'étreinte de Hogan, se tourna vers la porte, puis vers son père et Rebus. Un sourire éclaira lentement son visage.

– Vous lui dites ou bien je m'en charge... ?

25

– Je n'y crois pas, répéta Siobhan.

Sa conversation téléphonique avec Rebus avait duré pendant presque tout le trajet de St Leonard's à l'aérodrome.

– J'ai moi aussi du mal à le croire.

Elle roulait sur l'A8, sortait de la ville par l'ouest. Elle jeta un coup d'œil dans le rétroviseur, mit le clignotant pour doubler un taxi. Un homme d'affaires à l'arrière, en route pour son vol, lisait tranquillement le journal. Siobhan eut l'impression qu'elle avait besoin de s'arrêter sur la bande d'arrêt d'urgence, de descendre de voiture et de hurler, simplement pour évacuer ce qu'elle éprouvait. Était-ce la joie d'avoir obtenu un résultat ? Deux résultats, en fait : l'affaire Herdman et le meurtre de Fairstone. Ou était-ce la frustration de ne pas avoir assisté au dénouement ?

– Il n'est pas possible qu'il ait aussi abattu Herdman, hein ? demanda-t-elle.

– Qui ? Bell le Jeune ?

Elle entendit Rebus répéter la question à Hogan.

– Il laisse un mot, certain que Herdman le suivra, dit Siobhan, dont l'esprit s'emballait, il les tue tous les trois et se blesse.

– C'est une théorie, répondit Rebus sans conviction. Quel est ce bruit ?

– Mon téléphone me dit qu'il a besoin d'être rechargé.

Elle prit la sortie de l'aéroport, le taxi toujours visible dans son rétroviseur, ajouta :

– Je pourrais annuler, tu sais.

Elle pensait au cours de pilotage.

– Aucune raison. Il ne se passe rien ici.

– Vous allez à South Queensferry ?

– On y est. Bobby franchit le portail de l'école.

Rebus s'adressa à Hogan, lui dit apparemment qu'il voulait être présent quand Hogan expliquerait tout à Claverhouse et Ormiston. Siobhan sourit.

– Surtout que le trafic de drogue ne peut avoir joué aucun rôle.

– Qui a mis de la drogue dans son bateau ? demanda-t-elle.

– Je n'ai pas entendu, Siobhan.

Elle répéta la question, ajouta :

– Tu crois que Whiteread l'a fait pour que l'enquête continue ?

– Je ne suis pas sûr qu'elle ait assez de pouvoir pour réaliser ce genre de machination. On rafle le menu fretin. Des voitures sont déjà à la recherche de Rab Fisher et de Peacock Johnson. Bobby est sur le point d'annoncer la nouvelle à Claverhouse.

– Je voudrais voir ça.

– Rejoins-nous après. On se retrouvera au pub.

– Mais pas au Boatman's ?

– J'ai pensé qu'on pourrait essayer celui d'à côté... pour changer.

– Je n'en ai que pour environ une heure.

– Prends ton temps. Je ne pense pas qu'on bougera. Amène Brimson, si tu veux.

– Est-ce que je lui parle de James Bell ?

– Comme tu veux... les journaux seront informés quand tout sera réglé.

– Tu penses à Steve Holly ?

– Je suppose que je dois bien ça à ce crétin. Au moins, dans ce cas, Claverhouse n'aura pas le plaisir d'annoncer la nouvelle.

Il resta un instant silencieux, ajouta :

– As-tu réussi à faire craquer Rod McAllister ?

– Il nie toujours avoir écrit les lettres.

– Il suffit que tu saches... et qu'il sache que tu sais. Le cours de pilotage t'inquiète ?

– Ça va.

– Il faudrait peut-être avertir les aiguilleurs du ciel.

Elle entendit Hogan dire quelque chose, puis le rire étouffé de Rebus.

– Qu'est-ce qu'il a dit ? demanda-t-elle.

– À son avis, il vaudrait peut-être mieux avertir les gardes-côtes.

– Je le raye de ma liste des invitations à dîner.

Elle écouta Rebus transmettre le message à Hogan. Puis :

– Bon, Siobhan, on arrive au parking. Il faut qu'on annonce la nouvelle à Claverhouse.

– Tu parviendras à garder ton sérieux ?

– Ne t'inquiète pas, je serai calme, tranquille et maître de moi.

– Vraiment ?

– Quand je lui aurai mis le nez dans sa merde.

Elle sourit, coupa la communication. Décida qu'elle pouvait éteindre son téléphone. Elle n'appellerait personne quand elle serait à cinq mille pieds... Elle jeta un coup d'œil sur la pendule du tableau de bord, s'aperçut qu'elle serait un peu en avance. Supposa que ça ne gênerait pas Doug Brimson. Elle tenta de chasser tout ce qu'elle venait d'entendre de son esprit.

Lee Herdman n'avait pas tué les adolescents. John Rebus n'avait pas incendié la maison de Matin Fairstone. Elle regretta d'avoir soupçonné Rebus, mais c'était sa faute... il était toujours si peu communicatif. Et Herdman aussi, avec sa vie secrète, ses peurs quotidiennes. La presse serait obligée de rabattre son caquet et se tournerait vers la cible la plus facile : Jack Bell.

Ce serait presque un happy end...

Quand elle arriva à l'aérodrome, une voiture en sortait. Brimson descendit du côté du passager, lui adressa un sourire hésitant en ouvrant le cadenas, tira la barrière. Attendit que la voiture sorte, croise Siobhan à toute vitesse, un visage fermé au volant. Brimson fit signe à Siobhan d'entrer. Elle avança, attendit tandis qu'il fermait à nouveau la barrière à clé. Brimson ouvrit la portière du passager, monta.

– Je ne vous attendais pas si tôt, dit-il.

Siobhan embraya.

– Désolée, fit-elle, les yeux fixés sur le pare-brise. Qui était votre visiteur ?

Le visage de Brimson se crispa.

– Quelqu'un qui veut prendre des cours de pilotage.

– Ça n'avait pas l'air d'être le genre.

– À cause de la chemise ?

Brimson rit, ajouta :

– Un peu voyante, hein ?

– Un peu.

Ils étaient arrivés au bureau et Siobhan tira le frein à main. Brimson descendit. Elle resta immobile, le regarda. Il contourna la voiture, ouvrit sa portière comme si c'était ce qu'elle espérait. Il évita son regard.

– Il y a des papiers à remplir, dit-il. Décharge... ce genre de chose.

Il prit la direction de la porte ouverte.

– Votre client a-t-il un nom ? demanda-t-elle en le suivant à l'intérieur.

– Jackson... Jobson... quelque chose comme ça..

Il était entré dans son bureau, s'était laissé tomber sur son fauteuil, fouillait parmi les papiers. Siobhan resta debout.

– Il est sûrement dans ces papiers, dit-elle.

– Pardon ?

– S'il est venu pour des leçons, vous avez probablement pris ses coordonnées ?

– Ah... oui !... ils sont quelque part.

Il déplaça des feuilles, ajouta :

– Il me faudrait vraiment une secrétaire.

– Il s'appelle Peacock Johnson, dit Siobhan.

– Ah bon ?

– Et il n'est pas venu pour prendre des cours de pilotage. Voulait-il que vous lui fassiez quitter le pays ?

– Vous le connaissez.

– Je sais qu'il est recherché, responsable de la mort d'un petit délinquant nommé Martin Fairstone. Et Peacock panique, parce qu'il ne peut pas mettre la main sur son fidèle lieutenant et sait probablement que nous le tenons.

– Première nouvelle.

– Mais vous savez qui est Johnson... et ce qu'il est.

– Non, je vous l'ai dit... il voulait simplement prendre des cours de pilotage.

Les mains de Brimson étaient plus actives que jamais, tripotaient les documents.

– Je vais vous confier un secret, dit Siobhan. Nous avons résolu l'affaire de Port Edgar. Lee Herdman n'a pas tué les adolescents ; c'est le fils du député qui l'a fait.

– Quoi ?

Brimson parut ne pas assimiler l'information.

– James Bell les a tués, puis s'est blessé après que Herdman s'est suicidé.

– Vraiment ?

– Doug, cherchez-vous quelque chose ou bien tentez-vous de percer un trou dans le bureau pour vous enfuir ?

Il leva la tête et sourit.

– Je vous disais, poursuivit-elle, que Lee n'a pas tué les deux adolescents.

– Bien.

– Le seul mystère restant est donc celui de la drogue trouvée à bord de son bateau. Je suppose que vous saviez qu'il était amarré à la marina ?

Il ne pouvait plus soutenir son regard.

– Pourquoi aurais-je su ça ?

– Pourquoi pas ?

– Écoutez, Siobhan...

Brimson jeta ostensiblement un coup d'œil sur sa montre, reprit :

– On pourrait peut-être renoncer aux papiers. Il ne faudrait pas que nous manquions notre créneau...

Elle ne tint aucun compte de sa proposition.

– Le yacht faisait l'effet d'une bonne idée parce que Lee allait en Europe, mais nous savons maintenant qu'il vendait des diamants.

– Et il achetait de la drogue en même temps ?

Elle secoua la tête.

– Vous connaissiez l'existence de son bateau et vous saviez probablement qu'il allait sur le continent.

Elle s'était approchée du bureau et elle poursuivit :

– Ce sont les vols en jet privé, n'est-ce pas, Doug ? Vos voyages sur le continent, quand les hommes d'affaires vont en réunion ou se distraire... c'est ainsi que vous importez la drogue.

– Ça tourne à la catastrophe, dit-il presque trop calmement.

Il s'était appuyé contre le dossier de son fauteuil, lissait ses cheveux, fixait le plafond.

– J'ai dit à ce foutu crétin de ne jamais venir ici.

– Peacock ?

Il hocha lentement la tête.

– Pourquoi avoir mis la drogue dans le bateau ? demanda Siobhan.

– Pourquoi pas ?

Il eut à nouveau un rire bref, reprit :

– Lee était mort. J'ai pensé que ça attirerait l'attention sur lui.

– Et que ça la détournerait de vous.

Elle décida de s'asseoir, ajouta :

– Le problème c'est que personne ne s'intéressait à vous.

– Charlotte croyait le contraire. Vous, les flics, vous fouiniez partout, vous interrogiez Teri, vous m'interrogiez...

– Charlotte Cotter est impliquée ?

Brimson la dévisagea comme si elle était stupide.

– Ce sont des affaires qui se traitent en liquide... il faut blanchir l'argent.

– Grâce aux instituts de bronzage ?

Siobhan hocha la tête afin de lui indiquer qu'elle comprenait. Brimson et la mère de Teri étaient associés.

– Lee n'était pas un modèle de propreté, vous savez. C'est lui qui m'a présenté Peacock Johnson.

– Lee connaissait Peacock Johnson ? Était-ce de là que provenaient les armes ?

– J'avais l'intention de vous parler de ça, mais je ne voyais pas comment...

– Nous parler de quoi ?

– Johnson avait des armes démilitarisées, avait besoin qu'on remonte les percuteurs, ce genre de chose.

– Et Lee Herdman le faisait ?

Elle pensa à l'atelier bien équipé du hangar à bateaux. Oui, un travail très simple quand on dispose des outils et des compétences. Herdman avait les deux.

Brimson resta un instant silencieux, puis dit :

– On pourrait tout de même faire ce vol ; dommage de manquer le créneau.

– Je n'ai pas mon passeport.

Elle tendit la main vers le téléphone, ajouta :

– Il faut que j'appelle, maintenant, Doug.

– J'avais transmis notre plan de vol, vous savez... à la tour de contrôle. Je vous aurais montré tellement de choses...

Elle s'était levée, avait décroché.

– Peut-être un autre jour, hein ?

Ils savaient tous les deux qu'il n'y aurait pas d'autre jour. Brimson avait posé les mains à plat sur le bureau. Siobhan avait porté le combiné à son oreille, tendait la main vers le clavier.

– Je regrette, Doug, dit-elle.

– Moi aussi, Siobhan. Croyez-moi, je regrette vraiment.

Il se leva, passa sur le bureau en envoyant valser les papiers. Elle lâcha le combiné et recula, heurta la chaise qui se trouvait derrière elle, bascula en arrière et tomba sur le plancher, ses bras écartés amortissant sa chute.

Doug Brimson atterrit sur elle de tout son poids, l'immobilisa, lui coupa le souffle.

– Faut qu'on vole, Siobhan, gronda-t-il en la saisissant par les poignets. Faut qu'on vole...

26

– Heureux, Bobby ? demanda Rebus.

– Magnifiquement, répondit Bobby Hogan.

Ils entraient dans un bar du front de mer de Queensferry. Ce qui s'était passé à l'école n'aurait pas pu arriver à un meilleur moment. Ils avaient interrompu une réunion où se trouvaient Claverhouse et Colin Carswell, le directeur adjoint. Hogan avait pris une profonde inspiration avant d'expliquer que tout ce que disait Claverhouse était ridicule, puis il avait exposé pourquoi.

Au terme de la rencontre, Claverhouse était parti sans un mot, laissant son collègue Ormiston serrer la main de Hogan, lui dire qu'il méritait des félicitations.

– Mais ça ne signifie pas que tu les auras, Bobby, avait dit Rebus.

Cependant il avait tapoté le bras d'Ormiston afin de lui montrer qu'il appréciait son geste. Il l'avait même invité à boire un verre avec eux, mais Ormiston avait refusé.

– Je crois que vous venez de m'obliger à consoler quelqu'un, avait-il dit.

Donc Rebus et Hogan étaient seuls au bar. Pendant qu'ils attendaient leur tour, la joie de Hogan parut s'estomper. En général, à la fin d'une affaire, l'équipe se réunissait au quartier général et on faisait livrer des caisses de bière. Parfois une bouteille de champagne pour les pontes. Du whisky pour ceux qui étaient plus attachés à la tradition. Ça ne faisait pas le même effet, puisqu'ils n'étaient que tous les deux, que l'équipe était déjà dispersée...

– Qu'est-ce que tu prends ? demanda Hogan en forçant son enthousiasme.

– Peut-être un Laphroaig, Bobby.

– Les doses ne semblent pas généreuses, dit Hogan en jetant un regard de spécialiste sur les bouteilles. Il vaudrait mieux en prendre un double.

– Et décider maintenant qui conduira ?

Hogan serra les lèvres.

– Tu n'as pas dit que Siobhan nous rejoindrait ?

– C'est cruel, Bobby. Cruel mais juste.

Le barman était prêt. Hogan commanda le whisky de Rebus et une pinte de bière pour lui.

– Et deux cigares, ajouta-t-il en se tournant vers Rebus, comme pour l'examiner.

Il posa ensuite un bras sur le bord du comptoir, ajouta :

– Un résultat comme celui-ci, John, m'amène à envisager de prendre ma retraite pendant que je gagne encore.

– Bon sang, Bobby, tu es à la fleur de l'âge.

Hogan eut un ricanement ironique.

– Il y a cinq ans, j'aurais été d'accord avec toi.

Il sortit une liasse de sa poche, y prit un billet de dix livres, ajouta :

– Mais plus après cette affaire.

– Qu'est-ce qui a changé ?

Hogan haussa les épaules.

– Un gamin peut abattre deux camarades de classe sans vrai mobile ? C'est incompréhensible... le monde n'est plus tel que je l'ai connu, John.

– Ça signifie simplement que nous sommes plus nécessaires que jamais.

Hogan eut un nouveau rire ironique.

– Tu le crois vraiment ? Tu estimes qu'on a envie de toi, hein ?

– Je n'ai pas dit envie ; j'ai dit besoin.

– Et qui a besoin de nous ? Les gens comme Carswell, parce qu'on les met à leur avantage ? Ou Claverhouse, pour qu'il ne fasse pas plus de conneries ?

– Pour commencer, dit Rebus avec un sourire.

On posa son verre devant lui et il y versa un peu d'eau, juste assez pour émousser le tranchant de l'alcool. Deux minces cigares arrivèrent et Hogan ôta l'emballage du sien.

– On ne sait toujours pas, hein ?

– Quoi ?

– Pourquoi Herdman a fait ça... s'est fait sauter le caisson ?

– Tu crois qu'on le saura un jour ? J'ai eu l'impression que tu m'as demandé de collaborer avec toi parce que les jeunes gens qui t'entouraient te faisaient peur, que tu avais besoin de la présence d'un autre dinosaure.

– Tu n'es pas un dinosaure, John.

Hogan leva son verre, trinqua avec Rebus, ajouta :

– À nous.

– Sans oublier Jack Bell parce que, sans sa présence, James aurait peut-être compris qu'il pouvait se taire et s'en tirer.

– Exact, admit Hogan avec un large sourire. Les familles, hein, John ?

Il secoua la tête.

– Les familles, reconnut Rebus en portant son verre à ses lèvres.

Quand son téléphone sonna, Hogan lui dit de ne pas décrocher. Mais Rebus jeta un coup d'œil sur l'écran, parce qu'il se demandait si c'était Siobhan. Ce n'était pas elle. D'un geste, Rebus indiqua à Hogan qu'il allait dehors, où le bruit était moins fort. Il y avait une terrasse, quelques tables sur le goudron. La brise était trop fraîche pour que des consommateurs s'y soient installés. Rebus porta l'appareil à son oreille.

– Gill ? dit-il.

– Tu voulais que je te tienne informé.

– Bob parle toujours ?

– Je voudrais presque qu'il cesse, soupira Gill Templer. On a eu droit à son enfance, aux mauvais traitements dont il a été victime à l'école, au jour où il a fait pipi au lit... il navigue sans cesse entre le passé et le présent et je ne sais jamais si ce qu'il raconte a eu lieu la semaine dernière ou il y a dix ans. Il dit qu'il veut emprunter *Le Vent dans les saules*...

Rebus sourit.

– Il est chez moi. J'irai le chercher.

Rebus entendit, au loin, le bourdonnement d'un avion léger. Il leva la tête, plaça sa main libre au-dessus des yeux. L'appareil survolait le pont routier sur le Forth, trop éloigné pour qu'il puisse distinguer si c'était celui qui les avait conduits à Jura. La même taille, et il avançait presque paresseusement dans le ciel.

– Tu sais quelque chose sur des instituts de bronzage ? demanda Gill Templer.

– Pourquoi ?

– Ils reviennent continuellement. Un lien avec Johnson et la drogue...

Rebus regardait toujours l'avion. L'appareil plongea soudain et le bruit du moteur changea. Puis il se redressa, les ailes se balançant. Si Siobhan était à bord, elle apprenait à la dure.

– La mère de Teri Cotter en possède plusieurs, dit Rebus. C'est tout ce que je sais.

– Est-ce qu'ils pourraient être une couverture ?

– Je ne crois pas. Où se procurerait-elle... ?

Rebus s'interrompit. La voiture de Brimson dans Cockburn

Street, où se trouvait une des boutiques de la mère de Teri. Teri reconnaissant que sa mère avait une liaison avec Brimson...

Doug Brimson, ami de Lee Herdman. Brimson et ses avions. Où trouvait-il de quoi les acheter ? Des millions, d'après Ray Duff. Cela lui avait mis la puce à l'oreille, sur le moment, mais James Bell l'avait distrait. Des millions... une somme qu'on pouvait gagner dans quelques activités légales et dans des dizaines d'autres, illégales...

Rebus se souvint de ce que Brimson avait dit, en revenant de Jura, alors qu'ils survolaient le Forth et Rosyth : *Je pense souvent aux dégâts... même avec un appareil aussi petit qu'un Cessna... docks... ferry... ponts routier et ferroviaire... aéroport...*. Rebus baissa la main. Il plissa les paupières à cause de la lumière.

– Nom de Dieu, marmonna-t-il.

– John, tu es toujours là ?

Elle n'avait pas terminé qu'il n'y était déjà plus.

Il rentra dans le bar en courant, traîna Hogan dehors.

– Il faut qu'on aille à l'aérodrome !

– Pourquoi ?

– Pas le temps !

Hogan ouvrit la voiture et Rebus se mit au volant.

– Je conduis !

Hogan ne tenta pas de discuter. Rebus sortit du parking en trombe mais s'arrêta dans un hurlement de pneus, regarda par la vitre.

– Bon Dieu, non...

Il se précipita hors du véhicule, s'immobilisa au milieu de la chaussée, la tête levée. L'avion avait piqué, mais se redressait.

– Qu'est-ce qui se passe ? cria Hogan.

Rebus se remit au volant, repartit. Il suivit des yeux l'appareil qui survola le pont ferroviaire, effectua un virage serré à la hauteur de l'embouchure du Fife, reprit la direction des ponts.

– Cet avion a des problèmes, affirma Hogan.

Rebus s'arrêta une nouvelle fois pour regarder.

– C'est Brimson, dit-il. Siobhan est avec lui.

– On dirait qu'il va heurter le pont !

Les deux hommes étaient descendus de voiture. Ils n'étaient pas les seuls. D'autres automobilistes s'étaient arrêtés et regardaient. Des piétons, le bras tendu, marmonnaient. Le grondement du moteur était devenu plus fort, discordant.

– Nom de Dieu, hoqueta Hogan quand l'appareil passa sous le pont ferroviaire, quelques dizaines de centimètres au-dessus de la surface de l'eau. Il monta brutalement, presque à la verticale, se stabilisa et piqua à nouveau. Cette fois, il passa sous l'arche centrale du pont routier.

– Il fait son cinéma ou il essaie de la terrifier ? demanda Hogan.

Rebus secoua la tête. Il pensa à Lee Herdman, qui tentait de faire peur aux jeunes amateurs de ski nautique... les mettait à l'épreuve.

– C'est Brimson qui a placé la drogue à bord du bateau. Il l'importe grâce à ses avions, Bobby, et j'ai l'impression que Siobhan est au courant.

– Qu'est-ce qu'il fout, bordel ?

– Il lui fait peur, peut-être. J'espère que ce n'est pas aussi autre chose...

Il pensa à Lee Herdman plaçant l'arme sur sa tempe, à l'ancien du SAS qui avait sauté d'un avion...

– Est-ce qu'ils ont des parachutes ? demanda Hogan. Est-ce qu'ils pourraient sauter ?

Rebus ne répondit pas. Sa mâchoire était paralysée.

L'avion faisait maintenant un looping, mais était encore beaucoup trop près du pont. Une aile heurta un câble et l'appareil partit en vrille.

Rebus fit machinalement un pas en avant, hurla « non », prolongea son cri jusqu'au moment où l'appareil toucha l'eau.

– Putain de nom de Dieu ! s'écria Hogan.

Rebus fixait l'endroit... l'avion n'était plus qu'une épave, des filets de fumée s'élevant au-dessus des morceaux qui commençaient de disparaître sous la surface.

– Il faut qu'on y aille ! cria Rebus.

– Comment ?

– Je ne sais pas... il faut un bateau. Port Edgar... il y a des bateaux !

Ils remontèrent en voiture, firent demi-tour dans un hurlement de pneus, entrèrent dans le port où une sirène retentissait, les marins déjà sur place. Rebus se gara et ils coururent en direction de la jetée, passèrent devant le hangar de Herdman, Rebus surprenant un mouvement du coin de l'œil, un éclair de couleur. Il le négligea dans sa hâte d'atteindre le bord de l'eau. Rebus et Hogan montrèrent leur carte à un homme qui dénouait l'amarre d'un hors-bord.

– Il faut que vous nous emmeniez.

L'homme avait un peu moins de soixante ans, était chauve avec une barbe argentée. Il les regarda de la tête aux pieds.

– Vous avez besoin de gilets de sauvetage.

– Non. Contentez-vous de nous conduire là-bas.

Rebus resta un bref instant silencieux, ajouta :

– S'il vous plaît.

L'homme le dévisagea une nouvelle fois et acquiesça. Rebus et Hogan montèrent à bord, se cramponnèrent quand le propriétaire sortit du port à toute vitesse. D'autres embarcations étaient rassemblées autour de la tache d'huile et le bateau de sauvetage de South Queensferry approchait. Rebus scruta la surface, convaincu que cela ne servait à rien.

– Ce n'était peut-être pas eux, dit Hogan. Elle n'est peut-être pas allée avec lui.

Rebus acquiesça dans l'espoir que son ami se tairait. Les débris se dispersaient déjà sous l'effet de la marée et des sillages des embarcations.

– On a besoin de plongeurs, Bobby. D'hommes-grenouilles... il faut tout essayer.

– On s'en occupera, John. Ce n'est pas notre boulot.

Rebus s'aperçut que la main de Hogan serrait son bras.

– Merde, et j'ai fait cette blague stupide à propos des gardes-côtes...

– Ce n'était pas ta faute, Bobby.

Hogan réfléchit.

– On ne peut rien faire ici, hein ?

Rebus fut contraint de reconnaître la défaite : ils ne pouvaient rien faire. Ils demandèrent au skipper de les ramener à terre, et il obtempéra.

– Un accident horrible, cria-t-il pour couvrir le bruit du moteur.

– Oui, horrible, reconnut Hogan.

Rebus se contentait de fixer la surface agitée de la mer.

– On va toujours à l'aérodrome ? demanda Hogan quand ils regagnèrent la terre ferme.

Rebus acquiesça, se dirigea à grands pas vers la Passat. Mais il s'arrêta devant le hangar à bateaux de Herdman, regarda son voisin, beaucoup plus petit, devant lequel une voiture était garée. C'était une vieille BMW série 7 noir métallisé. Il ne la reconnut pas. D'où venait l'éclair de couleur ? Il regarda le hangar. Sa porte était fermée. Était-elle ouverte à leur arrivée ? L'éclair de couleur était-il passé dans l'encadrement ?

Rebus gagna la porte et la poussa. Elle résista ; quelqu'un, derrière la maintenait fermée. Rebus recula et lui donna un puissant coup de pied, puis la poussa de l'épaule. Elle s'ouvrit et l'homme qui se trouvait derrière tomba à la renverse.

Chemise à manches courtes rouge à motif de palmiers.

Visage se tournant vers Rebus.

– Bordel de merde, marmonna Bobby Hogan en regardant la couverture étendue sur le sol, les armes disposées dessus.

Il y avait deux placards ouverts, vidés de leurs secrets. Pistolets, revolvers, pistolets-mitrailleurs...

– Tu as l'intention de déclencher une guerre, Peacock ? dit Rebus.

Et quand Peacock Johnson avança en direction de l'arme la plus proche, Rebus fit d'un pas, arma la jambe et le frappa du pied en plein visage, le projetant une nouvelle fois sur le sol.

Johnson perdit connaissance, les bras en croix. Hogan secoua la tête.

– Merde, comment avons-nous pu manquer ça ? marmonna-t-il pour lui-même.

– Peut-être parce que c'était juste sous notre nez, Bobby, comme tout le reste dans cette putain d'affaire.

– Mais qu'est-ce que ça signifie ?

– Je suggère de poser la question à notre ami, dit Rebus, quand il aura repris connaissance.

Il pivota et s'éloigna.

– Où tu vas ?

– À l'aérodrome. Reste avec lui et avertis la base.

– John... à quoi bon ?

Rebus s'immobilisa. Il savait ce que pensait Hogan : à quoi bon aller à l'aérodrome ? Pourtant il se remit en marche ; il ne voyait pas ce qu'il pouvait faire d'autre. Il composa le numéro de Siobhan sur son mobile, mais un enregistrement lui indiqua que le numéro n'était pas accessible et qu'il devait rappeler ultérieurement. Il recommença ; même réponse. Il laissa tomber la petite boîte argentée par terre et la piétina, l'écrasa de toutes ses forces sous le talon de sa chaussure.

La nuit tombait quand Rebus arriva devant la barrière fermée par un cadenas.

Il descendit de voiture et décrocha l'interphone, mais personne ne répondit. Il vit la voiture de Siobhan, à travers le grillage, près du bureau dont la porte était ouverte, comme si quelqu'un était parti précipitamment.

Ou comme s'il y avait eu une bagarre... personne ne prenant la peine de fermer.

Rebus poussa la barrière de la main puis de l'épaule. Il recula et la frappa du pied. À plusieurs reprises. Se jeta contre elle l'épaule la première, la frappa des poings. Y posa la tête, les yeux fermés.

– Siobhan...

Sa voix se brisa.

Il savait ce qu'il lui fallait : une cisaille. Une voiture de patrouille aurait pu lui en apporter une, s'il avait été en mesure de l'appeler.

Brimson... il comprenait, maintenant. Comprenait que Brimson importait de la drogue, en avait caché à bord du bateau de son ami. Il ne voyait pas pourquoi, mais il trouverait. Siobhan avait découvert la vérité et, pour cette raison, était morte. Peut-être s'était-elle battue avec lui, ce qui expliquerait le caractère erratique du vol. Il ouvrit les yeux, battit des paupières pour chasser les larmes.

Regarda au-delà du grillage.

Cligna des yeux pour voir nettement.

Parce qu'il y avait quelqu'un... Une silhouette dans l'encadrement de la porte, une main sur la tête, l'autre sur le ventre. Rebus battit à nouveau des paupières, afin d'être sûr.

– Siobhan ! cria-t-il.

Elle leva une main, l'agita. Rebus saisit le grillage, se hissa jusqu'à son sommet, cria une nouvelle fois son nom. Elle disparut dans le bâtiment.

Sa voix était rauque. Avait-il des hallucinations ? Non : elle sortit à nouveau, monta dans sa voiture, couvrit la courte distance qui la séparait de la barrière. Rebus constata que c'était vraiment elle. Et qu'elle allait bien.

Elle s'arrêta et descendit de voiture.

– Brimson, dit-elle. C'est lui qui fait du trafic de drogue... avec Johnson et la mère de Teri...

Elle avait apporté les clés de Brimson, trouva celle qui ouvrait le cadenas.

– On est au courant, dit Rebus, mais elle n'écoutait pas.

– Il a dû prendre la fuite... m'a assommée. J'ai repris connaissance quand le téléphone a sonné.

Elle tira sur le cadenas, entraîna la chaîne avec lui. Ouvrit la barrière.

Et Rebus l'aida à se lever, la serra dans ses bras.

– Aïe, aïe, aïe, fit-elle, et il relâcha son étreinte. J'ai reçu des coups, expliqua-t-elle en le regardant dans les yeux.

Il ne put s'en empêcher, posa les lèvres sur les siennes. Le baiser se prolongea, les yeux de Rebus fermés, ceux de Siobhan ouverts. Elle se dégagea, fit un pas en arrière, tenta de reprendre son souffle.

– Ce n'est pas que je sois dépassée par les événements, mais qu'est-ce qui arrive ?

27

C'était au tour de Rebus de rendre visite à Siobhan à l'hôpital. Elle avait une commotion et y passerait la nuit.

– C'est ridicule, protesta-t-elle. Je vais bien, vraiment.

– Tu resteras là, jeune fille.

– Ah oui ? Comme toi, tu veux dire ?

Comme pour souligner les propos de Siobhan, l'infirmière qui avait changé les pansements de Rebus passa en poussant un chariot vide.

Rebus tira une chaise et s'assit.

– Tu n'as rien apporté ? demanda Siobhan.

Rebus haussa les épaules.

– J'étais un peu pressé ; tu sais ce que c'est.

– Et Peacock ?

– Il prend exemple sur les huîtres. Mais ça ne changera rien. D'après Gill Templer, Herdman ne voulait pas que les armes traînent dans son hangar à bateaux et Peacock a loué celui d'à côté. C'était là que Herdman travaillait, les remettait en état de marche, là où elles étaient stockées. Quand il s'est tiré une balle dans la tête, la situation est devenue trop dangereuse, Peacock ne pouvait plus les déplacer...

– Il a paniqué ?

– Ou bien il voulait prendre ses précautions en prévision de la suite.

Siobhan ferma les yeux.

– Heureusement, ce n'est pas arrivé... Et Brimson ? demanda-t-elle après un silence.

– Oui ?

– La façon dont il a décidé d'en finir...

– Je crois qu'il a eu du courage, à la fin.

Elle ouvrit les yeux.

– Ou qu'il a pris conscience des choses, n'a pas pu se résoudre à impliquer les autres.

Rebus haussa les épaules.

– Peu importe... c'est une statistique de plus que les forces armées devront analyser.

– Elles vont peut-être essayer de dire que c'était un accident ?

– C'en était peut-être un. Il avait peut-être l'intention de faire un looping, puis de s'écraser sur le pont routier, de partir dans une explosion.

– Je préfère ma version.

– Dans ce cas, tiens-t'en à elle.

– Et James Bell ?

– Qu'est-ce que tu veux savoir ?

– Je suppose qu'on ne saura jamais comment il a pu faire ça ?

Rebus haussa une nouvelle fois les épaules.

– Tout ce que je sais, c'est que les journaux vont traîner son père dans la boue.

– Et ça te suffit.

– Je m'en contenterai.

– James et Lee Herdman... je ne comprends pas vraiment.

Rebus réfléchit pendant quelques instants.

– James a peut-être cru qu'il avait rencontré un héros, quelqu'un de différent de son père, quelqu'un qu'il pouvait respecter quoi qu'il arrive.

– Ou pour qui il était prêt à tuer ? supputa Siobhan.

Rebus sourit et se leva, lui tapota le bras.

– Tu t'en vas déjà ?

Il haussa les épaules.

– Des tas de choses à régler ; il manque quelqu'un à St Leonard's.

– Et ça ne peut pas attendre demain ?

– La justice ne dort jamais, Siobhan. Mais ça ne signifie

pas que tu ne doives pas le faire. Tu as besoin de quelque chose, avant que je m'en aille ?

– La sensation d'avoir accompli quelque chose, peut-être ?

– Je ne suis pas sûr que les distributeurs soient à la hauteur, mais je verrai ce que je peux faire.

Il avait recommencé.

Il avait fini par trop boire... affalé sur la cuvette des toilettes, chez lui, veste sur le plancher du couloir. Penché, la tête entre les mains.

La dernière fois... la dernière fois était le soir où il était allé chez Martin Fairstone. Rebus avait passé trop de temps, dans de trop nombreux pubs, à traquer sa proie. Quelques whiskies de plus chez Fairstone et un taxi jusque chez lui. Le chauffeur avait dû le réveiller quand ils étaient arrivés à Arden Street. Rebus empestait la cigarette, voulait se débarrasser de tout ça. Il fit couler un bain, seulement le robinet d'eau chaude, se dit qu'il ajouterait de l'eau froide plus tard. Assis sur les toilettes, à demi déshabillé, la tête entre les mains, les yeux fermés.

Le monde oscilla dans le noir, vacilla sur son axe, le fit basculer en avant et sa tête heurta le bord de la baignoire... il reprit connaissance à genoux, les mains en feu.

Ses mains, dans la baignoire, ébouillantées par l'eau qui avait monté...

Ébouillantées.

Rien de mystérieux là-dedans.

Ça pouvait arriver à n'importe qui.

Hein ?

Mais pas ce soir. Il se redressa, retrouva son équilibre, parvint à gagner le séjour et son fauteuil, qu'il poussa du pied en direction de la fenêtre. La nuit était calme et silencieuse, lumières aux fenêtres de l'immeuble d'en face. Des couples qui se détendaient, s'occupaient des enfants. Des célibataires qui attendaient la livraison d'une pizza ou regardaient les vidéos qu'ils avaient louées. Des étudiants envisageant de passer une nouvelle soirée au pub, inquiets parce qu'ils n'avaient pas commencé leur mémoire.

Rares, à supposer qu'il y en ait, étaient ceux qui abritaient des mystères. Des peurs, oui ; des doutes, assurément. Peut-être même un sentiment de culpabilité issu d'erreurs et de transgressions minuscules.

Mais rien qui pût troubler les semblables de Rebus. Pas ce soir. Ses doigts tapotèrent le plancher à la recherche du téléphone. Il posa l'appareil sur ses genoux, envisagea d'appeler Allan Renshaw. Il fallait qu'il lui parle.

Il avait pensé aux familles. Pas seulement à la sienne, mais à toutes celles qui étaient liées à l'affaire. À Lee Herdman, qui avait abandonné la sienne ; à James et Jack Bell, qui n'étaient apparemment liés que par le sang ; à Teri Cotter et à sa mère... et à lui-même, qui remplaçait sa famille par des collègues tels que Siobhan et Andy Callis, créait des liens qui semblaient souvent plus forts que ceux du sang.

Il fixa le téléphone posé sur ses genoux, pensa qu'il était un peu trop tard pour appeler son cousin. Haussa les épaules et se dit : « demain ». Sourit en évoquant l'instant où il avait aidé Siobhan à se lever.

Il décida de voir s'il pouvait aller jusqu'à son lit. Le portable était en veille. Il ne prit pas la peine de le réactiver ; il le débrancha. Il le rapporterait au poste de police le lendemain.

Il s'arrêta dans le couloir, entra dans la chambre d'ami, prit *Le Vent dans les saules*. Il le garderait près de lui afin de ne pas oublier. Demain, il le donnerait à Bob.

Demain, si Dieu et le diable voulaient.

Épilogue

Jack Bell n'avait pas regardé à la dépense pendant l'organisation préliminaire de la défense de son fils. Mais James n'avait pas paru s'en apercevoir. Il était résolu à ne pas se défendre. Il était coupable et c'était ce qu'il dirait à l'audience.

Cependant l'avocat engagé par Jack Bell était considéré comme le meilleur d'Écosse. Son cabinet se trouvait à Glasgow et il faisait payer ses trajets au prix de ses consultations. Vêtu d'un élégant costume à fines rayures blanches et d'un nœud papillon bordeaux, il fumait la pipe quand il avait l'autorisation de le faire, la tenait dans sa main gauche quand tel n'était pas le cas.

Assis en face de Jack Bell, les jambes croisées, il fixait le mur juste au-dessus de la tête du député. Bell avait appris à le connaître et savait que cela n'indiquait en aucun cas que l'avocat était distrait mais, plutôt, qu'il était concentré.

– Nous avons un argument, dit l'avocat. Très bon, à mon avis.

– Vraiment ?

– Oh, oui !

L'avocat examina le tuyau de sa pipe, comme à la recherche d'un défaut.

– Au bout du compte, voyez-vous... l'inspecteur Rebus appartient à la famille de Derek Renshaw... un cousin, plus précisément... En conséquence, il n'aurait jamais dû s'occuper de l'affaire.

– Conflit d'intérêts ? supputa Jack Bell.

– De toute évidence. On ne peut pas être lié à une victime et interroger les suspects. Et puis il y a sa suspension. Vous l'ignorez peut-être, mais la police enquêtait sur l'inspecteur Rebus au moment des événements de Port Edgar.

L'avocat s'intéressait désormais au fourneau de la pipe, dont il scrutait l'intérieur.

– Un problème d'action contre lui dans une affaire de meurtre...

– De mieux en mieux.

– Ça n'a rien donné, mais on s'interroge nécessairement sur la police de Lothian and Borders. À ma connaissance, c'est la première fois qu'un officier suspendu peut prendre librement part à une enquête en cours.

– Dans ce cas, c'est contraire au règlement.

– C'est une première, à mon avis. Et cela met gravement en question la validité de l'accusation.

L'avocat se tut, serra sa pipe entre ses dents, ses lèvres esquissant un sourire qu'on pouvait qualifier d'ironique, reprit :

– Les objections et les problèmes de procédure sont si nombreux que l'accusation sera peut-être contrainte de renoncer avant même l'audience préliminaire.

– En d'autres termes, l'affaire serait classée ?

– C'est tout à fait réalisable. À mon avis, nous disposons d'arguments décisifs.

L'avocat ménagea un silence théâtral, conclut :

– Mais seulement si James plaide non coupable.

Jack Bell acquiesça et les deux hommes se regardèrent dans les yeux pour la première fois, puis se tournèrent vers James, assis du côté opposé de la table.

– Alors, James, demanda l'avocat, qu'est-ce que tu en dis ?

L'adolescent parut réfléchir à la proposition. Il regarda son père dans les yeux comme si c'était toute la nourriture dont il avait besoin, comme s'il avait faim et savait que cette faim ne serait jamais rassasiée.

Composition réalisée par PCA

Impression réalisée sur CAMERON
par BRODARD ET TAUPIN
La Flèche
en octobre 2007

Imprimé en France
Dépôt légal : 92619-11/07
N° d'édition : 01
N° d'impression : 44070